btb

Buch

Es ist ein heißer Sommer, als Kommissar Berndorf sein Rentnerdasein beginnt. Doch der Brief eines Selbstmörders zwingt ihn nicht nur, Ermittlungen in einem weit zurückliegenden Todesfall aufzunehmen, sondern sich auch der eigenen Vergangenheit zu stellen. Widerwillig erinnert sich Berndorf an das Jahr 1972, als die RAF-Hysterie nicht nur die Polizei elektrisierte und zu überstürzten Handlungen trieb. Schließlich greift er die Lebensfäden einer Hand voll Menschen auf, die sich in jener Zeit unter dramatischen Umständen mit Berndorfs Biografie verknüpften. Dabei gerät er in eine lebensgefährliche politische Intrige.
»Ein literarischer Genuss weit über dem Durchschnitt des Genres.« Focus

Autor

Ulrich Ritzel, Jahrgang 1940, geboren in Pforzheim, verbrachte seine Kindheit und Jugend auf der Schwäbischen Alb und lebt heute in Ulm. Er studierte Jura in Tübingen, Berlin und Heidelberg. Danach schrieb er für verschiedene Zeitungen und wurde 1981 mit dem begehrten Wächterpreis ausgezeichnet. Nach 35 Jahren Journalismus, in deren Verlauf er auch viele Gerichtsreportagen verfasste, hatte er genug. In wenigen Wochen entstand sein Erstling »Der Schatten des Schwans«, der bei seinem Erscheinen zum Überraschungserfolg wurde und seinen Autor zu einem gefeierten Hoffnungsträger des deutschsprachigen Kriminalromans machte. 2001 bekam er für »Schwemmholz« den deutschen Krimipreis verliehen.

Ulrich Ritzel bei btb

Der Schatten des Schwans. Roman (72800)
Schwemmholz. Roman (72801)

Ulrich Ritzel

Die schwarzen Ränder der Glut
Roman

btb

Umwelthinweis:
Alle bedruckten Materialien dieses Taschenbuches
sind chlorfrei und umweltschonend.

btb Taschenbücher erscheinen im Goldmann Verlag,
einem Unternehmen der Verlagsgruppe Random House GmbH

2. Auflage
Genehmigte Taschenbuchausgabe Juli 2003
Copyright © 2001 by Libelle Verlag, Lengwil am Bodensee
Umschlaggestaltung: Design Team München
Umschlagfoto: Wolf Huber
Satz: IBV Satz- und Datentechnik GmbH, Berlin
RK · Herstellung: Augustin Wiesbeck
Made in Germany
ISBN 3-442-73010-4
www.btb-verlag.de

»Im Juni 1972 hat es in Mannheim zwei Geschichten gegeben, für die sich heute noch jemand interessieren könnte«, sagt Steffens schließlich in die Stille. »Das eine war der Überfall auf einen Geldtransporter der Landeszentralbank, angeblich waren es Terroristen, die mit anderthalb Millionen Mark Beute abgezogen sind. Und dann war noch die Geschichte mit Franziska, das war eine Redakteurin des Aufbruch, der die Polizei in der Nacht darauf den Lover erschossen hat, einen Iren. Wegen welcher Sache sind Sie nun wohl zu mir gekommen?«

»Es ist eine Geschichte«, sagt Berndorf zu dem Lichtkegel, hinter dem Steffens sitzt.

»Mag sein«, antwortet es von dort. »Aber was ist daran so aufreizend, dass es heute noch die pensionierten Polizisten auf die Beine bringt?«

»Wir waren damals ein ziemlich wilder Haufen, und eingenistet hatten wir uns bei Rüdiger, der war Feuilleton-Chef, eins von diesen Weicheiern, würden die Kids heute sagen, der sich stark vorkam, wenn die richtig harten Typen bei ihm aus und ein gingen. Schatte war einer davon, ein entschlossener Kämpfer gegen den US-Imperialismus, vor allem auf dem Papier, denn für alles andere hatte er zwei linke Hände. Ich dagegen hielt mich für einen wirklichen Revolutionär, für einen Proletarier, der schreibt. Und der vielleicht auch kämpft. Also ich hätte damals schon Wert darauf gelegt, dass man es mir zutraut.«

Heidelberg, Mittwoch, 28. Juni

Die Sonne, schon über den Ausläufern des Odenwalds, wirft lange blauschwarze Schatten auf den am Vortag gemähten Rasen. In der Luft hängt der Geruch nach Heu und Sommer, später am Tag wird es heiß werden. Schrappend dreht sich der Sprenger und regnet eine fein sprühende Fontäne über Brombeerhecken und Rosenbeet, die Wassertropfen spritzen hoch und fallen funkelnd durchs Sonnenlicht, bis die Fontäne kehrtmacht und wieder zu den beiden Apfelbäumchen wandert. Im Rasen, jenseits der Reichweite des Sprengers und unterhalb der marmorgefliesten Terrasse, kauert ein fuchsroter Kater und frisst mit bedächtiger Aufmerksamkeit von einem Teller. Die Frau, die barfuß auf die Terrasse tritt, ist schlank und dunkelhaarig und trägt ein kurzes, braun-grün geflammtes Leinenkleid. Behutsam nähert sie sich dem Kater, bleibt aber sofort stehen, als das Tier zu fressen aufhört und wachsam aus grünblauen Augen zu ihr hochsieht.

»Du brauchst doch keine Angst zu haben«, sagt sie mit leiser lockender Stimme. »Ich bin es doch nur, die Birgit. Die bescheuerte Birgit, die extra in den Supermarkt fährt, um das Katzenfutter aus der bescheuerten Fernseh-Werbung zu holen.«

Der Kater verharrt ungerührt.

»Wir werden uns schon noch kennen lernen«, fährt sie beschwörend fort. »Wir haben jede Menge Zeit. *Und jedem Anfang wohnt ein Zauber inne* ...«

Die Gartentür öffnet sich. Der Kater witscht zur Seite und

Birgit bekommt nur noch den buschigen Schwanz zu sehen, der hinter Nachbars Holzzaun abtaucht.

»Jetzt hast du meine Katze vertrieben«, sagt sie zu ihrem Mann, der verschwitzt auf die Terrasse tritt. Hubert Höge steckt in einem Sportdress mit kurzen Hosen, die den Blick auf muskulöse, behaarte Beine freigeben.

Es sind keine Hosen, denkt Birgit. Es sind Höschen. Sie sitzen zu knapp. Ich will nicht, dass ihn die Nachbarinnen so sehen. Oder was für Weiber er sonst trifft.

»Das ist erstens nicht deine und zweitens überhaupt keine Katze«, antwortet er kurzatmig. »Das ist ein herrenloser Fritz-the-cat, und wenn du ihn ins Haus bringst, müssen wir ihn kastrieren lassen. Der Gestank ist sonst nicht auszuhalten. Da hilft auch kein Rilke.«

»Das war *nicht* Rilke, mein Lieber. Auch als Musikerzieher solltest du etwas an deiner Allgemeinbildung arbeiten«, bemerkt Birgit honigsüß. »Außerdem bin ich durchaus nicht damit einverstanden, dass hier kastriert wird, was nach Mann riecht.« Plötzlich ist ihre Stimme ins Rauchige umgeschlagen.

»Ich geh ja schon unter die Dusche«, antwortet Hubert. »Aber mit dem Kater wird das nicht so einfach. Das Duschen von Katern zählt unter Kennern zu den ausgesprochen heftigen Events. Außerdem hat das Vieh Flöhe. Sonst kann man dich mit so etwas doch jagen ...«

»Flöhe?« Birgit ist empört. »Hunde haben Flöhe. Meine Katze nicht. Du müsstest mal sehen, wie die sich putzt ...«

»Das stört die Flöhe nicht. Aber du wirst es schon noch merken. Du erkennst Flohstiche übrigens daran, dass sie immer hübsch in einer Reihe sind.« Hubert Höge – im Jargon des Droste-Hülshoff-Gymnasiums Piano-Bertie genannt – geht mit schwingenden Hüften am gedeckten Frühstückstisch vorbei und verschwindet im Wohnzimmer. Birgit sieht ihm nach. Flöhe? Plötzlich spürt sie einen Schauder. Sie geht auf die Toilette im Erdgeschoss und untersucht ihre Beine. Kein Stich. Nirgends. Hubert, du Lügner. Wie immer, bevor sie sich auf die Klobrille setzt, wischt sie sie vorher mit Sagrotan ab.

Eine gute halbe Stunde später sind sie auf dem Weg zur Schule, vor dem Fußgängerüberweg an der Kußmaulstraße springt die Ampel auf Rot, fluchend bremst Hubert den Peugeot ab, und ein kleiner krummbeiniger Mann in kurzen Sporthosen rennt watschelnd über den Zebrastreifen.

Birgit lächelt und streckt die Hand aus dem offenen Wagenfenster, um dem Mann zuzuwinken.

»Wieso kennst du den?«, will Hubert wissen.

»Hast du gesehen, er hat auch so schicke Shorts wie du«, sagt Birgit. »Ich hätte ihn fast nicht darin erkannt. Es ist der Kaplan von Maria Immaculata.« Der Gedanke zuckt durch ihren Kopf, dass die Neuenheimer katholische Kirche so wahrscheinlich doch nicht heißt. »Ein sehr einfühlsamer Mann.«

»Einfühlsam? In seine Ministranten, wie?«

Volltreffer. Hubert hat einige Schuljahre in einem katholischen Internat verbracht. »Ach Gott, das wollen wir nicht so eng sehen«, antwortet sie heiter. »Jedenfalls hat er in unserem Dienstagskreis ein sehr schönes Referat über Julien Green gehalten.«

Noch ein Treffer. Der Literarische Dienstagskreis steht auf Huberts Hassliste ganz weit oben und kommt gleich nach dem Oberschulamt, der Schulleiterin Bohde-Riss, dem Hausmeister des Droste-Hülshoff-Gymnasiums und allem, was mit der katholischen Kirche zu tun hat.

»Ein Grund mehr, warum ich da nicht hingeh«, bemerkt Hubert dunkel. »Im Übrigen trag ich keine solchen Shorts. Solche nicht. Das weise ich zurück. Mit Abscheu und Empörung.«

Birgit setzt das silberhelle Lachen auf. »Aber ganz gewiss tust du das, mein Lieber. Nur ahnst du wahrscheinlich gar nicht, wie du von hinten aussiehst. Ich meine, wenn du diese Höschen anhast. Die Ministranten von dieser Kirche da würden ganz feuchte Augen bekommen.«

Hubert schweigt. Vor der Theodor-Heuss-Brücke staut sich der Verkehr. Sie würden zwei oder drei Phasen brauchen.

»Du hast doch heute die 12b?«, fragt er unvermittelt.

Abweisend sieht Birgit durch die Frontscheibe. »Ja. Leider. Eine blasierte Bande unmotivierter und überernährter Professorenkinder. Gottes Strafe für die 68er.«

»Bist doch selber eine davon.«

»Aber ich habe mich nicht fortgepflanzt«, erwidert Birgit nicht ohne Schärfe. »Was interessieren dich eigentlich meine halslosen Ungeheuer? Reichen dir die deinen nicht?«

»Bettina ist doch in der 12b?«

Unwillkürlich zieht Birgit die Augenbrauen zusammen. Was heißt hier Bettina? Das Bild eines grünäugigen Mädchens taucht vor ihr auf, mit Grübchen im Babyspeck und einem zu knappen T-Shirt oder einem zu dicken Busen darin. »Und was soll mit dieser Bettina sein?«

»Sie hat einen recht schönen Alt, *brawny, vibrating*«, erklärt Hubert. »Ich hab ihr diesen Schmachtfetzen gegeben, den die Zarah Leander im Repertoire gehabt hat.« Er hebt die Stimme und beginnt, tuntig die Windschutzscheibe anzusingen: »*Kann denn Liebe Sünde sein* ...«

»Bitte nicht«, unterbricht ihn Birgit. »Der Morgen ist mir zu früh für so etwas.« Bettina also. Recht schöne Altstimme. Genug Holz vor der Hütte für einen Resonanzboden. Kann denn Liebe Sünde sein. Glauben Sie das? Tiefer grüner Blick in Lehrers Augen. Und dann nach Schulschluss von hinten auf dem Flügel im Musikzimmer, oder wie?

»Eigentlich sollte ich noch den Hit von dieser neuen kanadischen Band einbauen«, fährt Hubert fort, die Stimme wieder normal. »Die wird Kult, ganz bestimmt wird die das.« Seine Stimme bekommt einen hämmernden Klang:

»*Nothing is like it seems to be* ... Sehr schön gerappt ist das. Und passt doch wie bestellt fürs Droste und für Heidelberg.«

Vibrating, ja. Die dümmste Kuh war wohl wieder einmal sie selbst. Dass das Droste zum Schuljahresschluss eine Herz-und-Schmerz-Travestie aufführen sollte, im Stil des neuen französischen Kino-Singsangs, ist schließlich ihre Idee gewesen, niemand sonst war darauf gekommen, Hubert schon gar nicht, von alleine kommt er auf nichts. Höchstens auf diese Bettina drauf. Verhüten sie wenigstens?

»Bettinen hab ich übrigens zwei in der Klasse.« Ihre Stimme klingt heiser. Sie schluckt. Nur keine Wirkung zeigen. »Aber ich weiß, wen du meinst. Nettes Mädchen. Schade, dass sie dieses Problem mit ihrer Figur hat.«

Hubert schüttelt den Kopf. »Was für ein Problem? Reden wir wirklich vom selben Mädchen?«

»Sicher doch. Angenehmer Alt, auffallend grüne Augen. Ich vermute allerdings, dass sie zu früh mit der Pille angefangen hat. Oder mit der falschen. Manche Mädchen gehen davon auf wie ein Hefekuchen.«

Sie wirft einen kurzen prüfenden Blick auf Hubert. Ihr Mann starrt auf die Ampel, als sei er von dem Gedanken an Bettinas Vorkehrungen unangenehm berührt. So etwas sind Frauengeschichten für ihn, und sie stehen auch ziemlich weit oben auf seiner Liste. Aber vielleicht weiß er wirklich, wie sie verhütet. Was tu ich, wenn er sagt: nöh, wir nehmen Gummis?

»Redet ihr mit den Girlies nicht über solche Sachen?« Seine Stimme klingt harmlos, unbeteiligt.

»Von uns lassen die sich noch weniger sagen als von ihren Müttern.« Welches Stück führen wir eigentlich gerade auf? Das vom leicht trotteligen, aber väterlichen Lehrer? Oder bilde ich mir das alles nur ein? Wieso erzählt er mir von dieser Bettina, wenn er etwas mit ihr hat? So blöd ist er doch nicht.

Doch, denkt sie dann. Der ist so blöd, und kommt sich dabei noch schlau vor. Ich erzähl ihr von der Bettina, dann meint sie, es kann nichts dahinter sein, weil ich es ihr sonst nicht erzählt hätte.

Der Peugeot rollt an, wird aber wieder jäh abgebremst. Hubert flucht. Birgit blickt hoch. Die Kreuzung ist blockiert, der Wagen steht mitten auf dem Zebrastreifen, Passanten zwängen sich an der Motorhaube vorbei, mit ärgerlichen, manchmal auch höhnischen oder verächtlichen Blicken auf Hubert Höge und auf sie selbst, junge Leute sind es, ältere Leute, Birgit sieht durch die Passanten hindurch, als ob sie Luft seien, ich will jetzt von niemandem gesehen werden, und niemanden will ich sehen, diese Frau mit den Staubfängern um den Kopf sieht aus wie ... ich will gar nicht wissen wie, außerdem bin ich nicht wirklich hier, ich habe nichts zu tun mit diesem Menschen da neben mir. Hätte ich nur nichts zu tun mit ihm ...

Franziska Sinheim schiebt sich zwischen der Kühlerhaube des Peugeot und einem empört schnaufenden Rentner hindurch, der schwer mit Einkaufstüten beladen ist. Für den Bruchteil eines Augenblicks zögert sie. Dann schüttelt sie unmerklich den Kopf und geht mit raschen Schritten zur anderen Straßenseite hinüber. Sie hat ein schmales, noch jugendliches Gesicht unter einem kühnen Gewirr grauer Haare, die wie ein Strahlenkranz von ihrem Kopf abstehen, und trägt Jeans und ein weites, schlabbriges Jackett.

War das Birgit?, überlegt sie. Ähnlich sähe es ihr. Die Neue Deutsche Unhöflichkeit. Noch einmal schüttelt sie den Kopf. Der Morgen ist zu schön.

Später am Vormittag würde sie zu einer Buchvorstellung gehen. Eine der Koryphäen der Universität Heidelberg hat eine Abrechnung mit der *political correctness* verfasst; das Ereignis soll nun in einem ehrwürdigen Universitäts-Innenhof der Öffentlichkeit nahe gebracht werden. Als Festredner ist einer der renommiertesten Schriftsteller der Republik gewonnen worden, ein höchst renommierter, überhaupt ist alles höchst renommiert, der Autor, der Festredner, der Verlag und der Innenhof. Franziska ist von Mannheim herübergefahren, weil sie hofft, einen Artikel über das Ereignis an die Berliner Zeitung verkaufen zu können, die ihr ab und an eine Gerichtsreportage oder einen Artikel über die Heidelberger Universität abnimmt.

Es ist mühsam verdientes Geld, und in der letzten Zeit immer mühsamer erarbeitet. Denn in den Chefetagen der Zeitungen sind die Kenzo-gekleideten Rationalisierungsexperten eingezogen, in handgearbeiteten spitzen Schuhen und mit italienischen Seidenkrawatten, und haben sich darangemacht, den Journalismus in niedliche kleine Formate zu tranchieren und kleinzuköcheln, bis nichts übrig bleibt als eine appetitliche Garnitur fürs Werbeumfeld.

Die Buchvorstellung soll um 11 Uhr beginnen, bis dahin ist noch mehr als genug Zeit, eine Freundin zu besuchen. Sie geht zwei Straßen weiter, dann biegt sie nach rechts in eine kleine baumbestandene Seitenstraße ab. Hinter den Bäumen erheben sich mehrgeschossige Backsteinhäuser, deren Erker und Rundbögen nach spätem, gut abgelagertem 19. Jahrhundert aussehen. Im Erdgeschoss oder besser: im Hochparterre eines der Häuser ist Isabellas Galerie eingerichtet, als Ausstellungsraum hat sie genutzt, was früher einmal der Salon einer wilhelminischen Professorenfamilie gewesen sein mochte, vielleicht hatte Max Weber hier Tee getrunken oder stefan george ein biskuit genommen.

Franziska schiebt die beiden gläsernen Flügeltüren auf, die die Galerie von der Garderobe trennen, und tritt ein. Der hohe Raum ist angenehm kühl.

An der zartgrau tapezierten Wand hängen kleinformatige Aquarelle und Bleistiftzeichnungen auf Japanpapier, Franziskas Blick fällt auf die krakelige Zeichnung eines Tierkadavers, und darunter steht, akkurat und etwas linksgeneigt in Tusche geschrieben, der Satz: *Alles, was unbegreiflich ist, besteht dennoch weiter.*

Franziska unterdrückt ein Schulterzucken. Kein Kunde da. Sie wird enttäuscht sein, dass nur ich es bin.

In Glasvitrinen ist einzelner Schmuck ausgestellt, Franziska sieht näher hin, es sind Silberarbeiten, in einem Stil, der an die Handarbeiten bolivianischer Indios erinnert.

Isabella schnauft in den Verkaufsraum. Sie ist eine untersetzte Frau mit grauen Strähnen im kurz geschnittenen dunklen Haar. Ihre stämmigen Beine sind in Jeans verpackt, die sie oberhalb der derben Schuhe aufgekrempelt hat. Darüber trägt sie ein kariertes Baumwollhemd. Sie umarmt Franziska und drückt ihr, die filterlose Zigarette in der gelb verfärbten linken Hand, einen Kuss auf die Wange.

»Wenn du weiter so qualmst, werde ich vorsichtshalber

schon mal einen Nachruf auf dich schreiben. Was hast du da an den Wänden?«

»Aus dir spricht die typische Intoleranz der Konvertiten. Die Aquarelle sind zauberhaft, findest du nicht auch? Anrührend und tief.« Sie überlegt, ob sie einen hastigen Zug aus der Zigarette nehmen soll, und vergisst es wieder. »Ganz versteh ich es auch nicht. Aber das eben ist Kunst. Dass der Bruch bleibt, und der Schrei, und dass dir keiner einen Trost weiß.«

Franziska nickt höflich. »Vielleicht nehm ich das.«

Ein Leuchten zieht über Isabellas Gesicht. »Eins von den Aquarellen, ja?«

»Nein, tut mir Leid. Kann ich meinem Bankkonto nicht zumuten. Diesen Satz da von dem Schrei wollte ich nehmen.«

Isabella sieht sie verständnisvoll an und inhaliert nun doch einen tiefen Zug.

»Für deinen Nachruf«, erklärt Franziska.

»Miststück«, antwortet Isabella und schnaubt zwei mächtige Rauchwolken durch die Nase. Die Türklingel schlägt an, und die Postbotin bringt einen Stapel Prospekte und Briefe, die nach Franziskas Erfahrung verdächtig nach Mahnungen aussehen. Taktvoll wendet sie sich ab und betrachtet den Silberschmuck in den Glasvitrinen, eine der ausgestellten Arbeiten ist ein Kette aus Silberfäden mit fein gearbeiteten Blättern, und die Kette hält einen kleinen blauroten Granat. Nicht schon wieder, denkt Franziska, wie lange ist das alles her? Sie blickt hoch, ein Strichmännchen irrt durch ein Gewirr aus labyrinthischen Linien, und in der linksgeneigten Tusche-Schrift steht darunter der Satz: *Das ewige Schweigen dieser unendlichen Räume erschreckt mich.*

Die Postbotin ist wieder gegangen, Isabella überfliegt einen der Briefe, für eine kurze Weile kehrt Stille ein.

»Hör dir das mal an«, sagt Isabella plötzlich. »Die wollen hier einen Fahrstuhl einbauen, das ist doch verrückt, die machen das ganze Treppenhaus kaputt, das darf doch niemand genehmigen! Und Thermopen-Fenster, oder wie dieser Scheiß heißt, von dem man Schimmel in die Wohnung kriegt ...«

»Gib mal her.« Franziska nimmt den Brief und liest ihn sorgfältig durch. Der Absender ist eine Frankfurter Firma, eine Helios Heimstatt GmbH & Co. KG, die das Haus vor einigen Wochen einer Erbengemeinschaft abgekauft hat. Der Name sagt ihr nichts, aber die Sprache scheint ihr bekannt.

»Über den Schimmel brauchst du dich nicht aufzuregen«, sagt sie dann. »Wirklich nicht.«

Isabella sieht sie nur an, fragend und unsicher.

»Diese Leute haben eine Luxus-Sanierung vor«, fährt Franziska fort. »Entweder gehst du Pleite, während die noch das Haus zur Baustelle machen, oder danach. Weil du dann nämlich die Miete nicht mehr bezahlen kannst.«

Franziska tritt auf die Straße hinaus. Die Alleebäume geben Schatten, aber der frische Geruch des Sommermorgens ist verflogen. Schon jetzt ist zu spüren, wie sich die Hitze zwischen den Häusern staut. Ein Satz, der unter einem der Aquarelle in Isabellas Galerie steht, klingt nach.

Der Mensch ist nur ein Schilfrohr, das schwächste der Natur, aber er ist ein denkendes Schilfrohr.

Schwer genug fällt es einem ja, denkt Franziska, sich die Freundin als Schilfrohr vorzustellen. Sie sieht auf die Uhr. Es ist später, als sie gedacht hat.

An der Ecke stößt sie beinahe mit einem stirnglatzigen, stämmigen Mann zusammen, der die Jacke seines dunklen Anzugs über den Arm gehängt hat. Im letzten Augenblick stoppt der Mann ab und lässt sie vorbei.

Die Mieter sollten sich zusammentun und an die Öffentlichkeit gehen, hat sie Isabella geraten. Vielleicht haben die neuen Eigentümer noch andere Altbau-Häuser aufgekauft. Vielleicht weiß man in Frankfurt etwas über diese Kommanditgesellschaft; sie würde noch am Nachmittag, wenn sie wieder in Mannheim in ihrer Wohnung ist, eine Kollegin in der *Rundschau* anrufen.

Aber mach dir keine Illusionen. Geld lässt sich von nichts aufhalten und nirgendwo auf der Welt gibt es einen Naturschutzpark für kettenrauchende chaotische Galeristinnen und krakelige Aquarelle.

Franziska erreicht die Haltestelle und bleibt auf dem Trottoir stehen, dort, wo noch Schatten ist. Die Straßenbahn zum Bismarckplatz muss gleich kommen.

Aber wehren muss man sich trotzdem.

Der Mann sieht Franziska unschlüssig nach. Dann geht er langsam bis zu einem Fußgängerüberweg weiter. Dort bleibt er stehen und wartet – obwohl keine Autos kommen –, bis die Ampel schließlich auf Grün schaltet.

Auf der anderen Straßenseite gelangt er zu einem spitzgiebligen Backsteinhaus, dessen Vorgarten mit einem schmiedeeisernen Zaun gegen die Straße abgegrenzt ist. Er klingelt an dem Schild einer neurologischen Praxis und tritt ein. Das Haus ist durch eine Klimaanlage gekühlt, plötzlich spürt er den Schweiß auf seinem Körper.

Die Assistentin im Sekretariat sieht zu ihm hoch und lächelt. Das sollte sie nicht tun, findet der Mann. Sie hat schiefe Zähne, und gelbe dazu. »Bei diesem schönen Wetter sollten Sie aber nicht zu uns kommen müssen.«

An der Wand hinter dem Arbeitsplatz der Assistentin hängt ein großes blaues Bild. Es ist nichts als blau, und die dunkle satte blaue Farbe scheint mit einem Spachtel aufgetragen. Vermutlich ist es Acryl. Der Mann weiß, dass in manchen Therapien damit gearbeitet wird. Er sieht wieder zu der Assistentin. »Ich wollte das Rezept abholen«, sagt er. »Der Doktor hat mir am Telefon gesagt, es liegt für mich bereit.«

Die Assistentin hat das Lächeln eingestellt. »Ich weiß.« Sie sieht einen Hängeordner durch. »Sie hören ja nicht auf mich. Aber es gibt einen Lauftreff, da sind wirklich nette Leute drin. Auch Patienten von uns. Die schwören darauf. Jetzt wisse sie wieder, was Lebensfreude ist, hat mir eine Frau neulich gesagt. Kein Medikament schafft das.«

»Ich weiß«, antwortet der Mann. »Aber ich bin zu schwer. Ich muss erst abnehmen. Das geht sonst auf die Bänder.«

Die Assistentin zuckt mit den Achseln. Dann hat sie das Rezept gefunden und reicht es ihm.

»Er warf ihm die Gewänder auf die Schulter ... welche er für den ... Ausgang geholt hatte«, übersetzt der blonde Junge, angestrengt über den Text gebeugt, »sittsame Gewänder des ordnungsgemäßen Lebens, dessen Armut ... mit dem Waschtisch des ... Maskenballs beschworen wurde.« Erwartungsvoll sieht er zu Birgit hoch. Im Klassenzimmer hängt der strenge Geruch einer die Lider beschwerenden vierten Schulstunde. Niemand hört zu.

»Thorsten«, sagt Birgit sanft, »überlegen Sie noch einmal, was Sie da übersetzt haben? *Il lui jeta sur les epaules les vêtements qu'il avait apportés pour la sortie.* Wer wirft da wem etwas über die Schulter?«

»Ihm wirft er das«, antwortet Thorsten. »Einem *ihm* halt.«

»Und sind Sie ganz sicher, dass *jurer avec quelq'un* beschwören heißt?« Thorsten zuckt mit den Achseln. Birgit sieht sich resigniert um. »Phan, versuchen Sie es?«

Phan ist der Sohn eines vietnamesischen Ordinarius (Angewandte Mathematik). »Er legte ihr den Mantel über die Schultern, mit dem sie ausgegangen war«, übersetzt er, als ob er den fertigen Text vorlese, »einen bescheidenen Alltagsmantel, dessen Ärmlichkeit in einem schreienden Gegensatz zur Eleganz ihres Ballkleides stand.«

Birgit nickt. »Na also. Glauben Sie nicht, Thorsten, dass das eher einen Sinn ergibt?«

Der blonde Junge verzieht das Gesicht. »Das is nich fair. Bei Charlie zu Hause reden sie zum Nachtisch Französisch.« Eines der Mädchen kichert. Bettina? Nein, die betrachtet ihre lackierten Fingernägel.

Phan bemerkt, seines Wissens sei Thorsten bisher noch nicht bei ihm eingeladen gewesen.

»Das Problem ist, dass diese ganze Geschichte keinen Sinn ergibt«, wirft Donatus (Internationales Zivilrecht) ein. »Ich verweise nur auf den Schluss. Da beschwert sich die Freundin, dass sie das Collier so spät zurückbekommt, dann schaut sie es aber nicht einmal an, und nach zehn Jahren will sie noch immer nicht gemerkt haben, dass sie statt einer falschen eine echte Kette im Tresor hat. Natürlich versteht da einer, der ein bisschen einfacher gestrickt ist, nur noch Bahnhof.«

Thorsten (Regierungsdirektor, Kreiswehrersatzamt) runzelt die Stirn.

Bettina (Chefarzt Endokrinologie) hat den Blick von ihren Fingernägeln losgerissen und richtet große schläfrige grüne Augen auf Birgit. »Da ist noch was. Maupassant hat das doch irgendwann nach 1870 geschrieben, oder lieg ich da falsch?«

Birgit, plötzlich unsicher geworden, nickt zurückhaltend.

»Also. Damals hat es bereits Versicherungen gegeben, Assekuranzen hieß das, glaub ich. Und wenn der Schmuck wirklich kostbar gewesen wäre, hätte diese Madame Forestier ihn auch versichern lassen. Also wäre es die erste Frage von Mathilde gewesen, ob das Collier versichert ist, und die Madame hätte sagen müssen, nöh, isses nich, hat auch bloß vier Mark fünfzig gekostet, und wir könnten alle ins Freibad oder die Backyard Boys hören, *Nothing is like it seems to be*, da ist doch diese ganze Geschichte schon drin.«

Die Klasse lacht, nur Donatus fragt pikiert, woher sie das mit der Versicherung wissen wolle.

Bettina legt den Kopf schief und schließt träumerisch die großen grünen Augen.

»Carius II«, erklärt Esther (Homiletik, prot.), die zwei Tischreihen weiter hinten sitzt.

»Exakt«, ergänzt Bettina. »Er hat gerade ein Praktikum beim Zentralverband der deutschen Versicherungswirtschaft gemacht.« Sie wirft einen selbstzufriedenen Blick auf Birgit und lässt die Augen langsam bis zu deren Füßen gleiten.

»Zu schade«, sagt Birgit, zieht den Stuhl neben ihrem Arbeitstisch hervor und setzt sich mit übergeschlagenen Beinen, »zu schade, dass Maupassant keine deutschen Versicherungsfuzzis hat konsultieren können.« Schau du nur meine Beine an. »Es wäre überhaupt zu prüfen, was von der Weltliteratur übrig bliebe, wenn alle rechtzeitig bei der Allianz vorgesorgt hätten.« Wo hab ich diesen Schlagertext schon einmal gehört? Aber natürlich. Hubert hat davon geredet. Wer sonst.

Im Efeu-umrankten Innenhof des Instituts für Rechtsgeschichte drängt sich erwartungsvolles Publikum, die Herren im hellen Sommeranzug, die Damen in luftigen Kleidern, wie sie es sich sonst für einen Tagesbummel in Salzburg oder Verona ausgesucht hätten, für einen Augenblick muss Franziska gegen das heftige Gefühl ankämpfen, sie sei *underdressed*. Aufatmend erblickt sie die Kollegin vom Intelligenzblatt für den gehobenen Schuldienst, die Kollegin glänzt im schwarzlilaseidenen Cocktailkleid, wie beschissen das aussieht! Schmalhüftige junge Frauen in hochhackigen Pumps und knappen schwarzen Miniröcken balancieren Serviertabletts durch das Gedränge, ein Fernseh-Team bringt Scheinwerfer in Stellung, Franziska erkennt den Rektor der Universität und den Dekan und auch den Baron, der ihr aus der Entfernung zunickt, sehr aus der Entfernung, zum Glück.

Neben einem Tisch mit Stapeln von neuen Büchern im immergleichen Hochglanz-Umschlag steht ein Mensch mit nach hinten gekämmten dünnen Haaren und lächelt panisch, es sieht aus, als habe ihm sein Zahnarzt zum festlichen Anlass ein perlweiß neues Gebiss gefertigt.

Aus ihren Unterlagen weiß Franziska, dass der Autor bisher nur mit Abhandlungen wie zum Beispiel über die Hinterbliebenenansprüche im Staatshaftungsrecht hervorgetreten ist. Eines Tages aber fand er heraus, dass unsere Gesellschaft die Begabten und schöpferisch Tätigen krass benachteiligt zu Gunsten von Homosexuellen, von Frauen und anderen Minderheiten, und schrieb ein Buch darüber. Und nun ist der Rektor da und sogar das Fernsehen und filmt seine neuen perlweißen Zähne. Kommt er sich vielleicht komisch vor, überlegt Franziska. Vielleicht wird sie doch den Baron befragen müssen, was den guten Mann zu seinen Einsichten gebracht hat.

Neben ihr unterhalten sich halblaut zwei Männer, beiläufig

stellt der eine – hoch gewachsen und mit einem Gesicht, als sei er einmal durch die Windschutzscheibe geflogen – eine Frage, Franziska glaubt zu verstehen: *Schatte konnte nicht kommen?* Und der andere antwortet: *Nein, er kümmert sich um diese Elsass-Geschichte.*

Nicht schon wieder, denkt sie, ich seh und höre Gespenster. Sie wendet sich ab, denn die Menge teilt sich und schiebt sie zur Seite. Sanfte Röte überfliegt das Gesicht des Autors, sommerlich-duftig gewandetes Verlagspersonal geleitet den Festredner zum Mikrofon, einen in dieser Umgebung fremd und mit dem Publikum doch wieder auf distanzierte Weise vertraut wirkenden Mann. Sein Gesicht mit den hängenden Backen und buschigen Augenbrauen sieht wach und misstrauisch aus, so als verberge er hinter seiner scheinbaren Schwerfälligkeit eine höchst empfindliche Aufmerksamkeit für alle Verletzungen und Kränkungen, die Menschen weniger einander als vielmehr ihm zuzufügen in der Lage sind.

Die Gespräche im Innenhof verstummen, der Verlagschef zelebriert die Begrüßungsrituale der Branche, Franziska sieht sich um und versucht, von dem Mann weiteren Abstand zu gewinnen, der durch die Windschutzscheibe geflogen ist, aber dann geriete sie neben den Baron, jetzt noch nicht, der Mundgeruch ist sehr streng, so bleibt sie stehen. Natürlich ist es nicht die Windschutzscheibe gewesen, weiß der Dichter eigentlich, in welcher Gesellschaft man ihn da sieht? Der Verlagschef plaudert über das Diktat der Mittelmäßigkeit und die wahre Freiheit des Geistes, die darin bestehe, selbst zu entscheiden, was dem freien Geist wichtig sei – der Verlagschef deutet eine leichte Verbeugung an, einmal zum Autor hin, dann zum Festredner –, Freiheit sei es also auch, den Fernsehapparat abzuschalten, was redet der da, denkt Franziska, wenn das keine Binse ist, was ist es dann?

Der Autor hat das Lächeln eingestellt, langsam verblasst die Röte, vielleicht suckelt er mit der Zunge an der Gebissplatte, ob sie denn auch wirklich festsitze, der Festredner ergreift das Wort oder vielmehr das Weinglas und nimmt einen tiefen

Schluck Rotwein. Dem Wort nähert er sich eher zögernd, als sei es ein fluchtbereites Wesen und entziehe sich dem Zugriff blitzartig und gewandt wie eine Seeforelle, Franziska hat ihren Block aus der Jackentasche geholt und versucht mitzuschreiben, der Festredner redet von den Verhältnissen und Bedingungen des Gewissens, die nicht verfügbar seien, sich nicht zur Fertigung von Moralkeulen eigneten. Worauf will nun das hinaus? Der Festredner nimmt einen zweiten tiefen Schluck. In den Fragen der Nation und des Gewissens gebe es Dinge, fährt er fort, die könnten zu dieser Zeit so nur über die Deutschen gesagt werden, noch immer nur über sie, plötzlich sind die Worte nicht mehr wie Seeforellen, sondern nur noch schlüpfrig und aalglatt, dann ist das Glas ausgetrunken, beflissen nähert sich eine Mini-Berockte mit der Flasche.

Was tu ich hier?

Der Mann verlässt die Apotheke und tritt auf die Gasse hinaus, die zur Plöck führt, die Jacke noch immer über dem Arm. Der schmale Gehsteig liegt im Schatten, die Tabletten hat er in einer der Jackentaschen verstaut. Er holt sie immer hier, weil der Apotheker ein ruhiger älterer Mann ist, der ihm die Packung bringt und nichts weiter dazu sagt, nichts darüber, wie man sie nehmen müsse, und auch nichts über den schönen Tag und dass die Sonne scheint, und der ihn vor allem nicht ansieht, nicht mit diesem forschenden Blick, und auch nicht mit dem mitleidigen, der noch schlimmer ist.

Der Mann will zur Plöck, aber dort steht eine Gruppe junger Männer, glatzköpfig und in Springerstiefeln, und verteilt Flugblätter, er mag sich von ihnen nicht ansprechen lassen. Widerstrebend wendet er sich zur Hauptstraße. Vielleicht sollte er besser gleich eine der Tabletten nehmen, aber dazu bräuchte er einen Schluck Wasser. Er hätte den Apotheker darum bitten können, aber dann hätte ihn der angesehen wie jemanden, der es wirklich braucht. Soll er in ein Café gehen? Es ist Mittagszeit, vermutlich sind die Cafés voll und er würde keinen Tisch für sich allein bekommen.

Dann fällt ihm das Kaufhaus am Bismarckplatz ein. Dort hat es Toiletten, und er kann die Tablette mit einem Schluck aus dem Wasserhahn herunterspülen. Er biegt in die Hauptstraße ein, aber dort ist ein so dichtes Gedränge, dass er immer wieder anderen Leuten ausweichen muss, vor allem Touristen, die ihm in ganzen Trupps entgegenschlendern, als ob es niemanden gäbe, der vielleicht arbeiten muss oder sonst einen wichtigen Grund hat, unterwegs zu sein. Junge Mädchen auf Rollschuhen, die wie Schlittschuhe aussehen, schießen an ihm vorbei, sie tragen knapp sitzende kurze Hemdchen, die den Bauchnabel frei lassen, er versteht nicht, warum die Eltern das erlauben, und gefährlich sind diese Rollschuhe auch, im öffentlichen Verkehrsraum darf das doch gar nicht zugelassen sein. Etwas unterhalb der Providenzkirche sind Leute stehen geblieben und bilden einen Kreis, manchmal spielen russische Geiger dort oder Indios, Bettelmusikanten eben, aber diesmal hört er keine Musik.

Der Mann schiebt sich an dem Kreis der Zuschauer vorbei, dann fällt sein Blick auf eine weiße lebensgroße stumme Marionette, auch das Gesicht kalkweiß, eine Puppe, und die Puppe verharrt bewegungslos, wie lange schon?, um plötzlich in einer abgezirkelten und ruckartigen Geste einen Arm zu bewegen oder besser: zu verschieben, der Arm schlägt hoch, als ob ein Mechanismus eingerastet sei, und die Hand richtet sich auf den Mann und zittert dabei ein klein wenig wie der Sekundenzeiger einer Bahnhofsuhr, wenn er auf die volle Minute vorrückt und kurz verharrt. Der Mann schüttelt den Kopf, was hatte dieses Ding auf ihn zu zeigen, auf einmal sieht er, dass die Marionette nackt ist, am ganzen Körper nackt, und nur weiß geschminkt. Nein, sagt der Mann, vielleicht schreit er es auch, und rennt los, mit schweren plumpen Schritten, er stößt eine Frau zur Seite, die ihn verschreckt oder eher höhnisch ansieht, rennt die Hauptstraße hinab, die Touristen weichen ihm aus, der Mann rennt und läuft und holpert, seine schwarzen Straßenschuhe drücken ihn, und seine Jacke, die er zusammengeknüllt hält, schlägt ihm gegen das Hosenbein.

Birgit reibt sich die Schulter. Was für ein gestörter Mensch! Zu allem Überfluss hat sie Kopfschmerzen, es ist drückend heiß geworden, eine Dunstglocke hat sich über Stadt und Flusstal gelegt. Hubert ist noch im Droste geblieben, um für das Schulfest zu proben. Ich lass dir den Wagen, hatte sie gesagt, und geh im *Schafheutle* eine Kleinigkeit essen. Aber dann hatte sie doch keinen Appetit und war durch die Hauptstraße geschlendert, bis sie vor einem Plakat stehen geblieben war. Die Schwetzinger Schlossfestspiele bringen am Sonntag Shakespeares *Was ihr wollt*, das ist weder Huberts Geschmack noch kommt er auf den Gedanken, dass das vielleicht der ihre sein könnte. Sie hat sich schon wieder weggedreht, als dieser Rüpel sie unversehens rempelt.

Der Morgen ist schön, denkt sie, und du bist fröhlich und freust dich an den Rosen, und auf einmal siehst du nur noch Mehltau. Vielleicht liegt es an dir? Birgit überlegt. Welchen objektiven, nachprüfbaren Grund hat sie eigentlich? Nur einen. Hubert hatte nach Bettina gefragt.

Na und?

Vielleicht hatte er einen ganz zufälligen harmlosen Anlass. Gut möglich, dass er sie heute zur Probe eingeteilt hat. Sie hätte ihn doch einfach danach fragen können. Vielleicht hat er ein dramaturgisches Problem mit seinem Singspiel, vielleicht gerade mit diesem albernen *Kann denn Liebe Sünde sein*, warum nimmt sie nicht mehr Anteil daran? Schließlich hat sie ihn auf dieses Projekt gebracht.

Und dann dieser Carius römisch zwo. Ist es nicht sehr einleuchtend, dass Miss Babyspeck sich einen dieser flotten jungen Schnaftis aussucht? Praktikum bei der Versicherungswirtschaft, BWL also, zweisitziger Roadster vom Vater zum Abitur, auch wenn ich nicht weiß, wie sie es darin treiben, jedenfalls hat das mehr Chic als im angejahrten Peugeot des Lehrerehepaars Höge, also wirklich. Trotzdem wird sie sich die Sitzpolster nächstens einmal genauer ansehen.

Schluss jetzt. Sie wird die Straßenbahn nehmen, zu Hause eine Tablette schlucken und erst einmal schlafen.

»Ach das«, sagt der Baron, ein Sektglas in der einen und ein Brötchen mit Räucherlachs in der anderen Hand, »ich dachte schon, dass Sie danach fragen würden.« Der Baron arbeitet im Pressereferat der Universität, gelegentlich kann Franziska etwas von ihm erfahren, was brauchbar ist, vielleicht hat er ein unterdrücktes Mitteilungsbedürfnis, weil die Leute sonst nur ungern mit ihm reden, es sei denn am Telefon.

»Es ist sein Sohn«, fährt der Baron fort und nimmt einen Schluck Sekt, »Junior war an einer dieser NRW-Unis auf der Vorschlagsliste für irgendwas schrecklich Alttestamentarisches, bei dem Vater ist es ein Wunder und dann irgendwo auch wieder keins, dass der Sohn Theologe geworden ist, und dann hat es eine Mitbewerberin gegeben, wieso studieren Frauen so etwas? Aber das Besetzungsgremium hat entschieden, gleiche Qualifikation, also kommt die Frau zum Zug.«

»Und jetzt übt der Senior Rache?«

»Auge um Auge, Buch um Buch. Steht schon im Alten Testament, hab ich mir sagen lassen.«

»Danke«, sagt Franziska. »Wenn ich einen Stein finde, schmeiß ich ihn in Ihren Garten.«

»Wer schmeißt heut noch mit Steinen. Moralkeulen sind angesagt ...«

Über den Kies der kleinen Grünanlage hüpfen graubraun gefiederte Spatzen. Sie sehen staubig aus und suchen zwischen Zigarettenkippen nach Brotkrumen. Der Mann sitzt auf einer Bank. Eine Taube lässt sich auf dem Kies nieder, wenig später folgt ein Täuberich und beginnt, sie gurrend zu umkreisen. Der Mann versucht durchzuatmen. Irgendwie ist er hierher gekommen, es war vor ein paar Minuten, vielleicht war es auch schon länger her, bleiben kann er hier nicht. Wer sagt es denn, dass ihm die Marionette nicht folgen wird und auf ihn zeigen will, wieder und wieder?

Dann fällt es ihm ein. Er wollte in das Kaufhaus. Es liegt auf der Südseite des Bismarckplatzes, man muss nur die Straßenbahngleise überqueren. Er zwingt sich aufzustehen, und trotz der Hitze zieht er das zerknautschte Jackett an, das neben ihm auf der Bank liegt. Wenn man mit der Jacke über dem Arm in ein Kaufhaus geht, werden die Detektive misstrauisch.

An den Auslagen mit Sommerkleidern vorbei betritt er die Eingangshalle, die kühle Luft, die aus der Klimaanlage bläst, lässt ihn frösteln. Suchend sieht er sich um, das Kaufhaus muss vor einiger Zeit umgebaut worden sein, früher hat es ein Selbstbedienungsrestaurant im Untergeschoss gegeben, jetzt ist dort ein Heimwerkermarkt. Das ist ärgerlich. Wo ein Restaurant ist, müssen sie auch eine Toilette haben, sonst darf es nicht genehmigt werden.

»Kann ich Ihnen behilflich sein?« Ein Mensch mit Hundeblick hat sich vor ihm aufgebaut. An der Brusttasche seines hellblauen Hundediensthemdes baumelt ein Plastikausweis.

»Danke«, antwortet der Mann. »Das heißt nein. Ich suche...« Ja, was sucht er eigentlich?

»Menschenskind, du...!« sagt Hundeauge. »Ich hab dich erst gar nicht erkannt.« Er packt die Hand des Mannes und drückt zu. Der Mann erschrickt. Revier Mannheim-Innenstadt? Oder noch in Weinheim. Irgendwas mit – Welt. Weltner? Wellner? Wallat?

»Chikago, mittlerer Bezirk«, fährt der Untersetzte fort, »unsere Späßchen von damals. Na ja. Wie lange ist das her? Auch schon bald 30 Jahre. Und so lustig war das alles ja auch nicht.«

Stegner? Nein. Steguweit. »Nein, besonders lustig war es nicht«, sagt der Mann.

»Richtig«, meint Steguweit, und seine Stimme klingt plötzlich lauernd. »Jetzt weiß ich es wieder. Du bist dann ja ausgeschieden... Und was machst du jetzt denn so?«

»Ich bin in Rente.«

»Sei froh.« Steguweit schaut ihn zweifelnd an. »Doch nicht wegen der Sache von damals?«

»Es ist halt nicht mehr gegangen«, sagt der Mann.

»Ah ja«, macht Steguweit. »Kann ich gut verstehen. Bin ja auch nicht mehr dabei. Der Schichtdienst, verstehst du. Ich mach jetzt hier den Sicherheitsdienst. Wenigstens hab ich da meinen regelmäßigen Feierabend.«

Der Mann nickt.

Steguweit nähert sich ihm vertraulich. »Was brauchst du denn? Wir haben hier nämlich Kollegenrabatt. Und vielleicht gibt es auch noch Remittenden-Ware, das geht« – Steguweit zwinkert kurz – »also das geht praktisch unter der Hand ...«

Ein Glas Wasser, denkt der Mann. Aber das muss ich nicht gerade dir auf die Nase binden. »Einen Schlagbohrer, aber es muss etwas Solides sein.« Wie kommt er darauf? So weit ist das sogar richtig, er hat wirklich keinen. Und die Decke im Wohnblock ist der reine Stahlbeton.

»Wenn es weiter nichts ist.« Steguweit zeigt zur Rolltreppe. »Wir haben da unten eine erstklassige Heimwerkerabteilung. Aber ich geh mit und rede ein Wort mit dem Ersten Verkäufer.« Er neigt vertraulich den Kopf und sagt halblaut: »Der Junge ist mir noch was schuldig.«

Der Junge ist ein etwa 40 Jahre alter Mann mit einem fliehenden Kinn und einem Ausdruck in den Augen, den der Mann sofort versteht. Es ist Angst, Steguweit hat den Verkäufer in der Hand und nimmt ihn aus wie eine Weihnachtsgans, plötzlich erinnert sich der Mann an die Geschichte mit dem Mädchen, das außerhalb des Sperrbezirks auf den Strich gegangen war. Es war keine schöne Geschichte gewesen, und Steguweit war nur davongekommen, weil ein paar Kollegen einen glatten Meineid geschworen hatten.

Sie stehen zu dritt in dem kleinen Kabuff hinter der Kasse, und der Verkäufer schleppt eine Schachtel nach der anderen her. »Es ist Eins-a-Ware«, versichert er, »nur die Verpackungen sind ein wenig angestoßen, bitte sehen Sie selbst, und das Gerät hier hat einen Fehler im Lack ...«

Es ist ein solide Maschine mit stufenlos verstellbarem Getriebe, die dem Mann schwer und Vertrauen erweckend in der Hand liegt, den Ladenpreis schätzt er auf gut und gerne 150 Mark. Aber das hat keine Bedeutung. Er muss hier raus. Er erträgt es nicht. Was erträgt er nicht? Steguweit. Die Erinnerungen. Das Kabuff. Den Blick des Ersten Verkäufers.

»Wie viel?«, fragt er. Der Verkäufer wirft einen ängstlichen Blick auf Steguweit. »Zwanzig Mark.« Der Mann holt sein Portemonnaie heraus und fingert zwei Zehn-Mark-Scheine heraus, dazwischen fällt ihm ein grüner Zettel zu Boden, er will sich bücken, aber der Verkäufer ist schneller und reicht ihm den Zettel, der Mann nimmt ihn und steckt dem Verkäufer das Geld zu, der grüne Zettel ist der Beleg des Schuhmachers, dem er vor einer Woche ein paar schwarze Halbschuhe zum Besohlen gebracht hat.

»Du siehst«, sagt Steguweit, »wir lassen einen alten Kumpel nicht im Stich.«

Als er das Kaufhaus wieder verlässt, schlägt ihm die Hitze wie eine Wand entgegen. Er hat die Jacke wieder ausgezogen und trägt sie in der einen Hand, in der anderen hält er die Einkaufstüte mit dem Schlagbohrer, den Dübeln und den Haken, die der Verkäufer ihm als Dreingabe herausgesucht hat. Die Schuhmacherwerkstatt liegt in der Nähe des St.-Josefs-Krankenhauses, nur wenige Minuten Fußweg entfernt, aber schon nach wenigen Schritten breiten sich in seinem Hemd große nasse Schweißflecken aus.

Er überquert die Kreuzung an der Kurfürstenanlage und kann dann wenigstens im Schatten gehen. Doch die Hitze brütet überall zwischen den Häusermauern. Auf einem Innenhof spielen Kinder Seilhüpfen. Der Mann bleibt stehen und wischt sich den Schweiß von seiner Stirnglatze. Die Kinder sind Mädchen, acht oder neun Jahre alt, zwei lassen das Seil kreisen, das dritte hüpft lässig und in aufrechter Haltung darüber hinweg, es trägt einen blonden Pferdeschwanz und einen Rock, der beim Hüpfen hochfliegt und ein weißes Höschen zeigt.

Der Mann spürt, dass ihn jemand beobachtet. Es ist eine Frau mit Brille und scharfen Gesichtszügen. Er nickt ihr zu und geht weiter, ehe sie zu zetern beginnt.

Der Laden des Schuhmachers liegt in einer Seitenstraße. Er mag den Geruch der Werkstatt. Der Schuhmacher bringt die Schuhe, sie sehen nicht aus wie neu, sondern so, wie getragene und frisch besohlte Lederschuhe aussehen sollen. Der Mann bezahlt und verlässt den Laden, die Plastiktasche mit dem Werkzeug in der einen, die Jacke und eine Papiertüte mit den Schuhen in der anderen Hand.

Er geht zurück, in Richtung des Busbahnhofs, und kommt dabei an einem kleinen Platz mit Recycling-Containern vorbei. Einer der Behälter ist von einem Hilfswerk aufgestellt, das gebrauchte Schuhe sammelt. Der Mann bleibt stehen, dann holt er die beiden Lederschuhe aus der Tüte und bindet sie mit den Schnürsenkeln zusammen und steckt sie in den Container. Wenig später erreicht er den Bahnhof, ein Bus der Linie 41 wartet schon, er steigt ein und stellt sich in den tiefer gelegten Mittelraum, denn die Sitzplätze sind schon belegt von jungen Leuten mit Badezeug, die zu einem der Baggerseen wollen, und von Frauen, die vom Einkaufen kommen oder vom Arzt. Kurz darauf startet der Busfahrer und der Mann überlässt sich seinen Gedanken.

Birgit irrt durch die langen Flure, links und rechts gleiten die Verschläge mit den halbhohen Glasfenstern an ihr vorbei, die Glasscheiben sind blind von Staub, warum findet sie das Feuilleton nicht? Sie hat die Maupassant-Novelle übersetzt, die Blätter liegen glatt und sauber getippt in ihrer Hand, die Novelle soll in der Juni-Beilage erscheinen, und die wird doch vor der Abendmesse gedruckt, die Flure werden immer dunkler, plötzlich ist sie in der Bierschwemme in Q 11, das kann aber nicht sein, sie arbeitet doch in Heidelberg im Droste, irgendjemand hämmert auf dem verstimmten Klavier, vor dem Tresen sitzt das Mädchen aus der Lokalredaktion und trinkt Bier aus der Flasche, ich hab die Übersetzung, will Birgit sagen, aber dann sieht sie, dass das Mädchen sie schon hat, die Übersetzung ist aus Silber mit blassroten Granatsteinen.

Hat gerade mal vierfuffzich gekostet, sagt das Mädchen und schüttelt ihre Staubfängerlocken, und Birgit wacht auf, den Mund klebrig vom Schlaf.

Unten in seinem Musikstudio klimpert Hubert auf seinem Flügel, irgendwie klingt es aber nicht nach Chopin. Birgit schließt die Augen, das Geklimper hört nicht auf, plötzlich fällt ihr der Titel ein, es ist *Non, je ne regrette rien*, also arrangiert er wieder an seinem Potpourri herum. Was das nur werden mag, manchmal gibt es schon etwas zu bedauern, zum Beispiel, einen Pianisten zum Mann zu haben und keinen, der einem einen Kaffee kocht.

In einem der ersten Dörfer außerhalb Heidelbergs steigt der Mann aus, geht an einer kleinen Kirche aus schmutzig gelbem Sandstein vorbei und eine Straße hinab, die an kümmerlichen Häusern mit Eternit-verkleideten Fassaden vorbeiführt. Er nickt zwei Männern zu, die ihm entgegenkommen und die er vom Sehen kennt, und sieht lieber weg, als er der alten Vettel begegnet, die einen Stützwagen vor sich her schiebt. Nun hängst du mal nicht am Fenster, das trifft sich aber gut. Vor einem Wohnblock mit verblasstem rotem Anstrich bleibt er stehen und schließt auf und wirft einen Blick auf seinen Briefkasten. Er ist leer. An Kinderwagen und Fahrrädern vorbei geht er zur Treppe. Langsam und bedächtig, sodass er nicht außer Atem kommt, steigt er bis zum dritten Stock hoch.

In seiner Wohnung geht er in die Küche, legt die Plastiktüte mit dem Schlagbohrer auf den Tisch und holt aus dem Kühlschrank eine angebrochene Flasche Mineralwasser. Er nimmt einen kräftigen Schluck, dann schraubt er die Flasche wieder zu und stellt sie zurück. Er überlegt kurz, ob er eine der Tabletten nehmen soll. Es ist nicht mehr nötig. Er geht zum Besenschrank und holt die Trittleiter. Im Wohnzimmer schließt er mit einem Verlängerungskabel den Schlagbohrer an und steigt auf die Leiter. Er würde zwei Haken brauchen, und er würde sie seitlich der Deckenlampe anbringen, damit er nicht auf die Stromleitung trifft.

Er setzt den Schlagbohrer auf und drückt den Starthebel.

Kalkiger Putz spritzt ihm in die Augen, aber die Betondecke ist so hart, dass sie den Schlagbohrer abfedern lässt wie eine Gummiwand. Der Mann lässt den Starthebel los und wischt sich den Kalk aus den Augen. Dann setzt er den Bohrer noch einmal an. Die Maschine kreischt auf und versucht auszubrechen, aber der Mann hält sie mit harten kräftigen Händen gepackt und zwingt sie, sich in den Beton zu fressen.

Schließlich setzt er den Bohrer wieder ab. Sein Gesicht ist kalkverschmiert. Das Loch ist noch nicht tief genug, bei weitem nicht. Er stellt eine höhere Geschwindigkeit ein und versucht es erneut. Das Kreischen schwillt an, aber diesmal dringt der Bohrer tiefer.

Das müsste reichen.

Der Mann lässt den Hebel los. Irgendjemand hämmert gegen seine Wohnungstür. Er steigt von der Leiter, geht zur Tür und späht durch den Spion.

Vor der Tür steht ein dicker unrasierter Mann in einem schmuddeligen T-Shirt. Der Bosnier aus der Dachwohnung.

Der Mann öffnet.

»Wastu machen für Krach? Ich haben Spätschicht, Menschekind.«

»Entschuldigung«, sagt der Mann. »Ich bin gleich fertig. Nur noch einmal. Kommt nicht mehr vor.«

Er schließt die Tür und kehrt zur Trittleiter zurück. Der Dübel passt in das Bohrloch. Er dreht den Haken ein, bis er unverrückbar fest sitzt.

Wenig später hat er auch den zweiten Haken eingedübelt. Er steigt von der Trittleiter und geht mit dem Schlagbohrer in die Küche zurück und verstaut ihn in einer Schublade mit anderem Werkzeug. Im Bad wäscht er sich das Gesicht und die Hände. Mit dem Staubsauger säubert er den Teppichboden. Dann geht er durch die Wohnung und schließt die Fenster. Er blickt auf den gegenüberliegenden Block und überlegt, ob er die Jalousie herunterlassen soll. Aber die Alte, die dort sonst immer am Fenster hängt, ist nicht zu sehen. Brave Alte. Schieb dein Wägelchen.

Aus seiner Kommode holt er Schreibzeug und setzt sich an den Tisch. Er hat lange keinen Brief mehr geschrieben, und auch früher hatte er es nicht gerne getan. Lange überlegt er, schließlich fällt ihm ein, dass er im Grunde nur eine Frage hat, und dass sie ganz einfach ist. In einem Zug schreibt er Datum, Anrede, den einen Satz und darunter seinen Namen. Er liest den Brief noch einmal durch, dann steckt er ihn in einen Umschlag, klebt den Umschlag zu und adressiert ihn.

Er sollte noch aufs Klo.

Wieshülen, 28. Juni, abends

Die Sonne ist untergegangen, und ein rötlicher Schimmer zieht sich über den Himmel. Die Tafelberge der Alb schieben sich in die dunstige Ebene vor, scharf umrissen und doch fast durchscheinend, als seien sie aus dunklem Glas. Tief unten auf der Bundesstraße haben die Autofahrer die Lichter eingeschaltet und kriechen aneinander vorbei wie Prozessionen von Leuchtkäfern. Sie kommen von den Industriedörfern des Unterlandes, deren Lichterteppiche sich im Nordwesten erstrecken, oder sind auf dem Weg dorthin.

Neben dem Vorsprung, auf dem Florian Grassl steht, sind Stufen in den Fels geschlagen. Hier beginnt der Franzosensteig, doch ein weißrotes Plastikband versperrt den Weg, der zwischen Krüppelkiefern und Buchengehölz hindurch in eine Tiefe geführt hätte, die bereits mit der Dunkelheit zu verschmelzen beginnt. Den Steig hinab kam man sonst ins Tal hinunter und zu der Bushaltestelle dort. Aber der Dauerregen des Frühsommers hat einen Teil des Weges weiter unten weggespült und nahezu unpassierbar gemacht.

Florian Grassl, ein mittelgroßer, trotz seiner kaum 30 Jahre schon etwas dicklicher Mann, blond und mit sorgfältig gestutztem Schnurrbart, hat ohnehin nicht vor, ins Tal zu gehen. Beim Abendessen hat er zwar angekündigt, er wolle noch nach den Fledermäusen sehen. Gerolf Zundt hatte ihn nur leer angesehen. Schließlich macht Grassl öfters solche Spaziergänge. Und am Felsen gibt es wirklich Fledermäuse.

Grassl dreht sich um und geht auf dem Weg zurück. Nach

wenigen Metern kommt er zu der Kreuzung mit dem Wanderweg, der den Albtrauf entlangführt. Er wendet sich nach rechts, in Richtung zum Schafsbuck. Ein wenig Abwechslung ist nicht zu viel verlangt. Den ganzen Tag über hat er sich durch den Staub und Moder von Bücherkisten wühlen müssen, die Zundt von einem seiner Gönner hinterlassen worden waren. *Nachtwache auf dem Toten Mann, Sturm um die Höhe 304, Wetterleuchten auf dem Linge* heißen die Titel, die er erfassen und verzetteln muss. Manche der alten Scharteken sind in Leder gebunden, andere broschiert und zum Teil noch nicht einmal aufgeschnitten.

»Kostbarkeiten der Zeitgeschichte«, hatte Gerolf Zundt geraunt, das Runzelgesicht verschwörerisch zusammengefaltet, als er am Nachmittag kurz in der Bibliothek vorbeischaute und von Grassls Arbeitstisch einen der broschierten Bände aufnahm.

Grassl lächelt fein. Er muss daran denken, wie sich Zundts Gesicht unversehens ins Kummervolle umgefaltet hatte. »Wie dürfen wir denn das verstehen?« Der broschierte Band ist Oskar Wöhrles »Bumserbuch«, 1925 in Konstanz erschienen.

»Es ist ein Kriegsbuch«, hatte Grassl geantwortet. »Der Autor war Kanonier. Ein Bumser also. Lustig gemeint hat er den Titel aber nicht. Wöhrle war damals Pazifist und linker Sozialist. Später allerdings hat er sich den Nationalsozialisten angeschlossen. Oder besser: sich ihnen angedient.«

»Ein Märzgefallener also?«, hatte Zundt gefragt.

»Nein, erst später. Es war sozusagen eine Überlebensfrage.«

»Stellen Sie es in den Giftschrank«, hatte Zundt angeordnet. »Ich möchte nicht, dass meine Gattin das sieht. Morgen kommt übrigens ein Besucher, Professor Schatte aus Freiburg, dem können Sie es natürlich zeigen.«

Auch beim Abendessen – Kräuterquark und Apfelschalentee – war der morgige Besucher Thema gewesen. Margarethe Zundt, die *Hohe Frawe,* wie Grassl sie insgeheim nannte, hatte wissen wollen, ob der Gast über Nacht bleiben werde.

»Nein«, hatte Zundt geantwortet, »wir wollen uns nur unterhalten, Faden schlagen ... Vielleicht kann ich ihn für unser nächstes Frühjahrsseminar gewinnen.«

»Ein Weisheitslehrer?«, hatte die Hohe Frawe wissen wollen. »Nein«, antwortete Zundt, »kein Philosoph. Ernst Moritz Schatte hat einen Lehrstuhl für Kommunikationstheorie und Internationale Politik, hochinteressanter Mann, die Medien reißen sich um ihn ...«

Die Hohe Frawe war nicht angetan. »Ich wünschte, es gäbe noch Wissende«, bemerkte sie strafend. »Nicht nur solche, die sich ins Fernsehen drängen und die Hände in den Hosentaschen haben.«

Zundt hatte etwas davon gemurmelt, dass die Akademie doch auch mit der Zeit gehen müsse, und sich seinem Knäckebrot mit Kräuterquark zugewandt. Nach einer Weile, noch kauend, war er wieder auf das Frühjahrsseminar zu sprechen gekommen. »Es soll sich diesmal mit der globalen Herausforderung für das Europa der Nationen beschäftigen, ein eminent wichtiges Thema ... der Erhalt unserer gesamten abendländischen Kultur hängt davon ab. Wenn ich nur daran denke, welchen Schund und Schmutz ich dieser Tage in der Kreisbücherei habe entdecken müssen, Romane von diesem Grass, Asterix-Hefte, alles mit Steuergeldern angeschafft, kein Wunder, dass die jungen Leute keine Werte mehr kennen ...«

»Und dieser Gelehrte – der wird darüber sprechen?«, hatte die Hohe Frawe wissen wollen.

»Ich denke, er wird tiefer graben ... Im Grunde geht es um nichts weniger als den Begriff des Gesellschaftlichen im 21. Jahrhundert. Wir wollen da eine umfassende Ausarbeitung vorlegen, vielleicht wird daraus auch eine –«, er hatte gezögert und mit einem Anflug von plötzlichem Zweifel das angebissene Knäckebrot betrachtet, »wie soll ich sagen – eine institutionelle Mitarbeit.«

Jetzt, im Wald, überlegt Grassl, wie er das im Sinn der Hohen Frawe am besten ausdrücken würde. *Anstaltshafte* Mitarbeit? Oder gar eine *leitungsweise*? Auch für ihn kein so besonders schöner Gedanke. Der Herr Professor aus Freiburg könnte sonst wo Leute kennen...Vergiss es. Ewig ist nirgends. Er verlässt den Wanderweg und folgt behutsam einem Pfad entlang einer Fichtenschonung. Rechts neben ihm liegt ein Buchenwald, dessen glatte helle Stämme er mehr ahnen als sehen kann. Weiter vorne ist ein Wanderparkplatz. Vorsichtig sucht er sich seinen Weg, schließlich bleibt er stehen und horcht.

Der Wald schweigt. Grassl geduldet sich. Zeit muss man haben, sonst hat es keinen Sinn. Das Ohr muss sich auf die Geräusche des Waldes einstellen, auf das Rascheln der Tiere und auf das, was sonst noch zu hören ist. Man muss ein Teil des Waldes werden, Teil der Dunkelheit, unsichtbar und unhörbar.

Hoch und klagend schreit ein Vogel. Ein Käuzchen? Grassl überlegt, ob er sich vorsichtig durch die Schonung hindurch auf den Parkplatz zubewegen soll. Er würde sogar sehr vorsichtig sein müssen. Irgendetwas liegt in der Luft. Manchmal fahren sie mit ihren Autos bis unter die Bäume.

Er schiebt sich an einer Jungfichte vorbei.

Das matt glänzende schwarze Auto steht so unmittelbar vor ihm, dass er beinahe gegen die Fahrertür gelaufen wäre. Grassl spürt, wie sein Herz bis zum Hals schlägt. Für einen Augenblick überkommt ihn das dringende Verlangen, sich umzudrehen und durch die Schonung zu brechen und davonzurennen, so schnell ihn die Füße tragen.

Doch in dem Wagen rührt sich nichts. Niemand ist darin. Es ist ein schwarzer BMW mit einem Rennlenker und gelben oder jedenfalls hellen Lederpolstern. Grassl legt die Hand auf die Motorhaube. Sie ist noch warm.

Er überlegt. Wenn *sie* ausgestiegen waren und hier irgendwo zwischen den Fichten liegen, hätte er sie längst hören müssen. Aber er hatte nichts gehört.

Also ist es etwas anderes. Ein einzelner Mann? Jedenfalls keiner aus dem Dorf. Keiner der jungen Leute von dort hat ein solches Auto. Aus seiner Hosentasche holt er den Schlüsselbund mit der Minilampe, bückt sich und sieht sich das Kennzeichen an, wobei er den Lichtschein mit der Hand abschirmt.

Der BMW ist in Stuttgart zugelassen.

Womöglich jemand wie ...? Grassl verzieht das Gesicht. Der Wagen ist nicht klug geparkt. Überhaupt nicht klug. Falls es kritisch wird, muss der Fahrer mit dem BMW ja auf den Wanderparkplatz zurückstoßen.

Na ja, du wirst schon sehen, wie dir das bekommt.

Behutsam schiebt er sich an den Jungfichten vorbei und gelangt in ein Waldstück mit älteren Bäumen. Er umgeht den Wanderparkplatz, bis er zu einem Holzstoß am Waldrand kommt, von dem aus er sowohl den Parkplatz als auch die Zufahrt zu ihm einsehen kann. Es ist ein günstiger Standort, denn wenn er sich umdreht, überblickt er den Waldrand links davon und die Hochfläche mit den Wacholderweiden bis hin zum Gelände der Johannes-Grünheim-Akademie.

Er holt sein Fernglas hervor und stellt es ein. Es ist ein Nachtsichtgerät, wie es eine Blondine in einem Outdoor-Katalog um den Hals hängen hatte. Die Blondine steckte in Springerstiefeln und einem fleckfarbenen Bustier.

Der Parkplatz ist leer. Er zuckt mit den Achseln und beginnt, mit dem Glas den Waldrand abzusuchen.

Auch da ist niemand. Vielleicht ist es noch zu früh am Abend. Er wendet sich nach rechts, zur Akademie, und bekommt zunächst nur das dunkle Dach des Gästehauses ins Blickfeld. Dann plustern sich die Kronen der Kastanien, satt und dunkelgrün, vor dem Nachthimmel auf und schimmern im Widerschein des Lichtes, das aus dem Akademiegebäude fällt. Licht brennt nicht nur in Zundts Arbeitszimmer, sondern auch in den Bibliotheksräumen im ausgebauten Walmdach und unten im Erdgeschoss. Grassl kann einen Schatten sehen, der sich im Arbeitszimmer hin und her bewegt.

Was treibt Zundt da? Um diese Zeit hockt er sonst vor dem Fernseher, trinkt Portwein und schlummert sanft in die Schlafenszeit hinüber, während die Hohe Frawe ihre Tarotkarten legt. Vermutlich tut sie das auch jetzt, denn im Brentano-Salon brennt Licht. Die Hausmeisterwohnung hingegen ist dunkel.

Freißle sitzt also schon im »Waldhorn«. Grassl geht mit dem Fernglas noch einmal den Waldrand ab. Nichts. Vielleicht liegt es daran, dass er gewohnt ist, auf andere Hinweise zu achten. Die Stelle, an der die Dunkelheit auf andere Weise dunkel ist als die Bäume darum herum, hätte er fast übersehen. Er ist mit dem Fernglas schon darüber hinweg, als er innehält und noch einmal den Waldrand davor absucht.

Beim zweiten Hinsehen wundert er sich, dass es ihm nicht gleich aufgefallen war.

Unter dem Schutz einer ausladenden Buche steht ein Mann, dunkel gekleidet und an den Stamm gelehnt. Angelehnt hat er sich, um sein Fernglas besser halten zu können.

Der Kollege. Wenn man ihn so nennen kann. Aber wieso hat er es auf die Akademie abgesehen?

Donnerstag, 29. Juni

In einem Büro des Neuen Baues, dem Sitz der Ulmer Polizeidirektion, ist die Kriminalkommissarin Tamar Wegenast – Dezernat I, Kapitalverbrechen – damit beschäftigt, Ablagekörbe aus Plastik mit Papierservietten auszulegen und Butterbrezeln darin zu arrangieren. Auf dem Tisch, auf den sie die Körbe stellt, steht außerdem eine Batterie von Weinflaschen, Großbottwarer Trollinger für den, der Rotwein vorzieht, und Auggener Schäf Gutedel.

»Die Kollegen werden ja so intelligent sein und Gläser mitbringen?«, fragt sie einen älteren Mann, der sich über eine herausgezogene Schreibtischschublade gebeugt hat.

»Schauen Sie, was ich gefunden habe«, antwortet der Mann und richtet sich wieder auf. Er steckt in einem grauen Glencheck-Anzug und hat sich zu einem blauen Hemd eine rote Krawatte umgebunden. »Eine alte Ausgabe von Johann Peter Hebels Kalendergeschichten.« Er lächelt verlegen und hält einen in verblasstes rotes Leinen gebundenen Band hoch. »Ich erinnere mich, dass ich das irgendwann im Herbst bei einem Antiquar gekauft habe. Als Trost. Es war nasskalt und neblig, und ich hätte mich am liebsten damit nach Hause verkrochen. Aber ob das jetzt drei oder fünf Jahre her ist, weiß ich wirklich nicht mehr.« Dann bemerkt er Tamars Blick.

»Entschuldigen Sie. Zur Intelligenz der Kollegen möchte ich mich eigentlich nicht mehr äußern. Für die Beschaffung von Trinkgefäßen wird es wohl reichen.«

Kriminalhauptkommissar Berndorf, Leiter des Dezernats I, hat sich an diesem Morgen sorgfältiger als sonst rasiert und den noch am besten erhaltenen Anzug herausgesucht. Dies ist ein besonderer Tag, in wenigen Minuten wird ihm Kriminalrat Englin die Entlassungsurkunde überreichen, und wenn das überstanden ist und die unsäglichen Worte über den Kollegen, *dessen Rat uns immer willkommen sein wird*, wenn das Händegeschüttel vorbei ist und der Umtrunk – dann wird Berndorf ein freier Mann sein, frei, zu tun und zu lassen und zu lesen, was immer ihm gefällt.

Oder in das schwarze Loch zu fallen.

Markus Kuttler stößt die Türe auf und schleppt zwei Plastiktüten voll Flaschen ins Zimmer. »Ich hab' noch Mineralwasser besorgt«, erklärt er. Kriminalkommissar Kuttler wurde im Frühjahr vorübergehend in das Dezernat I abgeordnet und wird jetzt, nach Berndorfs Abschied, wohl länger bleiben.

»Übrigens hab ich Englins Sekretärin auf dem Gang getroffen. Der Herr Kriminalrat brütet schon den ganzen Morgen über seiner Ansprache. Sein Papierkorb muss voller Entwürfe sein. Wenn ich ein besonders schönes Exemplar finde, lass ich es rahmen und schenk' es Ihnen.«

»Machen Sie sich nicht unglücklich. Die Staatsanwaltschaft hängt Ihnen ein Verfahren wegen Verletzung des Dienstgeheimnisses an.«

Das Telefon klingelt. Tamar Wegenast nimmt den Hörer ab und meldet sich. Mit schmalen Augen sieht sie zu Berndorf hinüber.

»Das geht jetzt schlecht, Kollege«, sagt sie dann. »Wir haben gleich Dienstbesprechung.«

Der Gesprächspartner lässt nicht locker.

»Danach wird es erst recht nicht gehen. Aber das erklärt er Ihnen vielleicht doch besser selbst.« Mit einer resignierenden Geste reicht sie den Hörer zu Berndorf, der ihn nimmt und sich meldet, an den Schreibtisch gelehnt.

Am Telefon ist ein Beamter der Polizeidirektion Heidelberg. »Hauptkommissar Berndorf? Entschuldigen Sie bitte, wenn mein Anruf ungelegen kommt. Aber sagt Ihnen der Name Troppau, Wilhelm Troppau etwas?« Berndorf antwortet nicht.

»Kollege, sind Sie noch da?«

»Ja«, sagt Berndorf schließlich. »Der Name sagt mir etwas. Was ist mit ihm?« Er greift sich einen Stuhl und setzt sich an seinen Schreibtisch, sodass er Tamar den Rücken zuwendet.

»Suizid. Troppau hat sich aufgehängt. Vermutlich gestern, gegen Abend, meint der Arzt.« Die Stimme am Telefon wird zutraulich. »Eine Nachbarin hat durchs Fenster gesehen, dass in seiner Wohnung ... also dass da einer hing, und hat die Kollegen vom örtlichen Revier in Sandhausen, hier bei Heidelberg, angerufen.«

»Und die Kollegen haben ihn dann gefunden?«

»Und heruntergenommen, ja. Wir haben ihn inzwischen zweifelsfrei identifiziert, und ein Fremdverschulden können wir auch ausschließen. Aber warum ich Sie anrufe – wir haben bei dem Toten einen Brief gefunden. Er lag auf dem Tisch, neben dem die Leiche hing.«

Berndorf wartet.

»Der Brief ist an Sie adressiert.«

Wieder Schweigen. Diesmal fragt der Heidelberger Kollege nicht nach.

»Wilhelm Troppau war ein Kollege«, sagt Berndorf schließlich. »Aber das wissen Sie sicher schon. Wenn Sie einverstanden sind, möchte ich mir alles ansehen, nicht nur den Brief.«

Wenig später legt er auf. Tamar schaut zu ihm hin. Was hat er? Er steht auf und dreht sich zu ihnen um. In seinem Gesicht hat sich ein Ausdruck eingenistet, den Tamar nicht deuten kann. Für einen Moment hat sie das Gefühl, sie stehe jemand anderem gegenüber, einem ratlosen, überforderten jungen Mann.

»Entschuldigen Sie mich in der Konferenz. Erzählen Sie irgendwas. Dass ich dringend nach Heidelberg muss. Ist ja auch wahr. Und laden Sie an meiner Stelle die Kollegen ein. Sie sollen mich *in absentia* zum Teufel schicken.«

Er packt den Hebel-Band und einen Stapel voll geschriebener Notizblöcke in seine Tasche und wendet sich zum Gehen.

»Chef, das können Sie nicht machen«, protestiert Tamar. »Das ist ein Affront für die Kollegen. Auch für uns.«

Berndorf ist bereits an der Tür. Er wendet sich noch einmal zu Tamar. »Kein Affront. Es geht nicht anders.«

»Kann ich wenigstens erklären, dass Sie dienstlich in Heidelberg sind?«, will Tamar wissen.

»Es ist dienstlich, aber nicht nur.«

»Mehr wollen Sie mir nicht sagen?«

»Nein«, sagt Berndorf und sieht sie ruhig an. »Mehr will ich nicht sagen.« Er verlässt das Büro.

»Jetzt hab ich das Mineralwasser für die Katz hochgeschleppt«, sagt Kuttler. »Von den anderen trinkt das doch keiner.«

»Wer, bitte, hat diesen lausigen Kaffee verbrochen?«, fragt Elfriede Pirschka (Deutsch, Geschichte) und hält anklagend den Porzellanbecher hoch, den ihre langen knochigen Finger mit den rot lackierten Nägeln umklammert halten wie ein besonders glitschiges Opfer. Niemand antwortet.

»Warum bricht eigentlich in dieser Anstalt zum Schuljahresende regelmäßig der kollektive Irrsinn aus?«, fährt sie fort. »Der Kaffee wird immer lausiger, die Konversation gefriert ein, und in der Aula treiben sie ich weiß nicht was.«

Wieder antwortet niemand. Sie zuckt mit den mageren Achseln und sieht sich um. Ihr Blick fällt auf Hilffreich (Eberhard, ev. Religion). »Pfarrerchen, erklär mir das mal. An Pfingsten haben wir doch die Aussendung des Heiligen Geistes, oder hab ich das falsch verstanden? Gibt es auch so etwas wie die Aussendung des allgemeinen Dummtreibens? Also dass die Leute nicht in Zungen reden, sondern alle Internet-Aktien kaufen oder deutsche Schlager singen und Festansprachen üben?«

Hilffreich quält sich ein ratloses Lächeln ab. Birgit sieht von ihrem Arbeitsplan auf. »Den Kaffee habe ich gekocht, meine

Liebe, und wenn er ein wenig dünn geraten ist, so liegt das daran, weil nicht mehr Kaffee da war. Wenn mich nicht alles täuscht, wärest du an der Reihe gewesen, neuen zu besorgen.« Sie vertieft sich wieder in ihren Plan. Etwas fehlt noch. »Aber wenn solche Regeln nicht eingehalten werden«, fügt sie mit kätzchensanfter Stimme hinzu, »ist es kein Wunder, dass das allgemeine Klima hier gegen den Nullpunkt tendiert.«

Ich hätt' sie noch sollen Elfriede nennen.

Die Tür des Lehrerzimmers geht auf und Hubert tritt ein. Wie immer bewegt er sich ein wenig zu beschwingt, als sei er im Begriffe, das Podium eines Konzertsaales sowie die Herzen des versammelten Publikums im Sturm zu nehmen. Am Fenstertisch steht Miriam Bachfeld (Englisch, Sport) auf und huscht zu ihrem Schrank.

»Bertie«, sagt Pirschka, »geh nicht so. Du brichst mir sonst noch einmal das Herz.«

Dann schenkt sie Birgit ein schmelzendes Lächeln, als könne sich beim Anblick von Hubert Höges Hintern doch niemand mehr über Kleinigkeiten wie einen nicht gekauften Kaffee echauffieren.

Hubert bleibt stehen. »Pirschka«, sagt Hubert, »du hast doch nachher die 12b?«

Nicht schon wieder, denkt Birgit. »Hab ich, Bertieschatz.«

»Ich muss dir Bettina entführen. Die Übergänge bei ihrem Auftritt klappen noch nicht.«

»Schatz«, antwortet die Pirschka und klappert mit den Augenlidern, »warum willst du Bettina entführen? Entführ doch lieber mich. Meine Übergänge klappen immer. Schau – gestern hab ich mir deine Homepage über neue Platten angetan, ich war so etwas von hin und weg, eine Stelle hab ich mir aufgeschrieben, Moment« – sie setzt ihre Lesebrille auf und holt sich einen Zettel aus ihrem Notizbuch, »hier: *flockig weggedreschter Garagenbeat, mit bizarren Loops und Samples overstylt* ... Ich hab auf der Stelle einen Orgasmus von gehabt.«

»Elfriede«, sagt Birgit warnend, diesmal mit ausgefahrenen Krallen in der Stimme.

Elfriede Pirschka zieht eine Grimasse, stellt den Becher ab und geht zu ihrem Platz. »Hol dir von meinen Schülern, wen du willst. Oder von meinen Schülerinnen.« Ein anzügliches Grinsen huscht über ihren Mund. »In dieser Anstalt ist offenbar alles wichtig, nur nicht der Unterricht.«

»Danke«, sagt Hubert und setzt sich, Birgit gegenüber, an ihren Tisch. Mit einer mechanischen Geste nimmt er seine Bifokal-Brille ab und beginnt, sie mit einem kleinen weißen Tuch zu putzen. Birgit mag es nicht, wenn er die Brille abnimmt. Seine Augen sehen dann klein und müde aus, als wäre aller Schwung nur eine Maske gewesen, an die Brille angeheftet und mit ihr abgelegt.

»Wenn du willst, kannst du nachher den Wagen haben«, sagt er. »Ich weiß nicht, wann ich heute hier rauskomm. Mit den Dekorationen gibt es auch noch Ärger.«

Du weißt nicht, wann du hier rauskommst. Aus was oder wem raus? »Ist mir recht. Ich muss sowieso noch Katzenfutter holen.«

Auf dem erhöhten Richtertisch stecken die drei Berufsrichter die Köpfe zusammen und tuscheln. Dann zieht der Vorsitzende Richter das Mikrofon zu sich heran und teilt mit, dass nun doch noch weitere Zeugen geladen werden müssten und die Verhandlung deshalb bis zum Nachmittag unterbrochen werde. Die beiden Burschen auf der Anklagebank grinsen. Der Mann im dunklen, schmal geschnittenen Anzug neben ihnen hebt die Augenbrauen.

Erleichtert steckt sich Franziska Kugelschreiber und Notizblock in die Jackentasche. Wieder ein Vormittag, an dem sie nichts verdient hat. Aber wenigstens kann sie diesen fensterlosen Saal verlassen, den sie schon immer als beklemmend empfunden hat, dunkel, schäbig, schlecht beleuchtet, von miserabler Akustik, eine Vorhölle. Die ihr hier eintretet, lasst alle Hoffnung fahren! Irgendwann wird sie eine Geschichte über die Schwurgerichtssäle der Republik schreiben, einen Rundgang durch die Architektur der Einschüchterung, vom gemütlichen dielenknarrenden bayerischen Schwurgericht mit dem Kreuz und den knackig langen Freiheitsstrafen über die Stuttgarter Festungsarchitektur zum wilhelminischen Götterdämmerungstribunal in Braunschweig. Und Mannheim wäre das Exempel für die Verbunkerung der Justiz.

Ja, irgendwann.

Eisholm, einer der Verteidiger, den Talar über den Arm gehängt, kommt auf sie zu. »Da werden Sie heute aber wenig Honig gesaugt haben«, sagt er. Er ist ein hagerer groß gewachsener Mann mit grauer Mähne und hellen Krähenaugen.

Franziska zuckt mit den Schultern. »Was halten Sie von einer netten kleinen Geschichte über skrupellose Anwälte, die einen Prozess bis zum Nimmerleinstag verschleppen?«

»Wer verschleppt denn hier? Was wollen Sie denn machen bei einer Anklage, die auf dem nackten brüllenden Nichts aufgebaut ist? Die Hände falten und sagen, ja, liebes Gericht, an der Anklage ist zwar nichts dran, absolut nichts, aber damit uns nur ja niemand Prozessverschleppung vorwirft, verurteilen Sie bitte meinen Mandanten und stecken ihn ins Loch ...«

Eisholm, zu diesem Behuf eigens aus München geholt, verteidigt den Mann im dunklen Anzug, einen Manager aus der mittleren Führungsebene eines Brauerei-Konzerns und dort für die Immobilien zuständig. Eine davon, eine heruntergekommene Kneipe mit noch heruntergekommeneren Wohnungen darüber, war abgebrannt, und in den Wohnungen hatte die Feuerwehr die verkohlten Leichen von zwei Sozialhilfeempfängern gefunden.

Franziska schüttelt den Kopf. Dann kommt ihr ein Gedanke. »Trinken wir einen Kaffee zusammen?«

»Gerne«, meint Eisholm und lächelt geschmeichelt. Er hat es schon immer für hilfreich fürs Image gehalten, wenn Journalistinnen den Kontakt zu ihm suchen.

Sie treten zusammen aus dem Gerichtsgebäude, das sich vor dem Anblick des Mannheimer Schlosses auf der anderen Seite der Allee klein und unbedeutend ausmacht. Es ist wieder heiß geworden, am Abend soll es Gewitter geben.

»Sie können mir dann erklären, warum es *nicht* den Gepflogenheiten Ihres Mandanten entspricht, diese Bruchbude abfackeln zu lassen, und was in dieser Branche überhaupt geschäftsüblich ist.«

»Ich sag dir, ich war hackedicht zu, so was von breit und knülle, ich hab dem Prof seinen Assi für Kowalskis Fuchs gehalten, das ist auch so ein bebrillter Warmduscher ...«
Der Zug rollt über den Viadukt bei Bietigheim. War das der Neckar? Unsinn, es ist die Enz. Berndorf schließt die Augen und versucht, den jungen gesichtsfleckigen Mann am Fensterplatz ihm gegenüber telekinetisch aus seinen Gedanken und – vor allem – aus dem Zug zu entfernen. Irgendwie geht es nicht. Er öffnet die Augen wieder und schlägt den Hebel-Band auf.
... und sie saumte vergeblich selbigen Morgen ein schwarzes Halstuch mit rotem Rand für ihn zum Hochzeitstag, sondern als er nimmer kam, legte sie es weg und weinte um ihn und vergaß ihn nie. Unterdessen wurde die Stadt Lissabon in Portugal durch ein Erdbeben zerstört, und der Siebenjährige Krieg ging vorüber, und Kaiser Franz der Erste starb, und der Jesuitenorden wurde aufgehoben ...
»... sach mal, kannste mir ein' Gefallen tun? Ich hab nachher eine Klausur bei Gallenheimer, er reitet gerade auf der mittelbaren Täterschaft herum, ich weiß nicht, was ich mit diesem konstruierten Zeug soll, klar, wenn ich einen Depp mit einer Knarre losschicke und der legt Leute um, bin ich dran, aber wann passiert so etwas, außerdem kann ich mit meinem Kopf keine Klausur schreiben ...«
Berndorf lässt das Buch sinken. Das Handy ist die Narrenpritsche unserer Zivilisation. Lärmend teilt es mit, dass die Leute keinen Anstand und keinen Verstand mehr haben. Die elektronische Nabelschnur für eine Generation, die keinen Augenblick mehr allein sein kann.
Gleichmäßig und einschläfernd schottelt der D-Zug über die Gleise, grau zerbröselt Zeit vor seinen Augen, warum wird er so müde, er hat gestern doch gar nicht ...?

... und Polen geteilt, und die Kaiserin Maria Theresia starb, und der Struensee wurde hingerichtet, Amerika wurde frei, und die vereinigte französische und spanische Macht konnte Gibraltar nicht erobern ...

Wieder lässt er den Band sinken. Waldhänge und Felder ziehen vorüber, As time goes by, die Tagesschau flimmert schwarzweiß, vor dem Denkmal des Warschauer Aufstandes fällt Willy in die Knie, so nicht, sagt Rainer Barzel, Wienand schleppt seine Aktentasche durch dunkle Flure, kauft ihr vier, kauf ich fünf, gerne trinkt Jule Steiner noch einen Schoppen, die Segelohren haben nichts dagegen, dass Guillaume mit nach Norwegen fährt, Onkel Herbert besorgt schon mal einen Strauß roter Rosen ...

Irgendetwas jault im Abteil, wie es sonst nur ein vergessener Wecker in der Reisetasche fertig bringt. Der junge Mann blickt strafend aus seinen roten Schnapsaugen.

Berndorf sieht suchend um sich. Dann fällt es ihm ein. Es ist kein Wecker, und es ist auch nicht in der Reisetasche. Es ist sein Handy, und es steckt in seiner Jackentasche, und während er es herauszuziehen versucht, jault das Ding weiter und verhakt sich mit seiner Stummelantenne im Taschenfutter und stülpt es um. Schließlich hat er es herausgefingert und meldet sich.

Es ist Barbara. Er hätte es sich denken können.

»Darf ich dir gratulieren? Hast du's überstanden?«

»Jein«, antwortet Berndorf lahm.

»Ihr feiert noch, oder was ist das für ein Geräusch?«

»Ja. Nein. Die Kollegen feiern, hoffe ich doch. Das Geräusch ist der Zug. Ich sitz im Zug nach Heidelberg. Komischerweise ist es ein D-Zug. Ich wusste gar nicht, dass es den noch gibt.«

»Wo, bitte, bist du?« Das *bitte* klingt eisgekühlt.

»Im Zug nach Heidelberg. Es hat da einen ...« Er zögert und sieht sein Gegenüber an.

Der junge Mann hat zu telefonieren aufgehört und sich die Kopfhörer eines Walkmans aufgesetzt. »Ein Todesfall. Um mit Johann Peter Hebel zu sprechen, es hat sich einer mit des Seilers Tochter kopuliert. Eine späte Verbindung, aber sie hat gehalten, was sie halten sollte.«

»Ein Todesfall, wie originell. Ich denke, das hat dich nichts mehr anzugehen?« Jetzt ist der ganze Satz tiefgefroren.

»Dieser Fall schon. Er hat eine Vorgeschichte. Du kennst sie.« Der Zug nimmt Fahrt auf.

»Ich versteh dich nicht. Wen oder was kenne ich?«

Das Abteil verdunkelt sich. Der Zug taucht in einen Tunnel. Die Verbindung bricht ab.

Berndorf schaltet das Handy aus.

»Das sind doch alles Klischees«, sagt Eisholm und klopft aus einem Plastikdöschen zwei Süßstofftabletten in seinen Kaffee. »Diese Schauergeschichten von den Immobilienhaien, die die Gasleitungen ansägen lassen, um ihre Mieter in die Luft zu sprengen, ich bitte Sie! So etwas mag es früher vielleicht einmal gegeben haben ... Heute wäre das viel zu plump.«

»Und was gilt in dieser Branche als elegant? Explosionen, mit dem Handy ferngezündet?« Missvergnügt betrachtet Franziska ihr Gegenüber. Sie hätte ihn nicht sollen einladen. Das hurtige Gerede dieser Leute ist wie ihr Kaffee. Zu viel Süßstoff.

»Ich bin Strafverteidiger«, sagt der Anwalt, »Mietsachen sind eine andere Baustelle. Aber schauen Sie doch, wie das hier gelaufen ist. Ein altes baufälliges Haus, der Besitzer – Eigentum verpflichtet! – will abreißen lassen und einen Neubau hinstellen. Wissen Sie, wie sich das hinzieht? Eine Behörde setzt die andere ins Brot, immer neue Auflagen und Anforderungen, und plötzlich meldet sich das Sozialamt und sucht eine Bleibe für Leute, die ein Akzeptanz-Problem haben. Mein Mandant sagt, na gut, lassen wir sie mit befristeten Mietverträgen herein.« Er nimmt einen Schluck von seinem Kaffee, verzieht das Gesicht und greift nach seiner Süßstoffdose. »Die Baugenehmigung lässt noch immer auf sich warten, die Leute mit dem Akzeptanz-Problem haben sich eingerichtet und wollen nicht mehr heraus, das Haus kommt immer weiter herunter ...«

»Und irgendwann brennt die Bude dann ab. Sehr praktisch.«

»Kein Grund zur Häme«, sagt Eisholm. »Die Miete für diese Leute kam vom Sozialamt. Das ist sicheres Geld. Auch wenn in diesem Land alles Pleite geht, wird es noch immer das Sozialamt geben. Warum sollte mein Mandant sicheres Geld in den Wind schlagen? Wozu investieren, wenn das ein solcher Umstand ist? So lukrativ ist das ja gar nicht mehr, einen Neubau hinzustellen, nicht in dieser Lage, nicht mit einer anatolischen Nachbarschaft ...«

»Sie wollten mir erklären, wie es aussieht, wenn die Branche Ihres Mandanten subtil wird. Was macht mein Vermieter, wenn er mich aus meiner Dachstockwohnung heraushaben will, weil das ein schickes Penthouse werden soll?«

Die Krähenaugen blicken sie merkwürdig, fast abwesend an. »Sie wohnen im Dachgeschoss? Da haben Sie sowieso keine Chance. Da ist dann plötzlich das Wasser weg, weil der Druck leider nicht ausreicht, veraltete Installation, Sie verstehen? Und Sie wissen doch, wie das dauert bei den Installateuren. Und das Treppenhaus muss umgebaut werden, und ein Lift muss her, wenn Sie Glück haben, erreichen Sie ihre inzwischen unheizbare Wohnung übers Außengerüst ...«

»Und wenn ich mir das alles nicht gefallen lasse, ins Hotel ziehe und den Vermieter verklage?«

Wieder streift sie dieser kurze, wie zufällige Blick. »Ich weiß nicht, ob ich Ihnen das raten würde.« Er schüttelt den Kopf. »Den Leuten passiert so schnell etwas. Sie halten mit Ihrem Auto vor der Ampel, und ein Lastwagen kann nicht bremsen. Oder Sie haben einen Termin abends, Sie wissen doch, was für Leute sich heutzutage auf den Straßen herumtreiben, Leute, die mir nichts, dir nichts zum Messer greifen ...«

Er trinkt seine Tasse aus. »Nein, ich würde Ihnen raten, sich gütlich zu einigen. Wenn Ihnen eine Abfindung geboten wird, nehmen Sie sie und gehen.«

»Und wenn er nichts bietet?«

»Gehen Sie trotzdem.«

Vor der Zufahrt zu der Waschstraße steuert Birgit den Peugeot nach rechts in eine der Haltebuchten, an denen Münzstaubsauger aufgestellt sind. Sie steigt aus, holt die Fußmatten heraus und sieht sie sich dabei an. Außer weißlichem Staub und den Kiesbrocken, die nach Lehrerparkplatz aussehen, ist nichts zu entdecken. An einer Stelle kleben noch immer Reste von dem Kaugummi, in den Hubert einmal hineingetreten sein will.

An einem Blechgestell klopft sie die Matten aus. Hingebungsvoll kniet neben ihr ein junger Mann in einem goldmetallic lackierten Opel sonst was und hantiert mit Staubsauger und Eselsgeduld zwischen irgendwelchen Polstern. Aber wenn deine Freundin will, dass du beim Hausputz hilfst, schaust du sie kariert an, denkt Birgit und betrachtet den in eng sitzende Jeans eingezwängten Hintern, der aus dem Wagen herausragt. Auch nicht schlecht.

Im Polster des Fonds findet sie eingeklemmt einen ihrer alten Drehbleistifte und leider nicht das kleine Kettchen mit dem Amethyst, das sie seit Wochen vermisst. Im Seitenfach der Fahrertür stecken zusammengeknüllt zwei Parkscheine, sie faltet sie auseinander, die Parkscheine stammen von einem Automaten am Hauptbahnhof, der eine war am 20., der andere am 13. Juni ausgestellt, der eine um 22.24 Uhr, der andere um 22.26 Uhr, und beide für jeweils eine Viertelstunde. Sie schaut in ihrem Taschenkalender nach, beides waren Dienstage gewesen, dienstags war sie im Literaturzirkel, zum Literaturzirkel ging sie zu Fuß.

Wen bringt er da zum Zug?

Bettina wohnt? Irgendwo draußen. Neckargemünd? Wenn das so ist, warum bringt er sie dann nicht mit dem Peugeot dorthin?

Na klar. Sie will dort nicht mit ihm gesehen werden.

Unsinn. Er muss sie ja nicht bis vors Elternhaus fahren.

Sie steckt die beiden Parkscheine ein; sicherheitshalber wird sie im Fahrplan nachsehen, welche Nahverkehrszüge um oder kurz nach 22.30 Uhr vom Hauptbahnhof abfahren, vermutlich in alle Richtungen um diese Zeit, überhaupt kann es für die Zettel völlig harmlose Erklärungen geben. Was für eine hirnlos eifersüchtige Ehefrau ist sie doch, sich wegen zweier Parkscheine weiß der Henker was einzubilden!

Dann sieht sie noch im Aschenbecher nach, natürlich ist dort keine Kippe mit Lippenstiftspuren, es ist überhaupt keine Kippe darin, keiner von ihnen raucht, Bettina ihres Wissens übrigens auch nicht, im Aschenbecher liegt nur ein kleines weißes Plastikstück, wie von einer Verpackung abgerissen, Birgit setzt ihre Lesebrille auf, das weiße Plastik ist innen beschichtet. Sie tastet nach dem klebrigen Zeug.

Das Plastik war feucht beschichtet.

Angeekelt schleudert sie es von sich. Ihre Hand tastet nach dem Dach des Peugeot, mit zitternden Knien lässt sie sich seitlich auf den Fahrersitz gleiten.

Nichts denken. Alles wegschieben. Nichts heranlassen.

»Is Ihnen nich gut?«

Opelbubi steht vor ihr. Goldkettchen um den Hals, tätowierte Unterarme.

Birgit öffnet die Augen und betrachtet das Goldkettchen. »Danke«, bringt sie heraus. »Alles okay.« Sie steht auf, sieht suchend um sich, bis sie das weiße Plastikstück auf dem Boden entdeckt, bückt sich und nimmt es auf und steckt es zu den beiden Parkscheinen. Dann wirft sie eine Mark in den Automaten ein und beginnt, den Wagen mit dem Staubsauger zu säubern, immerhin ist es das Mindeste, was mit dem Wagen jetzt getan werden muss.

Goldkettchen kehrt zu seinem Opel zurück.

Mechanisch legt sie die Fußmatten in den Wagen zurück, mechanisch fährt sie den Peugeot in die Waschstraße, dazu ist sie doch hergekommen, oder nicht? Ein Mann im Overall kommt zu ihr und kassiert und gibt auf zwanzig Mark zehn zurück, am liebsten hätte sie dem Overall die zehn Mark gelassen und ihm gesagt, nehmen Sie einen Schlauch und spritzen damit den Wagen von innen aus, so gründlich und fest es irgend geht ...

Nein, Bettina nimmt nicht die Pille.

Birgit legt den Gang ein und steuert den Wagen auf die Rollbänder der Waschstraße.

Was mag sich Hubert gedacht haben, als sie ... Klar doch. Du blöde Kuh, wenn du wüsstest.

Irgendjemand beginnt zu schreien. Wild fuchtelt der Mann im Overall mit den Händen vor der schaumbedeckten Frontscheibe. Dann versteht sie es.

»Links, links einschlagen!«

Birgit kurbelt am Steuer, der Peugeot rumpelt gegen die Gleitschiene, sie steuert zurück, durch den Schaum hindurch sind die Handzeichen fast gar nicht zu erkennen, immer fährt sie die Waschstraße falsch an, überhaupt hasst sie Waschstraßen. Ruckelnd wird der Peugeot von den beiden Rollbändern mitgetragen, Wasser trieft außen die Scheiben herab, wascht ab, wascht alles ab! Kreiselnd senken sich die Bürsten. Birgit lehnt sich zurück und schließt die Augen.

Hubert, das wirst du mir büßen.

Breitflächiges, bäuerliches Gesicht. Großporig. Stirnglatze. Die Augenbrauen buschig. Der Ausdruck um den Mund: abwesend. Entspannt. Keine Tabletten mehr. Das schwerblütige Leben ausgestanden.

Unsinn. Es ist der *Rigor mortis*.

»Sie erkennen ihn?« Faltenhauser. Der Kollege, der ihn am Heidelberger Hauptbahnhof abgeholt hat. Behutsam. Unauffällig.

»Ja«, sagt Berndorf einfältig. Er nickt zum Aufseher, einem braunhäutigen Mann mit ruhigen dunklen Augen, und der deckt den Toten sorgsam wieder zu.

Berndorf und Faltenhauser verlassen den klimagekühlten Raum und gehen durch die Korridore zum Besucherparkplatz hinaus in die Hitze. Fern im Westen, über dem Dunst von Mannheim und Ludwigshafen, baut sich eine Wolkenwand auf.

Berndorf hat sich sein Jackett ausgezogen und trägt es über

dem Arm. Mit der freien Hand nestelt er an seiner roten Krawatte und zieht sie aus dem Kragen. Dann stopft er sie in eine Jackentasche.

Faltenhauser hat bei der Herfahrt keinen Parkplatz im Schatten gefunden. Jetzt öffnet er alle vier Türen, um den aufgeheizten Dienstwagen etwas abkühlen zu lassen.

»Inzwischen haben diese Autos doch alle Klimaanlagen«, sagt er anklagend. »Ich weiß nicht, wie sie es fertig bringen, dass in unseren Blecheimern niemals welche sind.«

»Sie werden einen Aufpreis zahlen, dass sie wieder ausgebaut werden. Klimaanlagen gibt es erst ab Besoldungsstufe B 3.«

Faltenhauser nickt. »Da hätt' ich allerdings auch draufkommen müssen.« Sein Gesichtsausdruck wird wieder dienstlich. »Wollen Sie noch seine Wohnung sehen?«

»Wenn Sie noch so viel Zeit haben.« Red nicht so. So viel Zeit muss sein. Wilhelm Troppau war immerhin Kollege.

Leider.

Sie steigen in den Wagen, noch immer ist die Hitze nahezu unerträglich. Faltenhauser startet und kann, weil er den Wagen rückwärts eingeparkt hat, sofort losfahren. Sie haben die Fenster heruntergekurbelt, der Fahrtwind bringt Erfrischung. Aber es ist später Nachmittag, und auf der Zufahrt zur Neckarbrücke geraten sie in den Stau.

»Ich hab mir seine Personalakten angesehen«, beginnt Faltenhauser vorsichtig. »Diese Sache damals.«

Berndorf schweigt. Ja, diese Sache damals.

»Ein IRA-Terrorist, oder habe ich da was falsch verstanden?«

»Ich dachte, Sie haben die Akten gesehen?« Berndorfs Stimme wird unwirsch. »Offenbar meinen Sie den Mann, der damals erschossen worden ist. Brian O'Rourke. Ein Ire, allerdings. Hochgefährlich, diese Leute.«

Faltenhauser sieht unsicher zu ihm herüber. Die Blechschlange vor ihm kriecht um vier Wagenlängen auf die Ampel zu.

»Ja, ein Immobilienkaufmann. Taucht einfach hier auf und will in Mannheim eine Kneipe kaufen«, fährt Berndorf fort. »Im Auftrag einer Dubliner Brauerei. Damals kamen Irland und die irischen Pubs gerade sehr in Mode. *A pint of stout*, und dazu *My bonny is over the ocean* ... Ich weiß nicht, was sie dann auf seiner Beerdigung gespielt haben.«

Faltenhauser runzelt die Stirn. »Sie haben aber doch damals diesen Einsatz geleitet?«

»Ja, Kollege«, antwortet Berndorf, »ich habe damals diesen Einsatz geleitet. Aber zur Beerdigung war ich nicht eingeladen.«

Faltenhauser greift zur Ablage und holt das mobile Blaulicht hervor und setzt es aufs Wagendach. »Wir kommen da sonst nie mehr hin.«

Noch immer ist es drückend heiß, aber die Sonne ist hinter einer machtvoll aufgetürmten Wolkenwand verschwunden. Franziska steht in ihrem Dachgarten und betrachtet die Dächer um sie herum und den Himmel. Efeu, Glyzinie und Geißbart müssen nicht gegossen werden, auch nicht die Töpfe mit den anderen Pflanzen. Dafür wird das Gewitter sorgen.

Am Nachmittag war sie noch in einer zweiten Verhandlung gewesen, bei einem sich ebenfalls seit Wochen hinziehenden Strafverfahren gegen zwei Direktoren einer regionalen Sparkasse, die mächtig in den Neuen Markt hatten einsteigen wollen und dabei noch mächtiger mit einigen hundert Millionen Mark Miesen bauchgelandet waren. An diesem Tag hätte der Vorsitzende des Verwaltungsrates aussagen sollen, ein Kommunalpolitiker, der sich jedoch an nichts erinnern konnte, für nichts zuständig gewesen war und in nichts eingeweiht. Mit einigen Anrufen hatte Franziska die Höhe der Aufwandsentschädigung herausgefunden, die der Kommunalpolitiker fürs Nichtwissen, Nichterinnern und Nichtstun bezog; es war – zusätzlich zu seinem Gehalt – ein Mehrfaches dessen, was sie selbst in einem guten Monat verdiente.

Sie hatte rasch ein kleines Feature darüber geschrieben,

aufs Wochenende hin war es noch schwieriger als sonst, eine größere Geschichte unterzubringen. Immerhin wird sie wenigstens diesen Beitrag ganz gut verkaufen können. Hinter ihr klingelt das Telefon. Sie geht in ihre Wohnung zurück und meldet sich. Es ist die Freundin aus der *Rundschau*, die sie bisher nicht erreicht hatte.

Wie immer, hat die Freundin schrecklichen Stress, aber wundervolle Projekte in Vorbereitung, Franziska müsse unbedingt wieder einmal kommen, und der Katze gehe es gut, »nur wird sie so entsetzlich dick, sie wird doch keine Jungen kriegen – was mach ich im Westend mit einem Wurf junger Katzen?«

Über die Helios Heimstatt GmbH & Co. KG weiß sie nichts, »es tauchen auch immer wieder neue Namen auf, aber ich frag mal unter den Kollegen von den Stadtteilausgaben nach, die sind näher dran«. Nein, größere Geschichten habe die *Rundschau* über dieses Thema nicht mehr gebracht. »Es ist nicht mehr *p.c.*, verstehst du?«

Franziska versteht nicht.

»Weißt du, diese ganzen Geschichten mit der Heizung, die mitten im Winter abgestellt wird, oder dem Treppenhaus, das ein paar Monate lang umgebaut wird – die kannst du alle vergessen, das machen sie vielleicht noch in der Pampa, nicht hier. Wenn hier im Westend oder in Bockenheim einer ein Wohnhaus leer kriegen will, dann muss er nur einen Mieter rauskaufen. Das geht immer. Und dann vermietet er diese eine Wohnung an eine Roma-Familie, das ist vom Magistrat sogar inzwischen vorgeschrieben, zehn Prozent der Wohnungen sollen an *randständige Familien* vergeben werden, auch so ein Begriff fürs Wörterbuch des Unmenschen ... Und diese Roma sind ja ganz reizende Leute und können ganz wunderschön Gitarre spielen, aber wenn sie in der Wohnung unter dir im Badezimmer die Hühner schlachten, kommst du dann vielleicht doch ins Nachdenken.«

»Und wenn mir das nichts ausmacht? Vielleicht geben sie mir ja ein Hühnerbein ab.«

»Ach, dann wird sicher bald eine zweite Wohnung frei, und die wird dann an Aussiedler vermietet, die haben nämlich Anspruch auf weitere zehn Prozent, und dann zieht eine Familie aus Kasachstan ein, seien Sie vorsichtig, tuschelt dir der Hausverwalter zu, der Sohn war Soldat in Afghanistan und ist jetzt schwer traumatisiert, im Krieg hat er afghanischen Frauen die Brüste abgeschnitten, dabei ist er ganz ein lieber Kerl, aber wenn er zu viel Wodka erwischt, muss man die Küchenmesser wegschließen, sonst greift er sich eins und läuft durch Bockenheim und sucht nach afghanischen Frauen.«

»Das ist nicht wirklich wahr.«

»Du alte Zottel, darauf kommt es doch gar nicht an. Es genügt, was die Leute denken. Was sie so einem armen Teufel von Aussiedler zutrauen, der sich in Afghanistan vielleicht wirklich einen Schatten eingefangen hat. Und um es nicht noch schlimmer zu machen, bringen wir solche Tatarengeschichten auch gar nicht erst.«

Die Zweizimmerwohnung, in der Wilhelm Troppau zuletzt gelebt hatte, riecht muffig, nach Hausstaub und ungelüfteten Anzügen, ist aber so ordentlich gehalten, wie ein allein stehender Mann das fertig bringt. Sie ist klein und mit dunklen schweren Möbeln voll gestellt, Gelsenkirchener Barock aus den Fünfzigerjahren.

Berndorf und Faltenhauser stehen im Wohnzimmer, zwischen der dunkel gebeizten Kommode und einem schweren Tisch mit einer geblümten, stockfleckigen Decke. An der Wand gegenüber, neben einem Bücherbord, lehnt eine Trittleiter. Auf dem Teppich mit dem Persermuster markieren Kreidestriche, wo sie stand, als man Troppau gefunden hat.

Berndorf sieht zur Decke und betrachtet die beiden dort eingedübelten Haken.

»Doppelt genäht hält besser«, sagt Faltenhauser neben ihm. »Er muss ein vorsichtiger Mensch gewesen sein.«

»Ja«, sagt Berndorf, »wenn ihm die Zeit dazu blieb.« Er geht zu dem Bücherbord. Einige Klassikerausgaben im falschen

Halbleder einer Buchgemeinschaft, daneben die Bibel, das Liederbuch einer freikirchlich-evangelischen Gemeinde, medizinische Ratgeber. Berndorf bückt sich und zieht das Liederbuch heraus und schlägt es auf, das Lesebändchen ist bei dem Choral »Näher mein Gott zu Dir« eingelegt.

Berndorf klappt das Liederbuch wieder zu und stellt es zurück. Die Ratgeber haben Titel wie »Neuer Tag, neuer Mut«, »Die Depression bezwingen« oder »Jedem Anfang wohnt ein Zauber inne«, und auf den Schutzumschlägen blecken Psycho-Yogis ihre kostspielig sanierten Betrügergebisse.

»Kein Wunder.«

»Wie meinen?« Faltenhauser blickt stirnrunzelnd.

»Nichts«, sagt Berndorf. »Keine Briefe oder persönliche Unterlagen?«

»In der Kommode waren zwei Aktenordner. Wir haben sie erst einmal sichergestellt.«

»Könnte ich sie mir anschauen?«

Faltenhauser blickt unglücklich. »Wir haben die Ordner in der Direktion. Ich wollte heute eigentlich nicht mehr zurück.«

»Ich wollte sowieso bis morgen bleiben«, sagt Berndorf. Wieso eigentlich? Ich habe nicht einmal Gepäck dabei. »Geht das, wenn ich morgen Vormittag zu Ihnen komme?«

»Um zehn Uhr, vor unserer Dienstbesprechung?« Es klingt zurückhaltend. Berndorf nickt.

»Mit dem Brief können Sie nichts anfangen?«

Ach ja, Troppaus Abschiedsbrief. Faltenhauser hat ihm eine Kopie gegeben, noch auf dem Hauptbahnhof, wo er ihn abgeholt hatte. Das Original liegt bei den Akten.

»*Warum eine silberne Kette?* Nein, Kollege, das sagt mir nichts. Warum nicht Rosenknospe? Letzte Worte sind das Rätsel, das keiner mit Gewissheit löst.«

Birgit, allein zu Haus, hat den Computer eingeschaltet. Oberhalb des Bildschirms klebt der Zettel mit der Aufschrift *Mu$$ik*, dem Passwort für Huberts Homepage. Aber die Musik-Kolumne des Studienrats Höge interessiert jetzt nicht. Birgit hat die Zugauskunft der Bahn aufgerufen. Um 22.29 Uhr fährt vom Heidelberger Hauptbahnhof ein Nahverkehrszug nach Bruchsal, und um 22.38 Uhr einer nach Darmstadt.

Und wer nach Neckargemünd will, kann um 22.40 die Regionalbahn nach Heilbronn nehmen.

Birgit notiert sich die Abfahrtszeiten. Sie hätte sie sich vom Computer auch ausdrucken lassen können. Als Beweismaterial? So weit war es noch nicht.

Außerdem: Was beweisen die Abfahrtszeiten? Nichts. Birgit legt die CD-ROM mit dem Adressenverzeichnis ein. Ihre Idee war es nicht gewesen, sich so etwas zuzulegen.

Tatsächlich wohnt Bettinas Familie in Neckargemünd. Die Adresse klingt nach Odenwald-Hängen hoch über dem Tal, nach Südlage und gewiss nicht nach einem Reihenhaus mit handtuchgroßem Garten.

Sie lehnt sich zurück. Draußen ist es dunkler geworden. Birgit sieht es mit grimmiger Genugtuung. Was hat die Sonne an solchen Tagen zu scheinen?

Der Wetterbericht hat ein Gewitter angekündigt. Schön. Vielleicht wird der Blitz die beiden treffen. Coup de foudre.

Aber Hubert hat den Wagen gar nicht dabei. Wo also? Im Musiksaal? Du – gehaucht, über den Flügel gebeugt – du, ich hab so Angst, fühl doch nur, wie mein Herz schlägt.

Ach woher. Bettina wird einen eigenen Wagen haben. Was schenkt man bei Chefarzts der Tochter, dass sie damit Ficken fahren kann? Ein Käfer Cabrio? Birgit erinnert sich. Es geht im Käfer. Zwar nicht gut, aber es geht. Doch darf die Frau nicht zu dick sein. Plötzlich lächelt sie. Tückisch? Ja, tückisch. Vor allem nämlich darf sie keine zu dicken Beine haben.

Sie hört, wie die Haustür sich öffnet. Hubert. Nicht vom Blitz erschlagen! Wie denn auch. Das Gewitter hat noch gar nicht angefangen. Na schön. Hören wir, was er uns vorlügt.

»Da hab ich vermutlich gerade noch Glück gehabt. Das Gewitter muss jeden Augenblick losbrechen.« Er steht in der Tür zum Arbeitszimmer und hat die Brille abgenommen. »Du solltest den Computer besser ausschalten.«

Schweigend betrachtet sie ihn.

»Was ist?« Unsicher äugt sein brillenloses Gesicht zu ihr hin.

»Was soll sein?«

»Du siehst mich so an, ich weiß nicht wie.«

»Dann weiß ich es auch nicht. Bist du zufrieden mit deinem Nachmittag?«

Hubert setzt sich seufzend auf den Drehstuhl vor der Regalwand, in der sie beide ihre Unterrichtsmaterialien untergebracht haben.

»Der Chor!«, sagt er. »Ich will ja nichts Übermenschliches von ihnen. Nur einen klaren, hellen, klingenden Ton. Aber diese Wohlstandskinder schaffen es nicht.«

»Ich dachte, du hast mit Bettina ... geübt.«

Hubert Höge schüttelt kurz den Kopf. »Ich weiß nicht, was du immer mit Bettina hast. Da ist kein Problem. Die bringt das.« Oh ja. Die bringt das. Nicht nur das. Birgit dreht sich wieder dem Computer zu und geht aus dem Programm.

Der Tee wird im Tiberius-Fundel-Salon gereicht. Auf dem ovalen Mahagonitisch ist für vier Personen gedeckt, Meißner Porzellan, Zwiebelmuster preußischblau. Von den zartrosa gestreiften Tapeten wandert der Blick durch die mit Sprossen aufgeteilte Fensterfront auf die grüne Wand der Stangenbohnen, zwischen denen Ringelblumen gepflanzt sind. Margarethe Zundt, weiße Bluse mit bestickten Borten, das lange weißblonde Haar mit einem violetten Band im Nacken zusammengefasst, lässt es sich nicht nehmen, selbst einzuschenken. Bräunlich und wässerig ergießt sich der Aufguss in die Tasse des Besuchers.

»Kakaoschalen-Tee«, erklärte sie. »Anregend, aber schonend. Wenn sie ihn erst kennen gelernt haben, schwören alle unsere Gäste darauf, nicht wahr, Gerolf?« Zundt schreckt hoch und sortiert seine Gesichtsfalten zu eilender Zustimmung.

»Ich bin sicher, gnädige Frau, dass ich keine Ausnahme machen werde«, antwortet der Besucher höflich. Ernst Moritz

Schatte ist ein hagerer Mann, nach Grassls Schätzung zwischen 50 und 60 Jahre alt, etwas größer als er selbst, mit einem Gesicht, in dem die vorspringende Nase auffällt und ein Mund, um den kaum merklich ein abschätziger Zug liegt. Die Augen sind dunkel, fast körperlich spürt Grassl den forschenden, misstrauischen Blick. Schatte trägt das dunkle, grau melierte Haar lang, aber im Nacken und über den Ohren sorgfältig ausrasiert.

Der Besucher nimmt vorsichtig einen Schluck. Grassl beobachtet ihn. Nichts geschieht. Grassl wirft einen Blick auf Zundt. Ihre Augen begegnen sich, und wie zwei ertappte Verschwörer wenden sie sich stracks voneinander ab und den Keksen aus Dinkelschrot zu.

Schatte setzt die Tasse wieder ab. »Vorzüglich«, sagt er dann. »Ich beglückwünsche Sie. In unserer amerikanisierten Zivilisation ist es gewiss alles andere als einfach, sich natürlich zu ernähren...«

Die Hohe Frawe findet, dass der Herr Professor Schatte hier einen wunden Punkt angesprochen hat.

Gleich kommen die Bohnen, denkt Grassl.

»Wenn Sie wüssten«, seufzt die Hohe Frawe, »welchen Kampf ich jedes Jahr führen muss, nur um Sägemehl aus unbehandeltem Holz zu bekommen. Für die Bohnen, wissen Sie. Es gibt kein besseres Mittel gegen Schnecken.«

Professor Schatte bedauert, dass solche Kenntnisse zunehmend in Vergessenheit gerieten: »Und die internationalen Konzerne reiben sich die Hände.« Damit leitet er über zu einem Exkurs über das Konsortium, das die Weltmarktpreise für Kakao kontrolliert. »Es wird Sie nicht überraschen, gnädige Frau, dass dieses Konsortium jüdisch beherrscht ist.«

Da haben sich zwei gefunden, denkt Grassl.

»Sie haben darüber gearbeitet?«, fragt Gerolf Zundt.

»Früher einmal«, antwortet Schatte. »Mein Beitrag darüber würde Ihnen aber kaum gefallen haben. Ich neige dazu, die Dinge sehr deutlich zu artikulieren. In Zeiten der ideologischen Nebelkerzen ist das nötig.«

»Unterschätzen Sie uns nicht«, meint Margarethe Zundt, deren Wangen sich leicht gerötet haben. »Mein Vater hat immer gesagt, in unserem Hause reden wir deutsch, also deutlich.«

Schatte wendet sich wieder ihr zu. »Ich habe das richtig eingeordnet – Ihr Herr Vater war Johannes Grünheim, der Gründer der Akademie hier?«

Fast unmerklich richtet sich Margarethe Zundt auf. »Die Akademie war sein Lebenswerk. Mein Gatte und ich sind sehr stolz, es weitergeführt zu haben.«

»Er hat doch ursprünglich ein«, Schatte zögert kurz, »ein Landschulheim geleitet. War das bereits hier auf diesem Gut?«

Margarethe Zundt bestätigt mit einem knappen Nicken.

»Hat er 1945 keine Probleme mit der französischen Besatzung bekommen?«, will Schatte wissen.

Dieser Besucher fragt sehr unverblümt, denkt Grassl. Wieder wirft er einen Blick auf Zundt. Unversehens haben sich dessen Gesichtsfalten zu taktvoller Zurückhaltung geordnet.

»Nein«, antwortet die Hohe Frawe knapp. »Warum sollte er?«

»Wissen Sie«, schaltet sich Gerolf Zundt ein, »als die französischen Soldaten hier mit ihren Panzerspähwagen vorfuhren, traten die Zöglinge draußen auf dem Hof an und sangen zur Begrüßung die Marseillaise. Die sprachen ja alle Französisch.«

»Und auf dem Stuhl, auf dem Sie jetzt sitzen, saß damals der französische Colonel, ein kleiner Mann mit gelber Gesichtsfarbe, und trank mit meinem Vater dessen letzten Bohnenkaffee.« Auch Margarethe Zundt hat wieder ins Wort gefunden. »Wir mussten dann das Gut trotzdem verlassen«, fährt sie fort und wirft einen wehmütigen Blick auf ihre Stangenbohnen. »In diesen düsteren Jahren nach 1945 war ja niemand vor Anfeindungen gefeit.«

Schatte nickt Anteil nehmend. »Aber Ihr Herr Vater hat das Gut zurückbekommen?«

»Das war 1952, nach der Zeit der Entrechtung«, bestätigt Margarethe Zundt. »Sie glauben nicht, in welchem Zustand wir das Haus vorgefunden haben. Aber an Pfingsten 1953 durften wir hier das erste Treffen heimattreuer Schriftsteller und Dichter erleben ...« Sie greift nach der Serviette und tupft sich einen imaginären Krümel von der Lippe.

»Damals ist auch das Odilien-Hilfswerk ins Leben gerufen worden?«, fragt Schatte.

Grassl beugt sich über seinen Teller mit den anderthalb Dinkelkeksen. Am Tisch breitet sich Schweigen aus. Es ist schwül geworden, denkt Grassl. Und drückend.

Gerolf Zundt räuspert sich. »In der Tat«, sagt er. »Die Idee einer betreuenden Hilfe für das unterdrückte deutsche Sprachgut im Elsass ist beim Pfingsttreffen 1953 geboren worden. Aber von Anfang an war allen Mitwirkenden klar, dass diese Hilfe nur im Verborgenen ihre heilende Kraft entfalten kann.«

»Tue Gutes, und rede *nicht* darüber, hat mein Vater immer gesagt.« Margarethe Zundt greift nach der Kanne. »Darf ich Ihnen noch eine Tasse einschenken?«

Kurz vor Ladenschluss und in aller Eile hat sich Berndorf in dem Kaufhaus am Bismarckplatz einen Pyjama gekauft und zwei Hemden, dazu zwei Garnituren Unterwäsche, einen Nassrasierer und eine Zahnbürste und schließlich eine Sporttasche, in die er alles hineinstopfen kann.

Aber warum bleibt er eigentlich? Er weiß es selbst nicht. Es gibt zum Fall des Selbstmörders Troppau nichts zu ermitteln, und wenn, wäre es Faltenhausers Sache gewesen. Nicht die seine. Er ist außen vor. Schließlich hat er genau das auch gewollt. Niemals mehr Polizeiarbeit.

Doch für den nächsten Vormittag ist er mit Faltenhauser verabredet. Die Korrespondenz des Wilhelm Troppau durchsehen. Es gibt Lustigeres. Ein Glück, dass der Verblichene allem Anschein nach einen lakonischen Stil gepflogen hat. Noch immer steht Berndorf vor dem Kaufhaus. Unversehens ist es dunkel geworden und der Himmel Unheil drohend bleigrau. Ein Windstoß wirbelt eine leere Plastiktüte über den Platz. Die letzten Kunden hasten an ihm vorbei.

Auch Berndorf beeilt sich. Faltenhauser hat ihm ein Zimmer in einem kleinen Hotel garni in der Altstadt besorgt, nur wenige Schritte vom Bismarckplatz entfernt. Doch seit jenem Unfall, als sein Citroën von einem Lastwagen gerammt wurde, tut er sich mit dem Laufen schwer. Die Schrauben in seinem linken Bein erlauben nicht mehr als ein eiliges Humpeln. Noch ehe er in die Plöck einbiegt, fallen erste schwere Tropfen. Er erreicht das Hotel, als hinter ihm Hagelkörner hart auf Pflaster und Asphalt schlagen.

»Und hier haben wir unseren Giftschrank«, sagt Zundt und öffnet die Tür zu einer von der Bibliothek abgeteilten Kammer. Die Wände sind deckenhoch mit Bücherregalen voll gestellt, unter dem Mansardenfenster der Tür gegenüber steht ein Arbeitstisch, auf dem noch Oskar Wöhrles Kriegserinnerungen liegen.

Obwohl der Himmel bedeckt ist, brütet in der Kammer noch die Sommerhitze.

Schatte mustert die Buchreihen. Grassl bemerkt, dass der Besucher sich in seiner und in Zundts Gesellschaft keine Mühe mehr gibt, nicht gelangweilt zu erscheinen. Wöhrles Buch blättert er achtlos durch, greift dann nach einem dickleibigen in Leinen gebundenen Band, schlägt scheinbar zufällig eine Seite auf und liest laut vor:

»*... Es ist nicht das amerikanische Volk als geschichtliche Erscheinung, sondern jene Entartung des Amerikanismus, der, um seine ungelösten inneren Schwierigkeiten zu verbergen, die Errichtung einer Weltherrschaft anstrebt ...*«

Er legt das Buch wieder zurück. »Giselher Wirsing. Originalton 1942. Wird später bei *Christ und Welt* nur ungern daraus zitiert haben. Aber ich verstehe nicht, warum Sie das wegschließen. Jeder, der klar denkt, wird diesen Satz unterschreiben. Hochaktuell ist der.«

»Sie vergessen«, wendet Zundt ein, »dass meine Generation die amerikanische Politik anders zu sehen gelernt hat.«

»Richtig«, sagt Schatte. »Man hat es Ihnen eingetrichtert. Wie die gesamte deutsche Kulturintelligenz sind Sie darauf dressiert worden, nicht mehr klar zu denken.«

Zundt sagt erst einmal nichts. Grassl zieht sich behutsam nach links zurück, wo die Ecke zwischen den Bücherregalen besonders dunkel ist.

»Sie sind doch ein Konservativer von altem Schrot und Korn«, fährt Schatte fort, »Staatspartei, in der Wolle gefärbt. Haben Sie sich eigentlich noch nie überlegt, warum Ihre Leute wirklich die Macht in Berlin verloren haben?«

Zundt murmelt etwas von unglücklichen Personalentscheidungen.

Schatte wedelt abschätzig mit der Hand. »Sie sind wie die Bourbonen, Zundt. Sie vergessen nie, aber Sie lernen nichts daraus.« Er beugt sich nach vorn, sodass er mit dem kleineren Zundt auf gleiche Augenhöhe kommt. »Einige von euren Leuten beginnen zwar, die richtigen Fragen zu stellen. Der eine oder andere nimmt schon auch einmal das Wort *Überfremdung* in den Mund. Ein bisschen Bedenken da, ein paar Unterschriftenaktionen dort. Aber ihr traut euch nicht, es richtig zu tun. So, wie Sie sich nicht trauen, Ihre Bücher zu zeigen. Sie haben nie gelernt, was Sie aus 1968 hätten lernen sollen.«

»Ich kann Ihnen nicht ganz folgen«, sagt Zundt widerstrebend. »Was für Fragen sind das, die wir nicht richtig stellen?«

»Die Fragen nach der nationalen Identität und dem nationalen Interesse«, antwortet Schatte. »Nehmen wir das Thema, das Sie für unser Seminar vorgeschlagen haben: Die Globalisierung und das Europa der Nationen ... Was heißt denn das, Zundt? Warum reden Sie von Globalisierung, als ob Sie Leitartikler bei der *Zeit* wären, und warum nennen Sie das Popcorn-gemästete Kind denn nicht bei seinem Namen? Es ist die Dampfwalze der amerikanischen Hegemonie, die unseren eigenen Lebensentwurf platt machen will, einebnen auf den kleinsten gemeinsamen Nenner von Coca-Cola und McDonalds ...«

»Ich glaube nicht, dass dieser Zusammenhang...« Zundt muss den Satz unvollendet lassen, denn Schatte fährt ihm dazwischen: »Doch, genau das sollten wir tun! Die Dinge in den Zusammenhang stellen, in den sie gehören. Nehmen wir doch«, Schatte richtet seinen Zeigefinger auf Zundt, »nehmen wir doch diesen schönen Begriff vom Europa der Nationen, den sogar die Gaullisten unterschreiben könnten, wenn sie nicht gerade mit dem Abkassieren ihrer Bauunternehmer beschäftigt sein sollten. Ist dieses Europa der Nationen auch das der katalanischen Nation, der baskischen, der bretonischen, der walisischen? Und ist es womöglich auch das Europa der elsässischen Nation, oder sollte ich den Leiter des Odilien-Hilfswerks danach lieber nicht fragen?«

Er packt den Stuhl, der vor dem Arbeitstisch steht, und schiebt ihn einladend seinem Gastgeber zu. Dann setzt er sich selbst auf den Tisch. Zundt bleibt stehen.

»Sie schweigen«, fährt Schatte fort, »wie überhaupt das Odilien-Hilfswerk von dem Guten, das es tut, nicht reden mag, wie mir Ihre liebenswürdige Gattin erklärt hat. In einer bestimmten historischen Situation mag das auch angemessen gewesen sein. Aber Volkstum, Zundt, das sich selbst zum Schweigen verurteilt, das stirbt. Nein, es ist schon tot.«

»Deshalb fördern wir ja das heimische Volkstum und seine Sprache«, widerspricht Zundt. »Dies freilich ist nur im Verborgenen möglich.«

»Sprache findet im öffentlichen Raum statt«, antwortet Schatte und hebt wieder den Zeigefinger. »Im Verborgenen kann sie nicht überleben. Das wissen auch Sie. Nun will ich Ihnen gerne zugestehen, dass Trachtenvereine und Volkstanzabende höchst lobenswerte Veranstaltungen sind. Falls Sie auf diesem Gebiet mäzenatisch tätig sein sollten. Aber was hat Ihr Hilfswerk denn konkret für das deutsche Volkstum im Elsass bewirkt? Nennen Sie mir doch einen einzigen Autor oder Publizisten, der die elsässischen Probleme auf eine in unserem Sinne nationale Weise darstellt...«

»Sie unterstellen hier eine politische Zielsetzung, wie sie

das Hilfswerk stets weit von sich gewiesen hat«, entgegnet Zundt, die Hände um die Lehne des Stuhl gekrampft.

»Dass ich nicht lache!«, antwortet Schatte. »Es geht um den Fortbestand deutschen Volkstums, und Sie kommen mir mit der Vereinssatzung...«

Zundt schüttelt den Kopf. Dann sieht er Hilfe suchend um sich und erblickt Grassl in seiner Ecke. »Das ist hier nicht der richtige Ort... Gehen wir in mein Arbeitszimmer.«

Wenig später verlassen Zundt und Schatte die Bibliothek, Grassl bleibt allein zurück. Was tun? Erst einmal geht er zum Regal mit den Nachschlagewerken und holt sich Kürschners Gelehrtenkalender. Schatte, Ernst Moritz, Prof. Dr., ist tatsächlich Ordinarius in Freiburg und lehrt dort an einem Institut für Geopolitik und Kommunikationswissenschaften.

Grassl stellt den Gelehrtenkalender ins Fach zurück und versucht nachzudenken, was aber zu nichts führt, denn es erscheint Margarethe Zundt und fragt, ob er ihr im Internet eine Bahnverbindung heraussuchen könne, sie wolle am nächsten Tag nach Sonthofen zu einem Vortrag.

Während Grassl den Computer einschaltet und darauf wartet, dass ihn der Server ins Netz bringt, beugt sie sich vertrauensvoll über seine Schulter. »Wissen Sie, es gibt da einen Kreis sehr kultivierter, sehr gebildeter Damen, wir wollen ein wenig über das Geheimwissen des Kaukasischen Grals plaudern.«

Dann ist Grassl glücklich im Internet und sucht nicht nur die Bahnverbindungen des nächsten Tages heraus, sondern lässt ihr auch noch den Fahrplan ausdrucken, was die Hohe Frawe dann doch sehr aufmerksam findet. »Sehr ansteliger junger Mann!«, sagt sie zum Abschied und steigt mit dem ihr eigenen majestätischen Gang wieder die Treppe hinab.

Aber weil Grassl nun schon im Netz ist, beginnt er ein wenig herumzusuchen. Auf dem Bildschirm erscheint schwarz-weißrot eingefärbt die Titelseite des Informationsdienstes der Nationalen Aktion. Schwarz-Weiß-Rot bringt sich mit allen drei Strophen des Deutschlandliedes in Empfehlung und hat im

Wortlaut einen Vortrag anzubieten, den Schatte auf dem Stiftungsfest einer Burschenschaft gehalten hat. Ein Foto ist beigefügt, und wieder fällt Grassl der Gesichtsausdruck Schattes auf, der eigentümliche Zug um den Mund, der ihm jetzt aber doch eher verächtlich und höhnisch erscheint.

Der Vortrag handelt von der Überfremdung Deutschlands. Grassl bleibt an einer Stelle hängen, an der Schatte von dem Versuch spricht, »*die deutschen Eliten in die Schuldfrage der Verbrechen im Zweiten Weltkrieg zu verstricken* ...«

Versteh ich nicht, murmelt Grassl. Wieso Versuch? Die waren doch alle dabei, und nicht zu knapp. Er ruft eine andere Seite auf und findet ein Interview, das Schatte der *Phalanx* gegeben hat, einer Zeitschrift für die *Aristokratie des Geistes*, wie es in ihrem Untertitel heißt. In dem Interview geht es um den Vorwurf, der Freiburger Universitätsprofessor Schatte rufe zum Fremdenhass auf, worauf dieser antwortet, er habe sich sogar für den Bau von Moscheen ausgesprochen, »*solange niemand etwas gegen den Bau von Synagogen einzuwenden hat*«.

Grassl lässt den Cursor bis zum Ende des Interviews laufen und findet dort eine kurze biografische Notiz, wonach Professor Schatte in den späten Sechzigerjahren der Radikalen Sozialistischen Opposition angehört habe.

Berndorfs Zimmer ist eng und die Einrichtung spartanisch. Das Fenster bietet den Ausblick auf eine unverputzte Mauer, im Teppichboden wechseln sich die Brandspuren ausgetretener Zigarettenkippen mit Flecken ab, von denen Berndorf die Herkunft lieber nicht wissen will. Immerhin gibt es eine Dusche. Berndorf packt seine Einkäufe aus, klaubt die Nadeln und Cellophan-Einschiebsel der Verpackung aus seinen neuen Hemden und betrachtet misstrauisch den eben gekauften Nassrasierer. Soll er sich nicht besser einen Bart stehen lassen? Einen flotten Rentner-Schnäuzer für den Tanztee – *When I'm sixty-four* – der Aktiven Senioren?

Was ein Glück, dass er nicht tanzen kann.

Dann steigt er unter die Dusche. Als er sich abgetrocknet hat, setzt er sich, noch nackt, auf das Bett, das verdächtig nachgibt, holt sein Handy heraus, schaltet es ein und ruft von den Nummern, die dort gespeichert sind, die erste auf. Während er wartet, versucht er, durch das Fenster einen Blick auf den Himmel zu werfen, oder was davon zwischen Brandmauern, Dachrinnen und Schornsteinen noch zu sehen ist. Offenbar ist die dunkle Gewitterfront weitergezogen, erleichtert, nachdem sie ihren Hagel über Stadt und Tal abgeschlagen hat.

Es dauert eine Weile, dann wird abgehoben und es meldet sich die angenehme, klare, gewinnende, aber leider und unüberhörbar noch immer mit Eiswürfeln versetzte Stimme von Professorin Barbara Stein.

»Ich hatte nicht mehr mit deinem Anruf gerechnet.«

Sie ist sauer, denkt Berndorf. Am Abend würde sie ihr Seminar halten und danach mit den Studenten noch in eine Dahlemer Eckkneipe gehen. Weil er das weiß, hätte er sie früher anrufen müssen.

»Ich bin in Heidelberg«, sagt er dümmlich.

»Wie nett.«

Sie ist sogar richtig sauer. »Ich will dich nicht stören.«

»Du störst mich nicht. Was sollte mich daran stören, wenn du nach Heidelberg fährst? Du bist dein eigener Herr.«

Berndorf runzelt die Stirn.

»Gehe ich recht in der Annahme«, fährt die Stimme gnadenlos fort, »dass du morgen nicht kommen wirst? Auch das wäre deine Entscheidung. Ich sollte es nur wissen.«

So nicht. »Ich bin hier, weil sich ein Kollege umgebracht hat. Ein Kollege von früher. Ich sagte dir doch, dass du den Fall kennst. Troppau hieß der Mann. Er war es, der 1972 drüben in Mannheim den Iren erschossen hat. Damals, als ich danebenstand wie ein Narr.«

Schweigen.

»Bist du noch da?«

»Ja«, antwortet Barbara. »Entschuldige. Ich bin noch da. Wer hat dich zugezogen?«

»Niemand. Falsch. Er selbst hat es getan. Der Tote. Bei der Leiche lag ein Brief. Der Brief war an mich adressiert.«
Schweigen.
Berndorf wartet.
»Und was will er – oder wollte er von dir? Wenn du es mir sagen magst.« Der Zusatz diesmal ohne Eiswürfel.
»Moment.« Berndorf legt das Handy weg, steht auf und holt aus seiner Jackentasche die Kopie, die ihm Faltenhauser gegeben hat. Die Handschrift Troppaus ist akkurat, ordentlich, wenig ausgeprägt. »Der Brief trägt das Datum von gestern und ist an mich adressiert, korrekte Adresse, Hauptkommissar Hans Berndorf, Dezernat Kapitalverbrechen, Polizeidirektion Ulm, Neuer Bau. Der Text ist sehr kurz: *Lieber Herr Berndorf! Warum eine silberne Kette? Ihr Wilhelm Troppau.* Zitat Ende.«
»Das ist alles?«
»Ich verstehe es auch nicht. Da geht einer und steigt die letzten Stufen hinauf, und alles, was er von dieser Welt noch will, ist, dass sie sich um ein albernes Glitzerding kümmern soll ...«
»Du weißt wirklich nicht, was er meint?«
»Ich glaube doch.« Plötzlich klingt Berndorfs Stimme verändert. »Es hatte damals in Mannheim einen Überfall auf die Geschäftsstelle der Landeszentralbank gegeben, eine ziemlich spektakuläre Geschichte ...«
»Ich weiß«, unterbricht ihn Barbara. »Sehr gut weiß ich das. Ein Geldtransporter wird bei der Rückfahrt von einem Volvo unmittelbar vor dem Hof der Bank gestoppt, ein Maskierter bedroht den Fahrer mit einer Bazooka, ein zweiter lässt sich eine Sporttasche mit den großen Scheinen füllen, der dritte wartet im Wagen, und dann sind sie auch schon weg, mit anderthalb Millionen, wenn ich es noch recht weiß, damals nicht ganz wenig ... Aber die Kette?«
Sie hat nichts davon vergessen, denkt Berndorf. »Die beiden Männer aus dem Geldtransporter hatten behauptet, der Angreifer mit der Bazooka sei eine Frau gewesen. Und so wurde es dann auch in den Fahndungsaufrufen durchgegeben.«

»Und es war gar keine Frau?«
»Spät in der Nacht kam ein Anruf in die Zentrale. Ruhige Stimme, klare Angaben. Der Fahndungsaufruf sei falsch. Der fragliche Täter sei keine Frau. Es sei ein Mann mit langen Haaren, zu einem Pferdeschwanz gebunden. Der Mann halte sich in einer Wohnung in Mannheim-Feudenheim auf. Es folgte die Adresse. Dritter Stock, rechts. Allerdings sei eine Frau bei ihm. Und: Es gebe ein besonderes Kennzeichen. Eine silberne Kette.«

Die Wolkenfront ist weiter nach Osten gezogen, hat ein paar Heilbronner Weinberge verhagelt und Stuttgart einen Platzregen beschert. Jetzt hat sie die nachtblaue Bank des Albtraufs erreicht, verharrt dort kurz und lässt mit einigen kurz angerissenen Blitzen die Industriedörfer des Unterlandes in der Dunkelheit aufleuchten. Rumpelnd folgt ferner Donner.
   Florian Grassl steht, in seinen Anorak gehüllt, auf dem Felsen und überlegt. Majestätisch, wie? Es wäre lustig zu sehen, wenn der Blitz ... Aber in dieser Nacht sind sie nicht draußen.
   Wenn jemand im Wald sein wird, ist es der Mann mit dem BMW. Irgendwie hat er keine Lust, das nachzuprüfen.

Nach dem Abendessen hatte ihn Zundt, das Gesicht in verschwörerische Falten gekrumpelt, noch in sein Arbeitszimmer gebeten. Aus dem Schreibtisch wurde die Zigarrenkiste mit den handgerollten Havannas hervorgeholt. Vorsicht, hatte Grassl noch gedacht, während er sich bedächtig eine der Zigarren aussuchte.
   Als sie sich schließlich in die stilvoll rissigen Lederfauteuils gesetzt und die Havannas angezündet hatten, war Zundt zur Sache gekommen.
   Es gebe da politische Entwicklungen, hatte er gesagt und einen Rauchkringel in die Luft geblasen, »die doch unerfreulich sind. Sehr unerfreulich.«
   Grassl hatte teilnehmend genickt. Fällt dir das erst jetzt auf?
   »Dieses Land verändert sich.« Zundt verzog seinen Mund.

»Überhaupt nicht zu seinem Vorteil.« Mit hochgezogener Oberlippe blies er den Tabakkrümel weg, der sich in seinem Gebiss verfangen hatte. »Wir müssen für die Akademie Vorsorge treffen.«

Die Sache war darauf hinausgelaufen, dass Grassl am nächsten Tag die Hohe Frawe nach Ulm bringen und in den Zug setzen würde. Danach aber sollte er nicht nach Wieshülen zurückfahren, sondern weiter nach Friedrichshafen und mit der Fähre über den Bodensee nach Romanshorn, zwei Pakete im Kofferraum, »Unterlagen höchst vertraulicher Natur!« Grassl sollte sich in der Romanshorner Niederlassung des Helvetischen Trusts melden und mit einem Kennwort ausweisen, dann würde er Zutritt zu Zundts Schließfach bekommen und die beiden Pakete dort deponieren können.

Das Kennwort hieß »Réunion«.

Danach hatten sie noch gemeinsam die Tagesschau angesehen. Berlin erwartete eine Regierungsumbildung, weil der Staatsminister im Kanzleramt zum UN-Administrator für den Kosovo berufen worden war, in Köln stand ein muslimischer Sektenführer vor Gericht, der angeblich einen abtrünnigen Jünger in einem Hochofen hatte entsorgen lassen, ein früherer Staatssekretär und Geheimdienstchef, der sich mit einigen Millionen im Aktenkoffer ins Ausland abgesetzt hatte, blieb gleichfalls unauffindbar, trotz oder wegen der gemeinsamen Anstrengungen der Nachrichtendienste, drohend blickte ein wuschelköpfiger Abgeordneter der neuen Regierungspartei durch seine dicken Brillengläser und murmelte etwas von einem Untersuchungsauftrag für die Parlamentarische Kontrollkommission, wenn anders die Loyalität der Nachrichtendienste nicht herzustellen sei ...

»Dieser Narr!«, sagte Zundt, »das würde denen so passen, den Geheimdienst gleichschalten, ein Stück aus dem Lehrbuch des Stalinismus ist das ...« Dann hatte er sich so echauffiert, dass Grassl ihm das Bundestag-Handbuch holen musste, weil Zundt wissen wollte, ob der Wuschelköpfige nicht einer aus dem Osten sei.

Das war er nicht, sondern hatte seinen Wahlkreis an der Wupper. Schließlich war Grassl mit Zigarre und in Gnaden entlassen.

Was ist gegen eine Fahrt in die Schweiz zu sagen, überlegt Grassl und betrachtet die nächtliche Landschaft, ohne sie zu sehen. Nichts, wenn nicht die Zigarre gewesen wäre. Wieso dieser Gunstbeweis?

Es ist der Besuch. Das Gespräch mit Schatte ist Zundt peinlich. Er will so tun, als ob er darüber steht. Was aber, wenn der Besuch von heute Nachmittag dem Alten nicht einfach nur peinlich war? Wenn er seine *Unterlagen höchst vertraulicher Natur* nicht vor den finsteren Machenschaften der Linken, sondern vor Schatte in Sicherheit bringen will? Vor Schatte, der so penetrant nach dem Odilien-Hilfswerk gefragt hat?

Wieder muss Grassl an den Mann mit dem Fernglas denken. Und an den im Unterholz geparkten Stuttgarter BMW.

Blendend hell leuchtet ein Blitz das Tal aus, das tief eingeschnitten zu Grassls Füßen liegt. Krachend folgt der Donnerschlag.

Es beginnt zu regnen.

Das Unwetter hat sich verzogen, die Luft ist frisch und erquickt Lungen und Seele. Berndorf lehnt an der Brüstung der Alten Brücke und sieht dem Neckar zu, der in der Dunkelheit eilig und nachtschimmernd dem Rhein zustrebt, *traurigfroh*? Heute kein Hölderlin. Was *herein in die Berge* scheint, sind Mannheim und Ludwigshafen und die BASF, von wegen *reizende Ferne*.

Für einen Augenblick war er versucht gewesen, mit der Straßenbahn nach Handschuhsheim hinauszufahren und in jene Kneipe zu gehen, in der er – bald 30 Jahre war das her – Barbara zum zweiten Mal begegnet war ...

... Es war später Freitagabend. Die »Soko Waidmann« hatte den ganzen Tag einen Zahnarzt und Kreisjagdmeister verhört, dessen verschwundene schwangere Gehilfin einige Tage zuvor gefunden worden war, aufgeteilt auf die Luderplätze der Jagdreviere zwischen Weinheim, Mannheim und Heidelberg. Irgendwann war der Zahnarzt weich gekocht, das Geständnis protokolliert und unterschrieben, die Staatsanwaltschaft beantragte Haftbefehl, der Haftrichter erließ ihn. »Was tun mit dem angebrochenen Abend?«, frug Sielaff von der Heidelberger Kripo und gab sich selbst die Antwort: »Gehen wir doch in *Hendesse* ein Bier trinken.«

Die Kneipen in Handschuhsheim waren alle voll, irgendwann landeten sie an einer Theke in einer hohen holzgetäfelten Wirtsstube, stritten über die neue Bonner Politik und über Willy Brandt, der seit kurzem Kanzler war, Sielaff zog Berndorf auf, er werde ja wohl bald Karriere im Innenministerium machen, einen Job bekommen mit Sessel und Ärmelschoner, Innere Führung für den Polizeidienst, dann kamen sie auf den neuen deutschen Terrorismus zu sprechen und schließlich doch lieber auf den neuen deutschen Fußball, passten Netzer und Overath in eine Mannschaft?

Schrecklicherweise verfielen sie darauf, Obstschnäpse zu kippen, wie Männer, die zu spät begonnen haben und sich nun beeilen, um noch zu ihrem Rausch zu kommen. Ganz spät am Abend fand sich eine Gruppe von Studenten am Tresen ein, Berndorf trat zur Seite, um einer jungen Frau mit langen dunklen Haaren Platz zu machen ...

»Hey«, sagte die junge Frau, und in ihrem ovalen, um nicht zu sagen herzkirschenförmigen Gesicht ging ein strahlendes Lächeln auf, »Sie sind doch mein Freund und Helfer, erinnern Sie sich nicht?«

Natürlich erinnerte er sich, so viele Schnäpse hätte der Wirt gar nicht gehabt. Vor wenigen Wochen war er zu einem Observationstrupp nach Heidelberg abgeordnet, bei einer Demonstration vor der Universität sollten Gewalttäter herausgefischt werden. Viel wäre da zu fischen gewesen, auf der einen wie auf der anderen Seite, irgendwann flogen Steine, in der Alten Universität gingen die ersten Fensterscheiben zu

Bruch, eine junge Frau stellte sich den Steinewerfern entgegen und schrie: »Nicht provozieren! Keine Steine!« Was glaubst du, Mädchen, wozu die hier sind, hat Berndorf gedacht, das Geschrei der Sprechchöre und das Blechern der Polizeidurchsagen walzte die einzelne Stimme nieder, Steinbronner stürzte mit erhobenem Knüppel auf sie zu, ein anderer Polizist riss ihm den Arm zurück ...

»... das war im letzten Augenblick«, sagte Herzkirschengesicht, »sonst wär ich in der Neurologie gelandet. Haben Sie eigentlich Ärger bekommen?«

»Oh.« Berndorf lächelte blöde. Was widerfuhr ihm da? Steinbronner hatte eine Luxation des Schultergelenks davongetragen, Freunde würden sie wohl nicht mehr werden. Die Einsatzleitung ließ den Vorfall auf sich beruhen, aber den Hardlinern im Präsidium war Berndorf nun vollends verdächtig geworden.

»Mein Kollege hat ein kleines Problem mit seiner Dingsda, mit seiner Schulter. Es gibt Schlimmeres, glauben Sie mir. Hauptsache, seinem Ellenbogen ist nichts passiert, den braucht er noch. Aber Sie, wie sind Sie ...«

»Was willst'n mit dem da?« Ein junger Mann mischte sich ein, vorspringende Nase, die dunklen Haare schulterlang. »Das ist ein Bulle. Fraternisier nicht mit so was.«

»Der is nett. Ohne den wär mein Kopf entzwei.«

»Du blickst es mal wieder nicht. Das ist ein altes Bullenspiel. Böser Bulle, guter Bulle. Nicht entsolidarisieren lassen.«

Herzkirschengesicht verzog den hübschen Mund und sagte etwas, das so ähnlich klang wie *Genosse, halt das Maul*. Dann wandte sie sich wieder Berndorf zu.

»Trinken wir was zusammen?«

Eigentlich hab ich schon genug, schöne Dame, Schnaps auf zerstückelte Zahnarztgehilfinnen haut den stärksten Mann um, wie werd' ich jetzt auf die Schnelle wieder nüchtern ...

Langhaar trollte sich. »Dann agitier ihn wenigstens.«

»Schöne Dame, dass Sie nicht entzwei sind, beglückt mich mehr, als ich sagen kann und mag«, brachte Berndorf heraus, und: »Sielaff, tust du mal deinen Arsch von dem Hocker und bietest ihn der schönen Dame an, den Hocker, nicht deinen Arsch.«

Stunden später, im Morgengrauen, rissen die Nebelfetzen des Rausches auf, Berndorf lag auf einem schmalen quietschenden Bett, wieso quietschend? Blöde Frage, schlank und weiß und nackt kauerte Herzkirsche über ihm, Göttin meines Herzens! Was soll das geben, wenn ich nicht betrunken bin, falls es ein zweites Mal geben wird ...

Eine Gruppe von jungen Leuten kommt über die Brücke, zwei junge Frauen in ihrer Mitte, lachend, barfuß, die Schuhe in der Hand. Nachtschimmernd eilt der Neckar noch immer der BASF zu, noch immer *hängt schwer in das Tal*, was nicht die Wetter zerrissen, sondern Ezechiel Comte de Melac hatte sprengen lassen, Berndorf kehrt ins Jahr 2000 zurück und beschließt, ins Hotel zu gehen.

Freitag, 30. Juni

Florian Grassl tritt aus dem Eingangsportal des lang gestreckten Fachwerkbaus, zwei mit Schnüren verknotete Pakete unter dem Arm. Auf dem Treppenaufgang bleibt er stehen und mustert den blauen, noch dunstigen Himmel. Hoch oben hat ein Bussard eine Thermik gefunden und kreist darin.

»Aber passen Sie um Himmels willen auf, dass Ihnen niemand folgt«, sagt Gerolf Zundt. Er kommt hinter Grassl aus dem Portal und trägt – wie immer, wenn keine Tagung ist – Khakihemd und Kniebundhosen.

»Ja, Chef«, antwortet Grassl. »Nur könnte ich da ein Problem bekommen.« Er weist zu dem altersrostigen Golf, der unter den Kastanien steht. »Damit häng ich keinen ab.«

»Das soll ja keine Rallye werden«, meint Zundt. Aber seine Stirnfalten beginnen, sich neu zu sortieren.

Grassl wartet.

»Könnten Sie den Audi denn überhaupt fahren?«

»Vor zwei Jahren hab ich einen Alten Herrn der Rhenania durch Frankreich chauffiert«, sagt Grassl ohne zu zögern, »einen Wirtschaftsanwalt, der nach einem Festkommers ein Malheur mit der Polizei hatte.« Vor Wirtschaftsanwälten hat Zundt großen Respekt. »Der hatte auch einen Audi, aus der gleichen Baureihe wie der Ihre.«

Eine Viertelstunde später setzt Grassl mit dem königsblauen Audi aus der Garage zurück und wendet auf dem Vorplatz. Im Lodenkostüm, mit Plaid und Sommermantel überm Arm sowie den Koffer schleppenden Zundt und Freißle im Gefolge erscheint die Hohe Frawe. Man hätte ihr den altersschwachen Golf wirklich nicht antun können, denkt Grassl. Margarethe Zundt steigt in den Fond, ihr Gepäck wird im Kofferraum verstaut. Die beiden flachen verschnürten und versiegelten Pakete dort nehmen keinen Platz weg und fallen nicht weiter auf.

»Erzählen Sie meiner Frau nichts davon, sie beunruhigt sich sonst«, hatte Zundt ihm noch eingeschärft.

Grassl steuert den Wagen auf die kleine Asphaltstraße, die zunächst durch ein Trockental und dann über die Kuppe nach Wieshülen führt. Er sitzt etwas steif hinter dem Steuer, mit angewinkelten Armen, denn Zundt ist kleiner als er. Aber er muss erst herausfinden, wie er den Sitz verstellen kann. Schließlich hat er noch nie einen Audi gefahren.

Es würde ein schöner Tag werden, teilt die Hohe Frawe mit. Sie weiß es nicht aus dem Wetterbericht, sondern vom Flug der Mauersegler, »das geheime Wissen der Natur, junger Mann!« Ein schöner Tag, ja. Fast ein Ferientag. Mit einer Schifffahrt über den Bodensee. Zwar ein bisschen konspirativ, das alles. Hat der Alte womöglich zu viele Romane von John Le Carré gelesen? Gestatten Old Smiley Zundt, Schlapphut.

Der Kirchturm von Wieshülen kommt in Sicht. Grassl fährt an den Wochenendhäusern vorbei, die sich am Südhang gegenüber dem Dorf ausbreiten, und überholt eine junge Bäuerin, die breithüftig auf einem Traktor sitzt. Er erkennt sie und unterdrückt ein Lächeln.

An der Dorfausfahrt steht vor dem Gerätehaus der Freiwilligen Feuerwehr ein Tanklöschfahrzeug Magirus-Deutz, Baujahr 1962, lackglänzend und mit hochgeklappter Motorhaube. Neben dem Oldtimer unterhalten sich zwei Männer. Der eine ist hoch gewachsen, aber leicht nach vorne gebeugt, Grassl kennt ihn, es ist der Ortsvorsteher, und neben ihm glotzt sein gelbschwarzer stummelschwänziger Hund triefäugig in den Tag, ein Tier, so grobknochig wie sein Herr. Der andere Mann steckt in einem ölverschmierten blauen Anton.

Grassl deutet ein Kopfnicken an, als er an den beiden Männern vorbeifährt, und gibt vorsichtig Gas.

»So isch recht, Bürschle«, sagt Marzens Erwin, einen Schraubenschlüssel in der rechten Hand, und sieht dem Audi nach. »Verschwind und scher dich zum Teufel und nimm die alte Hex gleich mit. Aber komm mir nicht mehr her.«

»Erwin«, sagt Jonas Seifert, der Ortsvorsteher, »du sollst keine solchen Reden führen.«

»Schon recht, Jonas«, antwortet Marz. »Aber das Bürschle, wenn's noch einmal rumlurt oben auf dem Schafbuck, dann braucht's ein Schubkärrele, dass sie ihn heimbringet.«

»Was hast du auf dem Schafbuck zu tun? Ich denk, aus dem Alter bist du heraus.«

Marz wirft ihm einen säuerlichen Blick zu. »Ich mein ja bloß. Was die jungen Leut im Dorf so reden.«

»Seit wann geht das so?«

Marz überlegt. »Seit Frühjahr. Seit das Bürschle auf dem Gut ist.«

Seifert nickt. »Ich red mal mit dem Herrn Zundt.«

Schniefend steht der gelbschwarze Boxer auf, der bis dahin neben seinem Herrn gelegen hat.

»Gleich, Felix«, sagt Seifert, tätschelt ihm kurz den dicken Kopf und wendet sich wieder Marz zu. »Die Leute vom Albverein liegen mir in den Ohren, wir sollten den Franzosensteig wieder herrichten. Es ist wegen der Busverbindung.«

»Warum richtet's dann nicht der Albverein selbst? Wir sind mit dem Magirus ins Oberland eingeladen...«

»Der Umzug in Gauggenried ist erst am Sonntag in acht Tagen«, stellt Seifert klar. »Und um den Steig muss sich nun einmal die Gemeinde kümmern, das war schon immer so.«

Ein klarer blauer Himmel wölbt sich über dem hügeligen Land. Vor einer guten halben Stunde hat Grassl auf dem Ulmer Hauptbahnhof die Hohe Frawe in den Zug gesetzt, der sie ins Allgäu bringen wird, und ist dann über die B 30 in Richtung Bodensee weitergefahren.

Von dem BMW ist nichts mehr zu sehen. Es war ein dunkler Wagen, und Grassl ist sich fast sicher, dass er eine Stuttgarter

Nummer hat. Irgendwo zwischen Schelklingen und Blaubeuren war die Limousine hinter ihnen aufgetaucht und ihnen von da bis Ulm gefolgt, mit wechselnden Abständen, ohne dass der Fahrer Anstalten gemacht hätte, Grassl zu überholen. Aber das geht auf dieser Strecke ohnehin nur schlecht.

Vermutlich hat er sich nur etwas eingebildet. Sich von Old Smiley Zundt anstecken lassen. Die Welt, ein Theater der Verschwörungen. Nichts als Gespinste. In Wahrheit scheint die Sonne, und er fährt in die Schweiz.

Inzwischen liegt die Schnellstraße hinter ihm, aber bis Friedrichshafen wird sich die Fahrt noch eine Weile hinziehen. Er hat die Seitenscheibe abgesenkt und fährt in gemächlichem Tempo, den linken Unterarm lässig auf die Kante der Fahrertür gelegt. Ein Wohnwagen zockelt vor ihm her, im Autoradio kommen Nachrichten, er hört nur mit halbem Ohr zu, der in Köln angeklagte Sektenführer warnt alle Ungläubigen und besonders die in der nordrhein-westfälischen Staatsanwaltschaft, in Berlin soll der einstige Straßenkämpfer und Alt-68er Tobias »Tobby« Ruff neuer Staatsminister im Kanzleramt werden, der untergetauchte Geheimdienstchef ist noch immer untergetaucht, samt seinen 3,8 Millionen Mark im Koffer, und die vereinten deutschen Schlapphüte lassen mitteilen, für die Fahndung seien doch gar nicht sie zuständig und könnten schon deswegen nichts verschnarcht haben.

Grassl stellt sich vor, in Zundts beiden Paketen seien 3,8 Millionen verschnürt. Ganz zufällig hätte er es mitbekommen. Ein kleiner Riss im Packpapier? Er hätte darunter nachgesehen, das Packpapier ganz vorsichtig angehoben, behutsam den Riss vergrößert.

Und drinnen, in alten Zeitungen eingepackt, wären die Millionen. 38 Bündel mit jeweils hundert Tausendmarkscheinen. Das müsste sogar hinkommen. 19 in jedem Paket.

Warum eigentlich nicht? Was bringt das Odilien-Hilfswerk im Jahr an Spenden zusammen? Zehn Millionen, vielleicht auch zwanzig, Grassl hat keine Ahnung. Zahlen lässt Zundt nicht heraus. Alles geheime Chefsache. Und die Ausgaben?

Die Druckkosten der *Festgaben für Heimat und Volkstum*, ein schmales Heft, einmal im Jahr. Die Honorare und Spesen der Referenten für Frühjahrs- und Herbsttagung. Dann die Bewirtungskosten für die VIPs, die Sponsoren, meistens stiernackige Kleinfabrikanten aus dem Unterland. Peanuts, alles in allem.

Und sonst? Wieder hat Grassl von nichts eine Ahnung. Er lächelt, denn ihm kommt ein Gedanke. Was wäre, wenn es wirklich ein Nichts ist, von dem er eine Ahnung hat?

Für einen kurzen Abschnitt wird die Straße gerade und überschaubar. Der Wohnwagen klebt hinter einem Silozug. Grassl schaltet in den vierten Gang herunter und drückt das Gaspedal durch. Der Audi schießt an Wohnwagen und Lastzug vorbei. Ein zweiter, dunkler Wagen folgt ihm. Aus einer Einmündung kommt ein Lieferwagen entgegen. Grassl schert ein. Hinter ihm quetscht sich der dunkle Wagen in die kleine Lücke vor dem Silozug. Die Lichthupe des Lieferwagens flammt auf. Das war knapp, denkt Grassl. Erst dann nimmt er den anderen Wagen wahr. Es ist ein dunkler BMW, und zwei Männer sitzen darin.

Ein Kälteschauer kriecht über seine Unterarme.

Ein zweites Mal braucht er nicht in den Rückspiegel zu sehen. Der dunkle BMW war in Stuttgart zugelassen. So sicher, wie er gelbe Lederpolster hat und einen Rennlenker.

Faltenhauser scheint in ein Vernehmungsprotokoll vertieft. Als Berndorf eintritt, blickt er scheu und flachsfarben hoch.

»Ich sehe, ich komme ungelegen«, sagt Berndorf und wünscht einen guten Morgen.

Faltenhauser steht auf und reicht ihm über den Schreibtisch hinweg eine weiche knochenlose Hand.

»Nein, selbstverständlich sind Sie willkommen«, sagt er. »Es ist nur – Sie hätten nicht zu kommen brauchen. Leider wusste ich das gestern noch nicht ...«

»Sicher brauchen Sie mich nicht. Ich wollte auch nur einen Blick auf Troppaus Korrespondenz werfen, vielleicht kann ich dann seinen Abschiedsbrief besser verstehen.«

Faltenhauser blickt gequält. »Es ist eine Anweisung aus Stuttgart gekommen, sie haben den Fall an sich gezogen ...«

»Also doch ein Fremdverschulden?«

»Nein«, antwortet Faltenhauser unglücklich. »Das nicht ...«

»Dann gibt es auch keinen Fall, den Stuttgart an sich ziehen könnte.«

»Trotzdem kann ich Ihnen keinen Einblick in die Unterlagen geben. Ich hab da klare Weisung bekommen.«

Berndorf betrachtet ihn. Weisung, ja. Und wenn sie dich anweisen, Windeln zu tragen?

»Dann bedanke ich mich für die Mühe, die Sie sich gemacht haben, um mich herzuholen.«

Er nickt kurz, dreht sich um und verlässt das enge, mit Aktenschränken voll gestellte Büro. Auf dem Korridor geht er zwei Türen weiter und tritt ohne anzuklopfen ein. Dieses zweite Büro ist ein wenig heller und geräumiger als das erste. An einem ausladenden Schreibtisch sitzt ein Mann mit einem bleichen runden aufgeschwemmten Gesicht, der Berndorf empört aus blassblauen Augen anstarrt.

»Warum gibt mir dein Schleimschleicher keine Akteneinsicht?«

»So nicht«, sagt der Mann hinter dem Schreibtisch. »Du richtest hier kein Unheil an.« Dann wuchtet er sich aus seinem Sessel hoch. In aufgerichtetem Zustand ist der Hauptkommissar und Dezernatsleiter Sielaff einen guten Kopf größer als Berndorf. Anklagend weist er mit seinem dicken Zeigefinger auf den Eindringling. »In deinen Kleinkrieg mit Stuttgart lassen wir uns nicht hineinziehen. Außerdem bist du außen vor. Ausgemustert und abgetakelt, und wenn du mich fragst, war es dafür auch höchste Zeit.«

»Ich hab keinen Krieg mit Stuttgart, du Pfannkuchen«, antwortet Berndorf milde. »Es war dein Schlappohrmaki, der mich angerufen hat. Ihr habt mich hergeholt, also gebt ihr mir auch Akteneinsicht. Das geht Stuttgart überhaupt nichts an.«

Sielaff schüttelt den mächtigen Kopf. »Es war ein Fehler,

dich überhaupt zu verständigen. Wir haben deswegen einen schweren Rüffel von Rentz eingefangen. Das reicht.« Ministerialdirektor Rentz ist Leiter der Polizeiabteilung im baden-württembergischen Innenministerium. »Und willst du wissen, was ich denke? Rentz hat Recht. Du bist selbst betroffen. Du bist es, der damals den Einsatz geleitet hat.«

Berndorf sieht ihn an. »Ja. Sicher hab ich das. Und noch was. Ich bin noch immer derselbe.« Er lächelt. »Aber du bist es nicht. Nicht derselbe. Heute machst du Männchen, wenn Stuttgart pfeift.« Abrupt hört er auf zu lächeln. »Das war mal anders. Schade. Bleib weiter brav.« Er dreht sich um und geht zur Tür. »Heh«, sagt Sielaff zu Berndorfs Rücken. »Mach kein' Scheiß. Wir gehen ein Bier trinken, ja?«

Vor Ravensburg hat Grassl nicht die Umgehungsstraße genommen, sondern ist in die Innenstadt gefahren. Der BMW ist noch immer hinter ihm. Dessen Fahrer überholt nicht, sondern hat sich zweimal selbst überholen lassen und ist an der ersten Ampel vor Ravensburg sogar eine Phase zurückgeblieben.

Wäre er geistesgegenwärtiger oder ortskundiger, hätte Grassl diese Gelegenheit genutzt, sich irgendwo in eine Seitenstraße zu schlagen. Aber vielleicht hatten es die Leute in dem BMW genau darauf angelegt. Dass er in eine Seitenstraße fährt, in eine verlassene Sackgasse womöglich.

Grassls Mund ist trocken. Und trotzdem spürt er darin wieder den Geschmack von Blut. Wie damals, als ihm »Butzi« Bullinger mit der breiten behaarten Hand ins Gesicht schlug, links und rechts und links, und sein Kopf unter den Schlägen hin und her schlenkerte wie das Gemächte vor dem nackten behaarten Bauch Bullingers, dabei war er noch ein Kind gewesen, niemand darf ein Kind so schlagen ...

An der übernächsten Ampel ist der BMW wieder da, drei Autos hinter ihm, aber in der gleichen Phase. Grassl fühlt sich schutzlos, ausgeliefert. Er muss unter Menschen, unter Leute, die er zu Hilfe rufen kann.

Er folgt dem Wegweiser in die Altstadt. Vor der Kreuzung mit einer Straße, die nach dem Ravensburger Altstadtring aussieht, muss er wieder halten. Der BMW ist nur noch einen Wagen hinter ihm. Plötzlich fällt ihm ein, dass die Ravensburger Altstadt denkmalgeschützt ist. Vermutlich würde er nur in einer Tiefgarage parken können.

Dann sitzt er erst recht in einer Falle. Dunkle Gänge unter niedriger Decke, noch dunklere Ecken, ölfleckiger Betonboden. Niemand, der nachsehen kommt, was in einem finsteren Winkel vor sich geht.

Er atmet tief durch. Die Ampel vor ihm schaltet auf Grün.

Es ist später Vormittag. Er würde nicht der Einzige sein, der in der Tiefgarage unterwegs ist.

Mit unbewegtem Gesicht steuert er die Tiefgarage Marienplatz an, fährt – während er den Schweiß auf seiner Stirn spürt – in die enge Einfahrtsschlucht und zieht das Parkticket.

Hinter ihm rollt ein grünrostiger Daimler, Baujahr späte Siebzigerjahre, am Steuer ein rundköpfiger Einheimischer. Ein Tettnanger Hopfenbauer?

Dahinter der BMW. Wer denn sonst.

Grassl fährt langsam und suchend an den Parkreihen entlang, die Scheinwerfer eingeschaltet. Die Parkplätze sind alle belegt, er biegt in die zweite Ebene hinab, jemand versucht, einen Toyota auszuparken, Grassl wartet und hinter ihm der Daimler und der Stuttgarter BMW, der Jemand ist eine Frau und das Ausparken dauert, Grassl zieht eine nervöse Grimasse, was tun, wenn die beiden aussteigen und auf ihn zukommen? Die Frau hat es geschafft und fährt endlich davon, Grassl folgt ihr langsam und lässt die Parklücke frei für den Hopfenbauern, im Rückspiegel sieht er, dass der Daimler schräg in die Lücke gesteuert wird, so wird das nie was, guter Mann, aber besser kann ich das gar nicht treffen. Grassl folgt dem Toyota bis zur Ausfahrt und schließt dann auf.

Wieder dauert es.

Die Fahrerin muss die Scheibe herunterkurbeln, dann sucht sie nach dem Ticket, dann ist ihr Arm zu kurz, um das Ticket einzustecken, Grassl ist versucht, wild auf die Hupe zu drücken, immer wieder sieht er in den Rückspiegel, die Frau öffnet die Fahrertür und schafft es schließlich, die Schranke geht auf und die Frau fährt so ruckartig los, dass Grassl Mühe hat, dicht hinter ihr zu bleiben und – Stoßstange fast an Stoßstange – unter der Schranke gerade noch durchzukommen.

An der Einmündung in den Marienplatz drückt er sich an ihrem Toyota vorbei, kein Stuttgarter BMW ist mehr zu sehen.

In der Kneipe hängt der Geruch nass ausgewischter Aschenbecher, eine unausgeschlafene Kellnerin bringt ein Weizenbier für Sielaff und eine übergeschwappte Tasse Kaffee für Berndorf. »Prost!«, sagt Sielaff. »Ich denk, du bist der Alte geblieben? Aber als Blaukreuzler hab ich dich nicht gekannt, bei Gott nicht.«

Missmutig betrachtet Berndorf die böse Schwiegermutter. »Ich hoffe, das da ist wenigstens heiß.«

»Des Menschen Wille ist sein Himmelreich«, sagt Sielaff fromm, nimmt einen lustvollen Schluck und wischt sich selbstzufrieden den Schaum ab. »Dieses Getränk da tust du allein dir selbst an. Übrigens gilt das auch für die andere Geschichte. Und die ist nun wirklich kalter Kaffee.«

»So kalt noch nicht. Das war vorgestern, dass der Kollege die Leiter hoch ist.«

»Und wenn.« Sielaff lehnt sich zurück. »Du bist der Letzte, der sich darum kümmern sollte. Es ist nicht professionell.«

»Ich bin nicht mehr bei der Firma.«

»Ermittlung bleibt Ermittlung.« Sielaff nimmt noch einen Schluck. »Weißt du, wonach mir jetzt wäre? Nach Weißwürsten und einem ausgiebigen runden schönen Kneipenvormittag. Ohne Konferenz. Ohne Papierkram. Einfach ins Wochenende hinüberdämmern. Aber die Weißwürste hier kannst du vergessen.« Seufzend greift er in seine Jackentasche und holt ein Bündel zusammengefalteter DIN-A4-Blätter heraus. »Und den Papierkram wirst du ums Verrecken nicht los. Das da zum Beispiel«, er faltet die Blätter auf und sieht sie durch, »geht mich einen feuchten Kehricht an. Irgendein Idiot hat das kopiert und liegen lassen.« Er schiebt die Blätter über den Tisch. »Bist du das gewesen?«

»Kann schon sein«, antwortet Berndorf, faltet die Blätter wieder zusammen und steckt sie in seine Jackentasche.

»Das Weizen zahlst du«, sagt Sielaff.

Die Rampe zur Fähre führt vom Kai steil nach oben. Holpernd fährt der Audi über die Planken auf das Schiff, der Schaffner weist Grassl auf die rechte Spur des Fahrzeugdecks ein. Nur noch wenige Plätze sind frei.

Grassl stellt den Motor ab, zieht die Handbremse an und legt den ersten Gang ein. Dann wirft er einen Blick in den Rückspiegel. Die Fähre müsste in wenigen Minuten ablegen. Der dunkle BMW mit dem Stuttgarter Kennzeichen ist nirgends zu sehen. Er steigt aus und geht die Treppe zum Passagierdeck hinauf. Blaugrün schimmert der Bodensee in der Sonne, die Schweizer Vorberge liegen im Dunst, hoch über ihnen zeichnet sich zartblau der Säntis gegen den Himmel ab.

Grassl wendet sich der Stadt zu. Vor der weißen Terrasse des Friedrichshafener Hafenbahnhofs betrachten Touristen die Plakate der Zeppelin-Jubiläumsausstellung, an der Anlegestelle rauchen zwei Hafenarbeiter ihre Zigaretten, der Schaffner wartet auf das Ablegen, ein Wagen schießt auf die Rampe zu, der Schaffner hebt beruhigend die Hand und winkt den Fahrer zur Auffahrt, der Wagen ist ein blauer BMW, und als er die Planken hochfährt, kann Grassl von oben sehen, dass zwei Männer darin sitzen.

Auf den Neckarwiesen sonnen sich junge Leute, einige hoch gewachsene Burschen üben mit einem Rugby-Ball, andere Jünglinge mit Haargel-Frisuren und den roten Schönfelder-Gesetzestexten im Beipack versuchen, Studentinnen anzubaggern, die Studentinnen sind – so scheint es Berndorf – in der Mehrzahl ein wenig üppig geraten, *forget it!* In dieser Altersklasse ist deine Meinung schon lange nicht mehr gefragt.

Er geht weiter, und am Uferrand findet er schließlich einen Platz, wo er seine Jacke ausziehen und sich ins Gras setzen kann. Aus der Jackentasche holt er die zusammengefalteten Blätter, die ihm Sielaff zugeschoben hat. Es sind Kopien, auf den ersten Blick erkennt er die wenig ausgeprägte, aber gut lesbare Handschrift des dahingeschiedenen Polizeihauptmeisters außer Diensten, Wilhelm Troppau. Dazwischen findet er Ablichtungen amtlicher Bescheide und von Zeitungsartikeln, einer davon kündigt das Herbstkonzert des Posaunenchors Heidelberg-Kirchheim an, Berndorf schüttelt den Kopf und liest als Nächstes eine knappe handschriftliche Absage: Aus der Justizvollzugsanstalt Aichach teilt eine Sabine Eckholtz mit, dass sie nicht bereit sei, mit Troppau zu sprechen.

Berndorf sieht sich um. Er ist allein. Einige Meter entfernt liegt eine blasse Brünette, die sich die Bluse ausgezogen hat und sich erkennbar eine andere Nachbarschaft gewünscht hätte als die seine. Er faltet die Kopien zusammen – bis auf zwei Blätter – und verstaut sie wieder in seiner Jacke. Bei den beiden Blättern handelt es sich um die Ablichtung eines Schreibens, das Troppau im Dezember 1998 an den Leitenden Oberstaatsanwalt in Mannheim gerichtet hat.

Wilhelm Troppau, Polizeihauptmeister i. R.
Sandhausen, Philipp-Schmidt-Straße 27b

An den Herrn Leitenden Oberstaatsanwalt
der Staatsanwaltschaft Mannheim
Sehr geehrter Herr, hiermit erstatte ich Selbstanzeige wegen Mordes, begangen am 24. Juni 1972 zum Nachteil des irischen Staatsbürgers Brian O'Rourke, geb. am 13. Oktober 1939 in Dublin.

Der Sachverhalt: Ab Januar 1971 gehörte ich als Polizeihauptmeister dem Revier Mannheim Innenstadt an. In der Nacht zum 24. Juni 1972 war ich außer der Reihe zum Spätdienst eingeteilt, weil wegen eines am 23. Juni stattgefundenen Raubüberfalls zum Nachteil der Landeszentralbank Mannheim erhöhte Einsatzbereitschaft angeordnet war.

Am 24. Juni gegen 3.10 Uhr ging bei der Zentrale der Polizeidirektion ein Anruf ein, wonach sich einer der gesuchten Täter in einer Wohnung in Mannheim-Feudenheim, Carlo-Mierendorff-Straße 34, aufhalte. Entgegen der über Rundfunk verbreiteten Fahndungsaufrufe sei dieser Täter keine Frau, sondern ein Mann mit langen Haaren. Der Tatverdächtige sei bewaffnet.

Von dem Dienst habenden Schichtführer in der Direktion, Kriminalkommissar Berndorf, wurde ich daraufhin zu der Einsatzgruppe eingeteilt, die den genannten Tatverdächtigen überprüfen und gegebenenfalls festnehmen sollte. Vor dem Einsatz wurden Schusswesten und Maschinenpistolen ausgegeben. Kommissar Berndorf belehrte mich, dass der Tatverdächtige möglicherweise bewaffnet sei. Ausdrücklich erklärte der Einsatzführer, Schusswaffengebrauch sei nur zur Gefahrenabwehr zulässig.

Gegen 3.50 Uhr hatte die Einsatzgruppe das o. g. Anwesen erreicht und umstellt. Die Haustüre wurde mit dem dafür vorgesehenen technischen Gerät geöffnet. Gemeinsam mit zwei weiteren Beamten, die die Sicherung übernahmen, stiegen Kommissar Berndorf und ich in das dritte Stockwerk zu der uns genannten Wohnung. Kommissar Berndorf läutete mehrmals.

Nach dem o. a. mehrmaligen Läuten wurde die Tür von einer unbekleideten männlichen Person geöffnet. Die Person hatte gewelltes, kurz geschnittenes rötliches Haar. Als sie mich erblickte, stieß sie die Tür wieder zu.

Obwohl ich erkannt hatte, dass die fragliche Person unbekleidet und unbewaffnet war und nicht der Täterbeschreibung entsprach, eröffnete ich das Feuer. Die genannte Person wurde dabei durch die Türe von mehreren Kugeln in Oberkörper und Bauch getroffen und verblutete noch am Tatort.

Dies stellt ein Verbrechen der vorsätzlichen Tötung dar, wobei ich mir die Wehrlosigkeit des Opfers zu Nutze gemacht habe, welches nach § 211 StGB wegen Mordes zu bestrafen ist.
Hochachtungsvoll
Wilhelm Troppau

Berndorf faltet die beiden Blätter zusammen und steckt sie zu den anderen. Troppau, Wilhelm. Bauernkind aus dem Warthegau. Mit der Mutter und den letzten beiden Pferden durch den polnischen Winter. Breitflächiges, verschlossenes Gesicht. Augen, die einen unsicher streifen. Ob er auch richtig verstanden hat. Nicht, dass es ironisch gemeint war.

Nach dem Dienst kein Schnaps. Und keine Späße. Schon gar nicht über Frauen. Einmal, in der Nachtschicht, hat er Berndorf von der Flucht durch den polnischen Winter erzählt. Wie das war, als die Stute hinfiel und nicht mehr aufstand. Wie der Iwan den Treck überrollt hat, und was mit den Frauen war. Das Schweigen danach.

Ein abweisender Blick streift an ihm vorbei. Die Brünette, deren Ambiente er stört. Berndorf zuckt mit den Schultern. Dann greift er nach dem Zettel in seiner Brusttasche, auf dem die beiden Telefonnummern notiert sind, die er sich in der Hauptpost herausgesucht hat, vorhin, nach dem Gespräch mit Sielaff.

Aber von hier aus geht es nicht. Ich muss ins Hotel zurück.

Grassl ist in die Cafeteria gegangen, hat sich an einen Tisch in die Nähe des Büfetts gesetzt und einen Kaffee bestellt. Die Bedienung ist eine gelangweilte junge Frau mit gepiercten Lippen, Grassl wäre gerne ins Gespräch mit ihr gekommen, um sie auf sich aufmerksam zu machen.

Aber das ist schon immer sein Problem. Er weiß nicht, wie er eine Frau ansprechen soll.

Und dann ist es auch schon zu spät. Zwei Männer betreten die Cafeteria und sehen suchend um sich. Sie sind Mitte zwanzig, beide breitschultrig, und haben beide einen auffällig kurzen Haarschnitt. Sie tragen Jeans, die unten aufgerollt sind, und kräftige schwarze Lederstiefel.

Sie erblicken Grassl und kommen auf seinen Tisch zu.

»Das ist er ja«, sagt der Größere der beiden und lächelt. Das Lächeln verzieht das feuerrote Mal auf seiner Wange. »Fast hätten wir unseren Freund verloren. Wär zu dumm gewesen.«

Er greift sich den Stuhl neben Grassl und setzt sich ungefragt. Der zweite Mann nimmt den Stuhl auf der anderen Seite.

Grassl blickt zu den großen Kajütfenstern hinaus. Der See schimmert wie aus unzähligen blau gefassten Spiegeln.

»Aber nun haben wir uns ja wieder gefunden.« Unwillkürlich streift Grassls Blick über das Gesicht mit dem Feuermal. Das Lächeln hat aufgehört. »Und damit uns das nicht noch einmal passiert, wird nachher Shortie mit dir fahren.«

Grassl schweigt. Du hast schon schlimmeren Ärger überstanden als diesen. Irgendwie wirst du rauskommen.

»Hab ich dir übrigens von der letzten Geschichte mit Shortie erzählt? Das war die Sache mit dem Asylanten. Irgendwas aus Balkanesien. Er ist Shortie dumm gekommen, und da hat ihm der die Rippen eingetreten.« Wieder verzieht sich das Feuermal. »Dem Mann aus Balkanesien fehlt jetzt eine Lunge. Und weißt du, was das Lustigste ist? Der Polizei hat Shortie gesagt, der Mann ist gegen eine Mauerkante gelaufen, da muss das wohl passiert sein. Und alle haben wir gesagt, ja, Herr Wachtmeister, so ist das gewesen. Es war eine Mauerkante. Lustig, was?«

Shortie nickt. Eine verschämte Röte fliegt über sein Gesicht. Er hat sich mit den Armen auf dem Tisch aufgestützt. Es sind kräftige Arme mit breiten, kurzfingrigen Händen. Auf dem linken Oberarm sind Buchstaben in nachgeahmter Fraktur tätowiert, »VolksZorn« entziffert Grassl. Davor stehen zwei gleiche Zeichen, die er nicht deuten kann: Jeweils ein gerader Strich, der eine Art Andreaskreuz durchschneidet.

»Sie haben Ihre Fahrausweise?« Der Schaffner tritt an den Tisch heran.

»Bitte verständigen Sie die kantonale Polizei«, sagt Grassl mit fester, volltönender Stimme. »Diese Männer bedrohen mich. Sie wollen mir meinen Wagen stehlen.« Er nennt die Nummer des Audi. »Die Polizei soll bitte diesen Wagen überprüfen. Es ist dringend.«

An den Tischen um ihn herum sehen einzelne Fahrgäste auf. »Eh«, bringt der Schaffner heraus, »ich weiß nicht ob ...«

»Sie haben doch gehört, was dieser Mann gesagt hat«, fährt ihn eine schmale junge Frau an, die am Tisch neben dem Grassls sitzt. »Verständigen Sie die Polizei. Das ist ja wohl nicht zu viel verlangt.«

»Kein Problem, nirgends«, sagt der Bursche mit dem Feuermal und hebt beschwichtigend beide Hände. »Mein Freund hat nur einen Spaß gemacht. Das heißt, keinen Spaß. Wir sind vom Fernsehen. Wir wollen testen, wie hilfsbereit die Leute sind, wissen Sie, bei all diesen ausländerfeindlichen Übergriffen...«

»Da ist nirgends eine Kamera«, bemerkt die Frau.

»Ja soll ich jetzt die Kantonspolizei anrufen?« Der Schaffner blickt ratlos.

»Rufen Sie sie«, wiederholt Grassl mit fester Stimme. »Sie sollen diesen Wagen überprüfen.« Er diktiert ihm die Zulassungsnummer von Zundts Audi.

Das Taxi hält in einer Seitenstraße, die ein Wohnviertel aus den Sechzigerjahren von angrenzenden Werkstätten und Lagerhallen trennt. Vor einem Getränkemarkt stapeln sich Kisten mit leeren Flaschen, in der Einfahrt einer Kneipe daneben, deren Jalousien heruntergelassen waren, spielen drei Türkenjungen Fußball. Auf der Straßenseite gegenüber steht ein zweigeschossiger Backsteinbau, auf dessen Giebelseite sich ein mit Neonröhren besetztes Kreuz über beide Stockwerke zieht.

Berndorf bezahlt den Fahrer und geht durch einen gekiesten Vorgarten zur Tür des Backsteinbaus. Ein Messingschild teilt mit, dass dies die Reformierte Kirche des Wahrhaftigen Wortes sei und Bruder Hesekiel ihr Prediger; in einem Glaskasten sind die Gottesdienstzeiten angekündigt (samstags 17, sonntags 10 Uhr; Gebetskreise dienstags und donnerstags um 19 Uhr). Berndorf klingelt, ein hagerer, trotz der hochsommerlichen Hitze hochgeschlossen in Schwarz gekleideter Mann öffnet und betrachtet ihn aus dunklen forschenden Augen.

Berndorf nennt seinen Namen. »Ich hatte vorhin angerufen.«

»Ich habe Sie erwartet«, sagt der Schwarzgewandete und stellt sich als Bruder Hesekiel vor. Er hat einen festen Händedruck. »Aber treten Sie doch ein.«

Berndorf folgt dem Schwarzen in ein kleines Büro, dessen eine Wand von einem Regal voller Broschüren eingenommen wird, während an der Seite gegenüber, hinter dem bis auf eine Altarbibel säuberlich leeren Schreibtisch des Predigers, ein wandhohes Plakat hängt, braun, schwarz und weiß. Auf dem Plakat steht nichts weiter als »Im Anfang war das Wort«, gedruckt mit den großen Holzlettern, wie sie früher in Provinzdruckereien für Zirkus- oder Volksfestreklame verwendet wurden.

Sie setzen sich, Berndorf auf einen Holzstuhl, der Bruder Hesekiel hinter seinen Schreibtisch. Er stützt seine Unterarme auf dem Schreibtisch auf und faltet die Hände.

»Sie sagten, Sie kommen wegen eines Trauerfalles?«

»Der Name ist Troppau, Wilhelm Troppau. Ein früherer Kollege von mir. Zuletzt hat er hier in der Nähe gelebt, in Sandhausen. Ihre Gemeinde, nicht?«

Der Prediger deutet ein Lächeln an. »Sandhausen, ganz recht. Unsere Kirche zieht keine engen Sprengelgrenzen.« Er hat *Sandhause* gesagt, registriert Berndorf, wie denn überhaupt das Hochdeutsch des Predigers auf eine kaum merkliche Weise regional eingeschliffen klingt. Das Lächeln verschwindet. »Bruder Wilhelm, ja. In letzter Zeit ...« Er lässt den Satz unvollendet. »Ganz sicher ist Gott seiner Seele gnädig. Wie ist es ...?«

Wenn Berndorf genau hingehört hat, klingt das *gnädig* doch sehr nach *gnedisch*. Ein Pfälzer? Eher ein *Mannemer*.

»Er hat sich aufgehängt.«

Der Prediger nickt. So, als ob ihn nichts überraschen könne. »Das ist eine schwere Sünde.« Ein flinker Blick streift Berndorf. »Nur Gott kann die Schuld von den Menschen nehmen. Nicht der Mensch selbst.«

»Schuld, sagen Sie. Haben Sie mit ihm über solche Fragen gesprochen?«

»Ja«, antwortet der Prediger widerstrebend. »Sicher. Ich habe versucht, ihm deutlich zu machen, dass den Menschen darüber kein letztes Wort zusteht.« Er hebt ganz leicht die Stimme an. Das Mannemerische verschwindet. »*Was gewesen ist, soll euch nicht belasten / was kommt, darf euch nicht schrecken.* Wenn die Menschen nicht glauben, dass ihre Sünden vergeben werden können, dann glauben sie nicht an Christus.«

»Und was tut ein Seelsorger, wenn das, was gewesen ist, sich nicht daran hält?«

Bruder Hesekiel schüttelt unwillig den Kopf. »Manchmal hilft nur das Gebet. Aber das Gebet ist eine Sache zwischen dem Glaubenden und Gott. Allein zwischen ihnen.«

»Manchmal, so heißt es, sollen Gespräche helfen. Gespräche zwischen Menschen.«

»Jeder Mensch lädt Schuld auf sich. Wir wollen sie nicht wissen. Es genügt, dass Gott es weiß.« Wieder blickt er kurz zu Berndorf auf. »Ich nehme an, Sie sind wegen der Beerdigung gekommen?«

»Nein«, antwortet Berndorf. »Troppau hat seinen Körper dem Anatomischen Institut überlassen. In seinen Unterlagen haben meine Kollegen eine entsprechende Erklärung dazu gefunden. Ich kann Ihnen eine Kopie davon zeigen.«

Abwehrend hebt der Prediger die Hand. »Sagen Sie mir lieber, was ich dann für Sie tun kann.«

Berndorf geht auf die Frage nicht ein. »Sie schienen vorhin anzudeuten, dass er sich in letzter Zeit von Ihrer Gemeinde gelöst hat. Das könnte auch erklären, warum er keine Beerdigung wollte.«

»Es erklärt vor allem, warum er sich aufgehängt hat«, antwortet der Mann in Schwarz schroff. Plötzlich ist der Traktätchen-Ton aus seiner Stimme verschwunden.

Dieser Logik bin ich nicht gewachsen, denkt Berndorf. »Sie wissen nicht, wie es zu dieser Entfremdung gekommen ist?«

»Wir treiben keine Gehirnwäsche. Und Reisende soll man nicht aufhalten.«

»Ich dachte, Sie hätten dafür einen anderen Satz«, bemerkt Berndorf sanft. »*Nötigt sie, hereinzukommen.* Hat es niemand in Ihrer Gemeinde gegeben, der das versucht hat?«

»Nein«, sagt der Prediger, »jedenfalls weiß ich nichts davon. Wir spionieren unseren Gemeindegliedern nicht hinterher. Habe ich Ihnen das nicht deutlich gesagt? Und wir wollen auch nicht, dass jemand von außen das tut.« Unvermittelt steht er auf, wobei er sich mit beiden Händen auf dem Schreibtisch abstützt. »Einen katholischen Priester würden Sie so nicht bedrängen. Warum versuchen Sie es dann bei mir?«

Auch Berndorf steht auf. »Ich wollte Sie nicht bedrängen.« Er setzt ein kurzes Lächeln auf. »*Die etwas fragen / verdienen Antwort.* Das ist aus einem Gedicht. Aber vielleicht hätten Sie den Dichter nicht gemocht.« Er nickt seinem Gegenüber zu und geht. Der Prediger folgt ihm schweigend bis zur Haustüre und schließt sie hinter ihm.

Im Kirchenbüro zur Wahrhaftigen Diskretion war es kühl. Draußen brennt die Sonne warm auf die Haut. Die Türkenjungen üben das Spiel zwei gegen einen, es gewinnt, wer zum Schuss kommt. Berndorf geht in Richtung der Bushaltestelle. Er wird zum Hauptbahnhof fahren und mit dem nächsten Zug nach Mannheim.

Einer der Türkenjungen grätscht nach dem Leder und trifft es voll, der Ball fliegt Berndorf vor die Füße, er stoppt ihn ab und schlenzt ihn zurück. Offenbar hat er ihn zu hart getroffen. Der Ball setzt auf der Einfahrt auf und springt krachend gegen den Aushang der Kneipe. Glas splittert.

»Shit«, sagt einer der Türkenjungen, schnappt sich den Ball und rennt weg. Die beiden anderen folgen.

Scheiße, denkt Berndorf. Sie glauben nicht, dass man ihnen glaubt. Seufzend geht er über die Straße und klingelt an der Kneipe. Niemand meldet sich.

Der Audi kriecht im ersten Gang auf das Thurgauer Ufer.

Die Planken klappern nicht, weil Schweizer Planken das nicht tun. Im Rückspiegel sieht Florian Grassl, dass auch der blaue BMW mit dem Stuttgarter Kennzeichen anrollt. Nach dem Zwischenfall mit dem Schaffner hatten sich die beiden Männer weggesetzt und waren kurz darauf nach unten zu ihrem Wagen gegangen.

Am Ufer warten zwei Uniformierte mit den hohen runden Schirmmützen eidgenössischer Ordnungshüter und besehen sich die Kennzeichen der Autos, die die Fähre verlassen. Als sie Grassl und den Audi sehen, winken sie ihn zur Seite.

Einer der Grenzer kommt zu Grassl ans Fenster der Fahrertür und bittet um die Papiere.

»Lustiges Mützlein, was Sie sich da aufgesetzt haben«, sagt Grassl. »Bei uns könnten Sie damit auf den Fasching gehen. Großes Ehrenwort.«

Der Uniformierte sieht ihm ins Gesicht. »Können Sie verstehen, was ich Ihnen sage? Ich möchte Ihren Ausweis sehen, und die Fahrzeugpapiere.«

»Oh! Die Papiere«, sagt Grassl. »Aber bitte.« Er holt umständlich seine Brieftasche aus dem Jackett und klappt sie auf. »Schau'n wir mal, was wir da haben.« Er holt einen grünen Zettel heraus und betrachtet ihn. »Hier.« Er hält den Zettel dem Grenzer vors Gesicht. »Hätt' ich fast vergessen. Einer von meinen besseren Anzügen. Ich muss ihn aus der Reinigung holen. Merci vielmals, dass Sie mich erinnert haben.«

»Steigen Sie bitte aus«, befiehlt der Grenzer und winkt den zweiten Beamten herbei. Der nähert sich, die Hand auf die Dienstpistole an seinem Gürtel gelegt. Grassl löst den Gurt, öffnet die Tür und bequemt sich, sehr langsam und sehr bedächtig, aus dem Audi. Die Kolonne der Autos aus der Fähre rollt wieder an und fährt an ihm und dem Grenzposten vorbei in den Kanton Thurgau.

Auch der BMW mit der Stuttgarter Zulassung.

»Unsere alten Städte sind heruntergekommen«, klagt Eisholm und wedelt mit den weiten Ärmeln seines Talars zu den Zuhörern, als sei die fensterlose Trübsal des Sitzungssaales Beweis genug, »leider ist das so, alte Wohnviertel zerfallen, verlieren ihre Identität, ihre Seele, werden zum Ghetto ...«

Schwätzer, denkt Franziska.

»Nicht alle beklagen das«, fährt der Anwalt fort. »Nehmen Sie meinen Mandanten, kein großes Kirchenlicht, aber das werden Sie selbst bemerkt haben, mit der Verwaltung der Brauerei-Immobilien beauftragt, ein schöner Titel, in Wahrheit mit weniger Kompetenz ausgestattet als jeder Hausmeister. Er betreut eine heruntergekommene Kaschemme in einem heruntergekommenen Viertel. Was tun damit? Wer will da investieren? Wer Pacht dafür bezahlen? Die einzige Kundschaft, mit der ein Wirt rechnen könnte, holt sich die Zwei-Liter-Bombe bei der nächsten Tankstelle oder beim nächsten Wasserhäuschen.«

Eisholm verschränkt die Arme vor der Brust. »In dieser Situation nun kommt das Sozialamt und sucht Wohnungen. Einfache Wohnungen. Wohnungen, in denen nicht viel kaputtgehen kann, wenn der Mieter mal wieder alles kurz und klein schlägt. Können Sie sich die Erleichterung meines Mandanten vorstellen? Plötzlich bekommt er für die alte Bruchbude Miete, richtiges Geld, pünktlich überwiesen ...«

Die Tür des Verhandlungssaals öffnet sich, ein Zuhörer tritt ein, Eisholm blickt hoch, irritiert, als habe er den Neuankömmling erkannt und wisse nicht, was dieser hier soll. Franziska dreht sich um. Das Gesicht des Mannes, der einige Reihen hinter ihr Platz nimmt, sagt ihr nichts.

»Wenn Sie die Mietabrechnungen betrachten«, fährt Eisholm fort, »werden Sie feststellen, hohes Gericht, dass der Arbeitgeber meines Mandanten durchaus kein schlechtes Geschäft mit dem Sozialamt gemacht hat, es ist ein so wenig schlechtes Geschäft gewesen, dass Sie sehr wohl Ihre eigene Meinung davon haben können, möglicherweise keine besonders gute von den moralischen Eigenschaften meines Mandanten und seines Arbeitgebers – aber zu fällen haben Sie eben kein moralisches, sondern ein juristisches Urteil, und da kommen Sie an der Feststellung nicht vorbei, dass mein Mandant an einem warmen Abbruch dieses Gebäudes gar nicht interessiert sein konnte ...«

»Kein Feuer, keine Kohle kann brennen so heiß / als heimliche Liebe, von der niemand nichts weiß«, singt Solveig, das heißt, sie will es singen, aber Hubert Höge klopft ab und unterbricht sie und sagt: »Solveig, dieses Mädchen ist verliebt, das wissen Sie doch sicher, was das ist? Das können Sie nicht singen, als ob Sie sich an der Hühnersuppe die Zunge verbrannt hätten ...«

Die in der Aula versammelte Laiensingspielschar kichert. Solveig schaut Hubert Höge aus verständnislosen braungrünen Augen an, in denen tief die Frage schlummert, seit wann Lehrer denn etwas von Liebe verstehen. Sie habe doch alles richtig gesungen? So, wie es auf dem Notenpapier steht?

Hubert Höge sieht sich hilflos um. Die Studienassessorin Miriam Bachfeld (Englisch, Sport) schaltet sich ein. »Solveig, sehen Sie, dieses Mädchen ist ein Punk, tough und ausgekocht, und dass die sich verliebt hat, so richtig verliebt mit allem Drum und Dran und Herzklopfen bis zum Hals, das ist der so rasend peinlich, als ob die Mutter zu Besuch käme. Und damit ist es ja nicht genug. Ihr Typ, dieser Prinz mit seinem lila Benz-Coupé und seinen Versace-Anzügen und den reaktionären Farben einer piekfeinen Verbindung – der ist so was von daneben, dass die ganze Szene sich kugelt vor Lachen ...«

Reaktionäre Farben? Offensichtlich weiß Solveig nicht, was das sein soll. Miriam Bachfeld, als Regieassistentin in die Vorbereitung der Schlussfeier eingebunden, nimmt einen neuen Anlauf.

»Das Mädchen weiß doch, dass das mit diesem Typ nichts werden kann, dass das jenseits aller Vorstellung ist und einfach unmöglich, und deswegen darf niemand davon etwas wissen, klar doch, aber im gleichen Augenblick möchte dieses Mädchen alles herausschreien, alle Welt soll es wissen, die ganze Stadt ... und damit sie an diesem Zwiespalt nicht zerbricht, will sie es singen ...« Die Tür der Aula öffnet sich, Birgit Höge schlüpft hinein und zieht die Tür wieder hinter sich zu.

Rehlein, was redest du da? Unsere Kids kennen keinen Zwiespalt und kein Geheimnis und kein Zerbrechen, denkt Birgit. Dass der Akku des Handys leer ist, das kann ihnen passieren. Oder dass Hubert die Gummis vergessen hat. Aber dann haben sie selber welche im Täschchen.

»Okay«, sagt Solveig. »Sie will es herausschreien, aber sie tut es nicht. Also muss das doch verhalten sein, irgendwie leise, fast still.«

Miriam stimmt zögernd zu.

Bevor Solveig neuerlich in Töne ausbricht, huscht Birgit nach vorn zu Hubert an den Konzertflügel. Ihrer Mutter gehe es nicht gut, sagt sie rasch, sie werde am Nachmittag zu ihr nach Freiburg fahren, aber mit dem Zug, und vermutlich übers Wochenende dort bleiben: »Nein, du musst wirklich nicht mit, aber vergiss nicht, der Katze zu fressen zu geben, im Vorratsschrank sind noch Dosen, die mit dem Tunfisch mag sie besonders ...«

Die Angeklagten schließen sich in ihren Schlussworten den Ausführungen ihrer Verteidiger an, nur Eisholms Mandant verwahrt sich mit blassem entrüstetem Gesicht dagegen, dass er vom Sozialamt überhöhte Mieten kassiert habe, aufgedrängt worden sei ihm das Geld, wenn er nur die Leute aufnehme ... Nach kurzem Getuschel auf der Richterbank teilt der Vorsitzende mit, dass das Urteil nicht vor 18 Uhr zu erwarten sei. Ärgerlich packt Franziska Kugelschreiber und Notizblock ein, für sie ist das die dümmste Zeit, die das Gericht sich hätte aussuchen können, die überregionalen Zeitungen, für die sie arbeitet, haben da schon Redaktionsschluss der Deutschland-Ausgabe und jedenfalls keinen Platz mehr für ein Feature, vermutlich würde sie nur eine knappe Meldung verkaufen können.

Eisholm kommt auf sie zu. Heute keinen Kaffee!, denkt

Franziska, aber der Anwalt geht an ihr vorbei auf den Mann zu, der während seines Plädoyers gekommen war.

»Ich dachte, man hat Sie aus dem Verkehr gezogen?«

»Hat man auch.« Die beiden Männer tauschen einen Händedruck.

»Und dann zieht es Sie ausgerechnet hierher! Sie werden doch kein forensisches Groupie von mir werden wollen? Nächste Woche hätte ich da einen schönen Termin in Memmingen, der Dorfpfarrer und die kleinen Firmlings-Mädchen, leider ist Worm ebenfalls vor kurzem in Pension gegangen ...«

Franziska schiebt sich an den beiden Männern vorbei.

»Entschuldigen Sie mich«, sagt der andere Mann und wendet sich Franziska zu. »Sie sind Frau Sinheim, Franziska Sinheim?« Der Mann ist mittelgroß, zwischen 50 und 60 Jahre alt, hat angegrautes dunkles Haar und hält sich sehr aufrecht.

Franziska bleibt stehen und blickt den Mann fragend an.

»Hätten Sie eine oder zwei Minuten Zeit für mich?« Der Mann hält ihr eine Visitenkarte hin. Es ist eine der Karten, wie sie die Beamten der baden-württembergischen Polizei verwenden, mit einem stilisierten blau-grün-gelben Stern am Rand. »Das hat aber nichts zu sagen«, fügt der Mann hinzu. »Ich habe keine dienstliche Frage an Sie.« Franziska zuckt mit den Schultern. »Wir unterhalten uns besser draußen.« Sie geht ihm voran zum Ausgang. Was hat sie eigentlich in letzter Zeit geschrieben, dass es einen Bullen aufstört?

Im Vorraum des Sitzungssaals bleibt sie vor einem der wandhohen Außenfenster stehen und wendet sich um. Irgendwie ist es ihr nun doch, als hätte sie den Mann schon einmal gesehen.

Sie sieht sich noch einmal die Visitenkarte an. Kriminalhauptkommissar Irgendwer.

»Wir kennen uns«, sagt Berndorf. »Und das ist vielleicht das Schlimmste, was Ihnen passiert ist. Und mir.«

Ja, denkt Franziska. Ich kenne diesen Mann. Ihr Mund fühlt sich trocken an. Dunkle Haare damals, ein schmales, blasses Gesicht.

»These fucking...«, flüstert Brian. Er liegt auf dem Boden, nackt. Dann läuft Blut aus seinem Mund. Sie wirft sich auf ihn. Jemand zieht sie weg. Polizisten in Schutzwesten und mit Maschinenpistolen stürmen die Wohnung.

Sie atmet durch und sieht den Mann vor sich an. »Komisch«, bringt sie heraus. »Wie oft habe ich mir gedacht, Sie will ich noch einmal sehen. Und Sie dann fragen, was Sie sich denken. Wie Sie sich fühlen.« Sie versucht ein Lächeln. »Was haben Sie gerade gesagt? Das Schlimmste, was auch Ihnen passiert ist? Passiert ist es? Einfach so, Ihnen und dem anderen an der Tür?«

»Deswegen bin ich hier«, sagt Berndorf. »Wegen dieses anderen. Ich wollte Sie fragen, ob er versucht hat, mit Ihnen Kontakt aufzunehmen.«

»Und warum wollen Sie das wissen?«

»Dieser andere, Wilhelm Troppau, hat sich vor zwei Tagen aufgehängt.« Berndorf sieht der Frau ins Gesicht. Erleichterung? Genugtuung? Nichts. Klare, graue forschende Augen. »Ich würde Ihnen gerne zwei Briefe zeigen, die er geschrieben hat. Lesen Sie sie, und entscheiden Sie dann, ob Sie mit mir reden wollen.« Aus der Brusttasche seines Jacketts zieht er die zusammengefalteten Seiten hervor und hält sie ihr hin.

Franziska sieht sich um. Neben den Aushängen mit den Gerichtsterminen ist eine Holzbank. Sie streckt die Hand aus und nimmt die beiden Briefe an sich. Dann geht sie zu der Bank. Berndorf will ihr folgen. Mit einer Handbewegung weist sie ihn an, am Fenster zu bleiben. Sie setzt sich und beginnt zu lesen.

Langsam schieben sich Kirchtürme und Dächer näher. Dann erkennt Florian Grassl den weißen Turm des Friedrichshafener Hafenbahnhofs. Er steht an der Reling und genießt den Fahrtwind und die Sonne, die ihm auf den Rücken brennt. Diesmal ist kein Stuttgarter BMW mit an Bord, und am Fährhafen würde auch keiner auf ihn warten.

Haben die beiden Burschen mitbekommen, dass die Käppis ihn mit der nächsten Fähre nach Deutschland remittiert haben? Selbst wenn.

Im Aufenthaltsraum hängt eine Panoramakarte des Bodensees, und er hat sie sich genau angesehen. Auf dem Landweg können sie die Fähre nicht mehr einholen, nicht über Lindau und nicht einmal über Konstanz.

Wahrscheinlich fahren die beiden sinnlos die Landstraße zwischen Romanshorn und Amriswil auf und ab. Und warten, dass er nachkommt. Sehr lustig.

Tatsächlich gibt es im Augenblick nur ein Problem. Was tun, wenn die Käppis die deutschen Grenzer angerufen haben? Dass sie einen Audi-Fahrer zurückgeschickt hätten, der nicht ganz richtig im Kopf sei?

Aber auch das wäre kein wirkliches Problem. Ach! Das ist mir aber außerordentlich peinlich, würde er sagen, ich war auf der Fahrt nach St. Gallen, zu einem wissenschaftlichen Meinungsaustausch über frühgeschichtliche alsatische Runenschriften, und Ihr Schweizer Kollege hat mich etwas – wie soll ich sagen – etwas harsch befragt, da bin ich leider wohl etwas ironisch geworden, wenn Sie verstehen, was ich meine ...

Die Fähre schäumt in den Hafen ein, Grassl steigt ins Fahrzeugdeck hinab, rumpelnd dockt das Schiff an, rumpelnd rollt der Audi Minuten später über deutsche Planken ans Ufer, die Grenzer winken ihn weiter, niemand will etwas von ihm wissen, vielleicht sind die Käppis der Ansicht, merkwürdige Vögel gebe es auf dem Nordufer genug, da brauche man niemanden zu verständigen, vielleicht gibt es auch gar keinen kurzen Dienstweg zwischen Schweizer und deutschem Zoll.

Grassl steuert den nächsten Parkplatz an und stellt den Audi ab. Was nun? Er sieht sich um. Nirgends ein BMW mit gelben Lederpolstern und Stuttgarter Nummer, natürlich nicht. Auch keine anderen Autos mit Männern, die die Haare kurz geschoren haben. Er holt sein Handy heraus und versucht, Zundt anzurufen. Durch den Hörer schwebt der Mezzosopran der Hohen Frawe.

»Unsere Treue gilt der Heimat. Hier spricht der selbsttätige Anrufbeantworter der Johannes-Grünheim-Stiftung. Unsere Schriftstelle ist im Augenblick nicht besetzt ...«

Klar doch, denkt Grassl. Die Hohe Frawe ist in Sonthofen, Freißle hilft freitags seinem Schwager auf dem Hof im Lautertal, der Alte geht nicht hin, damit man nicht merkt, dass er keine Sekretärin hat.

Er stellt das Handy ab und überlegt. Keine Kurzgeschorenen, schön und gut. Wie lange noch? Warum sind sie überhaupt hinter ihm her?

Wegen der beiden Pakete, Dummkopf.

An einer Bushaltestelle am Rande des Parkplatzes hängt ein Stadtplan. Er steigt aus und sucht den Standort der Hauptpost.

Franziska Sinheim faltet die beiden Briefe wieder zusammen. Für einen Augenblick bleibt sie sitzen, als ob sie müde sei.

Berndorf hat sich abgewandt und betrachtet die angelaufenen Fensterscheiben oder die Straße, die man dahinter sieht. Genau weiß er es selbst nicht.

Zeit vergeht.

Eine verirrte Wespe krabbelt die Scheibe hoch.

»Und was, bitte, hat die Staatsanwaltschaft nun unternommen?« Franziska steht neben ihm.

»Sie hat das Verfahren eingestellt«, antwortet Berndorf und sieht weiter der Wespe zu. »Was dachten Sie? Troppau war im Dienst. Was man ihm hätte vorwerfen müssen, wäre fahrlässige Tötung gewesen. Oder Körperverletzung mit Todesfolge. Das hat man schon 1972 nicht getan. Und bei seiner Selbstanzeige war das verjährt. Für alles andere fehlt der Vorsatz.«

Die Wespe gerät an eine blinde Stelle und verharrt.

»Und warum ist 1972 nichts unternommen worden?«

»Das fragen Sie?« Kennst du die Branche nicht? Du schreibst doch darüber. Was ist dem Hauptwachtmeister Kurras passiert, der 1967 den Studenten Ohnesorg erschossen hat? Und was dem Berliner Polizeichef, der damals die Prügelperser auf die Studenten losgelassen hat? Nichts ist ihnen passiert. Niemals ist ernsthaft etwas unternommen worden, nichts gegen Kurras, nichts gegen den Polizeipräsidenten, nichts gegen Troppau oder irgendeinen anderen der Polizisten, die einen Menschen erschossen haben, in den bleiernen Jahren oder später. Die aus Überforderung getötet haben. Aus Nervosität. Die sich nicht mehr unter Kontrolle hatten, weil sie nach pausenlosen Einsätzen bis unter die Haarspitzen aufgeladen waren von Aggressivität und Frust. Die falsch ausgebildet waren. Und falsch eingesetzt. Die geschossen oder zugeschlagen haben, weil sie von den Zeitungen aufgehetzt waren, von den Zeitungen in Berlin und anderswo.

»Wie viele andere ist auch dieser Fall nicht vor Gericht gekommen«, fährt er schließlich fort, »weil Staatsanwaltschaft und Polizeiführung ihn um keinen Preis geklärt haben wollten ...«

»Vielleicht sagen Sie mir wenigstens, warum Sie mich sprechen wollen? Und wie Sie mich überhaupt gefunden haben?«

»Sielaff von der Heidelberger Direktion hat mir gesagt, dass Sie als Gerichtsreporterin arbeiten. Mit ihrem Anrufbeantworter wollte ich nicht reden. Also habe ich es hier versucht.«

Die Adresse von diesem Mädchen brauch ich dir nicht rauszusuchen, hatte Sielaff gesagt, die lebt in Mannheim. Schreibt Gerichtsberichte für irgendwelche auswärtigen Blätter. Unsereins hat sie noch immer dick.

»Und haben mich aufgespürt«, stellt Franziska fest. »Sehr scharfsinnig. Und warum das alles?«

»*Warum eine silberne Kette?*«

»Keine Fragen.« Franziska Sinheim betrachtet ihn mit kalten ruhigen Augen.

»Ich weiß nicht, warum ich Ihre Gegenwart überhaupt ertrage. Warum ich nicht losschreie. Es ist Ihr Risiko, wenn ich's tue.« Sie sieht ihn ruhig an. »Ich sagte es Ihnen schon: Einmal wollte ich schon noch mit Ihnen reden. Warum nicht jetzt? Aber unter einer Bedingung. Die Fragen stelle ich.«

Berndorf nickt. Franziska Sinheim dreht sich um und geht ihm voran zum Ausgang.

Sirrend macht die Wespe einen Anflug auf das, was sie für ein Stück Himmel hält.

Auf den Tischen in dem kleinen Tagescafé in der Nähe des Justizgebäudes liegen grob gewebte braune Decken. Franziska Sinheim hat sich für einen Platz in der Nähe des Fensters entschieden, das auf eine trübe, von Mülltonnen und rostfleckigen Autos gesäumte Nebenstraße hinaussieht. An den anderen Tischen sitzt Gerichtskundschaft, ein Anwalt erklärt halblaut seinem Mandanten, wie er vielleicht doch noch davonkommt, mit nur halb geschorenem Fell.

»Zu Hause ginge es nicht«, erklärt Franziska. »Ich könnt es nicht ertragen, dass Sie auch nur einen Schritt ...«

Die Bedienung bringt zwei Portionen Kaffee. Berndorfs Kännchen ist zu voll eingeschenkt, dünne Brühe schwappt über. Sie schenken sich ein, beide nehmen weder Milch noch Zucker. Franziska lässt die Tasse stehen. Sie stützt die Arme auf dem Tisch auf und faltet die Hände. Sie hat schlanke oder magere Arme, eine Frage der Definition. Sie trägt keine Ringe. Ein Armreif mit blauroten Granatsteinen rutscht an ihrem rechten Unterarm bis fast zum Ellenbogen. Graue ruhige Augen unter gesträubter grauer Mähne nehmen Berndorf ins Visier.

»Zur Klarstellung. Für diesen Einsatz waren Sie verantwortlich?«

»Ja.« Was immer das heißt. Gar nichts heißt es. Frag die Politiker.

»Sie hatten auch die Zuständigkeit dafür?«

Berndorf zögert. »Ja und nein.« Das ist keine Antwort. »Nach dem Überfall auf den Transport der Landeszentralbank wurde eine Sonderkommission gebildet unter Einbeziehung von Experten des Bundeskriminalamtes. Die Experten wurden erst am Morgen erwartet.«

»Das heißt, Sie haben eigenmächtig gehandelt?«

»In meinem Disziplinarverfahren ist mir das zum Vorwurf gemacht worden.«

»Und?«

»Es wurde akzeptiert, dass nach dem Anruf Gefahr im Verzuge war. Ich meine den Anruf, in dem auf Ihre Wohnung hingewiesen wurde.«

»Haben Sie diesen Anruf selbst entgegengenommen?«

»Nein. Ein Beamter in der Zentrale hat das getan.«

»Was genau wurde in diesem Anruf mitgeteilt?«

»Dass einer der Täter keine Frau sei, wie es der Rundfunk berichtet habe, sondern ein Mann mit langen Haaren. Ein Mann mit einer Silberkette. Dass er sich in einer Wohnung in Mannheim-Feudenheim aufhalte. Es folgte die Adresse. Dritter Stock rechts.« Halt, denkt Berndorf. Das ist nicht exakt. Irgendetwas ist zu kurz dargestellt. »Und noch etwas. Eine Frau sei bei ihm.«

Keine Reaktion. »Wurde etwas über diese Frau gesagt?«

»So viel ich weiß: nein.«

»Ist der Anruf aufgezeichnet worden?«

»Nein. Das Tonbandgerät war defekt.«

»Was wissen Sie über den Anrufer?«

»Nichts. Der Beamte in der Zentrale sagte mir, die Person habe klare präzise Angaben gemacht. Nicht betrunken, keine Drogen, nicht hysterisch.«

»Sie sprechen von einer Person. Ist damit eine Frau gemeint?«

»Nicht unbedingt. Ob Mann oder Frau – eine Person hat angerufen. Polizistendeutsch.« Warum hast du nicht nachgefragt? Weil es dir nicht schnell genug ging, du Narr, ins Unglück zu rennen.

»Ist die Person später ermittelt worden?«

»Nein.«

»Wer hat die Polizisten eingeteilt, die in meine Wohnung eindringen sollten?«

»Ich.«

»Nach welchen Gesichtspunkten haben Sie den Mann ausgesucht, der mit Ihnen zu meiner Wohnungstür gehen sollte?«

»Ich habe Troppau ausgesucht, weil er als besonders ruhig und besonnen galt.«

Franziska lässt die Arme sinken. »Wenn das der Besonnenste war, müssen Sie ja eine lustige Truppe beisammengehabt haben. Lauter Zwangsneurotiker und Hyperaktive, wie?«

Berndorf nimmt einen Schluck brauner Brühe. Nächste Frage. »Warum hat Troppau geschossen?«

Warum sitzen wir hier? »Das hat nicht einmal er selbst gewusst. Ich denke, dass er auch deshalb die Selbstanzeige erstattet hat. Er wollte bestraft werden, damit er seine Schuld begreifen konnte.«

»Sülzen Sie nicht. Warum hat er *Ihrer* Ansicht nach geschossen?«

»Eine Fehlreaktion. Die Tür wird ihm vor der Nase zugeschlagen, er will die Waffe dazwischenschieben, drückt stattdessen ab. Vielleicht auch Panik. Vielleicht war der Druckpunkt des Abzugs seiner Waffe zu gering eingestellt. Alles Punkte, die man hätte klären müssen.«

Er überlegt. Ein heikler Punkt. »Er ist – er war in sehr engen Verhältnissen aufgewachsen, kleinbürgerlich, bigott erzogen. Möglich, dass ihn der unerwartete Anblick eines Nackten schockiert hat, vielleicht war es für ihn die Konfrontation mit einer verbotenen, tabuisierten Welt ... Ach Unsinn. Ich habe keine Erklärung. Ich weiß es einfach nicht.« Zu vieles, das eine Rolle spielen könnte. Der Flüchtlingstreck. Die Russen. Das Schweigen danach. Gehört nicht hierher. Die Justiz hätte es klären müssen. In einem ordentlichen Strafverfahren mit Sachverständigen und Gutachtern. Jeder 17-Jährige, der einer Oma die Handtasche wegreißt, kriegt seinen Seelenklempner. Troppau nicht. Die Justiz hat gekniffen. Hat ihn allein gelassen mit seiner Schuld.

Franziska lehnt sich zurück.

Ihre Hände liegen jetzt auf dem Tisch. Es sieht ganz entspannt aus.

»Ich hatte tief geschlafen. Irgendjemand läutete Sturm. Es war schon Morgengrauen. Brian steht auf. Lass die klingeln, sag ich. *I thought in this country they had given up grabbing people at dawn*, sagt Brian und geht in den Flur und zur Wohnungstür.«

Franziska greift nach der Tasse mit der Brühe und zieht die Hand wieder zurück.

»Es war unsere erste gemeinsame Nacht, müssen Sie wissen.« Sie versucht ein Lächeln. Es geht nicht. »Vorhin sagten Sie, Sie seien für jenen Einsatz verantwortlich. Sie haben also Brians Tod auf dem Gewissen. Was bedeutet so etwas? Wie lebt man damit?«

Berndorf blickt in graue forschende Augen. Was willst du hören? Der eine Mann ist tot, der andere Mann lebt. Wer davongekommen ist, soll nicht über Hühneraugen klagen.

»Ich hab mir angewöhnt, nicht mehr daran zu denken.« Stimmt nicht.

»Sehr praktisch.« Franziska trinkt nun doch einen Schluck Brühe. »So hab ich mir das auch vorgestellt. Aber warum kommen Sie jetzt zu mir? Der Tod von diesem Troppau hat Sie doch gar nichts anzugehen. Selbst wenn Sie zuständig wären, müssten Sie den Fall abgeben, weil Sie befangen sind.«

»Es ist noch nicht einmal ein Fall. Er hat Selbstmord begangen. Das steht außer Zweifel.«

»Dann versteh ich Sie erst recht nicht.«

»*Warum eine silberne Kette?*«

Franziska schüttelt den Kopf. »Keine Fragen. Ich saß ein halbes Jahr in U-Haft. Nie wieder lass ich mich von einem Bullen verhören.«

Berndorf wartet. Franziska betrachtet ihn. Dann winkt sie der Bedienung. Kamelbeinig steht die Bedienung auf und kommt kassieren. Franziska und Berndorf zahlen getrennt.

»Ich biete Ihnen einen Deal an«, sagt Franziska und steckt das Wechselgeld ein. »Finden Sie etwas über jenen Anrufer heraus. Wer es gewesen sein könnte. Ein Indiz. Etwas, das brauchbar ist. Wenn Sie etwas gefunden haben – aber nur dann –, können Sie mich anrufen.« Sie holt aus ihrem Jackett einen Notizblock und reißt einen Zettel ab und schreibt etwas darauf.

»Der Mann heißt Rüdiger Volz. Er war Feuilleton-Redakteur beim *Aufbruch*, das war die Zeitung, bei der ich damals gearbeitet habe. Er wohnt heute in Bobenheim, das ist eines dieser Dörfer zwischen Frankenthal und Worms. Sagen Sie ihm, dass Sie seine Adresse von mir haben. Vielleicht spricht er dann mit Ihnen.«

Sie steht auf und geht.

Zwischen hohen Parkmauern findet Birgit Höge einen von überhängenden Ästen beschatteten Platz für den kleinen japanischen Wagen, den sie sich am Morgen für das Wochenende gemietet hat. Die Äste könnten zu einer Sequoia gehören, so vornehm ist das Viertel hoch über Neckargemünd. Sie holt die *Zeit* heraus und entfaltet einen Aufsatz über Frauenliteratur. Sie liest, aber die Worte fallen ihr durch das Sieb.

Blödes Huhn, denkt sie. Was machst du, wenn das Trampel vorbeikommt und dich sieht? So ein popliges Auto fällt hier doch sofort auf. Da schau her, Hubermayers müssen eine neue Putzfrau haben.

Und wenn? Lass sie doch kommen und gucken. Dann weiß sie wenigstens, dass Krieg ist.

Unsinn. Wenn sie allein kommt, ist vielleicht gar nichts. Noch immer hast du keinen Beweis. Nur ein Stück beschichtetes Plastik. Nein. Kein Beweis. Er kann sonst wen gefickt haben.

Du weißt ganz genau, dass es Bettina ist. Seine verdruckte Art, nach ihr zu fragen. Dass er ihr die besten Auftritte zuschanzt. Seine Fürsorge, dass sie nur ja nicht fehlt.

Und der Ausdruck, mit dem sie dich ansieht.

In Schräglage biegt ein Jeep aus der nächsten Querstraße ein und hält mit quietschenden Reifen vor Chefarzts Anwesen. Hinter dem Essay zur Frauenliteratur geht Birgit in Deckung, über die Schlagzeile lugend. Zwei Köpfe stecken zusammen, dann springt das Mädchen aus dem Jeep. Ihr Sommerrock weht hoch und gibt den Blick frei auf gebräunte stämmige Beine. Sie winkt dem Jeep-Fahrer zu und entschwindet, die Schultasche schlenkernd.

Du kleines Biest, denkt Birgit, das ist ja gar nicht Hubert.

Winklige Gassen. Grau und ocker verputzte Fassaden, manche mit Eternit verkleidet. Vordächer aus gelb getöntem Glas. Die Jalousien heruntergelassen. Eine türkische Familie belädt einen Kombi, turmhoch sind Koffer und Bündel aufgeschnürt. Last exit Bobenheim.

Die Sonne neigt sich den Pfälzer Bergen zu, aber in den Gassen hockt die Hitze wie eine Bruthenne und hackt dem Menschen, der zu lange draußen bleibt, ins Gehirn. Eine der Gassen führt zu einer Kreuzung. Ein zweistöckiges Haus ist von der Hauptstraße so weit zurückgesetzt, dass es für einen Vorgarten reicht, im Erdgeschoss buckelt sich ein halbrunder Vorbau in staubige Rosenbeete, darüber der Balkon. Blau gestrichene Läden.

Berndorf hat vom Bahnhof keine zehn Minuten hierher gebraucht, aber der Schweiß läuft ihm über das Gesicht. Er holt ein Taschentuch heraus und wischt sich übers Gesicht, während er bei Volz klingelt. Es dauert eine Weile, bis ein älterer magerer Mann in Jeans, die zu weit sind, und in einem Hemd, das zu kariert ist, im Hauseingang erscheint und mit luftloser Stimme krächzt: »Nur herein, wenn's kein Bulle ist!«

Berndorf öffnet das Gartentor und geht zum Hauseingang und drückt eine knochige Hand. Dr. Rüdiger Volz hat wirres rotes Haar mit grauen Strähnen und eine rote Gesichtsfarbe, die nicht von der Sonne kommt, und gelbe Finger, die von den filterlosen Roth-Händle kommen, von denen ihm eine im Mund hängt, und unter der knubbeligen Stirn betrachten den Besucher muntere blaue Augen.

»Ihre freundliche Einladung stürzt mich ein wenig in Zweifel«, sagt Berndorf höflich. »Ich war Polizist, bis gestern, falls meine Entlassungsurkunde richtig datiert ist.«

»Wer auf dem richtigen Wege ist«, antwortet Volz, »soll in diesem Haus nicht abgewiesen werden.«

Er geht Berndorf voran durch eine Flurtür, die mit Glasbildern im Geschmack des Jahres 1910 ausgekleidet ist, in einen dunklen Korridor und dann in den Raum mit dem halbrunden Vorbau, durch dessen Fenster Licht auf übervolle Bücherregale aus Fichtenholz und auf einen Tisch mit einem Strauß dunkelroter Rosen fällt. Berndorf wird in einen leise knarzenden Schaukelstuhl gesetzt und muss klarstellen, dass er kein Bier will und auch keinen trockenen Weißen aus Gau-Bickelheim und nicht einmal einen Obstschnaps. Enttäuscht bringt Volz ein Mineralwasser und sich ein einsames Glas Weißwein.

»Fränzchen hat Ihnen meine Adresse gegeben, sagten Sie am Telefon«, stellt Volz fest und eröffnet damit. »Wie geht's der alten Schlumpel denn so?«

Berndorf stellt klar, dass er das leider nicht beurteilen könne. »Ich habe sie wegen Brian O'Rourke aufgesucht. Das ist der Mann, der 1972 in ihrer Wohnung erschossen wurde ...«

»Seien Sie versichert, Verehrtester, dass wir uns alle sehr gut daran erinnern«, unterbricht ihn Volz. »Aber erzählen Sie mir nicht, dass die Polizei diese«, er sucht nach einem Wort, »dieses Verbrechen nun doch noch aufklären will. Das würde ich Ihnen nicht glauben.«

»Der Polizist, der die tödlichen Schüsse abgegeben hat, hat sich vor zwei Tagen erhängt«, fährt Berndorf fort. »Er hat einen Abschiedsbrief hinterlassen.«

»Rührend«, sagt Volz. »Ein Abschiedsbrief. Er bittet um Verzeihung, wie? Spät kommt Ihr ...«

»Ich habe damals den Einsatz gegen Frau Sinheims Wohnung geleitet«, antwortet Berndorf. »Der Abschiedsbrief ist an mich gerichtet. Ich soll herausfinden, wie es zu diesem Einsatz gekommen ist.«

Volz lässt das Weinglas sinken und fingert nach einer neuen Roth-Händle. Eine stämmige Frau mit langen braunen Haaren betritt das Zimmer. Berndorf steht auf und wird ihr vorgestellt, es ist die Ehefrau: »Edeltraud, das ist der Polizist, du wirst es nicht glauben, der damals für diesen Überfall verantwortlich war, damals, als der Freund von Fränzchen ...«

Die Ehefrau Edeltraud setzt sich und betrachtet Berndorf mit ruhigem ernstem Lehrerinnenblick, noch einmal muss er seine Geschichte erzählen, ein Hausierer des Unglücks und der Schuld, bald wird er sich komisch vorkommen.

»Herausfinden kann ich aber nur dann etwas«, fügt er hinzu, als er mit seiner Geschichte fertig ist, »wenn ich mehr über die Umstände und Beziehungen weiß, in denen Brian O'Rourke und Franziska Sinheim damals gelebt haben.«

»Das kommt mir aber reichlich salvatorisch vor, Verehrtester«, wirft Volz ein. »Müsste die Polizei hier nicht erst einmal vor ihrer eigenen Tür kehren?«

Berndorf nickt demütig. Fatzke, denkt er. Und erzählt von Troppaus Selbstanzeige, und wie die Staatsanwaltschaft das niedergebügelt hat.

Dann sagt eine Weile niemand etwas, und Berndorf betrachtet den Strauß mit den dunkelroten Rosen, der auf dem Tisch in der Mitte des Zimmers steht. Warum fährt er nicht zurück, zurück nach Heidelberg, wenn er sich beeilt, kann er noch sein Gepäck aus dem Hotel holen und den letzten Zug nach Ulm nehmen, lass den toten Troppau seinen toten Iren begraben, die Toten sind tot, und was aufzuklären wäre, ist verjährt, vergessen, unauffindbar ...

»Haben Sie, Verehrtester, eigentlich schon einmal die Irish Connection überprüft?«, fragt Volz. »Brian O'Rourke war Ire, Dubliner, wenn ich mich recht erinnere, das war damals doch kurz nach dem Bloody Sunday von Londonderry, die IRA war fast wehrlos überrascht worden und musste aufrüsten ... vielleicht war O'Rourke Waffenaufkäufer, und die Mannheimer Polizei hat nichts weiter als einen Hinweis des britischen MI 5 exekutiert, im Wortsinne ...«

Berndorf nickt: »In ihrer ersten Stellungnahme am Tag danach hat die Polizeiführung etwas anklingen lassen, das in diese Richtung weist.« Die Pressekonferenz hatte der damalige Mannheimer Polizeidirektor gehalten, aber an seiner Seite hatte ein unauffälliger Mensch aus dem Stuttgarter Innenministerium gesessen, und der Polizeidirektor hatte immer wieder neben sich schauen müssen, ob der Mensch aus Stuttgart auch nichts missbilligt. So jedenfalls hatte ein Kollege es Berndorf erzählt. »Ich selbst war sofort beurlaubt worden und von den Ermittlungen ausgeschlossen. Aber zufällig weiß ich, dass keinerlei Hinweise auf eine Verbindung zur IRA gefunden wurden. Der baden-württembergische Innenminister hat das wenig später gegenüber dem irischen Generalkonsul auch mit dem Ausdruck des Bedauerns klargestellt.«

Und der Mannheimer Polizeidirektor hatte aus Stuttgart einen weiteren mächtigen Rüffel kassiert – für das, was ihm die Stuttgarter eingeflüstert hatten. Längst liegt Aktenstaub darüber.

»Ich koch uns jetzt einen Tee«, hört Berndorf die Ehefrau Edeltraud sagen. »Und Rüdiger überlegt sich, wie das damals war. Das, wenigstens, sind wir Fränzchen schuldig.«

Birgit Höge ist einmal ums Karree gefahren. Jetzt steht der Wagen wieder unter der Sequoia, in der Straße ist es still, sie könnte endlich einmal den Artikel zu Ende lesen, aber sie hat Hunger, zuletzt hat sie in der Pause vom wässerigen Kollegiums-Kaffee getrunken und einen Keks gegessen, den ihr Rehlein angeboten hat, die schwänzelt ja auch so um Hubert herum. Bei Chefarzts wird jetzt wohl ein später, sommerlich leichter Imbiss gereicht, Mama dürfte es kaum entgangen sein, dass wir ein wenig auf Bettinas Figur Acht geben sollten, vielleicht ein geräuchertes Forellenfilet an Meerrettich-Sauce, getoastetes Weißbrot, ein Schälchen Salat in Yoghurt-Dressing ...

Ach Scheiße, warum fahr ich nicht ins Städtchen runter und werf an einem Kiosk einen Döner ein oder eine Bratwurst? Dann seh ich's ja, wenn Hubert vorbeikommt. Oder sein Pummel.

Der Tee ist heiß und kräftig und tut gut gegen die Hitze draußen, Volz zündet sich die nächste Roth-Händle an und die Ehefrau etwas, das wie ein leichtes Zigarillo aussieht.

»Ich war damals, 1972, Chef des Feuilletons beim *Aufbruch*«, sagt Volz, »vielleicht erinnern Sie sich, der *Aufbruch* war eine von den wenigen sozialdemokratischen Kümmerpostillen, die es damals noch gab, letzte Mohikaner im Kampf für das Menschenrecht und die Leitlinien des Parteipräsidiums...«

Berndorf erinnert sich.

»Das Feuilleton bewohnte einen eigenen Verschlag und verfügte über eine Olympia-Schreibmaschine, zwei Regale für die Rezensionsexemplare, eine Schere und einen Leimtopf für die Überschriftenzettel, was alles ich nach Kräften dazu nutzte, unseren Abonnenten aus den Ortsvereinen in Käfertal und Seckenheim und anderswo die Grundbegriffe einer revolutionären Ästhetik nahe zu bringen.«

Er nimmt einen Schluck, um der angespannten Stimme aufzuhelfen. Das hilft dir nicht, denkt Berndorf, es ist das Lungenemphysem.

»Schreiend komisch, aus heutiger Sicht«, fährt Volz fort. »Und doch. Es lag etwas in der Luft, damals, und mein kleiner Verschlag war eine – nun, revolutionäre Zelle wäre zu viel gesagt, aber ein Kristallisationspunkt waren wir doch, ich fand Mitarbeiter, die zuvor und danach nie auf den Gedanken gekommen wären, für ein solches Blättchen zu schreiben, und alle träumten wir von einem neuen, linken, aufgeklärten Journalismus, wollten mit Willy *mehr Demokratie wagen*, Heine und Tucholsky auch für Oggersheim...«

Aber ein Heine hat nicht für euch geschrieben, und auch kein Tucholsky, geht es Berndorf durch den Kopf. Das weiß er, weil er sich den *Aufbruch* manchmal gekauft hat, morgens, auf dem Weg von seiner Wohnung in die Polizeidirektion, oder am Kiosk an der OEG-Haltestelle in Heidelberg, wenn er bei Barbara übernachtet hatte, damals, als die Welt jung war.

»Natürlich bekam ich mächtigen Ärger«, hört er Volz sagen, »die Betonköpfe im Unterbezirksvorstand verstanden nicht und nahmen übel, vor allem ein Parteisekretär, später im Bundestag und dort ein Hinterbänkler von herausragender Farblosigkeit, verfolgte mich mit seiner Inkompetenz... Schließlich gab er es auf und ließ uns gewähren, in einer dunklen Ahnung, dass es so besser sei.«

»Moment«, wirft Edeltraud Volz ein, »keine dunkle Ahnung. Die Macher im Unterbezirk wussten ganz genau, dass der *Aufbruch* nach der Bundestagswahl '72 eingestellt werden würde. Jeder Genosse wusste das, nur ihr nicht.«

Volz hebt beide Hände, Weinglas in der einen, Zigarette in der anderen. »Das Ewig-Weibliche, das uns auf dem Erdboden hält! Sicher war es so, wie du sagst. Aber ein paar schöne Monate waren es doch.«

Er wendet sich wieder zu Berndorf. »Ein junges Mädchen gehörte dazu, wilde Mähne, blanke Augen, frisch entheiratet, frisch in die Lokalredaktion eingetreten, viel zu aufgeweckt und zu *tough* – wie man heute sagen würde – für den Geschmack der Mannheimer Lokalfunktionäre ... Fränzchen – denn meine Rede ist von ihr – schleppte dann ihren Ex an, einen düster blickenden Soziologen, der auf der Magazin-Seite noch düsterere Analysen über die *prinzipielle Insuffizienz interaktionstheoretischer Kategorien* veröffentlichte, suchen Sie dazu mal eine Illustration!« Er wendet sich wieder seiner Frau zu. »Erinnerst du dich an die Geschichte mit der Kakao-Bananen-Pampe?«

»Ich kenne sie auswendig«, antwortet Edeltraud, und ihre Stimme ist wenig ermutigend.

»Busse hat sie aufgebracht«, fährt Volz fort, unbeeindruckt, »der Polizeireporter Winfried Busse. Eines Tages kommt er in unsere Stammkneipe und erzählt, wie eine Frau in den Laden für Südfrüchte geht und dort eine Bananenstaude sieht, tropengoldfarben und knackfrisch, und die Frau kann nicht widerstehen und will sich ein Bündel davon abmachen, aber als sie zugreift, gleitet ein schmales grünes Band über die Bananen und züngelt ihr ins Gesicht, eine Grüne Mamba, gerade aus der Erstarrung des Kühlraums aufgetaut ... Busse bekam gar nicht genug davon, uns vorzuführen, wie die Frau aufschreit und wegkippt, er mochte das, kreischende Frauen nachmachen ... Natürlich war alles frei erfunden, es war das schiere haltlose Gerücht. Aber wie nun Schatte – Ernst Moritz Schatte, Fränzchens Ex – das hört, setzt er sich an die Schreibmaschine und hackt mir ein Stück herunter über die Mütter, die ihren Bälgern diese Kakao-Bananen-Pampe füttern und damit ein *Gewaltverhältnis* zu den armen westafrikanischen und guatemaltekischen Bauernfamilien errichten, weil deren Überleben davon abhängt, ob sich die *Mannemer* Mütter im Supermarkt diese oder jene Pampe aus dem Regal nehmen – ein scheinbar unwissend oder besser im Wortsinne unbewusst aufgebautes Gewaltverhältnis also, weil sich nämlich im Unbewussten dieser Mütter offenbar doch eine Ahnung vom Bedrohlichen dieses Gewaltverhältnisses halten müsse, eine Ahnung, die sich im obsessiven Gerücht von der Grünen Mamba Ausdruck verschaffe ...«

»Das stand bei Ihnen so in der Zeitung?«, erkundigt sich Berndorf.

»Das stand so in der Zeitung«, bestätigt Volz. »Heute noch sehe ich den Parteisekretär vor mir, die Brille auf die Igelhaare hochgeschoben, wie er am nächsten Tag mit dem Blatt auf den Konferenztisch schlägt und herumbrüllt, durch diese Brühe lasse er sich nicht ziehen ...«

Volz unterbricht sich und scheint nachzudenken. »Merkwürdig, was aus manchen Leuten geworden ist.« Dann nimmt er einen Schluck, stellt beruhigt fest, dass es ein Gau-Bickelheimer ist und keine Kakao-Bananen-Pampe, und fährt fort.

»Ja, wir haben dann auch so etwas wie einen Bitterfelder Weg unter den Bedingungen des Kapitalismus versucht, *authentisches Schreiben*, hat Fränzchen das genannt und dazu einen Anzeigensetzer aus der *Aufbruch*-Mettage gekeilt, Micha Steffens, ein anstelliger Junge. Wenn einer eine Wohnung gesucht hat, und Micha bekam eine Annonce herein, in der eine angeboten wurde, gab er einem einen Tipp, bevor noch die Zeitung erschien, aber man musste einen Hunderter rüberschieben oder zwei, er hat das dann mit einem Anzeigenvertreter geteilt, den sie Blümchen nannten ... Für mich hat Steffens die neuen Italowestern rezensiert, als Handlungsanweisung für die Macht des Volkes, die aus den Gewehrläufen kommt. Schatte hatte ihm das beigebracht ...«

»Es war wohl so«, sagt Edeltraud nicht ohne Schärfe, »dass

Fränzchen das Feuilleton als Ablege für alle Kerle angesehen hat, die sie nicht mehr im Bett brauchen konnte. Weiß der Kuckuck, wie sie darauf gekommen ist.«

Mitleid heischend sieht Rüdiger Volz zu Berndorf. »Was soll mann dazu sagen? Natürlich haben wir nicht scharf getrennt, die Befreiung der Produktionsverhältnisse ist in jenen Tagen auch eine solche des reproduktiven Bereichs gewesen ...« Volz krächzt kurz, es ist nicht zu unterscheiden, ob es ein Altherrenkichern ist oder das Lungenemphysem. »Edeltraud sieht das zu eng.« Volz hat sich ausgekrächzt. »Spät abends, kurz vor Andruck, kehrt in die Zeitungsredaktionen eine eigentümliche Stille ein, die Welt ist zur Ruhe gekommen ... Wenn keine US-Präsidenten umgebracht werden oder die Russen nicht gerade in Prag einmarschieren, ist das die Stunde der Kontemplation ... Bei mir hat dann oft noch das Licht gebrannt, wir haben diskutiert und Bier getrunken ...«

»Letzteres vor allem«, wirft die Ehefrau ein.

»... einer der Galeerensklaven aus der Nachrichtenredaktion hat ein Andruck-Exemplar gebracht, oder Busse schaute herein, der Polizeireporter, bevor er zu den sinistren Treffpunkten aufbrach, wo er einen von seinen Knaben zu finden hoffte – schon deswegen keiner von Fränzchens Exen! Manchmal saß noch eine Langhaarig-Brünette aus Schattes Umkreis in der Ecke, sie hat irgendwelche finsteren Texte aus irgendwelchen obskuren französischen *Cahiers* übersetzt, das heißt, die Texte waren nicht bloß finster, sondern schwarz wie die Fahne des Anarcho-Syndikalismus, dabei war sie ein ganz liebes Mädchen, der Name will mir nicht mehr einfallen ...«

Berndorf lässt sich noch eine Tasse Tee einschenken.

Ernst Sonstwas Schatte, Soziologe; Micha Steffens, Anzeigensetzer; der Galeerensklave Namenlos; Busse, schwul; Brünettchen Will-mir-nicht-Einfallen; Dr. Rüdiger Volz, Rentner; Elfriede Volz, Lehrerinnenblick; Blümchen, Anzeigenvertreter ... Fahr nach Hause, Berndorf. Oder noch besser: Nimm den nächsten Flieger nach Berlin.

Er setzt die Tasse Tee wieder ab und räuspert sich und fragt.

»Erinnern Sie sich dran, dass einmal über eine silberne Kette gesprochen wurde? Dass jemand so etwas getragen hat, oder dass sie jemandem aufgefallen ist?«

Nein, Dr. Rüdiger Volz schüttelt abweisend den Kopf, die Gedanken verweilen noch in den schönen revolutionären Tagen des republikanischen Aranjuez, der Geist der Utopie schwebt über dem stillsten Wasser, Django schmilzt Nschotschis Silberkette in das Blei seiner tödlichen Kugeln, oder war das Winnetou?

Berndorf blickt fragend zur Gattin.

»Nein«, sagt Edeltraud Volz und legt das halb gerauchte Zigarillo in den Aschenbecher, »ich habe Rüdigers Geisterstunden nicht so sehr geschätzt, müssen Sie wissen.« Außerdem müsse sie jetzt noch Zeugnisse schreiben. »Ich hoffe für Fränzchen, dass Sie etwas herausfinden, und ich hoffe es auch für Sie ...«

»Haben Sie Brian O'Rourke gekannt?«, fragt Berndorf rasch, ehe sie gehen kann. »Und wissen Sie, wie Franziska mit ihm zusammenkam?«

Edeltraud Volz ist schon aufgestanden und hat sich zur Tür gewandt. Nun bleibt sie stehen. »Doch, das wissen wir.« Rüdiger Volz blickt unsicher. Er kann sich nicht erinnern.

»Klar, dass du dich nicht erinnern kannst«, sagt Ehefrau Edeltraud und setzt sich wieder. »Es war im *Quadrätche,* am späten Vormittag, nach der Redaktionskonferenz.« Sie wendet sich an Berndorf. »Das *Quadrätche* war eine Kneipe, ein paar Schritte vom Verlagshaus entfernt. Fand man Rüdiger nicht im Büro, dann war er dort. Wir waren am Vorabend verabredet gewesen, wollten uns *Clockwork Orange* ansehen, aber er hatte mich versetzt, und nun wollte ich ihm sagen, dass es aus ist.«

Dr. Rüdiger Volz blickt gequält.

»Richtig, er saß hinten am Stammtisch, Fränzchen war bei ihm, und Busse wohl auch, wenn ich es noch recht weiß, als Trennungszeugen kamen sie mir gerade recht, an einem der Tische davor hockte dieser schreckliche Anzeigenakquisiteur und wartete darauf, dass er jemanden mit seinen frommen Sprüchen ansülzen konnte... Ich steuere auf den Stammtisch zu, die Schultasche – ich hatte am Morgen noch eine Lehrstunde halten müssen – im Schlepptau, und ehe ich mich's versehe, bleibe ich mit der Tasche an dem Stuhl von diesem Blümchen hängen und komme vor lauter Hast und Hass ins Stolpern und wäre längelang auf den Kneipenboden geflogen, wenn mich nicht ein einzelner Gast aufgefangen hätte, der an der Theke stand. Noch heute höre ich, wie er sagt, dass so reizende Frauen keine so abscheulichen Schultaschen sollten tragen müssen... Sein Deutsch ist nahezu perfekt, aber er spricht es mit diesem liebenswürdigen insularen Akzent, dann geleitet er mich bis zum Stammtisch und zu Rüdiger, der wieder mal nur dasitzt...«

Sie unterbricht sich und betrachtet ihren Ehemann. »Manchmal denke ich, du hast dich seither wirklich nicht sehr verändert.«

Unwillkürlich betrachtet auch Berndorf den Ehemann. Sie hat Recht, denkt er.

Volz greift zum Weinglas.

»Das war es dann auch schon«, fährt die Ehefrau fort. »Irgendwie war mir der richtige Ansatz für meine Trennungsarie abhanden gekommen, Rüdiger bedankte sich bei dem fremden Gast für sein promptes Eingreifen und bat ihn an den Tisch, Jakupp der Säufer brachte eilends eine Runde Schnaps, und Fränzchen überfiel mich mit tausend Entschuldigungen, die Betriebsgruppe des Journalistenverbands hätte am Abend zuvor zu einer spontanen Plenarversammlung aufgerufen wegen eines angeblich neuen verlegerischen Konzeptes für den *Aufbruch*... Sie sehen ja, was aus meinen Vorsätzen geworden ist.«

»Was Sie erzählt haben, lässt eigentlich einen anderen Fortgang erwarten«, wendet Berndorf höflich ein.

»Sie vergessen Fränzchen«, antwortet die Ehefrau. »Ich weiß nicht mehr, wie es kam, aber plötzlich hat sie dieses Funkeln in den Augen, ebenso plötzlich fällt ihr ein, an der Jukebox fünf Mark für Schnulzen einzuwerfen...« Unvermittelt bricht Edeltraud in Gesang aus, sie hat einen etwas zu tiefen Lehrerinnen-Alt, aber trifft sehr schön einen Ton, an den sich Berndorf durchaus zu erinnern glaubt:

»*Vogelfrei war mein Herz bis heut...*« Ebenso unvermittelt, wie er begonnen hat, bricht der Gesang wieder ab, Dr. Rüdiger Volz stellt das Glas, das er erschreckt zur Brust genommen hat, vorsichtig auf den Tisch zurück, und die Gattin fährt mit normaler Stimme fort.

»Erinnern Sie sich? Vicky Leandros war das, ich hab's noch immer im Ohr, und noch immer rieche ich diesen Kneipengeruch und sehe uns zu. Rüdiger und ich essen Bratkartoffeln mit Spiegelei, Busse hat sich gedrückt, Jakupp der Säufer kippt ein Stützbier, aber Fränzchen und der Gast mit dem aparten Akzent lehnen an der Jukebox und schauen sich an und albern über Vicky und machen sie nach, wie sie singt...«

Sie hebt den Kopf und bricht erneut in Gesang aus:

»*Dann kamst Du, und mit Dir kam die Liebe...*«

Ganz schnell hört sie wieder damit auf und lächelt Berndorf verlegen an.

»Also dass wir bei Jakupp jemals Bratkartoffeln gegessen hätten, glaub ich dir nicht«, wendet Rüdiger Volz ein.

Es war kein Döner, sondern eine Currywurst, und die Wurst war labberig und die Tomatentunke schmierig süßsäuerlich und die Cola nachklebend chemisch, und der Mensch, der neben ihr seine Bratwurst schlang, hatte sie angesehen wie... Birgit will lieber nicht wissen, wie er sie angesehen hat, es war ein untersetzter vierschrötiger Mensch in einem verschmierten Overall, und sein Lastzug war auf dem Parkplatz neben dem Imbiss abgestellt, ein komischer Lastzug war das, nicht mit Planen, sondern die Aufbauten holzverschalt, und der Mensch hatte sich die Bratwurst in den Mund gesteckt, und sie dann angesehen, und die Bratwurst hing ihm dabei zum Mund heraus. Wenigstens hat sie jetzt keinen Hunger mehr. Zum dritten Mal an diesem Tag parkt sie unter der Sequoia, jedes

Mal ein wenig näher am chefärztlichen Anwesen, weil der Schatten wandert, das muss doch den Leuten auffallen, denkt sie, wie machen Detektive das? Falls es die in Wirklichkeit überhaupt gibt und nicht bloß in Fernsehkrimis, in denen der Detektiv dann umgebracht wird, weil er mehr herausgefunden hat, als er soll.

Birgit kommt ins Tagträumen und stellt sich vor, wie bei Chefarzts die schweren Limousinen vorfahren und Männer mit schwarzen Sonnenbrillen aussteigen und die Geldkoffer anschleppen, mit denen die fünfte Lebertransplantation für einen kuwaitischen Scheich bezahlt wird ... Ach Quatsch, das ist ein Endokrinologe, der transplantiert doch keine Lebern, was tun Endokrinologen eigentlich? Ich muss mal nachgucken. Und was der Plural von Leber ist.

Es klopft an die halb herabgelassene Fensterscheibe, gebückt steht ein weißhaariger Greis im sommerlichen Leinenjackett am Auto und streckt ihr die Altersflecken auf seiner Stirn entgegen. »Entschuldigen Sie, aber suchen Sie jemanden hier?« Birgit atmet flach durch. »Nein, aber Sie sind sehr aufmerksam.« Schleicht umher und linst, dass keiner in eurem schnieken Villenviertel einbricht. »Ich ruhe mich nur etwas aus, wie Sie sehen. Im Schatten, es ist sehr heiß heute, wissen Sie.« Leute in deinem Alter merken das gar nicht mehr. Denen kann es nicht warm genug sein. Aber schnüffeln, dazu reicht es. Kümmer dich doch mal um die Leute in euren feinen Villen, die anderen den Mann wegnehmen, als wär's ein Spielzeug.

»Brauchen Sie Hilfe?«

Heuchler. Außerdem wirst du allmählich penetrant. »Nein, sehr freundlich. Aber können Sie mir sagen, wo ich hier eine Telefonzelle finde?«

Ich muss wirklich telefonieren. Mutter weiß noch gar nichts. Ein Glück, dass sie Hubert nicht mag, und Hubert sie nicht. Er wird nicht anrufen, es sei denn ...

Immer kann irgendetwas sein. Irgendein Unsinn, den das Rektorat gestiftet hat. Etwas mit der Katze. Irgendetwas im

Haushalt geht kaputt, der Kühlschrank oder der Wäschetrockner, Männer können grauenvoll hilflos sein. Hubert jedenfalls. Der Schnüfflergreis zeigt ihr den Weg. Sie bedankt sich und fährt los, und erst als sie die Telefonzelle findet, fällt ihr ein, dass es Freitag ist. Wieso hat sie eigentlich ihr Handy nicht mitgenommen?

Noch ehe sie aussteigt und die Münzen herausgesucht und in der stickigen, unerträglich heißen Zelle die Freiburger Nummer gewählt hat, hört sie den entsetzensschrillen, hohen, gleich bleibenden Klageton: »Aber Kind, ich habe heute doch meinen Bridge-Abend ...«

Aber das hilft nichts. Was man einmal angefangen hat ...

Florian Grassl fährt mit dem Audi durchs dämmrige Wieshülen, vorbei an zwei Bäuerinnen und drei Hühnern, Ortsvorstehers gelbschwarzer Köter geht Amtsgeschäften nach, Grassl biegt nicht zur Akademie ab, sondern nimmt die nächste Straße, die in einen Flurbereinigungsweg mündet, und der führt zum Schafsbuck.

Am Waldrand hält er an, parkt den Audi halb unter den Bäumen, überlegt, ob er aussteigen soll, und tut es dann doch, weil er vom vielen Fahren steif ist im Rücken. Aus seiner Tasche nimmt er das Fernglas mit und stellt sich unter einen Baum, von dem aus er die Akademie sieht.

Grassl will nachdenken. Er hat die beiden Pakete nicht im Schweizer Safe verstaut, und er bringt sie auch nicht zurück.

Also muss er dem Alten eine Geschichte erzählen.

Was kommt in dieser Geschichte nicht vor? Unnütze Dinge werden nicht vorkommen. Wozu muss Gerolf Zundt wissen, dass Frau Roswitha Bullinger, gesch. Grassl, in Nördlingen wohnt, Am Grünen Meer 5? Nichts kann er damit anfangen, denn Roswitha Bullinger wird die beiden Pakete, die sie morgen per Eilboten bekommen wird, sorgfältig aufbewahren. So sorgfältig, dass nicht einmal ihr Gatte Heinz »Butzi« Bullinger etwas davon mitbekommt, geschweige denn irgendjemand sonst.

Muss Gerolf Zundt wissen, wer alles in einem blauen BMW mit Stuttgarter Nummer zwischen Wieshülen und Friedrichshafen unterwegs ist? Auch das muss Gerolf Zundt nicht wissen. Denn entweder weiß er sowieso nichts von diesen Leuten, dann weiß Grassl etwas, das Zundt nicht weiß. Oder Zundt weiß davon, und dann war es kein besonders schöner Zug, ihn diese Pakete durch die Landschaft kutschieren zu lassen.

Strafe muss sein, denkt Grassl.

Und Ihnen ist kein blauer BMW gefolgt? Mit so Kurzgeschorenen darin?

Nein, Chef, mir ist nichts aufgefallen.

Wo aber sind dann die Pakete?

Das war so, Chef. Da war eine große Rauschgiftfahndung. Also der Schweizer Zoll hat. Und da hab ich doch Bedenken bekommen. Und die Pakete in den See ...

Nein. Das geht nicht. Florian Grassl verzieht das Gesicht und nimmt sein Fernglas und betrachtet erst einmal die Akademie, irgendwie muss er sich atmosphärisch besser darauf einstellen, einfühlen sozusagen.

Sommersattgrün die Kastanien. Dahinter das Haus. Dunkel. Noch dunkler der Alte Stall mit den Gästezimmern im ausgebauten Dach.

Ist Meister Zundt wirklich nicht da? Er korrigiert die Einstellung und bekommt die Bronzetafel vor Augen mit Grünheims Dichterwort:

Und wenn mein Blut denn fließen muss
noch einen letzten Abschiedsgruß
deutsche Erde

Grassl will den Feldstecher schon anheben, als ihm eine schwarz glänzende glatte Fläche unter den Bäumen auffällt. Er senkt das Glas und stellt fest, dass ein Daimler unter der Kastanie geparkt ist. Dann entdeckt er zwei weitere Autos, beides dunkle VW Passat. Wenn Besuch da ist, denkt Grassl, wieso brennt im Haus kein Licht?

Plötzlich nimmt er einen Lichtschein wahr. So, als ob er ihn durch einen Spalt erblickt hätte. Offenbar sind die Vorhänge vorgezogen, und dahinter ist eine Lichtquelle. Eine Lichtquelle, die sich bewegt.

Grassl lässt den Feldstecher sinken. In seinem Gehirn beginnt es zu arbeiten. Niemand geht mit Stehlampen spazieren. Wenn eine Lichtquelle sich bewegt, dann bedeutet das, dass jemand mit einer Taschenlampe hantiert. Wenn einer in einem dunklen Haus mit der Taschenlampe hantiert, ist er ein Einbrecher. Üblicherweise.

Seit wann fahren Einbrecher gleich mit drei Wagen vor? In der Johannes-Grünheim-Akademie sind allenfalls Bücher und alte Stilmöbel zu holen, auf deren Echtheit Grassl nicht einmal seinen alten Golf verwettet hätte.

Es sind also keine Einbrecher. Jedenfalls keine gewöhnlichen. Also sind es die Leute, wegen denen ihn der Alte Hals über Kopf mit zwei Paketen in die Schweiz geschickt hat.

Grassl findet, dass er schon angenehmere Gedanken gehabt hat.

»So Bürschle, wieder am Lure?«, sagt eine Stimme an seinem Ohr. Es ist eine grobe Stimme. Eine Hand packt seinen rechten Arm und reißt ihn zu sich her. Der Feldstecher fällt zu Boden. In der Dämmerung erkennt Grassl vierschrötige Umrisse. Er wendet sich ab und läuft in einen krachenden Schlag, Funken irren zitternd über den Horizont, Grassl erstarrt, dann lässt er sich fallen, bleibt reglos liegen, keine Reaktion, nichts, liegen bleiben.

»So billig kommst net davon«, sagt die grobe Stimme über ihm und packt ihn am Hemdkragen und reißt ihn hoch, Grassl windet sich und rammt seinen Ellbogen in den Bauch, der zu der Hand und der Stimme gehört, die Hand lässt ihn los, halb gebückt stürzt Grassl nach vorn, rempelt einen zweiten Mann, es ist der, von dem der Schlag gekommen war, der zweite Mann greift nach ihm, verfehlt ihn, Grassl stolpert ins Gebüsch, kratziges drahtiges Fichtengezweig schlägt ihm ins Gesicht, er rennt blindlings in die Düsternis, hinter ihm brechen die beiden Männer fluchend durchs Geäst, Grassl erreicht den

Waldweg und rennt und hastet in seinen Sommerschuhen, gleich wird er Seitenstechen bekommen, wenig hat er so gehasst wie Waldlauf, gleich nach dem Felgaufschwung kam das, er erreicht ein Gebüsch, wirft sich zwischen die buschigen Jungfichten und bleibt dort liegen, flach atmend ... Über sich hört er zwei Stimmen.

»Wo ist das Scheißerle jetzt hin?«

»Der ist vor zum Trauf.« Die Antwort klingt ein wenig atemlos. »Vielleicht hagelt's ihn runter.«

»Jedenfalls reicht's ihm. Morgen läuft er marmoriert durchs Dorf.«

Irgendetwas juckt Grassl im Nacken. Mit schier übermenschlicher Anstrengung zwingt er sich, nicht zu kratzen. Zwingt sich, weiter flach und fast unhörbar zu atmen.

Die Schritte entfernen sich. Langsam kehrt Waldesstille zurück. Grassl fasst sich in den Nacken und zieht vorsichtig einen abgebrochenen dürren Zweig heraus. Dann tastet er nach seinem Gesicht.

Es fühlt sich feucht an. Und klebrig.

Vom Waldrand her hört er ein Splittern. Es hört sich rhythmisch an. Was ...? Dann läuft so etwas wie ein kindliches Lächeln über sein zerschundenes Gesicht.

Es ist Zundts Audi, den sie kurz und klein schlagen.

Berndorf sitzt allein in einem schmuddeligen Abteil des Regionalzugs, der ihn zurück nach Heidelberg bringt, und schlägt den Hebel-Band auf, dort, wo er das Lesezeichen eingelegt hat: ... *Als aber die Bergleute in Falun im Jahr 1809 etwas vor oder nach Johannis zwischen zwei Schachten eine Öffnung durchgraben wollten, gute dreihundert Ellen tief unter dem Boden, gruben sie aus dem Schutt und Vitriolwasser den Leichnam eines Jünglings heraus, der ganz mit Eisenvitriol durchdrungen, sonst aber unverwest und unverändert war ...*

Vergangenes, das nicht vergehen will. Er legt den Band auf den Sitz neben sich. Johann Peter Hebels Falun verschwindet in nordischen Nebeln, Berndorf holt sein Notizbuch hervor und schreibt aus alter Gewohnheit ein paar Stichworte auf. Denn Volz hatte ihm noch alte Zeitungsfaszikel aus dem Jahre 1972 angeschleppt, vergilbte Seiten, noch ein paar Jährchen, und sie würden ganz zerfallen, 36 Punkt hohe Schlagzeilen, die von längst vergessenen Aufregungen handelten ... Wortreich hatte Ernst Moritz Schatte die Krokodilstränen analysiert, die der internationale Monopolkapitalismus über das Schicksal sowjetischer Dissidenten wie Bukowski verliere, Micha Steffens hatte Schulmädchen- und Hausfrauenreports streng unter dem Gesichtspunkt überprüft, ob es unter den Bedingungen der Marktwirtschaft denn eine andere als eine prostituierte Sexualität geben könne, und eine Birgit Schiele hatte über Carlos Saura und seinen Film »Anna und die Wölfe« geschrieben, das heißt, sie hatte erzählt, wovon dieser Film handelt, wenigstens etwas, dachte Berndorf, als er es las.

Volz hatte ihm bei der Lektüre über die Schulter gesehen, als sei es ihm selbst ein immer neues Wunder, was da aus seiner Feuilleton-Stube ans Tageslicht einer wie auch immer verkauften Zeitung gekrochen sei. Sehen Sie doch nur, schien er zu sagen, wie frech und aufmüpfig wir waren! Was aus seinen Autoren wurde, wusste er freilich nur ungefähr; Schatte sei heute wohl Professor in Freiburg, wenn er es recht wisse, und lehre leider allerhand krudes Zeug, Birgit Schiele – »keine Ahnung, sie wird einen ihrer Professoren geheiratet haben und im Sommer die Festspiele von Avignon besuchen ...«

Franziska? »Die saß im Knast, weil niemand unschuldig sein kann, dem die Polizei einen Menschen abknallt, und bis sie nach einem halben Jahr wieder herauskam, gab es den *Aufbruch* nicht mehr.«

Und Micha Steffens? Ja, das sei wirklich merkwürdig. »Der war plötzlich weg, ohne Kündigung, von heute auf morgen, ich glaube sogar, das war unmittelbar nach der Geschichte mit O'Rourke. Wir sind damals alle von der Polizei nach ihm befragt worden, vielleicht haben Sie oder Ihre Kollegen ihn auch umlegen lassen, und dann waren es zu viel Tote, und den einen haben Sie vertuscht ...« Er hatte das ganz freundlich gesagt, so, als käme es auf einen Toten mehr oder weniger nicht mehr an.

Berndorf notierte, was ihm von Volzens Geplauder im Sinn geblieben war. Was soll er damit anfangen? Darüber will er lieber nicht nachdenken, verschwitzt und müde und eingeräuchert von Volzens Roth-Händle. Am liebsten will er an gar nichts denken. Das heißt, er denkt, Barbara könnte anrufen, und schaltet sein Handy ein. Nichts rührt sich.

Links sieht er die Fabrikanlagen der BASF Ludwigshafen. Nun denkt er doch etwas.

Ich will hier weg. Da ist nichts, was ich noch zu tun hätte. Er schließt die Augen, aber das hilft nichts, denn er sieht die grauen Augen Franziska Sinheims und die geschlossenen Augen Troppaus und hört Troppaus schwerfällige Stimme: *Warum eine silberne Kette?* Und er hört Franziska: *Finden Sie etwas über jenen Anrufer heraus ...*

Das sagst du so, Mädchen. 28 Jahre ist das her. Du findest nicht mal heraus, wer gestern der alten Oma am Telefon vorgelogen hat, ihr einziges Enkelkind sei vom Lastwagen totgefahren worden. Und wenn ich es herausfinde? Dann ist es ein gesetzestreuer Bürger gewesen, der der Polizei behilflich sein wollte. Einer, der nur seine Pflicht getan hat. Der sich ein bisschen geirrt hat. Irren Sie sich nie, Herr Hauptkommissar?

Der Zug verlässt Ludwigshafen, links unter sich sieht Berndorf den Rhein, in der Dämmerung dunkel schimmernd talwärts ziehend, zielstrebig und leise jaulend. Mit einem Griff hat Berndorf das Handy ans Ohr genommen und die Gesprächstaste gedrückt. »Wo bist Du?«, will Barbaras klare helle Stimme wissen.

»Iwer der Brick«, antwortet Berndorf und berichtet. Was er jetzt machen wird? Zurückfahren wird er nach Heidelberg, ins Hotel gehen und unter die Dusche, und dann versuchen, nicht an den Sommer 1972 zu denken.

»Ruf mich an, wenn du geduscht hast!«

Über die Autobahn zwischen Lahr und Offenburg rauscht dichter Freitagabendverkehr, auf der linken Spur fegen aufgeregte Freiburger, Schweizer und Franzosen heimwärts, vor Birgit fährt ein Lastzug, der Anhänger hat keine Planen, sondern holzverschalte Wände. Den hab ich schon einmal gesehen, denkt Birgit, und wieder sieht sie die Imbissbude in Neckargemünd vor sich, sieht den Fahrer, dem die Bratwurst unterm Glotzen aus dem Maul hängt, es graust ihr, sie will überholen, aber hinter ihr schert ein überladener Türkenkombi auf die Überholspur und schiebt sich langsam an ihr und an dem Viehtransporter vorbei.

Im Autoradio versteigert ein Sprecher die Staumeldungen, 14 Kilometer am Offenbacher Kreuz, 27 am Biebelrieder Dreieck, Birgit versucht ein weiteres Mal, auf die linke Spur zu wechseln, ein Benz mit Lichthupe schießt von hinten auf sie zu und scheucht sie wieder nach rechts, der Radiosprecher bittet einen Menschen aus Gelsenkirchen, unterwegs mit einem dunkelroten Ford Omega, dringend zu Hause anzurufen, der Benz fährt aufblendend auf den Türkenkombi auf, der zieht vor dem Viehtransporter knapp nach rechts, der Viehtransporter weicht aus, sein Anhänger beginnt merkwürdig nach links und rechts zu schwänzeln, Birgit tritt auf die Bremse ihres Japaners, unbeteiligt sieht sie zu, wie der Anhänger vor ihr abhebt, das heißt, nur die eine Seite hebt ab, dann kippt der Transporter samt Anhänger nach rechts über die Böschung und fällt zur Seite. Die verschalten Wände brechen auf und Schweine purzeln heraus und fallen übereinander. Sie reißen sich die fetten nackten Leiber an den splitternden Brettern auf und rennen blutend über die Fahrbahn, eines der Tiere ist auf die Motorhaube von Birgits Japaner geschleudert worden, es strampelt und will da runter, aber es schafft es nicht, vielleicht hat es sich ein Bein gebrochen, Birgit weiß nicht, wie das heißt, ist es eine Pfote? Oder eine Haxe? Das Schwein starrt sie aus winzigen panischen Augen an und reißt die Schnauze auf und schreit und hört nicht auf zu schreien, hoch, durchdringend, selbst die Hände, die sich Birgit an die Ohren presst, helfen nicht.

Miriam betrachtet Huberts weißlichen Bauch, der vom Skrotum bis zur Brust mit einem Flaum dunkel gekräuselten Haares überzogen ist. Sie liegt auf einer Decke, die Hubert Höge in einem Anfall von *amour fou* auf ihren Schreibtisch gelegt hat. Huberts Hände halten ihre gespreizten und angezogenen Beine an den Fesseln. Ihre Arme hat sie unter dem Kopf gekreuzt, weil sie zusehen soll, wie Hubert es aus der Hüfte heraus tut. Sie sieht, dass ihm dabei Schweißtropfen auf die Stirn treten.

Jetzt muss er sich auch noch so anstrengen, denkt sie und überlegt, ob sie stöhnen soll. Schließlich ist das, was jetzt stattfindet, hier auf diesem tintenfleckigen Schreibtisch, das Glück, das unglaubliche, zitternd erhoffte, immer unmögliche, kerzenflackernd erflehte, die Erfüllung, die Offenbarung, wenigstens für einen Abend, wenigstens so lange, bis Hubert des Kontrollanrufes wegen nach Hause will.

Denn Birgit musste zu ihrer Mutter.

Huberts Stöße kommen wuchtiger. Die Schweißtropfen perlen auf Huberts Stirn. Irgendetwas tut ihr weh.

Zu ihrer Mutter musste Birgit. Immer schneller wird Hubert. Es ist nur eine kleine Stelle, aber sie ist wund gescheuert. Schwimmunterricht, dreitausendfach verfluchter. Hallenbad, die schwarze tiefe Hölle soll dich holen und deine Pilze.

Nie wieder werd ich Schwimmunterricht geben, wenn es Birgit müssend zu ihrer Mutter zieht.

Hubert macht den Mund auf und ächzt.

»Ja«, sagt Miriam, »komm, fick mich, zeig's mir, mach mit mir, was du willst.«

Nicht alle Tage muss Birgit zu ihrer Mutter.

»Ich will ja nicht neugierig sein«, sagt der Arzt in der Ambulanz des Reutlinger Krankenhauses, »aber wo Sie sich diese schöne Schramme eingefangen haben, würde ich schon gerne wissen.«

Grassl jammert leise auf, teils, weil ihm gerade allerhand Dreck- und Waldpartikel aus der aufgeplatzten Augenbraue gezupft werden, teils, weil er sich eine Antwort überlegen muss. Zum Glück fällt ihm der Albtrauf ein.

»Ich war auf der Alb, bei Wieshülen, und wollte – autsch! – und wollte den Abstieg nehmen, der dort ins Tal führt, aber ...« Plötzlich tat es wirklich ekelhaft weh.

»Aber?«

»Der Abstieg ist von den Regenfällen im Frühjahr unterspült, und ich bin ins Rutschen gekommen ... konnte mich gerade noch an einer Wurzel festhalten.«

»Na ja«, sagt der Arzt und beginnt die Wunde zu klammern. »Wenn es nicht so gewesen wäre, wie Sie sagen – ich hätte direkt gedacht, Sie haben Streit gehabt mit einem, mit dem Sie keinen Streit haben sollten.«

Red du nur, denkt Grassl. Er hat fast eine Stunde gebraucht, bis er zum nächsten Dorf und zu einer Telefonzelle kam. Aber selbst dann war es noch schwierig genug. Der Taxifahrer wollte ihn, blutverschmiert wie er war, nicht mitnehmen. Wenigstens hatte Grassl seine Brieftasche nicht verloren. Und in seiner Brieftasche hat Grassl immer einen oder zwei Hunderter, für Notsituationen. Und mit einem Hunderter lässt sich auch ein ausgesprochen borniert er Taxifahrer überzeugen.

Grassl überlegt, ob er einer größeren Katastrophe entronnen ist. Oder ob er sich vielmehr in einer ebensolchen befindet, und zwar mittendrin.

Wahrscheinlich lässt sich das hin und wieder gar nicht so genau unterscheiden. Wie war das nochmal mit dem Auge des Taifuns?

Berndorf hat lange geduscht, den Schweiß, den Rauch, den Dreck eines Sommertages abgewaschen. Nun trocknet er sich ab und greift, das Badetuch noch über den Schultern, zum Handy und ruft die Nummer auf, die dort als Erste gespeichert ist.

»Geduscht?«, fragt Barbaras Stimme.

»Ja«, antwortet Berndorf, leicht befremdet.

»Gut.« Und schon bricht der Anruf ab. Schritte nähern sich

über den Korridor, die Tür wird geöffnet und auf tritt, grünäugig, Venus im knappen Bademantel, dessen sie sich sogleich entledigt.

Allmählich wird es Samstag, 1. Juli

Mitternacht rückt näher schon, am Stammtisch verabschieden sich die Handwerker, die am nächsten Morgen zur Schwarzarbeit müssen. Die ersten Tische werden aufgestuhlt, der Adler-Wirt wirft einen misstrauischen Blick ins Lokal, links tagt oder nächtet eine verhockte Seminarrunde, rechts unter dem gerahmten Mannschaftsfoto der Rugby-Mannschaft von 1912 steckt immer noch das späte Paar die Köpfe zusammen, die Dame sitzt vor einem Auggener Schäf, der Herr vor einem Mineralwasser.

»Diese Franziska ist ein kurz entschlossenes Mädchen«, fasst Barbara zusammen, was Berndorf soeben über seinen Besuch in Bobenheim berichtet hat. »Und die Gattin Volz registriert das ohne jeden Weichzeichner.«

Das sei ihm auch aufgefallen, sagt Berndorf. »Aber vorerst hab ich's zur Seite gelegt. Mich stört, dass jeder Schwätzer mich auf diese Irish Connection anspricht. Natürlich war es auffällig, wie der Innenminister das damals dementiert hat ...«

Barbara runzelt die glatte weiße Stirn. »Der Bloody Sunday von Londonderry war im Januar 1972, und die IRA ist damals ziemlich kalt erwischt worden. Das hat Volz nicht aus einem schlechten Thriller, sondern das war wirklich so. Ob aber die IRA damals einen Waffenaufkäufer hierher geschickt hätte, müsstest du eigentlich besser beurteilen können als ich.«

Heute wäre es möglich, denkt Berndorf. Heute kannst du dich auf jedem besseren Heimwerkermarkt mit Kalaschnikows eindecken und dem pfiffigen tschechischen Sprengstoff, der die Leute in so handliche Portionen zerteilt, dass du damit die Tauben füttern kannst. Aber damals? »Das hat sie ganz sicher nicht«, meint er schließlich. »Als seriöser Terrorist hat man sich zu jener Zeit das Gerät in Libyen oder bei den Scheichs besorgt.« War O'Rourke aber womöglich ein Emissär, einer, der Geld beschaffen oder Kontakte knüpfen sollte, vielleicht zur westdeutschen RAF?

Ein Emissär, aber ja doch. Einer, der Bier verkaufen wollte.

»Ich glaube es auch nicht«, meint Barbara sanft, nachdem sie ihm beim Denken zugesehen hat. »Irgendwie hab ich ein Problem, mir eine Mannheimer Kneipe, die *Quadrätche* heißt, als den Treffpunkt der internationalen terroristischen Szene vorzustellen. Apropos. Du hast da etwas erzählt von diesem Soziologen, den Franziska im Feuilleton abgelegt hat. Weißt du den Namen noch?«

Aus seiner Jackentasche holt Berndorf den Notizblock, auf dem er während der Rückfahrt im Zug festgehalten hat, was ihm vom Gespräch mit Volz noch in Erinnerung war.

»Schatte, Ernst Moritz«, entziffert er.

Barbara lacht, halb verwundert, halb amüsiert. »Du weißt, dass du ihn kennst?«

Berndorf weiß es nicht. Barbara betrachtet ihn mit großen grünen Augen. »Hier hast du ihn getroffen. In dieser Kneipe. An unserem ersten Abend. Als wir uns das zweite Mal getroffen haben. Es hat ihm nicht gepasst, dass wir miteinander geredet haben. Was danach war, hätte ihm noch weniger gefallen.«

Berndorf erinnert sich. Vor allem an das Danach. »Du hast ihm gesagt, er soll das Maul halten. Irgendwie fand ich es einen überraschend wenig akademischen Ausdruck.«

»Nein«, sagt Barbara und schüttelt den Kopf, »ich sagte nicht, halt das Maul. Ich nannte ihn bei seinem Namen. Den, den er nicht gern hört.«

Sie unterbricht sich und zögert. »Ich kenne die Geschichte nur vom Hörensagen, und vielleicht ist sie auch böswillig verzerrt ... Es muss in den späten Sechzigerjahren gewesen sein, bei einer Demonstration in Köln gegen die Erhöhung der Straßenbahntarife, Ernst Moritz Schatte vorneweg mit dem Megafon. Aber dann kamen eure Leute mit ihren Greifertrupps, und als sie sich Schatte krallen wollten, hat er die Flüstertüte rasch einem Kommilitonen in die Hand und sich selbst zur Seite gedrückt ...«

»Die Instinkte des geborenen politischen Führers«, wirft Berndorf ein.

»Ich selbst habe Schatte erst später kennen gelernt, in Frankfurt, wo er um 1969 aufgetaucht ist«, fährt Barbara fort. »Es gibt Leute, denen man zuhört, sobald sie den Mund aufmachen. Das hat zunächst nichts zu tun mit dem, was sie sagen. Eher damit, wie sie es tun. Schatte war so jemand. Vermutlich ist er es heute noch. Einmal habe ich ihn bei einer Hörsaal-Besetzung erlebt, die uns aus dem Ruder gelaufen ist – der Institutsdirektor, ein alter tappriger Herr, war plötzlich von einem ganzen Rudel von Studenten eingekeilt. Es war eine kritische Situation, der alte Herr hatte es am Herzen, einen Toten hätten wir nun wirklich nicht brauchen können ... Schatte war der Erste, der reagierte. Er griff sich das Megafon und stellte den Antrag, diese Charaktermaske von Universitätslehrer wegen erwiesener Unwürdigkeit des Hörsaals zu verweisen ...«

»Und?«

»Allgemeine Zustimmung, der Alte konnte gehen und von da an ungestört seiner Emeritierung entgegendämmern. Ich war beeindruckt. Schatte grinste nicht einmal, nur Tobby sah ihn mit einem ganz merkwürdigen Blick an ... Ich glaube, Tobby hat damals klammheimlich begonnen, sich über Schatte zu erkundigen.«

»Tobby?«, fragt Berndorf.

»Tobias Ruff«, antwortet Barbara. »Dem hat damals auch nicht geträumt, wohin ihn der Marsch durch die Institutionen noch verschlagen würde. Ein paar Wochen nach der Geschichte im Hörsaal ist es dann passiert. Es war eine Zusammenkunft im Kolb-Keller, unten in einem Bockenheimer Studentenheim ... *Was tun?* Die alte Frage, und keine Antwort in Sicht. Ums Verrecken ist aus der westdeutschen Arbeiterschaft kein revolutionäres Bewusstsein herauszukitzeln, das war allen klar, aber Schatte hatte eine Idee. Damals kam die erste Generation türkischer Arbeiter ins Land, und Schatte, der manchmal zweieinhalb Stunden am Stück reden konnte, monologisierte darüber, dass hier eine industrielle Reserve- und Streikbrecher-Armee rekrutiert werde, ein Fakt, der dem westdeutschen Proletariat als unmittelbare Bedrohung des eigenen, nur vermeintlich sicheren sozialen Status vor Augen geführt werden müsse ... Das geht so hin und dreht sich und nimmt kein Ende, aber irgendwann packt sich Tobby, rund und kompakt und bullig, ein Mikrofon und sagt, der Genosse Schatte wolle offenbar den räudigen Tiger des Rassismus gegen die Hyäne des Kapitalismus hetzen, doch wer mit dem Genossen auf Safari ziehen wolle, der müsse immer eine Hand frei haben. Damit er, falls plötzlich der Parkwächter kommt, schnell mal für den Genossen Schatte den Tiger am Schwanz halten kann ... Und dann erzählt er, wie Schatte in Köln seinen Nebenmann das Megafon in die Hand drückt und sagt: ›Halt das mal ...‹« Sie greift nach dem Weinglas, trinkt aber nicht.

»Was ist aus diesen Leuten geworden?«, will Berndorf wissen. Barbara schüttelt kurz den Kopf und kehrt mit ihren Gedanken aus dem Kolb-Keller und den frühen Siebzigerjahren zurück in den *Adler* nach Handschuhsheim. »Ruff sitzt seit 1987 im Bundestag, vermutlich holt ihn jetzt der Kanzler als Chef-Einpeitscher, solltest du eigentlich gelesen haben. Was aus mir geworden ist ..., das siehst du ja. Und Schatte heißt seit damals unter denen, die ihn kennen, nur noch der Genosse Halt-das-mal, in Frankfurt hat nicht einmal mehr ein RCDS-Mensch ein Flugblatt von ihm genommen. Ich fand es sehr erheiternd, ihn in Heidelberg wieder zu treffen.«

»Aber auf Safari ist er nicht?«

»Wohl doch«, antwortet Barbara zögernd. »Nachdem der *Aufbruch* Ende 1972 eingestellt worden war, hat man lange nichts mehr von ihm gelesen oder gehört. Irgendwann hieß es, Schatte habe an einem palästinensischen Trainingscamp irgendwo in der arabischen oder libyschen Wüste teilgenommen, in der Szene hat man das eher komisch gefunden. Um 1975 war er wieder im Land und bekam einige Jahre später in Freiburg einen Lehrstuhl für Internationale Kommunikation oder so ähnlich, frag mich nicht, was das sein soll ...«

»Hast du Kontakt mit ihm?«

»Ich vermeide es nach Möglichkeit«, antwortet sie. »Er ist ein peinlicher Fall. Einer von denen, die ganz rechtsaußen gelandet sind. In seinem Türken-Monolog hat sich das ja wohl schon angekündigt.« Sie trinkt ihr Glas aus. »Vor einiger Zeit hat er ein Buch herausgebracht, eine Abhandlung über den angeblich bevorstehenden Weltbürgerkrieg der Kulturen. Pfrontner – du hast ihn bei mir kennen gelernt – hat in einer Besprechung in der FAZ das Elaborat gnadenlos verrissen, der Kollege Schatte müsse sich bei seinem spätpubertären Ausflug in die libysche Wüste wohl wirklich einen Schatten eingefangen haben ...«

»Ein Wortspiel mit dem Namen?«, fragt Berndorf missbilligend und kramt in seiner Erinnerung. Aber außer den langen schwarzen Haaren, einer vorspringenden Nase und einer Hornbrille finden sich keine weiteren Bruchstücke, die sich zu einem Gesicht zusammensetzen ließen. Irgendwann, irgendwie hatte Ernst Moritz Schatte ein Mädchen wie Franziska herumgekriegt. Und Barbara hat er immerhin *beeindruckt*. Aber wer versteht schon die Frauen?

Und irgendwann war Schatte im Feuilleton des *Aufbruch* abgelegt worden. Vielleicht hat er das nicht besonders gut ertragen. Vielleicht war er der Anrufer. Ein Denunziant aus Eifersucht? Mach ein Fragezeichen dazu. Ein dickes ...

Mit Falkenaugen hat der Adler-Wirt Barbaras leeres Glas erblickt und erscheint am Tisch und fragt, ob er kassieren darf. Das Paar schaut sich an, Barbara nickt, und Berndorf zahlt, ein Mineralwasser und einen Auggener Schäf und zwei Portionen Wurstsalat mit Zwiebeln.

Dann steht das Paar auf und geht.

Aber an der Theke bleibt es stehen und fällt sich in die Arme und küsst sich. Der Wirt guckt, die Stammgäste gucken und reden für einen Augenblick lang nicht von der Europameisterschaft, nur die Seminarrunde hat es noch immer mit Sloterdijks Menschenpark. Als eine Studentin dann doch aufmerksam wird, ist das Paar schon in der linden Sommernacht verschwunden.

Arm in Arm schlendern Barbara und Berndorf durch *Hendesses* dunkle Gassen. Hier hat ihre Geschichte begonnen, denkt Berndorf, und es ist einer der Augenblicke, in denen er, grau und pensioniert und hinkefüßig, den Boden verlassen und durch die Nacht schweben möchte wie ein Chagall'scher Bräutigam.

Wie damals. In dem Jahr vor dem Unglück.

Und schon ist er wieder auf dem Boden. Sieht Barbara vor sich. Die rasende, empörte, verzweifelte Barbara von damals. Die den Haufen Zeitungsausschnitte mit beiden Händen packt und ihn ins Spülbecken knüllt und anzündet.

Ich will das nicht lesen. Damit hast du nichts zu tun.

Schlagzeilen krümmen sich im Feuer.

Aber das warst doch nicht du, der das getan hat.

Qualm steigt beizend hoch.

Glaub mir, verdammt noch einmal, dass es nicht deine Schuld ist.

Bläulich gelb fressen sich Flammen durch Vorspänne und Kommentarspalten.

Schmink dir deine beschissene Verantwortung ab. Wieso sollst du die Verantwortung haben, wenn ein Idiot neben dir durchdreht und losballert?

Verkohltes Papier kräuselt sich schwarz über der Glut.

Mir ist es verdammt noch einmal egal, was sie in der Szene über mich und dich und uns daherreden. Es gibt ein Einziges, das mir nicht egal ist. Willst du es wissen? Dass du mir wieder in die Augen schaust. Wenigstens das.

Lang ist's her.

»Da vorne ist dieser kleine Platz«, sagt an seinem Arm Barbara. »Weißt du noch?«

Natürlich weiß er es.

Eigentlich ist es nicht einmal ein Platz, sondern nichts weiter als die Einmündung einer zweiten Gasse, an jenem ersten Abend waren sie hier vorbeigekommen, ziellos durch *Hendesse* wandernd, alle beide illuminiert von des Adler-Wirts Obstschnäpsen, und auf dem kleinen Platz, inmitten der im Mondlicht hingeduckten Häuser, waren sie stehen geblieben und hatten sich angesehen und hätten sich eigentlich in die Arme fallen müssen.

Aber bevor sie es tun konnten, waren sie beide erstarrt.

Denn etwas war merkwürdig an diesem Platz. Sie hatten gelauscht. Aber wirr im Kopf vom Fusel und dem, was da noch werden sollte, dauerte es eine Weile, bis sie begriffen.

Es waren zwei Schläfer. Einer im Haus links, einer im Haus rechts. Der eine schnarchte ruhig, ein bedächtiges handwerksmäßiges Sägen. Der andere setzte die Synkopen, zu jedem dritten Sägezug fiel er scharf und hoch ein, manchmal war es auch nur beim vierten, ein sehr unordentlicher Schnarcher.

Berndorf und Barbara hatten sich angesehen, und Barbara legte den Finger an den Mund, nicht stören!

Sie lächelten, selig und albern zugleich, und unversehens war es klar, dass es an der Zeit war, ins Bett zu gehen. *Spend the night together.*

Fast drei Jahrzehnte ist das her, denkt Berndorf. Arm in Arm gehen sie durch die Gasse auf die kleine Einmündung zu und bleiben unterm Sternenlicht stehen.

Es ist still, nichts ist zu hören, von ferne scheppert die letzte OEG-Bahn.

»Psst!«, macht Barbara, und wieder legt sie den Finger an den Mund. Ein fast unhörbares »Chrrrpfüh!« dringt von links durch geschlossene Fensterläden an ihre Ohren.

Langsam, sonor antwortet ein zweiter Schläfer von rechts. »Siehst du«, flüstert Barbara, »nichts ist verloren.«

Noch einmal küssen sie sich und entscheiden, dass es – wieder einmal! – Zeit ist, ins Bett zu gehen.

Ins gemeinsame Bett.

Entschlossen nehmen sie den Weg zur Tiefburg unter die Füße, wo es einen Taxenstand gibt. Am Adler vorbei kommen sie zur Mühltalstraße, und richtig hält vor dem Zebrastreifen ein Taxi, aber leider ist es besetzt, und so gehen sie weiter zur Tiefburg und überqueren den Zebrastreifen.

Arm in Arm verschwindet das Paar auf der anderen Straßenseite, das Taxi fährt weiter, Birgit Höge überlegt sich, wo sie den Fahrer halten lassen soll. Nicht vor dem Haus, 50 Meter unterhalb. Wenn sie im Haus sind, sollen sie nichts hören, absolut nichts. So lange nicht, bis Birgit vor ihnen steht.

Die Motorhaube des kleinen japanischen Autos war nur ein wenig eingedrückt gewesen. »Trotzdem können Sie damit nicht weiterfahren«, hatte einer der Verkehrspolizisten gesagt, und wirklich war etwas kaputt oder gerissen und das Auto tat es nicht mehr. Später hatte sie von der Wache der Autobahnpolizei aus einen aufgeregten Menschen angerufen, der der Offenburger Vertreter der Mietwagen-Firma war und der ihr das Auto weder reparieren noch ihr einen Ersatzwagen geben konnte oder sonst zu irgendetwas nütze gewesen wäre. Schließlich war sie mit einem Taxi zum nächsten Bahnhof gefahren und hatte sich dort entschieden, den letzten Zug zurück nach Heidelberg zu nehmen. Sie war zu aufgelöst, um ihre Mutter zu ertragen oder gar die anderen Bridge-Damen.

Noch auf der Autobahn war ihr der Verdacht gekommen, dass Hubert und sein Trampel sie ganz einfach ausgetrickst hatten. Die brauchten sich ja gar nicht am Nachmittag zu treffen, wenn sie das ganze Wochenende zur freien Verfügung hatten. Bettina würde den Nachmittag zu Hause sein und dann eine Freundin besuchen, nein, Mama, ich übernachte dort und komm dann am Sonntag zurück, wir müssen für die

Schlussfeier üben, mach dir keine Sorgen, ich bleib schon brav...

Vielleicht wird sich die Sache mit dem Viehtransporter noch als Glücksfall herausstellen. Schwein gehabt. Sie würde Hubert stellen. Mittendrin. »Halten Sie hier.« Sie bezahlt und steigt aus. Langsam geht sie das Trottoir entlang, an den anderen Reihenhäusern vorbei, fast überall ist es dunkel, aus einem der Fenster flimmert das blaue Licht des Fernsehers, die Nacht ist still.

Ihr Haus ist dunkel. Maunzend streicht die Katze an ihren Füßen vorbei. Geh! Das ist jetzt nicht die Zeit. Morgen, Katze. Gleich wird es laut und hell und lärmend. Geräuschlos schließt sie die Türe auf und lauscht. Die Katze entgleitet in die Dunkelheit.

Was hat er aufgelegt? *Love me tender* vielleicht, oder *Like a bird on a wire?* Vielleicht will er sich so jung fühlen, wie sie es ist.

Nichts ist zu hören. Keine Musik. Keine Zeit zum Wechseln der CD?

Behutsam steigt sie die Treppe zum Schlafzimmer hinauf. Kein Quietschen. Kein Rumpeln und Kichern. Kein Stöhnen. Schläft man, erschöpft, ausgefickt?

Sie öffnet die Schlafzimmertür. Noch immer nichts zu hören. Sie drückt auf den Lichtschalter. Helligkeit flammt auf, und im Bett richtet sich ein schlaftrunkener Hubert Höge auf. Wo ist sein Trampel?

Die Bettdecke neben Hubert ist glatt und unberührt.

»Was ist...? Ich denk, du bist bei deiner Mutter.«

Plötzlich bricht Birgit in Tränen aus. Sie wirft sich auf das Bett und rollt sich zu Hubert und klammert sich an ihn.

»Es war alles so schrecklich«, heult sie, »sag mir, dass es vorbei ist...«

Durch das Glasfenster, das den im Kyffhäuser schlummernden Kaiser Friedrich Barbarossa zeigt, fällt unpassende Morgensonne und malt blaugrünrote Muster auf die Tischdecke im kleinen Frühstücksraum des Tübinger Verbindungshauses der Suevo-Danubia. Am Tisch sitzt Florian Grassl, die zusammengeflickte Augenbraue unter einer Mullbinde verborgen, und plaudert bei einer zweiten Kanne Kaffee mit einem der Chargierten, einem ernsthaften, schon leicht kahlköpfigen Doktoranden der Betriebswirtschaft. Sie unterhalten sich über den akademischen Nachwuchs, wie es sich fügt, war Grassl selbst einmal Fuchsmajor gewesen, natürlich nicht bei der Suevo-Danubia und natürlich nicht in Tübingen, sondern in Erlangen, aber man gehört doch dem gleichen Konvent an, weshalb der Chargierte es sich auch zur hohen Ehre anrechnet, dem Erlanger Alten Herrn nach dessen ärgerlichem Unfall behilflich sein zu dürfen.

Denn Grassl hat sein gesamtes Gepäck verloren, alles ist im Wagen verbrannt und ausgeglüht, diese türkischen oder polnischen Lastwagenfahrer geben auch auf nichts Acht! Zu dumm, wo er doch am Montag wichtige Verhandlungen im Stuttgarter Wissenschaftsministerium hat, es geht um ein grenzübergreifendes Projekt – »das ist aber noch alles sehr vertraulich« – zur Förderung eines speziellen deutschen Sprachunterrichts, insonderlich im Elsass: »Wir wollen es die *Sesenheimer Wegweisung* nennen ...« Aber jetzt muss er sich erst einmal einen Anzug kaufen, in seinem derangierten Outfit kann er schlecht bei der Landesregierung vorsprechen ...

»Ich würde Ihnen ja gerne ...«, hebt der Chargierte an und wirft einen zweifelnden Blick auf Grassls Oberweite, die weniger in den Schultern, dafür aber mehr um den Bauch herum eine ausgeprägte ist.

»Aber ich bitte Sie«, sagt Grassl. »Ich stehe ja jetzt schon tief in Ihrer Schuld. Ohne Gepäck und in meiner verbeulten Verfassung«, vorsichtig tastet er nach seiner zusammengeflickten Augenbraue, »hätte ich doch nirgends ein Hotelzimmer bekommen.«

Der Chargierte wiederholt, dass das nicht der Rede wert sei. »Für solche Fälle haben wir ja unser Gästezimmer. Übrigens hoffe ich doch sehr, dass Sie auch in den kommenden Tagen unser Gast sind, zumindest bis Sie Ihre Verhandlungen in Stuttgart abgeschlossen haben.«

Das sei wirklich sehr freundlich, meint Grassl und zögert noch etwas, bis er das liebenswürdige Angebot dann doch annimmt: »Hoffe nur, uns in Bälde erkenntlich zeigen zu können.« Der Chargierte antwortet höflich, dass dieses bereits am nächsten Dienstag geschehen könne, wenn es Dr. Grassl denn einrichten könne, so lange zu bleiben und im abendlichen Studium generale den Füchsen etwas über das unterdrückte deutsche Schrifttum des Elsass zu erzählen, einem Thema, das er vorhin so interessant habe anklingen lassen. Dr. Grassl greift nach seinem Notizbuch, um seine Termine abzugleichen, aber das Notizbuch ist leider auch verbrannt. »Ich glaube aber«, meint er schließlich, »das lässt sich einrichten ...«

Über den Flurbereinigungsweg, der von Wieshülen zum Schafbuck führt, holpert ein ältlicher blauschwarzer Ford-Kombi. Am Steuer sitzt Ortsvorsteher Jonas Seifert. Neben ihm hockt Marzens Erwin, der noch immer nicht einsehen will, warum der Albverein den Franzosensteig nicht selbst richtet. Im Fond hinter ihnen hat Felix, der Hund, Platz genommen, und wenn der Ford über eine Bodenwelle huckelt, nicken sie alle mit den Köpfen, erst der Ortsvorsteher und Marzens Erwin, dann Felix, der Hund.

Der Weg führt in den Wald und wird so eng, dass am Ford links und rechts die Fichtenzweige vorbeistreifen. Marz' Blick fällt auf Fahrspuren, die den Flurbereinigungsweg verlassen, er späht durchs Geäst und sieht tatsächlich einen Wagen unter den Bäumen, als ob man ihn dort versteckt habe. Aber irgendwie sieht das, was von dem Wagen zu sehen ist, ein wenig zerknittert aus, falls man das von einem Auto sagen kann. »Jonas, halt doch mal«, sagt er, und sie halten und steigen aus. Wachsam und pflichtbewusst läuft ihnen Felix voran.

»Hier«, befiehlt Seifert, denn das, was einmal ein Audi gewesen war, liegt nun auf platten aufgeschlitzten Reifen inmitten kristalliner Glasbrocken.

Aufschnaufend setzt sich Felix auf seine Hinterläufe und sieht zu, wie sein Herr langsam um das Auto herumgeht, Dellen und eingeschlagene Scheiben begutachtet und schließlich zwei prachtvolle Buchenprügel aufhebt und sie durch die nicht mehr vorhandene Scheibe des hinteren Seitenfensters auf den Rücksitz des Wagens wirft.

»Erwin«, sagt Seifert, »wenn du mir das hier erklären kannst – erklär es mir jetzt.«

Marzens Erwin macht ein empörtes Gesicht. Wie kann ihm Jonas so etwas unterstellen?

»Was ist da passiert, und was weißt du davon?«, insistiert Seifert.

»Ich hab's dir doch gesagt«, mault Marz. »Es ist das Bürschle, das hier rumlurt. Die Jungen mögen das nicht.«

»Was ich sehe, ist das Auto vom Herrn Zundt«, sagt Seifert. »Das ist ein angesehener Bürger. Und außerdem sehe ich einen groben Fall von vorsätzlicher Sachbeschädigung. Und das ist auch etwas, was wir in unserem Dorf nicht haben wollen.« Er holt ein Handy hervor und tippt mit knochigen großen Fingern die Nummer des Polizeireviers Wintersingen ein und teilt mit, was er vorgefunden hat.

»Und schickt auch einen Abschleppwagen vorbei. Das kann hier so nicht bleiben.«

Dann gehen Seifert, Marzens Erwin und Felix zurück zum Ford und steigen ein und fahren weiter, bis sie zur Einmündung des Wanderwegs kommen. Dort halten sie an, Marz holt Spaten und Werkzeugkasten aus dem Kofferraum, Seifert hängt sich ein zusammengerolltes Stahlseil über die Schulter, und Felix läuft ihnen voran, weil er den Weg zum Felsen und ins Tal kennt.

Wieder ist es ein schöner Sommermorgen geworden, die Luft ist noch frisch, durch die Bäume am Albtrauf lässt sich tief und dunstig das Unterland ahnen, Felix schnappt nach einer verirrten Fliege und bleibt dann auf dem Felsen stehen, weil es immer so ist, dass man auf dem Felsen erst eine Weile stehen bleibt, und äugt aus dunklen schwersichtigen Hundeaugen in die blauklare Ferne oder ins nächste Dorf hinunter, wo es vielleicht eine läufige Hündin gibt.

Diesmal aber legt Jonas Seifert keine Andachtspause ein, die beiden Männer steigen steifbeinig über die Absperrung, Felix läuft drunter durch und drückt sich an den Männern vorbei und macht sich gemsenartig, mit hochgestrecktem Hinterteil, an den Abstieg auf dem vom Regen abschüssig gespülten Franzosensteig. Vor einer Abzweigung verharrt er kurz und sieht sich um, bis er aus Seiferts Miene entnimmt, dass sie heute weiter ins Tal gehen.

Er läuft einige Meter weiter und bleibt erneut stehen. Auf seinem Rücken richtet sich ein Streifen Fell auf.

»Ruhig, Felix«, sagt Seifert.

Felix knurrt. Seifert kommt heran. Rechts von ihm ist der nackte verwitterte Fels, links haben sich Krüppelkiefern in Fels und Erdreich gekrallt. Der Franzosensteig ist nichts weiter als ein schmales, zwischen Fels und Garnichts ins Tal führendes Band. Unter ihnen verheißen Baumwipfel und grüne Äste lügnerisch einen weichen Fall.

Marz macht sich daran, einen Haken in den Fels zu schlagen, damit man das Stahlseil verankern kann. Seifert betrachtet den Steig. Er stellt fest, dass er nicht der Erste ist, der über die Absperrung gestiegen ist. Im Erdreich zu erkennen sind Spuren von kräftigen, genagelten Schuhen. Und von glatten, spitz zulaufenden. Spuren von Halbschuhen, womöglich noch mit Ledersohle. Seifert schüttelt den Kopf und geht langsam weiter, bedächtig Schritt für Schritt, immer erst Fuß fassend, ehe der andere nachgezogen wird. Felix folgt zögernd, das Fell noch immer gestellt, witternd.

Seifert kommt zu einer Biegung, und vor sich sieht er eine Spur, die ihm überhaupt nicht gefallen will. Er zögert, dann ruft er Marz.

»Schau dir das an«, sagt er, »merk es dir, und tritt nicht drauf.« Dann machen beide einen Schritt vor an den Rand, dorthin, wo die merkwürdige Spur aufhört. Es ist eine Stelle, von der aus man weit nach unten sehen kann. Ganz unten, zu

Füßen der Bäume, liegt etwas, das von oben so aussieht, als sei es noch einigermaßen ganz. Nur ein bisschen verdreht, als hätten die in einem dunklen Anzug steckenden Arme und Beine irgendjemandem nicht gefallen und er hätte sie ein wenig zurechtbiegen wollen. Seifert wirft einen strengen Blick auf Marz. Der sagt lieber gar nichts.

Unvermittelt stößt Felix ein Jaulen aus. »Platz«, befiehlt Seifert und steigt entschlossen den letzten Teil des Steiges hinab. Von dem Weg ist nun fast nichts mehr übrig, trotz seiner soliden Stiefel kommt Seifert fast ins Rutschen, schließlich ist er unten angekommen und betrachtet, was hier vor ihm, mit dem Gesicht zu Boden liegt, grauhaarig, die verrenkten Arme und Beine ausgebreitet, und das Jackett halb aufgeschlagen und obszön ein weißes Hemd bloßlegend.

Seifert sieht, dass er hier nach keinem Puls mehr fühlen muss. Er kniet sich nieder und hebt vorsichtig den blutverkrusteten Kopf des Toten am Kinn an. Die Leichenstarre hat bereits eingesetzt.

»Das ist ja gar nicht der«, sagt neben ihm Marzens Erwin.

»Wer ist das, der dieser nicht ist?«, fragt Seifert zurück und bekommt einen ganz alttestamentarischen Ton in der Stimme.

»Der, von dem wir geredet haben. Der Lurer halt«, antwortet Marz. »Ich meine, der ist es nicht.«

»Nein«, sagt Seifert. »Der ist es nicht. Es ist der Herr Zundt. Und das ist eine Geschichte, Erwin, die ist so faul, dass du es dir gar nicht vorstellen kannst.«

Barbara und Berndorf haben das frugale Frühstück eines Hotels der unteren Preisklasse zu sich genommen und gehen nun durch die Heidelberger Hauptstraße, um irgendwo noch einen richtigen Kaffee zu trinken. Sie gehen so beschwingt, wie das nur irgend möglich ist, wenn mann und frau eine Nacht mit sehr wenig Schlaf hinter sich haben und ein wenig knieweich sind. Es ist ein Morgen, als ob sie Ferien hätten, wovon freilich keine Rede sein kann, denn Barbara muss am Sonntag zurück nach Berlin, das Semester ist schließlich noch in vollem Gange, sodass Berndorf erst einmal die Frage hat unterdrücken müssen, warum sie sich den Flug überhaupt zugemutet habe ... Aber Berndorf hat über die Frauen wenigstens so viel gelernt, dass man eine solche Frage nicht stellt. Jedenfalls dann nicht, wenn einem eine solche Frau ins Hotel schneit.

Barbara will wissen, was Berndorf heute tun wird. Berndorf antwortet, dass er mit ihr zusammen sein will.

»Das kommt leider nicht in Frage«, sagt Barbara. »Du hast einen klaren Auftrag. Und den wirst du erfüllen. Du kannst gar nicht anders. Also?«

Berndorf sagt kleinlaut, dass er nichts weiter vorhat als lauter Mäusedreckgeschnüffel. Er will sich in des diskreten Predigers Gemeinde umhören. Und falls er jemanden im Ulmer Neuen Bau erreicht, Tamar oder Kuttler, sollen die mit ein wenig Amtshilfe herausfinden, ob diese Birgit Schiele irgendwo an Rhein oder Neckar zu finden ist und wie sie gegebenenfalls heute heißt. Und vielleicht finden sie auch heraus, wo dieser wohnungsvermittelnde Cineast Steffens abgeblieben ist. Außerdem muss ihm einfallen, wie der Kollege heißt, der damals in der Telefonzentrale den Anruf mit den tückisch präzisen Angaben entgegengenommen hat.

»Willst du mit Schatte sprechen?«

Berndorf zögert. »Sicher. Ja doch. Nur sollte ich vorher wissen, ob damals eine Frau angerufen hat oder ein Mann.«

»Soll ich dir nun ein Gespräch mit Schatte vermitteln oder nicht?«

»Ich bitte dich sehr darum«, sagt er eilig.

»Das ist kein Problem. Aber täusche dich nicht«, sagt Barbara. »Wer Schatte nicht kennt, serviert ihn nicht so ohne weiteres ab ... Damals im *Adler* waren das besondere Bedingungen.«

»Das musst du mir erklären«, sagt Berndorf.

»Ach«, antwortet Barbara, »wenn eine Frau wirklich entschlossen ist, dann ist ihr kaum ein Mann gewachsen. Das kann man nicht erklären. Das ist einfach so.«

Was soll Berndorf dazu sagen? Glücklicherweise ist er auch

gar nicht gefragt, denn es kommt ihnen Sigmund Freud entgegen, mit ausgebreiteten Armen, die sich naheliegenderweise nicht um ihn schließen wollen, sondern um Barbara. Es bricht allgemeines Entzücken aus, von dem sich Berndorf ein wenig ausgeschlossen fühlt. »Und dies ist Berndorf«, wird er Sigmund Freud vorgestellt, der es aber gar nicht ist, sondern nur dessen Bart hat. Außerdem ist er – auch – ein alter Freund aus Barbaras Heidelberger Tagen.

Man geht ins *Schafheutle* einen kleinen trockenen Weißen trinken, Berndorf bestellt bockig einen Kaffee. Der alte Freund heißt Armand von Tressen-Kositzkaw, ist in der Tat Psychoanalytiker und trotzdem – findet Berndorf – eigentlich ein netter Mensch mit spintisierenden grünen Augen. Am Ringfinger seiner linken Hand ist ein heller Streifen zu bemerken, überflüssigerweise teilt er auch gleich mit, dass er frisch geschieden sei. Das tue ihr aber Leid, meint Barbara.

»Kein Beileid«, wehrt der alte Freund ab, »aber auch keine Glückwünsche. Ehrlich gesagt, ich weiß selbst nicht, was ich davon halten soll, eigentlich komme ich mir vor wie frisch gehäutet, irgendwie bin ich meine alte Haut endlich los, aber was die neue taugt, weiß ich wirklich nicht ...«

Bei deinen galanten Vergleichen wirst du noch lang gehäutet bleiben, denkt Berndorf und rührt in seinem Kaffee, bis ihm einfällt, dass das ziemlich sinnlos ist, weil er keinen Zucker nimmt. Warum will ihm nicht einfallen, wer der Kollege in der Telefonzentrale war, damals, alles dreht sich um damals, im Augenblick will ihm nur einfallen, wie Georg Christoph Lichtenberg einmal in den unergründlichen Tiefen der Erinnerung und schier verzweifelt nach dem Namen eines dänischen Buchhändlers gesucht hat.

Barbara und Tressen-Kositzkaw reden über alte Freunde, als sei dieses Heidelberg ein ganzes Nest voll Kellerasseln alter Freunde, von Zeit zu Zeit wirft Barbara einen Blick zu Berndorf. Gleich ist es überstanden, soll der Blick bedeuten, oder irgendetwas Ähnliches. Der alte Freund klagt darüber, wie sich die Zeit verändert habe und die alten Freunde mit ihnen.

»Merkwürdige Dinge tun sich, gespenstische geradezu, dieser Tage hatten wir größeren Auftrieb um einen unserer Jura-Professoren, wenn manche Männer in ein bestimmtes Alter geraten, kommt es über sie und sie müssen Bücher schreiben, wie 17-Jährige Gedichte, Gott soll mich schützen!«

Berndorf übt sich in Geduld, für etwas muss es schließlich nütze sein, dass er ein ganzes Berufsleben lang Schnüffler gewesen ist, Schnüffler haben Geduld gelernt, trotzdem will ihm der Name nicht einfallen, auch jener in der Zentrale war ein Schnüffler gewesen, ein lausiger übrigens, das weiß er noch oder vielmehr ist es ihm gerade eingefallen.

»Ja, und über diesen Juristen ist es gekommen wie eine Offenbarung, dass an allem die *political correctness* schuld ist«, fährt Tressen-Kositzkaw fort, »am Benzinpreis, an den Schwarzfahrern in der Straßenbahn und den Graffiti in den Professorenscheißhäusern, es muss ihm da der Geist von Hamlets Vater begegnet sein... Das alles hätte weiter keine Bedeutung gehabt als eine lokale, wenn der Verlag zur Vorstellung des Werks nicht einen unserer Großschriftsteller eingeflogen hätte, den, der das Grundrecht aufs Wegsehen erfunden hat...«

Gjörwell. Kein Däne, ein Schwede. Lichtenberg kam drauf, als er sich schwedische Namen vorsagte.

»Wir erleben«, sagt Tressen-Kositzkaw, »die entsetzliche Rückkehr zu einer entsetzlichen Normalität, es sind die Spätfolgen einer gescheiterten Trauerarbeit, und irgendwie sind wir selber schuld, denn wir haben es zugelassen, dass sie abgebrochen wurde, dass an ihre Stelle diese selbstgerechte Anklägerpose getreten ist. Erinnerst du dich noch an diese Sprechchöre *USA – SA – SS?* Damit haben wir, unwissend und unbewusst erleichtert, unsere Eltern freigesprochen, uns wieder mit ihnen versöhnen dürfen. Nicht sie waren die Mörder, die Amerikaner waren es, und jetzt haben wir die Bescherung... Leute wie Schatte – du erinnerst dich sicher an ihn – spielen noch heute auf dieser Klaviatur, und wenn er von sich behauptet, er sei sich treu geblieben, dann hat er sogar Recht. Denn das politische Credo dieser Neuen Rechten ist im Kern nichts anderes als die Verweigerung von Trauerarbeit ...«

Barbara wirft wieder einen dieser Blicke zu Berndorf, aber der wird nun doch allmählich ungehalten. Trauerarbeit ist ein Begriff, mit dem er nicht viel anfangen kann, Mord ist Mord, Mörder gehören eingesperrt, aber wie hält er es mit den Denunzianten? Zwei Tische weiter sitzen zwei Mädchen, grell falschblond die eine, rastazöpfig die andere, Prosecco trinkend zur Erholung nach der Nachtarbeit in einem Hochhaus-Appartement, jetzt fällt es Berndorf auch ein, was mit dem lausigen Schnüffler in der Telefonzentrale war, eine üble Geschichte mit einem Mädchen, das er für sich hatte arbeiten lassen. Nachweisen konnte man es ihm nicht, aber man hatte ihn aus dem Schichtdienst herausgenommen.

Tressen-Kositzkaw spekuliert inzwischen über die *radical personality,* und dass sie aus einer unverarbeiteten, misslungenen Ablösung von der Vaterfigur resultiere ...

Da hast du dir aber eine schöne Couch durch die bleierne Zeit gerettet, denkt Berndorf. Ein Erbstück des Sozialistischen Patientenkollektivs? Neu gepolstert, versteht sich, und mit dem feinen Leder vom Büffelrind bezogen. Ob Troppau wohl darauf gelegen hat? Eher nicht. Der hat sich die Gummihammer-Pillen verschreiben lassen. In seinem Badezimmer hab ich's gesehen. Was schaut mich Barbara an? Der Genosse Halt-das-mal und sein ungelöster Ödipus-Komplex interessieren mich eher nicht, was kann ich dafür, dass der baltische Adel keine Trakehner mehr züchten kann und sich auf Neurosen verlegt hat. Baltisch? Tressen-Kositzkaw. Klingt halt so. Oder ostpreußisch. *Es trinkt der Mensch, es säuft das Pferd / In Insterburg ist's umgekehrt.* Ostpreußen?

Steguweit.

Berndorf entschuldigt sich und steht auf und geht zu einer Telefonkabine, die es im *Schafheutle* dankenswerterweise gibt, denn mit dem Handy im Lokal zu telefonieren, ist ihm doch zu blöd, und klingelt Sielaff heraus, der an diesem späten Samstagmorgen noch nicht ganz nüchtern klingt.

»Tschuldige, aber ich such einen Kollegen von uns, damals Mannheim, Revier Mitte, Steguweit. Sagt dir der Name was?«

»Warum gehst du fauler Sack eigentlich in Rente, wenn man dann doch keine Ruhe vor dir hat? Nicht einmal zu nachtschlafender Zeit.«

»Gleich darfst du weiterschlafen. Steguweit heißt der Mann.«

»Was willst du mit dem schrägen Vogel? Aber bitte. Geh ins Kaufhaus am Bismarckplatz. Er arbeitet dort als Hausdetektiv. Trau ihm nicht! Er ist nicht sauber.«

Berndorf bedankt sich und geht zum Tisch zurück. Barbara blickt besorgt zu ihm auf, Tressen-Kositzkaw sagt artig, er falle Berndorf doch hoffentlich nicht auf die Nerven mit seinem Geplauder. »Aber nein«, antwortet Berndorf und schaut auf die Uhr, »Sie haben mir sehr geholfen.« Doch der Psycho-Balte will gar nicht erst wissen, weshalb, sondern plaudert weiter ...»... näheren Kontakt zu Schatte hatte ich natürlich nicht, das heißt, er war jemand, der Kontakte eher nicht zuließ, ich glaube, was andere Menschen angeht, lebte er wie hinter einer dicken Glaswand, politische Führerfiguren haben das manchmal, Willy hatte es ...«

Barbara lacht und sagt, dass dieser Vergleich der Persönlichkeit des Genossen Halt-das-mal doch etwas zu viel Bedeutung zumesse.

»Sicher«, räumt Tressen-Kositzkaw ein, »aber Schatte hatte durchaus die Instinkte eines politischen Führers, das ist damals auch akzeptiert worden, ebenso wie seine – nennen wir es einmal so – prinzipielle Laxheit in Fragen des persönlichen Eigentums. Auch die Sache mit dem Megafon damals in Köln war in Ordnung, so empfand ich es jedenfalls, es war wichtig, dass Schatte für die Bewegung verfügbar blieb, und deshalb durfte er auch nicht den Bullen in die Hände fallen ...«

Ihr sei das alles unfassbar, unterbricht ihn Barbara. »Ihr habt nicht Vietcong gespielt. Ihr habt die Hitlerjungen gespielt, die sich mit der Panzerfaust für den Führer opfern ...«

Tressen-Kositzkaw blickt etwas verlegen in sein leeres Glas.

Berndorf sagt, dass er noch jemanden sprechen müsse, und verabschiedet sich.

Barbara verabredet sich mit ihm zum Mittagessen beim Italiener in der Plöck und wendet sich dann wieder dem Balten zu. »Bei Frauen war Schatte ja wohl nicht ganz so kontaktscheu – erinnerst du dich an eine Romanistik-Studentin, lange braune oder rötliche Haare?« Sie blickt zu Berndorf hoch, der inzwischen aufgestanden ist, jetzt aber am Tisch stehen bleibt. »Schiele«, fügt sie hinzu, »Birgit Schiele hieß sie wohl.«

»Sicher«, sagt Tressen-Kositzkaw, »warum fragst du? Sie hat diese Beziehung mit Schatte nicht so gut vertragen. Aber vermutlich ist sie nicht die einzige Frau, die mit der angeblichen sexuellen Befreiung eher wenig beglückende Erfahrungen gemacht hat. Übrigens lebt sie noch immer hier, ist Oberstudienrätin an einem unserer Gymnasien und seit einigen Jahren spät, aber so weit ganz glücklich mit einem ihrer Kollegen verheiratet.« Er lächelt abwehrend. »Ich war bei der Hochzeit eingeladen und saß dort unter lauter Studienräten, es gab gebratene Wachteln, Berge von gebratenen Wachteln, dass man Albträume davon bekommen konnte ...«

Florian Grassl, ein Taschentuch vor dem Mund, hört Margarethe Zundts wohlklingende Ansagen, wartet aufs Piepsen und legt dann los.

»Tut mir Leid um den Audi, Herr Zundt, aber sie haben mich erwischt, und leider sind auch die beiden Pakete weg, ich konnte gar nichts machen. Ich rufe vom Krankenhaus aus an, mein ganzes Gesicht ist verbunden, ich hoffe, Sie können mich trotzdem verstehen. Wenn ich besser sprechen kann, melde ich mich wieder.«

Zufrieden legt er auf. Wieshülen wird ihn so bald nicht mehr sehen. Einen schmerzlichen, aber kurzen Gedanken wendet er an die zwei Anzüge und die drei Paar Socken, die er dort zurücklässt. Aber man soll sein Herz nicht an solche irdischen Güter hängen, vor allem, wenn sie schon ein wenig fadenscheinig sind. Das Auto, freilich, wird er irgendwann holen müssen.

Er geht zur Stiftskirche hinauf und an ihr vorbei bis zur Steinmauer, die den Platz unter den Platanen dort begrenzt. Dort schwingt er sich auf die Mauer und lässt die Beine baumeln und schaut über die Dächer zu den steingrünen Baumkronen der Neckarpromenade. Als er sich satt gesehen hat, gilt ein prüfender Blick dem neuen sommerlichen Anzug, der fast aussieht wie ein italienischer, leider nur fast, denn mehr hat sein Konto nicht hergegeben. Seine alten Klamotten würde er am Dienstag aus der Reinigung zurückbekommen, vielleicht brachten sie die Blutflecken heraus. Dann fällt ihm seine Augenbraue ein, und er tastet mit den Fingerspitzen nach der Mullbinde, es wird ein Weilchen dauern, bis er sich die Fäden ziehen lassen kann.

Freilich ist er ein bisschen klamm. Soll er Muttchen anrufen? Eigentlich geht das nicht, denn das letzte Mal hat sie schon laut gejammert, dass ihr ganzes Sparbuch aufgebraucht sei, »wenn Butzi das mitkriegt!«

Doch es scheint die Sonne, er sieht keine Kurzgeschorenen und keinen Stuttgarter BMW, wo ist das Problem? Die nächsten Tage ist er bei der Suevo-Danubia bestens untergebracht, und wenn der Vortrag über das deutsche Schriftgut im Elsass gut ankommt, zeichnet sich etwas ab, das ausbaufähig ist.

Sehr ausbaufähig sogar, geht ihm plötzlich durch den Kopf. Dabei wissen wir noch gar nicht, was sich in Old Smileys hochgeheimen Dokumenten finden lassen wird. Ich sollte Muttchen doch anrufen, denkt er und schaut auf die Uhr. Es ist Samstag, Butzi wird beim Frühschoppen sein, vermutlich im *Engel*, falls sie ihn dort nicht wegen akuter Unausstehlichkeit hinausgeworfen haben.

Grassl steht auf und geht wieder zu der einen Telefonzelle, die nicht demoliert ist. Wie immer gibt es ihm einen Stich, wenn er die Nördlinger Vorwahl wählen muss. Zum Glück ist Muttchen am Apparat und nicht etwa Butzi.

»Ja Muttchen, es geht mir gut, sehr gut sogar«, sagt er, »ich hab dir zwei Pakete geschickt, vielleicht bekommst du sie heute schon ... in den Paketen sind wichtige Papiere für meine

Promotion drin, aber jetzt hab ich kurzfristig einen Vortrag in Tübingen übernommen, und da brauch ich die Papiere...«
Und er diktiert ihr die Adresse: *Dr. Florian Grassl, c/o Suevo-Danubia, Tübingen, Österberg*...

»Oh«, schluchzt es glücklich durchs Telefon, »du hast mir ja gar nichts davon erzählt...«

»Mit Absicht, Muttchen, mit Absicht«, sagt er eilig, »das muss vorerst noch niemand wissen. Und vor allem muss es Butzi nicht wissen. Die Leute sind so hämisch. Du weißt, wie sie zu mir waren. Niemand muss das in Nördlingen wissen. Nur für die Adresse darfst du es verwenden.« Er überlegt kurz. »Da musst du es sogar. Weißt du, der Doktortitel ist Bestandteil des Namens.«

Das ist es, denkt er dann. Ich muss mir Visitenkarten machen lassen.

Am Abhang ist es kühl und schattig, wie es sich gehört für einen Ort des Todes. Die Kriminalkommissarin Tamar Wegenast steigt den schmalen Weg hinab, hinter ihr geht Kuttler, die Hand an einem Stahlseil, dessen Halterung provisorisch in den Kalkstein geschlagen ist.

»Warum müssen sich die Leute zum Runterfallen auch so rutschige Wege aussuchen«, will Kuttler wissen. Aber Tamar antwortet nicht.

Dann sind sie unten, ein groß gewachsener, hagerer alter Mann begrüßt die beiden Polizisten mit kräftigem Händedruck: »Seifert, Jonas«, sagt er, »Ortsvorsteher.« Neben ihm äugt ein gelbschwarzer Boxerhund zu Tamar hoch und entschließt sich, kurz und dienstlich mit seinem Stummelschwanz zu wedeln. Etwas abseits steht ein uniformierter Polizist und telefoniert hinter dem Gerichtsmediziner her, der offenbar den Weg nicht gefunden hat.

»Kommissar Berndorf hat frei?«, will der Ortsvorsteher wissen, und Tamar zieht die Augenbrauen hoch. Dann fällt ihr ein, dass Seifert der Prophet Jonas sein muss. Berndorf hat ihr von ihm erzählt. In jenen altvorderen Zeiten, als Berndorf jung war und man ihn nach Stuttgart versetzt hatte, war der Prophet einer seiner Kollegen gewesen, und den Namen bekam er, weil er auf dem Wochenmarkt predigte, wenn es in der Mordkommission gerade nichts zu tun gab.

»Ihr alter Kollege ist leider im Ruhestand«, antwortet sie. War das zu vertraulich?

Egal. »Seit zwei Tagen. Am Donnerstag hat er seine Entlassungsurkunde bekommen.« Hat er nicht. Englin hat sie. Mir wollte er sie nicht geben.

»So bald schon?«, wundert sich Seifert. Er lässt sich nicht anmerken, ob es ihn gefreut hat, dass sie weiß, wer er ist. Tamar murmelt höflich, ihr sei das auch zu früh erschienen, und wendet sich dem zu, was einige Meter weiter auf dem Waldboden liegt und ganz einfach nach jemandem aussieht, der den Felsen heruntergefallen ist.

»Der Tote heißt Gerolf Zundt«, sagt der Prophet Jonas, »wenn ich es recht weiß, ist er Jahrgang 1932, ihm oder vielmehr seiner Frau gehört ein früherer Gutshof, er betreibt dort eine Art politischer Akademie ...« Prüfend blickt er von Tamar zu Kuttler und zurück. »Er ist, oder war, Mitglied des Kreistags, Staatspartei.«

Kuttler schaut ihn bedenklich an, als ob er sagen will, dass sogar die Mandatsträger der Staatspartei den Fels herunterfallen könnten, ohne dass es deswegen etwas anderes sei als ein hundsordinärer Unfall.

»Ich hab Sie angerufen«, sagt Seifert, »weil ich nicht glaube, dass das ein Unfall ist. Zundt lebt seit Jahrzehnten hier, und er kennt den Albtrauf.«

Tamar betrachtet den Toten, der in einem dunklen Anzug steckt, und vor allem betrachtet sie seine Halbschuhe. Es sind schwarze Halbschuhe, deren mit nasser Erde verschmierte Sohlen nach oben schauen. Soweit es Tamar erkennen kann, sind es Ledersohlen, nicht ganz neu, denn an der Spitze sieht man Lederflicken. Wer Halbschuhe mit Ledersohlen trägt und diesen Weg nimmt, kann sich so gut auskennen, wie er will, denkt Tamar. Die Ledersohlen rutschen ihm trotzdem weg.

»Zundt hat nie so etwas getragen, wenn er spazieren ging. Die Bauern kennen ihn nur in Kniebundhosen und Stiefeln.«

Tamar blickt den Propheten fragend an. Da ist doch noch irgendwo ein Kaninchen.

»Es gibt auch nur einen einzigen Grund, warum er in diesem Anzug den Franzosensteig hinab ist. Er wollte zur Bushaltestelle unten im Tal. Das machen wir alle so, wenn wir ins Unterland wollen. Sonst müssten wir erst nach Wintersingen und dort umsteigen.«

Tamar nickt, als ob das eine Erklärung sei.

»Nur versteh ich eines nicht«, fährt Seifert fort. Mein Gott, denkt Tamar, sind das die Vernehmungsmethoden der alten Schule?

»Ich verstehe nicht, warum er zum Bus wollte. Wenn er wegfährt, nimmt er seinen Audi. Er nimmt ihn immer. Noch nie ist er mit dem Bus gefahren.« Unter buschigen Augenbrauen mustert der Prophet die Kommissarin.

»Und Sie wissen nicht zufällig, warum er diesen verdammten Audi hat stehen lassen?«

Streng schüttelt der Prophet den Kopf. »Nicht solche Worte, junge Frau. Sie versündigen sich. Das wäre schade um Sie. Aber warum er sein Auto stehen gelassen hat, das zeige ich Ihnen jetzt.«

Er wendet sich zum Steig und geht hinauf. Sein Hund schaut zu Tamar auf, die achselzuckend seinem Herrn folgt. Nach einem kurzen, befriedigten Wedeln des Stummelschwanzes schließt der Hund sich ihnen an.

Im fensterlosen miefigen Büro des Hausdetektivs lehnt Steguweit gegen seinen Schreibtisch und hat die Hosen heruntergelassen. Vor ihm kniet die kleine Dunkelhaarige, die er in der Parfümerie erwischt hat.

Ein *blow job* ist für alle Beteiligten angenehmer als eine Strafanzeige. Für die Dunkelhaarige, und für ihn auch. Findet Steguweit. Sogar für die Staatsanwaltschaft, die sowieso nicht weiß, wohin mit all den Strafanzeigen. Außerdem, denkt Steguweit, wird er der Kleinen den Pass abnehmen. Nur zur Sicherheit. Und die Abende sind lang in dieser Jahreszeit.

An der Tür klopft es. Die Kleine fährt erschreckt zusammen, Steguweits Schwanz glitscht aus ihrem Mund. »Mach weiter«, flüstert er. Wieder klopft es an der Tür. Die Kleine steckt gehorsam wieder in den Mund, was dort noch nicht fertig hat. Noch einmal klopft es an der Tür.

Hau ab, du Arsch. Unter ihm macht die Kleine mit ihren Lippen und ihrer Zunge, was sie tun soll. So ist es recht. Lutsch dir die Bananenmilch.

Draußen entfernen sich Schritte. Steguweit kommt es. Die Kleine will den Kopf wegziehen. »Bleib«, sagt Steguweit und zwingt ihren Kopf mit beiden Händen an sein Gemächte. »Brav schlucken. Gute Medizin. Hilft gegen Polizei, Knast und Ausweisung ...«

Dann ist Steguweit fertig und will, dass die Kleine noch schön sauberleckt, aber das Mädchen springt plötzlich auf und rennt in das kleine Klo, das zu seinem Büro gehört, und kauert sich vor die Kloschüssel und kotzt und kotzt und hört nicht mehr auf zu kotzen und zu würgen.

»Hab dich nicht so«, sagt Steguweit und zieht sich die Hosen hoch. »Du hast den Job nicht zum ersten Mal gemacht, meinst du, ich merk so was nicht?« Ich werd sie besser laufen lassen, denkt er dann. Das kann keiner brauchen, dass so ein Mädchen ihm die ganze Wohnung voll reihert. Dann holt er eine Schachtel Tabletten aus seinem Schreibtisch und schüttelt eine heraus und geht zum Handwaschbecken im Klo, die Kleine hockt noch immer vor der Schüssel und würgt, er greift über sie hinweg und füllt einen Pappbecher mit Wasser und wirft die Tablette hinein. Er wartet, bis sie sich aufgelöst hat, dann beugt er sich zu dem Mädchen herunter und zieht seinen Kopf an den Haaren hoch: »Trink das!« Das Mädchen will nicht, aber dann trinkt es doch, die Hälfte sabbert vorbei.

Das Gewürge hört auf, nur Steguweits lausiges, versifftes, fensterloses Büro stinkt nach Kotze, dass man den Gestank mit dem Messer schneiden möchte. Steguweit dreht den Lüftungsschalter auf, aber viel hilft das nicht. »Hau ab«, sagt er und geht zur Tür und schließt sie auf.

»Das da«, sagt das Mädchen bittend und schaut zu ihm und zeigt auf eines der Parfümflakons, die Steguweit ihm abgenommen hat und die jetzt auf dem Schreibtisch aufgereiht sind. »Verschwinde«, antwortet er, und das Mädchen greift sich das Flakon und huscht zur Tür hinaus, die Steguweit hinter ihr schließen will, was aber nicht geht, weil jemand seinen Fuß dazwischenstellt. Es ist ein mittelgroßer, angegrauter Mann, der das tut.

»So nicht«, sagt Steguweit und hebt die Hand, um den Mann zurückzuschieben. Dann lässt er es bleiben, er weiß nicht warum. Nicht genau.

»Steguweit?«, fragt der Mann, schiebt mit der Schulter die Türe ein Stück weiter auf und geht hinein in das lausige kleine Büro und sieht sich darin um, wie es Steguweit nun schon gar nicht mag. Aber Steguweit muss vorsichtshalber erst einmal nach seinem Hosenladen tasten, ob der auch zu ist. Er ist es.

»Und mit wem hätten wir dann das Vergnügen?«

»Vergnügen?«, fragt der Mann zurück und betrachtet die Parfümflakons und den Armesünderstuhl für Steguweits Kundschaft und greift mit spitzen Fingern zu und hebt den Slip hoch, den das Mädchen vor lauter Kotzen erst gar nicht mehr angezogen hat.

»Sie glauben ja nicht, was Sie bei diesen kleinen Ludern alles finden. Wo sie es versteckt haben...«

Der Mann legt den Slip schweigend auf den Schreibtisch und dreht sich zu ihm um. Plötzlich weiß Steguweit, dass er diesen Mann kennt.

»Was redest du da, Steguweit? Ihr Ladenschnüffler habt bei niemandem eine Leibesvisitation zu machen, niemals! Das steht euch nicht zu. Schon gar nicht bei kleinen Mädchen.«

Berndorf. Der arrogante Sack. Der damals den Einsatz in Feudenheim vergeigt hat. Du bist mir gerade der Rechte.

»Vielleicht sagen Sie mir, was Sie von mir wollen.«

»Oh, man ist vornehm heute. *Vielleicht sagen Sie mir...*«

Berndorf schiebt die Flakons zur Seite und setzt sich auf den Schreibtisch. »Was hast du eigentlich mit ihr gemacht, dass es hier so nach Kotze stinkt?«

Steguweit lehnt sich gegen die Tür und atmet durch. »Sie sind doch Berndorf? Dann wissen Sie, wie es in der Branche zugeht. Wenn der Fehlbestand zu hoch ist, bin ich dran. Aber wenn ich wegen jeder Flasche Kölnischwasser eure Leute hole, werden die sich schön bedanken. Außerdem gefällt das weder der Kundschaft noch der Geschäftsführung, wenn alle naslang die Grünen im Haus sind. Also Meister – was soll ich Ihrer Meinung nach tun mit den kleinen Ludern?«

»Das hast du früher auch so gemacht«, sagt Berndorf. »Immer schlau um die faulen Eier herumgeredet. Was ist mit dem Mädchen?«

»Ich weiß nicht, was Sie wollen. Sie haben sie doch gesehen.« Berndorf greift hinter sich und hebt den Slip hoch und wedelt damit zu Steguweit. »Soll ich die Leute vom Jugendschutz anrufen?«

»Okay«, sagt Steguweit. »Hören Sie zu, Chef. Ihr Rock ist so komisch ausgebeult, und ich sag zu ihr, was hast denn da drunter, und sie fängt an zu heulen und holt heraus, was sie versteckt hat, und dann zieht sie den Slip aus und schlägt den Rock hoch und sagt, ich soll sie ficken, und ich denk, sie ist nicht ganz richtig im Kopf, und schick sie weg ... das ist alles.«

Berndorf legt den Slip wieder zurück. »Na schön. Du hast sie weggeschickt. Danach.« Der kalte Blick kehrt zu Steguweit zurück. »Wissen will ich etwas ganz anderes. Wer war der Anrufer damals?«

Steguweit schaut ihn ratlos an. Dann dämmert es ihm. »Ach so. Deswegen sind Sie da. Ich hab mich schon gewundert.« Er denkt nach. Berndorf sieht ihm dabei zu.

»Das ist aber eine komische Geschichte«, sagt Steguweit schließlich. »Erst vor ein paar Tagen war Troppau hier. Sie wissen doch, der Kollege ...«

»Was wollte Troppau von dir?«

»Nichts, das war ja das Komische«, antwortet Steguweit.

»Er wollte einen Schlagbohrer kaufen, sagte er, aber ich hätte schwören können, dass ihm das nur so eingefallen ist. Als eine Art Ausrede. Ich weiß nicht, was der hier wollte.«

»Und der Schlagbohrer?«

»Ich habe ihm einen besorgt, Remittenden-Ware, einem alten Kollegen ist man so etwas schuldig.«

»Nett von dir. Troppau hat damit die Haken in die Decke gedübelt. Die Haken, weißt du, an denen er sich dann hat aufhängen können.«

Steguweit schüttelt den Kopf. »Nicht wirklich«, sagt er dann. »Doch«, sagt Berndorf. »Wer war der Anrufer? Du weißt doch. Der Überfall auf den Geldtransporter. Der Anrufer, der gesagt hat, einer der Täter sei keine Frau, sondern ein Mann. Ein Mann mit langen Haaren.«

»Ich weiß es nicht mehr. Woher soll ich es auch wissen? Es ist drei Ewigkeiten her. Es war ein anonymer Anruf.«

Berndorf greift wieder nach dem Slip. »Exakte Angaben. Adresse, Stockwerk. Silberne Kette als besonderes Kennzeichen. Klare, feste Stimme, hast du damals gesagt.«

»Ja. Sicher doch.« Steguweit hat sich gesammelt. »Aber weiter weiß ich nichts. Ich weiß nicht, ob sie Hochdeutsch gesprochen hat oder einen Dialekt. Oder ob sie einen Akzent gehabt hat. Ich weiß nur, dass ich es damals angegeben hätte, wenn so etwas gewesen wäre.«

Er redet nicht von einer Person. Er redet von einer Frau, denkt Berndorf.

»Du bist sicher, dass das kein Mann war?«

»Bin ich. Natürlich gibt es Kerle, deren Stimmen man für die einer Frau halten kann, vor allem am Telefon. Aber ich habe damals keinen Zweifel gehabt, dass es eine Frau war.«

»Warum steht dann in den Akten nur, dass es eine Person war?«

»War es doch auch. Wenn ich sie für einen Mann gehalten hätte, hätte ich es auch so angegeben. Ich hätte reingeschrieben, dass es eine männliche Person war.« Berndorf schließt kurz die Augen. Wenn die Frau ein Mann ist, ist sie eine männliche Person. Was für ein Kinder fickender bürokratischer Schriftkünstler. »Bist du später dazu vernommen worden?«

Steguweit schaut misstrauisch zu Berndorf hinüber. »Sicher doch. Immer wieder.« Plötzlich strafft er sich. »Und ich bin vergattert worden, dass meine gesamte Aussage vertraulich bleiben muss. Wer hat Sie eigentlich befugt, mich dazu zu vernehmen?«

»Das da«, sagt Berndorf und greift mit Daumen und Zeigefinger nach dem Slip und hält ihn hoch. »Das da befugt mich, Steguweit. Wer hat dich vernommen?«

»Das war der alte Kuhlbauer. Vom Polizeipräsidium Karlsruhe. Das müssen Sie doch wissen. Der hat doch auch Sie in der Mangel gehabt.« Er grinst hämisch.

Berndorf erinnert sich. Es ist keine angenehme Erinnerung. Und trotzdem hätte er Kuhlbauer ganz gerne aufgesucht und ihm eine oder zwei Fragen gestellt. Aber der Fall hat sich erledigt. Vor anderthalb Jahren ist Polizeidirektor i. R. Albin Kuhlbauer, im Krieg Gestapochef in einer galizischen Stadt, sanft in seinem Bett den Rentnertod gestorben, unbehelligt von der Justiz, ein paar Zeitungen haben ihm nachgerufen, was wohl die Wahrheit war und ihn trotzdem nicht mehr zu stören brauchte.

Berndorf lässt sich von dem Schreibtisch herunter und geht auf Steguweit zu und hält ihm den Slip hin. Der greift danach, aber Berndorf nimmt ihn wieder weg.

»Nur eines noch. Die Frau hat etwas von einer Silberkette gesagt. Sag mir, wie das genau war.«

Steguweit macht ein klägliches Gesicht. »Chef, das war 1972. Das sind bald dreißig Jahre her.«

»Ich bin nicht dein Chef. Erinner dich.«

»Ich hab es doch schon gesagt. Sie hat gesagt, die Durchsage in den Nachrichten ist falsch. Es war keine Frau dabei, sondern ein Mann mit langen Haaren.« Plötzlich verändert sich seine Stimme. Geziert sagt er etwas auf. »*Sie finden ihn in Feudenheim.* Dann hat sie die Straße und Hausnummer genannt. Dritter Stock. Rechts. *Eine Frau ist bei ihm. Achten Sie auf die silberne Kette.*«

»Das gibt aber keinen Sinn. Wer hat eine silberne Kette?«

»Die Frau, Chef. Die Frau, die bei dem Mann ist, hat eine silberne Kette. Daran erkennt man sie. Sie ist seine Komplizin. So hab ich's verstanden.«

Unsinn. Beide waren nackt. Keiner trug eine Kette.

Berndorf steckt den Slip in die Brusttasche von Steguweits Hemd und schiebt ihn von der Tür weg und macht sie auf.

»Noch was, Steguweit. Auf der Liste von den Kollegen stehst du ganz weit oben. Die warten nur darauf, dass eines von den Mädchen angeheult kommt, und du bist dran. Da hilft dir dann auch keine Remittenden-Ware mehr, und wenn du sie im Lastwagen anlieferst. Glaub mir das.« Hoffentlich ist das auch so, denkt er und geht den Korridor hinunter.

Hubert Höge hat das schnurlose Telefon ins Musikzimmer mitgenommen, durch dessen Isolierscheiben er draußen im Garten seine Frau sieht, die gerade auf den herrenlosen räudigen Kater einredet. Trotz der dicken Scheiben spricht er mit gedämpfter Stimme.

»Sie ist gestern Nacht zurückgekommen. Nach einem Unfall auf der Autobahn.«

Miriam glaubt ihm nicht. »Was redest du da? Sie ist doch mit dem Zug gefahren.«

»Sie hat es sich anders überlegt. Sie hat sich einen Mietwagen genommen.«

»Oh!«, sagt Miriam, »Birgit hat es sich anders überlegt. Birgit nimmt sich einen Mietwagen, Birgit baut einen Unfall, Birgit kommt in der Nacht zurück, und Hubert muss Händchen halten. Hat sie wenigstens ein blaues Auge? Einen Nervenzusammenbruch vielleicht?«

»Red nicht so«, wehrt Hubert ab. »Sie hat keinen Unfall gebaut. Sie ist in eine von diesen Massenkarambolagen verwickelt worden...«

»Birgit wird immer in etwas verwickelt«, stellt Miriam fest, »immer in irgendetwas, dass Hubert Händchen halten muss. Die Tränen trocknen. Kopfwickel machen. Ob es mir vielleicht auch zum Heulen ist, interessiert kein Schwein. Weißt du eigentlich noch, dass du versprochen hast, mit mir nach Schwetzingen zu den Festspielen ... ach Scheiße!«

Birgit hat draußen ihre Konversation mit dem Kater beendet und geht ins Haus zurück. Von den Souterrainfenstern des Musikzimmers aus sieht Hubert, wie ihr Rock um ihre Beine schwingt.

»Ich muss jetzt Schluss machen«, sagt er eilig, »ich versuch, dich später noch mal anzurufen.« Und legt auf, ehe ihm Miriam ausführlich erklären und nachweisen kann, was für ein Feigling und Schlappschwanz er doch ist.

Oben ruft Birgit nach ihm, er stellt das Telefon in das Notenregal und geht die Treppe hinauf. Birgit sitzt beim Kaffee und erzählt ihm von ihrer Konversation mit der Katze.

»Sie schnurrt nicht, wenn sie mich sieht. Sie gurrt. Es ist eine Art *rrrit,* es klingt ganz kehlig.«

Wieder einmal erklärt Hubert, dass dieses Tier ein Kater ist und keine Katze, und schenkt sich auch noch eine Tasse ein.

»Ach!«, sagt Birgit und betrachtet ihn mit schummrigen Augen, »mein Kater bist doch du, und was glaubst du, wie du mich gurren machst!«

Am frühen Morgen war Birgit, noch ganz aufgelöst von ihrer Schreckensfahrt, unter der Decke zu ihm gekommen. Danach hat es geknallt, wie schon lange nicht mehr im Höge'schen Ehebett, was leider die Dinge nicht einfacher macht, denn Birgit fängt tatsächlich schon wieder das Gurren an und schlägt vor, den Samstag doch einfach so fortzusetzen, wie er begonnen hat.

»Irgendwann gehen wir dann zum Italiener, und danach zurück ins Bett.«

Hubert strengt sich zu begeisterter Zustimmung an. *Und Gaby wartet im Park.* Das ist auch eine der Schnulzen, die er in sein Singspiel hätte einbauen können, fällt es ihm ein. Und plötzlich ist es Hubert, als werfe er einen Blick in die Zukunft, und die Zukunft steht über ihm wie eine dunkle und unheilvolle Wolkenwand, die Wolken verdichten sich zu grauen

161

schemenhaften Erinnyen, und aus dem Off ertönt dazu die deutsche Schlagerparade. Er nimmt seine Brille ab, blickt sich suchend um, dann geht er zum Sideboard und greift sich eines der Brillenputztücher, die er dort deponiert hat, und reißt die weiße, innen feucht beschichtete Plastikverpackung auf, in der das Tuch steckt, und Birgit schaut ihm zu, als tue er da weiß Wunder was.

In der Diele schrillt das Telefon. Birgits Blick umwölkt sich, denn das Telefon ist die schrecklichste Waffe überbesorgter Erziehungsberechtigter.

»Ich geh schon«, fällt es Hubert ein, »es wird wegen der Web-Seite für unser Musical sein.« Lieber Gott, lass es nicht Miriam sein. Nicht den *final countdown*. Nicht jetzt.

Er hebt ab, eine Frauenstimme meldet sich, aber Gott ist heute Morgen lieb zu ihm. Es ist nicht Miriam. Hubert atmet durch. »Mein Name ist Stein«, sagt die Frauenstimme, und sie klingt angenehm und kultiviert, »Barbara Stein, ich hätte gern Ihre Frau gesprochen ...«

Hubert gibt den Hörer weiter und macht eine beruhigende Handbewegung, aus der hervorgeht, dass die Anruferin vermutlich keine von den Leidenden Müttern ist. Birgit meldet sich und macht trotzdem erst einmal ein sehr reserviertes Gesicht, weil sie keine Frauenstimmen mag, die diesen besonderen Schmelz haben.

»Ja«, hört Hubert sie antworten, »das ist mein Mädchenname, aber Journalistin war ich nicht, wirklich nicht, ich habe damals für den *Aufbruch* ein paar kleinere Sachen geschrieben, und vermutlich ist es ganz schreckliches Zeug, das mir heute rasend peinlich wäre, wenn ich es noch mal lesen müsste ...«

Nun ist es die Stimme am anderen Ende, die schnurrt oder gurrt oder sonst etwas dergleichen tut, denn aus Birgits Gesicht verliert sich der reservierte Ausdruck, plötzlich lächelt sie, halb kokett, halb ein wenig stolz: »Natürlich waren wir damals glühend dabei«, sagt sie, »wir glaubten wirklich daran, dass wir ein Gegengewicht aufbauen könnten zur Springer-Presse, so komisch das klingt, und als der *Aufbruch* dann

Knall auf Fall eingestellt wurde, weil sich die Bonzen mit den Großverlagen arrangieren wollten – da hab ich das als persönliche Niederlage empfunden, als einen Verrat an einer Sache, die mir damals sehr wichtig erschien.«

Das Gespräch endet damit, dass Birgit die Anruferin am Nachmittag zum Kaffee erwartet, der Mitarbeiter der Anruferin sei gleichfalls willkommen, und man sehe sich dann um 16 Uhr. »Stell dir das vor«, sagt Birgit, nachdem sie den Hörer aufgelegt hat, »das war eine Berliner Professorin, und sie will eine Geschichte über die alten Arbeiterzeitungen machen, weißt du eigentlich, dass ich mal für eine von diesen Postillen geschrieben habe? Das war der *Aufbruch* in Mannheim, lange vor unserer Zeit ...«

Von einem *Aufbruch* hat Hubert noch nie gehört, auch nichts von der journalistischen Vergangenheit seiner Frau, aber das will nichts heißen, denn Hubert ist Musiklehrer und liest außer Noten und Konzertkritiken eher nichts. »Was dagegen, wenn ich joggen geh, solange diese Professorin da ist?«, fragt er.

Birgit schaut ihn an, und das kokette Lächeln von vorhin ist wieder weg. »Aber sicher doch, Katerchen. Ich weiß schon, dass dich das nicht interessiert ...«

Ich hätte sie danach fragen sollen, was das für Artikel waren, geht es Hubert Höge durch den Kopf. Aber so etwas fällt ihm immer zu spät ein. So ist er nun einmal. Jedenfalls hat er jetzt eine gute Stunde Zeit herausgeholt. Eine gute Stunde, um sich dem Problem Miriam zu widmen.

Der Mann im grünen Kittel wirft einen prüfenden Blick auf die Frau, die neben der Kriminalkommissarin Tamar Wegenast steht, dann schlägt er die Decke auf, die über den Schragen gebreitet ist. Kaltes Neonlicht fällt auf ein geschrumpftes blutentleertes Gesicht, in dem zwei Augen geschlossen sind.

Aber wie ein großes, entsetzenvolles drittes Auge klafft auf der Stirn ein Loch, das sich auch nach dem Tod nicht schließen lassen will.

Nun sieht auch Tamar zu der Frau hin, es ist nicht nur ein behutsamer, sondern auch ein ahnungsvoller Blick, denn unterm Zusehen wird Margarethe Zundt bleich und bleicher, sie blickt kurz nach links zu Tamar, dann nach rechts, wo der Polizeihauptmeister Leissle steht, genannt Orrie, um dann doch langsam nach links an Tamars Seite zu kippen. Das ist insofern eine glückliche Entscheidung, als es sich bei Margarethe Zundt um eine hoch gewachsene Person handelt, die – bis sie von Orrie hätte aufgefangen werden können – bereits eine erhebliche Fallgeschwindigkeit erreicht haben würde.

Denn dass PHM Leissle, genannt Orrie, hoch gewachsen sei, hat wirklich noch niemand behaupten wollen.

Eilends kommt auch schon der Mensch in dem grünen Kittel und bringt eine Trage, auf die man die Ohnmächtige betten kann. Mit seinen dunklen, traurigen transsilvanischen Augen betrachtet der Aufseher die Witwe Zundt, die Augen gleiten an der lang gestreckten Gestalt entlang, die in allerlei handgewebten blaugrünen Röcken und Jacken steckt, verweilen ein wenig bei den langen weißblonden Haaren und den arischen Jochbögen – dann bricht der Blick ab, ertappt, denn Tamar hat den Aufseher scharf ins Visier genommen.

Du saugst keiner ohnmächtigen Witwe das Blut aus. Und von Seelenwanderung fängst du schon gleich gar nicht an.

Der Aufseher nickt demütig, weil schon wieder jemand ihn und sein höheres Wissen nicht versteht, und zusammen mit Orrie trägt er die irdische Hülle hinaus, die nicht zu Margarethe Zundts Astralleib gehört. Tamar folgt ihnen und stellt fest, dass die Witwe alsbald wieder zu sich kommt. Ein pakistanischer Assistenzarzt muss sie erst überreden, sich den Blutdruck messen zu lassen, aber eine Spritze geben lässt sie sich nicht und auch kein Beruhigungsmittel, nur ein Glas Wasser. »Junger Mann«, sagt sie zu dem Pakistani und betrachtet missbilligend seinen dunklen Teint, »dem Tod sieht der nordische Mensch klaren Verstandes und unerschrocken ins Gesicht.«

Du altdeutsche Grete, warum fällst du dann um, denkt Tamar. »Das verstehe ich sehr gut«, antwortet höflich der Pakistani. »Alle Menschen tun gut daran, den Tod wahrzunehmen, wie Sie sagen. Trotzdem wäre es besser, wenn Sie sich jetzt von jemandem nach Hause begleiten ließen.«

Wenig später sitzen sie wieder in dem Dienstwagen, mit dem sie Margarethe Zundt am Ulmer Hauptbahnhof abgeholt haben, und Orrie fährt sie an den Äckern und Wiesen der Alb vorbei, im Sommerdunst locken die baumbestandenen Hügel mit ihrem schützenden Schatten.

Um ein Gespräch anzuknüpfen, berichtet Tamar, wie sie mit Hilfe des Ortsvorstehers den Hausmeister der Akademie ausfindig gemacht hat. »Einen Augenblick«, sagt sie und blickt suchend auf ihren Notizblock ...

»Sie meinen Freißle«, hilft Margarethe Zundt, »er wird bei seinem Schwager gewesen sein, auf dem Hof helfen.«

Tamar bedankt sich und fährt fort. »Freißle hat uns dann sagen können, wo wir Sie erreichen. Sie haben in Sonthofen ein Seminar gehalten, habe ich das richtig verstanden?«

»Es waren Tage der Einkehr«, stellt die Witwe richtig. »Tage der Besinnung. Der Besinnung auf das verborgene Wissen.«

Für einen Augenblick huscht durch Tamars Kopf die höchst alberne Vorstellung eines Nordischen Lesbos, eines mittsommernächtlichen Lagerfeuertreibens nackter blondflechtiger Nazissen, die blondeste und schamhaargekräuseltste von allen darf mit der Lagerführerin ins Heidekraut ...

Ach, Schnüss!

»Sie sind Polizistin?«, fragt in diesem Augenblick die Lagerführerin. »Tragen Sie denn keine Uniform?«

Würde dich das wohl anmachen? Beige Diensthose, breitärschig geschnitten, Pistolenhalfter drüber? Tamar erklärt, dass sie Kriminalbeamtin ist und dass Kriminalbeamte keine Uniform tragen.

»Aber das verstehe ich nicht«, sagt Margarethe Zundt. »Was hat die Kriminalpolizei mit dem Tod meines Gatten zu schaffen? Das ist doch ein Unfall, ein schrecklicher, oder verheimlichen Sie mir etwas?«

»Ihr Mann ist diesen Franzosensteig hinabgestürzt«, antwortet Tamar vorsichtig. »Der Steig war gesperrt, aber mit den richtigen Schuhen wäre es wohl nicht passiert...«

»Was reden Sie da!«, fährt Margarethe Zundt auf. »Mein Gatte kennt die Alb wie seine Westentasche. Und er weiß, welches Schuhwerk er tragen muss.«

»Als wir ihn fanden, trug er Straßenschuhe«, gibt Tamar sanft zur Antwort. »Schwarze Straßenschuhe mit Ledersohlen.«

»Das kann nicht sein«, beharrt die Witwe.

»Das ist auch dem Ortsvorsteher aufgefallen«, sagt Tamar. »Es war einer von zwei Gründen, warum er uns gerufen hat.«

Margarethe Zundt wendet den Kopf. Blassblaue Augen gleiten Tamars Nackenlinie entlang. »Und was ist der andere Grund?«

»Der andere Grund ist der Wagen Ihres Mannes. Der Ortsvorsteher hat ihn in der Nähe des Steigs gefunden. Das Auto ist demoliert.«

»In Deutschland sollten wir deutsch sprechen, junge Frau. Es war also doch ein Unfall?«

»Nein«, sagt Tamar. »Es war kein Unfall. Irgendjemand hat mit Holzprügeln auf das Auto eingeschlagen. Er hat es sehr lange und sehr gründlich getan. Außerdem hat er die Reifen zerstochen. Hatte Ihr Mann eigentlich Feinde?«

Die Witwe betrachtet sie mitleidsvoll.

»Aber Kindchen!«, sagt sie dann. »Mein Gatte war politisch tätig, gewiss nicht im Rampenlicht, denn das hat er nie gesucht. Aber er hat im Verborgenen gewirkt, in sehr schwierigem, gefahrvollem Auftrag, das dürfen Sie mir glauben! Wie sollte er da keine Feinde gehabt haben...«

Birgit hat den Rechaud angezündet und die Teekanne darauf gestellt, jetzt sieht sie sich noch einmal prüfend um. Gedeckt ist auf der Terrasse, die Markise schützt vor der Sonne, die nun steil einfällt. Nach kurzem Zögern hat sich Birgit dann doch für das Wegdwood-Service entschieden, aber nur etwas englisches Gebäck dazugestellt, es soll nicht so aussehen, als würde sie ein Kalb schlachten. Auf dem Boden, etwas abseits, steht ein Teller mit frischem Katzenfutter.

Hubert ist tatsächlich zum Jogging entflohen. Irgendwie gibt ihr der Gedanke daran einen Stich. Wenn er nicht selbst im Mittelpunkt steht, muss er davonlaufen. Sie zuckt die Achseln, dann rückt sie die Träger ihres leichten grüngelben Sommerkleides zurecht, es ist aus Rohseide, für die Schule hätte sie es nicht angezogen. Sie hat etwas Puder aufgelegt, denn ihre Wangen sind ein wenig zu voll und röten sich zu leicht. Im Arbeitszimmer hat sie die Mappe mit ihren Zeitungsausschnitten herausgesucht, eigentlich ein kleines Wunder, denkt sie, dass sie sie noch gefunden hat. Zeigen freilich wird sie die Mappe erst, wenn sie danach gefragt wird. Dann schlägt die Türklingel an, Birgit geht zur Haustüre, vor ihr steht eine schmale Frau mit kurzen dunklen Haaren, an den Falten um die Augen sieht Birgit, dass die Professorin Barbara Stein eher älter ist als sie selbst. Und nach Birgits Geschmack ein wenig zu alt für ihr sehr kurz berocktes hellbeiges Leinenkostüm.

Birgit bittet die Besucherin herein und führt sie auf die Terrasse, der Professorin folgt ihr Assistent, etwas verwundert registriert Birgit, dass das kein junger Mann mehr ist, sondern aus dem Assistentenalter schon lange heraus. Sie setzen sich um den gedeckten Tisch, Birgit schenkt den Tee ein, die Professorin lehnt Zucker und auch Kandis dankend ab, nimmt aber gerne vom englischen Gebäck. Und die Zuckerdose wird von der Professorin gar nicht erst an ihren Senior-Assistenten weitergereicht, der aber den Tee gleichfalls ungesüßt nimmt. Da sind zwei doch sehr miteinander vertraut, denkt Birgit.

Man plaudert über den schönen Tag und über Heidelberg und sucht nach gemeinsamen Bekannten, mit von Tressen-Kositzkaw bietet sich der erste schon an.

»Bei einem so reizenden Besuch«, sagt Birgit, »sollte ich es Armand wirklich nicht übel nehmen, dass er Ihnen gesagt hat, wie ich zu finden bin. Trotzdem werde ich noch ein Hühnchen mit ihm rupfen. In seinem Beruf müsste er ein wenig verschwiegener sein, finden Sie nicht?«

Für einen unmerklichen Augenblick verdüstert sich ihr Gesicht. Klingt das jetzt so, als ob ich Patientin bei ihm bin?

»Das Hühnchen müssen Sie mit mir rupfen«, antwortet die Besucherin fröhlich, »ich habe ihn höchst indiskret nach Ihnen gefragt, Sie könnten auch sagen: ausgeforscht.«

Birgit ringt sich ein versöhnliches, silberhelles Lachen ab. Dann entdecken die beiden Damen, dass sie beide zu Beginn der Siebzigerjahre in Heidelberg studiert haben und sich eigentlich begegnet sein müssten. Als in der Alten Universität die Fensterscheiben barsten, war Birgit allerdings nicht dabei gewesen, auch nicht bei dem berühmten Mückenlocher Weiber-Wochenende der Revolutionären Studentinnen, als es um die Frage ging, was die sexuelle Befreiung denn – rein lustmäßig – für die Frauen gebracht habe ...

»Nein«, sagt Birgit und nimmt, den kleinen Finger abgespreizt, einen Schluck Tee, »meine politische Sozialisation ist spät erfolgt, eigentlich bin ich gar keine richtige 68erin mehr. Und Feministin«, sie macht eine Pause und sieht mitleidsvoll zu dem Assistenten hin, »bin ich nie gewesen.«

Der Assistent blickt unbewegt zurück.

Die Professorin will wissen, wann Brigit für den *Aufbruch* zu schreiben begonnen hat.

»Wenn ich es noch recht weiß«, antwortet Birgit, die vorhin alles noch einmal nachgesehen hat, »begann das im Frühjahr 1972. Ich erinnere mich noch an einen meiner ersten Besuche in der Redaktion, es drängten sich alle im Fernschreibraum, Rüdiger – der Feuilleton-Chef Rüdiger Volz – hastete von einem Ticker zum anderen, in der einen Hand die Bierflasche, in der anderen die Roth-Händle, pass auf, Mädchen, sagte er zu mir, dies ist einer der Tage, an denen die Geschichte unserer Republik geschrieben wird ...« Sie greift zur Teekanne und schenkt nach.

»Es war der Tag, an dem Barzels Misstrauensvotum gegen Brandt scheiterte«, fährt sie fort, »ich sehe noch, wie Rüdiger mich in die Arme nimmt und unter Tränen sagt: *No pasaran!* Heute haben wir gewonnen, wir alle. Und meine Nase steckt in Rüdigers Pullover, dass ich schier ersticke in diesem Dunst von Bier und Zigarettenrauch ...« Sie schüttelt sich. »Glauben Sie, heute wüsste einer meiner 17-jährigen Gymnasiasten noch, wer Willy Brandt war? Oder gar Barzel?«

Lächelnd deutet Barbara Stein Einverständnis an. »Wie haben Sie Dr. Volz kennen gelernt?«

Birgit hat die Teetasse in der Hand, zögert, und setzt die Tasse zurück. »So genau weiß ich das eigentlich gar nicht mehr. Wissen Sie, ich fand die Debatten in unseren studentischen Zirkeln schon damals ein wenig öde, auf schreckliche Weise deutsch und provinziell. Was in den französischen Blättern diskutiert wurde, schien mir intellektuell aufregender, spannender, geistvoller ...« Ein nachsichtiges Lächeln tröstet die Besucherin über das intellektuell Unaufregende ihres rechtsrheinischen Universitätslebens hinweg.

»Ich dachte«, fährt Birgit fort, »das muss man doch auch deutschen Lesern zugänglich machen. Natürlich war es eine furchtbar alberne Idee, damit ausgerechnet zu einer sozialdemokratischen Vorstadtpostille zu gehen. Ich glaube, damals dachte ich wirklich, auch die Arbeiter in Mannheim und bei der BASF in Ludwigshafen hätten Anspruch, über Sartre und Godard und Michel Foucault Bescheid zu wissen.«

Barbara setzt noch einmal an. »Und so sind Sie zu Dr. Volz und haben ihm Ihre Artikel angeboten?«

Birgit zögert kurz. »Übrigens war ich damals nicht die Einzige, die für den *Aufbruch* schreiben wollte. Einer meiner damaligen Freunde gehörte auch dazu, Moritz ...« Sie unterbricht sich und blickt forschend auf ihr Gegenüber. »Ich könnte mir vorstellen, Sie kennen ihn auch, Ernst Moritz Schatte ...«

Barbara nickt. »Wir lagen nicht ganz auf gleicher Wellenlänge«, antwortet sie, und in ihrer Stimme liegt ein etwas reservierter Ton. »Aber durch ihn weiß ich erst, dass es dieses *Aufbruch*-Projekt überhaupt gab. Wir wollen ihn übrigens als Nächsten aufsuchen.« Sie wirft einen kurzen Blick auf ihren Assistenten, damit dieser – vermutet Birgit – das Gefühl hat, er gehöre auch dazu.

»Ja«, sagt Birgit zusammenhanglos, »aber was wollen Sie nun eigentlich von mir wissen?«

»Uns interessiert, wie das Umfeld reagiert hat«, erklärt Barbara. »Sehen Sie, da ist ein fest gefügtes, abgeschottetes politisches Milieu, kämpferisch und unerschütterlich vertritt man die Meinungen des Unterbezirksvorstandes, und da kommen nun junge Leute und wollen die Welt neu erklären ... Was passiert da? Wie geht man damit um?«

Das habe sie sich nie so recht überlegt, gesteht Birgit. »Ich glaube, damals hat man es von den jungen Leuten erwartet, dass sie so etwas tun. Die Welt neu erklären, wie Sie sagen. Oder sie sogar neu erfinden. Vielleicht haben auch die alten Professoren, die in ihren muffigen Talaren, insgeheim geahnt, dass etwas Neues kommen muss. Heute ist das anders. Die 68er«, sie bedenkt Barbara mit einer weiteren Schnellprägung des silberhellen Lächelns, »kämen auf einen solchen Gedanken gar nicht erst. Sie glauben noch immer, dass sie selbst das Neue sind.«

Im Hintergrund hört man ein weiches plumpsendes Geräusch. Dann macht es *rrrt!* und die rote Katze erscheint auf der Terrasse. Misstrauisch äugt sie zum Teetisch, scheint aber alsbald beruhigt und widmet sich mit aufgeplustertem Schwanz dem Teller.

»Ist sie nicht schön?«, fragt Birgit stolz. »Sie ist mir zugelaufen ...«

Der Assistent räuspert sich. »Hat es keine Konflikte gegeben? Mit der Chefredaktion oder der Anzeigenleitung?«

Birgit betrachtet ihn nachdenklich. Irgendwie klingt er nicht nach Hörsaal. Die Haltung ist auch falsch. Oder sind es die Schultern? Nicht die eines Assistenten. Also?

Er ist ihr Beischläfer. Passt auch besser zu ihr als der kurze Leinenrock. »Sicher hat es Konflikte gegeben. Da gab es einen kleinwüchsigen cholerischen Menschen, der immer in Hosenträgern herumlief, die Brille auf den Kopf geschoben, wenn man ihn sah, wusste man, dass es Ärger gab. Einmal ...« Sie schüttelt den Kopf. »An Details kann ich mich nicht erinnern.

Das hat alles Rüdiger aufgefangen und abgefedert. Wie er es gemacht hat, weiß ich nicht. Vielleicht hatten die Chefs sich irgendwann abgewöhnt, das Feuilleton zu lesen.«

Der Assistent-Beischläfer scheint nicht zufrieden. »Wie haben die anderen Redakteure das alles aufgenommen? Gab es Gespräche, Diskussionen über das journalistische Selbstverständnis? Oder hatten Sie keine weiteren Kontakte?«

Birgit zögert. »Zu tun hatte ich nur mit Rüdiger.« Sie überlegt. »Und Rüdiger ist mehr monologisch veranlagt. Natürlich habe ich im Feuilleton auch andere Mitarbeiter kennen gelernt. Und wenn Sie in einem solchen Verlagshaus aus und ein gehen, begegnen Sie zwangsläufig auch Redakteuren aus anderen Ressorts, auf dem Flur und in der Kantine. Oder auch in der Kneipe. Unweit vom Verlagshaus, im nächsten Block, gab es ein ausgesprochen düsteres Loch. Journalisten und Setzer haben dort abends das letzte Bier heruntergeschüttet. Oder morgens das erste. Manchmal war ich mit Rüdiger dort, heute ist es mir unfassbar, dass ich mir das angetan habe.«

»Sie erinnern sich an niemanden mehr?«

»Eigentlich sind es nur noch einzelne Gesichter, Namen bringe ich nicht mehr zusammen.« Sie zögert wieder. »Dass ich nichts Falsches sage. An Micha Steffens kann ich mich erinnern. Ein Setzer oder Metteur, der sich als Filmkritiker versucht hat. Sehr wilde Sachen. Vielleicht auch komische. Ich will es lieber nicht nachlesen.«

»Wissen Sie, was er später gemacht hat?«

Birgit schüttelt nachdrücklich den Kopf. »Näheren Kontakt hatten wir nicht. Übrigens habe ich beim *Aufbruch* nur ein sehr kurzes Gastspiel absolviert. Leider oder Gott sei Dank. Das jämmerliche Zeilenhonorar hat die Mühe und den Ärger über sinnlose Kürzungen nicht gelohnt. Und in den Semesterferien wollte ich zurück zu meinen Eltern.«

Es bricht eine Pause aus, in der es leise *rrrt!* macht. Die Katze nähert sich dem Teetisch, zögert und springt dann kurz entschlossen auf den Schoß von Professorin Barbara Stein, um dort in heftiges Schnurren auszubrechen.

»Oh!«, sagt Brigit, und ein Schatten zieht über ihr Gesicht. »Seien Sie vorsichtig! Ich weiß nicht, ob sie nicht Flöhe hat.«

Barbara krault die Katze hinter den Ohren. Das Tier streckt seinen Kopf der Hand entgegen, die Augen lustvoll geschlossen.

»Wie ging die Zeitung damit um, dass in der Wohnung einer Redakteurin ein Mann von der Polizei erschossen wurde?«

Widerwillig kehrt Birgits Blick zu dem Assistenten zurück. Sie setzt zu einer Antwort an, und bricht wieder ab.

»Vielleicht erinnern Sie sich«, die Stimme kommt aus dem Schatten, als lasse sie sich nicht abschütteln, »das war im Juni 1972, und die Redakteurin kam als angebliche Terroristin für längere Zeit in Untersuchungshaft.«

»Wie kommen Sie darauf«, Birgits Stimme setzt wieder ein, »dass man so etwas vergessen könnte? Natürlich erinnere ich mich. Nur war diese Frau, von der Sie sprechen, eine Redakteurin aus dem Lokalen, ich kannte sie so gut wie gar nicht, und ich kann Ihnen heute nicht einmal mehr ihren Namen sagen. Aber es ist richtig. Man konnte ihr nichts nachweisen, und sie kam dann frei.«

»Was hätte man ihr denn nachweisen sollen?«

Eine leise Röte zieht über Birgits Gesicht. »Da habe ich mich gerade nicht sehr freundlich ausgedrückt, nicht wahr? Sie müssen verstehen, dass mir diese Geschichte sehr unangenehm war. Sie war auch der eigentliche Grund, warum ich mich vom *Aufbruch* dann sehr schnell zurückgezogen habe. Natürlich will ich Ihnen gerne glauben, dass diese junge Frau nichts mit den Terroristen zu tun hatte.«

Sie lehnt sich zurück. Die Röte ist wieder verschwunden. »Übrigens ist mir jetzt ihr Name wieder eingefallen, Sinheim, Franziska Sinheim. Ein ganz nettes Mädchen, ein wenig unbedarft vielleicht. Vielleicht hat das auch getäuscht. Immerhin – es gab eine Merkwürdigkeit. Franziska hat eine Beziehung mit Steffens gehabt – das war dieser wilde Filmkritiker. Die beiden waren schon wieder auseinander, als ich sie kennen lernte. Aber sehen Sie – Steffens ist damals verschwunden, von einem Tag auf den anderen. In der ganzen Aufregung um den Raubüberfall der Terroristen und die Schießerei in der Sinheim-Wohnung hat niemand so besonders darauf geachtet. Aber er war weg. Einfach weg.«

Die Katze macht sich auf dem Schoß der Professorin Stein breit, streckt eine enorm lange Hinterpfote aus und beginnt, sich angelegentlich zu putzen. Birgit sieht nicht hin.

»Da war noch so ein merkwürdiges Detail«, sagt der Assistent und sucht ihren Blick. »Aber ich weiß nicht, ob Sie damit etwas anfangen können.« Dann macht er eine Pause, als ob er es provozieren wolle, dass sie ihm in die Augen sieht.

»Ja, und ...?«, fragt Birgit schließlich.

»Wem hat die silberne Kette gehört?«

Birgits Gesicht wird glatt und unbewegt, und plötzlich sind es ihre Augen, die sich groß und fragend auf den Assistenten richten. »Sind Sie ganz sicher, dass das zum Thema Ihrer Untersuchung gehört?« Dann lächelt sie entschuldigend. »Aber das müssen Sie selbst wissen. Nur kann ich Ihnen von silbernen Ketten leider gar nichts erzählen, was immer sie mit der Geschichte dieser Zeitung zu tun haben mögen. Das heißt, mein Patenonkel hat mir so etwas einmal zur mittleren Reife geschenkt, eine Kette mit einem Rosenquarz-Anhänger, vermutlich hab ich es noch irgendwo, denn es war oder ist eines von diesen scheußlichen Dingern, die sich an einen kletten, als wüssten sie, dass niemand sonst sie haben will. Soll ich sie Ihnen heraussuchen?«

»Sie müssen entschuldigen, dass wir danach fragen«, sagt die Professorin. »Angeblich war die Kette ein Kennzeichen. Für wen oder was auch immer. Ich brauche Ihnen nicht zu sagen, dass es weiter keine Bedeutung hat. Wir sind nur zufällig darauf gestoßen.«

»Ach ja? Aber es klingt spannend. Keine Affäre um ein Halsband, sondern um eine silberne Kette? Reizend. Und wen suchen wir uns als Cagliostro dazu aus?« Neckisch legt Birgit den Kopf schief und betrachtet Berndorf. »Ihr Assistent«, sagt sie dann zur Professorin und lässt das Wort *Assistent* im Mund zergehen, »scheint mir jedenfalls nicht die richtige Statur zu haben. Er ist, wenn Sie mir die Bemerkung erlauben, dafür in den Schultern doch etwas zu breit geraten.« Sie lacht, und das Lachen perlt silberhell über den Teetisch.

Am Horizont säumt dunkler Waldrand den Albtrauf. Das Sträßchen, auf dem sie von Wieshülen kommen, schlängelt sich über einen Hügel, und der breit hingelagerte, von Kastanien umgebene Fachwerkbau der Johannes-Grünheim-Akademie kommt in Sicht. Orrie fährt den Dienstwagen auf den gekiesten Vorplatz und parkt unter Bäumen neben einem rostfleckigen Golf. Dann steigt er aus und hält Margarethe Zundt die Wagentür auf.

Wir sollten dir eine Chauffeursuniform schneidern lassen, denkt Tamar. Dunkelblau, hochgeschlossen, Orrie. Was glaubst du, wie die alten Damen auf dich fliegen.

Ein Mensch mit einer rot geäderten Nase kommt auf sie zu. Er hat sich in einen schwarzen Anzug gezwängt und eine schwarze Krawatte um den Hals gebunden. Lang und verlegen drückt er der Witwe die Hand, Unverständliches murmelnd.

»Ich danke Ihnen«, sagt die Witwe, »Freißle, ich habe meinen Gatten verloren, und Sie einen guten Herrn.«

Gerührt schnieft Freißle durch die rot geäderte Nase.

Das kann ja wohl nicht wahr sein, denkt Tamar und wendet sich Kuttler zu, der aus dem Eingangsportal des Fachwerkbaus heraustritt und mit dem Daumen hinter sich zeigt.

»Die Witwe tickt nicht richtig«, flüstert sie, als sie mit Kuttler durch das Portal in eine mit abgeblassten Teppichen ausgelegte Halle tritt. Im Sonnenlicht tanzen Staubpartikel. An den Wänden hängen keine Hirschgeweihe, sondern gerahmte Schwarzweißfotografien von Männern mit gescheitelten Haaren und akkurat gebundenen Krawatten. Aus manchen Kragen quellen massige Speckwülste, aus anderen wieder recken sich faltige magere Rechthaberhälse mit vorspringenden Adamsäpfeln dem Betrachter entgegen. Tamars Blick bleibt an dem Bild eines Mannes mit schütterem, quer über den Kopf gekämmtem Haar hängen. Das Gesicht des Mannes ist von lächelnder Jovialität überzogen, als habe man sie mit einem Zwei-Komponenten-Kleber befestigt.

»Was ist das für eine politische Scheiße, in die wir getreten sind?«, hört sie Kuttler halblaut neben sich fragen.

»Ich selbst kann mich nicht erinnern«, sagt Tamar und deutet auf das Bild des Großen Lächelnden, »aber es gibt Fotos von mir, auf denen dieser da unseren Kindergarten besucht und ich ihm einen Blumenstrauß hochreichen muss. Ich weiß nicht, warum mir diese Kindergarten-Kühe so etwas angehängt haben. Vermutlich, weil ich besonders drollig aussah.«

Kuttler wirft von der Seite einen Blick zu ihr hoch. Drollig? Kaum, denkt er. »Ich würde dir gerne was vorspielen«, sagt er dann und geht ihr voran zu einem Telefon, das auf einer Konsole neben der weit geschwungenen Treppe steht, die ins Obergeschoss führt. Das Telefon gehört zu einer ISDN-Anlage, und eine Anzeige blinkt. Kuttler gibt Tamar den Hörer und drückt auf einen Knopf. Eine gedämpfte Stimme dringt an Tamars Ohr:

»*Tut mir Leid um den Audi, Herr Zundt, aber sie haben mich erwischt, und leider sind auch die beiden Pakete weg, ich konnte gar nichts machen. Ich rufe vom Krankenhaus aus an, mein ganzes Gesicht ist verbunden, ich hoffe, Sie können mich trotzdem verstehen. Wenn ich besser sprechen kann, melde ich mich wieder.*«

Tamar und Kuttler sehen sich an.

»Wer ist denn das?«, fragt Tamar. »Klingt, als ob er sich ein Tuch vor den Mund hält.«

»Ich nehme an, ein gewisser Herr Grassl«, antwortet Kuttler. »Er ist hier in der Akademie eine Art wissenschaftlicher Mitarbeiter, so viel ich dem Hausmeister entlockt habe, *wissenschaftlich* in dem Sinne, dass er sonst nichts gemacht hat ...«

In diesem Augenblick geht die Türe auf und der Ortsvorsteher Jonas Seifert betritt die Halle, und während er auf sie zukommt, lässt die von draußen einfallende Sonne sein schütteres Haupthaar ganz eigentümlich aufleuchten.

»Ich habe gehofft, dass ich Sie hier antreffe«, sagt Seifert und entschuldigt sich, dass er die Ulmer Beamten schon wieder in Beschlag nehme. »Aber wissen Sie schon etwas über den Todeszeitpunkt?«

Tamar weiß auch nur, was der Gerichtsmediziner Dr. Kovacz ihr als vorläufige Annahme gesagt hat. »Zundt ist gestern gestorben, um die Mittagszeit oder am frühen Nachmittag.«

Seifert hebt abwägend die Hand. »Viel hilft das nicht weiter ... Es ist wegen des Autos. Gestern Vormittag ist nämlich nicht Zundt, sondern ein Herr Grassl mit Zundts Audi unterwegs gewesen. Grassl ist, wenn ich das richtig weiß, eine Art Bibliothekar in der Akademie. Er hat Margarethe Zundt nach Ulm zum Zug gebracht. Hat sie Ihnen das nicht gesagt?«

»Nein«, antwortet Tamar und ärgert sich, weil sie die Spinnstuben-Lesbe nicht danach gefragt hat.

»Grassl kann natürlich bis zum Mittag wieder zurück gewesen sein«, fährt Seifert fort. »Nur gibt es noch einen anderen Grund, warum der demolierte Wagen mit Zundts Tod möglicherweise doch nichts zu tun hat.« Er sieht sich um. In einer Ecke ist eine Sitzgruppe, die nach ausrangiertem Zahnarzt-Wartezimmer aussieht. Man nimmt Platz.

»Unsere jungen Männer im Dorf«, sagt Seifert mit gedämpfter Stimme, »sind auf diesen Herrn Grassl nicht besonders gut zu sprechen. Wenn es stimmt, was mir mein Gemeindearbeiter gesagt hat, dann gilt Grassl als Spanner.« Entschuldigend hebt er beide Hände. »Ich will dem Herrn Grassl gerne glauben, dass er jemand ist, der einfach die Natur beobachten möchte, die Turmfalken und Mauersegler und Milane. Ich hoffe, dass es so ist. Nur sind unsere jungen Männer im Dorf ein wenig misstrauisch, und was sich bei ihnen einmal im Kopf festgesetzt hat, geht da nicht mehr so leicht heraus.«

Das könnte den eingedellten Audi allerdings durchaus auch erklären, denkt Tamar. Und den Anruf. Nein, vom Anruf nur einen Teil. Was ist mit den Paketen?

»Ich habe nun meinen Erwin Marz – das ist unser Gemeindearbeiter – etwas eingehender befragt«, berichtet Seifert. Das *eingehender* klingt so, dass Tamar aufhorcht. »Man will ja schon wissen, wer solche Erkenntnisse über den Herrn Grassl in Umlauf setzt. Mein guter Marz ist dann aber plötzlich sehr schweigsam geworden. Und das gibt mir zu denken. Wenn Sie einverstanden sind, würde ich jetzt gerne mit Ihnen zu einem unserer jungen Männer fahren.«

Kuttler wirft einen etwas irritierten Blick auf Tamar. Wer führt hier eigentlich die Ermittlungen? Doch Tamar steht auf und meint, dass sie das sehr gerne tue, und Kuttler solle vielleicht doch die Spurensicherung anrufen.

»Schon geschehen, Chef«, sagt Kuttler und horcht auf.

Von oben schrillt ein hohes, klagendes Geräusch durch Türen und Vorhänge und weht die Treppe herab.

Tamar stutzt, dann setzt sie mit langen Sprüngen über die Stufen hoch. In Abständen folgen Kuttler und, bedächtig, der Prophet Jonas.

Tamar erreicht ein Arbeitszimmer, in dem zwischen langen deckenhohen Bücherregalen kalter Zigarrenrauch hängt. Eines der Regale hat sich herausziehen und zur Seite schieben lassen. Dahinter sieht man Mauerwerk, in das ein altertümlicher Safe eingelassen ist. Die Tür steht offen. Soweit es Tamar beurteilen kann, ist der Tresor nicht gewaltsam geöffnet worden.

Die Fächer selbst sind leer. Margarethe Zundt steht daneben und hält sich an dem frei stehenden Bücherregal fest. Immerhin hat sie das Schrillen eingestellt. Kuttler und der Prophet verharren taktvoll an der Tür.

Die Witwe sieht Tamar an, beginnt zu schwanken und lässt sich auf sie sinken. Tamar fängt sie auf und verstaut sie behutsam in einem Sessel mit gedrechselten Beinen.

»Es ist alles weg«, haucht die Witwe Zundt und hält Tamars Hand fest. »Alles.«

»War der Tresor geöffnet, als Sie nachgeschaut haben?«

Die Witwe schüttelt den Kopf.

»Und das Bücherregal?«

»Das war über den Stahlschrank geschoben, wie sonst auch. Es sah alles so aus, als ob nichts geschehen wäre. Aber ich habe es sofort empfunden. Ich trat hier ein und wusste, dass sich Böses Zutritt verschafft hat. Dass etwas Zerstörendes, Zersetzendes hier eingedrungen ist.« Noch immer hält sie Tamars Hand umklammert. Ein spinnentrocken harter Griff.

»Wollen Sie mir sagen, was Sie in dem Tresor aufbewahrt haben?«

Die Witwe sieht sie groß an. »Die Aufzeichnungen, Kindchen. Schriften von unschätzbarem Wert. Die Tagebücher meines Vaters. Was mein armer Gatte ...«

Der Satz bleibt unvollendet, weil die Witwe in Tränen ausbricht. Tamar sucht mit der freien Hand nach einem Papiertaschentuch und findet zum Glück ein ungebrauchtes. Schniefend nimmt es die Witwe, was Tamar Gelegenheit gibt, sich aus dem Klammergriff zu befreien.

»Wer hat einen Schlüssel für den Tresor?«

Übers Taschentuch hinweg schaut die Witwe sie aufmerksam an. »Nur ich und mein Gatte. Wer sonst soll einen haben?«

Beim toten Zundt fand sich nichts, denkt Tamar, was nach einem Schlüssel für einen Tresor aussieht. Und Aufzeichnungen hatte er auch keine bei sich. Sie sieht sich um. Der ausladende altmodische Schreibtisch ist leer bis auf das schwarze Telefon, ein abgegriffenes Telefonbuch und einen hohen grauen Steinkopf mit merkwürdig geschlitzten Augen. Einzelne der Bücherregale haben unten vorspringende Schrankfächer und darüber Konsolen, auf denen sich ein Buch oder sonst ein Schriftstück ablegen lässt. Auf einer der Konsolen liegt ein dicker, kleinformatiger Band in schwarzem Kunststoff, aufgeschlagen und mit den Seiten nach unten. Was hat Kuttler hier zu feixen? Sie blickt ihn strafend an.

»Die Nachricht«, sagt er halblaut. Erst jetzt fällt ihr wieder ein, was auf den Anrufbeantworter gesprochen worden war. Sollten sich die unschätzbaren Aufzeichnungen in den Paketen befunden haben, scheint Zundt davon gewusst zu haben. Sie nimmt den Band auf, der auf der Konsole liegt, es ist eine Loseblattsammlung: das amtliche Handbuch des Deutschen Bundestags, Legislaturperiode 1998–2002.

Laut sagt Tamar, dass sie und ihr Kollege jetzt prüfen wollten, ob die Spurensicherung zugezogen werden soll. »Diese Beamten würden feststellen, ob sich hier Fremde Zutritt verschafft haben.« Sie blickt von dem Handbuch zur Witwe auf. »Wir bräuchten zuvor aber eine Liste der Gegenstände und Aufzeichnungen, die Sie vermissen.«

Der Hefter der Loseblattsammlung ist aufgeklappt, und von dem Blatt rechts bleckt das kleinformatige Porträt des Abgeordneten Theophil Schnatzheim – Staatspartei, Rheinland-Pfalz – zu ihr hoch.

Die Witwe streckt die Hand nach ihr aus, oder vielmehr macht sie eine Bewegung, als ob sie das tun wolle. Dann lässt sie die Hand wieder sinken. »Aber Kindchen! Natürlich waren Fremde hier ...«

Tamar nickt artig und sagt rasch, dass sie ihr gerne glaube. Auf dem Blatt, das vor jenem des MdB Schnatzheim eingeordnet ist, finden sich Porträt und biografische Angaben der Abgeordneten Gabriele Schnaase-Schrecklein. Tamar legt das Handbuch auf die Konsole zurück und notiert sich zwei Namen auf dem Stenoblock, den sie in der Jackentasche bei sich führt. Dann wirft sie einen Blick auf die Bücherreihen in dem Regal vor ihr, zieht sich einen Band heraus und betrachtet ihn, ohne ihn aufzuschlagen. Offenbar ist ihr nicht bewusst, dass ihr sowohl die Witwe als auch Kuttler und der Prophet dabei zusehen. Sie stellt den Band zurück und holt sich, aus einer anderen Regalreihe, den nächsten heraus.

»Kindchen, was tun Sie da?«

Tamar stellt auch das zweite Buch zurück, ohne es aufgeschlagen zu haben, und nimmt sich das dritte. »Haben Sie oder Ihr Mann die Bücher in letzter Zeit abstauben lassen?«

Die Witwe lässt ein kurzes, bassgeigenhaft-tiefes Lachen erklingen. »Ich bin hier *nicht* die Putzfrau.«

»Sicher nicht«, meint Tamar und kündigt an, dass sie jetzt versuchen wird, etwas über das beschädigte Auto herauszufinden. Noch einmal nickt sie der Witwe zu und verlässt eilig das Studierzimmer, ehe noch einmal das Wort *Kindchen* an ihr Ohr dringen kann. Die beiden Männer folgen ihr.

Nachdenklich sieht Margarethe Zundt ihnen nach. Dann atmet sie tief durch, steht auf und geht zum Schreibtisch, wo sie das Telefon zu sich herzieht.

»Spurensicherung is nich«, sagt Kuttler und schüttelt den Kopf. »Das mit dem Tresor«, er zeigt auf die braunlackierte Tür des Studierzimmers, »ist eine interne Geschichte.«

»Ja?«, macht Tamar und sagt nichts weiter.

»Es hat jemand die Bücher durchgesehen«, schlägt der Prophet vor. »Sie haben es am Staub bemerkt. Daran, wo er nicht ist.« Bingo, will Tamar sagen. Aber dann schaut sie ihn nur an und nickt.

»Yeah, Miss Marple.« Das ist Kuttler. »Und was lernt uns das?«

»Vielleicht sollten wir doch nach der Spurensicherung schicken«, meint Tamar. »Aber das muss ich dann doch mit Englin absprechen.«

Wenig später steigen Seifert und Tamar in den alten Ford-Kombi des Ortsvorstehers, auf dem Rücksitz stemmt sich Felix schniefend hoch, verfällt in heftiges Wedeln seines Schwanzstummels und schiebt seinen dicken Hundekopf über die Rückenlehne an Tamars Ohr. »Platz!«, sagt Seifert, aber Tamar meint, so streng müsse er nicht sein, dreht sich um und krault Felix hinter den Ohren. Seifert startet und der Kombi rumpelt mit altersschwachen Stoßdämpfern über die Auffahrt.

»Erzählen Sie mir etwas über den jungen Mann, den wir besuchen?«

Das sei eine längere Geschichte, antwortet Seifert bedächtig. »Es hat mit einer Sau zu tun.« Dann muss er schalten.

»Ich sagte Ihnen doch«, fährt er schließlich fort, »dass mein guter Marz Erwin auf einmal ganz zugeknöpft war. Um nicht zu sagen: verstockt. Und ich hab mir überlegt, warum das so ist, und wie ich so überlege, kommt mir der Sohn von Marzens Schwester in den Sinn, der Lothar Jehle. An seiner Konfirmation war das noch ein schmächtiges Büble, aber jetzt ist der Lothar ein kräftiger Kerl geworden, einer, den man brauchen kann, und ich habe schon sagen hören, das hätte sogar die Christa vom Waldnerhof gefunden. Und das will etwas heißen. Der Waldnerhof und das Anwesen der Jehles liegen beide im Unterdorf, es sind Nachbarn, und die einen können den anderen in die Küche schauen.«

»Nett«, meint Tamar. »Und was ist mit der Sau?«

»Es muss in der ersten Nachkriegszeit gewesen sein«, antwortet Seifert. »Der Erbe vom Waldnerhof war ein paar Monate zuvor aus der französischen Kriegsgefangenschaft zurückgekommen und hat dann eine von den jungen Flüchtlingsfrauen heiraten wollen, das war selten, und im Dorf hat man noch lange darüber geredet. Die Braut hat keine Aussteuer gehabt, aber die Waldners hatten einen guten Kunden aus Reutlingen, einen Textilfabrikanten, der hat ihnen alles besorgt, und der jungen Frau auch ein Brautkleid, wie man es vor dem Krieg hatte, ich glaub nicht, dass man es heute für zwei Schweinehälften bekäme ...«

Ein bisschen verwirrend, das alles, denkt Tamar. Und nicht gerade mein Thema.

»Aber es wurde nichts mit dem Brautkleid«, fährt Seifert fort. »Es war die Zeit, in der alles bewirtschaftet war, Fleisch gab es, wenn überhaupt, nur auf Marken, und die Bauern mussten alles abliefern. Und als der alte Waldner die Sau abgestochen hat und die Frauen in der Waschküche dabei sind, alles herzurichten für den Reutlinger Fabrikanten, da steht die Gendarmerie in der Waschküche und nimmt den Waldner mit, und die schönen zwei Schweinehälften auch, denn die Sau war schwarz geschlachtet.«

Der Ford zockelt auf die Dorfstraße und biegt dann nach rechts in eine abschüssige Straße ein. Seifert hält auf der Einfahrt vor einem Haus mit einem Vorgarten, in dem Gemüse wächst und bunt blühende Blumen. Dazwischen steht gebückt eine Frau in Jeans und jätet Unkraut. Seifert steigt aus und sagt: »Grüß Gott!« und fragt, wo denn der Lothar sei.

Die Frau in den Jeans richtet sich auf, und ihr Gesicht ist von der Arbeit gerötet. »Nein«, antwortet sie unwirsch, sie weiß es nicht, »der Bub schafft genug, Jonas, der muss auch mal raus, zu anderen jungen Leuten.«

Seifert nickt bedächtig. Dann geht er zur Dorfstraße zurück und in die nächste Einfahrt, die zu einem Bauernhof gehört, der noch richtig einen Stall hat und eine Miste. Auf dem Hof ist niemand, er geht in das Wohnhaus, bleibt dort aber nicht lange.

Felix nützt die Zwischenzeit, seinen dicken Kopf wieder auf Tamars Rückenlehne zu legen und sie vertrauensvoll anzuschniefen.

»Haben Sie noch etwas Zeit?«, fragt Seifert, als er wieder in den Wagen steigt. »Ich will noch einen Versuch machen.«

Tamar ist einverstanden. »Außerdem wollten Sie mir noch erzählen, was aus dem Brautpaar wurde.«

»Die haben dann auch ohne Aussteuer geheiratet«, antwortet Seifert. »Aber kein Waldner hat bis heute jemals mehr ein Wort mit einem Jehle geredet. Noch immer können sie sich gegenseitig in die Küche schauen. Aber sie reden nicht miteinander. Die Alten nicht und nicht die Jungen. Und deren Kinder auch nicht. Vielleicht ist es jetzt, in der vierten Generation, anders geworden.«

»Die Jehles haben also die anderen angezeigt«, vermutet Tamar. »Aber warum?«

»Vielleicht waren sie es auch gar nicht.« Ruckelnd fährt der Ford-Kombi wieder aus dem Dorf heraus. »Aber wenn es doch der alte Jehle gewesen war, dann vielleicht nur deshalb, weil sein Ältester nicht aus dem Krieg zurückkam. Oder weil der Waldner Ortsbauernführer war in der Nazizeit und wie ein Schießhund dahinterher, dass die anderen alles abgeliefert haben ... Solche Geschichten haben lange Wurzeln, und immer treiben sie neue Schößlinge.«

Der Kombi holpert auf einem Feldweg eine Anhöhe hinauf, bis sie auf eine Hochfläche kommen. Unter dem blassblauen Himmel erstrecken sich Getreide- und Maisfelder fast bis zum Waldrand im Norden. Die ersten Felder sind bereits abgeerntet. Am Rand eines Feldwegs ist ein Traktor abgestellt, und einige Meter weiter ein Wagen. Davor stehen zwei Leute, und es sieht aus, als seien sie in ein Gespräch vertieft.

Seifert fährt auf die zwei zu, es sind ein junger Mann und eine junge Frau, die Frau trägt ein Kopftuch und Jeans und Gummistiefel.

Seifert hält hinter dem Wagen, der dort abgestellt ist; es ist ein alter BMW, neu lackiert, mit Rallyestreifen und Weißwandreifen. Seifert und Tamar steigen aus, der Hund Felix folgt ihnen, gewandt über den Rücksitz springend. Die jungen Leute sehen ihnen abweisend entgegen, Seifert und Tamar und der Hund sind so willkommen wie der Gerichtsvollzieher am Polterabend.

Tamar bemerkt, dass die Frau ein gerötetes Gesicht hat, wie es nicht von der Sonne kommt. Polterabend? Die beiden haben gestritten, denkt sie.

Seifert grüßt und macht alle miteinander bekannt: »Das hier ist die Kriminalkommissarin Wegenast aus Ulm, und das hier sind die Christa Waldner und der Lothar Jehle. Frau Wegenast hätte gerne mit dem Lothar gesprochen, da habe ich mir gedacht, vielleicht finde ich ihn hier.«

»Ich versteh nicht, was Sie das angeht, ob der Lothar hier ist«, sagt Christa. »Ich glaube nämlich, dass das gar niemand etwas angeht.«

Tamar nickt zustimmend.

»Er ist ja nun einmal hier«, antwortet Seifert versöhnlich. »Und vielleicht ist das ganz gut so. Es muss ja niemand sonst wissen, was wir hier reden.«

Tamar wendet sich an den jungen Mann. Er ist ein stämmiger Kerl mit einem kräftigen Zinken im Gesicht.

Tamar erklärt, was sie wissen will. Dass der Herr Zundt zu Tode gestürzt ist. Dass man seinen Wagen nicht weit davon gefunden hat. »Das Auto war ziemlich beschädigt. Vorsätzlich beschädigt.« Und dass jeder einen Zusammenhang annehmen muss, solange es keine bessere Erklärung gibt.

»Verstehen Sie«, fasst Tamar zusammen, »wenn dieses Auto mit dem Tod von Herrn Zundt nichts zu tun hat, interessiert es mich nicht. Aber das kann ich erst entscheiden, wenn ich genau weiß, was hier gelaufen ist.« Sie sieht dem jungen Mann in die Augen. Doch die bleiben verschlossen und trotzig.

»Ich weiß nicht, was Sie von mir wollen«, kommt es schließlich abweisend. »Der Herr Zundt geht mich nichts an, und sein Auto auch nicht.«

Tamar wirft einen Blick auf die junge Frau. Es ist ein bittender, Verständnis heischender Blick. Christa zögert. Zu viert stehen sie vor dem Traktor. Die Sonne wirft lange schwarze Schatten. Felix legt sich zu Füßen seines Herrn ins Gras. Nichts ist zu hören, nicht einmal eine Lerche.

Ich nehm ihn jetzt einfach mit, denkt Tamar. Das geht mir alles zu lange. Glaubt ihr eigentlich, ich hätte niemanden zu Hause, der auf mich wartet?

»Sag es ihnen«, sagt Christa in die Stille. »Erzähl ihnen alles. Warum ihr diesen Unsinn gemacht habt. Erzähl es ihnen, damit nicht alles noch schlimmer wird.«

Hubert Höge parkt den Wagen im Carport und steigt verschwitzt aus, denn er ist gerade auf der Bergstraße zum Heiligenberg einen guten Kilometer gerannt. Hinauf und wieder hinunter. Reine Vorsichtsmaßnahme. Wenn er gesagt hat, er geht joggen, dann muss er verschwitzt heimkommen. Außerdem traut er es Birgit zu, dass sie sonst riecht, was von Miriam an ihm ist.

Der Besuch aus Berlin ist entweder nicht gekommen oder zum Glück schon wieder weg. Höge legt die Autoschlüssel auf die kleine Kommode, dazu den Geldbeutel und was er sonst in der Tasche seiner Sporthose hat, wieso hat er da eigentlich solchen Papierkram drin, dann geht er ins Wohnzimmer, Birgit sitzt vor dem Fernseher und schaut sich ein Tennismatch an. Der Ton ist abgestellt, dafür hat sie die Kopfhörer aufgesetzt. Scarlatti? Oder ein Flötenkonzert von Mozart? Jedenfalls ist das keine Art, Musik zu hören, denkt Höge und weiß, dass Birgit gar nicht Musik hört. Und auch nicht Wimbledon guckt.

Birgit ist sauer.

Höge winkt ihr mit der Hand zu und geht ins Bad. Was für ein Tag, denkt er. Jetzt das, und davor die Szene mit Miriam. Großes Klagelied mit Rezitativ und Arie:

Freuen darf sich Miriam und ihr Herz singen! Hubert hat sich ein Stündchen davongeschlichen. Für ein Stündchen von Birgit davon. Ein Stündchen für ein Nümmerchen mit Miriam. Mit der kleinen Miriam. Der es genügen muss, wenn Hubert sie zwischen dem Joggen kurz mal durchbürstet. Für ein ganzes Wochenende muss ihr das genügen, der kleinen Kuh. Die sich noch immer und immer wieder in die Tasche lügt. Die Theaterkarten besorgt, weil sie wahrhaftig glaubt, Hubert würde mit ihr auf die Schwetzinger Schlossfestspiele gehen, ein einziges Mal nur ...

Höge zieht sich aus. Vorsichtig nimmt er seinen Schwanz in die Hand. An einer Stelle ist die Haut wund, wie aufgescheuert. Dreimal gestern Abend. Einmal heute Morgen mit Birgit. Dann am Nachmittag noch einmal Miriam. Als die Arie kein Ende nehmen und er gehen wollte, hatte sie ihm ins Gesicht geworfen, was gerade zur Hand war, Theaterkarten, seine Autoschlüssel, die Rhein-Neckar-Zeitung, und wie er die Hände hoch genommen hatte, um den Hagel abzuwehren, war sie ihm an die Hose gegangen. Schließlich hatte sie es sich auf dem Sessel besorgen lassen. A tergo. Da hatte es schon wehgetan. Was für ein Stress. Und immer ist eine nicht zufrieden. Er dreht die Dusche auf und wartet, bis das Wasser warm wird.

Bloß: Für Birgits miese Laune kann er nichts. Diesmal nicht. Irgendetwas ist mit dem Besuch schief gelaufen. Er steigt unter die Dusche. Das ist doch das Schönste am Joggen.

Nach dem Abtrocknen sucht er in der Hausapotheke, was

er auf die wunde Stelle tun kann. Er findet nichts. Wenn es nicht besser wird, muss er in die Apotheke. Aber was zum Teufel ist es, was er da hat? Schließlich zieht er sich Jeans und ein T-Shirt an und geht in die Küche. Aus dem Kühlschrank holt er sich Apfelsaft, den es neuerdings nicht in der Flasche gibt, sondern in einer grünen Tüte aus beschichtetem Papier, und er muss erst eine Schere holen und eine Ecke aufschneiden, ehe er sich ein Glas voll gießen kann. Dann zieht er die Türe unter der Spüle auf, sodass sich gleichzeitig der Abfalleimer öffnet.

Als er das abgeschnittene Ende hineinwerfen will, sieht er, dass der Eimer bis oben hin voll ist mit Dosen von Katzenfutter. Die Dosen sind ungeöffnet.

Vorsicht!, denkt Höge. Da ist etwas schief gelaufen. Und zwar gründlich. Ein stilles Lächeln zieht sonnig über sein Gesicht.

»Ach Hubert!«, ruft es aus der Diele. »Was für eine reizende Idee. Schwetzingen!«

»Und wie er sich dann so hingestellt und angefangen hat, durch seinen Feldstecher zu glotzen, sind wir zu ihm hin und haben ihn gefragt, was das soll«, berichtet Jehles Lothar, »also ganz ruhig haben wir ihn das gefragt, aber dann hat er auch schon geschrien wie die Sau, wenn sie abgestochen wird, und ist weg und ab ins Gebüsch.«

Tamar sieht zu, wie er sich mit der schweren Hand übers Gesicht fährt, um sich den Schweiß abzuwischen. Beim Schreien wirst du ein bisschen nachgeholfen haben. Dass der Spanner auch einen Grund dazu hat.

»Und das war der Herr Grassl?«, Seifert will es genau wissen.

»Was weiß ich, wie der heißt«, antwortet Jehle trotzig. »Er ist drüben auf dem Gut.«

»Wenn er auf dem Gut wohnt, wieso fährt er dann mit dem Auto zum Schafbuck?«

Jehle zuckt nur mit den Schultern.

»Da stimmt doch etwas nicht«, hakt Seifert nach. »Ihr sagt, der Mann, der euch beobachtet hat, kommt vom Gut. Er schleicht sich also zum Schafbuck, so hab ich das verstanden.« Jehle und Waldners Christa nicken einträchtig mit den Köpfen. »Gut«, fährt Seifert fort. »Er schleicht durch den Wald, weil er selbst nicht gesehen werden will. Schön oder nicht schön, solche Menschen gibt es. Aber wieso kommt er dann auf einmal mit einem Auto, von dem jeder weiß, wem es gehört, und von dem jeder das Nummernschild ablesen kann?«

Jehle guckt und schwitzt.

»Der war nicht zum ersten Mal mit einem Auto da«, meldet sich Christa zu Wort. »Der kam auch schon mit einem BMW. Der oder ein anderer.« Ihr Gesicht glüht, was auch diesmal nicht von der Sonne kommt, wie Tamar vermutet. »Wir haben zuerst gedacht, der Wagen gehört zu einem Spaziergänger oder einem Ausflügler. Aber es war schon am Abend, und da gehen dort keine Fremden spazieren, eigentlich niemand tut das um diese Zeit.«

»Ein jegliches Ding hat seine Zeit«, sagt Jonas Seifert dunkel und nickt. Tamar will wissen, ob einer der beiden das Kennzeichen notiert hat.

Christa sagt nichts und schaut sie nur an.

Was eine blöde Frage, geht es Tamar auf. Die beiden waren mit etwas beschäftigt, bei dem man einen Bleistift zur Hand eher selten oder nie hat.

»Es war ein blauer BMW, Siebener-Baureihe«, meldet sich Jehles Lothar zu Wort, froh, etwas zum Gespräch beizutragen, was Hand und Fuß hat und jedenfalls nicht gelogen ist. »Und die Nummer war eine Stuttgarter.«

Die Schatten der Bäume, die die Sonne auf der Neckarwiese wirft, werden länger. Barbara hat sich ins Gras gesetzt, und Berndorf legt seinen Kopf in ihren Schoß.

Nicht zu alt für so etwas? Mit schrägem Blick geht ein akademischer Nachwuchsgreis an ihnen vorbei, den Schönfelder unterm Arm und den Bierzipfel seiner Verbindung am Gürtel. Die beiden im Gras achten nicht auf ihn.

»War das ein Flop?«, will Barbara wissen.

Vor einer halben Stunde hatten sie die Oberstudienrätin Birgit Höge wieder verlassen. Der Abschied war etwas kühl angehaucht. Trotzdem hatte die Gastgeberin sich Berndorfs Handynummer geben lassen. Dass er in Professorin Steins Berliner Institut offenbar nicht zu erreichen sein würde, schien sie nicht weiter zu wundern. »Allerdings werde ich kaum etwas nachzutragen haben«, hatte sie noch angemerkt. »Vor allem nicht zur Affäre der geheimnisvollen silbernen Kette.« Kurzes silberhelles Lachen. »Leider nicht. Zu gerne wäre ich in ein gruseliges kleines Geheimnis verwickelt. Aber ich bin nun einmal nur eine langweilige Lehrerin. Eine Person ganz ohne Geheimnisse.«

Das silberhelle Lachen klingt Berndorf noch in den Ohren, während er nachdenkt. »Nein«, sagt er schließlich. »Kein Flop. Eine kleine Rundfahrt mit der Geisterbahn. Vergilbtes wertloses Papiergeld in falsche Münze umgewechselt. Sielaff hat Recht. Es ist nicht professionell.«

»Immer muss der kleine Junge getröstet werden«, antwortet Barbara. »Ich bin aber nicht deine Mama. Sollte ich dir nicht besser einen Tritt in den Hintern geben?«

»Tu mal.«

»Dann sag mir, was wir inzwischen wissen und was nicht. Und danach entscheiden wir, was wir als Nächstes tun.«

»Sehr einfach«, antwortet Berndorf. »Wir wissen, und das seit 28 Jahren, dass die Polizei durch einen irreführenden Anruf zu der Wohnung von Franziska Sinheim gelockt wurde. Das heißt, mit mir hat man das gemacht. Außerdem wissen wir, dass es in Franziskas Umfeld einige Leute gibt, denen diese junge Frau ein wenig zu entschlossen und unbefangen gewesen sein mag. Sonst wissen wir nichts.«

»Das gefällt mir nicht.« Barbara beugte sich über ihn. »Wer hat, konkret, ein Motiv gehabt, Franziska zu denunzieren?«

»Dein Genosse Halt-das-mal. Nur scheidet der schon wieder aus, weil es eine Frau war, die angerufen hat. Falls sich Steguweit richtig erinnert. Vielleicht die Dame Volz. Vielleicht unsere klirrende Gastgeberin von gerade eben. Aber warum eigentlich gerade die? Kurz, wir wissen gar nichts. Wir wissen nicht, wem Franziska Jugendschön alles den Freund ausgespannt hat oder mit ihren kessen Artikeln auf die Zehen getreten ist. Wir wissen nicht, ob es die wohlmeinende Nachbarin war, auch nicht, was es mit dem Silberschmuck auf sich hat, wir wissen nichts über die Leute, die den Geldtransporter überfallen haben, und wir wissen nicht, wo die Beute abgeblieben ist.«

»Wieso wissen wir da nichts?«

Berndorf greift in sein Jackett und fingert einen Packen Papiere heraus. Er sieht sie durch und reicht Barbara die Absage, die Troppau aus der JVA Aichach bekommen hat.

Barbara hebt die Augenbrauen. »Sabine Eckholtz – ist das nicht eine von diesen Terroristinnen, die in der DDR untergekommen waren?«

»Ja«, sagt Berndorf. »Ein paar Jahre nach der Wende ist sie dann aufgeflogen und in München verurteilt worden. Sie war dabei, als sie diesen Manager am Starnberger See erschossen haben. Vielleicht war sie es sogar, die geschossen hat.«

»Und der Überfall auf die Landeszentralbank? Da habt ihr doch auch nach einer Frau gesucht?«

»So klar ist das nicht. Zwar galt Sabine Eckholtz als Geldbeschafferin der Terroristen. Und als diejenige, die das Sagen hatte, wenn sie bei einer Aktion beteiligt war. Die Anklage hat es jedenfalls so dargestellt. Aber ist damals in Mannheim wirklich eine Frau beteiligt gewesen?«

»Dass es keine war, hat doch nur diese Anruferin behauptet. Und das war eine Lügnerin.«

»Richtig. Und trotzdem. Der Eckholtz-Prozess hatte übrigens nicht nur Troppau neugierig gemacht, sondern auch mich. Ich habe damals bei der Bundesanwaltschaft angerufen und gefragt, ob die Eckholtz zu dem Überfall bei der Landeszentralbank befragt worden sei.«

»Und?«

»Nichts. Der Fall ist verjährt.«

Barbara überlegt. »Trotzdem solltest du noch einen Versuch machen, mit der Eckholtz zu sprechen.«

Sie lässt nicht locker, denkt Berndorf. »Wenn ich es tue, dann nicht so, wie Troppau es gemacht hat«, antwortet er ausweichend. »Vielleicht werde ich ihren Anwalt anrufen. Ich glaube, ich kenne ihn. Es ist derselbe, der vor zwei Jahren Thalmann verteidigt hat.«

»Deinen Rasiermesser-Mörder? Igitt.«

»Das ist ein sehr netter Mensch«, widerspricht Berndorf. »Der Anwalt, meine ich. Hartnäckig, aufmerksam. Und vor allem nicht eitel.«

»Also machst du doch weiter?«

»Frag mich was Leichteres.«

Barbara betrachtet ihn von oben. Berndorf hat die Augen geschlossen. Oder fast geschlossen.

»Was hast du sonst noch aus Troppaus Nachlass?«

Berndorf reicht ihr den Packen hoch. Barbara sieht die Kopien durch, und während sie dies tut, muss Berndorf daran denken, dass er gestern, an dieser gleichen Stelle, genau so weit gewesen ist wie eben jetzt, bei Troppaus Selbstanzeige, auf die es nie eine ernsthafte Antwort gegeben hat und die jetzt ihm auf der Seele liegt wie eine überschuldete Erbschaft, die er nicht ausschlagen kann. Er muss an Hebel denken, an den Husar in Neiße: *Es gibt Untaten, über die kein Gras wächst ...*

»Was ist das hier?«, fragt Barbara. »Ein Zeitungsausriss. Der Posaunenchor Heidelberg-Kirchheim lädt ein zum Großen Herbstkonzert mit Werken symphonischer Blasmusik. Eine musikalische Weltreise von der Moldau zum Mississippi. Das muss ein Lärm gewesen sein.«

»Ich hab mich auch schon gewundert, warum Troppau das aufgehoben hat«, sagt Berndorf schläfrig. »Bis ich dahinter gekommen bin. Es war Sielaff, der Arsch.«

»Nun versteh ich gar nichts mehr.«

»Sielaff hat die falsche Seite kopiert. Was Troppau aufheben wollte, stand auf der Rückseite.« Berndorf gähnt. »Geh'n wir ins Hotel?«

»Nöh«, sagt Barbara entschieden. »Wir finden jetzt heraus, was das war.«

»Zu spät, mein Schatz.« Berndorf pliert zu ihr hoch. »Wir müssten die Heimatzeitungen abklappern. Das heißt, die Anzeigenblätter. Der Ausschnitt sieht nicht nach einer richtigen Zeitung aus. Aber es ist Samstag Nachmittag. Da hat keine Geschäftsstelle mehr offen.«

»Keine faulen Ausreden!«, befiehlt Barbara. »Wir sind hier in Deutschland. Dieser Posaunenchor hat mit Sicherheit nicht nur einen Dirigenten, sondern auch einen Schriftführer und einen Pressewart. Wer ist hier eigentlich der Detektiv?«

»Weiß nicht«, murrt Berndorf und richtet sich auf. »Ich bin jedenfalls keiner. Keiner mehr. Hab ich sogar schwarz auf weiß. Oder Tamar hat es.«

Sie klopfen sich Gras und etwelche Ameisen aus den Kleidern. Danach strebt Barbara entschlossen der Theodor-Heuss-Brücke zu. Fast ein wenig widerstrebend folgt ihr Berndorf. Sein linkes Bein schmerzt, und er muss sich zwingen, nicht zu hinken.

Seifert hält auf dem gekiesten Vorplatz vor der Johannes-Grünheim-Akademie. Rechts neben ihnen steht der Dienstwagen, mit dem Orrie und Tamar die Witwe Zundt hergebracht haben. Orrie sitzt am Steuer und hört »Heute im Stadion«. Weiter rechts rostet noch immer der Golf vor sich hin, von dem der Hausmeister Freißle ohne erkennbare Wärme erklärt hat, er gehöre diesem Herrn Grassl. Ganz hinten unter den Kastanien parkt ein angebeultes kleines weißes Auto mit einem Presseschild an der Frontscheibe. Am Eingangsportal diskutiert Kuttler mit einem Menschen, der in einer Lederweste steckt und eine Kamera umhängen hat.

»Was machen wir jetzt mit den jungen Leuten?«, fragt der Prophet Jonas zum Abschied.

»Im Augenblick gar nichts«, antwortet Tamar, als sie schon

ausgestiegen ist. »Wir überprüfen, was es mit dem BMW aus Stuttgart auf sich hat. Mag sein, dass wir dann eine Aussage brauchen, am besten von dem jungen Mann. Die Christa Waldner möchte ich aus dem Spiel lassen, so lange es geht. Vielleicht kann bis dahin auch der Schaden an dem demolierten Audi reguliert werden, ohne dass es zu einer Strafanzeige kommt. Und ob diesem Herrn Grassl etwas passiert ist, oder ob er überhaupt Anzeige erstatten will ... also der Rechtsstaat hängt für mich davon nicht ab.«

Der Prophet schaut sie an und meint, das klinge alles sehr vernünftig und er wolle behilflich sein, so gut es gehe. Dann hebt er grüßend die Hand, Tamar schließt die Beifahrertür, ein Blick aus dunklen Hundeaugen streift sie, und dann ist Seiferts Ford auch schon fort.

Tamar geht zum Hauptportal. »Ich sagte Ihnen doch, es deutet alles auf einen Unglücksfall hin«, hört sie Kuttler reden, »Herr Zundt ist beim Abstieg ausgerutscht und die Steilwand heruntergestürzt. Mehr ist dazu von uns nicht zu sagen. Und Frau Zundt ist jetzt nicht zu sprechen.«

Der Mensch in der Lederweste bleibt hartnäckig. Wenn es zu dem Fall oder Sturz nichts weiter zu sagen gäbe, wozu seien dann die ganzen Kriminalbeamten im Haus?

»Keine weiteren Auskünfte«, sagt Kuttler. »Außerdem ist dies Privatgelände. Ich glaube nicht, dass Sie befugt sind, sich hier aufzuhalten oder hier Bilder zu machen.«

Plötzlich hat er einen Gedanken. »Sie können doch die Stelle fotografieren, wo der Steig ins Tal führt. Da ist eine Absperrung davor, da sehen dann Ihre Leser, wie gefährlich es dort ist.« Schließlich zieht der Mensch ab, und Kuttler wendet sich Tamar zu, heftig mit dem linken Auge zwinkernd. »Du sollst Englin anrufen.«

Tamar überlegt. Den Kriminalrat? Am Samstag Nachmittag? Sie setzt sich zu Orrie in den Wagen, der pflichtbewusst das Autoradio abschaltet, ruft die Zentrale im Neuen Bau an und lässt sich mit der Roten Nummer verbinden, Englins Privatanschluss.

»Ja?« Unappetitlich nah knarzt die Stimme auf ihr Trommelfell. Tamar entfernt den Hörer um einiges von ihrem Ohr und meldet sich. »Ich sollte Sie anrufen.«

»Allerdings«, sagt Englin. »Allerdings sollten Sie das. Vielleicht ist Ihnen entgangen, dass Herr Zundt eine Persönlichkeit des öffentlichen Interesses ist? Glauben Sie mir, er ist es.«

»Das ist mir durchaus bewusst«, antwortet Tamar. Während sie das sagt, sieht sie dem Journalisten zu, der sich mit seiner Kamera in der Auffahrt herumdrückt.

»Dann verstehe ich nicht, warum Sie mich nicht früher verständigt haben. Und warum Sie sich da draußen aufführen wie der Elefant im Porzellanladen.«

»Ich weiß nicht, wovon Sie reden.« Tamars Stimme schaltet auf Gefrierstufe. »Die Kollegen und ich führen unsere Ermittlungen so zurückhaltend wie möglich.«

»Wie ein Elefant, werte Kollegin.« Unfrohes Lachen kriecht aus dem Hörer. »Den Lärm hört man bis Stuttgart. Wie kommen Sie dazu, bei einem bedauerlichen, tragischen, aber unzweifelhaften Unfall kriminelle Hintergründe zu unterstellen? Haben Sie eine Vorstellung, was Sie damit anrichten?«

Tamar atmet kurz durch. Was heißt das: *Den Lärm hört man bis Stuttgart?* Dann versucht sie zu erklären, dass Gerold Zundt nicht im Straßenanzug den Franzosensteig hinabgegangen sein kann. Dass im Übrigen die kriminellen Hintergründe so offen dalägen, wie es die Tür des Zundt'schen Tresors gewesen sei. Während sie das alles sagt, hat sie das fatale Gefühl, dass es ziemlich dünn klingt.

»Ziemlich dünn, finden Sie nicht?«, hört sie Englin sagen. »Ein Mann fällt einen Abhang hinab und ist tot. Sehr bedauerlich. Aber das Dezernat Kapitalverbrechen geht das so lange einen feuchten Kehricht an, solange Sie mir nicht darlegen, dass und warum jemand diesen Mann hinuntergestoßen haben soll.«

Tamar wendet ein, auf dem Steig habe es noch andere Spuren gegeben. Spuren von Leuten in Stiefeln.

»Und die haben den Herrn Zundt in die Tiefe gestoßen, ja?

Das können Sie belegen?« Hohn träufelt aus dem Hörer. »Ich sage Ihnen jetzt, was Sie tun. Sie schreiben Ihren Bericht über den Unfall und dass Sie keinen Hinweis auf ein Fremdverschulden haben, denn der Straßenanzug des Herrn Zundt ist ein solcher mitnichten. Wenigstens das hätte man Ihnen auf der Fachhochschule beibringen können.«

»Sie vergessen den Tresor«, antwortet Tamar und zwingt sich, ruhig zu bleiben. »Und die Unterlagen, die daraus entwendet worden sind. Ich meine, wir sollten die Spurensicherung zuziehen.«

Die Stimme bleibt unbeeindruckt. »Welchen Hinweis haben Sie denn, dass dieser Tresor nicht von dem Herrn Zundt noch zu seinen Lebzeiten ausgeräumt worden ist? Ich finde, wir sollten der Witwe erst einmal so viel Zeit lassen, dass sie nachsehen kann, ob überhaupt etwas entwendet worden ist. Vielleicht liegen die kostbaren Papiere in der Ablage auf dem Zundt'schen Schreibtisch. Hat es alles schon gegeben. Wenn aber tatsächlich etwas fehlt, können wir ja neu entscheiden. Vielleicht werden dann weitere Ermittlungen stattfinden. Vertrauliche, diskrete Ermittlungen. Aber erst dann, wenn wir griffigere Hinweise haben als die Ledersohlen des Herrn Zundt. Haben Sie mich verstanden?«

Tamar schweigt.

»Ob Sie mich verstanden haben?«

»Sie werden meinen Bericht erhalten. Und Sie werden ihm entnehmen können, warum ich weiterhin von einem Fremdverschulden überzeugt bin.«

Als sie den Hörer aufgelegt hat, bleibt Tamar noch im Wagen sitzen. Warum hab ich ihm nichts von dem demolierten Auto gesagt? Weil es nichts mit Zundts Tod zu tun hat. Und was ist mit dem anderen Wagen, dem BMW mit dem Stuttgarter Kennzeichen? *Den Lärm hört man bis Stuttgart*, hat Englin gesagt. Also hat man ihn von dort aus alarmiert. Bisschen viel Landeshauptstadt.

Sie wendet sich zur Tür, und ihr Blick fällt auf den rostlaubigen Golf. Was tut überhaupt dieser Herr Grassl, wenn er keinen Liebespaaren nachstellt, und wo befindet er sich jetzt? Sie überlegt. Ist Grassl bei seiner Begegnung mit dem Jungmann Lothar doch etwas stärker ramponiert worden, als dieser zugeben will? Tamar beschließt, in den Krankenhäusern anzurufen. In Wintersingen, in Reutlingen, vielleicht auch in Ehingen. Abschlussbericht hin oder her.

Kuttler erscheint an der Wagentür. »Wir sind aus dem Spiel, nicht wahr?«

Kühl und abweisend blickt Tamar hoch. Vielleicht haben wir da doch noch ein Wörtchen mitzureden, will sie antworten. Aber dann klingt ihr das doch zu zickig. Und zu großmäulig. Außerdem ist sie für einen Sekundenbruchteil irritiert. Irgendetwas hat, als sie zu Kuttler hochblickte, ihr Auge gestreift. Etwas, das aufgeblitzt war und sofort wieder verschwand.

Sie lehnt sich im Wagen zurück, so dass ihr Gesicht im Schatten bleibt. Vor sich sieht sie den Dienstwagen, in dem Orrie noch immer oder schon wieder Fußball hört. Dahinter hat Tamar Kastanien im Blickfeld und immergrüne Büsche, und hinter den Kastanien erhebt sich bis zu dem Waldrand im Nordosten ein von der Sonne beschienener Hang.

Tamar steigt aus und schaut nicht länger zu dem Waldrand hoch. Dort könnte, zum Beispiel, ein Kind stehen, das mit einem Handspiegel Sonnenlicht einfängt und Lichtflecke über die Hauswand und die Leute davor wandern lässt.

Nur glaubt sie nicht, dass es ein Kind ist. Und auch nicht, dass es einen Handspiegel hat.

»Vielleicht haben wir da doch noch ein Wörtchen mitzureden«, sagt sie zu Kuttler und findet sich überhaupt nicht großmäulig. »Kommst du mal mit?«

Sie geht zu Orries Wagens und steigt auf der Beifahrerseite ein. Kuttler zwängt sich in den Fond. Orrie dreht den Zündschlüssel um. Dem Radiosprecher schnappt der Ton weg.

»Und?«

»Was soll schon sein«, sagt Orrie. »1:0. Für die anderen.«

Der *Adler* hat zu, das *Waldhorn* ist eine Pizzeria, der *Pfälzer Hof* ein China-Restaurant und der tamilische Taxifahrer, den Barbara und Berndorf am Bismarckplatz aufgetan haben, am Ende seiner Ortskenntnis. Dunkel erinnert sich Berndorf an eine Eisenbahn-Restauration, ein trübseliges Lokal mit einem noch trübseligeren Nebenzimmer, wo er in grauer Vorzeit zwei- oder dreimal mit der Schachmannschaft des Polizeisportvereins angetreten war. Der Tamile findet auch glücklich die Restauration, sie hat geöffnet, ist frisch herausgeputzt, und innen hockt eine Stammtischrunde aus Männern, die schon leicht abgegriffen aussehen, aber einheimisch, und die den fremden Gast und vor allem seine Begleiterin durchaus zu sich an den Tisch einladen möchten.

Berndorf bedankt sich und fragt höflich, ob jemand wisse, wo er den Vorstand vom Posaunenchor finden könne, und wie er es sagt, denkt er, dass das vielleicht ein bisschen blöd ankommt.

»Oh!«, sagt einer aus der Runde, dem ein mächtiger violetter Erker aus dem Gesicht ragt, »Sie suchen einen Vorsteher, dem getutet und geblasen wird! Da sind Sie hier ganz recht. Vor allem vom Blasen haben wir viel Ahnung.« Und betrachtet eingehend Barbara, die kühl zurücklächelt.

Ein zweiter teilt mit, dass ganz gewiss der *Adler* das Vereinslokal der Posaunisten sei, was von einem Dritten heftig bestritten wird. Das *Waldhorn* sei es, wie schon der Name sage.

Berndorf beginnt, leise Verwünschungen auszustoßen unter besonderer Berücksichtigung spät berufener Detektivinnen, dann mischt sich die Bedienung ein und weiß, dass der Präsident des Posaunenchors im Neubaugebiet wohnt, weil er nämlich ihr ehemaliger Musiklehrer ist.

Eine Viertelstunde später läuten sie an der Tür eines Bungalows im frühen Beamtenheimstätten-Stil, weiße Klinker, etwas zu dicht gepflanzte Koniferen davor, und nach einer Weile öffnet ihnen ein hagerer Mann in Hemdsärmeln und mit einer Brille, die so aussieht, als habe er vor jedem Auge doppelte Gläser.

Barbara bittet artig, den nachmittäglichen Überfall zu entschuldigen, sie seien gerade dabei, das Vermächtnis eines nahen Verwandten zu ordnen, der unerwartet verstorben sei... Der Hagere ist zwar richtig Musiklehrer und Posaunenchor-Präsident, blickt aber so verständnislos, als solle ihm eine Illustrierte in Brailleschrift verkauft werden.

»Und jetzt haben wir in seinen Papieren einen Zeitungsausschnitt gefunden«, fährt Barbara fort, »der ihm offenbar sehr wichtig war, nur wissen wir nicht, warum, denn von dem Ausschnitt ist nicht mehr viel da, nicht viel mehr als die Überschrift, es ist die Ankündigung eines Herbstkonzertes, einer musikalischen Weltreise, sonst können wir nichts mehr darauf erkennen, mein armer Halbbruder hat nämlich im Bett geraucht und ist dann eingeschlafen und überhaupt ist es ganz schrecklich...« Rasch greift sie zum Papiertaschentuch, das ihr Berndorf beflissen reicht, und tupft sich ein wenig an den Augen herum.

»Ja so«, sagt der Präsident, »das Rauchen ist wirklich ein Krebsübel, ich sag es auch immer meinen Schülern. Glauben Sie, die hören da drauf? Aber kommen Sie doch herein.« Er führt sie in ein kleines Arbeitszimmer, das mit Noten, Arbeitsheften und Ordnern voll gestellt ist. Nach kurzem Überlegen greift er sich einen der Ordner und schlägt ihn auf.

»Wenn Sie von der musikalischen Weltreise sprechen, dann war das unser Herbstkonzert vor zwei Jahren«, erklärt er. »Sehr schöne Kompositionen, sehr anspruchsvoll, in eigene Arrangements für unsere Bläser umgesetzt, von Smetana bis Gershwin, keine leichte Aufgabe für Laienmusiker, das heißt, unser Chor hat durchaus ein gehobenes Niveau...« Stolz blättert er die Rezensionen und die Seiten um, auf denen die Programme abgeheftet sind, und schließlich kommt er zu den Ankündigungen, auch sie sorgfältig abgeheftet.

Barbara fragt artig, wer denn die Arrangements gesetzt habe, und der Präsident sagt, dass er das selbst gemacht habe. Das sei aber sicherlich eine so reizvolle wie schwierige Aufgabe gewesen, meint daraufhin Barbara, was die hageren Wangen des Präsidenten rosenfarben aufglühen lässt. Ein wahres Wort sage sie da, meint er dann, besonders die Transpositionen für die Tuba seien durchaus nicht einfach, aber sie hätten nun einmal eine vorzügliche Tuba im Chor ...

Berndorf blättert derweil weiter und findet schließlich eine Seite aus einem kleinformatigen Anzeigenblatt. Die Ankündigung der musikalischen Weltreise steht ganz unten, links neben dem Sonderangebot eines Lebensmittelmarktes: Ungarische Salami 1,59, Tiroler Hinterschinken 2,09, Tennissocken, weiß mit Wimbledon-Emblem, 2,29 Mark. Das Blatt ist abgeheftet, nicht auf Papier aufgeklebt. Berndorf bittet, es aus dem Hefter herausnehmen zu dürfen, weil er sonst nicht lesen kann, was rechts unten auf der Rückseite steht, der Präsident nickt und plaudert weiter über Kontrapunkt, Tuba und sinfonische Blasmusik.

Berndorf nimmt das Blatt heraus und schlägt es auf. Von links äugt Barbara in die Seite, gleichzeitig angeregt dem Präsidenten zuhörend. Was rechts unten auf der Rückseite des Blattes steht, ist das Impressum:

Umsonst & Überall, Ihr Wochenblatt für die ganze Familie, erscheint wöchentlich mittwochs im Wir-Selbst-Verlag, Leimbach, Anzeigenschluss mittwochs 10 Uhr, Herausgeber und V. i. S. d. P.: Michael Steffens, Leimbach.

Berndorf und Barbara sehen sich an. Barbara greift wieder zum Taschentuch.

»Meinen Sie«, sagt der Posaunenchor-Präsident und klingt plötzlich nicht mehr ganz so enthusiastisch, »Ihr – äh – Halbbruder war doch nicht auf unserem Herbstkonzert?«

»Sieh mal zu«, sagt Tamar zu Orrie, »dass wir auf einen Feldweg kommen, der zu dem Wald links oben führt.«

Orrie nickt. Im Augenblick fahren sie eine asphaltierte Straße entlang, die allerdings nicht in nordöstliche Richtung führt, sondern nach Süden abweicht.

»Sagst du uns, was wir da finden werden?«, will Kuttler aus dem Fond wissen.

»Einen Menschen mit einem Feldstecher«, antwortet Tamar. »Irgendwie will ich wissen, ob der mit einem Auto gekommen ist. Mit einem BMW der Siebener-Baureihe, um genau zu sein. Und in Stuttgart zugelassen.«

Orrie hält an der Abzweigung eines Feldwegs, der nach links führt. Tamar steigt aus und betrachtet sinnend Kies und Grasbüschel. An einer Stelle ist der Kies überdeckt mit gelbem Lehmstaub. Im Staub zeichnet sich der Abdruck eines Fahrrads oder eher eines Mountainbikes ab. Tamar richtet sich wieder auf und geht zum Wagen zurück.

»Howgh!«, sagt Kuttler, als sie wieder in den Wagen gestiegen ist. »Was hat meine weiße Schwester herausgefunden?«

»Dass hier keiner mit einem BWM gefahren ist.«

Närrin, denkt sie. Natürlich kann der Kerl mit dem Feldstecher auf einem Bike unterwegs sein. In einer solchen Gegend wäre das erstens unverfänglicher, und beweglicher wäre er außerdem. Doch Orrie fährt bereits weiter.

»Also mit einem BMW würd' ich hier nicht herumgurken«, nörgelt es aus dem Fond. »Ich hätt' ein Bike genommen.«

»Kuttler, halt's Maul«, sagt Tamar genervt.

Sie gelangen über eine Kuppe, von der sie auf ein weiteres Tal mit weit gestreckten Feldern blicken. Unterhalb der Kuppe zweigt ein geteerter Weg von der Straße ab, führt an den Feldern vorbei und in den Wald, der linker Hand liegt. Auf ein Zeichen Tamars folgt Orrie dem Weg. Unmittelbar vor dem Waldrand bricht der Asphalt ab. Orrie hält.

Tamar und Kuttler steigen aus. Im Schatten der Bäume ist der Modder, der auf dem Fahrweg liegt, feucht geblieben. Deutlich zeichnen sich Reifenprofile ab.

»Gürtelreifen«, sagt Kuttler, »fast neuwertiger Zustand.«

Sie gehen ein paar Schritte weiter und kommen auf etwas, das wie ein Waldparkplatz aussieht. Hinter einem Holzstoß ist eine dunkle Limousine geparkt.

Es ist ein schwarzer Daimler mit Ludwigsburger Kennzeichen. Kuttler wirft einen fragenden Blick zu Tamar. Aber die sagt nichts, sondern wendet sich einem mit Buchen bestandenen Waldstück zu, in der Richtung, in der die Sonne steht. Vorsichtig gehen sie an den glatten silberhellen Baumstämmen vorbei.

Die Sonnenstrahlen, die durch das Laub fallen, überziehen Tamars Gesicht und Gestalt mit einem Netz wandernder Lichtflecken.

Eine Leopardin, denkt Kuttler. Kannst von Glück sagen, dass sie keine Männer frisst.

Dann hält Tamar inne, und einen Schritt danach auch Kuttler. Am Waldrand sehen sie den Oberförster vom Silberwald und seinen Adjunkten. Der Oberförster hat kein Gewehr, sondern ein Fernglas, und sein Adjunkt beugt sich über etwas, das wie ein Stativ aussieht.

»Guten Tag«, sagt Tamar und geht auf den Oberförster zu. Er ist ein Mann Ende fünfzig, die grauen Haare akkurat gescheitelt, trägt Kniebundhosen und eine Windjacke. Während er Tamar grußlos aus kalten Aufseheraugen betrachtet, schreckt sein Adjunkt hoch. Auch er steckt in Kniebundhosen und Jacke, ist aber etwas jünger als der Oberförster, mit krausen dunklen Haaren.

Und dann, nach einer Schrecksekunde, dieser gleiche Blick. Wie eingeschaltet, denkt Kuttler. Als könne ihn keiner. Irgendwoher kenn ich das doch. Auf dem Stativ steht eine Kamera mit Teleobjektiv. Unter ihnen im Tal sieht man das breitgestreckte Walmdach der Johannes-Grünheim-Akademie.

»Gehört Ihnen der Wagen mit dem Ludwigsburger Kennzeichen?«, fragt Tamar und hält dem Oberförster ihren Dienstausweis vor die Aufsichtsaugen. »Fahrzeugkontrolle. Ich hätte gerne Führerschein und Fahrzeugpapiere gesehen.« Der Oberförster weist mit dem Kinn zu seinem Adjunkten.

»Darf ich Sie fragen, junge Frau, welchen Anlass es zu dieser Überprüfung gibt?« Seine Stimme hat den leicht nasalen, herablassenden Anklang des Stuttgarter Schwäbisch.

Tamar wiederholt, dass sie Fahrzeugpapiere und Führerschein sehen will.

Der Adjunkt sagt, dass er sie im Wagen hat. Er wendet sich

an den Oberförster. »Geben Sie solange auf die Kamera Acht?« Dann macht er Anstalten, zu seinem Daimler zu gehen.

»Schönes Gerät, das Sie da haben«, sagt in diesem Augenblick Kuttler und betrachtet Kamera und Objektiv. »Teure, professionelle Ausrüstung. Würd' ich auch nicht so stehen lassen. Was fotografieren Sie denn Schönes da unten im Tal?«

Der Adjunkt verharrt und wirft wieder einen Blick zum Oberförster. »Wir sind vom Verein der Vogelfreunde«, sagt er dann. »Aus Ludwigsburg. Wir arbeiten an einer Dokumentation über bedrohte Vogelarten.«

Das sei aber sicher interessant, meint Kuttler. »Und was haben Sie speziell im Visier? Turmfalken vielleicht? Ich wusste gar nicht, dass vorne am Steig welche nisten. Oder doch nicht unten auf der Akademie?«

»Äh, nein«, antwortet der Adjunkt, »keine Turmfalken, sondern Wanderfalken.«

»Jetzt wird es aber richtig spannend«, sagt Kuttler. »Wenn Sie hier oben am Albtrauf Wanderfalken finden, ist das so gut wie eine ornithologische Sensation. Seit Jahren haben die Leute vom BUND hier keine mehr gesichtet. Sie sagen, der Uhu hat die Falken verdrängt.«

Der Adjunkt schweigt, und der Oberförster hat einen rötlichen Anflug im Gesicht bekommen. Für einen Augenblick herrscht Stille.

»Ich glaube, Sie kommen jetzt am besten beide mit uns«, unterbricht Tamar das Schweigen. »Wir müssen Ihre Personalien überprüfen.«

Die beiden bleiben stehen. »Das ist nicht nötig, junge Frau«, sagt der Oberförster mit verbissenem Gesicht und zeigt nun selbst einen Ausweis, auf dem unübersehbar das Landeswappen zu erkennen ist. Der Adjunkt folgt seinem Beispiel.

»Wie es sich fügt«, sagt Kuttler, »die Herren Ornithologen kommen aus der Stuttgarter Taubenstraße und sind vom Landesamt für Verfassungsschutz! Wenn Sie von dem einen so viel verstehen wie vom anderen, wundert mich nichts mehr.«

Der Adjunkt blickt ihn finster an.

»Wir ermitteln in einem Todesfall«, sagt Tamar. »Nach Lage der Dinge sind Sie wichtige Zeugen. Wir brauchen Ihre Aussagen.«

»Das ist ein vertraulicher Einsatz«, antwortet der Grauhaarige, bei dem es sich nun doch um keinen Oberförster handelt, sondern um einen Karl-Heinz Weimer, wenn der Name auf seinem Ausweis denn der richtige ist. »Auskünfte darüber müssen Sie über den Dienstweg anfordern.«

Tamar betrachtet ihn. Sie hat gute Lust, die beiden Männer mit in den Neuen Bau und dort in die Mangel zu nehmen. So lange, bis ihnen die Selbstgefälligkeit in Stücken vom Gesicht fällt. Doch insgeheim weiß sie, dass sie nichts dergleichen tun wird. Nichts würde sie aus den beiden herausbringen, und am Ende jämmerlich auf den Dienstweg zurückkriechen müssen.

Tamar zuckt mit den Achseln. »Sie sind sehr kooperativ. Ich finde das aufschlussreich.« Sie wendet sich zum Gehen.

»Wenn Sie das nächste Mal einer fragt«, sagt Kuttler zum Adjunkten, »dann sagen Sie, sie wollten die Braunkehlchen da drüben im Gebüsch fotografieren. Oder den Bussard da oben. Merken Sie sich den Namen: Bussard heißt das Tier. Nicht, dass Sie wieder die ganze Zunft blamieren.«

Wie sie es ihm aufgetragen hatten, hat der Tamile gewartet, bis sie wiederkommen, und in der Zwischenzeit Radio gehört. Als Barbara und Berndorf zum Wagen zurückkommen, schlägt ihnen ein merkwürdig staatstragender Ton entgegen, es klingt, als könne der Sprecher nur mühsam das bangende Beben in seinem Busen bändigen, und als der Tamile die Beifahrertür öffnet, steht ein breites sonniges Grinsen im dunklen schmalen Gesicht.

»Was bitte, ist mit diesem Reporter passiert?«, will Barbara wissen. »Fußball«, erklärt der Tamile, »2:0. Aber nicht für deutsche Mannschaft. Leider.« Dann muss er noch breiter grinsen.

Berndorf ruft mit dem Handy den Wir-Selbst-Verlag an, aber es meldet sich nur der Anrufbeantworter.

»Wir versuchen es trotzdem«, entscheidet Barbara.

»Ja, Chef«, sagt Berndorf ergeben und nennt dem Tamilen die Adresse, die im Impressum von *Umsonst & Überall* angegeben war. Der Tamile nickt und versichert, dass er sich in Leimbach sehr gut auskennt und dass er diese Adresse sofort finden wird, und ob er sie später zu einem indischen Restaurant fahren solle, er kenne da ein ganz vorzügliches mit der besonderen tamilischen Küche. Oder vielleicht gleich? »Und niemand dort redet über deutschen Fußball.« Aber Barbara bleibt hart, obwohl sie allmählich Hunger hat, und so fahren sie an allerhand Großdörfern und Denkfabriken vorbei Richtung Süden, bis sie schließlich Leimbach erreichen, das freundlich sandsteinfarben ist und ein barockes Rathaus hat mit einer Säule, die irgendwie prachtvoll und irgendwie befremdlich aussieht. Barbara will wissen, was das ist.

»Eine Prangersäule«, antwortet Berndorf. »Sie haben Übeltäter daran zur Schau gestellt. Irgendwie praktisch. Wenn die Leute bummeln gingen, konnten sie Ehebrecher oder Kinderschänder angucken gehen. Das war besser als jede Talkshow heute.«

»Diesen Standard werden sie bald haben«, meint Barbara. »Das geht schneller, als du denkst.«

Der Tamile fährt aber schon weiter, durch Straßen und Gassen, so gut kennt er sich wohl doch nicht aus, gleich werde ich ihn wegen Hochstapelei vor dem Rathaus anbinden, denkt Berndorf, aber da hält das Taxi auch schon vor einem älteren Haus, das schon lange keinen Anstrich mehr gesehen hat. Unverdrossen behauptet eine verblasste Aufschrift, es gebe hier Aussteuer und ff. Bettwäsche. Im Schaufenster sind einzelne Seiten von *Umsonst & Überall* ausgehängt, und dahinter zieht eine alte Linotype-Setzmaschine die Blicke auf sich. Doch dient sie nur zur Dekoration, denn auf dem Verkaufstresen steht ein Computer. Kein Licht brennt, und die Tür ist verschlossen. Oberhalb der Bettwäsche-Aufschrift hängen Gardinen an den Fenstern. Anhaltend drückt Berndorf auf den Klingelknopf.

»Was'n los?«, rauscht schließlich eine Stimme aus der Sprechanlage. Es ist die Stimme einer Frau, und die Frau ist nicht gut aufgelegt.

Berndorf sagt seinen Namen. Er komme von auswärts und hätte gerne eine Anzeige aufgegeben. Nur müsse er gleich weiter und könne nicht bis Montag warten. Ob man ihm ausnahmsweise behilflich sein könne?

Die Stimme knurrt etwas von Geschäftszeiten, das Knurren klingt aus in etwas, das sich nach »Moment!« anhört.

Einige Minuten später erscheint im Laden ein mittelgroßer Mann, geht zur Tür und schließt sie auf. Er trägt Jeans und ein T-Shirt, auf dem sich ein Che-Guevara-Porträt gerade noch ahnen lässt, hat einen Drei-Tage-Bart und das schüttere angegraute Haar hinten zu einem kümmerlichen Zopf gebunden.

Aus flinken braunen Augen mustert er Barbara und Berndorf, wobei er Ersterer entschieden mehr Beachtung schenkt. Berndorf stellt Barbara und sich vor und wiederholt seine Geschichte von der Annonce, die sie dringend aufgeben müssten. Selbstverständlich würden sie gleich bezahlen.

Mit einer Kopfbewegung bittet der Mann sie herein, geht zu dem Computer hinter dem Verkaufstresen und schaltet ihn ein.

»Eigentlich wollte ich Fußball gucken«, sagt er zu Berndorf und deutet mit dem Daumen nach oben zu seiner Wohnung. »Aber das Gegurke ist im Kopf nicht auszuhalten. Also wenn Sie mich fragen, dann hat es seit dem Wembley-Spiel von 1972 keine wirklich gute deutsche Mannschaft mehr gegeben.« Dann will er wissen, für welche Rubrik die Anzeige bestimmt ist.

»Für Verschiedenes«, sagt Berndorf. »Wir hätten es gern etwas größer, sodass es ins Auge springt.«

Er werde einen Entwurf machen, sagt der Mann und klickt das Anzeigenprogramm an. »Also?«

Barbara hat sich inzwischen einen Block genommen und schreibt den Text auf. »Sie sind ein ahnungsvoller Mensch«, sagt sie und lächelt, als sie den Zettel abreißt und ihn über den

Tresen schiebt. »1972 muss ein besonderes Jahr gewesen sein. Es ist auch unser Stichwort.«

Che Guevara nimmt den Zettel und liest ihn.

Mannheim, Juni 1972. Wer weiß etwas über den Verbleib der silbernen Kette? Vertrauliche Hinweise, auch auf andere Vorgänge im Umfeld der Zeitung »Aufbruch«, erbeten unter Chiffre ...

»Ort und Datum hätte ich gern gefettet«, sagt Barbara. »Auch die silberne Kette sollte herausgehoben werden. Das Ganze vielleicht zweispaltig?«

Der Mann blickt vom Tresen zu ihr hoch. »Sie wissen schon, dass wir in Mannheim nicht erscheinen? Unser Verbreitungsgebiet ist der südliche Rhein-Neckar-Kreis.«

»Dann ist es genau richtig«, meint Barbara.

Che Guevara wendet sich dem Computer zu. Dann kehrt sein Blick zurück, wandert von Barbara zu Berndorf und bleibt dort hängen. »Wollen Sie keine Belohnung aussetzen?«

»Warum nicht?«, fragt Barbara zurück. »Was kann man da anbieten? Ich nehme an, das sollte sich nach dem Wert der Kette richten. Oder was damit verbunden ist. Aber sehen Sie, diesen Wert kennen wir noch gar nicht.«

»Sie sind der Kunde«, meint Guevara. »Aber warum schreiben wir nicht einfach: *Hohe Belohnung zugesichert?*« Ohne eine Antwort abzuwarten, gibt er es ein, dann sieht er auf und lächelt schief. »Freilich ist es ein bisschen hochstaplerisch, finden Sie nicht? Ausgediente Polizisten haben es meines Wissens nicht so üppig.« Beruhigend hebt er die Hand und sieht Berndorf an. »Kein Vorwurf. Unsereins muss auch knapsen.«

»My dear Watson«, sagt Berndorf. Barbara lacht. Dann will sie eine Erklärung haben.

»Bitte sehr«, sagt Che Guevara. »Ein Blinder mit Krückstock kann sehen, dass Ihr geschätzter Begleiter – entschuldigen Sie bitte den Ausdruck – ein Bulle ist. Einzige Frage: Ist er einer, oder war er einer? Sie, schöne Dame, sind nicht von der Polizei. Also ist er nicht dienstlich bei mir. Überhaupt kommen in dieser Sache nur Bullen zu mir, die keine mehr sind. Also?«

»Ich dachte«, bemerkt Berndorf kleinlaut, »ich sei erst der zweite.«

»Bingo«, sagt Guevara. »Übrigens, meine Name ist Steffens, und wie es der Zufall will, war ich 1972 Anzeigensetzer beim *Aufbruch*. Anzeigensetzer und Filmkritiker, nebenbei bemerkt. Und das will auch nicht der Zufall, sondern eben deshalb sind Sie zu mir gekommen. Wie hieß noch Ihr anderer Kollege?«

»Troppau«, sagt Berndorf. »Wilhelm Troppau.«

»Richtig. Und was glauben Sie, was ich von all diesen Besuchen denken soll?«

»Erzählen Sie es uns?«

Steffens sieht sich um. »Gehen wir nach nebenan«, sagt er dann und führt seine Besucher in ein kleines fensterloses Kabuff. Zwischen Rollschränken, die so voll gestopft sind, dass sie sich nicht mehr schließen lassen, finden sich zwei Holzstühle für die Besucher. Steffens knipst eine Tischlampe an, dann löscht er die Deckenbeleuchtung und nimmt hinter seinem Schreibtisch Platz, auf dem sich Abrechnungen und Druckvorlagen stapeln. In dem Kabuff ist es dämmerig, und es riecht nach Klebstoff und altem Papier. Eine ganze Weile lang spricht niemand.

»Im Juni 1972 hat es in Mannheim zwei Geschichten gegeben, für die sich heute noch jemand interessieren könnte«, sagt Steffens schließlich in die Stille. »Das eine war der Überfall auf einen Geldtransporter der Landeszentralbank, angeblich waren es Terroristen, die mit anderthalb Millionen Mark Beute abgezogen sind. Und dann war noch die Geschichte mit Franziska, das war eine Redakteurin des *Aufbruch*, der die Polizei in der Nacht darauf den Lover erschossen hat, einen Iren. Wegen welcher Sache sind Sie nun wohl zu mir gekommen?«

»Es ist *eine* Geschichte«, sagt Berndorf zu dem Lichtkegel, hinter dem Steffens sitzt.

»Mag sein«, antwortet es von dort.

»Aber was ist daran so aufreizend, dass es heute noch die pensionierten Polizisten auf die Beine bringt? Ich kann mir nicht helfen, aber da fallen mir immer die anderthalb Millionen ein, die nie aufgetaucht sind. Apropos. Wollen Sie einen Blick in meine Bücher werfen? Dann wüssten Sie, dass das Geld nicht bei mir gelandet ist.«

»Warum sollten wir das vermuten?«, fragt Berndorf zurück. »Etwas bleibt immer hängen«, sagt Steffens. »Irgendjemand hat damals bei der Polizei angerufen und Franziska angeschwärzt. Ihr Lover sei einer der Bankräuber gewesen. Nachdem die Bullen ihn prompt umgelegt haben, hat sich dann herausgestellt, dass er es nicht gewesen sein kann. Hatte irgendwelche Geschäftstermine. Dumm gelaufen für den armen Teufel. Vielleicht hat der Anrufer den Iren mit jemand anderem verwechselt. Mit jemand, der auch schon einmal mit Franziska zusammen war.«

Er macht eine Pause.

»Ich zum Beispiel war es.« Plötzlich hat seine Stimme einen anderen Klang. »Es war nur eine sehr kurze Zeit, aber ich war mit ihr zusammen.«

»Da war doch noch etwas anderes?«, fragt Berndorf. »Nur wegen einer Bettgeschichte wird Sie niemand mit einem Terroristen verwechseln.«

»Weiß nicht«, kommt es abweisend. »Wir waren damals ein ziemlich wilder Haufen, und eingenistet hatten wir uns bei Rüdiger, der war Feuilleton-Chef, eins von diesen Weicheiern, würden die Kids heute sagen, der sich stark vorkam, wenn die richtig harten Typen bei ihm aus und ein gingen. Schatte war einer davon, ein entschlossener Kämpfer gegen den US-Imperialismus, vor allem auf dem Papier, denn für alles andere hatte er zwei linke Hände. Ich dagegen hielt mich für einen wirklichen Revolutionär, für einen Proletarier, der schreibt. Und der vielleicht auch kämpft. Also ich hätte damals schon Wert darauf gelegt, dass man es mir zutraut.«

»Dann tun wir mal so«, sagt Berndorf. »Was also haben Sie an diesem 23. Juni gemacht, als der Geldtransporter überfallen wurde? Es war wohl irgendwann nachmittags.«

»Stopp. Was soll das nun werden?«

»Sie haben es selbst vorgeschlagen. Sie wollten, dass wir Ihnen eine Beteiligung zutrauen. Jetzt sollten Sie nicht kneifen.«

»Na schön«, kommt es nach einer Weile. »Ich hatte an dem Tag Spätschicht. Beginn 16 Uhr, Ende 1 Uhr. Der Überfall muss kurz nach 15 Uhr gewesen sein.«

»Und Sie haben sich um 16 Uhr zur Arbeit gemeldet.«

»So ist es. Und wenn Sie sich den Mannheimer Stadtplan anschauen, hätte ich keine zehn Minuten gebraucht, um vom Tatort zum Verlagshaus zu kommen.«

»Sie haben den Schichtdienst danach normal zu Ende gebracht?«

»Es muss ein Freitag gewesen sein, und wenn es Freitag war, haben wir ganz sicher zum Schichtende hin noch Quadrätche geworfen. Ein altes Spiel der Leute von der schwarzen Kunst, um Bierrunden auszuknobeln. Außerdem musste ich noch meinen Urlaubsausstand geben.«

»Sie gingen am nächsten Tag in Urlaub?«

»In den Jahresurlaub. Ich weiß noch, dass er lange vorher angemeldet war.«

»Was war nach den Bierrunden?«

»Knülle war ich, was denken Sie? Wie man das damals machte, bin ich in mein Auto geklettert, einen alten VW, der noch eine geteilte Heckscheibe hatte und den man mit Zwischengas schalten musste, und bin ein bisschen durch die Landschaft gefahren. Nur so, um wieder nüchtern zu werden. Ich war ja solo damals.«

»Waren Sie erfolgreich?«

»Irgendwann ist mir eingefallen, dass ich noch nach Schwetzingen fahren könnte, auf das Sommerfest von Busse. Winfried Busse war Polizeireporter, hatte ein Häuschen in Schwetzingen, vermutlich gemietet, vielleicht hat es ihm auch gehört. Vor allem aber war er schwul, und schon damals hat man das in der Szene nicht diskriminieren dürfen. Es wäre verklemmt gewesen, nicht hinzugehen, und soweit ich mich erinnere, war auch ein ganzer Haufen Leute da, Schatte, wie immer mächtig am Agitieren, Rüdiger und seine Edeltraud, der wir alle ein wenig verdächtig waren, natürlich allerhand Tunten... Busse war etwas geknickt, weil er seinen neuesten Knaben im Badezimmer mit einem Pizzabäcker aus dem *Waldhof* angetroffen hatte, aber er war sehr tapfer und fest entschlossen, sein Sommerfest nicht zu schmeißen. Franziska war nicht da, die hatte kurz davor ihren Iren kennen gelernt... Ja, was will ich Ihnen eigentlich erzählen?«

»Birgit Höge, oder Schiele, wie sie damals hieß, war nicht dabei?«, fragt Barbara.

»Der Name sagt mir nichts mehr.«

»Sie hat für Volz Artikel aus dem Französischen übersetzt.«

»Dann war sie vermutlich eine der abgelegten Freundinnen von Schatte. Moment. Dunkle schulterlange Haare? Ein bisschen ein Hamstergesicht? Schiele, ja doch, ich erinnere mich. Aber auf dem Sommerfest sehe ich sie nicht.«

»Sie haben dann weitergetrunken?«

»Ich glaube nicht«, kommt es über den Tisch. »Ich erinnere mich, dass mir eine der Tunten einen Topf Kaffee gekocht hat. In meinem Kopf hatte sich die Vorstellung festgesetzt, Franziska würde bald genug von diesem irischen Bierverkäufer und Immobilienfuzzi haben, vielleicht würde es sogar schon in dieser Nacht sein, und sie käme doch noch zum Sommerfest, und wir würden reden können... Was sich ein besoffener Kopf so alles vorlügt.«

Er schweigt. Berndorf und Barbara warten.

»Es ging dann gegen Morgen, irgendjemand brachte Busse dazu, den Polizeifunk einzustellen, er hatte ein Gerät, auf dem das ging. Heute wäre das wohl nicht mehr möglich. Ich höre noch das Rauschen und Knistern.« Steffens macht eine Pause, als müsse er sich die Szene in Erinnerung rufen.

»Ich saß auf einem Kissen auf dem Boden«, fährt er fort, »und hab mich an einem Becher Kaffee festgehalten, eine große runde Papierlampe baumelte mir vor der Nase, im Zimmer waberte der Geruch von Gras, an den Wänden hingen Aktzeichnungen, lauter Rückenansichten von irgendwelchen Knaben, eine der Tunten redete auf mich ein, Junge, du musst auch was essen. Ich dachte an Franziska und dass sie mit dem Iren vögelt, der weiß doch gar nicht, wie sie es haben will, viel zu verklemmt sind diese Leute von der Insel, so ging es durch den Nebel in meinem Kopf. Dann kam eine Durchsage und noch eine, plötzlich hörte ich Franziskas Adresse, richtig, sie ist ja zu Hause mit diesem verdammten Iren, dachte ich noch, und dann brach in dem Radio das Chaos aus und ein unglaublicher Krach, irgendjemand schrie, es habe Schüsse gegeben, einer rief den anderen, Martha drei ruft Martha fünf und Martha sieben ruft Martha drei, pausenlos, wir alle waren auf den Beinen, oder die meisten von uns, und standen um das Radio herum, und plötzlich kam eine kalte ruhige Stimme und hat einen Notarzt angefordert, und wenig später einen zweiten: *Wir haben eine Frau hier, mit schwerem Schock* ...«

Micha Steffens macht eine Pause, steht auf und geht zu einem altersschwachen Kühlschrank. »Ich brauch ein Bier. Wollen Sie auch eines?« Berndorf lehnt dankend ab, aber Barbara hat nichts dagegen und kommt auch ohne ein Glas zurecht. Steffens holt zwei Flaschen und öffnet sie und drückt eine davon Barbara in die Hand.

»Diese kalte Stimme«, fährt Steffens fort, nachdem er seine Kehle angefeuchtet hat, »habe ich heute wieder gehört. Ist es nicht so?«

»Kann schon sein«, sagt Berndorf. »Wie ging die Party weiter?« Eine Weile lang schweigt Steffens. Sein Gesicht ist im Halbdunkel verborgen, seine rechte Hand liegt auf dem Tisch, der Lichtschein beleuchtet kräftige Armmuskeln und mehrere Narben, die sich wie eine Kette ungleichförmiger Verätzungen über seinen Unterarm ziehen. »Schatte hat versucht, in Franziskas Wohnung anzurufen«, sagt er schließlich. »Er hat dann aber sofort wieder aufgelegt, ganz blass im Gesicht. Die Polizei ist wirklich dort, höre ich ihn sagen. Und damals hab ich gedacht ... ach, das spielt jetzt keine Rolle mehr. Wir haben diskutiert, ob wir hinfahren sollen, und Busse hat gesagt, er macht das sowieso, es ist sein Job.«

»Sie sind aber nicht hin?«

»Nein«, kommt zögernd die Antwort. »Ich bin nach Hause gefahren, und habe ein paar Stunden geschlafen. Am Abend bin ich nach Frankfurt und mit dem Flieger nach Spanien an die Costa del Sol.« Er zuckt mit den Achseln. »Den Urlaub und den Flug hatte ich gebucht und bezahlt. Unsereins kann das nicht verfallen lassen. Was passiert war, hab ich drei Tage später in einer deutschen Zeitung gelesen. Und in den ganzen Tagen am Strand habe ich nur gebrütet, ob ich nicht zurückfliegen soll und mich um Franziska kümmern. Aber sie war im Knast, und irgendwie wusste ich, dass sie mich nicht sehen will.«

»Sie haben sie dann lange Zeit nicht mehr gesehen.«

»Überhaupt nicht mehr. Eines Tages, in der zweiten Urlaubswoche, bin ich an einer kleinen Klitsche vorbeigekommen, und da hat ein Mensch auf einer baufälligen Linotype eine Urlaubszeitung für die Deutschen am Ort gesetzt, Zeitung ist zu viel gesagt, ein Anzeigenblatt mit einem bisschen PR ... Im Schaufenster hing ein Schild, Hilfskraft gesucht, Wohnung und gute Bezahlung, und da habe ich gedacht, das ist der beste Weg, dass ich niemanden mehr sehen muss, und hab dem Verlag meine Kündigung geschickt und bin in der Sonne geblieben.«

»Geht das so einfach?«, fragt Barbara. »Sie hatten doch eine Wohnung oder ein Zimmer. Und was war mit Ihrem Wagen?«

»Ein Kumpel hat meine Wohnung aufgelöst und mein bisschen Krempel einer Spedition mitgegeben, Kumpel ist vielleicht zu viel gesagt, es war Busse. Dafür hab ich ihm den VW vererbt, für einen seiner Knaben, was mich noch am meisten gereut hat. Sonst gab es kein Problem. Arbeitsgenehmigung und Sozialversicherung hat mein Chef geregelt, und auf den Job verstand ich mich ... Es sind dann alles in allem ganz gute Jahre geworden. Von April bis November habe ich gearbeitet, nicht allzu viel, Mädchen waren immer zu haben, und wenn zwei Wochen rum waren, saßen sie wieder im Flieger und sind zurück nach Sulz am Neckar. Den Rest des Jahres hatte ich meine Ruhe und hab mir das Land angesehen. Was wollen Sie mehr?«

»Warum sind Sie dann heute hier?«, will Barbara wissen.

»Irgendwann hat der Mensch seine Klitsche an einen großmäuligen deutschen Verlag verkauft, und die haben einen smarten Jungen geschickt, den ich mir nicht antun wollte. Außerdem habe ich dieses Abbruchhaus hier geerbt. Ich wäre besser unten geblieben. Das hier ist kein Land mehr für mich. Verheiratet bin ich jetzt auch noch.«

»Und in der ganzen Zeit hat sich kein Bulle daran gestört«, fragt Berndorf, »dass Sie, der revolutionäre Proletarier, so plötzlich verschwunden waren?«

»Mein Pass ist anstandslos verlängert worden. Niemand hat je etwas von mir wissen wollen, bis vor anderthalb Jahren. Da kam dieser andere pensionierte Polizist, Wilhelm Troppau, und fing an, mich auszufragen. Auch nach dieser silbernen Kette.«

»Und wissen Sie etwas darüber?«

Steffens nimmt einen langen Schluck. »Wenn ich etwas wüsste, warum hätte ich es Troppau sagen sollen? Sehen Sie, diese alten Geschichten interessieren doch kein Schwein. Verjährt sind sie außerdem. Das ist alles so tot und vergessen wie der Fußball, den die Deutschen 1972 gespielt haben. Was also ist es, was man hier noch ausgraben kann?« Herausfordernd schaut er seine beiden Besucher an.

»Sie irren«, sagt Berndorf. »Wir spielen nicht Schatzinsel.«

»Es kommt nicht darauf an, was Sie spielen«, erwidert Steffens. »Wenn Sie herausfinden, was damals war, dann führt Sie das wie an einer Hundeleine zu dem Geld, oder was davon noch übrig ist. Glauben Sie mir – wenn ich eine Ahnung hätte, wo es liegt, hätte ich schon längst den Spaten geholt.«

»Ich nehme an, das haben Sie auch Troppau erklärt?«

Steffens überlegt. »Ich habe es versucht. Aber ich fürchte, er hat es nicht begriffen. Es war ein Abend irgendwann im November, als er hier erschienen ist. Ich hab ihn hereingebeten, und er saß hier, wie Sie jetzt hier sitzen, in einem schweren regennassen Mantel, den er nicht ablegen wollte ... Er tat so, als ob er von dem Geld gar nichts wissen wolle. Es gehe ihm nur um diesen Toten, sagte er, und darum, wer damals bei der Polizei angerufen hat ...«

»Wieso glaubte er, dass Sie etwas über diese Kette wissen könnten?«

»Mir sagt diese Kette nichts. Sie wissen doch auch, dass das nur ein Hirngespinst ist.« Er macht eine Pause, als ob er auf Widerspruch warte. Schließlich spricht er weiter. »Troppau war bei mir, weil ich zu dieser Clique um Franziska gehört habe. Und weil er dachte, wenn er mir den Überfall anhängen kann, dann steckt die gesamte Clique mit drin, und der ganze mörderische Aufmarsch Ihrer Staatsgewalt ist halbwegs gerechtfertigt, spät, aber irgendwie doch.«

Schweigen breitet sich aus.

»Also haben Sie ihm doch geglaubt«, sagt Barbara in die Stille. »Sie haben ihm abgenommen, dass er nicht hinter dem Geld her war.«

Steffens schweigt. Unvermittelt steht er auf, geht in den Empfangsraum und macht sich an dem Computer zu schaffen. Ein Drucker läuft leise ratternd an.

Dann kommt Steffens zurück und legt den Abzug auf den Schreibtisch, sodass Barbara und Berndorf ihn sehen können. Die Schlagzeile: *Mannheim, Juni 1972* ist in 30 Punkt Univers gesetzt.

»Da liest keiner drüber weg. Sie können es natürlich auch als Textanzeige haben. Fällt noch mehr auf. In der nächsten Ausgabe stellen wir die neuen Spieler beim SV Waldhof vor, und dann gibt es eine sehr schöne Geschichte über ein Jugendzentrum, mit Steuermitteln neu hergerichtet und ausgestattet. Jetzt ist es fest in der Hand von Skinheads. Neulich sind sie herausgestürmt und haben zu zwölft einen Griechen halb totgeschlagen. In der Heimatzeitung lesen Sie so was nicht.«

»Keine Filmkritik?«, fragt Barbara.

»Mit Micha ins Kino«, antwortet Steffens. »Kein sehr fetziger Kolumnentitel. Wird aber gerne gelesen.«

»Blocken Sie die Anzeige in die Glatzen-Geschichte ein, zweispaltig«, sagt Berndorf und holt sein Scheckbuch heraus, denn als Textanzeige wird es noch ein bisschen teurer. Außerdem legt er seine Visitenkarte dazu. »Falls Ihnen doch noch was einfällt.«

»Und die Belohnung? Rein theoretisch gefragt.«

»Verhandlungssache. Praxisbezogen, wenn Sie so wollen. Wo haben Sie eigentlich die Narben her?«

»Welche Narben?«

»Auf Ihrem Arm.«

»Ach das«, antwortet Steffens. »Nicht der Rede wert. War mal in einem brennenden Wagen. Aber ich bin wieder herausgekommen.«

Steffens geleitet die späten Besucher zur Tür. Draußen wartet der Tamile im Taxi und hört versonnen zu, wie jemand im Radio herumstottert.

»Deutsche Trainer«, erklärt er dann. »Er treten zurück.«

Silbergelocktes Haar, täglich neu geföhnt. Stotternd wird – »ja, gut« – Verantwortung übernommen. Daneben der Mann mit der Nase, die so aussieht, als habe er einmal einen Elfmeter damit gehalten. Die nächste Roth-Händle. »Neuanfang«, sagt der Mann mit der Nase. Die Nase lässt das *Neuahnfang* noch eine Spur nasaler, stuttgarterischer klingen.

Mit dir wohl nicht, denkt Florian Grassl und drückt auf die Zappe. Er sitzt vor einem Computer im Bibliothekszimmer der Suevo-Danubia, zwischen wandhohen dunkel gebeizten Regalen, die mit den hinterlassenen Buchbeständen verstorbener Alter Herren bestückt sind, und denkt über den Vortrag nach, den er am Dienstag vor den Füchsen halten will. Er hat zwar keine Unterlagen dabei, und unter den Hinterlassenschaften der Alten Herren findet sich Literarisches eher nicht. Aber für eine Plauderei über Oskar Wöhrle oder Friedrich Lienhard wird es reichen, denkt Grassl, so genau muss das nicht sein, wer kennt diese Leute denn noch! Wie er das denkt, fällt ihm auch ein Titel ein, *Hans im Schnookeloch und seine vergessenen Brüder* wird er seinen Vortrag nennen, ausbaufähig klingt das, er wird nicht nur vor der Suevo-Danubia damit auftreten können. Während er das denkt, muss er wieder an die zugepflasterte Augenbraue tupfen, nächste Woche wird er sich die Fäden ziehen lassen, bis dahin besser keine nächtlichen Spaziergänge! Morgen will er ohnedies arbeiten, stressfrei, schließlich hat er den ganzen Sonntag zur ungestörten Verfügung, an den Wochenenden ist kaum jemand im Verbindungshaus, und am Montag wird er in der Landesbibliothek in Stuttgart nachschlagen, was ihm noch fehlt und was er nicht mehr genau im Gedächtnis hat, denn den Montag muss er sowieso irgendwie in Stuttgart herumbringen ...

Es ist kurz vor 20 Uhr, er hat das Regionalprogramm eingestellt, auf dem Bildschirm erscheinen die Landesnachrichten. Grassl stellt den Ton lauter, aber viel ist nicht passiert im Ländle, denn auch hier haben sie kein wichtigeres Thema als die Europameisterschaft und das Ausscheiden der Nationalmannschaft. Er greift schon nach der Zappe, als auf dem Bildschirm etwas erscheint, das wie ein zerknülltes gebrauchtes Laken aussieht. Grassl hält verblüfft inne, denn bei dem zerknitterten Laken handelt es sich um das Gesicht von Gerolf Zundt.

»Wieshülen, Alb-Donau-Kreis«, sagt die Nachrichtensprecherin, »Gerolf Zundt, der langjährige Leiter der Johannes-Grünheim-Akademie, ist tot. Nach Angaben der Polizei ist der 68-Jährige am Freitag bei einem Spaziergang am Albtrauf abgestürzt und hat dabei tödliche Verletzungen erlitten. Seine Leiche wurde heute Morgen gefunden, als Gemeindearbeiter einen gesperrten Wanderweg am Albtrauf überprüften. Zundt hat die von seinem Schwiegervater Johannes Grünheim gegründete *Akademie für Sprache und Volkstum* seit den Siebzigerjahren geleitet. Für sein Wirken ist er mit der Goldenen Staatsmedaille des Landes Baden-Württemberg sowie dem Bundesverdienstkreuz am Bande des Verdienstordens der Bundesrepublik Deutschland ausgezeichnet worden ...«

Grassl schaltet den Fernseher ab, steht auf und wischt sich mit dem Handrücken über die Stirn. Wieder berührt er das Pflaster. Seine erste Reaktion war gewesen, dass er kichern wollte, klammheimlich. Der Alte fällt den Albtrauf runter und bricht sich den Hals, zu komisch. *Also die Alb kenne ich wie meine Hosentasche.* Von wegen.

Dann hat er plötzlich wieder die Männer vor sich gesehen. Die in dem blauen BMW. Und die, die ihm am Waldrand aufgelauert hatten. Denen er gerade noch entwischt war.

Die Männer waren auch hinter Zundt her gewesen.

Aber Zundt war ihnen nicht entwischt.

Sie haben ihn umgebracht. Florian Grassl beginnt, sich zu überlegen, was das für ihn selbst bedeutet. Was daraus folgt, wenn man es mit Mördern zu tun hat.

Wieder kommt er am Fernseher vorbei, läuft auf die Bücherwand zu und dreht um. Das wievielte Mal ist das schon? Er weiß es nicht.

»Beeil dich mal«, ruft Hannah ins Badezimmer, »im Fernsehen bringen sie gerade deinen Toten.« In der Tür erscheint Tamar, in einen Bademantel gepackt, und trocknet sich mit schräg geneigtem Kopf die langen dunklen Haare .

... der Bundesrepublik Deutschland ausgezeichnet worden, ist alles, was sie noch zu hören bekommt.

»Der war ja schon zu seinen Lebzeiten ziemlich gruftig«, sagt Hannah. »Leute, die mit deutscher Sprache umgehen, sollten nicht so vertrocknet aussehen. Nicht einmal in Wieshülen. Aber wieso eigentlich Wieshülen? Haben die da den schwäbischen Urdialekt erforscht? Die armen Leute brauchen doch einen halben Tag, dann sind sie mit dreimal Umsteigen gerade bis Reutlingen gekommen, stell dir das mal vor.«

Tamar setzt sich neben Hannah und pult sich Wasser aus den Ohren. »Wenn ich das richtig verstanden habe, was mir der Ortsvorsteher gesagt hat, dann war diese Akademie früher eine Art Nazi-Internat. Und zwar für Kinder aus dem krummen Elsass. Die armen Dinger sollten aufgenordet werden, oder wie das damals hieß.«

»Und warum haben die das Internat nach dem Krieg nicht abgefackelt?«

»Wer hätte es tun sollen? Die Kinder? Als die Franzosen kamen, hat sich der Internatsleiter ihnen als großer Nazi-Gegner angedient und ist nicht nur irgendwie davongekommen, sondern hat es sogar fertig gebracht, sich das Haus unter den Nagel zu reißen. Das war dieser Johannes Grünheim, der Vater der Sonnwend-Tucke, und er hat dann die Akademie gegründet...« Sie lässt das Frottiertuch sinken und blickt vor sich hin. »Die Sprache dieser Leute kann ich mir ganz gut vorstellen«, sagt Hannah. »Aber wer hat diese Akademie finanziert? Ich möchte nicht von Goethe-Gedichten leben müssen, auch wenn sie in Fraktur gesetzt sind.«

»Das frage ich mich inzwischen auch«, sagt Tamar und blickt auf den Fernsehschirm. Sie stellt den Ton lauter.

»... Mit Nachdruck hat der baden-württembergische Innenminister die Forderung des Bundestagsabgeordneten Giselher Schnappauf zurückgewiesen, eine Untersuchungskommission einzusetzen, die die Arbeit und Effektivität der deutschen Nachrichtendienste und der Verfassungsschutzämter überprüfen soll. Der Bund habe keinerlei Kompetenz, von den Verfassungsschutzbehörden der Länder Rechenschaft zu verlangen, erklärt der Minister. Im Übrigen aber könnten von Schnappaufs Vorschlag nur die inneren und äußeren Feinde der Bundesrepublik profitieren.«

Tamar steht auf und sucht in ihrem Jackett, das sie über eine Stuhllehne geworfen hat, nach ihrem Notizblock. Schließlich findet sie ihn. »Hör dir das an«, sagt sie. »Amtliches Handbuch des Deutschen Bundestags, in der Fassung der Grünheim-Akademie. Die Abgeordneten in alphabetischer Reihenfolge als Loseblattsammlung. Da gibt es eine Gabriele Schnaase-Schrecklein, einfach furchtbar, und dann kommt das nächste Blatt, einen Theophil Schnatzheim, auch nicht besser, und wen gibt es nicht, den es dazwischen geben müsste?«

»Weißt du, was ich glaube? Du sollst dich nicht von solchen schrecklichen Traditions-Lesben betatschen lassen müssen. Das tut dir nicht gut.«

»Dieser Herr Schnappauf, Giselher fehlt, eben der, über den sich gerade der Innenminister aufregt«, erklärt Tamar. »Weißt du, was das bedeuten könnte? Als der Herr Zundt noch nicht den Fels heruntergefallen war, wollte er nichts von Frau Schnaase-Schrecklein wissen und nichts von Herrn Schnatzheim. Das bedeutet es. Er wollte etwas von Herrn Schnappauf wissen, dabei ist der in einer ganz anderen Partei. Und es war ihm sogar so wichtig, dass er das ganze Blatt herausnahm. Nur – bei der Leiche haben sie es nicht gefunden.«

Hannah betrachtet sie schweigend. Tamars Gesicht glüht, und ihre Augen sind groß und klar und leuchtend. In Spitzen fällt das noch immer feuchte Haar über ihre Schultern, und der Bademantel hat sich über ihrer Brust geöffnet.

Hannah atmet tief durch. »Hier hast du was zum Schreiben«, sagt sie und schraubt einen Tuschestift auf. »Schreib diesen albernen Namen zu den anderen albernen Namen, und dann komm und leg den Zettel weg. Leg ihn schnell weg.«

Sonntag, 2. Juli

Es ist ein schöner klarer Morgen, so schön und klar, dass man es selbst auf der zugigen Hochpassage über den Bahnsteigen des Heidelberger Hauptbahnhofs wahrnimmt.

»Eigentlich kein Tag zum Zugfahren«, sagt Barbara.

»Es wäre ein Tag für den Odenwald«, sagt Berndorf. Er sieht Wanderwege vor sich, die durch stille Täler führen, an Bachläufen vorbei und über grüne Hügel, die im Licht liegen. Es hat Zeiten gegeben, da sind sie diese Wege gegangen.

Aber Barbara muss zurück. Zurück nach Berlin. Der Flieger wartet nicht.

»Wir holen es nach«, sagt Barbara. »Und die Erinnerungen werden uns nicht mehr bedrücken.«

»Ich hoffe es«, meint Berndorf, aber seine Stimme klingt, als ob ihn gleich die Übelkrähe der Depression anfliegen wird.

»Was machst du heute noch?«, will Barbara wissen. Berndorf sagt, dass er sich noch einmal die fromme Gemeinde anschauen wird, in der Troppau eine Zeit lang sein Seelenheil gesucht hat. »Vielleicht finde ich jemanden, mit dem sich reden lässt. Danach geh ich in ein Internet-Café und versuche, die Adressen von diesem Busse herauszufinden. Falls der nicht längst am Virus gestorben ist.«

»Du bist dran, nicht wahr? An irgendetwas hast du dich festgebissen, und nun wirst du nicht mehr loslassen.«

Berndorf zögert. »Genau besehen, habe ich nichts, schon gar nichts, um mich daran festzubeißen. Aber das ist es ja. Wo etwas sein sollte, ist nichts. Es gibt nicht einmal Kollegen, die etwas von Steffens hätten wissen wollen. Es gibt nur Löcher. Die Brandnarben etwa, die Steffens auf seinem Arm hat.«

Lautsprecher scheppern, dass der Interregio nach Frankfurt Einfahrt hat. Barbara und Berndorf steigen zum Bahngleis hinab.

»Morgen ruf ich bei Schatte an«, sagt Barbara. »Er wird mit dir reden. Ich versprech's dir.«

»Danke«, sagt Berndorf. »Ist es eine große Überwindung für dich, ihn anzurufen?«

»Ach, mein lieber Schatz!«, antwortet Barbara. »Was glaubst du, mit was für Leuten ich in Berlin telefonieren muss, angefangen bei der Senatsverwaltung für kulturelle Angelegenheiten. Ich bin abgebrühter, als du denkst.«

»Eure Rede aber sei: Ja, ja; nein, nein, sagt der Herr, denn was darüber ist, das ist vom Übel. Und gilt dies heute nicht mehr denn je, liebe Gemeinde?«, fragt Prediger Hesekiel und lässt seine dunklen Augen forschend über die Reihen seiner Schäfchen gleiten. »Neulich waren wir bei einem Freund, der Fernsehen hat, und er hat es uns eingeschaltet, und – liebe Gemeinde! – selten sind wir so erschrocken wie beim Anblick und beim Anhören dieser unwissenden und verlassenen Menschen, die – von nichts gehemmt – die Geheimnisse ihres kleinen, schmutzigen Lebens ausbreiten vor aller Welt, als empfänden sie eine niedrige Lust daran ...« Die Augen gleiten weiter und sparen nur einen aus, den Mann, der später gekommen ist und hinten sitzt.

Die dunkelhaarige Frau in der dritten Reihe, das Liederbuch in der Hand, nickt. Er sagt, wie es ist. Gestern hatten sie eine junge Frau gezeigt, die erzählte, wie sie es ...

»Eure Rede sei: Ja, ja; nein, nein«, wiederholt der Prediger, »ja sollt ihr sagen zum HERRN, ja und zweimal ja; aber nein, zweimal nein sollt ihr denen entgegenschleudern, die euch zum unnützen Reden verführen wollen, zu unwahrhaftigen Worten, mit kleinen, schmutzigen Fragen, die vor gierige Augen zerren wollen, was ihr in eurem Herzen bewahrt ...«

Das konnte doch gar nicht sein, denkt die Frau in der dritten Reihe. Gleichzeitig mit zwei, wie soll das gehen? Aber sind das Gedanken, die man im Haus des HERRN denken sollte?

Jetzt ist der Prediger auch schon beim Amen, und die Gemeinde singt, dass ihr der HERR ein reines Herz bewahren solle, dann wird still gebetet, die Frau in der dritten Reihe bittet verstohlen – weil es dem Prediger sicher nicht recht ist, dass sie es tut – für den armen Mann, der sich vorige Woche aufgehängt hat, wie sie im Drogeriemarkt erzählt haben, noch immer wird ihr ganz schlecht, wenn sie daran denkt. Es folgen die Abkündigungen, die Jugendgruppe wird in der nächsten Woche für ein Zeltlager im Odenwald sammeln, das Opfer ist auch diesmal für die Mission unter den armen Landsleuten bestimmt, die aus Russland gekommen sind, und am kommenden Sonntag werden sich gleich zwei Paare die ewige Treue geloben, daran sieht man, sagt der Prediger, dass der HERR mit Wohlgefallen auf seine Gemeinde des Wahrhaftigen Wortes blickt. Die dunkelhaarige Frau hört es gerührt, es ist immer schön, wenn die Menschen zusammenfinden, denkt sie, aber plötzlich ist sie auch ein bisschen traurig und muss noch einmal an den Wilhelm Troppau denken, der ...

Dann ist der Gottesdienst vorbei, und die Frau geht hinaus und schiebt einen Zwanzigmarkschein in den Opferstock, sie weiß, dass das nicht viel ist für die armen Russen, aber wenig ist es auch nicht, nicht für eine Kassiererin im Drogeriemarkt. Wie die anderen Gläubigen auch darf sie dem Prediger die Hand geben, sie geht am Vorgarten vorbei auf die Straße, es ist ein schöner Sommertag, kein Wölkchen am Himmel, als sie hochsieht, fällt ihr Blick auf die Dachantenne über dem Haus der Gemeinde des Wahrhaftigen Wortes, irgendwie wundert sie das, aber es will ihr nicht einfallen, warum.

Gemeinsam mit einem älteren Ehepaar aus Walldorf geht sie zur Hauptstraße vor an die Haltestelle. Sie sprechen darüber, wie schön der Gottesdienst wieder gewesen ist, und dass es doch wirklich schlimm sei, was sie im Fernsehen alles ausbreiten. Sie kommen nur langsam voran, denn die Frau aus

Walldorf hat eine schlimme Arthrose, bald wird sie an Stöcken gehen müssen, die Kasse würde ihr vielleicht eine Kur in einem Thermalbad bezahlen, aber wer sorgt dann für den Mann?

Sie kommen aber doch noch rechtzeitig zur Haltestelle, der Bus hält wenig später, mit ihr und dem Paar aus Walldorf steigt auch ein Mann ein, der ihr den Vortritt lässt. Sie verabschiedet sich von dem Paar und setzt sich auf eine Bank beim Ausstieg, denn sie fährt nur wenige Stationen mit. Der Bus schaukelt an den Hängen der Berge entlang, es wäre schön, einmal wieder einen Ausflug zu machen, denkt die Frau, aber am Nachmittag will sie die Tante im Altenheim besuchen.

Dann hält der Bus auch schon am Bahnhof von St. Ilgen, sie steigt aus, ebenso der Fremde, der an der Haltestelle gewartet hatte. Sie steigt die Überführung hinauf und auf der Sandhausener Seite der Bahnlinie wieder hinunter, der Mann aus dem Bus hat den gleichen Weg wie sie, irgendwie ist das seltsam, sie hat ihn noch nie gesehen, warum läuft er hartnäckig hinter ihr her? Man könnte direkt meinen, er folgt ihr, angenehm ist das nicht, eigentlich ist sie aus dem Alter heraus, dass ihr Männer nachlaufen. Plötzlich muss sie daran denken, dass es auch schon Überfälle auf Supermärkte gegeben hat, bei denen die Verbrecher die Kassiererin als Geisel genommen haben, aber heute ist doch Sonntag...

»Entschuldigen Sie«, sagt der Mann hinter ihr. Sie erschrickt, dreht sich um und sieht ihn an und ist dann doch etwas beruhigt.

Er ist zwischen 50 und 60 Jahre alt, hält sich aufrecht, irgendwie straff, und blickt sie offen an, nicht so verdruckst, wie sie es auch kennt. Er sucht die Philipp-Schmidt-Straße, sagt er, aber das gibt ihr schon wieder einen Stich, denn das ist die Straße, in der Wilhelm... Sie erklärt ihm, dass er vorgehen soll bis zur evangelischen Kirche und dann rechts. Der Mann bedankt sich. »Ich suche einen Kollegen von früher... eigentlich dachte ich, er ist in dem Gottesdienst, wissen Sie, bei diesem Prediger, Sie waren doch auch dort.«

Oh nein, denkt die Frau und sieht ihn an. Hitze fällt vom Himmel, und der Boden schwankt.

»Ist Ihnen nicht gut?«

Die Frau wehrt ab. »Es geht schon.« Sie atmet durch. »Sagen Sie doch – wie heißt Ihr Kollege?«

Er sagt es ihr, aber sie weiß die Antwort schon. »Sie werden Wilhelm nicht antreffen«, antwortet sie entschlossen. Plötzlich findet sie nichts dabei, seinen Vornamen zu nennen. »Er ist tot. Er hat ...« Das muss nicht auf der Straße beredet werden. »Wollen Sie nicht auf einen Kaffee mitkommen? Ich wohne gleich da vorne.«

Einige Minuten später nimmt Berndorf in dem Sessel vor dem Couchtisch Platz, er sieht sich in dem kleinen, dunklen Wohnzimmer um, Fernseher, Schrankwand, an der anderen Wand hängen ein paar gerahmte Fotos, auf der Couch breitet ein Pandabär die Plüscharme aus ... Die Frau macht sich in der Küche zu schaffen, Berndorf steht auf und sieht sich die Fotos an, Kindheitserinnerungen, nichts von Wilhelm Troppau.

Die Frau kommt mit einem Tablett herein, blau geblümtes Service, dazu gibt es Kekse aus der Reformhaus-Abteilung. Der Kaffee lässt sich trinken, findet Berndorf und lobt ihn. Und dann erzählt er, wie sie zusammen bei der Polizei waren, Troppau und er, damals in Mannheim.

»Da wissen Sie sicher auch von dieser schrecklichen Geschichte?«, fragt sie plötzlich.

Das also hat er ihr erzählt. »Ja«, sagt er, »ich weiß davon. Natürlich weiß ich es.« Er erklärt ihr, dass er der Einsatzleiter war. Damals. »Für das, was da geschehen ist, bin ich verantwortlich. Nicht Wilhelm.« Er hat gemerkt, dass es bei ihr besser ankommt, wenn er ihn beim Vornamen nennt.

Die Frau sieht ihn aufmerksam und zweifelnd an. »Das verstehe ich nicht. Aber er hat doch ... Und warum hat man dann dieses schreckliche Flugblatt überall verteilt?«

Berndorf, der gerade nach der Kaffeetasse greifen will, hält inne. Flugblatt? Er wirft einen Blick auf die Frau. Dunkle Haare, dunkel vermutlich nicht mehr lange. Falten um Augen und Mund. Farbloser Lack an den Fingernägeln, der langsam abbröckelt. Und du? Seit drei Tagen läufst du durch den Heidelberger Sommer. Ein Pflastertreter auf der Suche nach Dingen, die nicht sind. Einer, der das Nichts selbst dort findet, wo etwas sein sollte. Ein Entdecker der Leere.

Aber diese Frau da ... Was für Flugblätter?

»Ja, nun haben Sie es selbst angesprochen«, lügt er. »Wegen dieses Flugblattes wollte ich mit ihm reden. Was man da vielleicht tun kann, verstehen Sie? Wann ist es denn aufgetaucht?«

Die Frau sieht ihn noch immer zweifelnd an. Sie merkt die Lüge, denkt er.

»So gut haben wir uns gar nicht gekannt«, sagt sie plötzlich. »Ich bin Kassiererin in einem Drogeriemarkt, in dem er manchmal Kunde war, wir haben immer nur ein paar Worte gewechselt, aber daran, dass er dort überhaupt eingekauft hat, hab ich gemerkt, dass er allein stehend ist.« Ein leichte Röte zieht sich über ihr Gesicht.

Dass er *auch* allein stehend ist, willst du sagen, denkt Berndorf. »Irgendwie hat er mir Leid getan. Ein großer stämmiger Mann, der immer so aussah, als ob er sich verlaufen hätte. Erst später hat er mir gesagt, dass er Depressionen hat.«

»Da kannten Sie ihn schon näher?«

»Ich hab mir mal ein Herz genommen und ihn eingeladen, er soll doch mit auf unser Gemeindefest kommen. Das war im Sommer vor drei Jahren. Er ging dann auch mit, und es war sehr nett, und er ist dann auch zu unseren Gottesdiensten gekommen...«

Aber mehr war nicht? Berndorf wartet.

»Mir kam es damals so vor, als sei er fröhlicher geworden, aufgeschlossener. Aber dann gab es immer wieder eine Zeit, in der er sich ganz in sich vergraben hat. Dann wollte er sich auch nicht mit mir treffen. Aber irgendwann hat er mir dann diese Geschichte erzählt. Die, wo Sie dabei waren.«

Sie macht eine Pause und greift nach einem Stück Gebäck. Berndorf sieht zu, wie ihre Finger den Keks zerbröseln.

»Ich glaube, das Schlimmste war, dass ihm niemand gesagt hat, was er tun soll. Wenn einem so etwas passiert, dann muss doch jemand da sein, der sagt, du hast das und das gemacht, und das und das ist deine Strafe...« Sie unterbricht sich. »Das klingt gerade, als ob er im Drogeriemarkt ein Fläschchen Parfüm heruntergeworfen hätte. Vielleicht war das der Fehler.«

»Es sind damals einige Dinge unklar geblieben«, weicht Berndorf aus. »Wir wissen bis heute nicht ganz genau, was sich abgespielt hat. Kann es sein, dass er versucht hat, das herauszufinden?«

Red nicht so wie dieser Prediger. Du weißt nicht.

»Woher wissen Sie das?«, fragt die Frau zurück. »Manchmal, wenn er noch nicht in seiner schlimmen Stimmung war, hat er gesagt, die haben mich damals hereingelegt. Haben mich in ein Feuer gestellt, damit etwas anderes im Dunkeln bleibt. Aber er wird es noch herausfinden. Nur...«

Berndorf wartet.

»Nur war das mehr so eine Art Laune von ihm. Ich hab dann schon gewusst, das kippt jetzt gleich, und er verkriecht sich wieder...«

»Er hat also nur davon gesprochen, dass er etwas herausfinden will. Unternommen hat er nichts?«

Die Frau überlegt. »Das dürfen Sie so nicht sagen. Ich weiß, dass er manchmal tagelang unterwegs war. Dass er versucht hat, mit Leuten zu sprechen. Aber mit wem er gesprochen hat und worüber, hat er mir nie erzählt.«

»Und irgendwann hat er damit aufgehört?«

»Ich weiß nicht, was er später gemacht hat. Ich weiß nur, wie es war, als die Flugblätter kamen«, antwortet die Frau. »Eines Sonntags lagen sie in der Kirche. Ich glaube, es war im Spätherbst. Und jemand hatte auf jeden Platz eines von diesen Blättern gelegt, dass man es nicht übersehen konnte... Das ist doch abartig, finden Sie nicht? Da gehen doch auch Kinder in die Kirche, und die müssen dieses Foto sehen, dieses Foto von einem nackten Mann, der auf dem Boden liegt und voll Blut ist.«

Wieder muss Berndorf die Frau anschauen. Was redest du da? Von Brian O'Rourke ist kein Foto veröffentlicht worden, nicht von der Leiche, niemand hat sie fotografiert, niemand außer dem Polizeifotografen, wenn einer darüber Bescheid weiß, dann bin ich es ...

»Hat Troppau das Foto gesehen?«

»Ja, er hat es gesehen«, antwortet die Frau. »Ich war mit ihm gekommen. Wir sind zu unseren Plätzen gegangen, und ich habe den Wisch in die Hand genommen und nichts verstanden. Das heißt, ich habe nur gemerkt, dass etwas mit Wilhelm ist. Noch heute sehe ich, wie er auf den Zettel starrt und ihn zerknüllt und um sich sieht, wie ein gehetztes Tier, als ob er die anderen Zettel auch alle einsammeln und zerknüllen müsste ... Und dann ist er aus der Kirche gelaufen.«

Berndorf blickt fragend.

»Ich bin in der Kirche geblieben«, fährt die Frau schließlich fort. »Wegen einem solchen Wisch läuft man nicht weg, dachte ich. Ich kann ihm am besten helfen, wenn ich dableibe. Grade drum.«

Sie trinkt einen Schluck Kaffee. »Aber es war ein Fehler. Von da an hat er sich ganz in sich eingeschlossen. Er hat nicht mehr mit mir reden wollen, und ich glaube, er hat es darauf angelegt, dass er mich nicht mehr sieht.«

»Sie haben dieses Flugblatt nicht aufgehoben?« Zaghaft fragt Berndorf, so, als könnte die Spur beim leichtesten Hauch zerstieben.

Die Frau schaut ihn an, dann steht sie schwerfällig auf und geht zur Schrankwand. Sie schließt ein Fach auf und sucht eine Weile herum. Schließlich kehrt sie zurück und legt schweigend ein angegilbtes Blatt vor Berndorf auf den Couchtisch. Auf dem Blatt sieht man die schlechte Reproduktion einer Fotografie. Sie zeigt den nackten blutverschmierten Körper eines toten Mannes. Darunter steht ein kurzer Text:

Ein ungesühnter Mord

Am 24. Juni 1972 ist der irische Staatsbürger Brian O'Rourke von Polizeibeamten, die nachts in die Wohnung seiner

Freundin eingedrungen waren, heimtückisch und kaltblütig erschossen worden. Brian O'Rourke war unbewaffnet und wehrlos. Er hatte keine Straftat begangen und war keiner verdächtig. Der Mann, der ihn erschossen hat, ist der pensionierte Polizist Wilhelm Troppau. Er gibt sich als frommer und angesehener Bürger und verzehrt in Ruhe seine Rente. Wann endlich stellt er sich der Gerechtigkeit?

Berndorf dreht den Zettel um. Aber auch auf der Rückseite steht kein Vermerk über Verfasser oder Hersteller. Er fragt die Frau, ob er den Zettel behalten könne.
»Nehmen Sie ihn nur. Ich bin froh, wenn ich ihn aus dem Haus habe. Übrigens sind auch in Wilhelms Nachbarschaft welche verteilt worden. Aber die meisten werden den Wisch weggeworfen haben. Irgendwie merkt doch jeder, dass es unrecht ist. Ich meine, so etwas darf man doch nicht drucken, über keinen Menschen, was immer er auch getan hat ...«

Es ist heiß im Foyer des Schwetzinger Schlosstheaters. In der einen Hand hält Birgit das Glas Sekt, das ihr Hubert gebracht hat, in der anderen den hübschen Fächer, der aussieht, als hätte sie ihn aus der Ballgarderobe ihrer Großmutter, geöffnet zeigt der Fächer einen Glücksdrachen, auf durchbrochener schwarzer Seide feurig-golden schimmernd und dann wieder blaugrün. Dazu trägt Birgit das Schulterfrei-Knöchellange aus Shantung-Seide, es ist seitlich geschlitzt, hoch bis zur Hüfte, aber sie hat ja schließlich Beine, die einen aufblitzenden Blick vertragen.

Hubert trägt seinen Musikerzieher-Smoking, ein klein wenig zu konventionell. Aber war es nicht eine für seine Verhältnisse ungewöhnlich charmante Idee, ihr an diesem dummen unnützen Samstag noch die Karten für die Festspiele zu besorgen? Gewiss sieht sie »Was ihr wollt« nicht zum ersten Mal, aber die Idee des Regisseurs, die Rolle der Viola ganz elisabethanisch zu besetzen, also mit einem knackigen jungen Mann, hat durchaus etwas für sich ... »Also es ist ein Junge, der ein

Mädchen spielt, das sich als Junge verkleidet«, erklärt sie Hubert, der ihr irgendwie nervös erscheint, als sitze ihm der Smoking zu knapp, und der schon wieder eines dieser weißen Plastiktütchen aufreißt, um sich ein frisches Brillentuch zu nehmen.

»Ist es nun sie oder ist es er«, fährt Birgit fort, »der sich in den Herzog verliebt, und ist es er oder ist es doch sie, die Olivia zum Schmelzen bringt?« Der Glücksdrache fächelt mit rotgoldener Zunge, und für einen Augenblick geht es durch Birgits Kopf, wie sie es denn vorziehen würde, wäre sie Olivia, aber dann fällt ihr Blick auf zwei Frauen, eine dick und qualmend und in ein unmögliches Abendkleid gestopft, die andere in grauem Fummel und mit langen abstehenden grauen Haaren, nicht schon wieder, denkt Birgit und wendet sich Hubert zu, der widersprechen will.

»Nein«, sagt er, »ich weiß nicht, ob mir das gefällt – dass Olivia sich zu einer verkleideten Viola hingezogen fühlt, das ist ja irgendwie hübsch und vielleicht auch traurig, für die Olivia, meine ich. Aber wenn Viola ein Kerl ist, der dem Herzog nachstellt ...«

»Die Schwulen würden sagen, du bist homophob«, bemerkt Birgit, aber dann kommt auch schon das Klingelzeichen, das das Ende der Pause ankündigt, und sie gehen wieder hinein in das Theater mit seinen goldverzierten Rokoko-Logen, spielerisch schlägt Birgit den Fächer auf, dies ist dein Abend, ein Abend für dich, soll ihr der Glücksdrache sagen, aber plötzlich glaubt sie ihm nicht mehr.

Außerdem spürt sie wieder dieses Jucken.

»Ich komm nicht darüber weg«, schnauft Isabella und zwängt sich auf ihren Platz, »also dieser Kerl kommt zu mir und sagt, dass die Betriebsgenehmigung für die Heizung abgelaufen ist, hast du so etwas schon einmal gehört? Und dass der Eigentümer die ganzen Rohre ausbauen lassen will, weil Zentralheizungen ökologisch sowieso überholt seien, kannst du dir das vorstellen? So ein Heini in knappen Jeanshöschen und mit kurz geschorenen Haaren und mit Goldring im Ohr, und will mir was von Ökologie erzählen!«

Auch Franziska setzt sich. »Ich nehme an, du hast ihn gefragt, wann der Umbau stattfinden soll?«

»Natürlich hab ich ihn das gefragt«, antwortet Isabella, »immer wieder, und immer wieder habe ich eine von diesen wachsweichen Antworten bekommen, nach den Handwerkerferien, *selbstverständlich werden wir uns bemühen, gnädige Frau, bis zu Beginn der Heizperiode* ... Der verarscht mich doch, der Heini, macht sich über mich lustig mit seinem« – hasserfüllt bekommt Isabella einen ganz spitzen Mund – »mit seinem Gnädige Frau, andersrum ist er wahrscheinlich auch noch, ganz sicher ist er das, das sind die Schlimmsten, in meiner Branche muss ich mich da auskennen ...«

In der Kuppel über dem Parkett erlöschen die Kronleuchter. Das Gemurmel im Publikum verstummt, in der Luft hängt der Geruch der Deos und des Parfüms, das von nackten Frauenschultern aufsteigt.

»Ich bin morgen in Frankfurt«, flüstert Franziska, »eine alte Freundin besuchen, schau'n wir mal, was ich über diesen Eigentümer herausfinde.«

OLIVIA: Bleib! Ich bitt dich, sage, was du von mir denkst.
VIOLA: Nun, dass Ihr denkt, Ihr seid nicht, was Ihr seid.
OLIVIA: Und denk ich so, denk ich von Euch dasselbe.
VIOLA: Da denkt Ihr recht: ich bin nicht, was ich bin ...

Bin ich denn, was ich bin, fragt sich Birgit. Bin ich wohl. Mann ist Mann, oder? Nicht immer. Aber Frau ist Frau. Da gibt es keine Täuschung. Keine wirkliche. Wer den anderen täuschen will, muss den anderen verstehen. Viola kann Olivia täuschen, weil beides Frauen sind. Oder sein sollten. Nur deshalb. Ein Mann kann eine Frau nicht täuschen. Nicht auf Dauer. Wieso hat Hubert eigentlich am Samstagnachmittag noch die Karten besorgt? Und wo hat er sie um diese Zeit bekommen?

Und wieso hab ich eigentlich einen Pilz eingefangen, oder

was ist es, was ich da unten hab? Ich war doch gar nicht schwimmen. Und wenn ich den von Hubert hab, von wem ....

OLIVIA: Verschämte Liebe, ach! Sie verrät sich schnell wie Blutschuld ...

Montag, 3. Juli

Die Fenstersprossen gliedern das Sonnenlicht, das in das dunkle holzgetäfelte Büro fällt, zu lang gestreckten Rechtecken. Tamar bleibt an der Türe stehen. »Sie haben mich rufen lassen?«, sagt sie zu dem Mann, der am Schreibtisch sitzt und über ein Schriftstück gebeugt ist. Der Schreibtisch ist leer, denn auf der Führungsakademie hat man Kriminalrat Englin beigebracht, dass ein leerer Schreibtisch eines der Kennzeichen eines guten Vorgesetzten ist.

Englin reagiert nicht und liest weiter. Denn wenn er ein Schriftstück liest, ist es ein wichtiges Schriftstück. Eines, das zu Ende gelesen werden muss, auch wenn es nur Tamars Bericht ist, den sie noch vor der Morgenkonferenz bei Englins Sekretärin abgegeben hat. Eines nach dem anderen zu tun ist auch eines der Kennzeichen, die Englin auf der Führungsakademie ...

»Nehmen Sie bitte Platz«, sagt er schließlich und sieht zu ihr hoch. Trotz des Gegenlichts erkennt Tamar, wie sein linkes Augenlid kurz und hektisch zuckt. »Ich wollte mit Ihnen noch über diese Geschichte in Wieshülen sprechen ...«

Tamar nimmt den Besucherstuhl und setzt sich, gerade aufgerichtet, ohne sich anzulehnen. Dann fällt ihr ein, dass das exakt die *Das-ist-aber-ein-wohlerzogenes-Mädchen-Haltung* ist, und fläzt sich tief in den Stuhl.

»Ich meine, und das ist vielleicht bei unserem Telefonat am Samstag nicht deutlich genug ausgesprochen worden«, beunruhigt zuckt das Augenlid, »dass Sie da ja sehr umsichtig vorgegangen sind, es wäre ja unverzeihlich, ja geradezu verhängnisvoll, wenn wir bei dem Tod einer solchen Persönlichkeit nicht alle Umstände einer sorgfältigen ...«

Wieder zuckt das Augenlid. Jetzt weißt du nicht weiter, wie, denkt Tamar. Im Gehege deiner Gewundenheiten verstolpert. Und was ist das überhaupt für eine neue Teufelei, die du vorhast?

»Also sehr umsichtig«, schließt Englin fürs Erste seinen Gedankengang. »Und ich bin Ihnen auch durchaus dankbar, dass Sie die Umstände aufgelistet haben, die – nun ja, an ein Fremdverschulden denken lassen könnten. Äh.« Er beugt sich wieder über den Bericht, dann zieht er ein zweites Schriftstück darunter vor. »Glücklicherweise können wir die von Ihnen zusammengetragenen Fragen – nun ja, vielleicht nicht gänzlich, aber doch insoweit beantworten, dass dritte Personen an dem Unfalltod des Herrn Zundt nicht beteiligt gewesen sein können, weil sich solche dritten Personen zur fraglichen Zeit nicht im Umkreis der Grünheim-Akademie aufgehalten haben ...«

Was für ein Unsinn!, denkt Tamar. Vom Oberverfassungsförster und seinem Adjunkten haben wir uns sogar die Papiere zeigen lassen.

»Ich habe hier eine Mitteilung aus dem Landesamt für Verfassungsschutz«, fährt Englin fort. »Regierungsdirektor Weimer teilt mir darin mit, dass seiner Dienststelle Hinweise zugegangen seien, die ...« – heftiges Zwinkern – »... also die auf mögliche bedenkliche Aktionen im Umfeld der Akademie hinweisen, ein an sich sehr bedauerlicher Umstand.«

Hinweise, die hinweisen, weisen hin.

»Regierungsdirektor Weimer hat sich deshalb entschlossen, die Akademie observieren zu lassen. Aber das wissen Sie ja.« Englins Gesichtsmuskeln zerren seine Oberlippe hoch. »Fernmündlich hat sich Kollege Weimer übrigens sehr anerkennend über Sie geäußert. Er hätte nicht gedacht, dass Sie die Observation bemerken würden. Er hat mir sogar gesagt, wenn ich keine Verwendung mehr für Sie hätte, würde er Sie mit Handkuss nehmen!« Ein merkwürdiges Geräusch bricht aus ihm heraus. Tamar braucht einige Zeit, bis sie begreift, dass es ein Kichern ist. »Ich habe natürlich sofort klargestellt, dass wir Sie uns auf gar keinen Fall abwerben lassen.«

Pfui Teufel, denkt Tamar. Diese Geschichte wird oberfaul.

»Ja«, fährt Englin fort, nachdem seine Gesichtsmuskeln die Oberlippe wieder haben fallen lassen. »Wir haben hier also die zuverlässigsten Zeugen, die wir uns wünschen können. Und wir können zweifelsfrei sagen, dass es im Fall Zundt kein irgendwie geartetes Fremdverschulden gegeben hat... Wir können diese Akte also guten Gewissens schließen.«

»Versteh ich das recht«, fragt Tamar zurück, »der Verfassungsschutz entscheidet, wann wir ermitteln und wann nicht?«

Weh zuckt Englins Augenlid. »Aber ich bitte Sie! Das ist doch nichts weiter als kollegiale Amtshilfe, eine uns bedrängende Frage wird zweifelsfrei und fundiert beantwortet...«

Tamar kehrt in ihr Büro zurück, wo Kuttler dabei ist, am Telefon mit dem Gerichtsmediziner Kovacz über eine Frau zu streiten, die es am frühen Sonntagmorgen fertig gebracht hat, in ihrer Badewanne zu ertrinken.

Kalt hat sich Wut in Tamars Gesicht gekrallt. Sie fühlt sich – begrapscht fühlt sie sich, das ist die einzige Assoziation, die ihr einfällt. Und ausgetrickst.

Entschlossen setzt sie sich an ihren Computer und klickt den Internet-Anschluss an, den sie sich mit unermüdlichen Eingaben und immer neuen Begründungen erkämpft hat. Wie es sich inzwischen gehört, hat auch der Deutsche Bundestag eine Website, Tamar ruft die Liste der Abgeordneten in alphabetischer Reihenfolge auf, und richtig erscheint nach Schnaase-Schrecklein, Gabriele der Abgeordnete Schnappauf, Giselher und erst dann Schnatzheim, Theophil. Und weil sie schon dabei ist, ruft Tamar die Bundestagsverwaltung in Berlin an und lässt sich mit dem Büro des Abgeordneten Schnappauf verbinden, wo sich eine sehr junge, sehr professionell und sehr norddeutsch klingende Stimme meldet, die Schnappaufs Parlamentarischer Mitarbeiterin gehört.

»Tut mir Leid, er ist jetzt in der Fraktionssitzung, und danach hat er einen Fernsehtermin, von dort muss er in den Innenausschuss ...«

Tamar sagt schnell, dass sie in einem Todesfall ermittelt, und ob die Stimme am anderen Ende ihr vielleicht sagen könne, ob ein Zundt, Gerolf in der vergangenen Woche mit Schnappauf verabredet gewesen sei ...

Die Mitarbeiterin schweigt für einen Augenblick. »Sie sind Kriminalbeamtin? Merkwürdig. Entschuldigen Sie. Merkwürdig ist, dass Sie nach einem Herrn Zundt fragen. Ist er tot? Wir haben uns nämlich schon gewundert ... Ein Herr Zundt hatte letzte Woche angerufen, abends, und hatte dringend um einen Gesprächstermin gebeten. Allerdings hat er mir nicht gesagt, um was es ging, er sagte nur, er habe wichtige Informationen. Giselher hatte für den nächsten Tag seine Teilnahme an einer Konferenz der Personalräte der Gewerkschaft der Polizei zugesagt und meinte, der Herr Zundt solle dort, im Stuttgarter Gewerkschaftshaus, auf ihn warten, nach seinem Referat werde er eine Viertelstunde Zeit für ihn haben ...«

Abends erreicht Zundt die Mitarbeiterin, denkt Tamar, und die Mitarbeiterin klärt auf der Stelle, wo und wann Giselher empfangen kann? Sehr eng, diese Arbeitsbeziehung.

»Aber dieser Herr Zundt ist nicht gekommen«, fährt die Mitarbeiterin fort, »mich hat es nicht überrascht, nach meinem Eindruck am Telefon war es ein wichtigtuerischer, grober Mensch, vielleicht war es nur der Dialekt, aber das ist sicher ungerecht, Sie zum Beispiel hören sich ganz anders an ...«

Mir ist aber nicht nach Turteln. »Wann hätte Zundt denn in Stuttgart sein sollen?«

»Wir hatten ihm gesagt, er solle sich bis 14 Uhr beim Pförtner melden und im Foyer warten. Ich hätte ihn dann in Empfang genommen. Aber dort hat sich niemand gemeldet.«

»Das wundert mich nicht«, sagt Tamar und gibt sich alle Mühe, möglichst kühl und abweisend zu klingen. »Um 14 Uhr war er schon tot. Er ist einen Felsen hinuntergefallen.«

»Ein Bergsteiger? Aber was will so jemand von uns?«

»Sehen Sie – eben dies hätte ich auch gerne gewusst.« Wann Schnappauf denn persönlich zu sprechen sei? »Unter vier Augen wäre es mir lieber als am Telefon.«

»Ach ja?«, macht die Herrin der Termine. Dann gibt es eine kurze Pause. »Wenn es noch in dieser Woche sein soll und Sie nicht nach Berlin kommen wollen, geht es eigentlich nur morgen Abend. Er hält einen Vortrag in der Evangelischen Akademie Tutzing...«

Missmutig blickt Berndorf auf seinen Schreibtisch, den er sich vor einigen Jahren bei einem Möbel-Discounter besorgt hat und der zu jenen Erzeugnissen gehört, denen mit dem Alter keinerlei Würde zuwächst. Es liegen darauf herum: die noch ungeöffnete Telekom-Rechnung, ein Schreiben des Landesamts für Besoldung, ebenfalls ungeöffnet, Montaignes Tagebuch seiner Bäderreise, zwei Bände aus der Lichtenberg-Taschenbuchausgabe, das Reiseschach, bei dem ein weißer Springer durch ein abgebrochenes Streichholz ersetzt ist, ein alter, erheblich beschädigter Band *Aus dem Schatzkästlein des Rheinischen Hausfreunds*, eine von jenen Tesa-Kleberollen, die sich, sollten sie gebraucht werden, als leer erweisen werden... Und das Flugblatt. Der Wisch, der aussieht, als ob er in einer billigen Klitsche gedruckt worden sei. In einer Klitsche wie der in Leimbach, und von einem Drucker, der für einen Hunderter oder zwei auch schon mal das Impressum vergisst.

Gestern war sein erster Gedanke gewesen, Steffens aufzusuchen und ihm den Wisch unter die Nase zu halten. Aber dann war ihm klar geworden, dass er Steffens nicht in die Mangel nehmen würde. Niemanden wird er mehr in die Mangel nehmen. Er muss abwarten, was Steffens ihm freiwillig erzählen wird. Immerhin: Steffens braucht Geld. Irgendeine kleine unnütze Information wird er verkaufen wollen.

Er war dann von Sandhausen zurück nach Heidelberg gefahren und hatte dort in einem Internet-Café die Ortsnetze im näheren und weiteren Umfeld der Rhein-Neckar-Region abgesucht. In Bensheim/Bergstraße hatte er schließlich den Anschluss und die Adresse eines oder einer W. Busse gefunden, aber gemeldet hatte sich nur die helle, angenehm akzentuierte Stimme eines automatischen Anrufbeantworters. Ein Mann also, und mit einer Stimme ... Aber das musste nichts heißen. Er hatte aufgelegt, ohne eine Nachricht zu hinterlassen.

Eine Stunde später war er in den Zug nach Ulm gestiegen.

Ein Montagvormittag also in seiner Ulmer Wohnung, und niemand will etwas von ihm. Seit zwei Stunden schon wird der Münchner Rechtsanwalt Auffert »in den nächsten zehn Minuten« in seiner Kanzlei erwartet. Bei Anwälten ist das nun einmal so. Verhandlungen ziehen sich hin, Urteilsverkündungen lassen auf sich warten.

Wenigstens hat Berndorf den Sektenbeauftragten der Evangelischen Landeskirche in Baden erreicht, einen zögernden Herrn ...

»Ja, die Gemeinde des Wahrhaftigen Wortes in Heidelberg-Kirchheim ist uns bekannt ... nein, fernmündlich wollen wir uns darüber nicht äußern ... nein, unseres Wissens gibt es keine anderen Gemeinden dieser Richtung, auch keinen Bischof ... ja, wir nehmen an, dass dieser Prediger Hesekiel auch der Leiter dieser, äh, Gruppe ist, Wehlich heißt er übrigens, Friedemann Wehlich ... nein, ich kann Ihnen keine weiteren Auskünfte geben, wir legen schließlich keine Dossiers an ...«

Aufferts Sekretärin will immerhin ausrichten, dass Berndorf angerufen habe. Aber manchmal ist es bei Anwälten auch so, dass sie keineswegs jeden zurückrufen, der etwas von ihnen will. Egal, sagt sich Berndorf und überlegt, ob er in der Zwischenzeit die angesammelten Ausgaben des *Tagblatt* durchsehen soll, wird nicht lange dauern ... Vielleicht wird er auch kurz zur Tankstelle unten in der Karlstraße gehen und sich das Hamburger Magazin holen, so bald wird sich Auffert nicht melden. Plötzlich spürt er, wie Panik in ihm hochkriecht. Das würden seine Montagvormittage sein? Zur Tankstelle latschen, *Spiegel* kaufen, warum nicht auch den *Kicker*, irgendwann den Berbern nebenan ein Bier ausgeben ...

Das Telefon klingelt, er stürzt zum Schreibtisch, aber es ist nicht Auffert, sondern Barbara, nun, das darf keine Enttäuschung sein ... leider ist Barbara in Eile.

»Höre, das mit dem Genossen Halt-das-mal ist schwieriger, als ich dachte. Ich habe nur eine schnöselige Assistentin erreicht, die mir etwas von einer Beerdigung vorgenölt hat, offenbar die einer bedeutenden Persönlichkeit eurer baden-württembergischen Zeitgeschichte, Schatte soll den Nekrolog halten, in Wicshülen, ist das nicht in der Nähe von Ulm ...?«

Dann verabschiedet sie sich auch schon, am Abend werden sie mehr Zeit füreinander haben, das heißt, sie wird Zeit für ihn haben ... Berndorf holt sich die angesammelten ungelesenen Ausgaben des *Tagblatt*, rasant geht es mit dem deutschen Fußball abwärts, die Bundesregierung weiß noch immer nicht, ob sie die rechtsradikale Nationale Aktion verbieten lassen soll oder nicht, wegen Aufforderung zu Mord hat ein muslimischer Sektenführer vier Jahre eingefangen, in Straßburg wird ein deutsch-französisches Regierungstreffen vorbereitet ... Chefredakteur Dompfaff kommentiert mit spitzen Fingern die Entscheidung des Regierungschefs, den einstigen Revolutionären Sozialisten und Straßenkämpfer Tobias Ruff als seine neue rechte Hand ins Kanzleramt zu berufen: Offenbar wolle der »im Glashaus seiner Fehlentscheidungen nervös gewordene Kanzler sich dadurch schützen, dass er sich der Dienste ausgerechnet eines ehemaligen Steinewerfers versichert ...«

Berndorf schüttelt den Kopf und blättert weiter, bis er in der Montagausgabe schließlich den ausführlichen Nachruf auf Gerolf Zundt findet. Der Name ist ihm dunkel ein Begriff, Wieshülener Akademie für irgendwas, Staatspartei, Mitglied des Kreistags, dortselbst mit einer Attacke auf die zersetzende Literatur hervorgetreten, die angeblich in der Kreisbücherei zu finden sei... War es Grass gewesen, der Zundts Zorn erregt hatte, oder waren es doch eher die Asterix-Hefte? Jedenfalls ist er jetzt den Albtrauf hinuntergefallen, *risum teneatis, amici!* würde Goscinnys einbeiniger Pirat bemerken.

Berndorf verspürt wenig Lust, sich eine schwarze Krawatte und eine Beerdigung anzutun, weder des Professors Schatte und schon gar nicht des Kreisrats Zundt wegen. Eigentlich ist er davon überzeugt, dass nicht einmal der unerlöste Geist des Wilhelm Troppau das von ihm verlangen kann.

Es klingelt an der Tür.

Berndorf geht hin und öffnet. Vor ihm steht, hinreißend konkret, Tamar. Jeans. Khakihemd. Das raubtiergleiche Lächeln einer Kriegerin.

»Tag, Chef.« Sie tritt ein. »Ich bin froh, dass Sie wieder im Land sind.« Leider hat sie seine Entlassungsurkunde nicht dabei. »Englin besteht darauf, dass er Ihnen das Papier persönlich überreicht, wissen Sie, er hat so lange an seiner Ansprache geübt...« Nein, einen Tee will sie nicht, aber ein Mineralwasser, gerne. Wie es denn in Heidelberg gewesen sei? Sie nimmt am Schachtisch Platz, es ist ein Platz, der ihr steht, aber er merkt, dass sie bedrückt aussieht.

Diese Heidelberger Geschichte – weiß nicht, ob ich dir das auf die Nase binden muss. »Ich schnüffle einer alten Sache nach. Aus einer Zeit, da hat es Sie – glaub ich – noch gar nicht gegeben. Aber es ist ein hartes Brot, so als Klinkenputzer, ohne den ganzen Apparat von euch Amtsbullen... Wie läuft's denn so im alten Neuen Bau?« Du bist doch nicht gekommen, nur, um mir die Urkunde nicht zu bringen.

»Manchmal sind Sie ganz schön abweisend«, bemerkt Tamar. »Wissen Sie das? Trotzdem würde ich Ihnen gerne etwas erzählen. Es ist eine Geschichte, in der etwas schief läuft, und ich verstehe nicht was. Darf ich?«

Berndorf nickt, und Tamar holt Atem und beginnt von Zundt zu berichten, der den Albtrauf hinuntergefallen ist, was Berndorf nun auch schon weiß, und von den Dingen, die er nicht weiß, von Zundts demoliertem Audi und dem im Waldesdickicht verschwundenen Assistenten Grassl, vom leeren Tresor und der kreischenden Witwe und dem Bundestagshandbuch, in dem der Name des Abgeordneten Schnappauf fehlt, der sich mit den Oberförstern angelegt hat, von denen sich prompt einer samt Adjunkt am Waldrand aufstöbern lässt ... »Und jetzt haben sie uns die Ermittlungen auf die kalte Tour abgewürgt. Die Sache ist so faul, dass sie zum Himmel stinkt. Also kann ich sie nicht auf sich beruhen lassen.«

Berndorf hat schweigend zugehört. Und als sie alles erzählt hat, sagt er noch immer nichts. Schließlich schlägt er vor, dass Tamar vielleicht doch eine Tasse Tee mit ihm trinkt.

Diesmal ist sie einverstanden, und sie gehen beide in die winzige Junggesellenküche. »Wenn ich Sie recht verstanden habe«, sagt Berndorf, während er wartet, dass es im Wasserkocher zu sprudeln beginnt, »dann soll ich morgen zur Beerdigung von diesem Zundt gehen und mich dort ein wenig umsehen?«

Tamar nickt. »Ja, wenn es möglich ist. Ich will ja nach Tutzing. Aber woher wissen Sie, dass dieser Zundt morgen beerdigt wird?«

»Weil ich weiß, dass dort jemand eine Ansprache halten will.« Er gießt den Tee auf. »Ein Ernst Moritz Schatte. Zufällig weiß ich das, und wie es sich fügt, habe auch ich eine Bitte an Sie. Dieser Schatte hat im Juni 1972 im Rhein-Neckar-Raum gelebt, irgendwo in Heidelberg oder Mannheim oder dazwischen. Ich würde gerne wissen, ob und wo er damals polizeilich gemeldet war.« Tamar hat ihren Notizblock herausgezogen und notiert den Namen.

»Außerdem würde ich das gerne auch von einer Birgit Schiele wissen«, fährt Berndorf fort, während er das Tablett mit dem Tee und dem Geschirr in sein Wohnzimmer trägt. »Und weil ich zu dem Termin eine schwarze Krawatte umbinden muss, was mir ganz besonders grauenhaft ist, hätte ich noch gerne gewusst, ob es zu einem gewissen Wehlich, Friedemann ein Strafregister gibt. Er ist etwa 50 Jahre alt, Sektenprediger von Beruf, was er gelernt hat, weiß ich nicht ...«

»Was soll weitergehen?« Große schläfrige grüne Augen richten sich auf Birgit Höge. »Diese Frau hat zehn Jahre schuften müssen wie blöd, die ist doch alt und fertig, das schreibt doch der Maupassant selbst. Da geht nichts weiter. Wenn man alt ist, ist es vorbei...«

Selbstgefällig lehnt Bettina sich zurück, nicht ohne Birgit mit einem andachtsvollen Augenaufschlag zu bedenken.

»Das ist vielleicht nicht sehr intelligent ausgedrückt«, wirft Donatus ein. »Trotzdem hat Bettina Recht. Diese Geschichte ist sowieso ziemlich ätzend, aber wenn wir sie weiterschreiben, dann machen wir sie vollends kaputt. Der Plot lebt doch davon, dass dieses Ehepaar sich für etwas krumm arbeitet, was in seiner Vorstellung immer kostbarer erscheinen muss, immer unbezahlbarer, und je länger sie sich abplagen, desto strahlender stellen sie sich das Collier vor, vielleicht sind sie auf ihre Weise sogar glücklich, dass sie ein solches Schmuckstück neu schaffen dürfen, und weil das so ist, tritt die Katastrophe erst dann ein, als sie erfahren, dass dieses wundersame Ding Talmi war, nicht mehr wert als ein paar läppische Mark... Wenn sie das begreifen, stürzt ihre Welt ein und begräbt sie unter sich, und deswegen kann es nichts geben, was danach kommt.«

Bettina betrachtet Donatus mit großen runden Augen. Das hast du wohl nicht begriffen, denkt Birgit und wird dabei vom Pausenzeichen unterbrochen.

»Es wird sehr interessant sein, Donatus, diese Interpretation in Maupassants Sprache nachzulesen«, sagt Birgit zuckersüß. »Und auch Bettina darf ihre Gedanken, oder was sie dafür hält, zu Papier bringen. Sie könnten sich dabei ja auch überlegen, wie es wäre, wenn Sie zehn Jahre älter wären und putzen gehen müssten.«

Plötzlich waren ihr Krallen in die Stimmbänder gefahren. Sie atmet kurz durch und fährt fort, wieder sanft und katzenmild. »Wir sind uns also einig? Sie schreiben mir entweder eine Fortsetzung der Geschichte, oder Sie begründen, warum diese Fortsetzung nicht möglich ist...« Sie wendet sich zur

Tür. Ihr führt mich nicht vor. Niemand tut das. Ihr werdet euch noch wundern, wie ich mit euch fertig werde.

Sie geht auf die Toilette. Am Waschtisch im Damenscheißhaus steht das Huhn Miriam und fummelt mit Wasser im Gesicht herum. Liebeskummer, wie? Verschon mich damit. Sie geht ins Klo und schließt ab und holt aus ihrer Handtasche die Salbe gegen den Pilz ...

Ein Schaudern läuft über ihren Körper. Sie muss sich gegen die Kabinenwand lehnen. Für einen kurzen Moment schließt sie die Augen, plötzlich ist sie wieder die verschüchterte Studentin von damals, sie sieht die hochgezogenen Augenbrauen, mit denen der Arzt sie mustert ...

»*Phthirius pubis,* vulgo Filzläuse, weiter kein Problem, verehrte Kommilitonin, aber vielleicht sollten Sie bei der Auswahl Ihrer Partner künftig doch etwas strengere Maßstäbe anlegen ...«

Wie lange war das her? Der heiße Sommer. Ihr Elend damals. Ich bin nicht, was ich bin. Bist du doch. Nichts hat sich geändert.

Das wirst du mir büßen.

Als sie das Klo wieder verlässt, ist auch das Huhn verschwunden. Birgit geht ins Lehrerzimmer und holt sich einen Becher Kaffee, der so müffelt, als ob die Kanne zu lange auf der Heizplatte gestanden sei. Hubert sitzt schon an seinem Platz und tut sich mit Hilffreich wichtig, der am nächsten Dienstag nach dem Volleyball wieder zum Bahnhof gebracht werden will, was ist das nun wieder für eine Lügengeschichte? Das weiß ich doch, was du dienstags treibst, oder kann das arme Mädchen gerade nicht, weil es ein kleines Wehweh hat?

»Hört euch das mal an«, übertönt Elfriede Pirschkas herrschsüchtige Stimme das Pausengemurmel. »*Der androgyne Liebreiz, mit welchem der Darsteller der Viola in seinem Werben jungmännliche Virilität und hingebungsvolle Sehnsucht zu vereinen wusste ...*« Anklagend hebt sie die Rhein-Neckar-Zeitung hoch, oder genauer: deren Feuilleton-Seite, die im Griff der rot lackierten Krallen schon ganz zerknittert scheint. »Da willst du diesen Kinderchen beibringen, dass sie wenigstens ab und zu einen Blick in die Zeitung werfen – und dann steht ein solcher Stuss darin! Offenbar wird diese Welt galoppierend verrückt, erst lassen sie in Schwetzingen einen Knaben als Viola auftreten, was ein alter Hut, und schon schnappt dieser Feuilletonist über...«

Irgendetwas hat Hubert aufgestört. Einem Goldfisch gleich, der vergessen hat, wie er im Kreis herumschwimmen muss, starrt er auf die Pirschka.

»Ist kein alter Hut, finde ich«, sagt Birgit kühl. Keine Wirkung zeigen. Vor niemandem. »Wir waren draußen in Schwetzingen, und es war ein ganz reizender Abend, nicht wahr, Hubert?« Nun ist es sie, die er anstarrt, als ob er gegen die Glasscheibe gedöselt sei. »Und der Kerl, der die Viola gespielt hat, war hinreißend, niemand hätte vom bloßen Anschein her sagen können oder wollen, ist das ein Junge, der ein Mädchen spielt, das einen Jungen darstellen will, oder ist es ein Mädchen, das ein Junge ist, der ein Mädchen spielen will ... So daneben ist das also gar nicht, was du vorgelesen hast.«

Die Pirschka lässt ihre Zeitungsbeute sinken und betrachtet Birgit mit aufgerissenen Augen. »Birgit, was höre ich? Ahne ich da eine Anmutung von Sappho? Und welche verborgenen androgynen Liebreize wohl Hubert hat?!«

Schrillschnepfe, herrschsüchtige. Birgit trinkt rasch einen Schluck Kaffee, der aber wirklich nur zum Abgewöhnen ist. Du willst wissen, was die verborgenen Liebreize Huberts sind? Das lässt sich machen. Allerdings lässt sich das machen ... Miriam huscht zur Tür hinaus. Birgit blickt ihr nach. Immer huscht Miriam irgendwo zur Tür hinaus. Ein Huscherl.

Die Helios Heimstatt GmbH & Co. KG residiert in einem schmucklosen grauen Bau, der überhaupt nicht nach dem postmodern gelifteten Frankfurter Westend und den Kenzo-gewandeten Geschäftemachern der New Economy aussieht, sondern nach fleckigem Bodenbelag und nach den Aussiedlern aus Kasachstan.

Die Haustür lässt sich mit Hilfe eines Plastikstreifens öffnen, das ist einer der Tricks, die sich Franziska von einem Mannheimer Kripo-Mann hat beibringen lassen. Schon von außen war zu sehen, dass zur Helios Heimstatt kein Fahrstuhl führen wird. Wir haben es nicht mit der arrivierten desodorierten Habgier zu tun, denkt sie, während sie die Treppe mit den Kunststein-Stufen hinaufsteigt, sondern mit einer anfängerhaften, einer, die noch aus den Achselhöhlen riecht.

Das wird die Sache für Isabella nicht leichter machen.

Im dritten Stock links sieht sie das kleine Messingschild der Helios und klingelt nachdrücklich. Sie hat zuvor nicht angerufen, mit Absicht nicht. Wenn sie erst auf der Matte steht, kann man sie so leicht nicht abwimmeln.

Die Tür geht auf, ein hoch gewachsener junger Mann öffnet, Designer-Jeans, schwarzes T-Shirt, kurzes blondes Haar, Ring im Ohr.

Isabellas schwuler Heini, denkt Franziska. Und ob der desodoriert ist. Gucci for men, oder etwas in der Art.

»Bitte, was kann ich für Sie tun?« Blick: unangenehm berührt. Stimme: wohlmoduliert, gewandt.

Franziska legt los. Die Helios habe doch in Heidelberg-Neuenheim dieses wirklich reizende Haus erworben, »wunderhübsches 1910, meinen Glückwunsch!« Zufällig suche sie für ihren Patensohn eine passende Eigentumswohnung, für das Wintersemester hat er einen Ruf an die Heidelberger Universität angenommen, »er ist Mediävist, müssen Sie wissen«, eine passende ansprechende kleine Wohnung sollte es sein, »ich glaube, ein Loft, sagt man heute dazu ...«

Munter plappernd nähert sie sich dem jungen Mann, darauf vertrauend, dass ihm munter plappernde Frauen so angenehm sein werden wie ein besonders unappetitliches, besonders schleimig sich ringelndes Otterngekreuch, aber der junge Mann tritt nur höflich zur Seite und meint, wenn sie nun schon einmal da sei, solle sie doch ruhig hereinkommen. »Aber die Wohnungen in unserem Heidelberger Projekt sind eigentlich noch nicht so weit ...«

Franziska betritt ein unauffälliges Büro, nicht gestylt, nicht ärmlich, helle Holzmöbel, Grafiken von Keith Haring an den Wänden, sie nimmt in einem schwarzen Ledersessel Platz und hört an, was ihr der Blonde vorträgt.

»Das Haus hat einen indiskutablen Energieverbrauch, und das bedeutet, dass wir tief greifende Verbesserungen vornehmen müssen ...«

Schönschwätzer, denkt Franziska.

»Finanzieren lässt sich das aber nur, wenn wir hochwertigen Wohnraum schaffen, wie er dieser Lage übrigens auch angemessen ist, und das setzt wiederum einige weitere Investitionen voraus, wir werden einen Fahrstuhl einbauen müssen, und anderes mehr – verstehen Sie, das geht nicht so schnell, bis zum Beginn des Wintersemesters eher nicht ...«

Das leuchte ihr durchaus ein, meint Franziska, aber ob ihr ein ungefährer Zeitrahmen genannt werden könne? »Sie haben ja auch das lästige Problem mit den Altmietern ...«

Der junge Mann mit der angenehmen Stimme nickt höflich. »Auch das können wir noch nicht abschätzen. Wir nehmen an, dass die meisten der Wohnungen sich nach der Sanierung für die bisherigen Mieter finanziell nicht mehr darstellen lassen. Aber dabei erlebt man Überraschungen, sodass ich Ihnen jetzt noch nicht sagen kann, welche Einheiten frei werden – und, verstehen Sie mich bitte richtig, wir lehnen es ab, in irgendeiner Weise auf unsere Mieter Einfluss zu nehmen ...«

Was für eine scheißfreundliche, aalglatte Halsabschneider-Schwuchtel. Laut sagt Franziska, man möge sie doch vormerken. »Und sobald Sie einen Prospekt haben, schicken Sie ihn mir bitte.« Sie gibt ihre Mannheimer Adresse an, und der Blonde notiert sie höflich. Dann blickt er aber doch zu ihr hoch und lächelt fein. »Ihr Patensohn ist Mediävist, sagten Sie? Das ist dann sicher der Lehrstuhl von Schmalbach ... Ich hätte nie gedacht, dass er schon emeritiert ist.«

Dreimal verfluchte mediävistische Spekulantenschwuchtel, flüstert Franziska tonlos, als sie die Treppe hinabsteigt und das Haus verlässt.

Draußen kommt sie an den reservierten Parkplätzen vorbei. Ein Mann parkt ein orangefarbenes Coupé ein, das Auto sieht nach irgendeiner italienischen Luxusmarke aus und hat kein Frankfurter F-, sondern ein HP-Kennzeichen aus dem Kreis Bergstraße, ist der Fahrer vielleicht der Chef des mediävistisch gebildeten Blondchens? Der Fahrer steigt mühsam aus, so, als ob der Sportwagen doch zu niedrig für ihn sei. Franziska streift den Mann mit einem flüchtigen Blick, ein gebräuntes hageres Gesicht, irgendwas in Franziskas Kopf stupft sie, noch einmal hinzusehen, aber dann hat sich der Mann schon abgewandt.

Egal, denkt Franziska und geht weiter, weil sie sich mit ihrer Freundin zum Brunch in ein kleines plüschiges Café in der Nähe des Grüneburgparks verabredet hat. Aber nach ein paar Schritten holt sie dann doch ihr Handy heraus und ruft Tomaschewski an, den Mannheimer Kripo-Mann, von dem sie den Trick mit dem Plastikstreifen gelernt hat, und gibt ihm das Fahrzeugkennzeichen durch, und der Kripo-Mann will schauen, was er herausfindet.

Das ist nicht zu viel verlangt, schließlich hat Tomaschewski ihr ein paar neue Hosen zu verdanken. Die alten hatte er sich im letzten November versaut, als er im Mannheimer Hafen einem flüchtenden Kosovo-Albaner, der nicht schwimmen konnte, nachgesprungen war und ihn aus dem Wasser gezogen hatte. Das Land hatte ihm die Beinkleider nicht ersetzen wollen, bis Franziska eine kleine Geschichte über die Hosen des Hauptkommissars T. schrieb. Zwei Tage später erhielt Tomaschewski den Bescheid, die Kosten würden erstattet.

Berndorf steht am Fenster und starrt in den Sommertag hinaus. Er wartet. Statt schwimmen zu gehen und in der Sonne zu liegen und sich dem Geruch und dem Lärm des Freibads auszuliefern, wartet er. Er ist allein, Tamar ist gegangen, kurz nachdem er ihr Troppaus Geschichte erzählt hatte, die auch die seine ist.

»Wir haben von dieser Sache gewusst«, hatte Tamar gesagt, »alle im Neuen Bau haben es gewusst.«

Ein Leben hinter der Glaswand. »Sie haben mich nie darauf angesprochen.«

»Niemand hätte das für klug gehalten ...«

Das Telefon klingelt, dankbar nimmt Berndorf ab. Es ist, höflich und zurückhaltend, der Strafverteidiger Auffert.

»Ich hoffe sehr, Thalmann ist nicht schon wieder ...?«

»Nein«, sagt Berndorf, »es ist nicht wegen Thalmann. Sie haben doch damals in Düsseldorf die Sabine Eckholtz verteidigt ...?« Auffert bestätigt, aber seine Stimme zieht sich noch mehr zurück.

»Ich möchte Sie bitten, dass Sie mir ein Gespräch mit Frau Eckholtz vermitteln.« Eilig fügt er hinzu, dass dies keine dienstliche Bitte sei. »Ich bin im Ruhestand, und der Fall, für den ich mich aus einem privaten Anlass interessiere, ist längst verjährt. Strafrechtliche Konsequenzen können sich daraus also für niemanden mehr ergeben. Ich erzähle Ihnen gerne mehr davon, wenn Sie es wünschen ...«

Schweigen. Also fährt er ungebeten fort. »In der Sache selbst geht es um einen Banküberfall, der im Juni 1972 in Mannheim stattgefunden hat und bei dem angenommen wurde, dass er einen terroristischen Hintergrund habe. Inzwischen bin ich mir da nicht mehr so sicher, und ich hätte gerne gewusst, wie das in der Szene eingeschätzt wurde ...«

Kälte kriecht durch das Telefon. »Warum sagen Sie nicht, was wirklich Sache ist? Sie wollen mit Frau Eckholtz sprechen, weil Sie vermuten, sie sei damals beteiligt gewesen.«

»Sie wissen doch – der Fall ist verjährt. Ihre Mandantin vergibt sich nichts, wenn sie mit mir redet. Und zweimal nichts, wenn die Szene mit dem Fall tatsächlich nichts zu tun gehabt hat.«

Auffert schweigt. Dann will er aber doch wissen, was es mit Berndorfs privatem Anlass auf sich hat.

Berndorf holt Atem. Wieder einmal muss er seinen Spruch aufsagen. »Bei einer Personenüberprüfung ist in der Nacht nach dem Überfall ein Unbeteiligter von der Polizei erschossen worden. Ich war der verantwortliche Leiter dieses Einsatzes ... Uns ist damals ein falscher Hinweis gegeben worden. Irgendwer hatte mit falschen Karten gespielt. Vielleicht auch schon bei dem Überfall.«

Wieder zögert Auffert. »Ich wollte Frau Eckholtz ohnehin in den nächsten Tagen besuchen«, meint er schließlich. »Ich werde Ihre Bitte vortragen. Aber versprechen kann ich nichts ...«

Wenig später verlässt Berndorf, die Badetasche in der Hand, seine Wohnung und geht zur Bushaltestelle. Zehn Runden auf der Fünfzigmeterbahn sind immer möglich.

Außerdem helfen sie gegen Gespenster.

Isabella bringt den Kaffee und die Kekse, das Tablett mit beiden Händen haltend, und während sie mit ihrem ausladenden Hintern die Tür zu ihrem winzigen Arbeitszimmer zudrückt, steigt von ihrer linken Hand der Rauch der Zigarette hoch und vermischt sich mit dem Aroma des Kaffees.

»Die wollen mich auf die ökologische Tour rausekeln, hab ich das richtig verstanden?«, fragt sie voll Abscheu und setzt das Tablett auf ihrem überladenen Schreibtisch ab, Aschenbecher, Prospekte und einen Wust vermutlich unbezahlter Rechnungen zur Seite schiebend. »Und ich blöde Kuh hab seit Jahren unerschütterlich grün gewählt.« Sie gießt Kaffee ein, Zigarette im Mundwinkel, das eine Auge wegen des Rauches zusammengekniffen.

Geduldig erklärt Franziska, dass das eine mit dem anderen nun wirklich nichts zu tun hat. »Außerdem ist das vielleicht eine Chance. Vielleicht sind das doch Leute, denen nicht ganz gleichgültig ist, wie sie in der Öffentlichkeit dastehen.«

Was redest du da, geht es ihr durch den Kopf. Zwar war die Helios Heimstatt bisher nicht aufgefallen, jedenfalls nicht in Frankfurt, so hatte es ihre Freundin erzählt. Aber das bedeutet überhaupt nichts, hatte die Freundin hinzugefügt, »vielleicht sind sie auch nur besonders raffiniert oder hinterhältig ...«

»Weißt du, vielleicht können wir auch aushandeln, dass sie

dir einen vernünftigen Abstand bezahlen«, schiebt Franziska zaghaft nach und blickt dabei lieber nicht in Isabellas umflorte Augen.

»Ach Fränzchen! Was redest du da ... Wenn ich ein paar Tausender Abstand bekomme, dann machen die Leute von meiner Bank einfach happs! Und weg ist das Geld. Die werden nicht einmal rot dabei ... Wenn ich hier raus muss, bin ich fertig, pleite, aus die Maus«, Isabella schnieft und spült ihren Kummer entschlossen mit einem großen Schluck Kaffee herunter.

Beide schweigen, und in das Schweigen hinein piepst Franziskas Handy. Es meldet sich der Rettungsschwimmer Tomaschewski aus der Mannheimer Polizeidirektion.

»Was sind das für Leute, hinter denen Sie her sind?«, will er wissen. »Auf dieses Bergstraßen-Kennzeichen, das Sie mir genannt haben, ist ein Maserati zugelassen. Haben Sie eine Ahnung, was so ein Schlitten kostet?«

»Nöh«, sagt Franziska, »aber er ist orangefarben, irgendwie voll scheußlich. Eigentlich wollte ich aber nicht wissen, was das für ein Auto ist, sondern wem es gehört.«

»Busse«, sagt Tomaschewski, »Busse, Winfried ... sagt Ihnen der Name etwas ... Hallo, sind Sie noch da ...?«

Aber dann bricht das Gespräch auch schon ab, weil der Akku von Franziskas Handy mal wieder leer ist.

Dämmerung sinkt herab, und Florian Grassl schaltet die Stehlampe auf dem Schreibtisch des kleinen Gästezimmers ein. Vor ihm liegt ein Stapel von großformatigen Heften, die in schwarzes Wachstuch eingebunden sind. Es sind die Tagebücher des Johannes Grünheim, sorgsam geführt von den Zwanzigerjahren bis in die Nachkriegszeit, danach brechen sie ab. Grassl hat eines davon aufgeschlagen, die Notizen sind mit Bleistift in einer akkuraten Sütterlinschrift eingetragen.

Sonnabend, 21. April. Gretchen findet im Garten erste Schlüsselblumen. Fast kein Kaffee mehr. Den Weinkeller durchgesehen. 12 Fl. Reichenweier Edelzwicker in das Fach für besondere Gäste. Der Russe nimmt Bautzen und Cottbus. Schreckliches aus Freudenstadt. Sonntag, 22. April. Stuttgart offenbar gefallen. Mit dem Pfarrer gesprochen. Die Frauen sollen in der Kirche bleiben. Auch Gretchen. Unsere elsässischen Zöglinge werden sich mit den Besuchern selbst zu verständigen haben. Am Nachmittag Dr. Hendriksen von Schloss Christophsbrunn zum Abschiedsbesuch da. Alpenfestung? Er widerspricht nicht. Ganz und gar nordischer Mensch, kalten Auges im Weltenbrand.

Montag, 23. April. Wir legen die weißen Laken bereit. Johanna hat noch blauen Stoff gefunden. Daraus, aus Bettlaken und dem Stoff der anderen Fahnen schneidern die Zöglinge blau-weiß-rote Trikoloren. Den Rest der anderen Fahnen verbrennen wir am Abend. Der Führer hat Göring aus allen Ämtern entlassen. Zu spät, zu spät ...

Missmutig schlägt Grassl das Heft zu. Wendehals, so geschwätzig wie der Schwiegersohn. Wozu hat man das aufgehoben? Nicht einmal der Stern kauft mehr solches Zeug ...

Er schließt die Augen. Den Tag hatte er in Stuttgart verbracht, in der Landesbibliothek, denn er liebt den Geruch der Bücher, das beredte Schweigen der Regalreihen, in deren Beständen sich die unerwartetsten Einblicke finden lassen, die Augen-Leidenschaft ... Nur – es hat sich nichts entzündet. Kein Feuer. Keine Einblicke. Nur Staub und Gilb. Gewiss, er hat sich Notizen gemacht, hat sogar halbe Gedichte abgeschrieben. Aber nichts davon will sich zu einem Referat fügen. Über einen der bekannteren elsässischen Autoren von anno dazumal hat er notiert, dieser habe *zum beharrend-völkischen Lebensgrund der Dichtung* zurückführen wollen ... Das stand so in einer renommierten, lange nach 1945 herausgegebenen Literaturgeschichte, wie bestellt für die Suevo-Danubia, dachte er in seiner ersten Begeisterung, bis er versuchte, den Satz nachzusprechen. Es ging nicht. Kein Mensch kann »beharrend-völkisch« sagen, ohne komisch zu wirken.

Warum können diese Professoren keine Literaturgeschichte herausbringen, die ein armer Teufel auch einmal einfach abschreiben kann? Ist doch nicht zu viel verlangt. Müde und besorgt war er nach der Rückfahrt von Stuttgart den Osterberg zum Verbindungsheim hinaufgegangen, aber dann hatte ihm der Hausmeister die beiden gewichtigen Pakete gebracht ... Für einen Augenblick hatte sein Herz höher geschlagen.

Eilends und mit mütterlicher Sorgfalt hatte Roswitha Bullinger die beiden Pakete noch am Samstag bei der Nördlinger Post aufgegeben. Nun liegen vor Grassl die Hefte mit der Sütterlinschrift des Johannes Grünheim, dazu Zeitungsausschnitte und gelbfleckige Broschüren, alles *Unterlagen höchst vertraulicher Natur*, wie Zundt geraunt hatte. In Grassl keimt ein hässlicher Verdacht.

Wenn er es richtig weiß, ist Johannes Grünheim erst 1967 in die Grube gefahren. Warum, so überlegt Grassl, bricht Grünheims Tagebuch kurz nach 1945 ab? Warum ist nichts zu finden darüber, wie Zundts Schwiegervater sich über die Zeiten der Entnazifizierung schlaumeiert, und nichts darüber, wann und mit welcher Hilfe er den Faden wieder aufnimmt für das Gespinst seines spendenreichen Hilfswerks?

Grassl blättert durch, was Zundt ihm außer dem schwiegerväterlichen Tagebuch sonst noch anvertraut hat. Das heißt, anvertraut hat Zundt es ihm nur scheinbar, nur zum Schein, denn in Wahrheit war es ein Ablenkungsmanöver gewesen, so viel begreift Grassl jetzt. Er sollte die beiden Kurzgeschorenen auf sich ziehen, als Lockvogel, unwissend gebrandmarkt, als ob Zundt ihm eine Schießscheibe auf den Rücken geklebt hätte. Dabei hatte er ihm nur Altpapier mitgegeben, Spielmaterial, um seine Verfolger sich den Kopf darüber zerbrechen zu lassen, nachdem sie es aus ihm herausgeprügelt hatten ...

Ja, Zundt. Hast du dir fein ausgedacht. Zu fein. Wer liegt denn jetzt in der Kiste? Plötzlich wieder heiterer im Gemüt, schiebt Grassl den Stapel mit den Wachstuchheften zur Seite. Er greift sich einen dickleibigen broschierten Jahresband der *Oberrheinischen Heimat*, Ausgabe 1940, gewidmet dem Elsass, denn damals ist es gerade eben und mal wieder deutsch geworden. »*Vielleicht kann keiner im Reich es uns am Oberrhein ganz nachfühlen, mit welcher freudigen Eile wir über die Brücken unserer Pioniere gingen, hinüber ins heimgenommene Land am anderen Ufer unseres heiligen Stromes*«, schreibt der Herausgeber. Grassl liest es, und plötzlich gerät er ins Träumen. Vor sich sieht er Kompanien von Heimatschriftstellern, vorrückend über die Pionierbrücken, das Samtbarett in die Stirn gedrückt, die Knickerbocker frisch gebügelt, ausschwärmend ins heimgenommene Land, ein hübscher Ausdruck, wer heimgenommen werden soll, braucht nicht erst gefragt zu werden ...

Er blättert den Band durch. Nicht nur die Heimatschriftsteller eilen freudig in jenem Sommer. Auch die Kreditinstitute tun es, und ihre Annoncen, freudig von den Herausgebern des Jahresbandes akquiriert, teilen mit, wer sich wo mit eilends neu eingerichteter Filiale dem heimgenommenen elsässischen Kunden empfiehlt, ganz so, als seien mit der vordersten Kampftruppe, aufgesessen auf Guderians Panzer, auch die Bankbeamten vorgestoßen, das Haar akkurat gescheitelt, die Aktentasche unterm Arm, mit aufgepflanzter Füllfeder bereit zum Häuserkampf, auf den kopfsteingepflasterten Gassen geht das Rasseln der Panzerketten über in das der Eisengitter, die vor den neuen Filialen zur Seite geschoben werden, einladend zum lukrativen Geschäft mit Reichsanleihen und den dividendenträchtigen Aktien der *IG Farben* und der *Degussa*, siegreich schlagen wir den *Credit Lyonnais*, wer schenkt dem Führer die fachwerkprangendste Filiale?

Schluss mit der Geisterstunde, befiehlt sich Grassl.

Franziska hat die Auskunft angerufen und sich die Nummer in Bensheim geben lassen. Nun sitzt sie vor Isabellas Telefon und denkt nach.

»Ich weiß nicht, ob es nicht besser ist, ihn von einer Telefonzelle aus anzurufen.«

»Ach was!«, meint Isabella. »Wir spielen hier doch nicht

Tatort. Du willst dem doch nur in aller Freundschaft sagen, was du weißt und dass er seine dreckigen Finger von meiner Galerie lassen soll ...«

Franziska zuckt mit den Schultern, nimmt den Hörer ab und wählt. Nach einigen Rufzeichen meldet sich eine kultivierte männliche Stimme und teilt Franziska mit, dass sie nach dem Signalton eine Nachricht hinterlassen könne. Franziska lächelt, denn sie kennt die Stimme bereits. Dann atmet sie kurz durch. »Hier spricht Franziska mit einer Nachricht für Winfried. Es ist schade, dass wir uns so aus den Augen verloren haben. Aber das kann man ändern. Ich würde gerne mit dir über den Weg sprechen, den du zurückgelegt hast. Und über deine Pläne als Hausbesitzer hier in Heidelberg. Aber vielleicht müssen diese Pläne auch nicht unbedingt verfolgt werden, und es kann alles bleiben, wie es ist ... Rufst du mich an?« Dann gibt sie noch ihre Handynummer durch und legt auf.

Dienstag, 4. Juli

Das Taxi hält auf dem unteren Dorfplatz, weil sich die schwarzen Benze mit den Stuttgarter, Tübinger und Ulmer Nummernschildern bis zur Kirche hinauf stauen. Berndorf bezahlt und steigt aus, die schwarze Krawatte ist zu eng gebunden und das Jackett des dunklen Anzugs kneift in der Taille, seit wann hat er so viel zugenommen? Er geht an den Limousinen vorbei, quer zwischen ihnen parkt ein schwarzer Porsche mit Freiburger Nummer, die Sonne steht schon hoch und brennt den Menschen auf den Kopf, in ihrer dunklen Kleidung streben sie der kleinen weißen Kirche zu, dort wird es kühl sein.

Als er zuletzt hier war, hatten sie auch einen Trauerfall im Dorf, so ist das auf dem Land, bei der Leich' treffen sich die Leut'. Berndorf geht an den schwarz glänzenden Sänften vorüber, mit einem stillen Nicken grüßt er die anderen Trauergäste, die mit ihm zur Kirche gehen, starr sieht eine von der Osteoporose gekrümmte Frau an ihm vorbei, vor der Kirche stehen die Honoratioren beisammen, er erkennt den Regierungspräsidenten im Gespräch mit Staatssekretär Schlauff und dem Landrat des Alb-Donau-Kreises, ernste Männerworte in schwerer Stunde, beflissen huscht Kriminalrat Englin hierhin und dorthin, die Sicherheitsvorkehrungen überwachend, Berndorf wendet sich zur Seite und tauscht einen kräftigen Händedruck mit einem großen hageren Mann, der vom Alter ein wenig nach vorne gebeugt erscheint, noch ein wenig gebeugter und hagerer, seit sie sich das letzte Mal gesehen hatten ...

»Ich hab Ihnen einen Platz auf der Empore reservieren lassen«, sagt Jonas Seifert, denn Berndorf hat ihn am Abend zuvor angerufen und darum gebeten. Die Wieshülener Dorfkirche gehört nämlich zu den Gotteshäusern, in die nicht alle hineingehen, wenn alle hineingehen.

Berndorf geht die kleine steile Stiege zur Empore hoch. Es riecht nach Bohnerwachs und altem Holz und Blumen, und irgendwie hängt dazwischen der Geruch vieler Menschen, die erhitzt und schwitzend in die Kirche gekommen sind. Auf der Empore versammeln sich die Männer aus dem Dorf, rotgesichtig und mit gemessener Würde. Berndorf blickt über die Brüstung auf das Kirchenschiff hinunter, vor dem Altar ist der Sarg aufgebaut, den schwarz-rot-golden die Bundesfahne schmückt. Vier Uniformierte haben zur Totenwache Aufstellung genommen und sehen nach der Kameradschaft der Reserveoffiziere aus. Wieso eigentlich, überlegt Berndorf. Als Angehöriger des Jahrgangs 30 wird Zundt kaum gedient haben, aber vielleicht gibt es jetzt auch schon Bundeswehrmajore honoris causa. Außerdem macht sich die Totenwache gut. Richtig fesch. In der vordersten Bank, neben Staatssekretär Schlauff und dem Regierungspräsidenten, sitzt eine große Dame mit Wagenrad-Hut und schwarzem Schleier. Die Orgel intoniert »Jesus meine Zuversicht«, ein hagerer Pfarrer tritt zum Mikrofon neben dem Sarg und der Totenwache, und als die Orgel wieder schweigt und die Gemeinde begrüßt ist, betet er mit den Worten des 39. Psalms:
»Herr, lehre mich doch,
dass es ein Ende mit mir haben muss ...«

Im Dezernat Kapitalverbrechen der Ulmer Polizeidirektion sitzt Kriminalkommissar Kuttler fluchend über dem Abschlussbericht im Fall der Frau, die – 3,7 Promille Alkohol im Blut – nachts ein Bad einlaufen lässt, beim Einsteigen in der Wanne ausrutscht, sich den Schädel bewusstlos schlägt und jämmerlich im parfümierten Schaumbad ertrinkt ... »Wieso müssen sich jetzt auch schon Weiber dermaßen voll laufen lassen?«, will er von Tamar wissen, aber die blickt ihn nur ungnädig an, weil sie sich mit allerhand Einwohnermeldeämtern herumärgern muss. Dabei will sie am Nachmittag freinehmen, Überstunden abfeiern. Liegt einem nicht ständig Englin in den Ohren, dass Freizeitausgleich so bald als möglich genommen werden soll?

Immerhin hat sie herausgefunden, was Florian Grassl getan hat, nachdem er den Erziehungsversuchen der Dorfjugend entronnen war. Grassl hat sich im Krankenhaus Reutlingen eine Platzwunde an der Augenbraue nähen lassen, was der behandelnde Arzt ihr mitteilen darf, ohne größere Skrupel wegen seiner ärztlichen Schweigepflicht zu empfinden.

»Hat er eine Schlägerei gehabt? Mir hat er erzählt, er wäre den Albtrauf hinuntergefallen.«

»So ganz falsch ist das nicht«, hatte Tamar geantwortet. »Da fallen manchmal wirklich Leute runter.«

Außerdem weiß sie jetzt, dass Grassl eine niedliche kleine Vorstrafe wegen Beleidigung und Hausfriedensbruch hat, vermutlich nachts in den Vorgarten und die Jalousie angehoben ... Auch Berndorfs Sektenprediger Friedemann Wehlich, Verlagskaufmann von Beruf, weiß aus eigener Anschauung, dass wir allzumal Sünder sind, 1974 setzt es zehn Monate auf Bewährung wegen Betrugs und Untreue, ausgeworfen vom Schöffengericht Kaiserslautern, 1976 gibt das Amtsgericht Idar-Oberstein weitere vier Monate dazu, wieder wegen Betrugs und ebenfalls noch auf Bewährung, mit der es aber ein Ende hat, als Wehlich vom Landgericht Frankenthal – diesmal hat sich zum Betrug auch noch Urkundenfälschung gesellt – zu einer Gesamtstrafe von zweieinhalb Jahren verknackt wird. Danach nichts mehr ...

»Kuttler – was machen eigentlich Verlagskaufleute?«

»Weiß nicht. Unverkäufliche Bücher zählen. Vielleicht Anzeigen akquirieren ...« Dann klingelt das Telefon und eine Sachbearbeiterin der Heidelberger Stadtverwaltung teilt mit, dass Ernst Moritz Schatte, geboren 1943 in Pirmasens, und Birgit Schiele, geboren 1949 in Offenburg, im Juni 1972 in der Heidelberger Hauptstraße 137b gemeldet waren.

In der Wieshülener Dorfkirche hat die Gemeinde das Vaterunser gesprochen, und aus der ersten Bank erhebt sich einer der Trauergäste und geht zum Mikrofon. Er ist mittelgroß und trägt Haare, die nicht eigentlich kurz geschnitten sind, aber doch so, dass die Partie über den Ohren frei geschoren scheint. Sein Blick gleitet über die Bankreihen bis hinauf zur Empore, als könne er jedes einzelne Gesicht erfassen.

Das also, denkt Berndorf, ist der Genosse Halt-das-mal. Das heißt, er war es. Denn jetzt spricht Professor Ernst Moritz Schatte, Universität Freiburg, er begrüßt die Notabeln, den Regierungspräsidenten, den Staatssekretär, den Landrat ...

»... verehrte Trauergemeinde, Mitbürger, Freunde, *begraben will ich Cäsarn, nicht ihn preisen,* sagt Antonius, und daran will auch ich mich halten, denn wie Cäsar dem Antonius war Gerolf Zundt *mein Freund, war mir gerecht und treu.* Doch, verehrte Trauergemeinde, welches Gewicht hat ein solches Zeugnis auf der unbestechlichen Waagschale des Höchsten Richters, dem wir uns alle stellen müssen ...?«

Wie bestechen wir eine Waagschale, denkt Berndorf und betrachtet die Bauerngesichter um sich herum. Verschlossen und undurchdringlich geben sie den Blick zurück.

»... *Was Menschen Übles tun, das überlebt sie / das Gute wird mit ihnen oft begraben* – auch dies sagt Antonius, auch dies gilt noch heute, zumal für einen Menschen, der – wie Gerolf Zundt – sich unerschrocken dem Zeitgeist entgegengestellt hat, einem Zeitgeist, der die Hirne so verklebt, wie es der *Chewing Gum* mit unseren Gehsteigen tut, einem Zeitgeist, der die deutsche Muttersprache zum Kauderwelsch der vorgeblichen *political correctness* verhunzt und der das Land des Johann Sebastian Bach überzieht mit einem unstillbaren Lärmteppich, aus dem wir vielleicht noch die Bongo-Trommeln heraushören können, aber nicht mehr den Geist, der die Kunst der Fuge geschaffen hat ... Hier zögere ich, denn ich weiß nicht, ob Gerolf Zundt dies alles ebenso scharf ausgesprochen hätte. Der klarsichtige Deuter der Zeit und ihrer über den Tag hinaus zielenden Strömungen hat es vorgezogen, mit dem Florett zu kämpfen, nicht mit der Hellebarde, er war jemand, der in der Stille gewirkt hat, der in der Stille wirken musste, um den Auftrag nicht zu gefährden, den er von eben jenem unvergessenen Johannes Grünheim übernommen hat, an dessen Seite wir ihn nun zur Ruhe betten werden. Und doch, verehrte Trauergemeinde! Es ist an der Zeit, die Stimme zu erheben gegen eine neuerliche Umerziehung, gegen eine Kolonisierung unseres Landes und seiner Kultur, es ist Zeit geworden, aufzustehen, und ganz gewiss hätte sich der Verstorbene ...«

Er hätte. Also hat er nicht, denkt Berndorf. Nicht so ganz. Hat sich nicht recht aus der Deckung gewagt. Aber jetzt ist wieder die Zeit, wenn ich das richtig verstanden habe.

»Wohlauf, wohlan, wie Gott es will!«, sagt der Pfarrer, »zum letzten Gang in Jesu Namen ...« Die Kameraden Reserveoffiziere nehmen den Sarg hoch und fädeln sich damit in den schmalen Gang zwischen den Bankreihen ein, dabei kommen sie zu weit nach rechts und rumpeln gegen die Bank, sodass sie einen neuen Anlauf nehmen und zurückstoßen müssen. Nur um Haaresbreite werden dabei die zwei mannshohen Kerzenleuchter vor dem Altar nicht umgesemmelt. Aber dann schaffen sie die Überreste des Gerolf Zundt doch noch zwischen die Bankreihen und zur Kirche hinaus. Die verschleierte Witwe folgt, vom Regierungspräsidenten geleitet, die anderen Notabeln schließen sich ihr an, auf der Empore warten die Bauern und sonstigen Männer aus dem Dorf, dazwischen Berndorf, den Herrschaften aus der Stadt den Vortritt lassend. Noch hat Wieshülen keinen neuen Friedhof anlegen müssen, und auch für Gerolf Zundt findet sich ein Platz in der schlichten, aber unübersehbaren Familiengrabstätte der Grünheims, gleich an der Kirchenmauer, wo nun der Totengräber seinem Handwerk nachgeht und den Sarg herunterlässt, sodass die Trauergemeinde sich daranmachen kann, Abschied zu nehmen und die lehmig-steinigen Schollen der Alb zu jener Erde zu geben, die Gerolf Zundt nun wieder werden soll.

Auch Berndorf wirft pflichtschuldig eine Schaufel dazu,

Tote lassen sich alles gefallen, sogar, dass man sie in einen engen Kasten steckt, *ein Rosmarin auf der kalten Brust oder eine Raute*, wie den armen reichen Herrn Kannitverstan, und dass man sie begräbt und zuschüttet, bis man nichts mehr sieht von ihnen und nichts mehr riecht.

Berndorf drückt der Witwe die Hand, dann geht er zur Seite. Zwischen den Gräbern stehen Trauergäste im Gespräch, wie es sich fügt, bleibt er stehen, wo Professor Schatte gerade halblaut einer jungen Frau einige Anweisungen gibt, die junge Frau trägt ein schwarzes Kostüm und über beide Ohren halblang herunterfallende flachsfarbene Haare.

Schatte blickt hoch, Berndorf stellt sich vor. »Professorin Barbara Stein hat gemeint, Sie könnten mir behilflich sein – ich glaube, sie hat deswegen auch schon in Freiburg angerufen ...« Schatte blickt ihn aus kunststoffblauen Augen an, es ist ein durchdringender Blick und einer, der abwehrt. Trug er nicht früher eine Brille? Mit einer Handbewegung schickt er die Flachsfarbene weg und wendet sich Berndorf zu.

»Ich will meine alte Kollegin Barbara nicht enttäuschen – aber sind Sie ganz sicher, dass das hier der angemessene Ort ist für das, was immer Sie von mir wollen?«

»Sicher nicht«, antwortet Berndorf. »Aber es wäre albern gewesen, Sie nicht anzusprechen, nachdem ich Ihnen hier über den Weg gelaufen bin.«

»So, sind Sie das?«

»Ich bin nicht wegen Ihnen hier.« Berndorf lächelt vage. »Zu diesem Ort habe ich die eine oder andere Beziehung. Deshalb ...«

Ein kurzes Zucken verzieht Schattes Mund. »Sie haben allerhand Beziehungen, ich weiß schon. Wir kennen uns ja. Sie sind der Polizist, der ... Übrigens habe ich Sie immer für eine Mesalliance Barbaras gehalten. Aber die Mesalliance hat gehalten. Respekt.«

Berndorf sagt, dass er nur ein oder zwei Fragen habe. Schatte zuckt mit den Schultern. »Von mir aus. Aber gehen wir ein paar Schritte.«

Sie verlassen den Friedhof und gehen unter den Kastanien des Vorplatzes hindurch zur Dorfstraße und weiter im Schatten an den Bauernhäusern vorbei, während Berndorf einmal mehr seinen Hausierer-Spruch aufsagt ...

»Vor mir braucht Ihnen das nicht genierlich zu sein«, sagt Schatte und zieht sich das schwarze Jackett aus. »Ich bin für einen wehrhaften Staat. In der Auseinandersetzung mit dem Terrorismus musste der Hobel angesetzt werden. Niemand soll sich da über Späne beklagen.«

Berndorf wirft einen Blick zur Seite. Schatte, das Jackett überm Arm, scheint es ernst zu meinen.

»Übrigens will ich Ihnen gerne sagen, was ich weiß. Natürlich war ich tangiert. Die Geschichte hat mich für zehn Tage hinter Gitter gebracht. Untersuchungshaft, eine lehrreiche Erfahrung, hätten Sie sich auch mal antun sollen. Zehn Tage unter Rauschgiftsüchtigen, Zuhältern und Gewohnheitsdieben, da erfahren Sie einiges über unsere Gesellschaft ... Nun wissen Sie sicherlich, dass ich in Haft war, und Sie werden auch wissen, dass ich ganz früher mal mit Franziska verheiratet gewesen bin. Wir waren 1968 in Worms getraut worden, Franziska noch mit Brautschleier, eine ziemlich voreilige Sache, eigentlich wollten wir beide nur dem kleinstädtisch-pfälzischen Milieu entfliehen ... Zwei Jahre später haben wir uns scheiden lassen, nachdem wir schon längst nicht mehr zusammenlebten.«

»Sie haben aber Kontakt gehalten? Franziska hat Sie zum *Aufbruch* gebracht, nicht wahr?«

Wieder ein kurzer Blick zur Seite. So gefällt es ihm nicht.

»Über Franziska habe ich Rüdiger Volz kennen gelernt, das ist richtig. Aber sonst hatte Franziska auf meine Arbeit für den *Aufbruch* keinen Einfluss, das war nicht ihre Spielklasse.«

»Bei Birgit Schiele war das anders?«

Schatte bleibt stehen und sieht Berndorf an, den Mund ärgerlich zusammengepresst. »Das wird ein richtiges Verhör, wie?«, sagt er schließlich. »Aber bitte. Birgit Schiele hat auf meine Anregung hin einige Texte aus dem französischen Anarcho-Syndikalismus übersetzt, mehr oder weniger elegant. Gelegentlich musste ich Formulierungshilfe geben. Übrigens – falls Sie das noch nicht herausgefunden haben – war ich auch mit ihr eine Zeit lang liiert, wir hausten in einer Wohngemeinschaft in der Heidelberger Hauptstraße, Dachgeschoss, Flokati-Teppiche, indische Sitzkissen, ab und zu ein Pfeifchen mit dem guten Gras. Tempi passati.«

»Erinnern Sie sich an ein Sommerfest in Schwetzingen, das der Gerichtsreporter Winfried Busse gab? Es war in der Nacht, in der O'Rourke erschossen wurde. Busse und andere Gäste haben den Polizeifunk abgehört.«

»Sicher erinnere ich mich. Ich habe ja selbst bei Franziska angerufen, nachdem im Polizeifunk die Hausnummer genannt worden war. Irgendein Polizist hat abgenommen. Vielleicht waren das sogar Sie. Ich weiß noch, dass ich wirklich erschrocken bin. Ich mochte Franziska, noch immer. Der Anruf hat mir dann die zehn Tage in der Untersuchungshaft eingebracht, bedankt habe ich mich wohl schon bei Ihnen.«

Gleichgültig blickt Berndorf auf den Weg. »Haben Sie damals von einer silbernen Kette gehört? Dass es einen Streit darum gegeben hat, oder dass sie für jemanden ein Erkennungszeichen sein sollte?«

Wieder bleibt Schatte stehen. Er nimmt sein Jackett und zieht es sich wieder an. »Hören Sie. Ich bin wirklich guten Willens und kooperativ. Obwohl ich Professorin Stein durchaus zu nichts verpflichtet bin. Aber wir sind hier nicht bei Edgar Wallace oder Francis Durbridge. Guten Tag.«

»In Ihrer Umgebung ist nie über diese Kette gesprochen worden?«

Unwillig schüttelt Schatte den Kopf und geht zur Kirche zurück.

Blaugrün lächelt der Starnberger See, eine Brise fährt durch die Uferbäume und fächelt den kühlen Geruch des Wassers zu den beiden Frauen, die durch den Park der Akademie schlendern. »Weil im Handbuch ausgerechnet Giselhers Blatt fehlte, haben Sie also herausgefunden, dass dieser Herr Zundt zu uns wollte?«, fragt Kerstin. Sie ist die Parlamentarische Mitarbeiterin des MdB Giselher Schnappauf, hat kurzes blondes Haar und auf der Nase eine Brille mit großen runden Gläsern, wie das in diesem Jahr sonst überhaupt niemand trägt.

Das sei ja wohl nahe liegend gewesen, murmelt Tamar. Sie ist etwas verlegen, vermutlich, weil sie um einiges zu spät gekommen ist. Zwischen Augsburg und Dachau war Stau auf der Autobahn, sodass sie über die Dörfer hatte fahren müssen. Nun muss sie warten, bis Schnappauf sein Referat gehalten hat. Zum Glück kennt diese Kerstin die Referate ihres Chefs bereits auswendig und hielt sich in der Rezeption auf, als Tamar eintraf. So kommt Tamar an ihrem freien Nachmittag wenigstens zu einem Spaziergang, und seltsam rasch hat sich dabei ergeben, dass sich Tamar und Kerstin mit dem Vornamen anreden.

»Und dieser Zundt hat eine Art Akademie betrieben, also so etwas wie das hier, und der baden-württembergische Verfassungsschutz hat das überwacht?«

So, wie du das sagst, haben die vermutlich auch einen Grund dazu gehabt. Gleich wirst du mir erzählen, dass das sicher alles seine Richtigkeit hat. Wozu fahr ich dumme Kuh hierher? Um dein schwarz-weiß gestreiftes Hemdblusenkleid zu bewundern? Es sitzt ein wenig knapp, Schätzchen.

»Wissen Sie«, fährt Kerstin entschuldigend fort, »seit Giselher diese Geschichte über die Verfassungsschutzämter und Nachrichtendienste losgetreten hat, bekommen wir ständig solche Anrufe. Von Leuten, die sich verfolgt fühlen und jetzt entdeckt haben wollen, es ist der Verfassungsschutz. Und dann rufen auch wieder die ganz aufrechten Demokraten an, solche, die schon immer das Grundgesetz unterm Arm getragen haben, und fragt man nach, dann kommt heraus, dass das genau diejenigen sind, denen wir aber nun wirklich auf die Finger sehen sollten.«

»Rufen sonst auch Leute an, die danach den Berg hinunterfallen und sich den Hals brechen?«, fragt Tamar.

Kerstin bleibt stehen. »Nein, bisher allerdings nicht«, sagt sie und blickt durch ihre Brillengläser mit großen und nachdenklichen Augen zu Tamar hoch. »Deswegen finde ich ja auch, dass Sie mit Giselher reden sollen. Nur – es wird ihm gerade alles etwas zu viel.« Ein knappes Lächeln taucht auf ihrem Gesicht auf und ist auch schon wieder verschwunden.

Er hat Schiss, willst du mir sagen. Die Brise spielt mit dem Laub der Uferbäume und lässt das Sonnenlicht flirren. Ein Lichtflecken tanzt über Kerstins Kleid und berührt für einen keuschen Augenblick den Ausschnitt, der den Ansatz heller runder Brüste zeigt.

»Das heißt, wir müssen ihm einen klaren Ansatzpunkt geben«, sagt Kerstin und geht weiter. »Ein Ansatzpunkt, dem er sich nicht entziehen kann.«

Wir müssen. Gewiss doch, meine Schöne. Warum sag ich eigentlich nichts?

»Was hat dieser Zundt eigentlich getrieben? Mir ist das noch nicht ganz klar.«

Mir auch nicht, denkt Tamar. »Es ist irgendetwas Rechtsgestricktes. Esoterik und Bücher in Frakturschrift«, antwortet sie. »Offen gestanden – ich weiß es nicht. Ich weiß nur, dass es einen Grund geben muss, warum Zundt zu Ihnen wollte und nicht zu jemandem aus seiner eigenen Partei. Und ich weiß auch, dass er nicht von allein diesen Felsen heruntergefallen ist.«

Sie sind am Ufer angelangt und bleiben stehen. Der See sieht grün aus und sanft. Vor der blauen Linie der bewaldeten Hänge am anderen Ufer treibt ein weißes Segel.

»Ich kann Sie gut verstehen«, sagt Kerstin zögernd. »Sehr gut sogar. Nur ist es der Staatsanwalt, der sich darum kümmern müsste. Es wäre sehr problematisch, wenn sich Giselher da einmischen würde ...«

Ja, Süße. Der Staatsanwalt müsste sich darum kümmern. Nur wird er es nicht tun. Täte er's, hätte ich nicht hierher fahren müssen, Hemdblusenkleider bewundern. »Ich weiß nicht, ob man das Einmischung nennen sollte«, antwortet Tamar sanft. »Haben Sie nicht daran gedacht, dass Ihr Chef unmittelbar betroffen sein könnte? Vielleicht ist er sogar persönlich in Gefahr ...«

»Das verstehe ich nun wirklich nicht«, sagt Kerstin, und die Augen hinter den großen Gläsern blicken befremdet.

Was hast du nur für eine große Brille. »Sehen Sie, Kerstin – ich habe das Blatt aus dem Bundestagshandbuch mit den Angaben über Schnappauf bisher nicht finden können. Es ist nicht bei Zundts Papieren, und es ist nicht bei der Leiche. Jemand hat es weggenommen?«

Jetzt blicken Kerstins Augen nicht mehr befremdet, sondern vor allem ratlos.

»Wer immer das Blatt an sich genommen hat, weiß, dass Zundt zu Ihnen Kontakt aufgenommen hat. Und will vielleicht nicht, dass das bekannt wird. Sonst hätte er das Blatt liegen lassen. Einverstanden?«

Kerstin nickt.

»Und dann haben wir den Verfassungsschutz«, fährt Tamar fort. »Er hat die Akademie überwacht. Also hat er mit Sicherheit auch das Telefon abgehört und weiß von Zundts Gespräch mit Ihnen. Nun sind aber die Verfassungsschützer nach Zundts Tod nicht abgezogen. Sie observieren weiter, obwohl das für sie riskant ist, wie sich gezeigt hat. Warum tun sie es?«

»Sie werden wissen wollen«, meint Kerstin, »wer diesen Laden übernehmen wird. Aber was könnte das mit Giselher zu tun haben?«

»Vielleicht wollen die Verfassungsschützer wissen, ob Ihr Chef sich die Akademie ansehen wird. Und was passieren wird, wenn er das tut ...« Tamar zuckt die Achseln und lässt offen, was immer dem MdB Schnappauf in Wieshülen widerfahren könnte. »Jedenfalls steht der Tod dieses Gerolf Zundt in direktem Zusammenhang mit dem Gespräch, das er mit Ihnen geführt hat. Und der Verfassungsschutz tut alles, damit dieser Zusammenhang durchaus nicht vom Staatsanwalt untersucht wird.«

Kerstin blickt auf ihre Armbanduhr. »Allmählich verstehe

ich. Nur habe ich noch immer keine Idee, wie wir Ihnen helfen könnten ...«

»Ihr Chef könnte sich doch an das Innenministerium in Stuttgart wenden«, schlägt Tamar vor. »Nur eine kleine Anfrage, was es mit dem Tod von Zundt auf sich hat. Damit diese Geschichte nicht mehr so leicht vertuscht werden kann.«

Kerstins Gesichtsausdruck meldet Bedenken an. »Solange wir nicht noch mehr wissen, wird sich Giselher nur ungern in Verbindung mit jemandem wie diesem Herrn Zundt bringen lassen. Das kann uns sehr unangenehm ausgelegt werden ... Aber wir könnten ganz allgemein danach fragen, was über mögliche verfassungsfeindliche Aktivitäten dieser Akademie bekannt ist.« Sie schenkt Tamar ein kurzes geschäftsmäßiges Lächeln. »Übrigens wird Giselhers Referat gleich zu Ende sein, und danach müssen wir zum Flughafen. Sie werden nur ganz kurz mit ihm sprechen können, das heißt – lassen Sie es mich tun ...«

Ja, Schätzchen. Tu was für mich. Vor allem spar dir dein Sekretärinnen-Lächeln. Sonst vergesse ich mich noch und nehm dir die Brille ab. Nur um zu gucken, was du für Augen hast.

Aber da strebt die Parlamentarische Mitarbeiterin auch schon mit energischen Schritten den Efeu-umrankten Gebäuden der Akademie Tutzing zu.

Nachdenklich folgt Tamar. Soll sie Hannah davon erzählen? Nettes Mädchen, muss sich hinter großen, runden Brillengläsern verstecken. Nein, ich habe sie ihr nicht abgenommen. Eine Hete, sicher doch ...

Die Halbtagskraft, die in der Ortsverwaltung Wieshülen das Melderegister verwaltet und die Anträge auf Gasölverbilligung entgegennimmt, ist schon gegangen, und so muss Jonas Seifert erst aufschließen, ehe ihm Berndorf in das kühle, nach billigen Zigarren riechende Amtszimmer folgen kann. Die beiden Männer hängen ihre schwarzen Jacketts an den Garderobenständer und setzen sich an den Besprechungstisch.

»Rasch tritt der Tod den Menschen an«, sagt Seifert. »Aber

der Herr Zundt ist mir ein wenig zu schnell unter die Erde gekommen.«

»Dazu hab ich keine Meinung«, antwortet Berndorf.

Seifert nickt. »Polizisten sollten wissen, nicht meinen.«

Berndorf schüttelt den Kopf. »Ich bin keiner mehr. Und eigentlich bin ich auch gar nicht wegen des toten Herrn Zundt hier.« Fast unmerklich hebt Seifert die buschigen Augenbrauen. »Ja so.«

»Ich bin wegen der Leichenrede gekommen«, erklärt Berndorf. »Ein guter Nekrolog ist ein Kunstwerk. Vom Licht reden, und doch keine Schatten zeigen.«

»Dazu hab jetzt ich keine Meinung«, sagt Seifert. »Aber der, den wir gehört haben, hat nicht vom Licht geredet. Es sind Irrlichter, die er aufsteckt.«

»Kennen Sie ihn?«

Seifert schüttelt den Kopf. »Ein Chaldäer. Wie die anderen auch. Ich habe nur gehört, dass er ein Freiburger Professor ist. Er hätte Zundt zur Seite stehen sollen.«

»Gab es einen Grund dafür?«

»An die Quelle drängt es manchen Knaben ...« Er spricht nicht weiter, steht auf und geht zu einem Rollschrank, den er öffnet. Die schwarze Hose, von Hosenträgern gehalten, schlottert ihm um die Hüften. Berndorf überlegt. Was, beim Beelzebub, sind Chaldäer?

»Hier«, sagt Seifert und legt drei dünne Hefte vor Berndorf auf den Tisch. »Urteilen Sie selbst.« Die Hefte sind auf Hochglanzpapier gedruckt und nennen sich *Festgaben für Heimat und Volkstum*, sie erscheinen jährlich, wie Berndorf dem Impressum entnimmt, Herausgeber ist ein Hilfswerk St. Odilien in Zusammenarbeit mit der Johannes-Grünheim-Akademie, presserechtlich verantwortlich zeichnet Gerolf Zundt. Die Hefte enthalten jeweils einen oder zwei Aufsätze, zumeist zur Kunst- und Literaturgeschichte des Elsass, Farbbilder zeigen Trachtengruppen beim Tanz, fotografiert von Zundt höchstselbst, und mundartliche Gedichte gibt es auch, Berndorf versucht, eines davon zu lesen:

*O Heimet in der Farne, bli
Dann trej, wo dir nit trej gsi isch!*

So reden die armen Leute dort?, überlegt Berndorf, zuckt mit den Schultern, holt seinen Notizblock heraus und notiert sich die Namen der Autoren. Mag sein, dass die Autoren unverdächtig sind, denkt er dann. Aber diese Festgaben sind es nicht. So aufwendig gedruckt wie der Jahresbericht der Deutschen Bank. Wer treibt da was im Elsass? Ich muss Barbara anrufen. Vielleicht kennt sie jemanden dort.

»Von der Grünheim-Akademie habe ich eine ungefähre Vorstellung«, sagt er dann. »Zwei Tagungen im Jahr, das Publikum gut situierte Herrschaften, die dafür sind, dass in den Schulen wieder Goethe-Gedichte auswendig gelernt werden – irgendetwas in der Art. Aber von diesem Hilfswerk St. Odilien habe ich noch nie gehört.«

»Sollten Sie auch nicht«, antwortet Seifert. »Das Hilfswerk fördert deutsche Sprache und Kultureinrichtungen im Elsass. Sagt Zundt. Dafür sammelt er Spenden. Überall im Land. Bei Leuten, die ein Geld dafür haben und die rechte Gesinnung. Das Ganze ist vertraulich und geheim, weil die Franzosen es sich sonst verbeten haben wollten.«

Berndorf wartet, aber Seifert scheint der Ansicht zu sein, dass er vorerst genug mitgeteilt hat.

»Und diese Aufsätze hier« – Berndorf deutet auf die Hefte – »sind Vorträge, die auf den Tagungen gehalten worden sind?« Seifert schüttelt den Kopf. »Keine Vorträge. Alles Nachdrucke, und die Verfasser seit Jahrzehnten tot.«

Berndorf sieht ihn scharf an, und über des Propheten strenge Züge huscht ein verlegenes Lächeln.

»Wer einmal Polizist war ...« Seifert lässt den Satz unvollendet. »Irgendwann wollte ich doch auch wissen, was es mit der Grünheim-Akademie und dem Hilfswerk auf sich hat«, fährt er schließlich fort. »Ich habe lange herumsuchen müssen, und erst in der Stuttgarter Landesbibliothek habe ich schließlich den einen oder anderen Namen gefunden.« Wieder lächelt er. »Fast alles waren Namen aus der Vorkriegszeit, manche aus der Zeit vor 1918 ... Eigentlich hätte ich es schon daran merken müssen, wie diese Aufsätze geschrieben waren.«

»Und da fahren Sie also nach Stuttgart und gehen in die Landesbibliothek ... Das ist nicht der nächste Weg. Sie müssen einen Grund gehabt haben, das zu tun.«

Die Augenbrauen heben sich und geben den Blick auf sehr helle Augen frei. »Sicher gibt es den, und er hat mit dem Gut zu tun. So sagen wir im Dorf, denn es war ein Gut, bis es in den Zwanzigerjahren auf die Gant kam und die Äcker an die Bauern hier im Dorf versteigert wurden. Das Gutshaus hat dann ein Reutlinger Unternehmer erworben, aber der war Jude, und nach 1933 hat man es ihm abgenommen. Wie man das damals gemacht hat, aber mit Kaufvertrag ... 1940 zog dann Johannes Grünheim auf, ein Schulungsleiter der Partei, und hat ein Heim für Kinder aus dem Elsass eingerichtet. Kinder, deren Eltern als nicht so recht zuverlässig galten ...«

»Die Kinder waren Geiseln?«

»So wird man es nennen müssen.« Seifert richtet sich auf. »Ich erinnere mich gut an die kleinen Franzosen, ich war ja in ihrem Alter. Sie trugen alle das gleiche dünne Baumwollzeug, und manche bettelten im Dorf, was ihnen verboten war ... Sie würden nicht aus Hunger betteln, sondern aus Bosheit, hat Grünheim behauptet, als ihn eine Frau aus dem Dorf zur Rede gestellt hat.« Er macht eine Pause, und sein Blick senkt sich.

Es wird Seiferts Mutter gewesen sein, die gefragt hat, geht es Berndorf durch den Kopf.

»Ja«, fährt Seifert fort, »und dann ist der Koloss von seinen tönernen Füßen gestürzt und hat die Chaldäer unter sich begraben, oder besser: manche von ihnen, und der Johannes Grünheim hätte eigentlich auch dazugehören sollen. Aber als die Franzosen kamen, hat er die Kinder Aufstellung nehmen und das *Allons-Enfants* singen lassen, und die Franzosen haben ihn nicht aufgehängt. Zwar erschien nach ein paar Wochen dann doch die Gendarmerie und steckte ihn in ein Internierungslager, und im Gutshof wurden Flüchtlinge untergebracht. Die blieben dort aber nur bis Anfang der Fünfzigerjahre, und eines Tages war Grünheim wieder hier, und es kam heraus, dass der Gutshof ihm gehörte, alles ordentlich im Grundbuch eingetragen und noch mit Reichsmark bezahlt ...«

Berndorf nickt. Ein Chaldäer also, kein Zweifel.

»Und seither will ich doch gern wissen«, schließt der Prophet, »was mit dem Gutshof ist und was dort geschieht ...«

Die Deckenlampen im großen Saal werden heruntergedimmt, von draußen fällt das letzte Licht des Sonnenuntergangs herein und lässt die Glasfenster mit den Heldengestalten abendrot aufleuchten. Florian Grassl sitzt am Kopfende des langen schwarzen Tisches, neben ihm steht der Fuchsmajor der Suevo-Danubia, ein stämmiger, untersetzter cand. jur., der nun zu den einführenden Worten ansetzt ...

»Vom Elsass, Kommilitonen, kennt ihr den Pinot noir und den Gewürztraminer und den Riesling, seid vielleicht schon einmal schnuckelig Essen gegangen in Rappoltsweiler oder Reichenweiher, falls die neue *political correctness* nicht gebietet, Ribeauville und Riquewihr zu sagen, habt euch sogar den Isenheimer Altar angesehen oder das Colmarer Klein-Venedig – und vielleicht habt ihr euch da einmal überlegt, was das für ein Land ist, ist es Frankreich? Warum sprechen dann noch so viele der Menschen dort nicht Französisch, sondern einen alemannischen Dialekt? Aber was ist es, wenn es nicht Frankreich ist? Darüber wird uns jetzt Dr. Florian Grassl einiges erzählen, er ist Politologe und Literaturwissenschaftler, ein ausgewiesener Kenner einer deutschen Kultur, die *deutsch* zu nennen man uns lange Zeit auszutreiben versucht hat ...«

Grassl verbeugt sich freundlich und ordnet die Manuskriptseiten, auf denen er am Nachmittag seine Gedanken und die Zitate dazu zusammengeschrieben hat. Den meisten Platz nehmen die Zitate ein, zum Glück hat er einen Einleitungssatz gefunden, der von René Schickele stammt und also irgendwie nicht zu beanstanden ist, Vogesen und Schwarzwald seien wie die *zwei Seiten eines aufgeschlagenen Buches*, ein praktischeres Motto für ein Referat kann sich keiner ausdenken, man liest aus der einen Seite vor und dann aus der anderen, *es ist alles möglich,* sagt der Herr Präsident in Johann Peter Hebels Kalendergeschichte vom Wolkenbruch in Türkheim ... Die Geschichte hat er in einem Almanach entdeckt, und weil sie damit beginnt, wie schon zu Hebels Zeiten einer einen Streifzug auf Wein ins Elsass tut, liest Grassl sie vor, und während er sie vorliest, gefällt ihm der Satz des Präsidenten immer besser, sein Publikum scheint auch zufrieden, rosenfarbene Heiterkeit steigt in ihm hoch, und so traut er sich, auch noch ein kleines Gedicht von André Weckmann vorzutragen:

*was seid ihr nun
het de schwob gfroit:
Franzosen oder Elsässer?*

*Elsasser
het de elsasser xait
also seid ihr keine Franzosen
het de schwob xait
un esch d deer nüsgflöjje*

Das Gedicht kommt nicht so gut an, vielleicht liegt es daran, dass er sich mit dem Dialekt schwer tut, vielleicht missfällt der Inhalt, jedenfalls merkt Grassl, dass er noch etwas für die Stimmung tun muss, und er liest rasch noch aus Oskar Wöhrles Kriegsbuch die Geschichte vom betrunkenen bayerischen Trompeter vor, der in der masurischen Kälte erfroren ist:

... und nun umgeht ohne Glück und Ruhe. Wie ein Soldat marschiert, folgt er ihm als Schatten. In die Schützengräben geht er hinein und in die Unterstände, und wo er Schnaps sieht, nimmt er das Glas vom Bord und schüttet es aus.

Die Elsässer haben den Spuk zuerst gemerkt; und wenn sie jetzt ihren Kognak verwahren, treiben sie der Vorsicht halber einen festen Kork in die Flasche.

»Sonst säuft's der Trompeter aus!«, sagen sie.

Das wieder gefällt, und Grassl redet weiter und weiter und irgendwann verbeugt er sich und dankt für die Aufmerksamkeit. Erst jetzt merkt er, dass er sein Hemd nass geschwitzt hat.

Franziska kommt vom Mannheimer Schloss, von der Antrittsvorlesung eines Steuerrechtlers. Wenn sie ihn richtig verstanden hat, will der neue Prof die Kinderaufzucht steuerrechtlich als Gewerbe behandelt sehen, weil nur so die wirklichen Kosten in Anschlag gebracht werden könnten ... Vielleicht kann sie ein niedliches Feature daraus machen. Aber nicht mehr heute. Heute ist Feierabend. Über die Planken bummeln noch Passanten, junge Leute auf Inline-Skates fegen an ihr vorbei, eine Gruppe Indios flötet und trommelt in den linden Sommerabend, ein Straßenverkäufer lockt das Publikum mit zwei Handbreit großen Spielzeugrobotern, die ratternd Räuber und Gendarm spielen, der Gendarm hat ein Nussknackergesicht und feuert Laserblitze aus seiner erhobenen Pistole. Franziska bleibt einen Augenblick stehen und sieht dem Nussknacker zu, aber dann tritt aus einer Gruppe von jungen Männern, die Flugblätter verteilen, einer auf sie zu und hält ihr eines hin. Eher unwillig wirft sie einen Blick darauf und entziffert eine Frakturschrift: *Steh auf, Deutsches Volk ...*

»Leider stehe ich grundsätzlich nur auf, wenn ich es will«, sagt Franziska und betrachtet den jungen Mann: aufgerollte Jeans, Schnürstiefel, kurz geschorene Haare. Auf den Arm, der das Flugblatt hält, ist die Aufschrift *VolksZorn* tätowiert und dazu irgendetwas, das nach Runen aussieht.

»Es ist gegen den Schandantrag«, sagt der junge Mann. »Gegen den Schandantrag, die Nationale Aktion zu verbieten.«

»Ich hoffe sehr«, antwortet Franziska, »dass dieser unappetitliche Verein so schnell wie möglich aus dem Verkehr gezogen wird. Guten Abend auch.« Sie wendet sich ab.

»Rote Zecke«, sagt der Mann zu ihrem Rücken. »Kommunistenvotze.« Sie überquert die Planken und taucht ein in eine dunkle Straße mit heruntergelassenen Rollgittern. Die Straße führt zum Haus der Rheinisch-Pfälzischen Assekuranz, und sie ist verlassen bis auf zwei oder drei Halbwüchsige, die sich in einer Einfahrt herumdrücken und vermutlich ihren nächsten Bruch ausbaldowern.

Franziska geht am Teppichgeschäft mit den ewiggleichen Persern vorbei zum Eingang und schließt die Haustüre auf. Das Foyer ist dunkel, nur über dem Fahrstuhl funzelt eine Leuchte. Sie geht zum Fahrstuhl, steigt ein und drückt auf den obersten Knopf, und während der Lift sich schwerfällig vom Boden löst und nach oben in Bewegung setzt, betrachtet sie – zum wievielten Mal? – die Metallplakette mit den technischen Daten dieses Geräts, das erstmals im Jahre des Herrn 1957 zugelassen worden ist, Tragkraft vier Personen. Wie immer an solchen Abenden, wenn das Assekuranz-Haus leer und verlassen ist, weil außer ihr niemand dort wohnt, malt sie sich mit leisem Schauder aus, was sie tun wird, wenn der Lift einmal stecken bleiben sollte ...

Rüdiger Volz war das einmal passiert, und wie immer in solchen Fällen war der Monteur sonst wo oder in Frankenthal, und die Metteure hatten sich oben um den Schacht versammelt und mit einer Stange eine Luke im Dach der Fahrstuhlkabine geöffnet und an einer Schnur eine Flasche Bier zu Volz hinabgelassen, damit sich dieser an etwas festhalten konnte, bevor ihn die Klaustrophobie in die Krallen bekam.

Aber hier, in diesem großen leeren Büroturm, wäre niemand, der ihr zu Hilfe kommen könnte. Nicht einmal telefonieren könnte sie, weil der Akku des Handys leer ist ... Der Lift setzt sanft auf und hält, er ist im fünften Stock angekommen, Franziska öffnet die Tür und geht zur Treppe, die zu ihrer Dachwohnung führt. Sie freut sich auf ein Bad und ein Glas Wein und auf die CD der jungen polnischen Pianistin Magdalena Lisak. Sie kommt zum Treppenabsatz, und dann geht das Licht aus. Zu dumm, denkt Franziska, hat sie nicht auf den Lichtschalter gedrückt? Sie tastet nach dem Geländer und zieht sich – als sie es gefunden hat – vorsichtig daran hoch. Allmählich gewöhnen sich ihre Augen an die Dunkelheit, gleich müsste sie oben sein. Es ist still im Haus. Noch nie ist ihr die Stille so aufgefallen.

Der Handlauf des Geländers biegt nach links ab. Sie ist oben. Ein paar Schritte noch, und sie wird an ihrer Wohnungstür sein. Der Leuchtknopf für das Treppenlicht ist erloschen. Also doch Stromausfall. Plötzlich bleibt sie stehen. Irgendetwas liegt vor ihrer Tür. Irgendetwas, das hell durch die Dunkelheit schimmert.

Unvermittelt setzt ein Geräusch ein. Rasselnd nähert es sich. Ehe sie reagieren kann, stößt etwas hart und metallisch gegen ihren Knöchel.

Sie schreckt zurück und strauchelt. Mit beiden Händen greift sie rudernd nach einem Halt. Ihre linke Hand bekommt das Geländer zu fassen und kann sich daran festklammern.

Jetzt ist sie halb gegen das Geländer gelehnt. Sie atmet tief durch. Zu ihren Füßen setzt das Rasseln wieder ein und schiebt sich suchend durch die Dunkelheit. Lärm heult auf. Franziska lässt das Geländer los und hält sich mit beiden Händen die Ohren zu. Bläulich weiße Blitze zucken über den Boden. Für Sekundenbruchteile beleuchten sie eine weiße, nackte Gestalt, die an Franziskas Wohnungstür lehnt. Hoch jault eine Stimme. Nein, falsch. Sie jault nicht. Sie singt. Es ist die Stimme von Vicky Leandros. *Vogelfrei war mein Herz bis heute.* Die Stimme kommt aus einem Recorder, der neben ihr auf dem Treppenvorsprung abgestellt ist. Scheppernd schießt das Ding, das die Blitze macht, in Achterkurven über den Steinboden. *Dann kamst du.*

Die nackte weiße Gestalt an ihrer Wohnungstür ist rot verschmiert. *Und mit dir kam die Liebe.*

Wer immer das gemacht hat, er kennt dich. Aber nicht gut genug. Franziska richtet sich auf. Wieder rattert der Spielzeugroboter auf sie zu und spuckt Blitze aus seiner Laserpistole. Mit einem gezielten Fußtritt trifft sie das Blechding und kickt es die Treppe hinunter. Es schlägt blechern auf den Stufen auf, bis es auf dem Treppenabsatz landet. Dort rutscht es unter das Geländer und bleibt mit dem Nussknackergesicht hängen, noch immer nutzlos Blitze um sich schleudernd.

Franziska bückt sich und packt den Ghettoblaster, aus dem der Lärm kommt, und wirft ihn über das Geländer. *Frag nicht nach ...* hallt es durch das leere dunkle Treppenhaus, bis unten ein splitternder Schlag die Stimme wegschnappen lässt und plötzlich wieder Stille einkehrt.

Franziska schiebt die rot verschmierte Schaufensterpuppe zur Seite und versucht tastend, den Schlüssel in das Sicherheitsschloss ihrer Wohnungstür zu stecken und aufzuschließen. Du bleibst ganz ruhig. Du zitterst nicht. Kein einziges bisschen. Endlich geht die Tür auf, Franziska tritt ein und schiebt die Tür hinter sich zu und lehnt sich dagegen. Von draußen dringt der Lichtschein der nächtlichen Stadt in ihre Wohnung. Das Telefon klingelt.

Franziska schüttelt den Kopf.

Der Apparat steht in der Diele, keine zwei Schritte von ihr entfernt. Er hört nicht auf zu klingeln.

»Ja?« Sie hofft, dass ihre Stimme gleichmütig klingt.

»Es freut mich, dass Sie gut nach Hause gekommen sind«, sagt eine kultivierte, helle, angenehme Stimme. »Dass keine Gespenster Ihren Heimweg gestört haben. *Frag nicht nach vergangener Zeit* singt Vicky Leandros, oder irre ich mich da?«

Franziska schweigt.

»Doch, doch«, sagt die Stimme, »das heißt schon so. Ein kluger Ratschlag, finden Sie nicht? Die Gespenster der Vergangenheit sollte man ruhen lassen. Es gibt Gespenster, die können auch noch ganz anders ... Ich wünsche Ihnen einen angenehmen Abend. Und grüßen Sie Ihren Herrn Patensohn.«

Mittwoch, 5. Juli

Die Stadt Aichach liegt an der Paar, etliche Meilen ostwärts von Augsburg und unfern der Wälder, in denen sich Ludwig Thomas Füchse gute Nacht sagen. Als es zu München noch eine königlich-bayerische Regierung gab, hatte sie eines Tages huldreich die Stadtväter von Aichach zu sich gerufen und ihnen gesagt, höchstderoselbst wolle sie ihnen etwas Gutes tun. Ob sie denn gerne eine Garnison hätten mit schmucken jungen Soldaten, oder vielleicht doch lieber ein Zuchthaus? Und die Stadtväter dachten an ihre Töchter im mannbaren Alter und sanken auf die Knie und baten submissest um ein Zuchthaus...

So ungefähr wird es sich abgespielt haben, stellt sich Berndorf vor, während er die beiden Tortürme betrachtet und das Rathaus dazwischen und die Spitalkirche in der Mitte der Giebelhäuser ihm gegenüber und den weiß-blauen bayerischen Himmel darüber. Am Abend zuvor hatte er zu Hause auf dem Anrufbeantworter die Nachricht des Rechtsanwalts Auffert vorgefunden, Sabine Eckholtz sei bereit, mit ihm zu reden, und er habe für den nächsten Tag einen Besuchstermin in der JVA Aichach vereinbart. Und so ist Berndorf am Morgen mit dem Intercity nach Augsburg gefahren und dort in den Zug umgestiegen, der ihn nach Aichach bringt. Es war ein Zug, der sehr oft hält, ein Glück, dass Berndorf Zeit hatte und Lektüre. Die Münchner Zeitung brachte ein Feature über den neuen Staatsminister Tobias Ruff und seine umstrittene Vergangenheit als studentischer Revolutionär, in Dortmund war beim

Start der Deutschland-Tournee einer kanadischen Band ein halbes Hundert halbwüchsiger Mädchen in Ohnmacht gefallen, und nach dem Anschlag auf eine Synagoge im Rheinland hat die Polizei neben anderen Tatverdächtigen auch zwei Funktionäre der Nationalen Aktion festgenommen, woraus die üblichen gut informierten Kreise den Schluss zogen, dass der Innenminister nun doch seinen Verbotsantrag beim Bundesverfassungsgericht werde einreichen müssen... Dann hielt der Zug wieder einmal, diesmal in Aichach Bf, und Berndorf stieg aus, zusammen mit zwei vom Alter und der Arbeit krummen Bäuerinnen und einem Menschen, der in einer Lederjacke steckte und die dick besohlten Schuhe eines gelernten Pflastertreters trug.

Weil bis zum vereinbarten Besuchstermin noch Zeit ist, hat sich Berndorf zu Fuß auf den Weg zur Justizvollzugsanstalt gemacht und ist nun auf dem kopfsteingepflasterten und vormittäglich leeren Marktplatz angelangt. Er schlendert zum westlichen Torturm und kommt an einer Wirtschaft vorbei, die *Zum Specht* heißt und leider so aussieht, als sei sie vom Requisiteur des Tegernseer Bauerntheaters renoviert worden. Berndorf bleibt einen Augenblick stehen und lässt einen Mann an sich vorbei, wie der Zufall oder sonst wer will, ist es der Pflastertreter in der Lederjacke, den er schon am Bahnhof gesehen hat und der nun seinerseits kurz zögert, dann aber doch raschen Schrittes übers Pflaster zum *Specht* strebt... Berndorf überlegt einen Augenblick, ob er ihm folgen und sich ein Weizen bringen lassen soll und ein Paar Weißwürste dazu, ein Gespräch wird sich dann schon ergeben unter den frühen Gästen.

Aber dies ist jetzt nicht die Zeit und nicht der Anlass, weist er sich zurecht. Er erinnert sich, dass er weiter oben am Marktplatz einen Taxistand gesehen hat, und so dreht er um und geht dorthin zurück. Schließlich muss er an sein Bein denken, noch immer kann er es nicht voll belasten und die JVA liegt doch etwas außerhalb der Stadt, an der Dachauer Straße, wie sich das so ergeben hat.

Birgit lässt die Hefte einsammeln. Aufgesetzt hat sie das kleine Ihr-werdet-schon-sehen-Lächeln, denn anmerken lässt sie sich nichts, niemals. Ihr Blick gleitet über die Klasse. Beiläufig registriert sie, dass Bettinas Haar heute stumpf und glanzlos aussieht, überdies steckt sie in Jeans, die sie sich bei ihren Hüften nun wirklich nicht antun sollte. Juckt dich der Pilz, Kleines ...? Die Hefte werden neben Birgit auf den Tisch gestapelt, sie wirft noch einen Blick in die Runde, Donatus lächelt selbstgefällig, Phan gibt den Blick zurück mit der höflichen Aufmerksamkeit eines Zirkushundes, der auf das Kommando für das nächste Kunststück wartet, Bettina betrachtet – wie immer – ihre farblos lackierten Nägel, wann tut sie das eigentlich nicht, überlegt Birgit und greift sich eines der Hefte, schlägt es auf und liest den Schlusssatz:

Desormais on a vu Mathilde Loisel demeurant sur l'escalier de Sacre Cœur, une vieille mendiante, qui murmurait des phrases incompréhensibles et obscures, et quelques années plus tard on l'a nommée la folle de Montmartre ...

»Donatus«, sagt Birgit, »was bitte soll das: die Irre vom Montmartre ...?«

»Na ja«, sagt Donatus, »ganz einfach. Die Mathilde erzählt ihrer reichen Freundin Forestier, wie sie den Schmuck ersetzt hat, und dann sagt die Forestier, das ist ja ganz schrecklich, aber es kann nicht sein, was du da erzählst, liebe Mathilde, das hätte mir ja auffallen müssen, niemals wäre es mir entgangen, wenn das ein echtes Collier gewesen wäre, völlig ausgeschlossen, dass ich mich da geirrt hätte, an den Steinen und ihrem Leuchten siehst du es auf einen Blick, und die Mathilde kriegt das Zittern und Heulen und bettelt, sie solle doch in ihrer Schmuckkassette nachsehen und sich überzeugen, und da wird die Madame Forestier ganz kühl und abweisend und sagt: Du – den Schmuck haben wir nicht mehr, den haben wir unserem Curé geschenkt, als der eine Tombola für den Bau von Sacre Cœur veranstaltet hat, stell dir vor, irgendeine Frau aus der Provinz hat doch tatsächlich 300 oder 400 Francs für das billige Ding bezahlt, es war ja nur Talmi ... Und Mathilde

Loisel geistert seither wahnsinnig und bettelnd über die Stufen von Sacré Cœur.«

Donatus lehnt sich zurück und verschränkt die Arme vor der Brust. Thorsten kichert. »Und die Forestier hat das Collier längst zur Seite geschafft und versilbert, wie?« Donatus zuckt mit den Schultern. »Vielleicht hat sie einen jungen Liebhaber, den sie damit aushält«, schlägt Bettina vor. »Die Forestier ist da ja auch schon nicht mehr jung ...« Ein lammfrommer Augenaufschlag trifft, wie zufällig, auf Birgit.

Nur ein paar Jahre noch, denkt Birgit, ein paar flüchtige Jahre, Kleines, und du wirst selbst wissen, wie das ist mit den jungen knackigen Männern, die sich nicht mehr nach dir umdrehen ... Betrug, Kleines, ist das, was die Welt am Laufen hält, der junge Liebhaber betrügt die Forestier mit einer kleinen Verkäuferin, und die kleine Verkäuferin lässt sich im Packraum vom Patron schwängern, denn am Ende sind immer die Frauen die Dummen, geködert mit einer paar Glasmurmeln oder sonst einem Glitzerding ...

Sabine Eckholtz ist eine blasse aschblonde Frau, ihr Gesicht wirkt grau und schwammig, so, als ob sie Medikamente nehmen muss, die ihr nicht gut tun. Eigentlich kann sie nicht viel älter als 50 sein, überlegt Berndorf. Aber im Knast altern die Leute anders. Sie raucht nicht, nimmt aber das Päckchen Zigaretten, das er ihr anbietet.

»Auffert meinte, ich sollte mit Ihnen reden«, sagt sie mit belegter Stimme. »So ganz klar ist mir das aber nicht. Sagen doch Sie mir, warum ich es tun sollte.«

»Mir genügt es schon, wenn ich Ihnen eine Geschichte erzählen darf«, antwortet Berndorf. »Und Sie müssen mir nur sagen, ob Ihnen der Schluss gefällt ...« Die Stores vor den Gitterfenstern des Besuchsraums filtern das Sonnenlicht, als tue zu viel davon den Häftlingen nicht gut.

Sabine Eckholtz zuckt mit den Schultern.

»Wir schreiben das Jahr 1972«, beginnt Berndorf. »Was tun? Auch ein junger Mann überlegt sich das. Er ist nicht dem soziologischen Proseminar entlaufen, sondern ein richtiger Arbeiter und jemand, der sich in vielen Dingen auskennt. Er kann zu Wohnungen verhelfen, die rasch angemietet sein wollen, am besten mit Bargeld auf die Hand, es gibt Leute damals, die so etwas nützlich finden ...«

Sabine Eckholtz betrachtet ihn unbeteiligt. In dem gefilterten Licht kann Berndorf ihre Augen nicht richtig sehen. Er erinnert sich an ihr Fahndungsfoto. Da sah sie aus, als seien ihre Augen dunkel vor Zorn und Hass.

»... Und eines Tages stellt sich irgendjemand die Frage, ob dieser junge Mann nicht noch zu anderem nütze wäre. Auch der revolutionäre Kampf braucht Geld, und in der Stadt, in der unser angehender Revolutionär arbeitet, gibt es eine Landeszentralbank, freitags fällt da einiges an, das Problem ist eigentlich nur der Fluchtweg, es ist eine sehr übersichtliche Stadt, wenn die Polizei ein paar Brücken und Autobahnzufahrten abriegelt, kommt so schnell keiner raus ...«

Sabine Eckholtz führt die Hand zum Mund und unterdrückt ein Gähnen.

»Wie es sich fügt, hat der junge Mann an dem ins Auge gefassten Freitag Spätschicht. Vor allem aber liegt sein Arbeitsplatz innerhalb der Stadt, gar nicht so weit von der Landeszentralbank entfernt. Die Führung der Revolutionären Kommandos gibt grünes Licht für den Einsatz, die Sache ist perfekt geplant und läuft perfekt ab, unser junger Mann kommt pünktlich zu seiner Spätschicht und verstaut in seinem Spind die anderthalb Millionen, um die man die Landeszentralbank leichter gemacht hat. Und während er wieder in den proletarischen Arbeitsalltag eintaucht, setzen sich die beiden anderen Aktivisten unbehelligt in ihre Ruheräume ab. Das Geld wird man in der Woche darauf holen, ohne Risiko ...«

»Sehr lange her, all das, finden Sie nicht?«

»Gewiss doch«, räumt Berndorf ein, »ich bin auch gleich fertig. Die Aktion ist bereits abgeschlossen, aber dann geht doch noch etwas schief. Die Polizei bekommt einen Hinweis auf jemanden aus dem Umfeld des jungen Mannes, es gibt ei-

nen Einsatz, bei dem ein Unbeteiligter erschossen wird ...
Unser junger Mann bekommt kalte Füße, er setzt sich in den Flieger nach Spanien und bleibt gleich die nächsten Jahre dort unten, niemand will etwas von ihm, bis auf ein paar unangenehme Vögel, die die Angewohnheit haben, ihre Zigaretten auf den Armen anderer Leute auszudrücken ... Aber der inzwischen nicht mehr ganz so junge Mann kann die Vögel überzeugen, dass er das Geld der Landeszentralbank nicht hat, und hat von da an auch keinen ungebetenen Besuch mehr. Keine Polizisten kommen. Niemand kommt.«

Berndorf wirft einen Blick zu der Frau ihm gegenüber. Sie gibt den Blick zurück, gleichgültig und abweisend.

»Sehen Sie«, fährt Berndorf fort, »das ist der Punkt, der mich noch immer stört. Mir ist es gleichgültig, ob bei der Aktion gegen die Landeszentralbank eine Frau dabei gewesen ist, oder ob ein Mann mit langen Haaren den Befehl hatte. Spielt alles keine Rolle mehr. Nur, warum hat die Polizei von unserem jungen Mann so gar nichts wissen wollen?«

»Sollten Sie da nicht besser Ihre Kollegen selbst fragen?«

»Mein Nachteil ist, ich bin kein Polizist mehr. Vielleicht ist es auch ein Vorteil. Ich kann mir Fragen ausdenken, die nicht einmal meine Kollegen beantworten würden. Gerade die nicht.«

»Denken Sie sich doch aus, was Sie wollen. Was geht mich das an?«

Für einen Augenblick schweigt Berndorf. »Wir wissen beide«, sagt er dann, »dass der Überfall auf die Landeszentralbank Mannheim im Juni 1972 getürkt war. Sie wissen es schon länger. Aber nicht von Anfang an. Es war eine Aktion, bei der Polizei, Nachrichtendienste oder Verfassungsschutz mitgemischt haben. Vermutlich sollte ein Undercover-Mann legitimiert werden. Es ist schief gelaufen, weil es bei der Fahndung einen Toten gab. Deswegen hat nicht nur Micha Steffens, unser kämpfender Proletarier, kalte Füße bekommen. Auch andere haben das Weite gesucht. Der Mann zum Beispiel, der als Undercover eingeschleust werden sollte ...«

»Warum könnte das nicht dieser Steffens gewesen sein?« Plötzlich schien sie aus ihrer Gleichgültigkeit erwacht. »Nicht, dass es mich wirklich interessiert. Aber wenn wir schon Märchenstunde haben...«

»Steffens war für Handlangerdienste gut. Zu mehr nicht. Jedenfalls nicht aus Sicht der Leute, die diese Aktion verantwortet haben. Deren Aufwand und Risiko waren so groß, dass sie die Hoffnung gehabt haben müssen, einen hochkarätigen Mann in der Szene zu platzieren. Einen, der rasch in der Kommandostruktur aufsteigen würde. Deshalb musste das jemand sein, der dafür geschult und ausgebildet war.«

»Na schön. Und was ist aus diesem schwäbischen 007 geworden?«

Berndorf zögert. »Ich weiß nicht, was das für ein Landsmann war. Ich muss es auch nicht wissen. Wichtiger ist mir jemand anderes. Wer hat für 007 die Türe geöffnet? Denn der konnte nicht einfach losziehen und an der Wohnung klingeln und sagen, Tag auch, ich bin ein smarter Typ und möcht' jetzt bei den Revolutionären Kommandos anheuern...«

»Viel wissen Sie ja wirklich nicht. Aber als Türöffner hätte Steffens durchaus dienen können. Wenn es zutrifft, dass er als Wohnungsvermittler nützlich gewesen war, hatte er ja bereits den Kontakt zur Szene.«

Berndorf schüttelt den Kopf. »Warum hat er dann das Weite gesucht? Panisch, als wäre die gesamte Polizei so höllisch hinter ihm her, wie sie im Traum nicht daran dachte, es zu sein... Wäre er der Türöffner gewesen, hätte er entschieden mehr Grund gehabt, vor den Kommandos davonzulaufen, aber nicht nach Spanien, sondern in die nächste Polizeiwache.«

»Also – wer war es dann? Sagen Sie es mir. Sie wollten mir doch was erzählen.«

Berndorf lehnt sich zurück und sieht Sabine Eckholtz lange und ruhig an. Du weißt es doch. Du hast doch das Kommando in Mannheim gehabt. Und du weißt, dass ich es weiß. Er breitet beide Hände aus und versucht ein Lächeln. »Sehen Sie – zu den

Merkwürdigkeiten in diesem Fall gehört auch, dass sich die Kommandos nie zu dem Überfall auf die Landeszentralbank geäußert haben. Das war doch ein Coup, eine Erfolgsmeldung – am helllichten Nachmittag anderthalb Millionen abgeschöpft, das teilt man doch mit in der Szene. Aber nein. Schweigen im Walde. Geh ich recht in der Annahme, dass die anderthalb Millionen nicht in die Kasse der Bewegung geflossen sind?«

Er wartet, aber noch immer kommt keine Reaktion. »Ein großer Coup – und plötzlich fällt alles in sich zusammen, wie ein Luftballon, den man mit einer Nadel stupft. Der 007 wird zurückgezogen, plötzlich gibt es ihn nicht und hat ihn nie gegeben, denn seine Auftraggeber dürfen sich um keinen Preis mit einer Sache in Verbindung bringen lassen, bei der es einen Toten gegeben hat. Der Agent löst sich in Luft auf, das Geld offenbar auch – was denken sich die Revolutionären Kommandos denn da? Was müssen sie sich denken?«

Sabine Eckholtz lächelt verächtlich. »Sie drehen sich im Kreis. Oder wie ein Hamster im Laufrad. Das trifft es besser.«

Berndorf überlegt. Da ist was dran. »Wir haben ein Problem«, sagt er schließlich. »Sie wollen nicht zugeben, dass die Kommandos damals einer getürkten Geschichte aufgesessen sind. Keine gute PR, so etwas. Nichts, was man anderen Leuten auf die Nase bindet.«

»Für die Erschießung von Brian O'Rourke sind doch Sie verantwortlich«, kommt es von der anderen Seite des Tisches. Die Stimme ist nicht mehr belegt, sondern klar und kühl.

»Sie und niemand sonst. Es war Mord. Ein Mord von Staats wegen. Und ausgerechnet Sie wollen sich jetzt als großer Aufklärer aufspielen. Warum sollte gerade ich Ihnen dabei behilflich sein?«

Berndorf nickt. »Das wäre auch reichlich naiv, wenn ich das erwarten würde. Trotzdem verstehe ich nicht, warum Sie ausgerechnet den schrägen Vogel decken, der Ihnen damals das faule Ei angedreht hat. Ich begreife, dass diese Person kein Fall für die revolutionäre Justiz mehr ist, weil es diese erstens nicht mehr so recht gibt und sie zweitens sonst zugeben müsste, dass sie sich hat hereinlegen lassen. Autoritäre Strukturen kennen den Irrtum nicht ... Aber dieser Mensch, von dem wir reden, ist nun wirklich eine zwielichtige Person. Warum helfen Sie mir nicht, ihn ins rechte Licht zu rücken?«

»Sie sind noch immer ein Bulle. Was dabei herauskommt, wenn Sie etwas in ein rechtes Licht stellen wollen, kann ich mir sehr gut vorstellen.«

Sie will nicht mit mir reden, denkt Berndorf. Dabei haben wir doch etwas gemeinsam. Wir habe beide Menschenleben auf dem Gewissen. Eben. Das ist ihr zu viel.

Er sieht sich im Besuchsraum um. Sauber. Frisch aufgewischt. Die Stores kommen alle zwei Monate in die Anstaltswäscherei. Trotzdem hängt in der Luft dieser kalte Geruch nach Elend, Kernseife und Zigaretten. Berndorf steht auf und geht zum Fenster und schiebt die Vorhänge zur Seite. Über den Mauern sieht er bewaldete Hügel und darüber einen blauen Himmel. In der Ferne ziehen weiße Wolken, hinweg über barocke Kirchtürme und Pflaumenbäume, wohin nur? Dumme Frage. Wohin immer der Wind sie tragen mag.

»Ich weiß nicht wirklich, was es bedeutet, im Knast zu leben«, sagt Berndorf. »Keiner, der nicht drin war, kann es wissen. Wir draußen gehen hierhin und dorthin, wie es uns gefällt, und es gibt nichts, das uns zwingt und festhält ...«

»Geben Sie sich keine Mühe«, antwortet Sabine Eckholtz. »Sie sind doch selbst ein Käfigtier. Und das, was ich abzurechnen habe, erledige ich schon selbst. Irgendwann. Aber Sie sollen nicht ganz umsonst gekommen sein. Etwas habe ich für Sie. Damit dem Hamster nicht das Laufrad einrostet.« Sie lächelt herb. »Es sollte ein Tresor sein, kein Spind. Wenn es stimmt, was man sich in der Szene erzählt hat.«

Donnerstag, 29. Juni. – Trouble mit der Otternbiss. Diese Frau ist inkontinent, lügnerisch und dumm. Fünfte und sechste Stunde Kostümprobe, Solveig bringt es einfach nicht. Vielleicht sollte ich sie einmal so heavy pflöckeln, bis sie voll Rohr ins Kreischen kommt.

Freitag, 30. Juni. – Solveig vorerst on the rocks. Too much. Nach der Probe waren alle schon up and away, als Bettina neben mir steht. Sie guckt mich an, wartet, bis ich was sagen will, und dann knöpft sie sich ma non troppo die Bluse auf. Kinderüberraschung! No bra. Whow ...

Birgit hört auf zu tippen. Wie weiter? Auf dem Flügel, klar doch. Sofern das überhaupt funktioniert. Sie steht auf und geht ins Musikzimmer, wo Hubert Höge auf seinem Steinway irgendwelche Überleitungen einstudiert.

»Entschuldige die Störung«, sagt Birgit, lächelt das Kannst-du-mir-mal-helfen-Lächeln und lehnt sich mit der Hüfte gegen den Steinway. »Weißt du noch, wann diese Berliner Professorin bei mir war? War das nun am Sonntag oder schon am Samstag? Ich will dieser Frau noch ein paar Zeilen schreiben, und jetzt weiß ich nicht mehr ... mein beginnender Alzheimer.«

»Am Samstag«, antwortet Hubert. »Und ich bin joggen gegangen, das war ziemlich gedankenlos von mir ...«

»Das Gespräch hätte dich wirklich nicht interessiert«, sagt Birgit und gibt dem Steinway einen kleinen Schubs mit der Hüfte. »Außerdem warst du ein ganz ein Lieber und hast ja noch die Theaterkarten besorgt.« Sie wendet sich vom Flügel ab. Er ist etwas größer als ich. Es müsste gehen.

Hubert will wissen, wie lange sie noch den Computer braucht. Eine gute Stunde, antwortet Birgit, und Hubert meint, das sei ihm recht, »aber danach würd' ich noch gern die neue Scheibe von den Backyard Boys besprechen, das ist diese kanadische Group, die jetzt in Deutschland tourt ...«

Tu das nur, mein Schatz, denkt Birgit. Die Kids lieben Bertie's Pop-Corner. Weil, es ist nicht nur zum Lesen, sondern auch zum Lachen.

Sie werden beides bekommen. Birgit geht ins Arbeitszimmer zurück und schreibt weiter .

... wuchte sie bäuchlings auf den Flügel, kein Slip, very prospective! Wie sie da liegt, seh ich, dass sie die Hand vors Gesicht hält & ihre Nägel beglotzt. Das bringt mich so in die

Gänge, dass ich ihr prestissime ans Pianola gehe. Nur hat sie's zu dick um die Groove, mein Bamboo flutscht nicht, ich muss ihr die Schenkel hochkranen – Mann oh Mann, da hast du was in den Händen – & den ganzen Shebang outspreaden ...

Wieder hält Birgit inne und liest stirnrunzelnd, was sie geschrieben hat. Bamboo? Mit einem Bambus, mein Lieber, hat man früher Stabhochsprung getrieben, im vorliegenden Fall könnte davon keinesfalls die Rede sein. Höchstens von Bauchpflatschen. Unsinn. Du wirst ihn wohl sich einbilden lassen, was er will. Entschlossen schreibt sie weiter.

Tamar parkt ihren Wagen auf den reservierten Plätzen der Bahnpolizei, die jetzt Grenzschutz heißt, und zeigt einem strohblonden Uniformierten, der nörgeln will, Zähne und Dienstausweis. Durch Horden kreischender Kinder hindurch drängt sie sich zum Bahnsteig 1. Sie ist in Eile, weil sie denkt, sie sei zu spät dran. Aber dann muss sie doch noch ein paar Minuten warten, bis der Intercity aus Augsburg eintrifft.

Berndorf hatte sie vor einer guten Stunde im Büro angerufen, ob sie sich nicht am Hauptbahnhof zu einer Tasse Tee treffen könnten – »nur ein bisschen über alte Bekannte plaudern, wer so alles wo auf der Pirsch ist ...« Das treffe sich gut, hatte Tamar gemeint, schon lange habe sie kein waidmännisches Gespräch mehr geführt.

Schließlich rollt der Zug ein, und schon von ferne sieht Tamar, wie Berndorf ihr auf dem Bahnsteig entgegenkommt, noch immer zieht er das linke Bein um ein Geringes nach, die Behinderung ist fast unmerklich, vielleicht nimmt Tamar sie auch nur deshalb wahr, weil sie darauf achtet.

Als er nur noch wenige Meter vor ihr ist, sieht sie, dass er ihr ein kurzes Zeichen mit den Augen gibt, danach aber starr an ihr vorbeisieht und weitergeht. Unbeteiligt blickt sie über ihn hinweg und sucht mit den Augen die Reihen der anderen Fahrgäste ab, die dem Ausgang zustreben, eine Frau fällt ihr ins Auge, sie trägt ein kurzes helles Kleid, das kräftige gebräunte Beine zur Geltung bringt, ein mittelgroßer Mensch mit krausen dunklen Haaren drängt sich an der erdnahen Schönen vorbei, der Mensch trägt diesmal keine Kniebundhosen, sondern eine sommerliche Kombination ... Weimers Adjunkt.

Tamar macht einen Schritt zurück und verschwindet hinter einem Cola-Automaten. Der Adjunkt geht an ihr vorbei und bleibt noch immer im unauffälligen Abstand hinter Berndorf. Tamar folgt langsam. In der Halle muss sie sich erst umsehen, schließlich entdeckt sie Berndorf. Er steht vor der Schautafel mit den Abfahrtszeiten. Der Adjunkt hat sich vor dem Obststand aufgestellt und betrachtet die Auslagen. Die gelben krummen Dinger nennen wir Bananen, mein Freund. Berndorf notiert sich, wann er wohin fahren will.

In der Halle sammeln überforderte Lehrer die herumtobenden Kids ein, die man zum Schulausflug hierher gekarrt hat. Neben Tamar steht eine Gruppe von qualmenden Gören: Plateausohlen, die Lippen schwarz geschminkt. Gesprächsthema ist der mutmaßlich neue Freund einer von ihnen, einem Mädchen mit gesträubtem giftlilafarbenen Haar, das sich dazu aber nicht äußert, sondern plötzlich mit dem Hintern zu wackeln beginnt und in eine Art Sprechgesang verfällt: »*Nothing is like it seems to be ...*«

»Hey du«, sagt Tamar zu dem Mädchen. »Hast du nicht gesehen, wer da drüben steht?« Sie zeigt zum Obststand. »Das ist einer von den Managern der Backyard Boys, die wollen hier ein Konzert machen ...«

»Echt?«, fragt das Mädchen.

»Ich sag dir's doch«, antwortet Tamar und will hinzufügen, dass sie an Stelle der Giftlilafarbenen den Typ auf der Stelle um Karten anhauen würde oder um ein Date im Backstage. Aber da ist die ganze Horde schon ausgeschwärmt und stürzt sich Plateausohlen-klappernd auf den Menschen am Obststand, das Kreischen in der Halle schwillt an, den Schwarzgeschminkten folgen die nächsten Kids, erst einzelne, dann alle, magnetisch zieht der Obststand an, was sich bis dahin in der Halle herumgedrückt hat, hilflos fuchteln Lehrkräfte am

Rande des Gedränges, in dessen Mitte von Weimers Adjunkten schon nichts mehr zu sehen ist.

»Bingo«, sagt Tamar und macht sich auf den Weg ins Bahnhofsrestaurant.

Abschied nehmend blickt Grassl nach rechts, zu den Platanen auf der Neckarpromenade und weiter zu den hochragenden Häusern auf der anderen Uferseite.

»Ach«, sagt neben ihm der Fuchsmajor und lümmelt sich hinter das Steuer seines Käfer-Cabrios, während es vorne an der Ampel noch immer nicht grün wird, »Sie haben doch in Erlangen studiert, sagten Sie, da waren Sie doch sicher bei der Marcomannia?«

»In Erlangen, ja«, antwortet Grassl, und irgendetwas ist ihm unbehaglich, »aber ich war kein Marcomanne, Cimbria war mein Panier, sehr tatkräftige Nachwuchsarbeit, ähnlich wie bei Ihnen, habe ja auch ein Semester lang den Job als Fuchsmajor ausgekostet ...«

Vorne an der Ampel wird es gelb, der Fuchsmajor legt den Gang ein und lässt die Kupplung kommen. Der Motor spuckt, als liefe er auf drei Töpfen. Sie rollen an Schulmädchen vorbei, die vom Gehsteig aus den einen oder anderen nabelfreien Seitenblick in das Cabrio fallen lassen.

»Sie werden weitere solche Vorträge halten?«, setzt der Fuchsmajor nach. »Vielleicht in Heidelberg?«

Das Unbehagen, das Grassl empfindet, tritt aus dem Dunkel. Gleich wird es Konturen bekommen. »Nicht eigentlich«, antwortet er, »ich arbeite an einem Projekt, das Lernmaterial für den Unterricht in deutscher Sprache und Literatur zur Verfügung stellen soll – für den Unterricht im Ausland, weshalb dies alles sehr vertraulich behandelt werden muss ...«

»Sehr vertraulich, ich verstehe«, antwortet der Fuchsmajor bedächtig und fährt das Cabrio ins Halteverbot gegenüber dem Eingang zum Tübinger Hauptbahnhof.

»Also keine Vorträge mehr vor Verbindungen, das ist auch besser so, sehr viel besser ...« Er dreht sich zu Grassl um und sieht ihm in die Augen. »Ich habe einen Freund in Erlangen, ein Cimbrione, wie es sich fügt, und ich habe ihn heute früh angerufen ...«

Ja doch, denkt Grassl. Sicher hast du einen Freund in Erlangen. Immer ist das so. Immer müssen irgendwelche Ärsche irgendwo anrufen, andere Ärsche ausholen. Er löst seinen Blick von den Augen des Fuchsmajors und sucht nach dem Türgriff.

»Machen Sie sich keine Mühe«, sagt der Fuchsmajor, »wir stehen dicht neben einem Pfosten, sodass Sie die Tür nicht aufkriegen würden. Wollen Sie nicht die lustige Geschichte hören, die mir mein Erlanger Freund erzählt hat? Er hatte gestern Kneipe und war eigentlich nicht ansprechbar. Aber als ich Ihren Namen genannt habe, wurde er auf der Stelle hellwach, als ob ich ihn angestochen hätte. Und die Geschichte sprudelte nur so, die Geschichte von dem strebsamen Studenten und Kofferträger, der sich nützlich macht, gefragt und ungefragt, typisch kleinbürgerlicher Möchtegern-Aufsteiger, hat fast schon eine halbe Assistentenstelle sicher, bis man ihn nachts vor dem Schlafzimmerfenster der minorennen Professorentochter aufgreift ... Hübsch, nicht?«

»Ja«, sagt Grassl. »Hübsch. Sehr lustig. Es war sehr nett von Ihnen, dass Sie mich zum Bahnhof gebracht haben. Aber könnten Sie jetzt etwas vorfahren, damit ich aussteigen kann?«

»Gleich«, antwortet der Fuchsmajor. »Gleich dürfen Sie aussteigen. Aber vorher sollten Sie doch auch wissen, warum Sie so davonkommen. Es ist nämlich durchaus keine Empfehlung für uns, dass wir auf Sie hereingefallen sind, Herr *Doktor* Grassl. Bei wem hätten Sie eigentlich promovieren wollen? Bei dem Prof, dessen Töchterchen Sie nächtlicherweile betrachten wollten? Aber ich schweife ab. Wir machen Ihnen keinen Ärger, weil die Sache für uns peinlicher wäre als für Sie. Altmodisch ausgedrückt: Sie sind nicht satisfaktionsfähig. Aber täuschen Sie sich nicht. Wir werden sämtliche Verbindungen, Landsmannschaften, Corps und Burschenschaften über Sie in Kenntnis setzen.« Er lässt das Cabrio anrollen, um einige Meter weiter vorne, gegenüber dem Taxistand, wieder zu halten. »Per E-Mail geht das ruck, zuck. Und nirgendwo werden Sie Ihre Schnorrermasche mehr abziehen können. Nirgends. Und jetzt raus.«

Grassl steigt aus und greift sich vom Rücksitz seine Tasche, in der sich nicht viel mehr befindet als die Kombination, die er aus der Reinigung geholt hat, und des alten Zundt Altpapier. Der Fuchsmajor drückt aufs Gaspedal und lässt Grassl allein zurück, allein mit seiner Segeltuchtasche und umgeben von einer bläulichen Abgaswolke.

In einer halben Stunde bin ich weg aus Tübingen, denkt Grassl. Er tastet nach der Augenbraue, die er sich aufgeschlagen hatte. Sie fühlt sich an, als sei der Riss schon fast geheilt.

Na also. Und Vorträge hasst er sowieso. Viel zu sauer verdientes Geld. Über den Zebrastreifen geht er zum Portal des Hauptbahnhofs, gelassen, ruhig. Heiter? Heiter.

Bis in die Achtzigerjahre war das Ulmer Bahnhofsrestaurant eine Zuflucht der Handlungsreisenden gewesen, die dort, mühselig und beladen, eines Schweizer Wurstsalats sicher sein konnten oder eines Tellers Spaghetti bolognese, während sie im trüben Funzellicht der Deckenlampen ihre Provisionen abrechneten. Beim Umbau des Hauptbahnhofs war das Restaurant durch ein Bistro mit Spiegeln und grünlich gefasertem Holzfurnier ersetzt worden, sodass die Gäste seither ganz von selbst darauf achten, ihren Zug nicht zu verpassen. Wegen der zuverlässig sich einstellenden Verspätungen ist ihnen das allerdings ohnehin kaum mehr möglich.

An einem der Tische, der wenigstens etwas abgeschirmt scheint von den übrigen, haben Tamar und Berndorf Platz genommen und warten darauf, dass das heiße Wasser in ihren Gläsern eine Farbe annimmt, die nach Tee aussieht.

»Die Oberförster sind hinter Ihnen her«, stellt Tamar fest. »Nett. Wie kommen Sie zu der Ehre?«

Berndorf zuckt die Achseln. »Ich sitze im Zug nach Aichach und sehe plötzlich einen, und der sieht nach Schlapphut aus.

Erst habe ich gar nicht begriffen, dass ich es bin, dem er nachläuft. Als ich zurückfuhr, war er von diesem Kinderfreund abgelöst worden. Was war das eigentlich, was mit ihm in der Halle passiert ist?«

Tamar erklärt es ihm. »Jedenfalls hat er sich dann in ein Taxi geflüchtet und ist weg.« Sie wirft einen prüfenden Blick auf ihr Gegenüber. »Sie waren in Aichach? In der JVA dort?«

Berndorf nickt nur und nimmt den Teebeutel aus seinem Glas. Dann nimmt er vorsichtig einen Schluck und setzt das Glas wieder ab. »Diesen Tee kann man nicht trinken.«

Du musst mir nichts erzählen, denkt Tamar. Gar nichts musst du. Aus ihrer Jackentasche holt sie zwei zusammengefaltete Fotokopien und schiebt sie wortlos über den Tisch.

»Ich hab in Aichach mit einer Strafgefangenen gesprochen«, sagt Berndorf und sieht die beiden Kopien durch. Es sind Auszüge aus dem Strafregister. »Sabine Eckholtz. Eine ehemalige Terroristin. Eigentlich wollte sie nicht mit mir reden, schon gar nicht über diese Geschichte von 1972. Trotzdem weiß ich jetzt wirklich, dass der Banküberfall getürkt war.«

Tamar betrachtet ihn nachdenklich. »Deshalb also die Oberförster?«

»Warum sonst?« Berndorf steckt die beiden Fotokopien ein. »Danke übrigens. Sagen Sie – Zundts merkwürdiger Assistent ist nicht aufgetaucht?«

»Warum sollte er, wenn er es nicht auf der Beerdigung getan hat?« Tamar klingt ein wenig kühl, wie jemand, der ruhig ein paar Informationen mehr hätte vertragen können. »Ich weiß nur, dass Grassl sich im Reutlinger Krankenhaus eine aufgeschlagene Augenbraue hat flicken lassen. Vorsichtshalber hab ich die bayerischen Kollegen in seinem Heimatort gebeten, behutsam bei seinen Angehörigen nachzufragen, falls noch welche da sind.«

»Behutsam? Das wird was werden.«

»Außerdem habe ich Ihnen herausgefunden, dass dieser Ernst Moritz Schatte im Juni 1972 in Heidelberg gemeldet war. Hier.« Sie reicht ihm einen Zettel, auf dem eine Anschrift notiert ist. »Diese Frau Schiele ebenfalls. Die gleiche Anschrift ... Dieser Schatte ist das Verbindungsstück, nicht wahr? Von Ihrem Fall zu meinem, will sagen, zum Tod von Zundt?« Berndorf betrachtet den Zettel. »Danke. Schatte hat es mir übrigens schon von sich aus gesagt, ganz freimütig ...«

»Ich kann nicht ganz folgen.«

»Entschuldigung«, sagt Berndorf. »Er hat mir gesagt, dass er mit der Schiele zusammengelebt hat. Aber ich weiß noch immer nicht, wie die beiden Geschichten wirklich zusammenhängen. Schatte hat den Nekrolog auf Zundt gehalten. Das kann auch Zufall sein, oder besser: Seelenverwandschaft ... Jetzt wächst eben zusammen, was zusammengehört. Die alte Rechte und die neue.« Ganz kurz hebt er die Hand, als lohne der Unterschied noch nicht einmal das Handumdrehen. »A propos: Haben Sie diesen Abgeordneten Schnappauf für Wieshülen interessieren können?«

Tamar nimmt einen Schluck von ihrem Tee und verzieht das Gesicht. »Ihn nicht so sehr. Er hat mit den Geheimdienstleuten offenbar mehr Ärger bekommen, als er überblicken kann. Zundt war ihm kein Begriff, und bisher findet er nichts Anstößiges daran, dass die Schlapphüte da observiert haben.«

»Aber jemanden haben Sie interessiert?«

»Kerstin will ...« Sie unterbricht sich. Berndorf sieht zu ihr hoch. Plötzlich lächelt sie breit. »Bei Ihnen rede ich reichlich ungeschützt heraus, finden Sie nicht? ... Kerstin ist die Parlamentarische Mitarbeiterin des MdB Schnappauf, und sie wird ihm eine Anfrage an das Innenministerium aufsetzen, was über die Bestrebungen dieser Akademie in Wieshülen bekannt sei und ob es Überschneidungen zu verfassungsfeindlichen Gruppierungen gebe.« Das Lächeln ist wieder verschwunden. »Kerstin hat mich aber vorgewarnt, ich solle mir nicht all zu viel Hoffnungen machen. Das dauert, bis solche Anfragen beantwortet werden, und eine andere als eine abwiegelnde Auskunft ist kaum zu erwarten.«

»An die Presse will ...« Nun unterbricht sich Berndorf, weil er nicht weiß, ob er von Schnappaufs Mitarbeiterin als Kerstin sprechen darf, oder ob dies eine Vertraulichkeit ist, die Tamar vorbehalten bleiben muss. Was soll's. Nun gibt es die eben auch. »An die Zeitungen will Kerstin die Anfrage nicht geben?« Dann sieht er Tamar in die Augen, und damit ist klar, dass er die Dinge so akzeptiert, wie Tamar sie benennt. Die Dinge und die Frauen.

»Ich weiß nicht, ob das gut wäre«, meint Tamar. »Kerstins Chef wird damit zu weit aus der Deckung geholt. Das wird er nicht wollen, und Kerstin auch nicht.«

»Es muss auch nicht sein«, antwortet Berndorf. »Mir genügt schon, wenn ich weiß, dass da eine Anfrage läuft.«

»Wofür genügt Ihnen das?«

»Für den Fall, dass ich am Albtrauf vorbei muss. Oder dass jemand wieder einen Lastwagen auf die Reise schickt.«

Nackte, rot verschmierte Arme strecken sich ins Licht der Glühbirne, neben einem einsamen Bein liegt ein zwei Handbreit großer blecherner Gendarm hilflos auf dem Rücken, sein Nussknackergesicht bleckend. So behutsam, wie es mit seinen dicken Pratzen möglich ist, untersucht ein breitschultriger Mann, was von der Inszenierung des Vorabends übrig geblieben und nun in Franziskas Besenkammer verstaut ist.

»Das Bein da ist abgegangen, als ich ihn durch die Tür gezerrt habe«, sagt Franziska entschuldigend, als habe sie Staatseigentum beschädigt.

»Ich werde die Kaufhäuser anrufen und fragen, ob eine solche Puppe abgegeben worden ist und an wen«, sagt der Mann mit den Rettungsschwimmerschultern. Es ist Hauptkommissar Tomaschewski vom Raubdezernat der Mannheimer Polizei, und er hat sich nicht aufhalten lassen, als Franziska ihn am Morgen anrief und um Rat bat. »Vielleicht gibt es auch freiberufliche Dekorateure oder Fachgeschäfte für Dekorationsbedarf. Wer immer Ihnen diese Bescherung angerichtet hat – ich finde ihn.«

»Das fällt doch aber gar nicht in Ihr Dezernat«, fragt Franziska. »Jetzt finden wir erst mal den Knaben«, antwortet Tomaschewski, »und dann unterhalten wir uns über das Dezernat. Kann es übrigens sein, dass diese Sache etwas mit dem Maserati-Fahrer zu tun hat, nach dem Sie sich erkundigt haben?«

Franziska denkt nach. »Trinken wir erst einmal Kaffee?« Tomaschewski hat genug gesehen und folgt ihr in die Küche, wo er auf der Bank hinter dem Frühstückstisch Platz nimmt. Dabei muss er den Tisch etwas nach vorne rücken.

Franziska setzt Wasser auf. Dann dreht sie sich zu ihm um. »Ich weiß, wer das inszeniert hat«, sagt sie entschlossen. Und während das Wasser heiß wird und sie schließlich den Kaffee aufgießt, erzählt sie die Geschichte von der Helios Heimstatt, die auch die Geschichte des Polizeireporters Winfried Busse ist und seines noch unklaren Aufstiegs zum Nischenhai auf dem Immobilienmarkt.

»Vermutlich tritt er aber nicht selbst in Erscheinung«, fügt sie hinzu und schenkt ein. »Es war sein kurzhaarblonder Freund oder Partner, der mich danach angerufen hat.«

Tomaschewski rührt den Kaffee um und vermeidet es, ihr ins Gesicht zu sehen. »Als Sie mich am Montag angerufen hatten, bin ich neugierig geworden. Ich habe nachgesehen. Aber gegen diesen Busse liegt nichts vor. Doch das ist nur das eine. Das andere ist ...«

Er schweigt und rührt weiter in seinem Kaffee.

»Wir kennen uns lange genug«, sagt Franziska in die Stille. »Reden Sie schon.«

Der Mann blickt auf. »Sie haben Busse unter Druck gesetzt. Hässliche Leute werden das einen Erpressungsversuch nennen. Sie können ihn nur unter Druck setzen, weil Sie etwas von ihm wissen. Dass er schwul ist, spielt dabei heute keine Rolle mehr. Was also ist es?« Plötzlich lächelt er verlegen. »Ich weiß es nicht. Aber ich weiß einiges über Sie. Sie interessieren mich eben. Und wir kennen alle diese Geschichte über den Mann, der in Ihrer Wohnung von unseren Leuten erschossen worden ist. Auch wenn das lange vor meiner Zeit war. Unsere

Leute glaubten, der Mann habe etwas mit einem Überfall auf die Landeszentralbank zu tun. Der Überfall war am Vortag.«

»Brian hatte mit dem Überfall absolut nichts zu tun, und ich ebenso wenig«, sagt Franziska leise. »Sogar Ihre Leute haben mir das bestätigen müssen. Sie hätten alles getan, um das Gegenteil zu beweisen, wenn sie gekonnt hätten.«

Tomaschewski hebt seine breiten Hände. »Aber eine Verbindung muss es geben. Sonst könnten Sie Busse nicht unter Druck setzen. Und zwar so unter Druck, dass er das hier inszenieren lässt.« Mit dem Daumen zeigt er in die Richtung der Abstellkammer.

»Tja«, meint Franziska. »Polizist bleibt Polizist. Sie können vermutlich nicht anders. Ich habe einen Fehler gemacht, Sie anzurufen.«

Tomaschewski schüttelt den Kopf. »Kein Fehler. Sehen Sie, diese Inszenierung mit der Schaufensterpuppe, dem Spielzeugpolizisten, dem Recorder, der auf Funkbefehl eine Cassette abspielt – das sind, für sich genommen, alles Lappalien, man braucht keine allzu speziellen Kenntnisse dazu, um sich das Gerät zu besorgen und es einzusetzen. Sicher, man muss sich Zutritt zu dem Haus verschaffen und beobachten, wann Sie zurückkommen. Aber auch das ist nicht allzu schwierig. Ich habe mir vorhin das Kellergeschoss angesehen. Es hat eine Außentüre, die sich mit einem einfachen Dietrich öffnen lässt. Kein Problem, nirgends. Offenbar gut versichert, diese Versicherung hier im Haus. Aber wenn man alles zusammennimmt, und wenn man außerdem berücksichtigt, dass der Regisseur nur wenige Stunden Zeit gehabt hat, dann muss man diese Inszenierung ernst nehmen.«

»Und was heißt das?«

Tomaschewski starrt wieder auf seine Kaffeetasse. »Das heißt, dass Sie hier nicht allein bleiben sollten. Ich meine, Sie sollten mit mir kommen. Zu mir.«

Über der Biscaya braut sich eine unheilschwangere Wolkensuppe zusammen, so hat es am Morgen der Wetterprophet des

Frühstücksfernsehens mitgeteilt, bekümmert hing ihm dabei seine gelbe Fliege vom Hals, als sei sie schon jetzt begossen. Inzwischen ist es ein grauer und bedeckter Nachmittag, noch nicht gewitterträchtig und doch bedrückend. Die Straßen sind staubig und leer. Ein Halbwüchsiger stellt sein mit Zeitungsstapeln voll gepacktes Fahrrad vor einem Wohnblock ab und verteilt das Blatt in den Briefkästen. Ein Taxi biegt in die Straße ein und hält, der Fahrgast steigt aus und gibt dem Jungen einen Fünfer für das Blatt, was dem Jungen auch noch nicht passiert ist, denn das Anzeigenblatt *Umsonst & Überall* gibt es zwar nicht wirklich überall, aber immer umsonst.

Der Fahrgast steigt ein, und das Taxi fährt weiter, bis es vor einem Haus hält, dessen Giebelseite ein hohes, mit Glühbirnen versehenes Kreuz ziert. Berndorf steigt aus, das Anzeigenblatt in der Hand, drückt dem Taxifahrer einen Schein in die Hand und sagt ihm, er soll warten. »Das dauert nicht lange.«

Er geht an dem Vorgarten vorbei zur Tür des Wahrhaftigen Wortes, und als er an einem Topf mit Geranien vorbeikommt, zupft er sich eine blassrote Blüte ab. Dann hält er den Finger auf der Klingel, bis ihm eine schmale blasse Frau öffnet, sie hat Augen, denen man nichts vormachen kann und die auch schon weniger fromme Tage gesehen haben; tut nichts, denkt Berndorf, wenn man es an den Füßen hat, kommt es auf die Salbe an, nicht auf die Sünderin.

Bevor sie über den Klingellärm zetern kann, hält er ihr seine Visitenkarte hin, die, auf der noch der Stern mit den drei Stauferlöwen drauf ist.

»Ich hätte gern Herrn Wehlich gesprochen, Friedemann Wehlich.«

Die Frau hat nur einen flüchtigen Blick auf die Visitenkarte geworfen. Die Karte hat ihr nicht gefallen, das sieht Berndorf, aber nach der Hundemarke fragt sie nicht.

»Der Prediger ist jetzt nicht zu sprechen«, sagt sie abweisend. »Er betet.«

Zwiesprache mit seinem HERRN. Ringt um einen neuen Dekalog? Du sollst deinen Anzeigenakquisiteur lieben und ehren und seine Provisionsabrechnungen nicht anzweifeln. »Sie werden ihn leider stören müssen«, sagt er so höflich, als es ihm möglich ist. »Es ist wichtig. Auch für seine« – er zögert – »für seine weitere Arbeit.« Er versucht, mit seinen Augen den Blick der Frau festzuhalten. Glaub mir. Es wird ernst für euch.

Die Frau zögert. Dann zuckt sie die Achseln und lässt ihn herein. Berndorf findet sich in dem Büro des Predigers wieder, und wieder betrachtet er das Plakat mit den großen, grob gemaserten Druckbuchstaben. *Im Anfang war das Wort*, warum hab ich nicht sofort gesehen, aus welcher Branche er kommt, denkt Berndorf und legt das Anzeigenblatt vor sich auf den Schreibtisch. *Staatsknete für Glatzen-Treff* hat Micha Steffens seinen Aufmacher getitelt, und zweispaltig knallt dazwischen eine Textanzeige ins Auge: *Mannheim, Juni 1972 ...*

Der Prediger betritt das Zimmer. Wieder ist er gekleidet, als müsse er den Besucher gleich auch beerdigen, und sein Gesicht ist angeknittert wie nach einem zu langen Mittagsschlaf. Er zwingt sich, Berndorf die Hand zu reichen, und setzt sich hinter seinen Schreibtisch.

»In diesem Hause wird niemand abgewiesen. Aber ich weiß wirklich nicht, was ich für Sie tun kann.«

Berndorf sagt nichts. In der linken Hand hält er die blassrote Blüte, die er gezupft hat, und betrachtet sie. Dann legt er sie auf das Anzeigenblatt und holt aus seiner Jackentasche das Flugblatt, vor dem Wilhelm Troppau davongelaufen ist, davongelaufen aus dem frommen Hause und schließlich auch aus dem Leben. Berndorf reicht das Blatt über den Tisch.

Der Prediger betrachtet es. Dann reicht er es zurück. »Schlimm. Was sündige Menschen einander anzutun vermögen ... Aber warum zeigen Sie mir das? Damit habe ich nichts zu schaffen.« Berndorf sieht ihn an. »Eines versteh ich nicht«, sagt er schließlich. »Weshalb lügt Ihr Gott?«

Bleich und entrüstet blickt der Prediger auf. »Sie kommen in dieses Haus, um ... um Gott zu lästern?«

»Ich doch nicht«, widerspricht Berndorf fröhlich. »Sie tun

es. Wer vom wahrhaftigen Wort Gottes redet, teilt mit, dass es auch ein gelogenes gibt.« Er nimmt die blassrote Blüte wieder auf und riecht daran. »Es ist immer das Gleiche mit euch Zeitungsleuten, Blümchen. Die Sünde des Adjektivs. Unweigerlich nennt ihr einen Todesfall einen tragischen. Dabei gibt es komische, glauben Sie mir. Wissen Sie überhaupt, warum man Sie *Blümchen* gerufen hat?«

»Hören Sie«, sagt der Prediger, »was Sie da reden, ergibt für mich keinen Sinn. Sagen Sie mir, was Sie wollen, aber vergeuden Sie nicht meine Zeit. Ich habe sie nicht gestohlen.«

»Jetzt reden Sie schon sehr viel normaler«, antwortet Berndorf und schiebt ihm das Anzeigenblatt zu. »Ich will wissen, ob Sie mir wenigstens zu dieser Anzeige etwas sagen können.«

»Wie käme ich dazu?«, wehrt der Prediger ab, liest die Anzeige dann aber doch. Dann schüttelt er den Kopf. »Tut mir Leid.«

»Schön«, meint Berndorf. Er lehnt sich im Besucherstuhl zurück und betrachtet den Prediger. »Diese Geschichte, um die es geht, treibt mich seit 28 Jahren um. Lässt mich des Nachts nicht schlafen. Und wenn ich schlafe, verfolgt sie mich in meinen Träumen. Jetzt kann ich sie vielleicht aufräumen. Die Toten begraben, wie es sich gehört.« Er lächelt. »Aber der Herr Friedemann Wehlich, Verlagskaufmann, mehrfach vorbestraft, zuletzt vermutlich bei einem Kirchenblatt angestellt, zu seinen besseren Zeiten Stammkunde im *Quadrätche,* Blümchen also will sich nicht erinnern.«

Der Prediger gibt den Blick zurück, scheinbar ungerührt. »Worauf soll das hinaus? Auf eine Erpressung?«

»Sie würden es gewohnt sein«, antwortet Berndorf. »Troppau hat sich nicht deshalb Ihrer Gemeinde angeschlossen, weil er sich Beistand oder Trost oder was weiß ich von Ihnen versprochen hätte. Das wäre ja auch gewesen, als ob er einen Ochsen hätte melken wollen...« Berndorf macht eine kurze Pause, spricht aber weiter, bevor der Prediger etwas sagen kann. »Troppau kam zu Ihnen, weil er Sie erkannt hat. Er wusste, dass sie für den *Aufbruch* gearbeitet haben. Vermutlich hat er Sie aus dem *Quadrätche* gekannt, Polizisten verkehrten manchmal dort. Was wollte er von Ihnen?«

»Wenn Sie so schlau sind«, antwortet der Prediger, »erzählen Sie es mir. Erzählen Sie mir ruhig, was Sie sonst noch alles erfunden haben.«

»Ich glaube nicht«, fährt Berndorf fort, »dass er wegen des Geldes zu Ihnen kam. Sie wissen schon – die Beute aus der Landeszentralbank. Wenn Sie die zur Seite hätten schaffen können, wie auch immer, hätten Sie danach keine Provisionsabrechnungen fälschen müssen. Troppau hat Sie nach der silbernen Kette gefragt, nach Franziska Sinheim und den Leuten, die mit ihr in Beziehung standen. Was haben Sie ihm gesagt? Nicht viel. Nicht, weil Sie irgendjemanden hätten decken wollen. Für die Leute aus der Redaktion haben Sie nicht gezählt. Für die waren Sie Blümchen, ein komischer kleiner Pflastertreter, der den Leuten Löcher in den Bauch redet, bis sie komische kleine Anzeigen aufgeben, von denen dann die Gehälter der Damen und Herren Redakteure bezahlt werden. Nein, Sie haben keinen von denen geschützt. Aber es war nicht viel, das Sie Troppau erzählen konnten. Vielleicht ...« – Berndorf wirft einen abschätzenden Blick auf sein Gegenüber – »vielleicht haben Sie ihm erzählt, wie die Lehrerin über den Stuhl an Ihrem Tisch stolpert und der Ire sie auffängt, damals an dem späten Vormittag im *Quadrätche* ...«

Der Prediger lacht unfroh. »Ja, gestolpert. Sie kommt herein, sieht ihn, und wie sie ihn sieht, schlenkert sie auch schon ihre Tasche gegen den Stuhl, dass sie im Schwalbenflug in Richtung Tresen schwebt. Aber es hat nicht sollen sein.«

Berndorf grunzt zustimmend. »Der Ire war schon vergeben?«

»Die Netze und Leimruten waren schon ausgelegt«, antwortet der Prediger. »Dieser Ire war ein groß gewachsener Mann, mit langen dunklen Haaren und den dunklen Augen, die die Frauen mögen, er sprach gut Deutsch und er hatte diese ungezwungene Art, die manche Menschen haben, wenn Sie wissen, was ich meine. Die Franziska Sinheim am anderen

Tisch hatte das schon lange bemerkt und sprühte Feuer... Aber ich bin dann gegangen. Ich musste kleine komische Anzeigen akquirieren, wie Sie sagen...«

»Was bedeutet die silberne Kette?«

»Das weiß ich nicht. Ich weiß nur, dass die Sinheim wenig später einen silbernen Armreif trug, mit blauroten Granatsteinen darauf, das heißt, der Armreif bestand aus lockeren Teilen, die sich ineinander schieben konnten« – mit den zusammengelegten Fingerspitzen beider Hände zeigt er, wie sich die Kettenglieder gegeneinander bewegen konnten –, »man könnte auch sagen, es sei eine Kette gewesen.« Plötzlich lächelt er. »Früher habe ich mal in Idar-Oberstein gearbeitet. Man bekommt da einen Blick dafür...«

Ja so, denkt Berndorf. Er sieht das kleine Tagescafé vor sich, Franziska sitzt ihm gegenüber, der Armreif mit den blauroten Steinen rutscht ihr zum Ellbogen, die ganze Zeit schon hätte er wissen können, was es mit der Kette auf sich hat. »Sie hat sie noch immer«, sagt er, sich aufraffend. »Hat Troppau sie gefragt, wer sonst mit der Sinheim in Beziehung gestanden hat?«

»Ja, hat er. Aber so genau erinnere ich mich nicht an das Gespräch. Und erst recht nicht an die Zeit damals. Die Menschen dürfen auch vergessen können.«

»Hat Troppau nicht ganz konkret nach einzelnen Leuten gefragt? Nach einem Ernst Moritz Schatte zum Beispiel, einem freien Mitarbeiter im Feuilleton?«

»Jetzt, wo Sie es sagen, erinnere ich mich an diesen Namen«, kommt die Antwort. »Allerdings erinnere ich mich daran. Er war ein Kommunist, jawohl, das war er. Was glauben Sie, wie das ist, wenn Sie in einen Lebensmittelladen gehen und eine schöne halbseitige Anzeige vorschlagen fürs Sonderangebot, und der Filialleiter hält Ihnen die Zeitung vors Gesicht, und da steht, in den Bananen kringeln sich Grüne Mambas... Da kommt Freude auf. Aber sonst weiß ich nichts über diesen Menschen, und das habe ich Troppau auch so gesagt.«

»Und was ist mit Steffens? Gerade den müssen Sie doch auch gekannt haben.«

Der Prediger nickt. »Sicher doch. Ich habe Troppau auch gesagt, dass er wieder im Land ist. Aber das wusste er schon.«

»Haben Sie mit Steffens über Troppaus Besuch gesprochen?« Ärgerlich blickt der Prediger auf.

»Ich habe mit Steffens nichts zu tun. Das ist nicht mehr mein Gewerbe.«

Schön, dass du von deinem Gewerbe sprichst. »Sie haben aber mit Dritten über Troppau gesprochen. Mit Leuten, die noch etwas unangenehmer waren.«

Das Gesicht des Predigers erstarrt, als habe er die Jalousien heruntergelassen. »Ich weiß nicht, wovon Sie reden.«

»Aber sicher doch«, meint Berndorf. »Wir sind gerade zu dem Flugblatt zurückgekehrt. Dem Flugblatt, das diese anderen Leute mitgebracht haben. Diese anderen Leute haben Sie in die Mangel genommen. So lange, bis Sie erzählt haben, was Troppau von Ihnen wissen wollte. Und bis Sie einverstanden waren, dass dieser Wisch in Ihrer Kirche ausgelegt wurde. Vielleicht haben Sie es sogar selbst tun müssen. Das hätten Sie nicht freiwillig gemacht. Sie haben den Troppau vielleicht nicht gerne gesehen. Aber von sich aus hätten Sie ihn nicht bloßgestellt. Er hätte sich revanchieren können.«

Der Prediger zuckt mit den Achseln. »Was fragen Sie, wenn Sie es wissen? Außerdem waren es Leute aus Ihrer Firma.«

»Haben die sich ausgewiesen? Oder meinen Sie es nur, weil die Ihr Strafregister kannten?«

Der Prediger schüttelt den Kopf. »Es gibt Gesichter, die brauchen keinen Ausweis. Es waren zwei Leute, und Sie traten so auf, wie Sie es wahrscheinlich auch tun, wenn Sie ein armes vorbestraftes Menschenkind fertig machen.«

»Gleich muss ich heulen. Beschreiben Sie mir die Leute.«

»Es waren zwei. Einer mittelgroß, mit krausen dunklen Haaren. Der andere etwas größer, graue Haare, sorgfältig gescheitelt. Er war der Chef. Aufgefallen ist mir das Gebiss. Das sah aus wie bei jemandem, dem der Staat den Zahnarzt zahlt. Und die Versicherung legt noch ein Schmerzensgeld drauf. Ich weiß doch, wie es bei den Beamten zugeht.«

»Als Mann Gottes sollen Sie den Zöllnern nicht ihre Zulagen neiden«, ermahnt ihn Berndorf fromm. »An den Namen erinnern Sie sich nicht?«

»Die haben keinen Namen gesagt. Einem Vorbestraften doch nicht.«

Berndorf betrachtet ihn. Mann Gottes oder Sünder. Der eine so unausstehlich wie der andere.

Hubert Höge hat sich zum Waldlauf verabschiedet. »Vielleicht geh ich noch in die Sauna«, hat er zum Abschied gesagt. Geh du nur, dachte Birgit, strampel dich aus und schwitz schön, wenn Bettina dein Strampeln schon wieder verträgt, außerdem muss ich telefonieren, mit dem Schlüsseldienst, und mit der Spedition, was du alles nicht wissen musst, denn es würde dich nur aufregen. Inzwischen hat sie telefoniert und sitzt nun wieder vor dem PC, an dem links oben der Zettel mit Huberts Passwort hängt: *mu$$ik*, und liest, was es Neues in Bertie's Pop-Corner zu lesen gibt:

... nach Würstel & Deutschrock nun Toronto-Hip-Hop, von den Backyard Boys slick und smart gerappt, eine hochintelligent arrangierte Uptempo-Sause, finally fast durchgeknallt und durchaus mehr, als es scheint ...

Kein Wunder, dass ich das nicht toppen kann, denkt Birgit. Was nehmen wir denn? Uptempo-Sause? Durchgeknallt? Deutschrock, na klar. Das hat so was Kraut-Stampfendes, passt für Bettinchen wie bestellt. Sie markiert das Wort und setzt den Link zu dem Tagebuch, von dem Hubert noch gar nicht weiß, dass es das seine ist.

Dann schaltet sie den Computer ab, steht auf und freut sich auf eine Tasse Tee, vielleicht wird sie einen Chivas Regal dazu nehmen. Die Türklingel schlägt an, und Birgit schreckt hoch. Jetzt keine Erziehungsberechtigte, bitte. Kein Gespräch über verhaltensgestörte, unterbegabte halslose Ungeheuer.

Sie geht zur Tür und wirft einen Blick durch den Spion. Es ist keine von den Schrecklichen Müttern. Es ist der merkwürdige beischlafende Assistent dieser merkwürdigen Berliner

Professorin. Warum nicht? Eilig ordnet sie ihr Gesicht zum Dass-wir-uns-wiedersehen-Lächeln. Sie öffnet die Tür.

Der Assistent entschuldigt sich höflich, dass er sie noch einmal stören muss. »Ich habe noch eine Frage, die mir sehr wichtig ist und die nur Sie beantworten können.«

Ach ja?, denkt Birgit. Merkwürdiger Mann. Angespannt. Straff. Ein wenig breit in den Schultern. Welche Frage ist es, die nur ich ihm beantworten kann?

Sie bittet ihn herein. »Trinken Sie einen Tee mit mir?«

Er lehnt ab. »Ich bitte Sie nur, mich anzuhören.« Sie nehmen im Wohnzimmer Platz, auf der italienischen Garnitur, der Besucher im Licht, das die tief stehende Sonne ins Zimmer wirft und das die scharfen Falten in seinem Gesicht nachzeichnet.

»Ich bin Ihnen eine Klarstellung schuldig. Ich bin pensionierter Polizeibeamter und ermittle im Fall Brian O'Rourke. Ich habe mich also, auch im Namen von Professorin Stein, für die Täuschung zu entschuldigen, mit der wir uns bei Ihnen Zutritt verschafft haben.«

Eisern zwingt sich Birgit, das Lächeln auf ihrem Gesicht festzuhalten. »Eine Täuschung – ach Gott! Nun entschuldigen bitte Sie, aber ich hoffe doch, dass Ihre sonstigen Manöver weniger durchsichtig sind als dieses. Der wissenschaftliche Hintergrund Ihrer Anfrage war ein sehr fadenscheiniger, ist Ihnen das nicht aufgefallen?« Das Lächeln vertieft sich. »Ein bisschen mehr Mühe hätten Sie und Ihre – eh – Partnerin sich vielleicht doch geben sollen. Dass Sie es nicht getan haben, finde ich nun doch fast ein wenig beleidigend ...«

Berndorf sieht sie ruhig an. »Es lag mir sehr fern, sie zu beleidigen. Aber ich brauchte eine Einschätzung, oder besser: ein Stimmungsbild, das Sie einem Polizisten – und sei es einem pensionierten – nicht gegeben hätten.«

»Ein Stimmungsbild, wie lyrisch«, sagt Birgit. »Und ihre Begleiterin hat sich auf diese Maskerade eingelassen ... Ist diese Professorin denn überhaupt eine?«

»Sie können Sie anrufen und sich überzeugen. Sie hat ein

persönliches Interesse an den Vorgängen, die damals abgelaufen sind.«

»Ein persönliches Interesse, wie nett. Und wie könnte nun ich zur Befriedigung dieses Interesses beitragen, wenn wir uns schon so preziös unterhalten?«

Berndorf lächelt freundlich. »Wir haben auch über Schatte gesprochen, sicher erinnern Sie sich. Warum haben Sie uns nicht gesagt, dass Sie damals mit ihm zusammengelebt haben?«

Birgit lacht silberhell. »Vermutlich habe ich gedacht, dass Sie das nichts angeht. Das tut es doch auch nicht, oder?«

Berndorf nickt höflich. »Ernst Moritz Schatte hat einen merkwürdigen Weg zurückgelegt«, sagt er dann, ganz im Plauderton. »Gestern habe ich ihn selbst gehört, er hat einen Nachruf gehalten... Nun haben Nachrufe gerne etwas Gespensterhaftes. Aber Schatte beschwört Geister, von denen ich einmal gedacht habe, diese würden niemals mehr ihren Spuk treiben dürfen...« Er beugt sich nach vorne. Sein Blick sucht Birgits Augen. »Nun gibt es eine Geschichte aus der Zeit der Studentenrevolte, in der Schatte einen eigenartigen Auftritt hatte. Bei der Besetzung eines Hörsaals gerät ein herzkranker Professor in ein bedrohliches Gedränge, aus dem ihn Schatte herausholt, indem er dafür sorgt, dass der Kranke des Saales verwiesen wird. Was war das? Die demagogische List der Vernunft?«

»Ich kenne die Geschichte«, antwortet Birgit. »Jedenfalls so, wie Schatte sie mir erzählt hat. Schatte war damals noch nicht lange in Frankfurt und kannte noch nicht sehr viele Leute. Bei jener Besetzung war auch gar nicht er der Wortführer. Ruff war es, Tobby Ruff. Aber als der alte Professor in das Gedränge geriet, wusste Schatte, dass das seine Chance war. Seine Chance, zu zeigen, wie man die Leute in den Griff bekommt. Wie man mit ihnen reden muss, damit sie tun, was sie eigentlich nicht tun wollen... Er hat es mir erzählt, als wir im Fernsehen ein Fußballspiel angesehen haben, irgendwann so um 1971, die Nationalmannschaft spielte, ich weiß nicht mehr gegen wen, es gab einen Freistoß, der deutsche Mannschaftskapitän legte sich bedächtig den Ball zurecht, und dann kam – glaub ich – der junge Netzer und lief an dem Kapitän vorbei und haute den Ball ins Netz ... Genau so hab ich das damals auch gemacht, sagte Schatte zu mir. Die Chance genützt. Gezeigt, was ich draufhabe.«

Birgit steht auf und geht zur Schrankwand, in der hinter einer gläsernen Schiebetür eine kleine Bar eingebaut ist. »Den Tee haben Sie abgelehnt. Trinken Sie vielleicht einen Whisky mit? Ich brauche einen.«

Sie wartet nicht auf seine Antwort, sondern schenkt zwei Gläser ein, beide mehrere Fingerbreit hoch. Sie kommt zurück und gibt Berndorf sein Glas. »Sagen Sie bloß nicht *cheers*, oder so etwas«, sagt sie und nimmt einen Schluck, noch im Stehen. »Natürlich muss ich Ihnen nichts erzählen«, fährt sie fort, als sie wieder in ihrem Sessel sitzt. »Und mein Leben geht Sie auch gar nichts an. Aber dass Schatte der widerlichste Mensch ist, den ich je gekannt habe, das kann jeder wissen.« Sie nimmt einen zweiten Schluck. »Sie kommen doch wegen der Schießerei bei der kleinen Sinheim? Und Sie wissen auch, dass dieses Mädchen in den Überfall auf diese Bank verstrickt war. Aber jetzt sage ich Ihnen etwas, was Sie nicht wissen. Diesen Überfall – den hat Schatte organisiert. Niemand anderes.«

Schrappend schiebt der Drucker die Seiten mit dem Aufsatz heraus, den ein früherer Präsident des Bundeskriminalamtes über die bleierne Zeit geschrieben hat, Tamar greift sich die Blätter und liest sie, als handle der Text von einem fremden unbekannten Land. Zwar kommen Namen in dem Aufsatz vor, von denen sie schon gehört hat, und Ortsangaben, aus denen klar hervorgeht, dass das Beschriebene offenbar in der wirklichen Bundesrepublik stattgefunden hat, jedenfalls in der, die man so auch im Autoatlas findet, aber dieses Land hat nichts mit ihr zu tun, oder doch? Es ist so fern wie jener Mann mit dem eingeschweißten Lächeln, und doch war sie es gewesen, die ihm einen Blumenstrauß hatte überreichen müssen, der Mann war auf seine Weise Teil der bleiernen Zeit, dieser und wohl auch einer anderen davor. Ihr fällt das Spiel ein, wie viel Hände musst du schütteln, bis du bei Elvis Presley bist oder beim Dalai Lama oder dem Tellerwäscher Raoul Gonzalez in Miami ...

Eine Hand nur, und Tamar ist bei der Nazi-Marine, und wiederum nur eine Hand, und Tamar ist bei einem, der auch dabei war, als es *67 Tote und 230 zum Teil schwer verletzte Menschen auf beiden Seiten* gab, wie der frühere BKA-Präsident schreibt. Merkwürdige Formulierung, denkt Tamar, es klingt, als ob es eben doch ein Bürgerkrieg gewesen wäre ... Und wenn es stimmt, was Berndorf sagt, dann waren es noch sehr viel mehr Tote, und begonnen hat es auch sehr viel früher, schon 1967, als die Berliner Polizei einen Demonstranten erschossen hat und die Schläger des persischen Geheimdienstes auf die deutschen Studenten losließ. Doch von alledem steht nichts im Aufsatz des BKA-Präsidenten ...

Das Telefon schlägt an, Tamar hebt ab. Es wird der Kollege Beyschlag sein von der Landespolizei-Inspektion Nördlingen, denkt sie. Die ganze Zeit wartet sie schon auf seinen Rückruf. »Weimer hier«, sagt eine Stimme, die angespannt klingt und ein wenig herablassend. »Wir haben uns in Wieshülen kennen gelernt ...«

Ja. So kannst du es nennen. Höflich wünscht Tamar einen guten Tag und fragt, was sie für den Anrufer tun könne.

»Wir wollen ja nicht aufdringlich sein«, sagt Weimer. »Aber nachdem wir in diese Wieshülener Geschichte ja nun auch – äh – involviert sind, interessiert es uns schon, wie Ihre Ermittlungen weitergegangen sind ... Und da dachte ich, ich rufe die junge Kollegin einfach an.«

Die Eier sollte ich dir eintreten. Allein schon für die *junge Kollegin*. »Da ist nichts weitergegangen«, antwortet sie rasch. »Nach Ihrer Aussage, die ja äußerst bestimmt war, hatten wir keine Handhabe zu Ermittlungen mehr. Ich dachte, das wäre Ihnen klar gewesen.«

»Höre ich da eine leichte Verstimmung?«, fragt die Stimme. »Es täte mir Leid, und ich könnte es gut verstehen. Aber für uns schien der Ablauf eindeutig.«

Schien, denkt Tamar und wartet.

»Aber vielleicht haben wir uns geirrt«, säuselt die Stimme. »Glauben Sie mir, ich bin der Letzte, der einen eigenen Fehler nicht zugeben würde.«

»Einen Fehler?«

»Ja, leider. Wir haben dem Verbleib dieses Florian Grassl, dem Assistenten des toten Herrn Zundt, vielleicht doch zu wenig Bedeutung beigemessen.«

Tamar beschließt, weiter schweigend zuzuhören.

»Sie wissen nicht zufällig, wo Grassl abgeblieben ist?« Manchmal wird eine Stimme vom Telefon bis zur Kenntlichkeit verzerrt. Weimers Frage kommt drängend, fast gierig.

Was sag ich dem, und was sag ich nicht? »Wir wissen nur«, antwortet Tamar nach kurzem Zögern, »dass sich Grassl im Krankenhaus Reutlingen spätabends wegen einer aufgeschlagenen Augenbraue hat behandeln lassen. Das war aber schon am Freitag...«

»Er ist aber nicht im Krankenhaus geblieben?« Die Stimme hat sich wieder unter Kontrolle.

»Nein«, antwortet Tamar. »Es war eine ambulante Behandlung.« Und, honigsüß: »Leider haben wir im Augenblick keine Möglichkeit, nach seinem Verbleib zu suchen...« Sie verspricht, sich mit Weimer in Verbindung zu setzen, wenn sie etwas erfahren sollte, und dann ist das Gespräch auch schon beendet. Tamar legt den Hörer auf, doch im gleichen Augenblick schlägt das Telefon erneut an.

Diesmal ist es nun tatsächlich der Kollege Beyschlag von der bayerischen Landespolizei. »Sie hatten bei uns angerufen, wegen diesem Grassl, Florian«, sagt Beyschlag. »Ich war jetzt bei seiner Mutter, einer Frau Bullinger, es war kein ganz einfaches Gespräch, wenn ich das so sagen darf...« Er spricht mit einer Dialektfärbung, von der Tamar nicht sagen könnte, ob sie mehr schwäbisch oder mehr bayerisch klingt.

»Ich glaube Ihnen das gern, Kollege«, sagt sie, »eine leidgeprüfte Mutter, nicht wahr?«

Beyschlag stimmt zu. »Der junge Mann ist bei uns bekannt. Ein Spanner. Zwanghaft, wenn Sie mich fragen. Er lässt sich hier auch nicht mehr sehen. Allerdings behauptet die Mutter, dass er das jetzt alles hinter sich hat ...«

»Weiß sie, wo er sich aufhält?«

»Sie streitet es ab«, antwortet Beyschlag. »Wahrscheinlich ist es meine Schuld. Ich hab ihr gesagt, wir bräuchten ihn als Zeugen, und da war es ganz aus. Als ob man auf einen Knopf gedrückt hätte, fing sie an zu heulen. Immer will der Flori nur helfen und aufmerksam sein, und dann dreht man ihm einen Strick daraus ... So ging das, und es hat nicht mehr aufgehört.«

»Beileid, Kollege«, sagt Tamar. »Mütter können Furien sein...«

»Etwas war aber komisch«, fährt Beyschlag fort. »Vor mir muss schon jemand nachgefragt haben. Sie hat es mir selbst verraten.« Seine Stimme verändert sich. »Was lauft ihr mir alle das Haus ein, der kommt doch gar nicht mehr hierher ...«, greint es durchs Telefon. Dann kehrt Beyschlag wieder zu seinem gemächlichen Tonfall zurück. »Ich weiß nicht, wie Sie das verstehen. Aber für mich war es klar. Ich hab dann in der Nachbarschaft herumgefragt, und tatsächlich hat die gute Frau Besuch von außerhalb gehabt.« Er macht eine Pause.

Er will sein Bonbon, denkt Tamar. »Das wäre natürlich sehr, sehr wichtig für uns, wenn wir da eine Beschreibung bekämen«, sagt sie artig.

»Aber ich weiß nicht, ob Ihnen die Beschreibung gefallen wird«, antwortet Beyschlag. »Mir gefällt sie nämlich auch nicht. Es war einer von diesen Glatzköpfigen mit Stiefeln, keiner von den unsrigen, denn er hat einen dunklen BMW mit Stuttgarter Nummer gefahren. Einem der Nachbarn war der Mann verdächtig vorgekommen. Bloß, die Nummer hat er nicht aufgeschrieben ...«

Glatzen also, denkt Tamar einige Augenblicke später, als sie aufgelegt hat. Der Verfassungsschützer Weimer ist hinter Grassl her, und die Glatzen sind es auch. Merkwürdige Gemeinsamkeit. Hätte Weimer sich nicht viel eher um die Glatzen zu kümmern?

Die Sonne versinkt hinter den Pfälzer Bergen und macht den Wolken, die von der Biscaya oder von der BASF gegen die Bergstraße ziehen, rot glühende Ränder. Birgit hat die Stehlampe neben ihrem Sessel eingeschaltet und erzählt von den Wohngemeinschaftszeiten in der Heidelberger Hauptstraße, Dachgeschoss, fast scheint es, als habe sie den Besucher vergessen, der halb im Schatten sitzt. Ganz ferne, hinter den Schatten, sieht Birgit eine Romanistik-Studentin aus der badischen Provinz, mit schulterlangen Haaren und knappem Mini, schüchtern und unsicher und jungfräulich, aber fest entschlossen, dies alles abzulegen... Endlose Nächte ziehen an ihr vorbei, Wolkenfelder von Wortfetzen, die Macht des Volkes kommt aus den Gewehrläufen, die Stunde des Handelns wird bestimmt durch das Handeln selbst, am nächsten Morgen die verrauchte Küche, die gekräuselten Haare im Handwaschbecken, das verdreckte Klo, sauber machen müssen immer die Frauen, keine Revolution wird daran etwas ändern...

»Sie hatten ein gemeinsames Zimmer mit Schatte?«, fragt Berndorf durch die Dämmerung.

»Ich bitte Sie! Das wäre ja bereits der Beginn einer dieser entsetzlich kleinbürgerlichen Bratkartoffel-Ehen gewesen... Ich hatte ein hübsches Mansardenzimmer, im Sommer konnten wir auf dem Dach draußen sitzen. Schatte hauste in einer besseren Besenkammer gleich neben der Tür... Wir waren ja alle knapp, aber Schatte hatte überhaupt kein Geld. Sein Vater hatte die Beziehung abgebrochen, das Tischtuch zerschnitten, wie er seinem Sohn schrieb. Er muss ein ziemlich unangenehmer Mensch gewesen sein, dieser Vater, ein Volksschullehrer irgendwo in Montabaur und einer von denen, die noch hemmungslos geprügelt haben. Damit es im Dorf nicht hieß, der Lehrerssohn werde weniger verdroschen als die anderen, bekam der kleine Schatte womöglich noch mehr ab als die andern. Und samstags musste er die Haselnussruten holen gehen, die sein Vater in der nächsten Woche auf seinem Hintern und dem der anderen Kinder zerschlagen würde. Er hat mir einmal beschrieben, wie das war, wenn er die Ruten aussuchte, sie mussten sowohl fest als auch biegsam sein, und die Dorfjugend sah ihm dabei zu...«

Solche Lehrer gab es, erinnert sich Berndorf. Durchaus gab es sie. Trotzdem. Irgendwann sind die Menschen für sich selbst verantwortlich. »Sie müssen aber doch sehr vertraut mit ihm gewesen sein? Sonst hätte jemand wie Schatte Ihnen eine solche Geschichte nicht erzählt...«

Birgit zögert. »Vertraut? Natürlich war er oft bei mir. Aber das war eine Beziehung ohne Besitzansprüche, wer zweimal mit derselben pennt, Sie wissen schon...«

Geschenkt, denkt Berndorf. »In welchem Verhältnis stand Schatte zu Franziska Sinheim?«

Kurze Pause. »Nehmen Sie es mir nicht übel, aber viel wissen Sie wirklich nicht.« Birgits Stimme klingt wieder kühl, gleichgültig. »Die beiden waren verheiratet gewesen, eine dieser Ehen, die geschlossen wurden, weil es keine gemeinsamen Zimmer für Unverheiratete gab. Als sie dann das Glück der Zweisamkeit in vollen Zügen genießen konnten, fanden sie's unausstehlich und ließen sich schleunigst scheiden.«

»Wenn ich das richtig weiß, hat aber die Sinheim ihm die freie Mitarbeit beim *Aufbruch* vermittelt. Die beiden waren also in Kontakt geblieben. War das eine rein freundschaftliche Beziehung, oder mehr?«

Abweisend blickt Birgit hoch. »Woher soll ich das wissen? Meine Hand hatte ich nicht dazwischen.«

»Ich frage, weil ich mir überlegt habe, ob Ihre Beziehung zu Schatte deswegen in die Brüche gegangen ist.«

»Nein«, antwortet Birgit entschieden. »Nicht deswegen.« Ein kleines, verächtliches Lächeln zieht über ihr Gesicht. »Eine Erinnerungsnummer mit der kleinen Sinheim hätte mich nicht weiter gestört. Für die Bruchstelle hat ein französischer Philosophie-Dozent gesorgt. Sehr französisch, sehr intellektuell, sehr viril. Leider hat Schatte, wie unsere 68er überhaupt, die Befreiung der Sexualität vor allem auf die der Männer bezogen. Dass ihnen dabei Hörner wachsen könnten, war im Fahrplan der Revolution nicht vorgesehen.« Sie nimmt einen Erinnerungsschluck. »Aber es gab da noch etwas, und ich erzähle es Ihnen weniger gern. Aber da es Schatte mehr betrifft als mich, sollen sie es ruhig wissen.«

Berndorf wartet.

»Es war einer dieser späten Abende in der Feuilleton-Redaktion, Schatte war ins Sinnieren geraten, sprach ins Halbdunkle, ich glaube, es ging darum, was wir tun sollen, wenn die revolutionäre Bewegung scheitert, und genau danach sah es schon damals aus ... Dann sind wir alle gefangen, sagte Schatte, im Netzwerk des Kapitalismus eingesponnen wie die Fliegen im Spätherbst, und je mehr wir zappeln, desto tiefer verstricken wir uns ins klebrige Spinnennetz der repressiven Toleranz, keiner soll da noch kommen und von Reformen reden oder von Veränderung! Da wäre es noch ehrlicher, gleich als Spitzel zur Polizei überzulaufen oder zum Verfassungsschutz ...«

Berndorf versucht, sich nichts anmerken zu lassen.

»Mir war dieses Gerede ziemlich unangenehm«, fährt Birgit fort. »Aber ich hätte damals nicht sagen können, warum. Es lief darauf hinaus, dass es keinen Mittelweg gebe und dass nur der als freier Mensch überlebe, der sich mit einem unwiderruflichen Schritt ein für alle Mal vom Spinnensystem trenne ...« Sie unterbricht sich und trinkt ihr Glas aus. Dann steht sie auf und gießt sich noch einmal ein. Fragend blickt sie zu Berndorf, aber dessen Glas ist noch voll.

»Wirklich peinlich ist nur«, sagt sie dann und lächelt ein wenig schief, »dass Schatte mich an einem der nächsten Tage nach Mannheim schleppte, vor eines dieser Bankhäuser auf den Planken, und mir tatsächlich sagte, ich solle aufschreiben, wann dort Geldtransporte angeliefert würden, und wie viel Begleitung dabei sei ... Natürlich sträubte ich mich und sagte, dass ich das nicht machen will, aber Schatte beschimpfte mich, was ich für eine blöde Zicke sei, jetzt sei endlich die Zeit gekommen, in der auch die Frauen ihren Beitrag für den revolutionären Kampf leisten könnten, und da solle ich mich doch nicht so anstellen. Ich glaube, ich bin eine halbe Stunde dort geblieben. Aber nach dem dritten Italiener, der mich anquatschte, bin ich spornstreichs zur OEG-Haltestelle gelaufen und zurück nach Heidelberg gefahren. Von da an war wirklich Schluss zwischen uns.«

Berndorf betrachtet das Glas mit dem Whisky, der ihm verlockend in die Nase steigt. Aber bisher hat er das Glas nicht angerührt. »Könnten Sie mir ein Taxi bestellen?«, fragt er unvermittelt. »Ich möchte nach Leimbach, zu Micha Steffens. Und ich hätte gerne, dass Sie mich begleiten.«

Birgit versucht einen Ansatz des silberhellen Lachens. Aber er bricht ab. »Wie käme ich dazu? Der Herr Steffens ist nun wirklich nicht mein gesellschaftlicher Umgang.«

Berndorf nickt. »Das weiß ich. Aber ich möchte, dass Sie vor ihm wiederholen, was Sie mir erzählt haben. Wir wollen die Sache aufräumen. Jetzt. Nach 28 Jahren ist es Zeit dazu.«

Die Sonne ist untergegangen, unter dem weiten blaugrauen Himmel bewegt eine Brise kühler Abendluft die Blätter des Birnbaums. Tamar und Hannah sitzen nebeneinander auf der Bank hinter dem kleinen Bauernhaus, das sie gemietet haben, und sehen dem Birnbaum und den Wolken und dem Windlicht auf dem Holztisch vor ihnen zu.

»Erzähl mir was«, sagt Hannah. Sie hat sich in ein Fransentuch eingehüllt, so, als ob sie fröstelt.

»Ich hab nichts zu erzählen«, antwortet Tamar. »Kuttler ist ganz happy, weil die tote Frau mit den 3,7 Promille vielleicht doch erst vorher eins auf den Schädel bekommen hat, bevor sie in die Badewanne gefallen ist, kannst du dir vorstellen, dass einen so etwas richtig glücklich macht? Morgen hab ich wahrscheinlich den ganzen Tag Vernehmungen deshalb ...«

Hannah sagt nichts.

»Und in der Geschichte mit dem heruntergefallenen Akademiedirektor ist der Spanner, sein Assistent, noch immer verschwunden. Und jetzt sind auch noch Glatzen hinter ihm her...« Weil Hannah schweigt, erzählt Tamar von dem Anruf des Nördlinger Kripo-Mannes, und wie die arme Mutter ihren Sohn verteidigen muss, den sie immer vor den Mädchenzimmern erwischen. »Vorhin hab ich mir vorgestellt, was wir mit ihm machen würden, wenn der vor unserem Fenster klebt...«Erst jetzt merkt sie, dass Hannah gar nicht zuhört. Was hat sie nur?

»Mit Kerstin hast du nicht mehr gesprochen?« Leise, fast unhörbar, schlägt die Frage zu, als käme sie aus der unergründlichen Tiefe des grauen Himmels über ihnen.

Ach du liebe Göttin, denkt Tamar. Was soll das nun werden? Auf dem Tisch vor ihr jault nun auch noch das Handy auf, als müsse es sich angesprochen fühlen. Warum hab ich das verdammte Ding nicht ausgemacht?

Ärgerlich meldet sie sich.

»Hey, hier ist Kerstin«, schlappert es munter aus dem Hörer, »ich hoffe, ich störe dich nicht grade bei einem furchtbar wichtigen Mord...« Eigentlich will sie nur sagen, dass sie die Anfrage an das baden-württembergische Innenministerium auf den Weg gebracht hat. »Giselher mochte nicht so recht, noch immer kann er sich nicht so recht vorstellen, was dieser Mensch von ihm wollte, der dann den Berg hinuntergefallen ist...« Die Bank neben Tamar ist leer.

»Aber ich habe ihn dann überredet, du weißt doch, den Männern musst du pausenlos in den Hintern treten, sonst trauen sie sich gar nichts, ach – wir sind doch auf du? Weißt du, in unserem Verein ist es alte Tradition, sich zu duzen, und wenn ich an dich denke, sage ich automatisch du zu dir, kannst du dir das vorstellen?«

Durch Tamars Kopf ziehen widerstreitende Bilder. Eines davon zeigt den Ansatz runder heller Brüste, um die Sommerlicht spielt, und das andere zeigt eine zornzitternde Hannah, irgendwohin verkrochen...

»Das ist sehr nett, dass du angerufen hast«, sagt Tamar entschlossen. »Übrigens sind in den Fall die Glatzen verwickelt, die richtig harte rechte Szene. Morgen sag ich dir mehr dazu, aber jetzt muss ich leider aufhören, eine dringende Besprechung ...«

Sie schaltet das Handy aus und läuft mit langen Sätzen zurück ins Haus und die Treppe hoch zu der Stube, die Hannah als Atelier dient, und reißt die Türe auf. »Hannah ...«

Das Ding, das durch das abendliche Zwielicht auf sie zuschießt, ist irgendwie weiß. Sie will es noch mit ihrer Hand abwehren oder auffangen, aber da zerbricht es schon auf ihrer Stirne und zerfällt zu einem Sternenregen weißlicher Lehmbrocken.

Es war eine vier Handbreit hohe Tonfigur, zu der Tamar selbst Modell gestanden hatte. Aber das weiß sie jetzt schon nicht mehr, denn sie kippt nach hinten, fällt gegen den Türpfosten und sackt in sich zusammen. Das dauert eine Weile, denn Tamar ist eine sehr große Frau.

»Ich weiß wirklich nicht, warum ich mich von Ihnen so abschleppen lasse«, sagt Birgit, als ihr Taxi vor dem Haus hält, das einmal bessere Zeiten und *ff. Bettwäsche* gesehen hat. »Machen sie das öfters so?«

Berndorf geht nicht darauf ein, sondern steigt aus und hält Birgit die Tür auf. Dann stehen sie vor der Sprechanlage von *Umsonst & Überall*, aber es meldet sich nur die Frau, die noch immer oder schon wieder nicht gut drauf ist. Berndorf sagt höflich seinen Namen, und dass er Herrn Steffens sprechen wolle.

»Was der Herr Steffens ist, der ist Saufen.«

Ob es denn ein Lokal gebe, das Herr Steffens bevorzuge?

»Saufen ist er, wie oft soll ich das noch sagen. Je übler die Kaschemme, desto eher ist er dort.«

Der Tag ist fortgeschritten, und Berndorf hat noch nichts gegessen. In der Nähe des Rathauses und seiner Prangersäule hat er einen Italiener gesehen, der zwar nicht so aussieht, als ob dort Micha Steffens zu finden sein werde, aber doch so, als ob er bei der Dame Birgit Anklang finden könnte. Nach dem Essen wird er es noch mal bei Steffens versuchen.

»Da Sie mich nun schon entführt haben, kommt es darauf nun auch nicht mehr an«, antwortet sie auf seinen Vorschlag. Der Taxifahrer hat auf sie gewartet, und so steigen sie ein. Der Fahrer wendet in einer Einfahrt. Als sie wieder auf die Fahrbahn einbiegen, streift das Scheinwerferlicht einen Mann, der übers Pflaster geht. Er hat kurz geschorene Haare, und er trägt Springerstiefel.

Der Italiener ist einer der gehobenen Preisklasse, postmodern weiß und chromglänzend und von Neonröhren erleuchtet. Birgit stellt sich ein Menü zusammen, dessen Intonation den Beifall des Obers findet, und erstmals muss Berndorf daran denken, dass er niemand hat, dem er die Spesen zur Erstattung vorlegen kann. Zwischen Antipasti und Tagliatelle mit Hummerragout beginnt Birgit, Berndorf zu examinieren. Wer er wirklich sei und was ihn treibe, einer Geschichte nachzugehen, die bald drei Jahrzehnte zurückliegt. Berndorf gibt höflich und zurückhaltend Antwort, verschweigt aber nicht, welche Rolle er gespielt hat ...

»Versteh ich das recht – Sie sind es, der diesen Iren auf dem Gewissen hat?« Birgit muss dazu lachen und spült das Lachen mit einem Schluck des Soave herunter, den sie sich hat empfehlen lassen. Berndorf bleibt beim Mineralwasser.

Er antwortet nicht. »Macht nichts«, meint Birgit. »Wir haben doch alle eine Leiche im Keller, das bringt das Leben so mit sich. Hauptsache, man bleibt anständig. Hat Himmler gesagt. Santé.« Sie trinkt ihr Glas aus, und Berndorf schenkt nach. Birgits Gesicht ist gerötet, und die Bäckchen unter den Augen leuchten prall.

Mein Gott, denkt Berndorf. Noch eine Stunde, und ich sitze mit einem betrunkenen menschengroßen Hamsterweibchen zusammen.

»Wissen Sie, wir wohnen in einem alten Bauernhaus«, sagt Tamar zu dem dunkelhäutigen Arzt, »mit Balken, die an den unmöglichsten Stellen herunterhängen ...«

»Ein Balken, aber sicher doch«, sagt der Arzt und wirft einen nachdenklichen Blick auf Hannah, die klein und verzweifelt neben Tamar sitzt und ihr die Hand hält. Der Arzt ist vermutlich ein Pakistani, denkt Tamar, ganz sicher kenn ich ihn, nur weiß ich beim besten Willen nicht, woher, vielleicht ist in meinem Kopf doch etwas durcheinander gewirbelt ...

»Nein«, sagt der Arzt, den Hannah irgendetwas gefragt haben muss, »eine Computertomographie ist jetzt wirklich nicht angezeigt ...«

»Allerdings nicht«, sagt Tamar, »glaubst du, ich lass mich in eine solche Röhre stecken?« Entschlossen steht sie auf. »Nein«, rufen unisono Hannah und der Arzt, im Spiegel über dem Handwaschbecken des Ambulanzraumes taucht eine geisterhafte Gestalt auf, überkrönt von einem weißen Turban, und starrt Tamar bleich ins Gesicht.

Und schon wieder kippt sie hinweg, der Boden kommt auf sie zu, es ist ein Waldboden, sie stürzt den Albtrauf hinab, gleich wird sie aufschlagen und verrenkt daliegen wie ein verbogenes Hakenkreuz ...

»Strikte Bettruhe, Verehrteste«, sagt der Pakistani, der sie gerade noch aufgefangen hat.

Es ist ein später, aber milder Abend geworden. Die Oberstudienrätin Birgit Höge und Berndorf gehen durch die kleine Stadt Leimbach, sie hat sich bei ihm eingehängt, ist aber im Laufe der letzten Stunde nicht erkennbar betrunkener geworden. Sie gehen zu der Gasse, die zu Steffens Haus und Anzeigenladen führt, ein Paar beim abendlichen Bummel, das sich auch nicht weiter stören lässt, als sich vom Rathaus röhrend ein Wagen nähert, es ist ein älterer BMW, der in die Seitenstraße einbiegt, wer in dem Wagen sitzt, ist nicht zu erkennen, zu erkennen ist das Heidelberger Kennzeichen.

Es ist eines der Kennzeichen, die 88 als Ziffern haben.

Berndorf geht langsam weiter, im Arm hängt ihm noch immer die Oberstudienrätin. Das Röhren des BMW bricht ab. »Ein aufregender Abend«, sagt Birgit, »nun hat man mich doch tatsächlich auf meine alten Tage entführt und beschwipst gemacht, und ich kann nicht einmal zur Polizei gehen, weil mein Entführer selber eine *Bulle* ist. Oder war.« Als sie Bulle sagt, fällt ihre Stimme ins Gurren.

»Hören Sie gut zu«, sagt Berndorf eindringlich, aber so leise, wie es gerade noch möglich ist, um Birgits Ohr zu finden. »Ich habe etwas gesehen, was nach Ärger aussieht. Tun Sie mir einen Gefallen? Gehen Sie bitte in das Restaurant zurück, trinken Sie noch einen Espresso oder einen Grappa, und wenn ich in einer halben Stunde nicht zurück bin und auch nicht angerufen habe, verständigen Sie bitte die Polizei. Sagen Sie, es hat einen Überfall gegeben.

»Das kommt nicht in Frage«, erklärt Birgit. »Sie haben mich entführt und hierher geschleppt, und jetzt stellen Sie mich gefälligst nicht ab wie einen Regenschirm, den man doch nicht braucht. Ich gehe jetzt mit Ihnen mit ...« Plötzlich kichert sie. »Wo du hingehst, da will ich auch hingehen ...«

»Sie wissen nicht, worauf Sie sich einlassen«, antwortet Berndorf und macht seinen Arm los. Sie greift sich ihn wieder.

»Seien Sie nicht so unritterlich. Wenn wir hier Arm in Arm bummeln, dann können Sie doch ganz unverdächtig re-kognos-zieren, oder wie das in Ihrer Sprache heißt? Hab ich doch schön rausgebracht.«

Das Paar erreicht die kopfsteinpflastrige Gasse. Sie verläuft abschüssig und in einer leichten Linkskurve, an deren Ende der Laden von *Umsonst & Überall* im Gefunzel einer Straßenlaterne zu erkennen ist. Halb in einer Einfahrt, im Dunkel, steht ein Wagen. Wieder ist es ein BMW. Nur ist es diesmal ein fast neues Fahrzeug, und es hat auch kein Kennzeichen mit den Ziffern 88, sondern ein unauffälliges aus Stuttgart.

Berndorf bleibt stehen und zieht Birgit zu sich her. »Sind Sie ganz sicher, dass ich das so gemeint habe?«, fragt sie in die Dunkelheit.

Sie sind auf der Höhe eines Hauses, zu dem ein überdachter Treppenaufgang führt. Die Fenster des Hauses sind unbeleuchtet. Berndorf schiebt seine Begleiterin hinter den Aufgang. »Bleiben Sie ganz still«, flüstert er, »bitte!«

»Wie Sie befehlen«, flüstert Birgit zurück. Unvermittelt wendet sie sich ihm zu und presst ihren Körper gegen den seinen. Berndorf spürt ihre Brüste und ihre Hüften. In der Gasse ist es still, nur aus zwei oder drei Häusern flimmert das blaue Licht der Fernseher.

Allmählich gewöhnen sich Berndorfs Augen an die Dunkelheit. Auf dem Beifahrersitz des BMW kann er einen Mann erkennen, der – wie er selbst – die Gasse abwärts blickt.

Mit dem Fahrer sind es also mindestens zwei, denkt er. Dazu werden noch die in dem anderen Wagen kommen. Dann überlegt er, wie viel Uhr es sein mag. Er könnte auf seinem Handy nachsehen, aber dazu müsste er sich erst aus der Umklammerung der Oberstudienrätin lösen ... Im Autoradio des Taxifahrers hatten sie die 20-Uhr-Nachrichten gehört, irgendetwas über den bevorstehenden deutsch-französischen Regierungsgipfel in Straßburg, dann hatten sie bei Steffens geklingelt, waren schließlich zu dem Italiener gegangen, hatten zu Abend gegessen – alles in allem musste es inzwischen zehn Uhr vorbei sein, spät genug für Steffens, seinen Rausch heimzutragen, wenn er am nächsten Morgen wieder vor dem Bildschirm sitzen wollte ... An seiner Brust schnieft die Oberstudienrätin. »Ich glaube, das wird mir langweilig.« Endlich, denkt Berndorf und will ihr sagen, sie soll einen Kaffee trinken gehen.

In diesem Augenblick erscheint, schemenhaft, am unteren Ende der Gasse ein Mensch, mitten auf der Gasse, und pfeift. Berndorf braucht eine Weile, bis er die Melodie erkennt, und dann wundert er sich, dass er so lange gebraucht hat, denn es ist die Internationale. Der Mensch geht langsam, und er hat die Hände in den Hosentaschen. Berndorf hat sich von Birgit gelöst. Er gibt ihr das Handy. »Gleich geht es los«, flüstert er, »drücken Sie nur auf die Telefontaste, die Nummer des Notrufs ist schon eingegeben ...«

Der Mann am Ende der Gasse nähert sich dem Laden von *Umsonst & Überall,* die Internationale bricht ab, das nächtliche Wunschkonzert wechselt über zu einem Liedvortrag:
Und über unseren Schützengräben /
breitet Spanien seine Sterne aus,
dargeboten in einem etwas verwaschenen Bariton. Jetzt, denkt Berndorf und löst sich von Birgit. »Steffens! Vorsicht«, ruft er durch die Nacht. Aus der Dunkelheit zu beiden Seiten der Gasse lösen sich zwei Schatten. Der Bariton bricht ab, der Mann beginnt zu rennen, halb stolpernd, als habe er Mühe, die Hände aus den Hosentaschen zu bekommen, er rennt im Zickzack, die beiden Schatten hinter ihm her.

»Rufen Sie an«, sagt Berndorf, »lassen Sie sich nicht abwimmeln!« Holprig, schwerfällig, fast ungelenk läuft er los, noch immer spürt er sein linkes Bein. Vor ihm öffnen sich die Türen des BMW, zwei Männer springen heraus, einer läuft dem Betrunkenen entgegen, der andere wendet sich Berndorf zu: »Hau ab, Alter, verpiss dich!« Einer der Schatten hat Steffens eingeholt und will ihn zu Boden reißen, aber der – überraschend flink – dreht sich um und umklammert den Angreifer, bis beide zu Boden stürzen.

»Halt«, brüllt Berndorf und läuft weiter mit erhobener Hand auf den Mann aus dem BMW zu: »Polizei!« Vom Treppenaufgang her hört er, wie Birgit über das Handy mit klarer, deutlicher fester Stimme den Namen der Straße durchgibt, »es ist ein Überfall, vier Skinheads...« Verflucht, denkt Berndorf, sie hätte sagen sollen, dass es Türken sind.

Der Mann aus dem BMW kommt auf ihn zu, die linke Hand ausgestreckt, als ob er den Gegner abtasten wolle, auf der rechten ist der Totschläger aufgezogen, ein Lichtschimmer muss ihn gestreift haben, Berndorf ist es, als könne er in dem Halbdunkel jede Bewegung erkennen, jeden Schatten... merkwürdig, fast fleckig das Gesicht des Mannes, der ihn plötzlich anspringt, doch Berndorf duckt sich zur Seite und lässt den Mann ins Leere laufen und gibt ihm noch einen gezielten Stoß mit auf den Weg, sodass er längelang auf dem Pflaster aufschlägt...

Im nächsten Augenblick kniet Berndorf auf ihm und reißt ihm den rechten Arm nach hinten und hoch.

In den Häusern links und rechts der Gasse öffnen sich Fenster, ein Hund bellt keifend, in dem Laden von *Umsonst & Überall* gehen die Lichter an, auf dem Pflaster wälzen sich Micha Steffens und einer der Kurzgeschorenen, ein zweiter steht hilflos daneben und versucht nach Steffens zu treten, die Oberstudienrätin Birgit Höge sagt mit schneidender Stimme ins Handy, wie oft sie es noch sagen soll, dass es ein Überfall von Skinheads sei, ein Überfall auf einen einzelnen Passanten ...

Der zweite Mann aus dem BMW hat kehrtgemacht und will seinem Kumpel zu Hilfe kommen, dem, der auf dem Pflaster liegt. »Bleiben Sie weg«, befiehlt Berndorf, »oder der da ist ein Krüppel.«

Türen öffnen sich, Birgit gibt zum dritten oder vierten Mal den Namen der Straße durch, der zweite Mann läuft weiter auf Berndorf zu, irgendetwas reißt und macht dabei ein hässlich krachendes Geräusch, der Mann auf dem Pflaster brüllt auf und hört nicht auf zu brüllen, eine Frau läuft schreiend aus dem Anzeigenladen und schwingt etwas, das nach einer Bratpfanne aussieht, aus dem Haus links schießt der Hund mit der sich überschlagenden Kläffe, er ist schwarz-weiß gefleckt und umkreist schnappend den Kerl, der noch immer nach Steffens zu treten versucht, die Frau beginnt, mit der Bratpfanne nach allem zu schlagen, was sich auf der Gasse bewegt, Birgit verlangt nach dem Notarzt, der Mann, der nach Berndorf treten wollte, überlegt es sich anders und läuft die Gasse abwärts, wo die eine Glatze der anderen aufhilft, während die Frau mit der Bratpfanne weiter zuschlägt, plötzlich rennen die Skins – verfolgt von dem wutkläffenden schwarz-weiß gefleckten Hund – zu dritt davon und lassen sich nicht aufhalten und verschwinden in der Dunkelheit, bis es auch dem schwarz-weiß Gefleckten zu dumm wird und er hechelnd zurückkehrt ...

»Das war das letzte Mal, du Scheißkerl«, sagt die Frau mit der Bratpfanne und beugt sich über Micha Steffens, der noch immer auf dem Pflaster liegt.

»Is ja gut«, sagt Steffens und hält sich die Hand vor die Augen, und die Hand ist voll Blut, denn er hat eine mächtige Platzwunde abbekommen beim Bodenkampf auf dem Leimbacher Pflaster, »issa gut ...«

Der Mann, von dessen Schulter das hässlich krachende Geräusch gekommen war, hat sich hochgewälzt und kniet, er will mit der linken Hand nach der verletzten Schulter greifen, lässt es dann aber doch besser bleiben. Berndorf steht daneben und greift ihm in die Brusttasche seiner Lederweste. Der Mann will die zudringliche Hand abwehren. »Ruhig bleiben«, sagt Berndorf und packt den linken Arm am Handgelenk, »oder gleich musst du wieder schreien.« Auf dem Unterarm des Mannes erkennt Berndorf eine Tätowierung, »VolksZorn« entziffert er im trüben Licht der Straßenlaterne. Dann holt er mit der freien Hand die Brieftasche des Mannes heraus und lässt ihn los und geht zu der Laterne.

»Habrecht, Kai«, sagt er schließlich, als er sich den Ausweis des Mannes ansieht, »nach dem Ding zu schließen, das Sie im Gesicht haben, sind Sie's wirklich ...« Zwischen vier oder fünf Hundertmarkscheinen findet Berndorf einen Zettel und steckt ihn ein. Birgit ist neben ihn getreten und schaut zu Habrecht hinüber, der schwankend aufzustehen versucht. »Was ist mit ihm? Er atmet so komisch ...«

»Sein Arm ist ein bisschen kaputt«, sagt Berndorf.

In der Ferne beginnt ein Martinshorn zu jaulen. Berndorf geht zu Steffens. »Tun Sie doch was«, sagt die Frau mit der Bratpfanne, »der kippt mir weg, da ist doch überall Blut, das darf doch nicht sein, der versaut sich das ganze Hemd ...«

Berndorf bückt sich und legt Steffens behutsam auf die Seite und sagt der Frau, sie soll ihm ihre Strickjacke geben.

»Wassnlos«, sagt Steffens, als ihm Berndorf die Jacke unter den Kopf schiebt.

»Stirbt er?«, fragt Birgit.

»Sind Sie verrückt?«, fragt die Frau zurück, die jetzt in ihrem dünnen Nachthemd in der Gasse steht. Die Bratpfanne liegt neben ihr auf dem Boden.

Das Jaulen des Martinshorns kommt näher.

»Hören Sie, Steffens«, sagt Berndorf, über den Mann auf dem Boden gebeugt, »der Tresor – wo stand der Tresor?«

»Im Lokalen«, sagt Steffens, »wieso ...« Aber dann kippt er wirklich weg.

Jaulend und mit Blaulicht biegt ein Streifenwagen um die Ecke. »Kommen Sie«, sagt Berndorf zu Birgit und greift sich ihren Arm, »wir gehen hier ...«

Der Streifenwagen hält bei dem Mann, der noch immer auf dem Pflaster kniet. Berndorf und die Oberstudienrätin Höge verschwinden in einer Seitengasse.

In einer Seitenstraße im Frankfurter Nordend hat Florian Grassl ein Zimmer in einem kleinen Hotel gefunden. Das Hotel wäre eines für Staubsaugervertreter, wenn es die noch gäbe, das Zimmer hat eine tropfende Dusche und eine Tapete mit Sonnenblumen und ein Fenster über einem Lichtschacht, aus dessen Tiefen der Küchendunst eines chinesischen Restaurants hochquillt.

Tut nichts, denkt Grassl, plötzlich hat er Appetit auf Ente süßsauer, vorhin hat er Kassensturz gemacht, von den Füchsen der Suevo-Danubia waren 500 Mark und ein paar Zerquetschte für die Not leidende deutschsprachige Literatur des Elsass zusammengekommen ...

Lustig, dass der Fuchsmajor sie ihm gelassen hat. Hat er nicht daran gedacht? Nein, denkt Grassl. Der Fuchsmajor hatte keine Lust, das Geld seinen Jungstudis zurückzugeben. Es wäre ihm peinlich gewesen. Er hätte zugeben müssen, dass er sich hat austricksen lassen. Immer den Anschein wahren.

Na ja, weit kommst du nicht mit den paar Mark. Und das Konto ist leer. Aber das muss nicht so bleiben. Morgen hast du den ersten Termin in den Banktürmen. *Lebbe geht weiter*. Wer hat das gesagt? Ein Frankfurter, na also ...

Entschlossen rafft sich Grassl auf und verlässt sein Zimmer, um mit dem hinfällig ächzenden Fahrstuhl zum Restaurant hinunterzufahren.

Das Taxi, das Berndorf aufgetan hat, hält vor dem Heidelberger Hauptbahnhof, weil Berndorf seine Reisetasche aus dem Schließfach holen muss. Außerdem will er an einem Automaten einen Tausender abheben, denn die Taxen und italienischen Abendessen und das Hotel, das er sich erst noch suchen muss, laufen ins Geld. Wie waren eigentlich, so überlegt er sich beim Rückweg, die notorisch klammen Helden des amerikanischen Kriminalromans zurechtgekommen, von Nestor Burma ganz zu schweigen? Kein Schwein hat je davon gelesen, dass Lew Archer oder Sam Spade hätten klein beigeben müssen, nur weil sie keinen Dollar mehr fürs Taxi hatten.

Im Taxi empfängt ihn Birgit vorwurfsvoll. »Ich dachte schon, Sie überlassen mich hier meinem Schicksal und diesem Taxameter.«

»Keine Sorge«, antwortete Berndorf. »Ich bringe Sie jetzt nach Hause.« Der Taxifahrer fährt an, und Berndorf nennt ihm die Adresse.

»Ach ja?« Birgits Stimme klingt halb spöttisch, halb enttäuscht. »Irgendwie dachte ich, bei einer Entführung käme da noch etwas anderes.«

Berndorf schweigt.

»Da hätten wir dann ja auch auf die Polizei warten können. Ich bin nämlich eine gesetzestreue Bürgerin.«

»Und morgen haben Sie wieder Schule«, fällt es Berndorf ein. »Sie werden mir noch dankbar sein.«

Nein, denkt Birgit, morgen habe ich nicht Schule.

Für morgen haben wir das Programm ein wenig geändert. Morgen werde ich krank sein. Wenn der Schlüsseldienst da war und die Schlösser ausgetauscht sind und die Spedition den Flügel rausgehievt hat und Huberts Plattensammlung, dann werde ich zu Armand gehen und ihm eine kleine, perfekte, umwerfende Störung des vegetativen Nervensystems hinlegen, dass er mich mindestens für eine Woche krankschreiben muss.

Das Taxi hält vor dem Höge'schen Bungalow. Berndorf steigt aus und hält Birgit die Tür auf. »Wenn Sie meinen«, sagt sie und steigt aus, langsam, damit ihre kurz berockten Beine auch zur Geltung kommen. »Netter Abend«, sagt sie, »den Italiener werde ich mir merken ... das Dessert ließ allerdings zu wünschen übrig.« Im Bungalow geht das Licht an, die Haustüre öffnet sich, Hubert Höge erscheint, er trägt Shorts und das Licht spielt um seine behaarten muskulösen Beine. Besorgt fragt er ins Dunkle: »Birgit, bist du das?«

Birgit wendet sich ab. »Noch etwas«, sagt sie zu Berndorf, »sollte ich wegen dieser Schlägerei auf der Straße nicht zur Polizei gehen? Die brauchen doch sicher meine Aussage.«

»Sicher können Sie das«, meint Berndorf und nickt dem Mann an der Türe zu. »Aber seien Sie nicht zu enttäuscht, wenn der Aufklärungseifer meiner Kollegen ein begrenzter sein sollte. Ein sehr begrenzter.« Im Nachtlicht sieht er ihr ins Gesicht. »Ich werde Sie noch einmal besuchen, an einem der nächsten Tage.« Dann dreht er sich zum Wagen um und nennt die nächste Adresse. Das Taxi verschwindet in der Nacht.

»Was treibst du? Und wer ist dieser Kerl?«

Birgit geht an Hubert Höge vorbei. »Ein Mann. Du brauchst nichts über ihn zu wissen. Ihr habt nichts gemeinsam.«

Hoch überm Kopfsteinpflaster, das sich den Berg hinaufzieht, ahnt der nächtliche Spaziergänger die Doppeltürme der Bensheimer Stadtkirche. Es geht auf Mitternacht zu, Schweigen hat sich in der kleinen Stadt breit gemacht, einzelne Lichter brennen noch in den wohlgefügten wohlgedrechselten Fachwerkhäusern links und rechts der Gassen und des Platzes, auf dem Berndorf steht und sich umsieht.

Vor einer halben Stunde hat er unten an der Hauptstraße ein Hotelzimmer bekommen, was tun mit dem knappen angebrochenen Abend? Es war keine Zeit, um noch anzurufen, aber wer hätte ihn hindern wollen an einem kleinen Abendspaziergang ... In der Rezeption hatte er sich einen Stadtplan von Bensheim geben lassen, zu der Adresse, die er sich im Internet besorgt hatte, war es kein weiter Weg, er musste nur die Altstadt hinaufgehen.

Es ist ein schmales Haus, wie eingezwängt zwischen zwei großen Bürgerhäusern, das Fachwerk hat sich ein wenig ins Schiefe verschoben, wie das nur echtes Fachwerk tun kann. Selbst im Licht der Straßenlaternen erkennt Berndorf, dass das Haus sorgfältig hergerichtet ist, das Schnitzwerk an den Balken schimmert glatt und unversehrt, Türen und Fensterstöcke sind solide gearbeitet. Aus den Fenstern im ersten Stock fällt warmes Licht, nicht das blaue der Bildschirme.

Berndorf tritt näher und drückt auf den Klingelknopf, entschlossen und nachdrücklich. In dem Haus rührt sich nichts. Berndorf wartet.

»Bitte?«

Berndorf sagt seinen Namen, und dass er Herrn Winfried Busse sprechen wolle.

»Wissen Sie, wie spät es ist?« Die Stimme, die aus der Gegensprechanlage dringt, klingt – wie überall – auch hier verzerrt. Aber Berndorf kann sich erinnern. Es ist noch immer der höfliche, kultivierte Tonfall, den er von dem Anrufbeantworter her kennt.

»Ich kann es Ihnen sagen«, antwortet er. »Es ist 23.42 Uhr, wenn meine Taschenuhr nicht vorgeht.«

»Zu aufmerksam. Warten Sie.«

Berndorf wartet und blickt zu den Türmen hoch. Irgendwie sehen sie nicht ganz authentisch aus. Vielleicht ist alles nur gelogen. Auch das Fachwerk, das so aussieht, als hätte der Schnitzer erst letzte Woche das Messer weggelegt.

Plötzlich hört er leichte Schritte, die eine Treppe herunterkommen.

Die Tür öffnet sich, ein schlanker, mittelgroßer Mann mit kurzen blonden Haaren steht vor Berndorf.

»Je später der Abend ...«, sagt er. »Aber treten Sie doch ein.« Berndorf deutet eine leichte Verbeugung an und geht an ihm vorbei in einen dunklen, holzgetäfelten Flur. Irgendetwas stimmt mit ihm nicht, denkt er. Dann sieht er es. Irgendein Türpfosten muss gegen den jungen Mann gelaufen sein und ihn im Gesicht erwischt haben.

»Sie sollten einen Umschlag mit essigsaurer Tonerde machen«, sagt er und deutet auf das verschwollene rechte Auge des Blonden.

»Sie sind wirklich sehr aufmerksam«, kommt die Antwort, »aber zunächst müssen wir uns um unsere Gäste kümmern. Ich bin übrigens David.« Er geht Berndorf eine steile Holztreppe voran, das Holz ist alt und schwarz gebeizt.

Oben führt er Berndorf in ein großes, helles Wohnzimmer. Die Vorhänge sind nicht zugezogen, Bücherregale füllen die Wände, als Sitzmöbel dienen dunkle Holzstühle mit kunstvoll gedrechselten Rückenlehnen.

Vor einem der Regale steht ein nackter, nervig-muskulöser männlicher Bronzetorso. Auf einem Eichentisch sind Bücher und Zeitungen gestapelt. Nicht ins Ambiente passt ein Liegesessel am Fenster, der nach Pflegeheim aussieht, vielleicht auch deshalb, weil der Mann, der darauf liegt und ein Plaid über den Knien hat, blass und hinfällig wirkt, die Augen tief in ihren Höhlen.

»Guten Abend allerseits«, sagt Berndorf, weil sich in dem Raum noch zwei andere Menschen aufhalten. Rechts von ihm hat auf einem der Holzstühle Franziska Sinheim Platz genommen, die grauen Haare kühn und ungebändigt wie immer. Sie hat die Hände im Schoß gefaltet, und der Armreif, der vielleicht auch eine Kette ist, eine silberne Kette mit rötlich blauen Steinen, ist bis aufs Handgelenk gerutscht. Sie sieht nur kurz zu ihm hin und blickt rasch wieder weg.

Neben ihr sitzt ein stämmiger Mann, leichtes Übergewicht vom Kantinenessen, das Haar angegraut, Jackett im preisbewussten Beamtenkaro, Berndorf schätzt ihn auf gut und gerne 30 Dienstjahre, nur der Gesichtsausdruck passt nicht ganz ins Raster. Ein wenig konsterniert, leider. Berndorf wirft einen Blick auf die Arme des Mannes, die dieser vor der Brust verschränkt hat. Die Knöchel der rechten Hand sind etwas aufgeschlagen.

Also dieses war der Pfosten, gegen den David gelaufen ist. Ein knackiger rechter Haken. Nur war damit nichts entschieden, durchaus nicht, so, wie Franziska und der Kollege da hocken. »Guten Abend, Herr Berndorf«, sagt der Mann im Liegesessel. »Wir kennen uns. Sie haben sich weniger verändert, als es bei mir der Fall ist. Sie sind zu beglückwünschen.«

Berndorf erinnert sich. Vor 28 Jahren war Winfried Busse ein zurückhaltender junger Mann gewesen, schon damals blass, mit starkem Bartwuchs. Sie hatten einige Male miteinander gesprochen, Busse war aufmerksam und nachdenklicher als sonst die Leute in seiner Branche.

»Wir verändern uns alle«, antwortet Berndorf und wirft einen Blick auf Franziska und den Mann mit den aufgeschlagenen Knöcheln.

»David hat sich Ihnen sicher vorgestellt«, sagt Busse. »Er ist mein Partner. Franziska kennen Sie, sie hat uns heute etwas überraschend aufgesucht und den Herrn da mitgebracht, dessen Namen ich mir nicht merken kann ...«

»Tomaschewski«, sagt der Mann neben Franziska, »Polizeidirektion Mannheim, Raubdezernat.«

Du Narr, denkt Berndorf. Bensheim ist hessisch. Niemals bist du dienstlich hier.

»Ich nehme allerdings an, dass dies hier ein eher privates Treffen ist«, fährt Busse fort. »Und bitte – nehmen Sie doch Platz.« Berndorf sieht sich um und greift sich einen Holzstuhl mit Lehne, der nicht nur antiquarisch, sondern auch etwas weniger unbequem aussieht als die übrigen freien Sitzmöbel. In seinem Rücken steht David, an die Tür gelehnt.

»Vielleicht sollten Sie uns jetzt sagen, was Sie hier hergeführt hat.«

Ja, das sollte ich wohl. Noch einmal das alte Lied. »Am 23. Juni 1972 sind bei einem Überfall auf einen Geldtransport der Landeszentralbank in Mannheim anderthalb Millionen Mark erbeutet worden. Die Täter wurden nie gefasst, sicher ist aber, dass der Anzeigenmetteur Micha Steffens und die Terroristin Sabine Eckholtz beteiligt waren sowie ein mir nicht namentlich bekannter Agent des Verfassungsschutzes.«

Er unterbricht sich kurz. Verfassungsschutz? Sicher doch.

Warum sonst wären ihm heute Morgen die Schlapphüte nachgeschickt worden ...

»Vorbereitet hat diese Aktion Frau Sinheims früherer Ehemann Ernst Moritz Schatte«, fährt Berndorf fort, »und zwar im Auftrag des Verfassungsschutzes. Einziger Zweck war es, dem Undercover-Agenten zu einer glaubhaften terroristischen Legende zu verhelfen.« Berndorf wirft einen kurzen Blick zu Franziska. Aber sie hat die Augen gesenkt.

»Aus Gründen, die Ihnen alle bekannt sind, scheiterte das Projekt. Es gab einen Toten, Steffens verlor die Nerven und setzte sich ab. Außerdem verschwand das Geld, das eigentlich in einem Tresor der Lokalredaktion hätte gebunkert werden sollen. Der Agent des Verfassungsschutzes wurde zurückgezogen, und die tatsächlichen Vorgänge sind bis heute vertuscht worden.« Er blickt zu Busse, und dann wieder zu Franziska. Sie schaut noch immer nicht auf. »Was ich nicht verstehe – wozu braucht eine Lokalredaktion einen Tresor?«

»Das Ding war ein Erbstück der Nazizeit«, erklärt Busse. »Der *Aufbruch* hatte 1945 das Gebäude und Inventar einer Mannheimer Nazizeitung übernommen. Darunter war auch der Stahlschrank, in dem vor 1945 die täglichen Sprachregelungen weggeschlossen werden mussten, die Goebbels' Reichspresseamt herausgab. Im *Aufbruch* haben wir den Kasten benutzt, um vertrauliche Unterlagen aufzubewahren – wenn uns mal jemand solche geben wollte ...«

»Geschichten, bei denen vertrauliches Material gesichert werden muss, fallen meist in das Ressort des Polizeireporters, nicht wahr?«

»Ja«, stimmt Busse zu, schmallippig.

»Und deswegen besaßen Sie auch einen eigenen Schlüssel ...«

»Natürlich hatte ich einen Schlüssel«, sagt Busse leise. »Allerdings nicht den einzigen.«

»Nein«, bestätigt Berndorf. »Nicht den einzigen. Es gab noch einen anderen Schlüssel, und den bekam Steffens. Um die Beute zu verstauen. Aber geholt wurde die Beute mit

Ihrem Schlüssel, Busse. Wie ich sehe, haben Sie mit dem Geld etwas anzufangen gewusst.«

In dem Raum zwischen den Bücherwänden breitet sich Schweigen aus und bringt das leise Ticken einer goldenen Standuhr zu Gehör.

»Da sind Sie jetzt gerade so weit wie meine beiden anderen Besucher«, sagt Busse. »Die haben es sich sozusagen vom Ergebnis her ausgerechnet. Was freilich kein zwingender Beweis ist. Wenn es so wäre, wie Sie sagen, hätte ich meine Immobiliengeschäfte mit Schwarzgeld aufgezogen. Aber ich bin immer wieder vom Finanzamt überprüft worden. Und niemals hat es eine Beanstandung gegeben ... Was nun, Herr Kommissar?«

»Kein Kommissar«, antwortet Berndorf. »Wir unterhalten uns ohne Rechtsfolgen. Ich weiß, dass das Geld verschwunden ist, und ich weiß, dass nur Sie es genommen haben können. Von Ihren Immobiliengeschäften hingegen weiß ich gar nichts, aber wenn Sie welche getätigt haben, dann haben Sie darin auch das Mannheimer Geld angelegt. Intelligent genug sind Sie, um das so zu bewerkstelligen, dass es dem Finanzamt nicht auffällt.«

»Zu freundlich«, meint Busse. »Aber was wollen Sie jetzt von mir? Diese da« – er deutet auf Franziska und Tomaschewski – »wollten mich, glaube ich, ein wenig erpressen. So etwas ist wirklich zu dumm.« Er zieht seine rechte Hand hervor, die bis dahin unter seinem Plaid versteckt war, und lässt Berndorf die Mauser sehen, die er darin hält.

Na also, denkt Berndorf. Irgendwas war doch, was dem Kollegen mit dem knackigen rechten Haken die Laune verdorben hat. »Das Ding da ist aber noch dümmer«, sagt er dann. »Sie können keine drei Leute erschießen. Erstens hört man das in diesem Dorf, und zweitens können Sie die Leichen nicht entsorgen.«

»Machen Sie sich da nur keine Sorgen«, antwortet Busse, fast fröhlich. »Um diese Zeit wird in sechzehn von zwanzig Fernsehprogrammen geballert, was das Zeug hält. Und für

Ihre Leichen haben wir einen schönen Keller in einem Altbau in Heidelberg-Neuenheim, da ruhen Sie für Jahrzehnte unbehelligt, ohne dass Sie vor der Zeit rausmüssen wie in diesen seelenlosen kommunalen Friedhöfen. Fragen Sie nur Franziska, sie kennt das Haus.«

»Na schön«, seufzt Berndorf. »Wenn das alles kein Problem sein soll, dann erzählen Sie mir wenigstens, wie die Sache gelaufen ist.«

»Das wissen Sie doch weitaus besser als ich«, sagt Busse. »Sie waren doch derjenige, der sich eingemischt und die Dinge umgeworfen hat. Wir hatten damals ein Sommerfest, draußen in meinem Haus in Schwetzingen, ein Fest mit Pfälzer Wein und Gras und *Lucy in the sky with diamonds*, aber irgendein Idiot überredet mich, den Polizeifunk einzuschalten ... und plötzlich bricht der nackte Horror aus, unvorhersehbar, sinnlos, weil nämlich der Herr Kommissar Berndorf hat schießen lassen, der junge, der aufgeschlossene, der linke Kommissar Berndorf ... Ich hab mir dann rasch einen frischen Kaffee gemacht, weil ich mich um die Sache kümmern musste, und wie ich vor der Kaffeemaschine stehe und warte, höre ich, wie Schatte und Steffens draußen in meinem Garten halblaut reden und streiten ... Du musst das Geld in Sicherheit bringen, sagt Schatte, wir können es nicht in der Redaktion lassen, der Tresor ist das Erste, was dort ins Auge fällt ... Und Steffens jammert, da gehe ich nicht hin, um keinen Preis, da sind jetzt schon die Bullen ... Quatsch, sagt Schatte, scheiß dir nicht in die Hosen, du siehst ja vorher an den Wannen, ob Bullen da sind ...«

Busse hebt die rechte Hand und lässt sie wieder sinken, dann fährt er sich mit der linken über die Stirn. »Ich war Polizeireporter, natürlich musste ich raus, zum Tatort, aber mir kam das Gespräch der beiden so merkwürdig vor, dass ich zuerst in die Redaktion gefahren bin und im Tresor nachgesehen habe. Na ja ...« Er macht eine kleine Pause und versucht ein sklerotisches Lächeln. »Das Geld war da. Eine dicker Haufen dicker Scheine, in Plastiktaschen gestopft. Und das war nun wirklich ein Scoop, jedenfalls auf den ersten Blick, Polizeireporter findet Millionenbeute, so eine Schlagzeile haben Sie einmal und nie wieder...«

»Nur haben Sie keine draus gemacht«, stellt Berndorf fest.

»Wie denn auch?«, fragt Busse zurück. »Ich sagte doch, der Riesen-Aufmacher war nur auf den ersten Blick einer. Glauben Sie denn, der *Aufbruch* hätte mit einer Story herauskommen dürfen, dass Terroristen seinen Tresor als Versteck für eine Millionenbeute nutzen? Was wäre da wohl mit diesem Parteiblatt passiert, ein paar Monate vor der Bundestagswahl? Das alles war ganz und gar undenkbar... Was also tun mit dem Geld. Ich nahm die Plastiktaschen aus dem Tresor, ging voll gepackt durch das leere Verlagshaus zum Parkplatz, es war ja noch immer Nacht, und warf die Taschen hinten in meinen Fiat 500, und so fuhr ich dann nach Feudenheim, wo Sie Ihre Schießerei veranstaltet hatten, durch die ganzen Polizeikontrollen hindurch, sprach mit den Nachbarn, und bin dann wieder nach Schwetzingen zurück, mit anderthalb Millionen auf dem Rücksitz...«

Er unterbricht sich und schließt für einen kurzen Moment die Augen. Jetzt sollte ich..., denkt Berndorf – und lässt es bleiben. »Ein halbes Jahr später war ich meinen Job los«, fährt Busse fort, und seine Stimme klingt müde, »kein Aufbruch brach mehr auf, niemand wollte einen arbeitslosen schwulen Polizeireporter, und da habe ich das Schwetzinger Häuschen, baufällig und von einer Tante geerbt, hergerichtet und modernisiert, mit Handwerkern, die gerne die halbe Rechnung fürs ganze Geld ausgestellt haben, und dann hab ich ein paar Monate später der Tante ihr klein Häuschen gut verkauft... Das war der Einstieg. Ganz beiläufig habe ich auf diese Weise gelernt, wie ich mit den Mäusen, die mir zugelaufen sind, richtig Kasse machen kann... Insofern trifft Ihre Vermutung zu. Behutsam und in kleinen Tranchen habe ich die anderthalb Millionen in die Renovierung von alten Häusern gesteckt, in Projekte, die ich mit Bankkrediten allein nicht hätte finanzieren können. Inzwischen ist das Geld immer wieder neu investiert

worden, und das ganz legal, unter pflichtschuldigster Beglei-
chung aller Steuern, Sie können meine Buchhaltung auf den
Kopf stellen und werden keine 50 Pfennig Schwarzgeld finden ... Eigentlich sollte ich Ihnen dankbar sein.«

Plötzlich muss er husten, aber es ist eher ein jämmerliches
Keuchen, das nicht aufhören will. Berndorf sieht ihm zu und
wartet. Schließlich bricht der Husten ab, oder erstickt in sich
selbst. Erschöpft starrt Busse vor sich hin. »Ohne Sie«, fährt
er schließlich fort, als er knapp wieder atmen kann, »ohne Sie
wäre ich heute irgendwo ein armseliger Lokalreporter ...«

Na, denkt Berndorf, so besonders gut bist du nicht drauf.
Aber den Virus hättest du wohl auch in einem anderen Leben
eingefangen. Er steht auf und geht zu dem Mann im Liegesessel. Der schaut ihm mit Augen entgegen, die jetzt noch tiefer
in ihren Höhlen liegen.

»Nicht«, sagt Busse und versucht, die Hand mit der Mauser
zu heben. Berndorf schüttelt nur den Kopf, beugt sich über
ihn und nimmt ihm die Waffe aus der Hand. »Ich mag solche
Dinger nicht.« Hinter sich spürt er eine Bewegung, ein Stuhl
wird umgestoßen und kracht auf den Boden, jemand stößt einen halb unterdrückten Schmerzensschrei aus, Berndorf
dreht sich um und kann gerade noch David auffangen, dem
Tomaschewski den Arm nach hinten gedreht hat ... »Der
wollte Ihnen an den Hals«, sagt Tomaschewski.

»Schon gut«, antwortet Berndorf. »Lassen Sie ihn los. Ich
finde, wir sollten jetzt zum einvernehmlichen Teil des Abends
übergehen.«

Donnerstag, 6. Juli

Der Blick geht weit über die Stadt und den Main und hinüber nach Sachsenhausen, Grassl kann den Henningerturm erkennen. »Schön haben Sie's hier«, sagt er zu dem Menschen auf der anderen Seite des Schreibtischs mit der schwarzen leeren Glasplatte. Der Mensch hat einen eng geschnittenen dunklen Anzug an und ein eng geschnittenes Lächeln. Nach einer Kostümträgerin und einem spitzschuhigen Jüngling ist Grassl damit an diesem Vormittag bereits beim dritten Schreibtischbesitzer aus der Öffentlichkeitsabteilung jener Großbank angelangt, die er als Erste aufzusuchen beschlossen hat.

»Noch immer ist mir nicht ganz klar, in welcher Weise Ihr Projekt für unser Haus von Interesse sein könnte«, sagt der Schreibtischbesitzer.

In gar keiner Weise, denkt Grassl. Von Interesse für deinen Laden kann nur sein, dass dieses Projekt nicht stattfindet. »Ich hatte dies schon Ihren Mitarbeitern dargelegt«, hebt er von neuem an, »als Referent der Johannes-Grünheim-Akademie für Sprache und Volkstum – wenn mich nicht alles täuscht, unterstützt Ihr Haus unsere Arbeit in sehr dankenswertem Maße ...«

Hier unterbricht er sich und sucht den Blick seines Gegenübers, der aber verschlossen bleibt. »Als Referent der Grünheim-Akademie also«, fährt Grassl dann fort, »habe ich insbesondere auf dem lange vernachlässigten Gebiet der hochsprachlichen Kultur- und Wirtschaftsbeziehungen des Elsass gearbeitet ...«

Hochsprachliche Wirtschaftsbeziehungen? Sehr gut. Sehr unauffällig.

»... ein sehr interessantes Forschungsgebiet, wie ich Ihnen versichern darf, auch im Hinblick auf das Wirken der deutschen Geldwirtschaft nach 1940, einem unter den gegebenen und gewiss nicht leichten Umständen sehr verdienstvollen Wirken, wie ich hinzufügen darf ...«

Das Wirken der deutschen Geldwirtschaft ein verdienstvolles zu nennen, denkt Grassl, kann nie falsch sein.

»... einem Wirken, das ich nun gerne in einer Monografie für eine weitere Öffentlichkeit aufbereiten möchte, wozu ich freilich Ihre Unterstützung bräuchte, insbesondere, was die Nutzung Ihres Archivs anbetrifft ...«

»Aber wo denken Sie hin!« In dem Schreibtischbesitzer kommt erstmals Leben auf. »Wir können einem Außenstehenden doch nicht so ohne weiteres Zugang zu unseren internen Archiven gewähren!«

»Das wäre sehr bedauerlich, wenn Sie es nicht tun«, gibt Grassl zurück. »Meine Darstellung über das Auftreten Ihrer Bank im okkupierten Elsass und die Übernahme fremder Vermögenswerte müsste sich dann ausschließlich auf andere Berichte und Quellen stützen, bei denen es allerdings sehr gut möglich ist, dass sie auf die weniger gewinnenden Aspekte dieses Auftretens abstellen werden, insonderlich, wenn es sich um Vermögen jüdischer Provenienz handeln sollte ...«

Grassl macht eine kurze Pause. »Ja«, sagt er dann und steht auf, »so ist das nun mal. Tut mir Leid, dass ich Ihre und meine Zeit vergeude. Ich werde in meiner Monografie natürlich festhalten müssen, dass Ihr Haus Einblick in die Unterlagen aus jener Zeit verweigert hat. Ich wünsche einen guten Tag!« Er wendet sich zur Tür. »Einen Augenblick«, kommt es von dem schwarzgläsernen Schreibtisch.

Grassl dreht sich um und bleibt stehen. »Ich will den hier verantwortlichen Herren der Vorstandsetage nicht vorgreifen. Aber ich könnte mir durchaus vorstellen, dass Ihre Forschungsarbeit auch für uns von Interesse ist, als ...« – er zögert, bis er das richtige Wort gefunden hat – »... als Beitrag zur Aufarbeitung unserer eigenen Firmengeschichte ... Schließlich ist es die Philosophie unseres Hauses, die Vergangenheit nicht auszugrenzen ...«

Grassl entscheidet sich, wieder Platz zu nehmen.

»Welchen zeitlichen und finanziellen Rahmen stellen Sie sich für Ihre Arbeit denn vor?«

Vorstellen können wir uns viel, denkt Grassl. »Das kommt darauf an«, sagt er, »ob diese Monografie das Wirken Ihres Hauses fokussieren soll, oder das der deutschen Geldwirtschaft insgesamt ...«

»Ich bin sicher, dass wir eine Arbeit über unser Haus vorziehen würden. Wenn wir auch andere Institute einbeziehen wollten, könnte es von diesen oder deren Rechtsnachfolgern – äh – missverstanden werden.«

Grassl nickt verständnisvoll. Auch recht. Je mehr Tamariskensträucher, desto mehr kleine Schnecken für den schlauen kleinen Fenek.

»Es ist nur so, dass ich darüber erst mit den Herren in den oberen Etagen sprechen muss, Sie verstehen. Aber vielleicht kann ich Ihnen morgen bereits einen ersten Bescheid geben.«

Wieder nickt Grassl höflich. Du legst mich nicht herein. »Sicher können Sie das nicht von jetzt auf gleich entscheiden. Das kann ich gut verstehen. Nur – ich muss meine Dispositionen treffen. Sie sind, wenn ich offen sprechen darf, nicht mein einziger Verhandlungspartner. Ich wäre Ihnen schon sehr zu Dank verbunden, wenn Sie ihr Interesse an einer Zusammenarbeit mit mir etwas konkreter dokumentieren könnten ...«

Eine halbe Stunde später verlässt Grassl den blau schimmernden himmelspiegelnden Doppelturm, in der Brieftasche einen Barscheck über 10 000 Mark – schließlich hat ein Geschäftsmann seine Unkosten, wenn er länger in Frankfurt verhandeln muss. Vor einer Telefonzelle bleibt er stehen, zögert. Nein, entscheidet er dann. Die Zeit der Anrufe aus stinkenden Telefonzellen ist vorbei. Als Erstes wird er sich ein Handy kaufen. Immerhin gibt es viel zu telefonieren. Frankfurt ist schließlich die Stadt der Banken.

Hubert Höge eilt, die Tasche in der Hand, vom Musiksaal zum Lehrerzimmer. Was ein merkwürdiger Tag, denkt er. Birgit krank, er macht ihr ein Frühstück, sie will es nicht, dann kommt er fast zu spät, weil es wieder einen Stau auf der Theodor-Heuss-Brücke gibt, er schafft es gerade noch in den Musiksaal, wo er in den ersten beiden Stunden zwei untere Klassen hat, in dem Alter, in dem sie noch kein Problem sind, aber was müssen sie an diesem Morgen kichern und grienen, als hätten sie noch nie einen gestressten Musiklehrer gesehen? Jetzt braucht er einen Kaffee, eine Gruppe aus der Zehnten kommt ihm entgegen und hält unvermittelt an, zögernd, irgendwie staunend wird ihm Platz gemacht, es ist, als gehe er durch eine Gasse. Irgendjemand pfeift auf den Fingern, er müsste einschreiten, aber vor allem braucht er jetzt einen Kaffee, das wird eine Brühe sein, wenn Birgit nicht da ist, kümmert sich niemand darum ...

Vor ihm öffnet sich die Tür der Lehrertoilette. Bitte nicht Miriam! Es ist Miriam, was hat sie denn nun schon wieder? Das Gesicht verheult, so kann sie hier doch nicht rumlaufen, jetzt bloß keine Szene ...

»Hubert, geh da nicht rein. Geh nicht ins Lehrerzimmer.«

»Sind heute alle verrückt geworden? Warum soll ich nicht ins Lehrerzimmer?« Er hebt die Tasche an, damit er sie nicht streift, und geht an ihr vorbei. Die Klotür fällt wieder zu. Bei diesem Gesicht wird sie noch einige Arbeit haben. Was hat sie nur? Wir hatten doch nichts ausgemacht ...

Er öffnet die Tür zum Lehrerzimmer, wo die Kollegen um den Tisch der Pirschka glucken. Aufgestört wie ein Hühnerhaufen starren sie ihm entgegen, als hätten sie den leibhaftigen Habicht erblickt.

»Der Kollege Hubert Höge«, flötet die Pirschka. »Sieh an. Der Beglücker unserer hoffnungsvollen Jugend. Unser Platz- und Bambushirsch. Unser Wortschöpfer und Blusenaufknöpfer. Reizend.«

Höge schüttelt unwirsch den Kopf und geht zur Kaffeemaschine.

»Kein Kaffee, Kollege Höge«, sagt die Pirschka. »Nicht jetzt. Jetzt begeben Sie sich ins Direktorat. Stehenden Fußes. Frau Bohde-Riss verlangt nach Ihnen.«

Höge betrachtet die Kollegenschar. »Seid Ihr alle verrückt geworden?«

»Nein«, antwortet die Pirschka, »das sind wir durchaus nicht. Wir nicht. Aber jetzt gehen Sie schon. Gehen Sie prestissime. Es eilt.«

Achselzuckend verlässt Höge das Lehrerzimmer und geht drei Türen weiter. Im Vorzimmer der Otternbiss blickt ihm, wie immer, ihre Sekretärin schlangenstarr entgegen. »Die Kollegin Pirschka sagt, Ihr verlangt nach mir.« Die Sekretärin betrachtet ihn schweigend.

»Verlangen ist gut. Aber gehen Sie nur rein«, sagt sie schließlich. »Sie werden erwartet.«

Höge klopft an die Tür und öffnet sie dann vorsichtig. Die Direktorin Bohde-Riss ist nicht allein. Ein weißhaariger Mann sitzt neben ihr, die wulstigen Lippen und die Halbbrille kommen Höge bekannt vor. Dann fällt es ihm ein. Der Weißhaarige ist ein Mensch vom Oberschulamt Karlsruhe, die rechte Hand des Präsidenten Heuchelmann, zuständig für Personalien, und zwar dann, wenn es sich um unangenehme handelt. Heuchelmanns Henker nennen sie ihn.

»Setzen Sie sich«, sagt die Bohde-Riss.

»Mir ist nicht klar, was Franziska bei Busse gewollt hat«, fragt Barbara. »Erpressung ist doch nicht ihr Stil.«

»Sicher nicht«, antwortet Berndorf. Er steht auf dem Gang vor seinem Abteil, das Handy am Ohr, und draußen schaukelt die oberrheinische Tiefebene an ihm vorbei. »Ihr ging es um eine Freundin, die in einem von Busses Häusern eine kleine Galerie betreibt, einen von diesen Läden, die gerade so über die Runden kommen, wenn die Miete nicht zu hoch ist. Nach einer Luxussanierung wäre sie erledigt.«

»Und jetzt?«

»Jetzt hat sie einen Fünfjahresvertrag, Franziska schreibt keinen Artikel über den Aufstieg des Immobiliensammlers Busse, und der Bulle Tomaschewski kriegt keine Anzeige wegen Erpressung.«

»Was ist mit dem Geld?«, fragt Barbara.

»Ich habe hier in der Brusttasche eine eidesstattliche Erklärung, heute Morgen vor einem Notar in Bensheim ausgefertigt und unterschrieben. Busse beschreibt darin, wie sich Schatte und Steffens in seinem Garten darüber gestritten haben, ob sie das Geld aus dem Tresor der Lokalredaktion holen sollen oder nicht. Das Geld aus dem Überfall.«

»Wie hast du Busse dazu gebracht?«

»Wir sagen ja nicht, wer es geholt hat. Muss ja auch niemand wissen. Lächerliches Geld. Peanuts für die Landeszentralbank, falls das Geld nicht überhaupt von der Oberförsterei kam.«

»Hast du Franziska nach der Kette gefragt?«

»Nein.«

»Versteh ich nicht.«

»Es war nicht die Zeit dafür. Und es waren die falschen Leute dabei.«

Berndorf ahnt, dass ganz ferne, am anderen Ende der Telefonverbindung, jemand die Augenbrauen hochzieht.

»Wie du meinst«, kommt es kühl durch den Hörer. »Hast du was zu schreiben? Du hast mich nach deinem Besuch in Wieshülen um Informationen über die Autonomisten-Szene im Elsass gebeten. Ich hab dir hier die Adresse und die Telefonnummer eines Kollegen, der dir etwas darüber erzählen kann.«

Berndorf klemmt sich das Handy mit der Schulter ans Ohr, kramt eine Visitenkarte aus seiner Brieftasche und schraubt seinen Füller auf.

»Du solltest Raymond Marckolsheimer aufsuchen, er hat einen Lehrauftrag am Staatswissenschaftlichen Institut der Universität Strasbourg III, das ist die Université Richard Schumann, seine Telefonnummer ist 0-0-3-3, also die Vorwahl für Frankreich, dann 3-8-8, kommst du mit ...?«

Berndorf notiert die Zahlen, die Barbara ihm durchgibt. »Bleib mal dran«, sagt er dann und sucht den Zettel heraus, den er gestern Abend Kai von der kaputten Schulter abgenommen hat. Auf dem Zettel steht nichts weiter als eine Zahlenreihe mit neun Ziffern, zu viel für eine normale Telefonnummer ohne Vorwahl, jedenfalls beginnt die Zahlenreihe nicht mit einer Null, sondern mit 3-8-8, Berndorf hat das für eine Chiffre gehalten, wie sie in Kai Habrechts Milieu ihre besondere Bedeutung hat, vielleicht nicht nur für Autokennzeichen ...

»Sag mal, ist 3-8-8 die Vorwahl für Strasbourg?«

»Ich nehme an«, antwortet Barbara verwundert, »in Frankreich wirst du aber erst eine Null wählen müssen ...«

»Danke«, sagt Berndorf fröhlich, »du hast mich vor einem blamablen Fehler bewahrt.«

Hubert Höge steuert den Peugeot in die Einfahrt und hält und sucht mit noch immer zitternder Hand nach der Fernbedienung fürs Garagentor und drückt darauf, aber irgendwie handhabt er das Gerät nicht richtig, nichts bewegt sich am Tor, er versucht es noch einmal, die Batterie wird leer sein, warum soll an einem Tag wie diesem nicht auch noch die Fernbedienung ausfallen, jetzt kommt es darauf auch nicht mehr an, alles in einem Aufwasch, wie? Er zieht den Zündschlüssel ab und nimmt seine Tasche vom Beifahrersitz, auf der Rückbank steht der Karton mit seiner Geige und dem Metronom und dem anderen persönlichen Kram, den er unter Aufsicht der otternbissigen Sekretärin aus seinem Schreibtisch hat ausräumen müssen ...

Er will aussteigen, aber als er die Wagentür öffnet, fällt ihm ein, dass er jetzt Birgit berichten muss, was an diesem Vormittag geschehen ist, wie man ihn ins Direktorat zitiert hat, was ihm die Otternbiss gesagt hat, warum sie ihn suspendiert haben ... Wieder spürt er den Schweißausbruch auf seiner Stirn. Alles das soll er einer Birgit erklären, die krank im Bett liegt? Außerdem – was heißt hier erklären? Wie soll man etwas erklären, von dem man nichts weiß, nichts versteht, nichts begreift?

»Nehmen Sie sich einen guten Anwalt«, hatte ihm Heuchelmanns Henker zum Abschied gesagt, »einen sehr guten, Sie werden ihn brauchen...« Angeblich hatten bereits am Vormittag drei angesehene Heidelberger Familien, deren Töchter Bettina hießen, Schadenersatzklagen angedroht. Nur zu, denkt Höge, klagt nur, gleich wird jemand kommen und sagen, das ist alles nicht wahr, es sind alles nur Traumgespinste, die drei Bettinen und Heuchelmanns Henker und die Otternbiss...

Er steigt aus dem Wagen und geht mit seiner Tasche zur Haustür. Seine Hände zittern doch noch, denn er kriegt den Schlüssel nicht ins Loch, was soll das? Er betrachtet seine Hände, eigentlich sind sie ganz ruhig, er versucht es noch einmal, der Schlüssel passt nicht, ist das überhaupt sein Haus? Erst jetzt sieht er den Brief, der mit einem Klebestreifen an der Tür befestigt ist und auf dem in Birgits runder Schrift sein Name steht. Mechanisch löst er den Brief ab und öffnet ihn, beim Öffnen zerreißt er den Umschlag fast in Stücke, dann setzt er sich auf die Treppenstufen und liest:

Hubert, nach dem Vorgefallenen sollte selbst dir klar sein, dass es für uns kein Zusammenleben mehr gibt. Ich wünsche dir, dass du an Bettina den Rückhalt findest, den du brauchst, gerade in den Zeiten, die jetzt auf dich zukommen. In der Anlage findest du die Auftragsbestätigung der Spedition, von der ich deinen Flügel und dein sonstiges privates Eigentum habe abholen lassen. Sobald du eine neue Anschrift hast, teile sie mir bitte mit, damit mein Anwalt sich mit dir ins Benehmen setzen kann. Birgit

PS. Die Schlüssel am Haus sind ausgewechselt. Gib dir also keine Mühe. Hier kommst du nicht mehr rein. Den Schlüssel für den Peugeot wirfst du bitte in den Briefkasten. Der Wagen ist auf mich zugelassen.

Wunderbar, denkt Höge. Jetzt sind sie nicht nur in der Schule übergeschnappt. Alle sind es. Und du? Du wachst auf. Die

Sonne scheint. Du fährst zur Schule wie an jedem Tag. Wie an jedem anderen Tag auch steht dir die Straßenbahn im Weg und der Neckar fließt nach Mannheim und die Touristen schleppen ihre Nikkons durch Heidelberg. Alles wie sonst auch.

Nur eines ist anders. Zufällig sind mal eben alle verrückt geworden.

Ein Wagen hält.

Meschugge, überkandidelt, durch den Wind.

»Hubert«, hört er eine Stimme. Miriam? Willkommen im Irrenhaus.

»Du kannst da nicht sitzen bleiben.«

Er blickt hoch. Es ist wirklich Miriam in ihrem komischen, kleinen, altersschwachen Fiat.

»Muss ich aber. Ich kann nicht rein«, sagt er hilflos und deutet mit dem Daumen auf die Tür hinter sich. »Sie hat das Schloss auswechseln lassen.«

»Komm mit mir.« Miriam steigt aus und öffnet den Kofferraum.

Hubert Höge steht mühsam auf. Seine Knie fühlen sich wacklig an. Miriam geht zum Peugeot und öffnet die Tür zum Rücksitz und wuchtet den Karton mit der Geige und dem Metronom und dem anderen Krempel heraus.

Höge sieht zu, wie die kleine schmächtige Miriam den viel zu großen Karton zu ihrem Fiat schleppt, und plötzlich muss er daran denken, wie er als Bub einmal eine kleine Ameise beobachtet hat, eine winzig kleine schwarze Ameise, die eine große, dicke, stachelige, hilflose Raupe über den Waldboden zerrte, beharrlich und unaufhaltsam ...

Eine meiner weniger guten Ideen, denkt Berndorf und betrachtet die Nasenlöcher des Polizeiinspektors Groignac vom Politischen Departement der Straßburger Polizeipräfektur. Die Nasenlöcher sind ausgefüllt mit dichten schwarzen Haaren und werden unten abgefangen von einem Schnauzbart, ebenfalls aus dichten schwarzen Haaren. Der Ausdruck des

Schnauzbartes und der Nasenlöcher scheint von einem habituellen Misstrauen geprägt, das sich gegen Groignacs Mitmenschen im Allgemeinen und jetzt gegen Berndorf im Besonderen richtet ...

Groignac kommt aus Zentralfrankreich und spricht kein Deutsch, was ihn – vermutet Berndorf – aus Sicht seiner Vorgesetzten vermutlich ganz besonders für den Dienst in Straßburg qualifiziert hat. Berndorf trägt daher in seinem kariösen Französisch vor, was sich weniger stockend auch nicht schlüssiger anhören würde – dass er nämlich pensionierter deutscher Kriminalbeamter sei und im Zuge von privaten Ermittlungen auf Angehörige der gewaltbereiten, rechtsextremen Szene gestoßen, die Kontakte nach Frankreich hätten ...

»Un fouinard, hein?« Warum er sich nicht mit den deutschen Behörden in Verbindung gesetzt habe?

Weil er fürchte, dass es dann womöglich zu spät sei, antwortet Berndorf dunkel und versucht zum dritten Male, Groignacs Aufmerksamkeit auf den Zettel mit der Zahlenreihe zu lenken, die mit 388 beginnt und deshalb vielleicht eine Straßburger Telefonnummer ist.

Er hätte es wirklich besser wissen müssen. Am Wochenende soll in Straßburg ein deutsch-französisches Regierungstreffen stattfinden, die Stimmung ist nervös, der Chef im Élysée kann nicht mit dem neuen Herrn, der in Berlin an die Macht gekommen ist, die Chemie stimmt nicht, und das schlägt offenbar durch bis auf die Sicherheitsbehörden, die die Straßburger Polizeipräfektur in irgendetwas verwandeln, was doch sehr an einen aufgestörten Wespenschwarm erinnert.

Unvermittelt greift Groignac zum Telefonhörer, Berndorf versteht etwas, das nach *ici il'y a un fanfaron, qui m'est neigé dans mon bureau* klingt, der Inspecteur nimmt sich den Zettel und gibt die Zahlenreihe durch, ohne die drei ersten Ziffern, falls Berndorf richtig zugehört hat. Und dann wartet er, den Hörer am Ohr.

Auch Berndorf wartet und betrachtet das Porträt des gegenwärtigen Herrn im Élysée, der verkniffen und mit lauerndem

Lächeln in das Büro seines Untergebenen Groignac blickt, über Holzstühle und Rollschränke und das bodenfleckige Linoleum hinweg zu Gloire und Farce de Force und sonst was. Den würde ich nicht gewählt haben wollen, denkt Berndorf, aber dann geraten die Nasenlöcher von gegenüber unvermutet in schnaubende Bewegung, der Hörer wird aufgelegt und Groignac schiebt den Zettel verächtlich über den Tisch.

»Futile. Inoffensiv. Sans importance.«

Eine Handbewegung wedelt zur Tür.

Berndorf steht auf und nimmt den Zettel. Er überlegt sich einen Satz, in dem Worte wie Inkompetenz, Ahnungslosigkeit, Blindheit und verschiedene andere Defekte der Sinnesorgane vorkommen. Aber auf die Schnelle will ihm das alles nicht zu einer schlüssigen Darlegung gerinnen, außerdem fällt ihm Hebels Salzwedeler Hauswirt ein, der einen Sundgauer als Einquartierung bekam und eine gewaltige Ohrfeige dazu, und so verbeugt er sich und geht hinaus und verlässt die Präfektur. Es sind doch verdammt höfliche Leute, diese Franzosen, denkt Berndorf dabei. Aber was zum Teufel ist ein *fanfaron*? Ein Blechbläser?

Tamar, vor einer halben Stunde aus dem Krankenhaus heimgekommen, liegt auf der Couch im Wohn- und Malzimmer, eingewickelt in eine Wolldecke, ihr Kopf und der weiße Turban, den sie um den Kopf hat, ruhen auf einem Kissen. Durch die kleinen, von Sprossen geteilten Fensterscheiben sieht sie, dass es draußen bedeckt ist, manchmal geraten die Blätter des Birnbaums aufgeregt ins Zittern, wenn ein Windstoß unter sie fährt ...

Hannah kommt herein und schleppt eine weiße Bettdecke an, zum Schwitzen im Februar, als frau ein kleines Mädchen war und Grippe hatte.

»Hast du sie nicht mehr alle? Willst du mich jetzt ersticken?« Hannah lässt die Decke sinken. »Ich dachte nur ...« Sie fährt sich über die Augen. »Entschuldige. Ich mach alles nur noch falsch.«

»Hör auf rumzuflennen. Setz dich lieber zu mir her.«

Ein Blick, tränenumflort. »Ich hab so Angst, dass es bei mir auch ...« Der Satz bleibt unvollendet.

Sie meint die Geschichte mit ihrem Vater, denkt Tamar. »Solang' ich hier keine Rasiermesser im Haus finde, geht es ja noch.«

»Du machst dich lustig über mich.«

»Heute Morgen ist das eine der leichteren Übungen.«

Hannah setzt eine heroische Miene auf. »Soll ich dir das Telefon bringen? Magst du Kerstin anrufen? Du musst es nur sagen, dann geh ich so lange raus.«

»Wie oft soll ich dir noch sagen, dass ich mit Kerstin nichts am Hut habe«, sagt Tamar entschieden. Zu entschieden, denn irgendwie fährt ihr plötzlich ein heftiger Schmerz durch den Kopf. »Und falls Kerstin zufälligerweise anrufen sollte, bleibst du bitte dabei, weil das eine dienstliche Geschichte ist, wichtig für mich und wichtig für den Alten Mann ...«

Wird ja auch wahr sein.

Die Kellner bringen die Schüsseln für den zweiten Gang, das Licht der Kerzen auf dem Tisch spiegelt sich in den runden silbernen Haubendeckeln, unter denen eine Forelle blau aus einem Vogesen-Bach für Berndorf zum Vorschein kommt und ein T-Bone-Steak vom Angoulême-Rind für Marckolsheimer. Der Abend ist kühler als an den Tagen zuvor, immer wieder fahren Windböen in die Markisen, Berndorf und Marckolsheimer haben sich deshalb nicht auf die Terrasse gesetzt, sondern einen Tisch im Innenraum der Brasserie genommen.

Nach seinen Gesprächen in der Präfektur hatte sich Berndorf ein Hotel in Nähe der Place Kleber gesucht und danach Marckolsheimer angerufen, der bereits durch Barbara von seinem Kommen unterrichtet war. Marckolsheimer, ein kleiner, grauhaariger Herr mit melancholischen Augen, die die Welt eulenhaft und erstaunt durch eine große runde Brille wahrnehmen, hat ihn dann am Abend im Hotel abgeholt und zu der Brasserie geführt.

Berndorf fühlt sich müde, abgespannt und doch erleichtert. Diesmal wenigstens sitzt er einem Menschen gegenüber, mit dem er sich ohne Berechnung unterhalten kann, zwanglos und ungeschützt. Vielleicht, so überlegt er, rührt das Staunen in den Eulenaugen daher, dass sie das Unverständnis nicht verstehen, die Unfähigkeit der Menschen, ihre Angelegenheiten einvernehmlich zu regeln.

Berndorf filetiert seine Forelle selbst, man plaudert, über den Regierungsgipfel, über die neue Berliner Republik und ihr noch immer nicht festgestelltes, noch immer nicht austariertes internationales Gewicht, über die Neue Rechte, die doch nur die Alte Rechte ist, wie Berndorf meint, unter einer Maske, die ihr mittlerweile selbst überflüssig erscheine...

Er sehe das etwas anders, meint Marckolsheimer: »Leider hat die Linke hier ein Wahrnehmungsproblem, denn es gibt die Neue Rechte wirklich. Neu daran ist vor allem, dass sie sich aus Milieus rekrutiert, die wir lange Zeit als links anzusehen gewöhnt waren. Denken Sie nur an Ernst Moritz Schatte in Freiburg, der jetzt nicht mehr gegen den US-Imperialismus predigt, sondern gegen die amerikanische Überfremdung... Natürlich kann sich auch so jemand auf sehr respektable Zeugen berufen, die amerikanische Hegemonie, die auf vielen Feldern besteht, beginnt wirklich sehr hässliche Züge anzunehmen. Allerdings mögen manche in Ihrem Land die Amerikaner vor allem deshalb nicht, weil es GIs waren, von denen die Großeltern an den Leichenfeldern in Buchenwald vorbeigeführt wurden...«

Später kommen sie auf die Situation des Elsass zu sprechen, auf die autonomistische Szene und ihre möglichen Querverbindungen nach Deutschland. Eigentlich sei diese Szene kein Thema, sagt Marckolsheimer: »Das sind Splittergruppen, und sie sind von der Geschichte bis heute diskreditiert. Das ist im Elsass eben anders als in der Bretagne oder in Occitanien – bei uns würde eine Abwendung von Frankreich zwangsläufig mit einer Hinwendung zu Deutschland assoziiert, und im Bewusstsein des Elsässers steht Deutschland noch immer für

Krieg und Nazismus.« Er zögert kurz. »Übrigens hat das Auftreten Ihrer Landsleute, die sich hier ein kleines schmuckes Häuschen kaufen, diese Einschätzung keineswegs eine freundlichere werden lassen. Einer unserer Autonomisten will deshalb neuerdings aus Elsass-Lothringen eine Art Österreich machen, vermutlich will er es haiderisieren, wirklich sehr komisch. Aber er vermeidet so das Reizwort Deutschland ...« Berndorf bestellt sich einen Espresso und denkt lieber nicht darüber nach, ob er ein haiderisiertes Elsass würde komisch finden können.

»Die Linke und das Elsässer Bürgertum sind für die Autonomisten praktisch nicht ansprechbar«, fährt Marckolsheimer fort, »und die rechte Klientel wird ihnen durch den Front National abgegraben. Was tun? In ihrer Verzweiflung und auf der Suche nach neuen Bündnispartnern hat ein Teil des autonomistischen Milieus beim Streit um den Bau einer Moschee in Strasbourg unversehens die Partei der Nordafrikaner ergriffen, weil diese doch auch Opfer des Pariser Zentralismus seien. Weiß der Himmel, welche Konstellationen sich da noch zusammenbrauen werden ...«

Der Espresso ist gekommen, und Berndorf nimmt einen vorsichtigen Schluck. »Sagen Sie, könnten Sie mir ein paar der Leute aus dieser Szene nennen? Sie sollten allerdings in Strasbourg wohnen.« Wieder zeigt er den Zettel, den er Habrecht abgenommen hat. »Es würde mich interessieren, ob man diese Telefonnummer einem von ihnen zuordnen kann.«

Marckolsheimer wirft einen Blick auf den Zettel. Er müsse sowieso noch einmal in sein Institut, meint er dann. Ob Berndorf ihn nicht begleiten wolle? »Wir können im Internet nachsehen. Es gibt ganze Netzwerke dieser Leute.«

Berndorf hat dann aber noch eine Bitte. Er holt aus seiner brüchigen Aktentasche die drei Hefte der *Festgaben für Heimat und Volkstum*, die er sich aus Seiferts Wieshülener Gemeindebibliothek entliehen hat, und zeigt sie seinem Gegenüber. Marckolsheimer blättert die Hefte durch, erst amüsiert, dann stirnrunzelnd.

»Sagen Sie mir bitte, was das ist?«

Berndorf erzählt von Johannes Grünheim, von dessen Schwiegersohn Gerolf Zundt und von der in den Buchenwäldern am Albtrauf verborgenen Akademie. »Eigentlich hoffte ich, Sie könnten mir sagen, wo diese Hefte verbreitet werden und von wem.«

Marckolsheimer blickt verwundert zu ihm hoch. »Grünheim und sein Internat für elsässische Kinder, die nazifiziert werden sollten, sind mir allerdings ein Begriff. Dass nach ihm eine Akademie benannt ist ...« Er lässt den Satz unvollendet. »Offenbar gibt es Leute mit unheilbar gutem Gewissen. Übrigens muss diese Akademie sehr diskret arbeiten, im Elsass jedenfalls hat man von ihr noch nie gehört, sie hätte sonst ganz gewiss ein sehr lautstarkes Echo gefunden ...«

»Sie haben auch keines dieser Hefte bisher zu Gesicht bekommen?«

»Bestimmt nicht. Eine solche Kuriosität wäre mir sofort aufgefallen. Diese Aufsätze sind mittelmäßige Ausgrabungen, spätes 19. Jahrhundert und längst überholt, sofern sie heimatkundliche Themen behandeln. Wenn der Offsetdruck und die Fotos nicht wären, könnte man sie für eine eilige Zusammenstellung aus dem Jahr 1940 oder 1941 halten, als man händeringend deutsche Texte brauchte ...«

Freitag, 7. Juli

Berndorf sitzt in dem Peugeot, den er sich am Morgen gemietet hat und der zwischen einem Kastenwagen und einem altersrostigen Simca am Straßenrand geparkt ist, einige 30 Meter von der Philatélie Charles Roos entfernt. Er sieht die Zeitungen durch, die er sich auf dem Weg vom Hotel zur Mietwagengarage in einem Tabakladen gekauft hat.

Noch immer ist er ein wenig aufgebracht, und zwar über sich selbst. Wenn man herausbringen will, wem ein Telefonanschluss gehört, dann ist es die einfachste Sache auf der Welt, dort anzurufen. Er hatte das nicht getan, weil er keine schlafenden Hunde hatten wecken wollen, welche auch immer, und war deshalb am Vorabend mit Marckolsheimer in dessen Institut gegangen. Nur – Berndorfs oder Habrechts Straßburger Telefonnummer war keinem der bekannten Autonomisten zuzuordnen und in keinem ihrer Netzwerke zu finden.

Nach dem Frühstück hatte er – bereits fest entschlossen, seine lächerlichen Straßburger Amateur-Recherchen noch an diesem Vormittag abzubrechen – schließlich getan, was er gleich hätte tun können. Er hatte angerufen, eine Frauenstimme meldete sich, und Berndorf brauchte eine längere Schrecksekunde, bis er begriff, dass er mit einer Briefmarkenhandlung verbunden war.

»Entschuldigung«, hatte er dann gesagt, »ja natürlich, ich wollte ja eine Briefmarkenhandlung, ich sammle Zweiten Weltkrieg und hier vor allem besetzte deutsche Gebiete, haben Sie das im Sortiment …?«

Er hatte das so unbefangen deutsch gefragt, wie dies ein deutscher Briefmarkensammler mit besetzten deutschen Gebieten als Fachgebiet wohl wirklich tun würde, jedenfalls in Strasbourg. Zwar war in seinem Kopf kurz der Verdacht hochgeschossen, dass es solche Spezialgebiete der Philatelie vielleicht gar nicht gebe und sie nur eine Ausgeburt seiner Fantasie seien ...

»Ja, haben wir«, antwortete die Frauenstimme in einem Deutsch, das für Berndorfs Ohren sehr rechtsrheinisch klang, »natürlich vor allem Elsass, aber auch Kanalinseln und Generalgouvernement ... Wenn Sie vorbeikommen wollen?«

Berndorf hatte sich den Weg beschreiben lassen, die Philatélie Charles Roos lag in einem südwestlichen Vorort, und inzwischen hätte er sie längst aufsuchen können. Dass er es nicht getan hatte, hing mit einem schwarzen Porsche zusammen, der fünf Rostlauben und ein paar Meter vor ihm geparkt war, ein Porsche mit einer Freiburger Nummer, in Strasbourg hatte das nichts zu bedeuten, auch wenn dies hier ein eher kümmerlicher Vorort war und nichts zu bieten schien, was einen Porsche fahrenden Bundesdeutschen würde anlocken können, aber auch das musste nichts heißen ...

Den schwarzen Porsche mit dem Freiburger Kennzeichen hat Berndorf schon einmal gesehen. Bedeckt ist der Himmel heute, aber wenn er sich erinnert, wird es ihm eng im Hals, die Wieshülener Beerdigungssonne brennt auf den Kopf: *Staub zu Staub, Asche zu Asche, übrigens habe ich Sie immer für eine Mesalliance Barbaras gehalten* ...

So hat er beschlossen, erst einmal zu warten und Zeitung zu lesen. In den *Nouvelles d'Alsace* dreht sich alles um den am Wochenende bevorstehenden deutsch-französischen Regierungsgipfel, im Lokalteil ist abgedruckt, wo es in der Innenstadt zu Absperrungen kommen wird und wo die Regierungschefs sich – vielleicht – der Öffentlichkeit zeigen werden. Der französische Staatspräsident hat den deutschen Bundeskanzler zu einem Abstecher auf die Vogesenhöhen eingeladen, zu einem der Schlachtfelder des Ersten Weltkriegs, auf denen sich damals französische Alpini und badische Landwehrmänner und bayerische Jäger zu Zehntausenden massakriert hatten, einer der im Stacheldraht verbluteten Alpini war der Großvater des Staatspräsidenten gewesen ...

Zu seiner Überraschung hat Berndorf in dem Tabakladen auch den *Mannheimer Morgen* bekommen, der nicht mit dem Regierungsgipfel aufmacht, sondern mit dem Antrag des Berliner Innenministers beim Bundesverfassungsgericht, die Nationale Aktion zu verbieten. Er blättert weiter, aber eine Notiz über eine nächtliche Schlägerei in Leimbach findet er nicht. Dabei waren immerhin zwei Männer krankenhausreif zugerichtet worden, mehrere der Beteiligten hatten das Weite gesucht, sonst war so etwas doch eine Notiz im Polizeibericht wert? Er überlegt schon, ob er vielleicht eine Mannheimer Stadtausgabe bekommen hat, die keine Nachrichten aus der Region bringt. Aber dann fällt ihm doch eine Geschichte aus Heidelberg ins Auge, *Auf dem Flügel der Liebe* lautet die kursiv gesetzte Überschrift, und weil sich in und vor der Philatélie Roos noch immer nichts getan hat, beginnt er zu lesen ...

... die in diesen Tagen in Heidelberg mit Abstand am häufigsten aufgerufene Internet-Seite ist die eines Musikerziehers an einem der städtischen Gymnasien. Auf der Homepage des Oberstudienrats, auf der dieser bisher vor allem Konzerte und neue Plattenaufnahmen besprochen hat, findet sich ein Link zu dem privaten Tagebuch des Erziehers. Geschildert wird darin die Beziehung zu einer seiner Schülerinnen, die der verheiratete Pädagoge beim Vornamen nennt und zu der er sich unter anderem auch auf dem Flügel in der Musikaula der Schule hingezogen gefühlt haben soll.

»Wir müssen leider bestätigen, dass unsere Schule in einen empörenden Zusammenhang mit einer solchen Homepage gebracht worden ist«, erklärte gestern die Direktorin des Gymnasiums, Hildegard Bohde-Riss. Auf Nachfrage bestätigte sie außerdem, dass eine der Lehrkräfte des Gymnasiums bis zur Klärung der Vorwürfe beurlaubt worden sei. »Der betreffende Pädagoge bestreitet aber, Autor dieses Tagebuchs zu sein. Und

nachdrücklich bestreitet er auch, je eine intime Beziehung zu einer seiner Schülerinnen gehabt zu haben.«

Die auch anatomisch detailreiche Schilderung hat inzwischen mehrere Rechtsanwälte auf den Plan gerufen. Sie vertreten Familien mit Töchtern, die alle das fragliche Gymnasium besuchen und den gleichen Vornamen tragen wie der in dem Internet-Tagebuch genannte ...

Merkwürdig, denkt Berndorf. Diese Birgit Höge ist doch mit einem Musiklehrer verheiratet ...

Die gläserne Fensterfront des Büros, das Florian Grassl an diesem Morgen aufgesucht hat, lässt den Blick über den Taunus schweifen und über die Wolken, die über den Großen Feldberg hinweg gen Osten segeln.

»Sie haben Verständnis, dass wir uns auf dieses Gespräch vorbereitet haben«, sagt der Mann hinter dem Schreibtisch. Wieder hat der Schreibtisch eine dieser gläsernen Platten, die das leere aufgeräumte Nichts spiegeln. Der Mann dahinter hat diesmal kurze blonde gekräuselte Haare, die eine ausgeprägte Stirnglatze säumen, und einen aufgezwirbelten Schnurrbart.

»Ich wäre enttäuscht«, sagt Grassl heiter, »wenn Sie das nicht getan hätten.«

Der Mann mit der Stirnglatze nickt, etwas überrascht, greift zum Hörer und sagt, der Kollege – dessen Namen Grassl nicht versteht – könne jetzt kommen. Dann lehnt er sich zurück, so dass sein aufgezwirbelter Schnäuzer sich noch selbstgefälliger ins Licht reckt.

»Unter anderem haben wir bei unseren Kollegen von der anderen Baustelle angerufen. In den zwei gläsernen Türmen, Sie verstehen. Wir wollten uns vergewissern, ob Sie vielleicht dort schon vorgesprochen haben.« Der Schnäuzer zuckt. »Sie haben.«

»Das kann Sie kaum wundern«, antwortet Grassl. Kalt bis ans Herz bleiben. Die Tür öffnet sich, schweigend betritt ein schmalbrüstiger dünnhaariger Mensch den Raum, nimmt sich einen Stuhl und setzt sich neben den Schreibtisch.

»Ich habe einen Kollegen unserer Rechtsabteilung dazugebeten«, sagt der Schnauzträger. »Der Kollege hat ein kleines Papier vorbereitet. Sie werden es unterschreiben. Es ist nur die Bestätigung, dass Sie uns gegenüber einen Doktortitel angegeben haben, der Ihnen nicht zusteht, und dass Sie ferner wegen einer bankgeschichtlichen Untersuchung vorgesprochen haben, zu der Sie in keiner Weise qualifiziert sind.«

Der Mann mit den dünnlich schwarzen Haaren verbeugt sich leicht und ergreift nun selbst das Wort. Auch seine Stimme ist dünnlich. »Sie akzeptieren weiterhin eine Vertragsstrafe von 50 000 Mark für den Fall, dass Sie noch einmal bei einem deutschen Kreditinstitut wegen angeblich von Ihnen geplanter Publikationen vorstellig werden. Als Gegenleistung verzichten wir auf eine Strafanzeige.«

Grassl blickt die beiden Männer an. Der Mensch ist ein Wurm. Wenn man ihn tritt, krümmt er sich. Wie viel Tritte hält ein Mensch aus? »Sehr aufschlussreich«, bringt er heraus und muss sich räuspern, »wirklich sehr aufschlussreich, in welcher Weise Sie auf die bescheidene Bitte um Unterstützung einer wissenschaftlichen Arbeit reagieren ... Aber wie Sie wünschen.«

Grassl nimmt seinen Kugelschreiber aus der Jackentasche. »Wo?« Eine Dokumentenmappe wird aufgeschlagen auf den Tisch mit der spiegelnden Glasscheibe gelegt, Grassl beugt sich darüber und unterzeichnet hastig. »Wünschen Sie ein Duplikat?«, fragt die dünne Stimme. Grassl schüttelt den Kopf und geht zur Tür. Bevor er sie erreicht, dreht er sich noch einmal um.

»Merken Sie sich dieses Datum«, sagt Grassl und sieht von dem Schnauzträger zu dem Dünnhaarigen. »Heute haben Sie Ihrem Haus einen großen Dienst erwiesen. Je schändlicher die Dinge sind, desto tiefer will man sie vergraben. Aber keine Grube ist so tief, dass die Vergangenheit nicht aus ihr aufstehen könnte und nach Ihnen greifen und Sie einholen wird ...«

Er greift nach der Türklinke und zerrt daran, bis ihm bewusst wird, dass er sie erst herunterdrücken muss.

Zwei Jungen, die marokkanisch aussehen, haben Berndorf in seinem Peugeot entdeckt. Bevor sie einen größeren Auflauf veranstalten können, gibt er ihnen zwanzig Franc und den Auftrag, nach deutschen Autos zu sehen, die in den Nachbarstraßen geparkt sind.

Dann öffnet sich vorne an der Briefmarkenhandlung die Tür, hoch gewachsen, mit etwas fahrigen Bewegungen kommt heraus der Freiburger Universitätsprofessor Ernst Moritz Schatte, der sich kurz umsieht und dann zur Ladentür hin nickt. Es folgen ihm zwei Männer, von denen einer aussieht, als wolle er im Frühtau zu Berge, er ist groß und stämmig und steckt in Kniebundhosen, zu denen er ein rot kariertes Hemd trägt. Warum kein Tirolerhut?

Dann sieht Berndorf den dritten Mann und atmet tief durch. Diesmal kein Leistungswanderer des Schwäbischen Albvereins. Klein und fast zierlich neben den beiden Deutschen geht ein Mann mit olivfarbenem Teint und einem kümmerlichen, aber rund geschnittenen Kinnbart, der Mann sieht aus wie eine halbe Portion, möchte man meinen, nur Berndorf meint das nicht.

Marckolsheimer fällt ihm ein und die Geschichte über die Autonomisten mit der Maghreb-Connection. Und der Prozess gegen den muslimischen Sektenprediger, dessen abtrünniger Jünger im Hochofen endete.

Der Mann aus dem Maghreb bleibt bei einem Renault-Lieferwagen stehen und wartet, während die beiden Deutschen zu dem Porsche gehen. Der Bursche mit den Kniebundhosen nimmt einen voll gepackten Rucksack aus dem Kofferraum, er und Schatte nicken sich kurz zu, dann steigt Schatte in seinen Porsche und der Leistungswanderer trägt seinen Rucksack zu dem Kombi und verstaut ihn im Laderaum.

Gleich darauf schiebt sich der Porsche aus der Parklücke und zieht leise aufbrummend davon. An der Kreuzung vorne biegt der Fahrer nach rechts ab, in Richtung Stadtmitte. Der Renault bläst eine blaue Qualmwolke aus dem Auspuff und folgt, aber vorne an der Kreuzung wird der linke Blinker gesetzt, er funktioniert sogar, obwohl das Glas über der Birne halb eingeschlagen ist, es geht stadtauswärts, in Richtung der Nationalstraße 83, falls Berndorf den Stadtplan richtig gelesen hat.

Schon vorher hat er ohne langes Überlegen entschieden, dass er nicht dem Porsche nachfahren wird.

Grassl geht durch die Bockenheimer Anlage, an einem kümmerlichen Teich vorbei, auf dem ein verirrter Schwan kümmerliche Kreise zieht. Wie viel Tritte verträgt der Mensch? Mehr als er meint.

Was soll's? Ein Wisch. Ein hingekrakelter Schriftzug auf einem Wisch. Ein Tamariskenstrauch, der fürs Erste abgebrannt ist. Was heißt: fürs Erste? Abgebrannt ist abgebrannt.

Was tun? Anders gefragt: Was hättest du tun müssen? Aus ahnungsvollen Tiefen kommt glockenschwer die Antwort.

Du hättest ihnen die fertige Arbeit auf den Tisch legen müssen. Und ihnen überlassen, was sie dazu sagen. Und das, mein Lieber, kannst du immer noch. Du fährst ins Elsass. Zeitreise auf den Spuren deutscher Eroberer ...

Er geht eine Treppe hoch und kommt auf einen Weg, der zur U-Bahn-Haltestelle Eschenheimer Tor führt. Es ist später Vormittag, am besten, er wird in sein Hotel im Nordend gehen und mit dem Rest des Geldes aus dem Doppelturm erst einmal einen strategischen Rückzug antreten.

Er bleibt stehen. Warum nicht Straßburg? Wo es eine Universität gibt, wird es auch Archive geben. Er lächelt still. Die zwei Männer, die hinter ihm die Treppe hochgekommen sind, gehen an ihm vorbei.

Dann bleiben sie stehen. Einer der Männer trägt den rechten Arm in einer Stützschiene.

Und dann sieht Grassl auch schon das feuerrote Mal, das sich über die Wange des Mannes zieht. Grassl wendet sich zur Seite. Aber da packt ihn schon Shortie am Handgelenk, es ist ein schraubstockharter Griff, der ihm den Arm auf den Rücken reißt.

»Ganz ruhig«, sagt der Bursche mit dem Feuermal, »diesmal hilft dir kein Schaffner ...«

Ein Wagen, der halb im Halteverbot und halb auf dem Gehsteig geparkt ist, wird gestartet. Sie gehen auf den Wagen zu, Shortie öffnet die Tür zu den Rücksitzen und stößt Grassl hinein. Dann setzt er sich neben ihn. Der Bursche mit dem Feuermal und der Stützschiene hievt sich etwas mühsam auf den Beifahrersitz. Kaum werden die Türen geschlossen, fährt der Wagen auch schon an. Es ist ein dunkelblauer BMW, Grassl hat auf das Kennzeichen nicht weiter geachtet, dass es ein Stuttgarter Kennzeichen ist, weiß er auch so.

»Wo ist dein Hotel?«

Berndorf hat seinen Peugeot in einer Tiefgarage abgestellt und findet sich nun am Tageslicht zu Füßen des Generals Jean Rapp wieder, einst Gouverneur in Danzig und bekannt als Autor von Erinnerungen, die er nicht geschrieben hat. Rapp ist aus Stein und fast ein deutsch-französischer Held, denn er hat zu Ende der napoleonischen Zeit Danzig gegen die Russen verteidigt, das heißt – so überlegt Berndorf –, getan haben das seine Soldaten. Mit den Heldentaten des Generals verhält es sich ebenso wie mit seinen angeblichen Memoiren: sie werden ihm nur zugeschrieben. Nichts ist, was es scheint.

Berndorf ist in Colmar, nach einer Fahrt, die ihn von den schmutzig grauen Vororten Straßburgs durch die Äcker und Felder des Elsass geführt hat, vorbei am Blaugrün der aus dem Tal ansteigenden Weinberge. Nur hat Berndorf keinen Blick dafür gehabt, weil er sich in nicht allzu naher Sichtweite des Renault-Lieferwagens halten musste, zuweilen aufschließend, dann wieder in einigem Abstand.

Bis Colmar konnte er dem Renault folgen. Aber dann, kurz nachdem sie von der Nationale 83 ins Stadtgebiet kamen, hat er ihn doch aus den Augen verloren.

Er fragt sich zu einer Librairie durch und findet dort nicht nur eine Straßenkarte, sondern auch eine Wanderkarte im Maßstab 1:25 000. Noch einmal vergewissert er sich in den

Nouvelles d'Alsace, was im Programm des Regierungsgipfels vorgesehen ist und was er am Morgen nur überflogen hat: dass nämlich der Staatspräsident den deutschen Regierungschef – *accompagné par M. Ruff* – persönlich über das Schlachtfeld auf dem Lingekopf führen wolle ...

Accompagné par M. Ruff. Ein läppischer Nebensatz. Hat nichts weiter zu bedeuten. Natürlich haben die Chefs ihre Entourage dabei. Warum hat er das beim ersten Mal überlesen? Er schüttelt sich. Was er denkt, kann nicht sein.

Er steckt die Zeitung in die Tasche seines Leinenjacketts und faltet die Straßenkarte auf. Nach einigem Suchen findet er den Namen schließlich wieder, das Linge-Memorial liegt zwischen den Tälern der Weiß und der Fecht, oberhalb von Munster, und das wiederum ist knapp 20 Kilometer westlich von Colmar ... Eine Buchhändlerin wird auf ihn aufmerksam, wie er mit aufgefalteter Karte noch immer im Verkaufsraum herumsteht, er fragt, ob es Literatur über die Gefechte am Linge gibt, und sie sucht ihm eine kleine offiziöse Broschüre heraus, verfasst von einem A. Durlewanger.

Wenig später sitzt Berndorf wieder in dem Peugeot, auf der Fahrt in die Vogesen, deren Kuppen unter dem raschen Zug der Wolken zartblau über dem Tal aufragen.

»Ganz schrecklich, diese Sache mit meinem Freund«, sagt Kai Habrecht zu der Frau an der schäbigen engen Rezeption, »plötzlich fällt er um und windet sich auf dem Boden und hat Krämpfe und läuft ganz blau an ... Wir haben ihn dann ins Klinikum nach Sachsenhausen gebracht, mit so einer Subtraktion des Abdomen ist nicht zu spaßen, glauben Sie mir.«

Die Frau glaubt es ihm, denn Habrecht bezahlt anstandslos die Rechnung für den Herrn Dr. Grassl, und so gibt sie ihm auch bereitwillig den Schlüssel, damit er und sein anderer Freund das Gepäck ins Klinikum bringen können.

Die beiden Männer gehen nach oben, weil sie zu zweit und wegen der Stützschiene Habrechts nicht in den altersschwachen Aufzug passen. Grassls Zimmer ist noch ein wenig kleiner und muffiger, als sie es sich nach dem Zustand der Rezeption vorgestellt haben. Im Schrank hängt eine etwas fadenscheinige Kombination, außerdem finden sie Wäsche, die nicht mehr sehr sauber aussieht.

»Auch die verschissenen Unterhosen?«, fragt Habrechts Begleiter, der in seiner Szene »Dülle« genannt wird.

»Pack's rein«, antwortet Habrecht, der gerade dabei ist, den Stapel altersmuffiger und stockfleckiger Scharteken durchzusehen, der sich auf dem Tisch in Grassls Zimmer findet. »Pack alles ein. Der Prof will es so.«

Berndorf hat die Straße Richtung Orbey genommen, an Turcheim vorbei, eine Bratwurst oder zwei wären auch nicht schlecht, aber dazu ist jetzt nicht die Zeit. Er biegt zum Col de Wettstein ab, die Straße gewinnt an Höhe, er fährt durch Mischwälder und an Viehweiden vorbei, weiter oben lädt eine allein stehende Ferme zum *menu touristique*. An einer Wegbiegung steht ein Gedenkstein mit goldgeprägten Lorbeerkränzen und Rangbezeichnungen. Dem Gedenkstein gegenüber ist ein kleiner Parkplatz, auf dem Berndorf noch eine freie Bucht für den Peugeot findet.

Er steigt aus und geht an einem hässlichen niedrigen Steinbau vorbei und gelangt so zu einem Fußweg, der zu einem Hügel führt. Der Hügel gehört zu einer Bergkette, die sich in südöstlicher Richtung hinzieht. Der Hügel selbst ist nicht bewaldet und groß genug, dass hier – hätte man es mit einem Freizeitgelände zu tun – ein gutes Dutzend Familien picknicken könnten, ohne sich auf die Füße zu treten.

Der Fußweg führt an Gesträuch und Stacheldraht und Mauerwerk vorbei, das tief in den roten Stein des Hügels eingelassen ist. Gräben und Laufgänge winden sich über den Hügel, dazwischen scheinen Einlässe in dunkle Unterstände und Bunker hinabzuführen. Sie sind für den Besucher gesperrt. Abgesperrt ist auch der oberste Bereich der Kuppe. Berndorf versteht nicht, was er da sieht. Die Kuppe erinnert ihn an einen Ameisenhügel, dessen oberste Schicht abgedeckt worden ist, sodass die unterirdischen Wege und Kammern freigelegt sind. An einer Stelle, an der der Fußweg das erlaubt, tritt er zurück und lässt eine französische Familie an sich vorbei. Er holt Durlewangers Monografie heraus und liest nach, warum der Hügelkette des Linge im Jahre 1915 *die gefährliche Ehre zugefallen ist, eine geschichtliche Rolle zu spielen*, wie das der Historiograf so anmutig formuliert.

Es ist eine Geschichte, die mit den hell schmetternden Clairons der französischen Kürassiere beginnt, die im August 1914 im Elsass einziehen. Sie setzt sich fort mit dem deutschen Gegenangriff, dem Klatschen der Gewehrkugeln, die in die Baumstämme der Vogesenwälder einschlagen, mit den Verwundeten, die mit letzter Kraft zu einem der quellklaren plätschernden Vogesenbäche kriechen, es ist eine Geschichte der Männer, die zwischen den Sterbenden und Toten knien und hastig einen Schluck Wasser schöpfen, um dann blind weiter durch Laub und Tann zu stolpern, mit aufgepflanztem Bajonett gegen die Maschinengewehrnester, die sich im satten Grün der Wälder und der Hügel voller Heidelbeeren eingenistet haben.

Einer dieser Hügel ist der Linge. Zu Beginn des Jahres 1915 ist er im Besitz der Deutschen, die damit das Tal der Fecht kontrollieren und zugleich die nördliche Flanke der französischen Stellungen am Hartmannsweilerkopf bedrohen. Vor allem aber schirmt der Höhenzug die Stadt Colmar gegen einen weiteren Vormarsch ab, und so schickt der örtliche französische Befehlshaber, ein General Dubail, seine Alpenjäger gegen diese winzige, alsbald auf Schritt und Tritt von Festungsgräben und Bunkern durchzogene Hügelkuppe und lässt angreifen, eins um das andere Mal, allein am 24. Februar 1915 haben die Alpini fast 1600 Tote. Am 20. Juli werden fünf Alpini-Bataillone der 129. Division ins Feuer gejagt und verlieren bereits bei der ersten Angriffswelle ein Drittel der Mannschaft, am 22. Juli folgt der nächste Angriff, wieder bricht er im Maschinengewehrfeuer zusammen, am 26. Juli wird ein Teil des Bunkersystems gestürmt, das genügt nicht, die 129.

Division muss weiter angreifen, am 29. Juli, am 1. August, bayerische und mecklenburgische Jäger halten trotzdem den Gipfelbunker, am 3. August holen sich die Deutschen den Lingekopf zurück, es ist Hochsommer, *2000 Leichen, welche man erfolglos mit Phenol übergoss, verwesen unter Mückenschwärmen* ...

Die 129. Division ist am Ende, ausgeblutet, die jungen Soldaten verzweifelt, am 20. August sollen sie abgelöst werden, aber General Dubail besteht darauf, dass die Division *einer letzten Anstrengung unterzogen werde*, die 20-jährigen Soldaten stürmen am 18. August einen Teil des deutschen Grabensystems, das ist nicht genug, *in seinem Hauptquartier wird General Joffre ärgerlich beim Empfang der Berichte über diese harmlosen Erfolge*, den Zwanzigjährigen der 129. Division wird eine weitere letzte Anstrengung auferlegt, aber der Aufmarsch bricht im deutschen Geschützfeuer zusammen, am 31. August rollt ein deutscher Gegenangriff an, Giftgas bereitet ihn vor, *nach 13 Uhr werden die Explosionen dumpfer, es verbreitet sich ein Geruch von Knoblauch und Äther, der bald zu einer zerfetzten, am Boden hinkriechenden Wolke wird* ...

Eine französische Stimme spricht Berndorf an. Er blickt hoch. Vor ihm steht ein Soldat in blauer Uniform und mit weißen Handschuhen. Leider müsse er Monsieur bitten, sagt der Alpenjäger, das Linge-Memorial zu verlassen, ein offizieller Besuch werde erwartet, was besondere Sicherheitsvorkehrungen notwendig mache.

Berndorf nickt und wendet sich zum Gehen. Sein Blick fällt auf den inneren, abgesperrten Bereich der Hügelkuppe. Mücken tanzen im Sonnenlicht. Die Kuppe ist abgesperrt, weil dort noch immer Hunderte von Toten verschüttet sind.

Der Pfad steigt steil Richtung Südwest an, Laubgebüsch schlägt mit seinen Zweigen Berndorf ins Gesicht, hoch über ihm strecken Fichten ihre zerzausten Kronen dem Westwind entgegen. Er folgt der Wanderkarte, die genau genug ist, um Höhenlinien aufzuzeigen und auch die Pfade, die von den ausgeschilderten Wanderwegen abzweigen. Einem solchen folgt er jetzt, wenn es denn der ist, den er auf der Karte zu erkennen geglaubt hat.

Welches Ziel verfolgt er? Er weiß es selbst nicht. Nicht genau. Vom Linge-Memorial hatte er zunächst den Weg zurück Richtung Colmar genommen, war dann aber abgebogen und zu dem Wallfahrtsort Trois Épis hochgefahren. Dort hatte er zu Mittag gegessen und entschieden, dass er einen letzten Versuch unternehmen wird. Denn Trois Épis liegt nur wenige Kilometer östlich des Linge, auf dem gleichen Höhenzug wie dieser, und aus Durlewangers Monografie weiß Berndorf, dass die deutsche Artillerie ihre Batterien von Trois Épis aus in Stellung gebracht hatte. Irgendwo auf den Anhöhen über ihm müssen deshalb die Feuerleitstellen gewesen sein, dort, wo sich das Licht des Nachmittags über Krüppelgehölz und dem Gelächter der Tannenhäher ausbreitet.

Er geht langsam, weil sein linkes Bein zu schmerzen beginnt, und er geht vorsichtig. Keinen Ast, keinen Zweig will er abbrechen. Er hört auf die Geräusche des Waldes, aber nichts ist zu hören als sein eigener Atem ...

Zu seiner Linken ahnt er das Tal und darüber das Massiv, zu dem der Grand Ballon gehört. Also ist er auf der Kammlinie, und das bedeutet, dass er jeden Augenblick auf einen alten Beobachtungsposten der deutschen Artillerie stoßen kann, geschützt hinter dem rötlichen Fels, der sich zwischen dem Laubwald hervordrängt, oder einbetoniert in den Boden.

Misstönend schlägt ein Häher Alarm und stört die mittägliche Ruhe. Berndorf verharrt. Falke oder Habicht? Im wolkenbewegten Himmel ist nichts zu sehen. Ein Störenfried auf dem Boden also, denkt Berndorf, bist du es selbst? Aber der Häher lärmt weiter vorne ...

Berndorf beschließt, nicht auf der Kammlinie zu bleiben, die Bäume stehen hier zu licht. Behutsam, Schritt für Schritt, schiebt er sich auf den südlichen Abhang zu. Der Abhang ist so steil, dass er dort kaum gehen kann. Aber in den Abhang hat sich Laubgebüsch gekrallt, das Deckung gibt.

Kies spritzt auf, als der BMW auf dem Vorplatz der Johannes-Grünheim-Akademie zum Stehen gebracht wird. Grassl wird herausgestoßen, er reibt sich den Arm, aber dann packt Shortie auch schon wieder zu und hält ihn fest.

»Du wirst dich hier ganz manierlich aufführen«, sagt der Bursche mit dem Feuermal, von dem Grassl inzwischen weiß, dass er Kai heißt. »Falls wir die Frau Zundt zu Gesicht bekommen, entschuldigst du dich für dein langes Fernbleiben und sagst, nun seist du ja wieder da... Ach ja, kondolieren wirst du ihr auch noch. Der Alte ist hinüber, falls du das noch nicht weißt.«

Grassl, dessen rechter Arm weiter in Shorties Griff ist, nickt. Kalt bleiben. Und höflich. Kein unnützer Widerspruch.

Zu dritt gehen sie zum Eingang, voran Kai mit der Stützschiene, dahinter Shortie und Grassl. Der Fahrer, von dem Grassl inzwischen weiß, dass man ihn »Dülle« nennt, bleibt noch bei dem BMW.

In der Tür erscheint, majestätisch in einen schwarzen Umhang gehüllt, die Hohe Frawe und jetzige Witwe Margarethe Zundt und sagt nichts.

Grassl spricht sein tief empfundenes Beileid aus. »Ich hatte noch einen Auftrag Ihres Gatten, dabei bin ich aufgehalten worden... als ich die schreckliche Nachricht...«

»Ich habe es als sehr enttäuschend empfunden, dass Sie nicht zu seiner Beerdigung gekommen sind«, stellt die Hohe Frawe fest. »Mein Gatte hätte es wohl erwarten dürfen, nach allem, was er für Sie getan hat. Und was wollen Sie jetzt hier? Wir haben Ihr Zimmer geräumt...«

»Der Herr Professor hat mit ihm noch einiges zu klären, gnädige Frau«, schaltet sich Kai ein. »Es geht darum, ob alle Hinterlassenschaften Ihres Gatten noch vorhanden sind.«

»Dann klären Sie das«, sagt die Hohe Witwe und wendet sich wehenden Umhangs ins Haus. Kai bleibt einen Augenblick stehen. Dann folgt er ihr, und auch Grassl und Shortie treten in die Eingangshalle, in der der Blick jetzt auf ein großes, schwarz gerahmtes Foto des verblichenen Gerolf Zundt fällt, das ihn mit staatstragendem Faltenwurf des Gesichtes zeigt, zwei Finger denkerisch an die Wange gelegt.

Sie gehen die Treppe in den ersten Stock hoch und weiter in die Bibliothek. Hinter ihnen folgt Dülle, er ist schmaler als Shortie und trägt die Haare länger. Dülle redet wenig. Er lächelt nur, manchmal.

Noch immer hält ihn Shortie am Arm. Kai greift sich einen der Lehnstühle, die vor den Bücherwänden bereitgestellt sind, und zieht ihn in die Mitte des Bibliotheksraumes. Es ist ein schwerer, unbequemer Lehnstuhl aus massivem Eichenholz, mit gerader Lehne und geraden harten Armstützen.

»Willst dich nicht setzen?«, fragt Kai.

Shortie stößt Grassl in den Lehnstuhl. Erst jetzt sieht Grassl, dass Dülle eine Leine in der Hand hält. Er kommt auf ihn zu und lächelt sein freundliches offenes Lächeln. Es ist keine Leine, die er in der Hand hat, denkt Grassl, es ist das Abschleppseil. Deswegen ist er zurückgeblieben. Er musste es erst aus dem Kofferraum holen.

Der Häher hat sich für eine Weile beruhigt. Stetig und in unaufhaltsamer Fahrt nach Osten ziehen dunkle Wolken über den Himmel. Unter Berndorf schimmert das Tal der Fecht. Im Westen kann er grüne Hänge und bewaldete Hügelkuppen erkennen, wer dorthin Sicht haben will, hat sie hier. Über ihm hängt graues, moosbewachsenes Gestein, mit schießschartigem Mauerwerk verbunden, über das sich Efeu zieht. Halblaut bröckeln Bruchstücke eines Gesprächs nach unten. Er versucht, sich ein Stück nach oben zu schieben, näher an das Mauerwerk heran. Ehe er es abwehren kann, fährt ihm eine Brombeerranke ins Gesicht.

Eine der Stimmen klingt rau, fast guttural. Plötzlich setzen sich Silben zusammen.

»C'est du cochon. Ça je ne mange pas.«

Eine zweite Stimme antwortet. »Was is'n jetzt schon wieder? Is gut, glaub mir. Feines Happi-Happi.«

»Moi suis un musulman.«

Zwei Männer biwakieren in dem alten Beobachtungsposten, denkt Berndorf, zwei Männer auf der Wanderschaft, was ist dabei? Irgendwo unten auf der anderen Seite des Kamms wird der Renault-Transporter stehen, vermutlich am Ende eines Holzwegs unter den Bäumen versteckt, nicht zu weit von dem Beobachtungsstand entfernt, so viel Zeit bleibt den zwei Männern morgen dann nicht mehr ... jedenfalls dann nicht, wenn sie ihren Job getan haben.

Welchen Job?

Zischend wird oben eine Dose geöffnet, Bier oder Cola. Der Häher erschrickt und kreischt einen neuerlichen Wutausbruch durch den Nachmittag. Berndorf nutzt den Lärm und hangelt sich an jungem Laubgehölz nach unten. Die Schramme in seinem Gesicht brennt.

»Helvetischer Trust«, sagt Grassl, den Kopf gesenkt, um die Augen vor dem grellen Licht der Lampe zu schützen, die auf ihn gerichtet ist, »ich sagte es Ihnen doch, Zweigstelle Romanshorn, das Kennwort ist Reunion.«

»Du lügst schon wieder«, sagt Kai, der irgendwo hinter der Lampe steht. »Wir haben genug davon. Genug von deinen lausigen Tricks. Du hast das Material nicht in den Safe gebracht. Das wissen wir doch. Wir waren dabei, weißt du das nicht mehr?«

Ja, denkt Grassl, er hält die Augen geschlossen und sieht vor sich das weiße Deck der Fähre, auf dem er nach Friedrichshafen zurückgeschickt wird, der See ist blau, zart sieht man im Süden die Berge, und irgendwo tölpeln Kai und Shortie und sind die Hereingelegten ... Ein paar Tage ist das erst her.

»Wo also hast du das Material? Muss Dülle noch einmal telefonieren?«

Aus dem Hintergrund kommt Dülle und lächelt wieder und hat wieder das Telefonbuch in der Hand.

»Sie haben doch alles«, bringt Grassl heraus und windet sich in dem Abschleppseil, mit dem man ihn in dem Lehnstuhl festgebunden hat, »Sie haben es doch bei meinem Gepäck im Hotel gefunden...«

»Verscheißer uns nicht. Wir sind nicht deine Unterhosen. Das Zeug in deinem Gepäck ist Altpapier. Kein Mensch kann damit etwas anfangen...«

Wie oft darf man einen Menschen treten? Alles hat seine Grenze, denkt Grassl. Sie werden mich wieder schlagen. Sollen sie. Diesmal werde ich das Bewusstsein verlieren. Ich werde den Atem anhalten, wenn der Schlag kommt, und dann werde ich bewusstlos sein. Gar nichts mehr nützt es ihnen dann...

»Du kannst vielleicht nichts damit anfangen«, sagt er entschlossen. »Du nicht und dein infantiler Schläger auch nicht. Überlegt euch mal, warum ihr das nicht könnt... Habt ihr denn keinen, der ein bisschen schlauer ist?«

»Oh«, sagt Kai, »der kleine Scheißer wird frech.«

Dülle tritt an Grassl heran und lächelt dieses sonnige Kinderlächeln und legt ihm das Telefonbuch an den Kopf, diesmal an die linke Seite, und holt mit der Faust aus und schlägt sie krachend auf das Telefonbuch, und vor Grassls Augen splittert ein Funkenregen auf, der seinen Kopf ausfüllt und sein Gehirn zerreißt... Dann kippt er nach vorne, in das Abschleppseil, das ihm um Brust und Oberarme gespannt ist.

Der grüne Glasschirm der Lampe wirft einen hellen Lichtkreis auf die fleckige Schreibtischmappe. Durch das hohe Fenster an der Seite dringt ein letztes Glimmen der Dämmerung herein. Von dem Mann hinter dem Schreibtisch sind nicht viel mehr als die Umrisse zu erkennen. Es ist schon eine ganze Weile, dass er nichts gesagt hat.

»Ich fasse noch einmal zusammen«, unterbricht Commissaire Mueller sein Schweigen. Plötzlich spricht er Deutsch. »Sie sind deutscher Polizist, das heißt, Sie waren es. Seit wenigen Tagen erst sind Sie pensioniert, die Tinte auf Ihrer Entlassungsurkunde ist noch nicht trocken, und schon tauchen Sie hier auf, geben uns Hinweise auf ein Attentat, das möglicherweise geplant ist – welche Motive haben Sie, wer ist Ihr Auftraggeber, warum haben Sie nicht die deutsche Polizei kontaktiert, warum erst jetzt uns?«

Der Mann vor dem Schreibtisch massiert den Oberschenkel seines linken Beines. »Keine Auftraggeber. Privates Motiv. Deutsche Sicherheitsbehörden nicht zuständig. Die französischen Sicherheitsbehörden sind gestern kontaktiert worden, sofern Inspecteur Groignac und seine Nasenlöcher dazu gehören. Monsieur Groignacs Nasenlöcher halten mich für einen Fanfaron, und die Philatélie Charles Roos für harmlos. Vielleicht haben die Nasenlöcher Recht, vielleicht sind auch die beiden Männer da oben in dem alten Beobachtungsstand harmlos... Ich weiß es wirklich nicht. Mein linkes Bein schmerzt, ich sollte mir ein Hotel suchen, also habe ich auch nichts dagegen, wenn Sie mich wegschicken. Nur sollten Sie sich morgen dann über nichts wundern...«

Müde, zerschlagen, mit aufgerissener Wange hatte Berndorf vor Stunden zu dem Wanderparkplatz zurückgefunden. Wenig später war er auf der Rückfahrt nach Trois Épis von einer Polizeikontrolle angehalten worden, offenbar waren inzwischen auch die Zufahrten zu dem Waldgebiet um den Lingekopf abgesperrt, spät kömmt ihr, spät! Er hatte nach dem Einsatzleiter verlangt, war an einen gelbsüchtigen Pariser geraten und schließlich in einem Polizeiwagen zur Präfektur nach Colmar gebracht worden. Berndorfs geliehener Peugeot würde schon nicht gestohlen werden, hatte ihm der Pariser hinterhergerufen.

Mueller hebt die Hand. »Gedulden Sie sich.« Er nimmt den Telefonhörer und führt eine Reihe von Gesprächen. Mueller ist ein knapp mittelgroßer Mann mit müden braunen Augen und hat die in Berndorfs Ohren so angenehme Stimme eines nachdenklichen kultivierten Franzosen. Aber irgendwann hebt sich die Stimme und geht in ein Accelerando über, dem Berndorf nicht mehr folgen kann. Schließlich lässt Mueller den Hörer sinken. »Ich habe gerade mit Ihrem Freund in Strasbourg gesprochen«, sagt er erklärend. »Das Gespräch hat ihm wenig Freude bereitet.« Dann wählt er schon die nächste Nummer.

Nacht senkt sich übers Land, und noch immer treiben die Wolkenfelder in zügiger Fahrt nach Osten, hinweg über die Vogesenkämme und die Höhen des Schwarzwalds, über Island braut sich ein neues Tief zusammen, die Nachrichtensender auf den britischen Inseln und in der Normandie geben Sturmwarnung aus, die Wolkenfelder fegen über die dunkle Barriere der Alb, ab und zu reißt die rasche Folge auf und lässt den Widerschein eines erschreckten halben Mondes auf Fluren und Wälder fallen.

Auf einer schmalen Koje liegt Florian Grassl und versucht, seine Wahrnehmung von dem dumpfen Schmerz zu lösen, der ihm durchs Gehirn dröhnt und in den Halswirbeln sticht. Sein Mund ist klebrig, dunkel erinnert er sich an den Abend, irgendjemand hat ihm ein Glas Wasser mit einer Medizin eingeflößt, aber das war nicht alles, er weiß nicht mehr, was vorher war, er versucht die Augen zu öffnen, er sieht vor sich das enge Lattengitter eines Verschlags, und hoch über sich ein kleines schmales Fenster, niemals käme er da hindurch, vielleicht kann er eine von den Latten des Verschlags aufwuchten, aber dann fällt ihm ein, dass sie seinen rechten Arm mit einer Handschelle an den Pfosten der Koje gefesselt haben, wieder reißt der Himmel draußen auf, aber das Mondlicht tut seinem Kopf weh, und er schließt die Augen.

Weiße Beine gespreizt. Alabasterweiß im Weichzeichner. Zweimal zwei braune Beine irgendwie dazwischen. Irgendwie keine Schwänze. Alles reingesteckt und aufgeräumt. Titten hüpfen wie Wackelpudding. Mündchen gespitzt. Stöhnen vom Band. Wer gähnt?

In der Zweizimmerwohnung, die er seit seiner Scheidung bewohnt, wuchtet sich der Kriminalhauptkommissar Sielaff aus dem Fernsehsessel und schaltet die Glotze aus. Ein Elend, das. Als erwachsener Mann. Was tun?

Im Pfaffengrund. Schickes kleines Etablissement. Frische polnische Ware. Hochwangig. Grüne glitzernde Augen. Zu spät. Eins von den Bieren war wohl nicht. Schwamm drüber. Morgen ist auch.

Das Telefon klingelt.

Verpisst euch. Keine Bereitschaft. 235 Überstunden.

»Berndorf hier.«

»Verpiss dich. Weißt du, wie spät ...«

»Ihr hattet eine Schlägerei in Leimbach. Mit Skinheads. Zwei Verletzte. Micha Steffens, Kai Habrecht. Bist du informiert?«

»Jein. Was geht dich das überhaupt an?«

»Was ist Steffens passiert?«

»Rübe gedellt. Geht mich nichts an. Nichts Ernstes also. Was geht ...«

»Habt ihr diesen Habrecht vernommen?«

»Höre. Du bist aus dem Spiel. Wie oft ...«

»Habt ihr ihn nun vernommen oder nicht?«

»Jein. Der Knabe ist ... Stopp. Ich weiß nicht, in was für einer Geschichte du drinsteckst. Ich will es auch gar nicht wissen. Ich kann dir nur sagen, was sie uns auch gesagt haben. Von diesem Vöglein fein soll der Greifer die Greifer lassen. Ende der Botschaft.«

»Ein Täuberich, wie?«

»Denk dir doch, was du willst ...«

Hörer drauf. Aber mit Schmackes. Ab ins Bett. Leckt mich. Alle.

Auch Berndorf legt den Hörer auf und lehnt sich auf seinem Holzstuhl zurück. Der Schmerz in seinem Bein ist stärker geworden.

»Hat Ihnen Ihr Freund behilflich sein können?«, fragt Commissaire Jean-Christoph Mueller von der anderen Seite des Schreibtischs.

Berndorf zögert. Wie sag ich's meinem Kinde? Schluss. Keine Umwege mehr. »Es sind drei Probleme. Erstens. Sie haben noch jemanden, der hier mitspielt. Zweitens. Wenn ich mich nicht sehr irre, handelt es sich dabei um den baden-württembergischen Verfassungsschutz. Drittens brauche ich ein paar Stunden Schlaf. Ich brauche sie jetzt ...«

»Ich kann Ihnen ein Notbett bringen lassen«, sagt Mueller und greift zum Hörer. »Unsere Zellen riechen nicht so gut ... Wie sicher ist Ihre Information über diesen« – er zögert – »diesen anderen Mitspieler?«

»Was ist schon sicher in diesen Zeiten?«

Samstag, 8. Juli

Rosenfingrig breitet sich im Osten, über den Bergrücken des Schwarzwalds, die Morgendämmerung aus, noch sind die Farben des Tages und des Waldes grau, abgesehen von den geschwärzten Gesichtern der Bereitschaftspolizisten, die sich lautlos zwischen den Bäumen verlieren, die Maschinenpistolen umgehängt, einige schleppen tragbare Scheinwerfer den Berg hoch, die anderen schwärmen links und rechts des kleinen, kaum wieder zu erkennenden Pfads aus, den Berndorf sie hinaufführt ...

Zwei oder drei Stunden hat er tief und traumlos auf einem Notbett im Büro mit dem hohen Fenster geschlafen, kein Schatten, keine Erinnerung hat ihn aufgestört, danach hat er in den Mannschaftsräumen im Keller der Präfektur geduscht und sich sogar rasieren können, irgendwann in der Nacht hatte ihm jemand seine Reisetasche ins Zimmer gestellt, also war der Peugeot wohl auch eingetroffen.

Noch immer schmerzt das Bein, aber Jean-Christoph Mueller hat aus den Beständen der Präfektur eine Krücke mit Armschiene aufgetrieben, und so humpelt Berndorf hangaufwärts, im Frühtau zu Berge, ja pfui Teufel!

Es ist der gleiche Weg, aber sie kommen kaum schneller voran als Berndorf gestern, und da war er behutsam genug gegangen. Zu viel der Vorsicht? Plötzlich fallen ihn hinterrücks Zweifel an, und während die Kette der schwarz uniformierten Männer durch den Wald nach oben vorrückt, malt sich Berndorf selbstquälerisch aus, wie das sein wird, wenn sie da oben zwei friedlich campierende Wanderer aus dem schnarchtiefen Schlaf aufstören, wie eine markerschütternde, eine die Berge zerreißende Lächerlichkeit über ihm zusammenschlagen wird ...

Sie erreichen die Kammlinie, Berndorf hebt die freie, die nicht mit der Krücke beschäftigte Hand. Mueller gibt halblaut Anweisungen durch sein Sprechfunkgerät, aus der Ferne nähert sich das Brettern eines Hubschraubers. Von Baum zu Baum rücken die Schwarzuniformierten vor in Richtung auf Fels und Gemäuer, die grau durch Laub und Dämmerung schimmern. Hasserfüllt kreischt der Häher auf.

Für einen kurzen erschrockenen Augenblick herrscht Stille. Dann bellen Lautsprecher durch den Wald: Die Polizei ist hier, kommen Sie heraus, kommen Sie mit erhobenen Händen ... Berndorf kennt diese Szenen, er verabscheut sie, der Anblick des Tieres in der Falle ist um nichts weniger schrecklich, wenn das Tier ein Mensch ist.

Die Lautsprecher schweigen. Zwischen dem grauen Gemäuer rührt sich nichts. Links von Berndorf löst sich ein Schwarzuniformierter von dem Baum, hinter dem er in Deckung stand.

Hart und trocken schlägt der Feuerstoß einer Maschinenwaffe durch die Stille. Links und rechts von Berndorf klatschen Kugeln in Baumstämme und splittert Holz. Ratternd antworten Maschinenpistolen. Über ihnen kreist der Hubschrauber und tastet mit Suchscheinwerfern den Steinhügel ab, der vor ihnen liegt. Männer treten einen knappen Schritt aus ihrer Deckung und feuern Tränengasgranaten ab und springen wieder zurück, denn immer neue Salven fegen über den Hügelkamm. Nebelschwaden wabern um das Gemäuer, hüllen es ein und ziehen durchs Gehölz, wer immer dort drinnen ist, wird jetzt herauskommen müssen, denkt Berndorf, aber erst dringt ein schmetternder, ein die Luft und den Hügel erschütternder Schlag zu ihnen her, der schmetternde Schlag kommt vom Westen, von dort, wo der Lingekopf ist und der Friedhof der Toten ohne Begräbnis ...

Tamar und Hannah frühstücken im Bett, auch wenn es schon zehn Uhr ist, aber für ein Frühstück im Garten ist es zu windig und zu kühl. Tamar hat den Turban abgenommen, ein größeres Pflaster deckt die zusammengenähte Platzwunde ab. Im Radio kommt eines der Klavierkonzerte von Mozart, das Tamar liebt, sie sitzt mit gekreuzten Beinen auf dem Bett und löffelt ein halbweiches Ei, während sie gleichzeitig die Nackenlinie von Hannah betrachtet, die sich halb zur Seite gewandt hat und in der Zeitung liest. Dieser Tag kann so bleiben, denkt Tamar, aber da ist das Klavierkonzert leider auch schon aus, es kommen Nachrichten ...

... Straßburg. Ein Sprengstoffanschlag überschattet den deutschfranzösischen Regierungsgipfel. Wie die französische Polizei mitteilte, ist die Krieger-Gedenkstätte auf dem Lingekopf in den frühen Morgenstunden durch eine ferngezündete Bombe schwer beschädigt worden. Menschen kamen dabei nicht zu Schaden. Zwei Tatverdächtige, ein Deutscher und ein Nordafrikaner, werden derzeit von den Sicherheitsbehörden verhört. An der Gedenkstätte auf dem Lingekopf, einem der Schlachtfelder des Ersten Weltkriegs mit 30 000 deutschen und französischen Toten, hätte der Bundeskanzler heute Nachmittag einen Kranz niederlegen sollen ...

»Das war aber knapp«, sagt Hannah. »Meinst du, die hatten es auf den abgesehen ...?«

»Weiß nicht«, antwortet Tamar. »Ich stell mir den nicht gern als Märtyrer vor ...«

»Wo steckt eigentlich dein Berndorf? Wollte der nicht ins Elsass?«

Tamar lässt den Eierlöffel sinken und blickt nachdenklich zu Hannah.

Vom Fußboden neben dem Bett quäkt es. Tamar entknotet ihre Beine und schwingt sie über den Bettrand und nimmt das Handy hoch. »Ja?«

»Haben Sie noch Ihren Draht zu diesem Abgeordneten?«

Tamar macht ein Geräusch, das entfernt an ein Grunzen erinnert. »Worum geht es denn? Und wo stecken Sie überhaupt?«

»Im Augenblick in Freiburg. Aber nicht lange. Am Nachmittag bin ich wieder im Gäu, vielleicht auf der Alb. Was ist mit diesem Politik-Menschen? Können Sie ihm etwas ausrichten?« Tamar steht auf und geht zu dem kleinen Tisch, der am Fenster zwischen den schrägen Wänden steht, und findet dort nicht nur einen Malblock, sondern auch einen Tuschestift, um mitzuschreiben.

»Du ruinierst mir mein Handwerkszeug«, rügt Hannah, als das Gespräch beendet ist. »War das Berndorf?«

»Ja«, antwortet Tamar. »Und entschuldige.« Kurz zögert sie. »Da ist noch was. Ich möchte dich bitten, jetzt nicht mit der Teekanne zu werfen, und auch bitte nicht mit dem Brotmesser. Ich muss Kerstin anrufen ...«

Berndorf schaltet das Handy aus und steckt es ein. Dann steigt er aus dem Peugeot, den er zwischen zwei Bäumen in einer Seitenstraße geparkt hat, und geht unter den Straßenbäumen zu dem von der Straße zurückgesetzten, spitzgiebligen Haus mit graublau gestrichenem Fachwerk. Eine Messingtafel teilt mit, dass sich hier das Institut für Geopolitik und Kommunikationswissenschaft befindet. Er klingelt, und obwohl es Samstag ist, wird ihm geöffnet.

Er betritt eine holzgetäfelte Eingangshalle, in der ihm die junge Frau entgegenkommt, der das flachsblonde Haar zu beiden Seiten der Ohren herabhängt. Die Frau trägt einen weiten Rock und eine knappe weiße Bluse. Überrascht, aber nicht erfreut betrachtet sie Berndorf, als habe sie jemand anderes erwartet. »Wir haben uns schon einmal gesehen«, sagt Berndorf, »auf der Beerdigung des unglücklichen Herrn Zundt.« Dann nennt er seinen Namen und fragt, ob er Professor Schatte sprechen könne.

Der Herr Professor sei nicht da, kommt die Antwort, »ich weiß auch nicht, ob er heute ins Institut kommen wird ...«

»Kann ich ihn zu Hause erreichen?«

Die junge Frau hat graue Augen, deren Blick nicht freundlicher wird.

»Über die Privatsphäre des Herrn Professors kann ich Ihnen keine Auskunft geben ...«

Berndorf dankt und geht.

»Trinken Sie wirklich keinen Kaffee?«, fragt Birgit den Beamten, der sie an diesem Morgen unter vielen Entschuldigungen aufgesucht hat, weil er diese bedauerliche Geschichte mit Herrn Hubert Höges Homepage ...

»Aber selbstverständlich müssen Sie das untersuchen«, hatte ihm Birgit geantwortet, »ich hätte schon von mir aus darauf dringen sollen, aber als Ehefrau gilt man doch als befangen, oder wie sagen die Juristen dazu?«

Inzwischen ist man im Wohnzimmer angelangt, der Kripo-Beamte muss einräumen, dass eine Tasse Kaffee keine Bestechung darstellt.

»Da bin ich aber froh«, sagt Birgit und schenkt ein, »ich mag es nicht, wenn Sie so trocken dasitzen, und ich brauch irgendetwas, nach diesen Tabletten, die ich genommen habe, ich muss ja auch zum Schlafen kommen, gerade nach einer solchen Geschichte ...«

Sie greift nach dem Papiertaschentuch und tupft sich die Augen ab.

Der Beamte nickt Anteil nehmend und verständnisvoll. Nach einigem Räuspern meint er dann, dass er sich doch gerne einmal den PC des Herrn Höge ansehen würde ...

»Der ist nicht mehr hier«, antwortet Birgit mit Entschlossenheit. »Das war das Erste, was ich getan habe. Ich habe die nächstbeste Spedition angerufen und gesagt, sie sollen das alles forttun oder in ihre Lagerhallen stellen, alles, was meinem Mann gehört, und vor allem dieses abscheuliche Gerät, wo diese widerlichen Sachen drinstehen ...«

»Diese Seite steht nicht in seinem PC, sie steht im Internet«, wendet der Beamte vorsichtig ein.

»Davon verstehe ich nichts«, erklärt Birgit. »Er hat das in dieses Gerät geschrieben, also steht es auch da drin, und ich hab es wegbringen lassen, damit es aus dem Haus ist. Basta!«

Der Beamte fragt nach der Spedition, und Birgit holt das Telefonbuch. Den Namen der Firma hat sie angekreuzt.

»Außer Ihrem Mann«, fragt der Beamte, »hat niemand Zutritt zu dem Gerät gehabt? Ich meine, außer Ihnen und ihm? Zum Beispiel am vergangenen Mittwochnachmittag?«

»Diese Frage verstehe ich nicht«, antwortet Birgit und runzelt die Stirn. »Wer sonst soll hier Zutritt haben? Meinen Sie vielleicht« – silberhelles Auflachen –, »ich hätte mich an diesem Gerät vergriffen? Ausgerechnet ich, die man am meisten bloßgestellt hat?« Beschwichtigend hebt der Beamte beide Hände. »Schon gut«, sagt Birgit, »Sie tun nur Ihre Pflicht. Aber am Mittwochnachmittag waren wir beide hier, mein Mann und ich. Dann hat er seinen Waldlauf gemacht, wie er mir immer gesagt hat, jetzt wissen wir ja, was es wirklich war... Aber ich war dann nicht allein. Ich habe Besuch bekommen.« Sie macht eine Pause. »Von einem Bekannten.« Scheues Lächeln. »Er ist oder war Polizist. Wie Sie. Ich gebe Ihnen seine Karte...«

Das niedergezogene, geduckte Walmdach ist mit Schiefer gedeckt, und die Wände sind mit Schindeln verkleidet. Die Fenster in ihren Metallrahmen spiegeln schwarz den Himmel. Über den Rasen und die Koniferen des Gartens kann man über das Rheintal hinweg unter dichten Wolkenfeldern die blaue Kammlinie der Vogesen sehen. Es ist kein Garten, aus dem Kirschen zu stehlen wären oder Rosen. Trotzdem ist er eingefasst von einem hohen Metallzaun. Warum nicht auch noch NATO-Draht, denkt Berndorf und sieht sich um.

Vor dem Nachbarhaus verschnürt ein Mann das Kaminholz, das an seiner Hauswand aufgeschichtet ist. Berndorf geht zu ihm hin und blickt fragend.

»Wir bekommen Sturm«, erklärt der Mann, »in den Atlantikhäfen sind schon jede Menge Schiffe abgesoffen. Bis zum Nachmittag ist er hier.«

Berndorf klingelt ein zweites Mal. Nichts versäumen, hatte er gedacht und war mit seinem gemieteten Peugeot von Freiburg hinauf in den Schwarzwald nach St. Märgen gefahren, wo Professor Ernst Moritz Schatte seinen Wohnsitz hat.

»Der ist nicht da«, sagt der Mann und hält die zwei Enden eines Seils, von dem er nicht weiß, wo er es anbinden soll. »Der ist schon vor zwei Stunden weg, ziemlich eilig.«

»Na ja«, sagt Berndorf friedvoll, »er hat ja auch das richtige Auto, um damit eilig zu sein.«

»So, wie es heute auf den Straßen zugeht, ist der auch nicht schneller als ich mit meinem alten Benz.«

»Professor Schatte lebt allein?«

Der Mann wendet sich wieder dem Kaminholz zu. »Das müssen Sie ihn schon selber fragen. Wir kennen uns nur vom Sehen ...«

Diesmal kein hölzerner Lehnstuhl. Es ist eines der stilvoll rissigen Lederfauteuils in Zundts altem Arbeitszimmer. Und festgebunden ist Grassl diesmal auch nicht.

Er ist unrasiert. Er hat Hunger und, vor allem, Durst. Sein Kopf schmerzt, und er kann seinen Hals kaum bewegen. Er ist schwach und kraftlos. Sie haben ihn nicht festgebunden, weil es nicht mehr nötig ist.

Am Morgen hat er draußen vor dem Alten Stall die Stimme der Hohen Witwe gehört. Er hat nicht um Hilfe gerufen. Warum sollte er? Ihm wird niemand helfen. Der Hausmeister Freißle nicht, der schon gar nicht, außerdem haben sie ihn vermutlich weggeschickt. Seinem Bruder – gluck, gluck – bei der Ernte helfen. Dass die Hohe Witwe noch da ist, bedeutet nur eines. Sie steckt mit den anderen unter einer Decke. Vielleicht hat sie den Alten sogar umbringen lassen, und Kai mit dem Feuermal ist ihr Killer.

Wenn sie aber den Alten umgebracht hatten – was haben sie dann wohl mit ihm vor? Verblüfft hat er festgestellt, dass ihn dieser Gedanke befremdet. Gewiss kann es passieren, dass man in einen finsteren Verschlag gesteckt wird. Ihm ist es passiert. Dass man geschlagen wird. Auch das ist mit ihm passiert. An das andere will er nicht denken, nicht jetzt. Aber dass man am Ende umgebracht wird? Hier in Deutschland? Dass sie einen ersäufen? Erwürgen? Oder einem die Kugel geben? Das kann nicht wirklich sein, das ist schlechtes Kino, und auch im Kino gibt es einen, der dann doch noch dazwischengeht ...

»Sie wollen mir jetzt sagen, wo die Liste ist«, sagt der Mann hinter dem Schreibtisch. Grassl hat den Professor Ernst Moritz Schatte vom ersten Augenblick an nicht leiden können, allein schon der im Nacken und über den Ohren ausrasierten Haare wegen, einmal mehr weiß er, dass mensch dieser allerersten Einschätzung trauen darf und muss, wahrscheinlich ist es Teil seines genetischen Erbes, dieser Durst ist unerträglich ...

»Ich weiß nichts von einer Liste«, antwortet Grassl heiser, fast tonlos, »könnten Sie mir nicht eine Tasse Kaffee bringen lassen?«

»Tote brauchen keinen Kaffee mehr, Grassl«, antwortet Schatte. »Und Sie sind tot. Nur dass Sie noch nicht den Schlaf der Toten schlafen dürfen. Sie werden noch darum betteln.« Schatte lehnt sich in Zundts Sessel zurück. Seine Finger trommeln ganz leicht auf die lederne Schreibtischunterlage.

Das sieht nicht souverän aus, denkt Grassl. Deutsche Professoren tun so etwas nicht.

»Natürlich haben Sie die Liste«, fährt Schatte fort. »Wie hätten wir Sie sonst erwischt? Überlegen Sie doch. Sie sind zu Bankern gegangen, die auf Zundts Liste standen. Und dann haben die bei uns angerufen und rückgefragt. Ist ja verständlich. Da haben sie jahrzehntelang für Zundt geblecht, und jetzt kommt eine halbe Portion wie Sie und will auch kassieren. Da hätte ich auch wissen wollen, wer hier eigentlich die Hand aufhalten darf ... So, und jetzt höre ich.«

»Es gibt keine Liste«, will Grassl sagen, aber seine Stimme hat zu funktionieren aufgehört. Er macht einen neuen Anlauf, und krächzend bringt er etwas heraus, das so ähnlich klingt wie »keine Liste«, heiser und missgebildet ist die Stimme, aber sie ist wieder da, »weiß von keiner. Banker habe ich ausgerechnet. Einen Kaffee bitte, oder Wasser ...«

»Wasser möchte er«, sagt Schatte und winkt Dülle, der weiter hinten an einem Bücherregal lehnt. »Hol Shortie, und geht mit ihm ins Badezimmer.«

»Es ist so«, sagt Kerstins Stimme und windet sich durch den Hörer, »ich habe mit Giselher gesprochen, nur ist da ein Problem ...«

»Natürlich ist da ein Problem, deswegen hab ich dich ja angerufen«, antwortet Tamar ungehalten. Sie sitzt in ihrem alten Ledersessel, und auf dem Fußboden vor ihr liegt, die aufgeschlagenen Seiten nach unten, nun schon der dritte Kriminalroman, den sie zu lesen angefangen hat ...

»Giselher würde es vorziehen, wenn ihr euch direkt an das baden-württembergische Innenministerium wenden würdet ...«

Tamar nimmt das Handy von ihrem Ohr und betrachtet es, als wolle sie es gegen die Wand werfen. Das ist aber die reine Hundescheiße, Schätzchen, die dir aus dem Mund läuft. Sie atmet tief durch. »Wenn wir das Innenministerium einschalten«, sagt sie und versucht, ihre Stimme ruhig und gelassen klingen zu lassen, »dann können wir genauso gut die Leute direkt anrufen, die diese Schweinerei angezettelt haben. Diese Sache muss die Bundesanwaltschaft übernehmen, sonst wird sie vertuscht, aber nur ihr könnt euch Knall und Fall an Karlsruhe wenden.« Sie steht auf, und plötzlich ist ihr egal, wie ihre Stimme klingt. »Ihr habt euch wählen lassen, ihr habt diese gottverdammten Privilegien, jetzt tut auch was! Wenn ich bei einem Bundesanwalt anrufe, wimmelt mich der ab und verweist mich auf den Dienstweg ...«

»Ich versteh dich ja ...«

»Gar nichts verstehst du! Vielleicht ist es für Wuppertal-Nord eine Petitesse, aber wenn die französische Polizei nicht vorher zugegriffen hätte, wären die Regierungschefs von Frankreich und Deutschland in die Luft geflogen, nicht bloß ein paar Totenschädel und Blindgänger. Stell dir das mal vor, unser Kanzler in einem seiner schönen Anzüge bei der Kranzniederlegung, und plötzlich sind von dem Brioni-Anzug und dem Kranz und dem ganzen Mann nur noch hunderttausend kleine Fitzelchen übrig...«

»Giselher sagt, das mit dem Attentat sei nicht bewiesen«, wendet Kerstin ein. »Vielleicht hat der Anschlag nur der Gedenkstätte gegolten... Du musst das verstehen. Giselher hat eine besondere, eine herausgehobene Vertrauensstellung, er kann nicht einfach ein einzelnes Bundesland bloßstellen, noch dazu in einer so emotional aufgeladenen Situation wie eben jetzt, morgen oder übermorgen braucht der Kanzler vielleicht schon wieder die baden-württembergischen Stimmen im Bundesrat...«

Tamar bleibt stehen. Sie betrachtet das Handy, aus dem noch immer Kerstins Erklärungen blechern. Entschlossen drückt sie auf die Aus-Taste.

»Enttäuscht?«, fragt Hannah.

»Du halt dich da raus!«

Wie einen nassen Sack schleppen Dülle und Shortie den leblosen Körper Grassls durch den Alten Stall und werfen ihn in den Verschlag. Grassl bleibt auf dem Boden liegen, er fühlt sich blutleer im Kopf und zu schwach, um auf die Koje zu kriechen. Noch immer weiß er nicht, ob er nicht besser dort unten bleiben wird, für immer, in dem Land, in dem das Licht so unwirklich scheint und er Dinge und Menschen sieht, die er schon lange nicht mehr gesehen hat, nicht alle will er sehen...

Seine Mutter nicht, wie sie im Badezimmer ist und der Butzi Bullinger diese Dinge mit ihr tut, aber gleich ist es vorbei, er muss es nur wollen, und er sieht wieder die Mädchen im Schulhof beim Seilhüpfen, und gleich darauf dieses andere Mädchen, wie es sich den BH auszieht und sich umdreht und zu ihm hersieht, oder jedenfalls zu den Jalousien, die nicht ganz heruntergelassen sind, dann verschwindet das Bild...

Irgendwer will schreien, aber er hat keinen Atem, nur ein krampfendes Keuchen, er selbst ist es, der so keucht, und wieder drücken Shortie und Dülle ihn nach unten, er spürt den

Griff noch, mit dem sie ihm die Arme auf den Rücken drehen, und plötzlich fällt er nach unten, immer tiefer ins weiche Wasser, das glatt und kühl ist und ihn aufnimmt und davonträgt und die Bilder vorbeiziehen lässt ...

Dann läuft das Wasser ab, betrügt ihn, wie ihn alle betrügen, und lässt ihn zurück wie einen an den Strand gespülten, nach Luft schnappenden Fisch. Bald werden sie wieder kommen, aber nun wird er sie doch noch einmal austricksen, er tastet nach dem Gürtel an seiner Hose, der Gürtel ist noch da, damit müsste es gehen, oben an einer Querlatte.

Grassl versucht aufzustehen. Mühsam stemmt er sich an der Koje hoch. Dann hält er inne. Leise öffnet sich die Türe des Alten Stalles. Und schließt sich rasch wieder. Irgendetwas späht durch den Verschlag.

»Wohin willst du?« Besorgt stellt sich Hannah vor die Tür des Wohnzimmers. Tamar steckt in Jeans und in einer Lederjacke, die weit genug herunterhängt, um das Pistolenhalfter mit der P 9 zu verdecken.

»Ich muss nach dem Alten Mann sehen«, antwortet sie. »Ich habe seinen Auftrag nicht erledigen können. Also muss ich sehen, was ich sonst tun kann.«

»Das ist Quatsch. Du weißt doch gar nicht, wo und was.«

»Doch. Er wollte auf die Alb. Nach Wieshülen, denke ich.«

»Wer soll da sein? Die Bösen, wie?« Hannah stellt sich zwischen die Türpfosten. »Und Tamar-with-the-gun kommt und rettet die Guten? Hast du sie noch alle?«

In Tamars Lederjacke quäkt das Handy. Tamar meldet sich. Niemand antwortet.

Tamar runzelt die Stirn. Undeutlich hört sie eine Stimme.

»Keine Bewegung, hab ich gesagt ... , drehen Sie sich langsam um ..., nehmen Sie die Hand aus der Tasche, aber langsam, dass ich sehen kann ..., jetzt beide Hände hoch ..., stellen Sie sich vor den Verschlag, mit dem Rücken zu mir, und lassen Sie die Hände oben, stützen Sie sich am Verschlag ab ... Was haben Sie in der rechten Hosentasche?«

Eine zweite Stimme antwortet. »Nur mein Handy...«
Die Verbindung bricht ab. Tamar wartet noch einen Augenblick, dann steckt sie ihr Handy ein. »Lass mich vorbei.«
»Nur wenn du mich mitnimmst.«
»Kommt nicht in Frage. Ich mal dir auch nicht in deinen Bildern rum.«

Es wär ein bisschen blöd, guten Tag zu sagen, denkt Grassl. Wozu überhaupt reden? Er hat sich den Gürtel ausgezogen und steht jetzt auf seiner Koje. Wieso ist da überhaupt eine Koje? Für den Stallknecht vielleicht, einstmals, als hier Kühe kalbten. Er tastet im Halbdämmer nach oben. Von dem Außenpfosten der Koje führt eine Querlatte zum Lattenverschlag an der Seite. Er versucht, das eine Ende seines Gürtels über die Querlatte zu werfen.

»So schaffen Sie es nicht«, sagt der Mann, der vorhin gekommen war und den sie in den Verschlag nebenan gesperrt haben. »Sie renken sich höchstens das Kinn aus, soll ziemlich schmerzhaft sein.«

»Sehr aufmerksam«, sagt Grassl. »Aber wissen Sie denn überhaupt, was Sie hier erwartet?«

»Das weiß man nie«, antwortet der Mann. »Das ist wie mit dem Herrn, der unter die Falschmünzer gefallen ist. Der steckte auch im Loch, so wie wir. Am Ende bekam er eine schöne goldene Uhr, für die ihm später ein Regierungsdirektor 75 nagelneue Euro bot. Können Sie alles bei Johann Peter Hebel nachlesen. Der Herr hat die Uhr übrigens behalten. Er hatte wohl seine Zweifel, was die Euro des Regierungsdirektors betraf. Ich vermute, Sie sind der Herr Grassl?«

Ein Verrückter, kein Zweifel. Trotzdem entschließt sich Grassl, von der Koje herunterzusteigen. »Nett, dass jemand meinen Namen kennt, solange ich einen habe. Und mit wem hätte nun ich die Ehre?«

»Berndorf«, sagt der Mann. »Kriminalbeamter außer Dienst.«

»Das sehe ich«, antwortet Grassl und lässt sich auf die Koje nieder. In dem anderen Verschlag nimmt Berndorf einen leeren Eimer, dreht ihn um und setzt sich darauf.

»Sie hören sich etwas besser an«, sagt er dann. »Sie könnten mir jetzt eigentlich erzählen, was Schatte von Ihnen will ...«

Grassl überlegt. Es kommt nicht mehr darauf an. Ich kann es ihm ebenso gut erzählen wie jedem anderen. »Es geht um Zundts Geldgeber ...«

In diesem Augenblick öffnet sich die Stalltür. Im einfallenden Licht steht Dülle, ein Schnellfeuergewehr unter dem Arm. Dülle ist der Mann, der Berndorf aufgespürt hat. Er greift sich den Schlüsselbund, der an einem Haken neben der Tür hängt, und geht damit zu dem Verschlag, in dem Berndorf sitzt.

»Der Prof will Sie sprechen. Sie gehen mir voraus, die Hände im Nacken gefaltet.« Dann schließt er auf.

Sie gehen über den gekiesten Hof, an den Kastanien vorbei. Am Eingang zur Akademie lehnt Shortie, einen großkalibrigen Revolver im Gürtelhalfter. Beim Vorbeigehen sieht Berndorf ihm in die Augen. Shortie blickt weg.

Durch die Halle, vorbei an dem mit einem Trauerflor geschmückten Bild Zundts, gehen sie nach oben, auf ein Zimmer zu, dessen Tür nur angelehnt ist. Berndorf stößt sie auf und tritt ein.

»Entschuldigen Sie freundlichst, dass ich Sie habe warten lassen, mein Bester!«, sagt der Mann, der hinter einem schweren, ausladenden Schreibtisch aus Eichenholz sitzt. Es ist Ernst Moritz Schatte.

Auf dem Schreibtisch stehen eine Lampe mit Bronzefuß und eine schmale hohe Porträtbüste aus grauem Granit, außerdem ein schwarzes Telefon, noch mit Wählscheibe. Daneben liegt ein Telefonbuch. Die dunkle lederne Schreibunterlage ist leer. »Wir haben uns erst vergewissern müssen«, fährt Schatte fort, »dass Sie niemand mitgebracht haben.«

Berndorf steht in der Mitte des Raumes, das Zimmer liegt im Zwielicht, denn draußen hat eine Wolkenfront den Tag verdunkelt. Hinter ihm lehnt Dülle an einer Bücherwand, das

Schnellfeuergewehr lässig im Arm. Es ist ein plumpes eckiges Ding mit Zielfernrohr. Rechts sitzt Kai Habrecht, den Arm noch immer in der Schiene. »Ein unverhofftes Wiedersehen«, sagt Berndorf und nickt Habrecht zu. Dann greift er sich den Ledersessel, der vor dem Schreibtisch steht, und setzt sich.

Hastig steht Habrecht auf und schwankt, weil er mit seinem geschienten Arm das Gleichgewicht nicht richtig halten kann. »He«, sagt Dülle, »dazu hat Sie niemand eingeladen.«

Berndorf hebt beruhigend die rechte Hand. »Wir wollten uns doch freundlich unterhalten. Also machen Sie halblang.«

»Allerdings wollten wir uns unterhalten«, antwortet Schatte. »Sie werden uns etwas erzählen. Darüber, was Sie hier tun. Und in wessen Auftrag.«

»Ich kümmere mich darum, dass die Leute hier lebend herauskommen. Zum Beispiel der junge Herr da hinten mit seiner Kugelspritze, aber auch unser Freund Habrecht, und ebenfalls Sie, verehrter Herr Professor Schatte.«

Habrecht macht einen Schritt auf ihn zu. »Wart du erst ab, bis ich mit dir fertig bin ...«

Mit einer ärgerlichen Handbewegung winkt Schatte ab. Dann stützt er die beiden Ellbogen auf dem Schreibtisch auf und verschränkt die Hände unterm Kinn. »Unser Besucher ist ein Scherzbold. Er fragt Trauergäste, ob sie eine silberne Kette gesehen haben. Und ausgerechnet jetzt sorgt er sich um den Wanst anderer Leute. Sehr komisch.« Langsam setzt sich Habrecht wieder, den auf der Stützschiene aufgelegten Arm anklagend in den Raum gestreckt.

»Diese Gangster-Nummer haben Sie nicht gut drauf, Schatte«, antwortet Berndorf. »Vergessen Sie nicht, dass Sie ein deutscher Hochschullehrer sind. Aber Sie sind nicht in Form. Eigentlich ist Ihnen alles schief gelaufen. Sie sind zu nervös. Sie wollen zu viel. Wenn Sie ein solches Ding vorhaben wie das im Elsass – warum schicken Sie dann vorher Ihren Dilettanten Habrecht los, um den kleinen Micha Steffens und sein jämmerliches Anzeigenblatt aufzumischen? Steffens war doch drei Nummern zu klein für Sie ...«

»Haben Sie schon einmal überlegt, Berndorf, dass Sie das auch sind?«, fragt Schatte und lehnt sich zurück. »Nämlich drei Nummern zu klein.«

»Wegen dieses Schwachsinns ist Ihnen Habrecht ausgefallen«, fährt Berndorf fort. »Von einem Menschen, der kaum richtig durch eine Tür kommt, hätten ihre moslemischen Hiwis keine Anweisungen entgegengenommen. Übrigens auch nicht von einer Frau. Deswegen konnten Sie auch ihre Assistentin nicht vorschicken, wie Sie das sonst gerne getan hätten, sondern mussten selbst zur Philatélie Charles Roos ...« Er blickt Schatte an, dessen Gesicht keine Reaktion zeigt. »Sie werden sich wohl daran erinnern, es war ja erst gestern. Aber inzwischen sucht die französische Polizei Sie mit internationalem Haftbefehl. Verschwörung, Mordversuch, Bildung einer terroristischen Vereinigung, was weiß ich, was sie im französischen Strafrecht dafür alles an Folterwerkzeugen haben.«

Berndorf dreht sich zu Dülle um. »Weißt du eigentlich, dass in zwei oder drei Stunden die SEK-Leute hier anrücken werden? Und wenn sie dich und dein Macho-Spielzeug sehen, reden die nicht mehr lange mit dir. Du hast gar keine Ahnung, wie schnell dann aus wie vielen Löchern dir das Blut herauslaufen wird. Die SEK-Leute schießen nämlich nicht mit Gotcha-Kugeln. Aber wenn du es weißt, wird es zu spät sein.«

»Der hat sie doch nicht alle«, sagt Dülle und blickt unsicher im Zimmer umher.

»Was soll das mit dieser Briefmarkenhandlung?«, fragt Schatte. »Wer setzt solchen Quatsch in die Welt?«

»Kein Quatsch, Meister. Nicht wahr, Habrecht?« Die Blicke der drei anderen richten sich auf den Mann mit dem geschienten Arm.

»Was schaut ihr so?« Selbst im Zwielicht sieht man, dass Habrecht blass geworden ist.

»Dieser Tölpel hat Ihnen alles verdorben, Schatte«, sagt Berndorf. »Wahrscheinlich hat er Ihnen aus lauter Schiss nicht einmal gesagt, dass ich ihm den Zettel mit der Straßburger Telefonnummer abgenommen habe ...«

»Was ist mit diesem Zettel, Kai?«, fragt Schatte mit leiser Stimme.

»Ich hab doch keinen Zettel gehabt«, sagt Habrecht hastig, »ich hab die Nummer auswendig gelernt und den Zettel verbrannt ... der Kerl lügt doch, pausenlos tut er das.«

Schweigen macht sich breit. Dann schlägt die Hausklingel an und scheppert laut und lärmend durch die Eingangshalle zu ihnen hoch.

»Geh nachgucken und pass auf, dass Shortie keinen Scheiß macht«, sagt Schatte. Vor ihm auf dem Schreibtisch liegt eine kleine, schwarz schimmernde Pistole. Berndorf hat nicht gesehen, wann Schatte sie herausgezogen hat. Sie ist einfach da.

Dülle lehnt das Schnellfeuergewehr an das Bücherregal und verlässt den Arbeitsraum. Schatte lehnt sich zurück. Berndorf betrachtet den schmalen hohen Steinkopf mit den mongolischen Gesichtszügen.

Schweigend warten die drei Männer.

Dülle kommt zurück. »Da ist ein alter Mann mit einem Hund und will die verrückte Alte besuchen. Shortie weiß nicht, was er tun soll.«.

»Das wird der Ortsvorsteher sein«, sagt Schatte. »Keine Umstände. Und bitte höflich. Aber geh dann mal über das Gelände. Allmählich bekommen wir zu viel Besucher hier.«

Dülle greift nach seinem Gewehr. »Lass es hier. Ich will nicht, dass dieser Ortsvorsteher dich damit sieht.«

Dülle zuckt mit den Achseln und geht wieder.

»Genug Zeit verloren«, sagt Schatte. »Ihre Plaudereien, Berndorf, hören sich ganz nett an, aber es ist nichts dahinter. Das war bei Ihnen wohl schon immer so. Von allem etwas, und nichts richtig. Alles nur lau und halbherzig. Ein bisschen Bulle, ein bisschen links. Ein bisschen Leute totschießen, ein bisschen schlechtes Gewissen. Aber irgendwann wollten Sie ganz groß rauskommen, wie einer der Liedermacher damals gesungen hat. Haben Sie nie darüber nachgedacht, warum sich Barbara Stein ihr Kind von einem anderen hat machen lassen ...?«

Berndorf betrachtet Schatte aufmerksam. Thomas Stein, 1975 geboren, ist der Sohn eines Hamburger Kunsthistorikers, mit dem Barbara zwei oder drei Jahre zusammengelebt hat, damals, als es zwischen ihr und Berndorf nicht mehr weiterging. »Nun ist mir das Fortpflanzungsverhalten der Kollegin Stein ebenso gleichgültig, wie Sie es mir sind«, fährt Schatte fort. »Aber Sie kommen ein wenig ungeschickt, auch das haben Sie so an sich. Und wieder einmal begreifen Sie nicht, worum es geht. Die Welt steht vor einem Umbruch, der so gewaltig ist, dass alles, was davor war, ein Maienlüftchen gewesen sein wird. Man hat mich ausgelacht, als ich über den bevorstehenden Weltbürgerkrieg der Kulturen geschrieben habe. Den Leuten wird das Lachen noch vergehen, glauben Sie mir! Sturm kommt auf, haben Sie das denn nicht bemerkt? In solchen Zeiten soll keiner auf die Brücke, der keinen Stand hat. Der nicht den Mut hat, die Tat zu wagen, kalten Blutes und mit unerschrockenem Auge. Alles Große steht im Sturm, Berndorf – aber was haben Sie dabei zu suchen?«

»Die Sturmwarnung habe ich heute auch schon gehört«, sagt Berndorf. »Im Autoradio. Diese Meteorologen sollen inzwischen ja recht zuverlässig sein. Aber machen Sie sich keine Sorgen. Wenn Sie erst im Knast sind, werden Sie es auch wieder stiller haben.«

Schattes Stimme wird kalt: »Spielen Sie nicht den Narren. Das hilft Ihnen nichts mehr. Sie wissen immer noch nicht, was hier abläuft. Kein Einsatzkommando wird kommen. Niemand wird kommen. Wir sind nicht in Frankreich. Wir sind in Deutschland, im Land Baden-Württemberg, selbstverständlich wird der Innenminister in Stuttgart alles unternehmen, um den französischen Behörden behilflich zu sein, falls wir von dieser komischen kleinen Explosion in den Vogesen reden, von der in den Nachrichten zu hören war, und ebenso selbstverständlich wird sich bei all dem unverzüglich herausstellen, dass kein Bediensteter des Landes mit dieser Sache etwas zu tun hat. Haben Sie noch immer nicht kapiert, Berndorf, wer Ihnen gegenübersitzt?«

»Wir kennen uns ja nun von Kindheit an«, sagt Jonas Seifert noch einmal. Er steht an der Tür des Salons und hat sich eigentlich schon wieder verabschiedet. Felix wartet geduldig neben ihm. »Ich meine, das ist ja ein großes Anwesen, und wenn du Hilfe aus dem Dorf brauchst, musst du es mir nur sagen.«

»Das ist sehr lieb von dir, Jonas«, antwortet Margarethe Zundt würdig, »aber wir sind hier draußen immer ganz gut zurechtgekommen, auch ohne die Hilfe der Leute aus dem Dorf, wie du wohl weißt. Du willst wirklich keinen Kaffee?«

»Danke«, sagt Seifert. Und: »Du hast ja nun auch neue Helfer im Haus, nicht nur den Freißle, den ich jetzt gar nicht gesehen habe...« Seifert lässt den Satz unvollendet.

»Wir müssen ja die Akademie weiterführen«, erklärt Margarethe Zundt. »Sie ist jetzt das gemeinsame Vermächtnis meines Vaters und meines Mannes. Professor Schatte hat diese Aufgabe übernommen, und er arbeitet sich gerade ein.«

»Zwei seiner Mitarbeiter habe ich gesehen«, sagt Seifert, »draußen in der Halle, aber Studenten sind es nicht...«

»Ich weiß nicht, was du meinst«, bemerkt Margarethe Zundt etwas spitz, aber dann verabschiedet sich Seifert nun endgültig und geht mit dem Hund Felix durch den Flur zur Eingangshalle und an dem Mann vorbei, der auf einem Ledersessel die *Bild-Zeitung* liest und misstrauisch zu ihm hochsieht.

»So«, sagt Seifert und bleibt vor ihm stehen, »jetzt habe ich meinen Besuch hinter mich gebracht. Schön, dass Sie hier ein Auge aufs Haus haben... Sie sind aber neu hier?« Schniefend nähert sich Felix dem Mann im Sessel.

Shortie hat das Gefühl, er sollte aufstehen. Außerdem mag er keine Hunde. Vor allem solche nicht. Er steht auf. Im Hintergrund öffnet sich eine Tür.

»Und fass!« Seiferts Kommando kommt halblaut, fast beiläufig.

Der Boxer Felix stellt sich auf die Hinterpfoten und schnappt sich, ohne zuzubeißen, Shorties rechtes Handgelenk.

»Ganz ruhig«, sagt Seifert, »bleiben Sie ganz ruhig, bewegen Sie sich nicht!« Mit einer unerwartet raschen Bewegung greift Seifert unter Shorties Jacke und zieht den Revolver aus dem Gürtelhalfter.

»Weiter ruhig bleiben«, sagt er dann, und: »Gut so, Felix.« Der Hund hält noch immer Shorties Handgelenk zwischen den Zähnen. Aus den Augenwinkeln sieht Shortie, dass jemand mit kaum hörbaren, aber ausholenden Schritten die Treppe hochläuft, irgendwo ist es ihm, als ob es eine große, schlanke Frau sei.

Seifert hat die Magazintrommel herausgeklappt und untersucht den Revolver. »Schönes Gerät haben Sie da«, sagt er dann. »Aber ich fürchte, Sie haben keinen Waffenschein dafür.« Er klappt das Magazin zurück, entsichert die Waffe und steckt sie sich in den Hosenbund.

»Hören Sie…«, bringt Shortie heraus, aber er weiß nicht, was er sagen will. Warum kommt Dülle nicht?

»Ganz still«, sagt Seifert und legt den Finger an den Mund.

»Hübscher Plan«, sagt Berndorf. »Die Schlapphüte haben Ärger mit dem Berliner Innenminister, also lassen sie eine kleine Farce inszenieren, deutsche Neonazis machen beim Straßburger Regierungsgipfel Krawall, sprengen vielleicht ein paar Denkmäler, die französische Öffentlichkeit tobt, der deutsche Innenminister muss seinen Hut nehmen und die Republik weiß wieder, wie dringend sie Schlapphüte braucht. Es soll Feuerwehrleute geben, die das auch so machen…«

Berndorf wendet sich zur Seite, dorthin, wo Habrecht sitzt. »Das Personal ist kein Problem, wozu hat man die Schläger der *VolksZorn*-Gruppe? Der Kollege Habrecht ist dort bestens eingeführt, wenn man genau hinsieht, hat er die Gruppe vielleicht sogar selbst aufgebaut. Alles paletti, wenn es im Kopf reichen würde. Das tut es nicht, nicht beim Kollegen Habrecht, aber auch das ist kein Problem, wie man ein gutes Ding dreht, weiß der Professor – Entschuldigung: es ist der Herr Professor Ernst Moritz Schatte, der es weiß, wozu steht er seit gut 30 Jahren auf der Honorarliste?« Berndorf blickt wieder zu Schatte. »Der Herr Professor würde das Ding inszenieren wie damals den Überfall auf die Mannheimer Landeszentralbank, war doch saubere Arbeit.«

»Ich glaube nicht, dass wir uns das anhören müssen«, sagt Habrecht langsam.

»Lass ihn reden«, antwortet Schatte. »Es spart uns Arbeit, wenn er es freiwillig tut.«

»Nur spielt der Professor nicht so mit, wie das gedacht war«, fährt Berndorf fort. »Statt der Farce plant er gewalttätigen, blutigen Ernst. Die Tat, von der Sie vorhin so schön geredet haben. Die Tat, die Europa erschüttert. Und warum? Rache für den Verbotsantrag gegen die Nationale Aktion? Das haben Sie vielleicht den *VolksZorn*-Leuten erzählt.« Berndorf lehnt sich zurück und lächelt Schatte an. »Der wahre Grund ist, dass Sie es den anderen heimzahlen wollten. Allen anderen. Tobias Ruff, weil er Sie einmal vorgeführt hat. Den Professoren, von denen Sie nicht für voll genommen werden. Dem Verfassungsschutz, von dem Sie 30 Jahre lang abhängig waren. Der es sogar fertig gebracht hat, Sie in einem verdammten Wüstencamp die Kalaschnikows putzen zu lassen ... Nun aber, so haben Sie es sich gedacht, werden Sie es sein, der den Verfassungsschutz in der Hand hat. Weil die Schlapphüte dann in eine Geschichte verwickelt sind, aus der sie nie mehr herauskommen ... Hübscher Plan, ja. Kostspielig, freilich. Sie mussten Spezialisten anheuern. Die sind teuer. Aber Geld brauchen Sie ohnehin. Geld für Ihren Weltbürgerkrieg der Kulturen. Für die Nachfolge der Nationalen Aktion, falls sie verboten wird. Das erklärt, warum Sie sich das Betrugs- und Spendenunternehmen des alten Zundt unter den Nagel reißen wollten. Aber auch schon das ging schief. Zundt wollte seinen Laden nicht abgeben. Auch Ihre Freunde vom Verfassungsschutz konnten ihn nicht überreden. Zum Schluss traute er niemandem mehr und wollte überlaufen. Zum politischen Feind in Berlin. Ihre Leute sind ihm nach und haben ihn den Albtrauf hinuntergestoßen.«

»Quatsch«, sagt Kai Habrecht aus seinem Sessel. »Dülle ist ihm nach, weil er ihn aufhalten wollte. Bloß reden wollte er mit ihm und ihn dabehalten, so lange, bis der Prof kommen würde. Und dann hat der Alte zu rennen angefangen und ist ausgerutscht, ganz von selbst ...«

Schatte winkt mit einer ärgerlichen Bewegung ab. »Zundt war ein Parasit. Nicht der Rede wert. Aber unser Freund hier hat nichts begriffen. Es ödet mich an.«

»Entschuldigung«, sagt Berndorf und lacht unfroh. »Ich habe Ihre Moslem-Connection vergessen. Vermutlich hatten Sie längst die Bekennerbriefe vorbereitet, mit denen eine erfundene türkische Gruppe die alleinige Verantwortung für das Attentat übernimmt. Wäre es gelungen, hätte man am Tatort wohl auch noch die Leiche Ihres muslimischen Helfers gefunden ... Leute Ihres Schlages lieben solche Spiele.«

Leise wird die Türklinke herabgedrückt. Nicht leise genug. Schatte blickt hoch. Die Tür fliegt auf, eine hoch aufgeschossene schwarze Gestalt ist mit zwei Schritten im Zimmer und hält mit beiden Händen eine Pistole im Anschlag.

Schatte hebt erschrocken die Hände.

Berndorf duckt sich und lässt sich seitlich aus seinem Sessel gleiten. Aus den Augenwinkeln sieht er, dass Habrecht aufgesprungen ist und schwankend sein Gleichgewicht sucht.

Schatte hat noch immer die Hände erhoben. Sein Mund ist verzerrt, angstvoll oder höhnisch.

Habrechts Arm schwenkt auf seiner Stützschiene nach oben und richtet sich dann, drohend, ausgestreckt, zur Tür.

Die schwarze Gestalt wirbelt nach links. Zwei Schüsse hämmern durch den Raum. Schattes Hand schnellt nach der kleinen schwarzen Pistole.

Dann schreit er gellend auf. Berndorf hat ihm die Adenauer-Büste auf das Handgelenk geschmettert. Schatte tastet mit der Linken nach der verletzten Hand und zuckt zurück, das Gesicht schmerzverzerrt.

Tamar beugt sich über den Sessel, in den Habrechts Körper zurückgeschleudert worden ist. Hilflos hängt der Arm auf der

Stützschiene nach unten. Aus dem Loch in Habrechts Stirn fließt fast gar kein Blut. Aber über seiner Brust rötet sich das Hemd.

»Oh Scheiße«, sagt Tamar. »Wo ist denn seine verdammte Knarre. Ich kann sie nicht sehen ...«

»Er hatte keine. Aber das konnten Sie nicht erkennen«, sagt Berndorf. Er hat Schattes Pistole in der Hand. »Wir waren in unmittelbarer Lebensgefahr. Beide waren wir das. Niemand wird Ihnen einen Vorwurf machen dürfen.«

Scheiße, denkt er. Du wirst noch davon träumen, Mädchen. Lange. Länger als du ahnst. Glaub es mir.

Berndorf steht am Fenster des Arbeitszimmers und sieht zu den Kastanien hinaus, an denen unter schwarzdunklen Wolken ein böiger Wind zerrt. Sturm wird kommen, hat der Mensch in St. Märgen gesagt. Der Sturm ist bereits über Nordfrankreich, legt Hochleitungen um und deckt die Dächer ab, so hat es Berndorf im Autoradio des kleinen Peugeot gehört. Aber das war schon vor Stunden ...

Tamar kommt ins Zimmer. Er dreht ihr den Rücken zu, aber er weiß, dass sie es ist.

»Wir haben Schatte ein Beruhigungsmittel gegeben, ich und diese Alte, und ihm den Arm in eine Schlinge gelegt«, sagt sie. »Aber er muss in ein Krankenhaus. Sie haben ihm das ganze Handgelenk zertrümmert. Und wir müssen die Kollegen verständigen. Ich habe einen Mann erschossen ...«

»Auf eine halbe Stunde mehr oder weniger kommt es jetzt nicht an«, antwortet Berndorf. »Danke übrigens, dass Sie auf meinen Hilferuf so schnell gekommen sind. Das heißt, es war ja für Sie gar nicht so einfach, das als Hilferuf zu erkennen, ich will nicht daran denken, was jetzt mit mir wäre, wenn Sie das Ding abgeschaltet gehabt hätten ...« Ruhig Unsinn reden. Hauptsache, anderes Thema.

»Es ist doch klar, dass ich für Sie erreichbar sein wollte. Aber wie haben Sie das eigentlich gemacht – ich meine, Sie hatten ja keine Zeit mehr zu wählen?«

Es klappt. Ein bisschen. »Ich hatte zuletzt mit Ihnen gesprochen, danach mit niemandem mehr.« Schiefes Grinsen. »Als mich der Kerl an dem Verschlag mit diesem halb toten Grassl überrascht hat, konnte ich gerade noch zweimal auf die Gesprächstaste drücken. Die Rufwiederholung. Wo ist Grassl jetzt?«

»Seifert und ich haben ihn aus seinem Stall geholt und der Alten gesagt, dass sie ihm einen Tee kochen soll ..., übrigens war er gerade dabei, seinen Gürtel wieder anzuziehen. Hat er versucht ...?«

»Er hat es sich überlegt?«

Tamar nickt. »In den Stall haben wir dann die beiden anderen eingesperrt. Der eine ist noch nicht ganz da. Ich glaube, ich habe ihn etwas zu hart an der Schläfe getroffen, als er um die Ecke kam, vielleicht stirbt er auch noch, dann hab ich zwei ...« An ihrer Stimme zerrt aufkommende Panik. Manchmal hilft Zynismus, denkt Berndorf. »Fein, dass nicht nur mir so etwas passiert.« Keine Reaktion. Einfach weiterreden. »Wie haben Sie es fertig gebracht, gleichzeitig mit dem Propheten aufzutreten?«

»Dass Sie hier sind, konnte ich mir denken. Aber ich hab jemand gebraucht, der mir Zutritt verschafft. Oder die Aufpasser ablenkt. Also bin ich zu ihm gefahren.« Berndorf hat sich jetzt vom Fenster abgewandt. Sie sieht, dass er ihr zunickt und lächelt wie über einen gelungenen Einfall.

»Aber jetzt müssen wir im Neuen Bau anrufen, wirklich«, wiederholt Tamar. »Haben Sie denn nicht begriffen – ich habe einen Menschen umgebracht ...«

»Natürlich habe ich begriffen«, sagt Berndorf. »Ich war ja dabei. Sie haben geschossen, weil wir in Lebensgefahr waren, erinnern Sie sich? Vielleicht sind wir das noch immer. Bitte denken Sie daran.«

»Ich verstehe nur, dass Sie mich ablenken wollen.«

Berndorf schüttelt den Kopf. »Es gibt zwei Möglichkeiten. Die eine: Schatte hat Recht, und die Oberförster stecken so tief in der Geschichte drin, dass sie ihn herauspauken müssen, wie auch immer. Das ist schon schlecht. Sie könnten keine Zeugen brauchen.«

»Und was soll die zweite Möglichkeit sein?«

»Dass ich Recht habe. Dann stecken die Oberförster sogar noch etwas tiefer drin. So tief, dass sie als Erstes Schatte liquidieren. Leider bei Verhör aus Fenster gefallen. Leider Gerangel bei der Festnahme, sodass sich tief bedauerlich Schuss gelöst. Auch nicht besser. Sie könnten noch immer keine Zeugen brauchen. Was tun?«

»Die Kollegen anrufen. Ich habe ...«

»Mein Vorschlag ist, dass Sie nicht sofort anrufen«, unterbricht sie Berndorf. »Erst in ein paar Minuten. Lassen Sie mich erst einen kleinen Feld-Wald-und-Wiesen-Versuch machen.« Er geht zu dem Bücherregal, an dem noch immer das Schnellfeuergewehr des Mannes lehnt, der eines auf die Schläfe bekommen hat. Das klobige Ding ist eine G 11 von Heckler & Koch, ein teures Gerät mit extrem hoher Feuergeschwindigkeit, wie Berndorf aus einer Fachzeitschrift weiß. Er geht damit wieder zum Fenster. »Zeigen Sie mir doch, wo ungefähr Weimer und sein Gehilfe gestanden sind, damals, als Sie die beiden aufgestöbert haben.«

Tamar betrachtet das Waldstück, das sich südwestlich des Akademiegebäudes über die Hänge zieht. »Sehen Sie in Richtung zwischen zweiter und dritter Kastanie einen Bestand von Jungbuchen am Waldrand? Da ungefähr.«

»Gehen Sie zur Seite, ein Stück zur Wand bitte.« Berndorf öffnet das Fenster, ein Windstoß zieht herein, er nimmt die G 11 und gibt zwischen zweiter und dritter Kastanie hindurch eine Salve ab, dass vorne im Wald Laub und morsches Holz durch die Luft wirbeln. Dann drückt er sich zur Seite, hinter die Wand neben dem Fenster.

Prasselnd antwortet ein Kugelhagel aus dem Wald, lässt Fenster splittern und stäubt in Buchrücken.

»Variante zwei«, sagt Berndorf. »Wo ist Schatte jetzt?«

»Unten, in einem Zimmer hinter der Eingangshalle«, antwortet Tamar. »Als ich ihn zuletzt sah, saß er apathisch in einem Sessel. Er bat darum, dass wir Felix aus dem Zimmer nehmen. Ich habe ihm gesagt, dass der Hund bleibt.«

»Gibt es noch einen anderen Weg hier heraus, nicht nur den hier auf dem Präsentierteller?« Vorsichtig deutet er in Richtung des Waldes draußen, an dem vorbei das Sträßchen nach Wieshülen verläuft.

»Sicher«, antwortet Tamar. »Es gibt den Weg, den Zundt genommen hat. Vom Garten an der Rückseite des Hauses kommen Sie direkt darauf. Es ist der Franzosensteig, er heißt so, weil ihn französische Pioniere angelegt haben, irgendwann zu Napoleons Zeiten, ich wusste gar nicht, dass der mal bei Ulm eine Schlacht gewonnen hat, der Prophet hat es mir erklärt. Der Steig führt runter ins Tal ... Dort gibt es eine Bushaltestelle.«

»Einen Bus? Eher nicht. Vielleicht kann Seifert jemand aus seinem Dorf anrufen ... Der Vorschlag mit diesem Weg ins Tal klingt jedenfalls gut. Halten Sie mal dieses Ding.«

»Sind Sie verrückt? Ich nehm so was nicht mehr in die Hand. Wissen Sie nicht ...«

»Sie sollen es halten. Nichts weiter.«

Zaghaft klopft es an der Tür. »Vorsicht«, ruft Berndorf, »herein nur auf allen vieren!«

Die Tür öffnet sich, geduckt steht Florian Grassl im Rahmen. Er ist unrasiert, seine Augen sind blutunterlaufen, das Gesicht ist eingefallen. »Ich wollte fragen, ob Sie eine Waffe für mich haben. Oder ob ich sonst helfen kann ...«

»Sie sollten Ihren Tee trinken. Aber wenn Sie schon hier sind – was war das, was Sie mir über Zundts Geldgeber erzählen wollten?«, fragt Berndorf. Grassl lässt sich langsam auf alle viere nieder und robbt zum Schreibtisch. Dort richtet er sich mühsam auf, mit einem ängstlichen Blick auf das zerschossene Fenster und den Scherbenteppich davor.

»Keine Sorge«, sagt Berndorf, »wir sind hier außerhalb des Schussfelds der Leute draußen.« Tamar lehnt an der Fensterlaibung und späht nach dem Buchengehölz, das Gewehr über dem rechten Arm.

»Diese Geldgeber waren Zundts großes Geheimnis«, sagt Grassl, »er wollte nie darüber sprechen. Es müsse still geholfen werden, hat er immer gesagt, sodass es kein Aufsehen gebe. Keine Spendernamen, keine Besuche, keine Abrechnungen ... ich weiß auch nicht, wohin das Geld gegangen ist. Wirklich nicht.«

»Das nehme ich Ihnen nicht ab«, sagt Berndorf freundlich.

»Na ja«, meint Grassl zurückhaltend, »vielleicht hat er einen Teil für sich behalten. Auf ein österreichisches Nummernkonto eingezahlt. Oder nach Liechtenstein gebracht. Vielleicht nicht bloß einen Teil. Sondern das Ganze.«

Berndorf blickt ihn prüfend an. »Wer erhielt diese Festgaben?«

»Die hat er von der Druckerei in Wintersingen verschicken lassen. Einmal war ich dabei. Die Liste mit den Anschriften wurde in die Adressiermaschine eingescannt, und danach hat er darauf bestanden, dass die Adressen wieder gelöscht werden.« Grassls misshandeltes Gesicht verzieht sich zu einem Lächeln. »Ich hab natürlich auf ein paar der Anschriften einen Blick werfen können und sie mir gemerkt. Bauunternehmer aus dem Land, ein oder zwei Textilfabrikanten, aber auch Leute aus dem Bankgewerbe, lauter stille Helfer ...«

Berndorf sieht sich auf dem Schreibtisch um. Wo die Adenauerbüste stand, ist jetzt ein heller Fleck. Daneben liegt noch immer das Telefonbuch für Ulm und den Donau-Alb-Kreis, Ausgabe 1997.

»Demnächst ist hier die Polizei im Haus«, sagt Berndorf. »Ich werde nicht da sein, und der Herr Schatte auch nicht. Der Herr Professor muss ins Krankenhaus. Was werden Sie dann der Polizei erzählen?« Während er das fragt, blättert er das Telefonbuch durch.

»Ich muss doch die Wahrheit sagen«, antwortet Grassl. »Dass diese Leute mich umbringen wollten. *Sie sind schon tot, aber Sie werden noch darum betteln, den Totenschlaf zu tun*, sagte dieser Professor zu mir. Glauben Sie, ich vergesse so etwas?«

»Sie wissen, dass diese junge Frau hier Ihnen das Leben gerettet hat?«

»Aber sicher weiß ich das, ich weiß nur nicht ...« Unsicherheit macht sich in seiner Stimme breit.

»Wenn Sie nur dabei bleiben, was Sie mir gesagt haben, auch vor der Polizei«, antwortet Berndorf. »Sagen Sie – kennen Sie einen dieser Leute?« Und er hält ihm das Telefonbuch hin, das er am Ende aufgeschlagen hat, denn dort sind einige Seiten eingeklebt. Die Seiten sind aus dem dünnen Durchschlagpapier, wie es zu Zeiten der alten Olympia-Schreibmaschinen im Gebrauch war, und säuberlich sind darauf in alphabetischer Reihenfolge Namen und Firmenbezeichnungen und deren Anschriften getippt.

»Ja natürlich«, sagt Grassl und erkennt zwei oder drei Namen. »Das sind welche von den Geldgebern, von denen ich Ihnen erzählt habe ...« Plötzlich ist seine Stimme ganz aufgeregt. »Das muss die Liste sein, verstehen Sie? Die Liste, nach der mich dieser Professor immer wieder gefragt hat ...«

»Von mir aus«, sagt Berndorf. »Übrigens ist das ein veraltetes Telefonbuch. Ich hab nichts dagegen, wenn Sie es mitnehmen. Als Souvenir ... Zur Türe bitte wieder mit Vorsicht.«

Grassl kriecht zurück, und in der Linken zieht er das Telefonbuch mit sich.

»Ich werde jetzt auch gehen«, sagt Berndorf, zu Tamar gewandt. »Lassen Sie mir noch eine halbe Stunde, bevor Sie die Kollegen anrufen, und wenn Sie ein Übriges tun wollen – nageln Sie die Oberförster ein bisschen fest, so lange das Magazin reicht.«

»Das ist eigentlich zu viel verlangt«, sagt Tamar. »Aber einverstanden. Ich werde es versuchen. Nur – bevor Sie gehen, sagen Sie mir doch, was ich unseren Kollegen erzählen soll? Es ist ja eine Situation, in der Sie nicht ganz unerfahren sind ...«

Sehr gut. Sarkasmus ist gar nicht schlecht. »Sie sagen gar nichts«, antwortet Berndorf. »Sie stehen unter Schock. Das tun Sie übrigens wirklich, auch wenn Sie es noch nicht begriffen haben. Sagen Sie zumindest so lange nichts, wie Sie nichts aus Frankreich gehört haben. Dann klärt sich einiges von selber. Bis dahin haben die Kollegen genug mit dem zu tun, was ihnen Grassl und die verrückte Alte und die beiden Knaben im Stall erzählen werden ...«

Der Nachmittag geht in den Abend über, aber die dunkle Wolkenfront ist nach Osten gezogen, der Himmel ist von einem gelb unterlegten Grau, für einige Augenblicke herrscht eine trügerische Ruhe, bis wieder die Detonationen losbrechen, mit denen das G 11 seine Salven ausspuckt. Halb von der Fensterlaibung gedeckt, hält Tamar in das Laubgehölz zwischen zweiter und dritter Kastanie, die Kugeln zerfetzen Ast und Gezweig, dann robbt sie zur anderen Fensterseite, wartet, ob das Feuer erwidert wird ...
Es kommt nichts. Schweigen im Walde.
Die sind weg, denkt Tamar. Kein Wunder. Natürlich kennen die den Franzosensteig. Haben lang genug hier herumgelungert. Ich muss ihnen den Weg abschneiden.
Sie kauert sich nieder und tauscht das Magazin aus. Dann läuft sie gebückt zur Türe und setzt mit langen Sprüngen die Treppe hinunter.
»Wohin rennen Sie denn?«, ruft es erschreckt hinter ihr. Tamar wirft einen Blick zurück, blass und mit fiebrig erregten Wangen steht Margarethe Zundt in der Küchentür. »Hören Sie nicht – dort wird geschossen«, sagt sie, »so kommen Sie doch zu mir, helfen Sie mir, sagen Sie mir, was hier geschieht, es ist mein Haus, warum geschehen so schreckliche Dinge darin ...« Tamar steht inzwischen an der Eingangstür und späht zum Wald hinüber. Alles scheint ruhig.
»Es sind die Geister, die Sie im Haus haben, Frau Zundt«, sagt sie, ohne lang zu überlegen, »die Geister, die Sie längst hätten vertreiben sollen.« Dann nimmt sie das Gewehr in beide Hände und läuft geduckt zur zweiten Kastanie, hinter deren Stamm sie fürs Erste gedeckt ist.
Gut 300 Meter nordöstlich des Laubgehölzes ist eine eingezäunte Fichtenschonung, dahinter erhebt sich der Waldsaum.

Wer ungesehen vom Gehölz zum Franzosensteig will, denkt Tamar, wird hinter der Schonung gehen. Sie nimmt das Gewehr und deckt das nördliche Ende der Schonung mit einem Kugelhagel ein.

Mit ruhigen Schritten geht auf der anderen Seite des Hauses Jonas Seifert durch die Dämmerung und führt Ernst Moritz Schatte an dessen unverletztem Arm. Gleichmütig folgt ihnen Felix. Berndorf geht als Letzter. Er hat Schattes Pistole, aber er hat sie in den Hosenbund gesteckt. Wenn die Oberförster mit ihren Maschinenwaffen ihnen den Weg abschneiden ... Aber eigentlich will er gar nicht denken, was dann sein wird. Tamar wird sie aufhalten.

Dunkel baut sich vor ihnen der Wald auf. Vom Haus her hören sie das Feuer der Heckler & Koch. Jonas Seifert geht schneller. Hinter ihnen bricht das Hämmern ab. Der Prophet bleibt unter einer Buche stehen und lässt Schattes Arm los. Felix verschwindet witternd im Schatten des Waldes. Dann erreicht auch Berndorf den Waldsaum.

»Das gefällt mir nicht«, sagt der Prophet und deutet nach oben. Berndorf hat nicht auf die Geste geachtet und versteht nicht. »Sie haben uns den Weg abgeschnitten?«, fragt er und tastet nach der Pistole.

»Nein«, kommt die Antwort, »der Hund hätte sonst Laut gegeben. Aber der Sturm kommt. Wir müssen hier raus.« Er wendet sich an Schatte. »Bleiben Sie dicht hinter mir.«

Rasch durchquert Seifert den düsteren Fichtenwald, seine beiden Arme wehren das trockene kratzende Nadelgezweig ab, während über ihnen eine seufzende Unruhe durch die Gipfel fährt. Hinter ihm läuft Schatte, stolpernd und benommen, den einen Arm in der Schlinge. Dann wird es heller, Seifert erreicht einen Weg und geht ihn geradeaus in nördlicher Richtung, ohne nach rechts oder links zu sehen, hinter ihm Schatte, dem Felix nicht von der Seite weicht. Besorgt, fast zögernd folgt ihnen Berndorf.

»Schneller«, ruft der Prophet. Vor ihm öffnet sich der Wald,

Berndorf sieht eine von Krüppelkiefern bestandene Felskuppe vor sich und dahinter den schmutzig grauen Himmel, neben dem Fels führt ein Weg in die Tiefe. »Hierher, schnell!«, der Prophet kauert sich hinter den Aufgang zum Felsen und zieht Schatte zu sich herunter, endlich begreift auch Berndorf und flüchtet sich in den spärlichen Schutz der Kuhle zwischen Weg und Fels. Neben ihm wittert Felix, plötzlich winselt er, der Fichtenwald vor ihnen stöhnt auf und jammert, ein eigentümliches pfeifendes Singen ist in der Luft, eine unbändige unsichtbare Wut prügelt die Krüppelkiefern gegen den Fels, zerrt an Berndorfs Leinenjacke, das pfeifende Singen wird übertönt von einem reißenden Krachen, abgerissene Zweige und Äste werden über die Felskuppe gewirbelt...

Wie lange geht das so? Berndorf weiß es nicht, zwei, drei Minuten, vielleicht auch länger, er hat das beklemmende Gefühl, der Sturm reiße ihm den Atem aus dem Gesicht, Tannenzapfen prasseln auf seinen Rücken, ein abgerissener Ast schrammt seine Schulter, erst jetzt nimmt er das berstende und splitternde Geräusch wahr, das den Wald erfüllt, den sie gerade erst durchquert hatten. Er versucht, etwas zu erkennen, aber er sieht nur gesplitterte Stämme und zerrissenes, verdrehtes, geknicktes Holz. Nur am Waldsaum sind einige Bäume stehen geblieben, als hätten sie dort schon immer mehr Widerstandskraft entwickeln müssen.

Berndorf blickt zur Seite. Geduckt hockt neben ihm Schatte, über seinen verletzten Arm gebeugt, starrt vor sich hin, in sich gekehrt, unansprechbar. Felix hebt seinen dicken Hundekopf und wittert. Sein Nackenfell sträubt sich. Berndorf lauscht auf das Knacken der abgebrochenen, gesplitterten Äste, dann wird ihm klar, dass die schlimmste Wucht des Sturms weitergezogen ist.

Felix steht auf und läuft einige Schritte den Weg hoch. Dann bleibt er stehen, das Fell noch immer gesträubt. »Wir können weitergehen«, sagt Seifert halblaut zu Berndorf. Der deutet fragend auf Felix.

»Gut möglich, dass da hinten Leute waren«, sagt der Prophet gelassen. »Wenn sie noch leben, haben sie anderes zu tun, als sich um uns zu kümmern.«

Sie stehen auf. Doch Schatte kauert sich noch immer an den Fels, den unbeschädigten linken Arm schützend vor den in der Schlinge gelegt. »Was soll dieser Irrsinn? Sie wollten mich in ein Krankenhaus bringen.«

»Hier hinunter«, sagt der Prophet.

»Ich bin nicht schwindelfrei«, protestiert Schatte.

»Das müssen Sie auch nicht sein«, antwortet der Prophet. »Ich werde langsam gehen, und wenn es schwierig wird, geben Sie mir die linke Hand ... Wir werden bald unten sein. Schwierig kann es nur im Tal werden. Falls es dort umgestürzte Bäume gibt.«

Und er beginnt, durch die Dämmerung den Weg hinabzusteigen. Schatte ist aufgestanden, geht aber nicht weiter.

»Weiter«, befiehlt Berndorf. »Gehen Sie zu, Sie Mann der Tat.« Langsam setzt Schatte einen Fuß vor den anderen, das Führungsseil an der Felswand ist rechts von ihm, er kann sich mit der linken Hand nicht daran halten und muss sich von Seifert führen lassen, Schritt für Schritt, bis sie an einen Vorsprung kommen. An der Wegkante wartet der Boxer Felix und wittert in die dunkle Tiefe.

»Vorsicht«, sagt der Prophet, »hier ist Zundt zu Tode gekommen. Nicht hinuntersehen.« Vorsichtig stakt Schatte an dem Hund vorbei.

Der Weg wird noch steiler, führt aber nicht mehr über den nackten Fels, sondern über Erdreich. Stufen – vor kurzem neu angelegt – erleichtern den Abstieg, dann kommt eine Kehre und Schatte kann sich von da an selbst am Seil sichern.

Sie sind unten, und der Hund schlägt sich ins Unterholz. »Zurück, Felix!«, befiehlt der Prophet, und der Boxer gehorcht widerstrebend. Diesmal liegt kein heruntergefallener Kreisrat im Unterholz.

»Da drüben haben wir ihn gefunden«, erläutert der Prophet. Wieder blickt Schatte nicht hin.

Das Tal ist übersät von abgerissenen Ästen und totem Holz.

Sie müssen einer umgestürzten Fichte ausweichen, danach verläuft der Weg zwischen Laubgehölz, das dem Sturm standgehalten hat. Der Wald öffnet sich, vor sich sehen sie ein schmales Asphaltband, am Straßenrand steht das Schild einer Bushaltestelle. Seifert setzt sich auf eine Bank am Waldrand.

»Bitte«, sagt er einladend zu den beiden anderen Männern. »Wir können jetzt nur warten. Ich weiß nicht, wie Marz durchkommen wird.«

Berndorf blickt fragend.

»Unser Gemeindearbeiter. Sie wollten doch, dass uns jemand abholt.«

Schatte bleibt einen Augenblick stehen, ehe er widerstrebend Platz nimmt. Berndorf setzt sich neben ihn.

Mit einem tiefen Schnaufer legt sich Felix vor die drei Männer. Seine Hundeaugen blicken schwarz in den Abendhimmel, der das Tal zuzudecken beginnt.

Der Hof der Johannes-Grünheim-Akademie ist bedeckt mit Kastanienzweigen und zerbrochenen Dachziegeln.

Im Garten irrt Margarethe Zundt an den verwüsteten Beeten und den entblätterten Rosensträuchern vorbei. Schließlich bleibt sie vor den umgestürzten Bohnenstangen stehen. Sie nimmt eine davon und richtet sie auf und versucht, sie wieder im Boden zu verankern. Dann sieht sie, dass die Stange abgebrochen und das Rankenwerk der Pflanzen abgerissen ist.

»Es ist alles zerstört«, sagt sie zu Grassl, der mit ihr gegangen ist. »Dabei sind sie so gut gekommen ...« Sie geht zur nächsten Stange, aber auch da ist nichts mehr zu retten. »Die schönen Bohnen, was glauben Sie, welche Arbeit ich mir gemacht habe, dass die Schnecken sie nicht kaputtfressen ...«

Grassl blickt zum Walmdach hoch. Auf der Ostseite klaffen große Lücken, aufgerissen wie nach dem Einschlag einer Granate. Sie wird es schon noch merken, denkt er. Ich muss es ihr nicht zeigen.

Von ferne hört er ein Geräusch. Es klingt, als ob ein Tier rufe, oder ein Mensch. Hat es den Schatte doch erwischt? Oder einen von den alten Männern? Das Schicksal ist hart und ungerecht. Sieht man an den Bohnen der Hohen Witwe. Er jedenfalls hat das Telefonbuch. Irgendwie muss er weg von hier. Irgendwo steht noch immer sein alter Golf. Wenn ihn der Sturm übrig gelassen hat.

Tamar tritt aus dem Stallgebäude. Als der Sturm aufgekommen war, hatte sie sich in das Haus zurückgeflüchtet. Jetzt eben hat sie nach den Verschlägen gesehen, in denen Shortie und Dülle verwahrt sind.

»Lassen Sie uns raus, Chefin«, hatte Dülle sie angesprochen, »dann sind wir weg und Sie sehen uns hier nie wieder...«

»Schön, dass Sie so weit wieder klar sind«, hatte Tamar geantwortet. »Bald kommen Sie auch hier raus. Wir haben einen schönen, gut geführten Untersuchungsknast in Ulm, Sie werden nicht enttäuscht sein...«

»Hören Sie doch!«, ruft Grassl ihr zu und deutet nach Norden. Tamar bleibt stehen. Undeutlich dringt eine Stimme an ihr Ohr. Dann begreift sie, dass es ein Hilferuf ist. Das darf nicht sein, denkt sie. Es ist nicht der Franzosensteig. Der liegt weiter westlich. Viel weiter. Diesen Weg ist der Alte Mann nicht gegangen. Ein Frösteln läuft ihr über die Arme.

»Ich geh' nachsehen«, sagt sie zu Grassl. »Könnten Sie Werkzeug holen? Eine Säge, falls jemand eingeklemmt ist...«

»Ich weiß nicht, wo eine ist«, antwortet er. »Außerdem war ich in erster Hilfe noch nie gut.« Ich muss hier weg. Das Gepäck holen und in den Golf packen und weg. Versteh doch, Mädchen. Wenn ich hier bleibe, muss ich der Polizei irgendwelche Geschichten erzählen. Ich mag die Polizei nicht.

»Grassl«, sagt Tamar leise und macht einen Schritt auf ihn zu, »wenn du nicht tust, was ich sage, lass ich dich so was von einbuchten, allein schon, weil du Beweismaterial zur Seite schaffst, glaubst du, ich hab das mit dem Telefonbuch nicht gesehen?«

»Das hat mir dieser Mann gegeben...«

»Davon weiß ich nichts. Ich weiß nur, dass du's hast. Hol die Säge!«

Grassl wendet sich zur Remise, wo Freißle seine Werkstatt hat. Was ein tyrannisches Weib. Möcht' ich mal.

Lieber nicht.

Entschlossen geht Tamar zum Wald.

»Aber Kindchen, sehen Sie doch«, hört sie hinter sich die wehklagende Stimme der Witwe Zundt. »Die Bohnen ...«

Tamar nähert sich dem Wald. Es wird dunkel, aber der Wald sieht lichter aus als sonst. Als sie am Waldrand ankommt, weiß sie auch, warum das so ist.

»So helfen Sie doch«, klingt es wieder aus dem Gewirr der niedergebrochenen Bäume, »ein Mann ist eingeklemmt ...«

Tamar dringt so weit vor, wie es fürs Erste möglich ist. »Wer sind Sie? Was tun Sie hier?«

»Ich und mein Kollege sind Beamte im besonderen Einsatz, und mein Kollege ist schwer verletzt, ich glaube, sein Bein ist gebrochen.« Die Stimme ist nah und kläglich.

»Noch einmal: Wer sind Sie?«

Undeutliches Murmeln. Dann wird die Stimme wieder fester. »Mein Kollege ist Regierungsdirektor Weimer ...«

Es ist dunkel geworden in dem stillen Tal, und noch immer sitzen die drei Männer auf der Bank. Der Hund vor ihnen hat den Kopf auf die Pfoten gelegt und schläft. Manchmal träumt er und stößt ein kurzes Winseln aus.

Schatte hat es aufgegeben, Fragen zu stellen. Mit nach vorne gekrümmtem Oberkörper sitzt er zwischen Berndorf und Seifert. Hoch über ihnen treiben graue Wolkenfelder unaufhaltsam nach Osten.

Der Hund hebt den Kopf. Langsam stemmt er sich hoch, zuerst mit den Hinterläufen, dann streckt er die Vorderpfoten aus. Gähnend öffnet sich der Hunderachen.

Dröhnendes Motorengeräusch nähert sich aus dem Tal. Scheinwerfer tasten über die Bäume, darüber flackert es blau. Berndorf runzelt die Stirn.

»Es sind nicht die kurzen Wege, die zum Ziel führen«, sagt Seifert.

Um die Kurve biegt ein großes rotes Tanklöschfahrzeug, ein Magirus-Deutz, Baujahr 1962, und hält vor ihnen. Die Tür, auf der blau und grün das Wappen der Freiwilligen Feuerwehr Wieshülen aufgebracht ist, öffnet sich, in der blauen Uniform eines stellvertretenden Ortskommandanten steigt Erwin Marz aus und legt grüßend die Hand an den Schirm der Uniformmütze.

Berndorf und Seifert helfen Schatte in die Mannschaftskabine hinter dem Fahrerhaus. Dann setzen sie sich nach vorne. Felix berechnet kurz, dann folgt er mit einem überlegten Sprung.

»Eigentlich dachte ich, du nimmst den Transporter vom Bauamt«, bemerkt der Prophet.

»Ich hätt' mit dem da morgen sowieso ins Oberschwäbische sollen«, erklärt Marz, »zum Jubiläum nach Gauggenried.«

»Da wird morgen nichts gelöscht«, stellt der Prophet fest.

»Was morgen ist, haben die Mannen im Wald zu tun.«

»Und wir?«

Der Prophet erklärt es ihm.

»Nicht über Karlsruhe«, antwortet Marz und deutet auf das Autoradio, das er auf leise gestellt hat. »Bei Pforzheim ist der Schwarzwald auf die Autobahn gefallen. Da geht gar nichts mehr. Wir müssen es über Heilbronn versuchen ...«

Die Nacht zieht über das vom Sturm aus seiner samstagabendlichen Ruhe aufgestörte Land. Blaulicht zuckt über Autobahnen und Landstraßen, Polizei, Feuerwehr und Technisches Hilfswerk machen sich daran, die vom Orkan blockierten Straßen freizuräumen und Eingeschlossene zu bergen und Umleitungen auszuschildern. Mit jaulenden Martinshörnern bahnen sich Krankenwagen die Fahrt über verstopfte Autobahnen, Ortskundige suchen sich Schleichwege und bleiben vor umgestürzten Straßenbäumen stecken. Stunden vergehen.

Durch das Gewirr schiebt sich langsam und geduldig der

Magirus-Deutz der Feuerwehr Wieshülen, arbeitet sich durch die Stuttgarter Vororte und auf die Bundesstraße 27, wenn sie an einem Polizeiwagen vorbeikommen, legt der Fahrer grüßend die Hand an die Uniformmütze, hinter Stuttgart erreicht der Magirus-Deutz die Heilbronner Autobahn, biegt brummend ein und nimmt mit seinen 150 PS bedächtig Fahrt auf.

Marz hat das Autoradio lauter gestellt, das ARD-Nachtprogramm spielt steinalte Schlager, Seifert will das Gerät leiser stellen, aber Berndorf legt ihm die Hand auf den Arm, denn während Marz den Magirus-Deutz durch die Hügel des Kraichgaus steuert, immer wieder überholt von wild sirrenden BMWs und Mercedes, singt Franz Josef Degenhardt die Ballade von P.T., dem Indianer aus Arizona, der es mit der Roten Rita Hilfe schafft, nicht nach Vietnam zu müssen ...

Über Frankreichs grüne Grenze
Ziehen im Herbst viel bunte Vögel
Und die wollen an das warme Mittelmeer
Und auch P.T. der Apache zog mit ihnen
Und er glich dem Bauern Pflimli
Aus dem krummen Elsass sehr ...

Berndorf wirft einen Blick nach hinten, wo Professor Ernst Moritz Schatte nicht nach draußen schaut, sondern zusammengesunken auf der Mannschaftsbank hockt, den Arm in der Schlinge, scheinbar nichts hörend und nichts wahrnehmend.

Nein, denkt Berndorf, du wirst keinen Futtermais in Frankreich anbauen.

Sonntag, 9. Juli

Et Mme. Forestier regardait des yeux amoureux la belle suédoise, qui n'était habillée par qu'une superbe rivière de diamants, et elle commençait à rire ...
Birgit vergewissert sich, dass sie auch wirklich das Heft von Esther (prot. Homiletik) vor sich liegen hat, und kehrt kopfschüttelnd zu dem Text zurück, der unschuldig in runder linksgeneigter Kinderschrift zu ihr hochblickt. Wie viel Punkte? Zum Schuljahresende notiert Birgit aus taktischen Überlegungen zwei Punkte mehr als sonst, ausgenommen bei Bettina, über deren sechs Punkte sich sowieso niemand zu wundern braucht, am wenigsten Bettinen selbst, also gibt es für das schöne Schwedenkind zwölf.

Birgit ist krankgeschrieben, aber am Mittwoch wird sie kalt lächelnd im Droste erscheinen, Nägel und Zähne geschärft für jeden, der sich mit Anteil nehmender Ranschmeiße zu nähern wagt. Sie trägt die Punktzahl ein und greift sich das nächste Heft. Im Radio klingt das Scarlatti-Konzert aus, es kommen Nachrichten, Birgit schlägt das Heft auf, es gehört Thorsten, in vorauseilender Langeweile muss sie gähnen ...

... Mit Bestürzung hat das baden-württembergische Wissenschaftsministerium auf die Nachricht von der Verhaftung des Freiburger Hochschullehrers Ernst Moritz Schatte reagiert. Wie berichtet, ist Professor Schatte in den frühen Morgenstunden des Sonntags im elsässischen Wissembourg festgenommen worden. Die französischen Sicherheitsbehörden werfen

Schatte vor, an der Planung des Anschlags auf die Gedenkstätte am Lingekopf in den Vogesen beteiligt gewesen zu sein ...

Birgit hat aufgehört zu lesen. Sie muss lächeln. Also haben sie ihn doch erwischt. Doch noch. Alles fügt sich.

Sie blickt zum Fenster, ohne etwas zu sehen, und ihre Gedanken beginnen zu schweifen. Merkwürdiger Mann. War auch hinter ihm her ...

Ein Schatten taucht am Fenster auf. Der rote Kater blickt zu ihr herein und miaut tonlos durch die Glasscheibe. Erst jetzt fällt es Birgit auf, wie struppig das Tier ist.

Kommt nicht in die Tüte. Entschlossen steht sie auf und öffnet die Terrassentür und klatscht in die Hände. Mit einem erschrockenen Satz verschwindet der Kater im Nachbargarten. Wir lassen uns unseren Garten nicht von dir voll scheißen. Und Vögel machst du auch tot. Überhaupt können wir keine Katze im Haus brauchen. Wir werden auf Reisen gehen. Neues entdecken. Spannendes. Abenteuer gar, am Tage und vielleicht auch zur Nacht.

Die Türklingel im Haus schlägt an.

Birgit runzelt die Stirn. Hubert? Auf Zehenspitzen kehrt sie ins Haus zurück und geht behutsam zur Türe. Durch den Spion erspäht sie, dass es durchaus nicht Hubert ist.

Sie atmet tief durch und fährt sich durchs Haar. Sie öffnet. Welches Lächeln? »Ach! Der Treulose ... Mit Ihnen habe ich schon gar nicht mehr gerechnet.«

Berndorf verbeugt sich artig. Er ist unrasiert, hat einen tiefen Kratzer im Gesicht und sieht übermüdet aus. Und murmelt etwas, das nach Entschuldigung klingt. »Ohne Vorwarnung, am Sonntagnachmittag ...«

»Kommen Sie herein.« Silberhell. »Sie stören überhaupt nicht, denn ich korrigiere gerade unsägliche Klassenarbeiten, da ist mir jede Unterbrechung willkommen, umso mehr, wenn es ein so geheimnisvoller Besuch ist.« Sie führt ihn ins Wohnzimmer, zu spät denkt sie daran, dass es noch etwas kahl wirkt, weil Huberts Buch- und Plattenbestände noch nicht ersetzt sind.

»Ich mach uns einen Kaffee, ja? Sie sehen aus, als ob sie einen nötig hätten. Auf welchen Straßen haben Sie sich denn diesmal geprügelt?«

»Danke«, sagt Berndorf. »Keinen Kaffee. Ich möchte Sie bitten, mit mir eine Fahrt zu machen. Es wird der Abschluss sein. Danach ist nichts mehr zu tun.«

Sie blickt ihn fragend an. Er gibt den Blick zurück, ernsthaft, ruhig.

»Wir werden das Taxi nehmen. Es steht draußen.«

Birgit wendet ein, dass sie für einen Ausflug doch gar nicht angezogen ist.

»Sie müssen sich nicht eigens umziehen.«

»Sie entführen mich schon wieder.« Birgit versucht ein Lachen. Es kommt ein wenig klirrend. »Aber trotzdem muss ich mir erst die Nase pudern.« Sie enteilt in ihr Zimmer.

Berndorf betrachtet die Schrankwand, deren Lücken alle weiteren Fragen zu dem Diaristen und Musiklehrer beantworten, von dem er im *Mannheimer Morgen* gelesen hat. Das heißt, nicht alle. Auf Anhieb würden Berndorf eine oder zwei einfallen, die noch nicht beantwortet sind. Er gähnt, denn er ist wirklich müde. Man schläft nicht so gut in einem Magirus-Deutz von 1962.

Das Nasepudern dauert. Ob er sich setzen soll? Lieber nicht. Zu schnell fallen Augen zu. Gedanken schweifen. Blau locken die Kuppen der Vogesen. Weit, weit von hier ...

Er schreckt hoch. Rohseidenes sommergrünes Kleid, sehr kurz. Puder auf Nase und Apfelbäckchen. Dunkelroter Lippenstift. »Voilà, mein Entführer ...«

Sie verlassen das Haus, Birgit schließt sorgfältig ab. Der Taxifahrer fährt los, kaum dass sie eingestiegen sind, ohne erst nach dem Ziel zu fragen.

»Besuchen wir Ihren Freund von neulich?«, will Birgit wissen. »Wie geht es ihm denn überhaupt?«

»Sie meinen Micha Steffens«, antwortet Berndorf. »Sie haben ihn aus dem Krankenhaus wieder entlassen. Er hatte eine Gehirnerschütterung, nicht weiter schlimm.«

»Ich sollte doch vor ihm wiederholen, was ich über Schatte weiß und über den Banküberfall von damals. Übrigens« – ihr Gesicht wendet sich Berndorf zu und nähert sich dem seinen – »ist Schatte in Frankreich, er ist dort festgenommen worden, ich habe es gerade in den Nachrichten gehört, angeblich ist er in dieses komische Attentat verwickelt ...«

»Ich weiß«, antwortet Berndorf. »Wir haben ihn heute Morgen in der Polizeistation Wissembourg abgeliefert, das ist gleich hinter der französischen Grenze ...«

Für einen Augenblick schweigt Birgit. »Sehr praktisch«, sagt sie dann. »Und wer sind die geheimnisvollen Männer, die so etwas tun, außer Ihnen?«

»Ein Hund war auch dabei«, antwortet Berndorf. »Das mit Steffens hat sich übrigens erledigt. Es ist so, wie Sie es gesagt haben. Schatte hat den Überfall auf die Landeszentralbank organisiert. Oder besser: getürkt ...«

»Das verstehe ich nicht.«

Berndorf erklärt es. Während er spricht und wie traumverloren ins Erzählen kommt und den Ablauf der letzten Tage zu schildern beginnt, fädelt sich das Taxi auf die Autobahn ein und fährt im dichten Sonntagnachmittag-Treiben Richtung Mannheim. Besorgt hört Berndorf sich selber zu und denkt, das wird etwas werden, bis ich diese Aussage den Kollegen gelöffelt habe ... Der Taxifahrer verlässt die Autobahn, und sie erreichen Mannheim.

Nein, keine Kollegen, denkt Berndorf. Aussage nur vor einem Bundesanwalt.

»Schatte war ein Spitzel?«, fragt Birgit, als Berndorf seinen Bericht abgeschlossen hat. »Als er mich nach Mannheim geschleppt hat, die Banken ausbaldowern – da war ich schon verkauft und verratzt?«

»In den Schuldienst sind Sie ja trotzdem gekommen«, antwortet Berndorf. »Beklagen Sie sich nicht. Die Schlapphüte waren noch gnädig ...«

»Ich fass es nicht«, sagt Birgit unbeeindruckt. »Dieser Kerl hat es auch noch angekündigt. Es gibt Schlimmeres als den

Spitzel, hat er gesagt. Ich hab es Ihnen ja erzählt. Und ich sitze daneben und höre es und begreife nicht, was es bedeutet ...«

Das Taxi rollt durch eine Allee und biegt dann nach rechts in eine kleine, von einer gut mannshohen Mauer gesäumten Seitenstraße ab. Der Wagen hält vor einem Einlass. Berndorf beugt sich nach vorne und bezahlt. Dann steigen sie aus. Berndorf bietet Birgit seinen Arm. Wie selbstverständlich nimmt sie ihn und geht mit Berndorf durch den Einlass, der sie in eine Art Park zu führen scheint.

»Wo sind wir hier?«

»Auf dem Hauptfriedhof.«

Birgit will stehen bleiben und ihren Arm aus dem Berndorfs lösen. Aber plötzlich ist sein Griff unnachgiebig.

»Ich habe Ihnen gesagt, dass ein Teil der Geschichte noch nicht aufgeräumt ist«, sagt er. »Wir werden das besorgen, und wir werden es jetzt tun. Natürlich können Sie auch einfach schreien. Dann muss ich Sie loslassen und Sie können weglaufen. Das heißt, vor mir können Sie weglaufen. Aber nicht vor dem, was war. Das hat sie schon eingeholt.«

Dann lässt er ihren Arm los. »Kommen Sie.«

Birgit zögert. Noch ein Verrückter. Einfach wegrennen. Oder losschreien. Wie er es gesagt hat. Einen richtigen schnuckeligen kleinen Skandal auf dem Hauptfriedhof. Wundern wird er sich. Warum stöckel ich weiter neben ihm her? Wieso weiß ich das genau? Weil du jetzt keinen Skandal brauchen kannst, Schätzchen. Hubert wartet nur auf so etwas.

»Es wäre sehr liebenswürdig, wenn Sie mir sagen wollten, wohin wir gehen ...«

»Wir sind gleich da«, antwortet Berndorf. Der Weg führt an einem Denkmal für badische Freiheitskämpfer vorbei, die 1849 von preußischen Soldaten füsiliert worden sind. Rechts von ihnen machen sich alte Frauen an Gräbern zu schaffen. Eine Weißhaarige, von der Osteoporose nach vorne gekrümmt, schleppt ihnen eine Gießkanne entgegen. Das weiße Haar ist schütter. Die Sonne brennt auf Immergrün und Totengeblüm. Sie kommen an einem Brunnen vorbei, auf dem schmutzig grau eine einstmals kalkweiß Trauernde die steinernen Hände zum gleichgültig blauen Himmel hebt.

Berndorf geht zwischen zwei immergrünen Hecken hindurch. Dann bleibt er abrupt stehen, steif und aufrecht.

Auch Birgit hält inne. Ihr Blick fällt auf ein schmuckloses Grab. Immergrün, von einer Steinmauer eingefasst. Keine Blumen. Ein Gedenkstein, unbearbeitet. Die Inschrift ist halb von Moos zugewachsen. Sie braucht eine Weile, bis sie sie entziffern kann.

Brian O'Rourke
1939–1972
R.I.P.

Birgit dreht sich um, als ob sie Hilfe suche oder Schutz oder einen Fluchtweg. Ihr Blick fällt auf eine Frau, die auf einer Steinbank hinter ihr sitzt. Die Frau hat ein schmales, fast junges Gesicht unter einer wilden ungebändigten Mähne langer grauer Locken. Sie trägt ein langes, ärmelloses graues Kleid. Ihre Hände sind im Schoß gefaltet. Am linken Arm, fast am Handgelenk, trägt sie eine Silberkette, oder ist es ein silberner Armreif?

»Guten Tag, Birgit«, sagt Franziska Sinheim. »Wir haben uns lange nicht gesehen. Aber es ist gut, dass du einmal hier bist.«

»Guten Tag«, sagt Birgit widerstebend. Sie sieht zu Berndorf. »Es ist nur ... Ich habe diese Begegnung nicht gesucht. Es ist mir auch nicht klar, was sie bezwecken könnte.«

»Das ist das Grab von Brian«, sagt Franziska. »Weißt du nicht mehr? Ihr habt ihn umgebracht. Du und dieser Mann da.«

»Entschuldige«, antwortet Birgit, »aber ich glaube, du bist krank. Das tut mir sehr Leid. Nur kann ich dir nicht helfen, ich bin solchen Situationen nicht gewachsen.«

»Das sind Sie durchaus«, schaltet sich Berndorf ein und nimmt ihren Oberarm und führt sie zu der Steinbank. »Setzen Sie sich. Sie wissen jetzt, dass Weglaufen nicht mehr hilft.«

Birgit nimmt am äußersten Ende der Bank Platz. Berndorf

sieht sich um, dann setzt er sich auf die Steinmauer von O'Rourkes Grab.

»Erzählen Sie ihr die Geschichte der silbernen Kette?«, wendet er sich an Franziska.

»Es ist keine Kette. Es ist das da«, antwortet Franziska und hebt kurz den linken Arm.

Die ineinander geschobenen Glieder des Armreifs lösen sich und fallen auseinander. Kein massives Silber, denkt Berndorf. Eine Legierung. Die kleinen blauroten Granatsteine sehen im Sonnenlicht fast verschämt aus.

»Es hat meiner Mutter gehört«, fährt Franziska fort, »sie hat es getragen, wenn sie zum Tanzen ging. Ich war traurig, als ich dachte, ich hätte es verloren.«

»Sagen Sie uns, wann das war.«

»Als ich mich von Schatte getrennt habe. Das war in Frankfurt ... Ich war mit ihm verheiratet, eigentlich nur ein paar Monate, und dann bin ich Hals über Kopf von ihm weg. Als ich ein eigenes Zimmer hatte und meine Sachen holen wollte, war der Reif weg. Schatte sagte, er wisse nicht, wo er abgeblieben sei, und ich solle ihn mit meinem Kinderspielzeug in Ruhe lassen.«

»Sie haben nicht noch einmal nachgefragt?«

»Ich dachte, sei froh, dass du von ihm weg bist ...«

»Wann haben Sie Schatte wieder getroffen?«

»Er rief mich in Mannheim an, als ich schon Redakteurin beim *Aufbruch* war, und weil er mich darum bat, habe ich ihn schließlich mit Volz bekannt gemacht. Schatte drängte sich dann in die Redaktion, so, wie er es immer macht, aber das kennen Sie wohl schon.«

»Sie arbeiteten in der Lokalredaktion. Wer verwahrte den Schlüssel für den Tresor, der dort stand?«

»Die Redaktionssekretärin. Sie hatte ihn in ihrem Schreibtisch, an der hinteren Seite einer Schublade festgeklemmt. Wenn ich ihn brauchte, holte ich ihn dort.«

»Wer sonst kannte das Versteck?«

»Außer mir nur Busse. Dass er sich einen zweiten Schlüssel

hat machen lassen, weiß ich allerdings erst seit unserem Gespräch in Bensheim.«

Birgit meldet sich. »Sind Sie ganz sicher, dass ich irgendetwas mit diesen Dingen zu tun habe? Sollte ich nicht besser gehen?«

»Ich bin ganz sicher, dass Sie nicht gehen sollten«, antwortet Berndorf und wendet sich wieder an Franziska. »Haben Sie mit Schatte über den Schlüssel gesprochen?«

»Im Juni 1972. Er kam zu mir und sagte, er hätte vertrauliches Material von Freunden aus Frankreich. Ob ich ihm den Schlüssel besorgen könne.«

»Was antworteten Sie?«

»Dass er die Zeitung nicht in sein konspiratives Gemauschel hineinziehen soll. Und dass ich meinen Armreif zurückhaben will.«

»Warum wollten Sie den gerade damals zurück?«

»Ich hatte Brian kennen gelernt. Ich wollte mit ihm tanzen gehen. Und dabei wollte ich den Armreif tragen. Wie meine Mutter.« Sie macht eine kurze Pause. »Und diesmal hatte ich etwas, womit ich Schatte unter Druck setzen konnte. Denn er wollte ja den Schlüssel.«

»Und ein paar Tage später hatten Sie den Reif wieder?«

»Ja«, antwortet Franziska. »Ein paar Tage später. Und dann habe ich ihm den Schlüssel gegeben.«

Berndorf wendet sich an Birgit. »Wollen Sie uns nun nicht Ihre Geschichte erzählen? Den Reif kennen Sie doch. Sie hatten ihn von Schatte bekommen, als Geschenk.«

Birgit blickt abweisend zu ihm hinüber. Rot zeichnen sich die Backen in ihrem Gesicht ab. »Sie reden über Dinge, von denen ich leider überhaupt nichts weiß. Könnte es sein, dass es diese Dinge ganz einfach nicht gegeben hat?«

»Er hat Ihnen den Armreif geschenkt«, wiederholt Berndorf. »Und ich bin sicher, dass er Ihnen das Ding nicht einfach auf den Nachttisch gelegt hat. Wie die Luft zum Atmen braucht Schatte das Gefühl, die Welt drehe sich um ihn, er sei der Mittelpunkt von allem. Wenn er schenkt, muss es ein besonderes Geschenk sein, eines, das kein anderer so schenken kann.«

»Schatte hat mir einmal Schmuck geschenkt«, sagt Birgit. »Eine indische Silberarbeit. Nicht das da ...« Ohne hinzusehen macht sie eine Handbewegung zu Franziska. »Er war Ende der Sechzigerjahre in Indien gewesen, irgendwo im Himalaja hat er einmal ein Kind aus einem reißenden Fluss gerettet, und die Mutter hat ihm zum Dank eine ... eine silberne Kette geschenkt.«

»Sie haben sie nicht mehr?«

»Nein«, antwortet Birgit, »ich habe sie nicht mehr. Und jetzt würde ich ganz gerne gehen.«

»Schatte kann nicht schwimmen«, sagt Franziska sanft.

Berndorf betrachtet Birgit. »Ich kann Sie gut verstehen. Sie wollten an das Geschenk glauben, an das Besondere, an die Geschichte, die er Ihnen erzählt hat. Denn diese Geschichte unterschied Sie von den vielen anderen, die Schatte gebraucht und benutzt hat ...«

Er steht auf und wendet sich dem Grab zu. »Nur – irgendwann war der indische Silberschmuck weg, irgendwer hatte ihn aus Ihrem Zimmer genommen, die grundsätzliche Laxheit in Sachen privaten Eigentums! Alles war zu ertragen, nur nicht, dass Sie den Schmuck an einem der nächsten Tage wiedergesehen haben, Franziska trug ihn, lachend, vergnügt, fröhlich, sie war verliebt und glücklich und lief mit dem Schmuck am Arm an Ihnen vorbei ... Und Sie? Sie sehen das silberne Ding und denken, er hat es ihr gegeben, er geht zu ihr zurück, ich war nur ein Zeitvertreib, der Entreakt, bis man sich wieder versöhnt hat ...«

»Es war in der Kneipe«, bemerkt Franziska. »Sie saß mir schräg gegenüber. Als ich ihren Blick sah, hätte ich mir alles denken müssen. Nur hab ich damals nicht darauf geachtet.«

»Ich war für dich nur ein verschrecktes, kleines, blaustrümpfiges Huhn, nicht wahr?«, bricht es unvermittelt aus Birgit heraus. »Eine von seinen Groupies. Eine, die ...« Sie lässt den Satz unvollendet.

»Das andere liegt auf der Hand«, sagt Berndorf. »Um nicht zu ersticken, brauchten Sie Ihre Rache. Und als Sie im Radio von dem Banküberfall hörten, hatten Sie auch schon ihre Waffe. Sie wussten, dass Schatte in diesen Überfall verstrickt war. Und so haben Sie bei der Polizei angerufen. Sie haben uns, die Bullen, auf Franziska gehetzt. Sie dachten, Schatte ist dort. Vielleicht haben Sie sich sogar ausgerechnet, dass es genau so kommen würde, wie es gekommen ist. Und alles hat geklappt. Fast alles. Künstlerpech, dass wir dummen Bullen den falschen Mann umgebracht haben ...«

Nun steht auch Birgit auf. Plötzlich hat sie ihr Gesicht wieder in der Gewalt. »Jetzt ist es genug. Dies alles geht mich nichts an, und ich habe nichts damit zu tun. Allerdings sollte ich Ihnen doch sagen, dass Ihre moralischen Maßstäbe noch fragwürdiger sind, als ich dachte. Offenbar sind Sie der Ansicht, Sie wären gerechtfertigt, wenn Sie damals Schatte hätten erschießen lassen ... Sie verstehen, dass mir diese Polizisten-Moral unerträglich ist.« Sie wendet sich Franziska zu, und ihr Gesicht nimmt den Ausdruck gütiger Besorgtheit an. »Ich möchte dir wünschen, dass du dich aus dieser schlimmen Verstrickung lösen kannst und die Dinge wieder klarer siehst.« Dann blickt sie sich um, als suche sie den Weg zum Ausgang. »Gehen Sie rechts«, sagt Berndorf. Birgit nickt noch einmal kurz, als sei nun alles gesagt, dann folgt sie dem Hinweis und geht an O'Rourkes Grab vorbei.

»Noch etwas«, sagt Berndorf in ihrem Rücken. »Ihren Mann haben Sie doch auf ähnliche Weise fertig gemacht? Das angebliche Tagebuch ist eine Fälschung von Ihnen, nicht wahr?«

Birgit bleibt unvermittelt stehen. »Jetzt sind Sie wirklich übergeschnappt.«

»Jeder bleibt bei seinem Handwerk«, fährt Berndorf fort »Ihres ist das der Denunziation und der Fälschung. Nur haben Sie einen Fehler gemacht. Daten im Internet sind dokumentiert. Meine Kollegen werden auf die Minute genau ermitteln wann das Tagebuch Ihres Mannes geschrieben wurde und vor wo es auf den Server geschickt wurde ...«

Birgit beginnt zu rennen. Sie gehört zu den Frauen, die das nicht können. Berndorf sieht ihr nach, wie sie knickebeinig zwischen den Gräbern läuft, so, als seien die Beine in den Hüften falsch eingehängt, vielleicht liegt es auch an ihren Pumps, stöckelnd läuft sie über die gekiesten Wege, bis sie hinter Koniferen und anderem Dunkelgrün verschwindet. »Ich glaube, Sie sollten jetzt auch gehen«, sagt Franziska. »Ich danke Ihnen für die Mühe, die Sie sich gemacht haben. Und für Ihre Hilfe. Das war am Mittwoch, als Sie nach Bensheim kamen. Ich habe damals Todesangst ausgestanden.« Sie sieht zu ihm hoch und lächelt. »Nehmen Sie es mir nicht übel, wenn ich sitzen bleibe. Aber wenn ich aufstehe, muss ich mich entscheiden, ob ich Ihnen die Hand geben soll. Ich möchte das offen lassen. Gehen Sie jetzt.«

Ein unrasierter, übernächtigt wirkender Mann tritt aus dem Einlass der Friedhofsmauer, geht über die Straße und bleibt im Schatten eines Baums stehen. Aus der Seitentasche seines zerbeulten Leinenjacketts zieht er ein Handy und drückt auf die Kurzwahltaste.

Eine klare, entschiedene Frauenstimme teilt mit, dass er mit dem Anrufbeantworter von Barbara Stein verbunden sei. Der Mann wartet den Signalton ab. »Einem ist der Himmel auf den Kopf gefallen, und Troppau hat seine Antwort«, sagt er dann. »Ende.«

Ulrich Ritzel 4 you ...

Es gibt schon vier Bücher, in denen dieser eigenwillige Berndorf und seine zupackende Kollegin Tamar ihre Fälle lösen. Als Ulrich Ritzels Erstling *Der Schatten des Schwans* erschien, meinte Thomas Wörtche: *»Hoffnung für den deutschen Kriminalroman«*. Als *Schwemmholz* mit dem »Deutschen Krimi Preis« ausgezeichnet wurde, wünschte sich Michaela Grom (ZEIT): *»Kein Zweifel: Von diesem Autor möchte man mehr lesen!«*. Nun haben Sie soeben *»Die schwarzen Ränder der Glut«* gelesen, – und könnten sich an solch intelligent geschriebener Spannung bereits ein viertes Mal freuen: **Ulrich Ritzel »Der Hund des Propheten«**.

**Ulrich Ritzel
Der Schatten des Schwans**
304 S., geb., ISBN 3-909081-86-X

**Ulrich Ritzel
Schwemmholz**
416 S., geb., ISBN 3-909081-89-4

**Ulrich Ritzel
Die schwarzen Ränder der Glut**
416 S., geb., ISBN 3-909081-90-8

**Ulrich Ritzel
Der Hund des Propheten**
448 S., geb., ISBN 3-909081-94-0

Libelle Verlag

Noch mehr geistreiche Unterhaltung: www.libelle.ch